ANNE'S BOOKS
10
엘리제 생의 한가운데

루시 모드 몽고메리/김유경 옮김

동서문화사

엘리제 생의 한가운데
차례

The Closed Door
닫혀진 문

레이철이 찔레나무 언덕의 집에 온 지 한 달도 채 되지 않았는데 벌써부터 이런 평판이 나돌았다. 그 아이는 언제나 언덕 주위를 오가면서 뭔가에 고개를 푹 박고 다닌다고. 헤이절은 비둘기 같은 눈을 지닌 사랑스러운 아이로 누구에게나 사랑을 받았지만, 요정 같은 레이철은 날 때부터 초록눈의 유별난 땅꼬마였다. 레이철은 꼬마요정 같은 얼굴에, 뭔가를 말하는 듯한 화사한 갈색 손을 가졌다. 실제로 레이철이 사람 잡아먹는 호랑이나 힌두교도의 미신을 세실과 크리스에게 들려줄 때면 특히나 그 손은 더 한층 많은 것을 얘기하는 것이었다.

자기 딸이 그런 얘기를 안다는 것만으로도, 헌신적인 선교사인 그녀의 부모는 두려운 나머지 숨이 막혀버릴 것 같았다. 그들은 세심한 주의를 기울여 딸을 지켜왔다고 여겼다. 그러나 레이철은 이상한 지식들을 끌어 모으고, 이해할 수 없는 일과 만나도록 운명이 지워진 아이였다.

찔레나무 언덕의 집에 오자마자 그녀는 이내 다른 아이들에게 빛

바랜 옛 선조들의 이야기를 해주었다. 상아색 얼굴의 여자아이들과 용감한 남자아이들, 그 아이들이 그때까지 들어본 적이 없는 얘기들, 레이철이 얘기하면 순식간에 되살아나는, 옛날 얘기 속의 신비로운 망령에 관한 얘기들을. 레이철의 손을 거치면 모든 것들은 다시 되살아나는 것 같았다. 아무리 단순한 사건이라도 그것은 로맨틱하고 수수께끼 같은 색채를 띤다. 레이철은 마치 뭔가 미지의 세계를 들여다보는 창과도 같은 아이였다.

레이철이 아는 건 어떤 것일까! 예를 들면, 어쩌면 문을, 어떤 문이든지 간에 재빨리 활짝 열어제칠 수만 있다면, 그곳에 이상한 광경이…… 아마도 전에 그곳에 살았던 사람들이 보인다는 것을 레이철은 알고 있었다. 하지만 그녀는 그렇게 순식간에 열 수는 없다. 레이철이 이 이야기를 아이들에게 한 뒤로는 닫혀진 문이 있는 방은 모조리 세실과 크리스에게는 마법으로 가득찬 곳이 되고 말았다.

문의 저편엔 무슨 일이 일어나고 있을까? 제인 앨리컷조차도 그 앞을 지날 때면 머리끝이 곤두섰다. 둔감하고 신비 따위와는 인연이 먼 아이였지만 말이다. 제인은 찔레나무 언덕 집에 새로 들어온 가정부의 딸로 키가 땅딸막하고, 재미도 순진함도 없는 말투의 열두 살 여자아이로 레이철과 동갑이었다. 세실 래섬도 열두 살로 수수하고 볼품 없는 이웃 소나무 농장에서 엄마와 함께 산다. 크리스는 헤이절과 동갑인 열 살로 디그비 씨와 함께 찔레나무 언덕 집에 살고 있는데, 디그비 씨를 에거턴 삼촌이라고 불렀다. 사실상 그는 돌아가신 엄마의 사촌이긴 하지만 말이다.

이 아이들이 그 집에 살고 있다는 얘기는 먹고 자는 곳이라는 정도의 의미이다. 실제로 아이들이 생활하는 곳은 마당과 소나무 숲, 그리고 들판이었다. 레이철과 헤이절이 온 뒤로는 더욱 그랬다. 인도의 타는 듯한 햇볕을 받고 온 레이철에게는 맑기만 한 고향의 공기와, 초록으로 물결치는 길쭉한 모양의 들판, 그리고 그늘이 많은 숲과 너도밤나무를 새어나오는 달빛 등을 아무리 많이 누려도 충분하지가 않았다. 레이철이 주위 경치를 바라볼 때면 다른 아이들에게는 보이지 않는 것들이 보이는 것이었다.

레이철이 오기 전부터 세실과 크리스는 사이가 좋은 놀이친구였다. 하지만 크리스는 수줍음이 많고 마음이 여렸고, 세실 역시도 수줍음 타고 마음이 여렸기 때문에 레이철네와 쉽게 어울리지는 못했다. 하지만 레이철은 장난스러운 웃음과 붙임성 있는 분위기로 모두의 마음을 열었다. 레이철은 그러면서도 낮고 조용하게 흐르는 음악의 부드러운 선율 같은 아이였다. 그 덕분에 세실은 그때까지 맛보지 못했던 가장 즐거운 여름을 보냈고, 세실에게 드리워져 있던 그늘조차도 사라지게 되었다.

레이철이 소나무 농장 집의 그늘을 환하게 밝혀낸 것은 찔레나무 언덕 집으로 온 지 2주일이 채 지나지 않아서였다. 레이철이 현관 구석의 의자에 몸을 둥글게 말고 앉아 있을 때, 다른 한쪽 구석에서 에거턴 디그비가 자기 아내의 언니와 나누던 이야기가 들려왔던 것이다. 레이철은 그쪽으로 등을 보이는 의자에 가려 있는 자신을 두 사람이 눈치채지 못하리라고는 꿈에도 생각지 않았다.

레이철은 아주 조금 들었을 뿐이었다. 그런데도 래섬 부인이 매우 가난하며, 얼마 전 어떤 회사의 도산으로 인해 더욱 더 가난해져서 세실을 기를 수 있을지 어떨지조차도 알 수 없게 되었다는 것과, 계속해서 가르칠 수 없다는 것은 확실하다는 것을 알기엔 충분했다.

"이렇게 되고 마는 거겠지요."

에니드 래섬은 슬픈 듯이 말을 이었다.

"결국 그 아이를 친가 쪽으로 보내야만 하는걸요. 그쪽에선 전부터 그 아이를 데려가겠다고 했었어요."

레이철은 자기만의 신비로운 육감으로 세실의 어머니가 세실의 친가 쪽 사람들을 싫어한다는 걸 금세 알 수 있었다. 세실을 보낸다는 것은 결국 영원히 그 아이를 잃게 된다는 것을 의미했다.

"힘이 되어드리면 좋겠지만. 제 생활이 이렇게 심하게 힘들지만 않더라도……. 크리스에게도 뭔가 걸리고……." 에거턴 디그비가 말했다.

"제부는 지금까지도 지나칠 정도로 잘 대해주셨어요. 더 이상 아무것도 바랄순 없어요."

"피콕 펄이 있었더라면 말입니다. 그것은 당연히 처형께서 가지셨여야 합니다. 그랬더라면 아무런 어려움이 없었을 텐데."

그렇게 말하는 디그비 씨의 어조는 무척이나 고통스러워서 레이철보다 훨씬 둔한 아이라도 그가 말로는 할 수 없을 정도의 아픔에 관해 이야기하고 있다는 것을 알아챘을 게 틀림없었다.

"노라는 절대로 아서 네스비트에게는 그 진주를 건네지 않았을 거라고 생각해요. 노라는 들뜨고 천진난만하긴 했지만……. 불쌍하고, 예쁜 노라……. 하지만 나쁜 아이는 아니었어요. 그 남자가 노라의 애인이었다니 전 믿어지지가 않아요, 에거턴. 그럴 거라고는 단 한 번도 생각지 못했어요. 결코 믿어지지가 않아요." 래섬 부인은 부드럽지만 분명한 어조로 말했다.

"저도 그렇게 생각한 적은 없습니다. 하지만 절대라고는 단정할 수 없어요……. 의혹은 지난 몇 년 동안, 녹이 퍼지는 것처럼 제 마음속에 차츰 커져갔습니다. 저는 노라를 너무나도 끔찍이 사랑했어요. 그래서 그녀가 죽기 전날 밤, 우리의 그 다툼……. 노라를 본 건 그게 마지막이었지요. 돌이킬 수만 있다면! 하지만 무엇 하나도 되돌릴 수는 없어요. 전 이렇게 인생에 때려눕혀지고 말았던 겁니다." 에거턴은 쓸쓸한 목소리로 말했다.

인생에 때려눕혀지는 모습을 보았으면 좋겠다고 레이철은 생각했다.

"노라가 아서 네스비트에게 준 게 아니라면, 그렇다면 그 진주는 대체 어떻게 된 걸까요?" 에거턴 디그비가 말했다.

"만약 랠프가 살아 있었더라면 뭔가를 밝혀냈을 텐데. 마이클 삼촌이 진주를 제게 남겼다고 몹시 화를 냈었어요." 래섬 부인이 말했다.

어째서 래섬 아줌마는 랠프라는 이름을 말하길 꺼리는 걸까? 레이철은 이상한 생각이 들었다. 그 이름은 래섬 부인의 입술을 부르트게라도 할 것처럼 들렸다.

에거턴은 꿈을 꾸는 것처럼 말했다. "그 진주는 정말이지 멋졌어요. 바다의 보석에는 어딘가 특별한 마력과 신비로움이 있지요. 게다가 그 색은 또 어떻고요. 파랑과 초록을 섞은 달빛, 그렇게 아름다운 건 본 적이 없어요. 마이클 삼촌은 5만 달러나 주고 그걸 샀어요. 이상하리만큼 애지중지하셨지요. 아마도 그 때문에 그 진주가 불행을 초래한 것일 겁니다."

"세실이 없으면 전 죽고 말 거예요." 래섬 부인이 말했다.

"전 말입니다, 죽음을 기쁘게 맞이하겠어요. 저쪽 기슭에 있는 노라하고 얼굴을 마주보고, 서로 알아보고, 키스를 하고, 그렇게 하면 아마도 우리 사이는 달라질 수 있을지도 모릅니다." 에거턴 디그비는 말했다.

두 사람은 꽤 오랫동안 이야기를 나누었으나 목소리를 낮추었으므로 레이철에게는 거기까지밖에 들리지 않았다. 그녀는 방금 들은 이야기를 곰곰이 생각해보았다. 신비의 냄새가 풍겼다. 그녀는 그때 정말로 닫혀진 문 앞에 서 있는 느낌이 들었다. 문을 갑자기 확 열어제치면, 틀림없이 여러 가지 것들이 보일 것이다……. 혼란스러워 하는 노라와 피코크 펠. 진주 이름과 그것에 관련된 이야기가 레이철의 마음을 붙들었다. 인도에서 그런 보석 이야기를 들은 적이 있다. 아름다움과 욕망의, 진기하고 불가사의한 옛날 보석 이야기를.

'내가 그 진주의 비밀을 모조리 파헤칠 거야.' 레이철은 마음먹었다.

그녀는 자기가 들은 이야기를 아무에게도, 단 한 마디도 하지 않았다. 레이철은 비밀을 좋아했고, 그리고 세실을 더 이상 힘들게 하고 싶지 않았기 때문이다.

어느 날 저녁, 제인 앨리컷이 레이철과 단둘이 되었을 때, 이런저런 수다를 떨기 시작하자 레이철은 제인이 실컷 이야기하도록 내버려 두었다. 레이철은 남에게 그냥 생각나는 대로 이야기하게 내버려 두기만 해도 얼마나 많은 것을 들을 수 있는지를 이미 터득하고 있었던 것이다. 찔레나무 언덕 집에는 달리 아무도 없었고, 세실은 엄마가 두통을 일으켜서 자기 집에 있었다. 지금이야말로 제인이 수다를 떨 절호의 기회였고, 그것을 피할 도리도 없었다. 제인은 무척이나 저속하긴 했지만 레이철과 마찬가지로 냄새를 맡는 데는 선수였다. 이야기를 전개해 나갈 때는 부드럽고 아름답게 하기를 좋아하는 레이철로 볼 때는 제인의 거친 말투가 귀에 거슬렸다. 그녀의 말에는 신비의 그림자조차 없다. 제인에게는 쟁기는 어디까지나 그냥 쟁기일 뿐이지, 결코 아무도 모르는 신비로운 보물을 파내는 황금 호미가 될 수는 없었다.

"난 말이야, 마을에서 우리 엄마가 애거네 엄마하고 그 얘기를 하는 걸 들었어. 애거네 엄마는 우리 엄마한테 모조리 다 얘기해주었어. 디그비 부인은 래섬 아줌마의 동생이고, 둘은 엄청나게 사이가 좋았대……. 래섬 아줌마하고 디그비 부인이 말이야. 디그비 부인이 그 정도로 자기 남편하고도 사이가 좋았는지 어쨌는지는 모르지만. 애거네 엄마 말로는 아무래도 이상한 얘기가 있다는 거야. 디그비 부인은 엄청난 미인으로, 실타래처럼 많은 새카만 머리칼을 발목까지 늘어트렸었대. 그리고 무척이나 섹시했던지 디그비 씨는 내내 부인을 질투했던 모양이야.

부인에게는 더 이상 손을 댈 수 없을 정도로 불량한 랠프라는 남동생이 있었어. 그렇지만 디그비 부인은 늘 랠프를 감싸고 편을 들어주었대. 부인은 동생을 어느 누구보다도 사랑했던가봐. 그러다가 마이클 포스터 할아버지, 그러니까 이 사람들의 삼촌뻘인데, 그 사람이 죽은 거야. 마이클 씨는 돈은 별로 가지고 있지 않았지만 임금님의 몸값 정도의 가치가 있는 커다란 진주를 가지고 있었다고 애거네 엄마가 그랬어. 마이클 씨는 그걸 샀기 때문에 돈이 일전 한푼 남지 않았고. 그래서 그 진주를 래섬 아줌마한테 주라고 유언을 한 거야. 랠프는 자기가 받을 거라고 생각했기 때문에 펄펄 뛰었지. 삼촌은 자기한테 주겠다고 약속했다면서 말이야. 랠프는 그리 변변치 못한 사람인 데 비하면 삼촌한테 사랑을 받았던 모양이야. 그 진주를 둘러싸고 엄청나게 옥신각신 다툼이 일어났다고 애거네 엄마가 그러더라. 그랬는데 어느 날 밤에 디그비 부인이 랠프와 아버지가 살았던 집에 와서 하룻밤 묵게 되었는데, 그때 집에 불이 나서 몽땅 탔고, 모두가 불에 타서 죽어버렸대. 세 사람 다. 정말 무섭지 않니! 디그비 씨는 거의 제정신이 아닐 정도였고, 그 후론 사람이 완전히 달라진 모양이야. 한 달 만에 머리가 완전히 하얗게 세었다는 거야. 게다가 진주가 없어져버렸기 때문에 엄청난 소동이 일어났지. 그런데도 아무리 찾아도 없더래.

애거 엄마의 말로는 디그비 부인이 아서 네스비트와 함께 도망칠 요량으로 진주를 아서에게 줘버린 것이라고 모두들 생각하고 있다는 거야. 아서는 빚 때문에 꼼짝달싹할 수가 없었거든. 그랬는데 그 뒤 어딘가에 갔다온 뒤로 돈을 듬뿍 갖고 온 것 같다고 소문이 난 거야. 난처하게 되었지. 애거 엄마가 그랬는데 부자들이란 모두가 그런 사람들이라고 그러더라."

"하지만 디그비 씨는 부자가 아니야."

"틀렸어……. 그 사람은 자기 아내가 타죽은 다음에 가난해진 거야. 완전히 빈털터리가 되었지. 그리고 물론 래섬 아줌마도 교회의 쥐처럼 가난하고 말이야……. 그건 누구나 아는 거야. 애거네 엄마가 그랬는데, 세실의 아버지 쪽 사람들이 그 아이를 데려가려 한대. 그 사람들은 오래전부터 아줌마를 싫어했고…… 세실의 아빠하고 결혼시키지 않으려고 했다지 아마."

"세실한테 그런 말 하지 마." 레이철은 말했다.

"물론 말하지 않을 거야. 난 그 애를 좋아하고, 또 불쌍하다고 생각해. 우리 엄마도 그래. 그 애의 마음을 아프게 하고 싶지는 않아." 제인이 대답했다.

"그리고 그 얘긴 아무한테도 하지 않는 게 좋을 거야. 지금도 너무 많은 얘기를 한 것 같아." 레이철은 단호한 어조로 말했다.

제인은 눈을 동그랗게 떴다. 제인은 틀림없이 레이철이 자기 얘기를 듣고 싶어한다고 여겼던 것이다.

"난, 어느 누구보다도 입이 무거워. 넌 듣기를 잘 하니까, 레이철." 제인은 뾰로통했다.

레이철은 미소를 지었다. 희미하게…… 또 신비롭게.

"제인, 만일 내가 가끔 무엇이 들리는지를 안다면 넌 틀림없이 깜짝 놀랄 거야." 그녀는 꿈을 꾸듯 말했다.

레이철은 이제 모든 수수께끼를 풀어낸 듯한 기분이 들었다. 단한 가지, 반드시 알아야만 할 중대한 문제를 빼고는. 문은 아직 닫혀 있다. 어떻게 하면 열릴 것인가? 그녀는 열쇠를 갖고 있지 않았다. 막다른 골목에 쫓겨, 기도로 도움을 요청해보았다. 레이철은 선교사의 딸 치고는 별로 기도를 하지 않았다. 레이철은 매일 아침저녁으로 조용하고 간단히 기도할 뿐이었다. 그러던 레이철이 특별하고도 수수께끼 같은 매혹적인 기도 의식을 거행했다. 평범하게 하고 싶지 않았던 것이다. 무릎 또한 꿇지 않았다. 마당 해시계 옆에 서서 두 손을 올리고 얼굴을 하늘로 향한 다음, 두려워하는 기색 없이 하느님께 얼굴을 맞대고 기도하는 것이었다.

"부디 문을 열어주세요." 뭔가를 바란다기보다는 오히려 정당한 요구를 하는 것 같았다. 그러고는 그녀는 덧붙였다. "그렇지만 하느님도 알고 계시겠지요, 문이 열리지 않으면 모든 일이 제대로 되지 않는다는 것을?"

아마도 이 기도에 대한 응답이었으리라. 어느 날 오후, 잇달아 일어난 일은 아이들 누구라도 결코 잊을 수 없는 사건이었다. 이 아이들 가운데 누구라도 그 일로 말다툼을 하려는 따위의 생각을 해서는 안 된다. 어떤 아이라도 말하고 싶어하지 않을 것이므로. 지금은 여러 명의 아들과 딸들에 둘러싸이고, 피둥피둥 살이 찐 가정부 대장이 된 제인 앨리컷조차도 입을 열지 않으리라. 제인은 찔레나무 언덕 집의, 옛날 놀이 친구들 얘기를 자주 아이들에게 들려주었지만, 뭔가에 홀렸던 그날 오후의 얘기는 결코 하지 않는다. 꿈을 꾼 것이라고 생각하고 싶은 것이었다. 그녀는 꿈이라고 믿어질 것 같지도 않을 때는 늘 레이철 탓으로 돌린다. 실제로 그랬다. 레이철이 그날, 다른 아이들과 함께 있지 않았더라면 그들은 닫혀진 문 안쪽으로 들어가지는 않았을 테니까.

모두들 루시 할머니에게 티타임 초대를 받아 마운트 조이 저택에 가는 길이었다. 아이들 가운데 아직 누구도 가본 적 없는 들판과 숲을 지나는 가까운 길이었지만 에거턴 삼촌이 아주 알기 쉽게 설명해주었으므로 절대로 길을 잃을 염려는 없었다. 먼저 찔레나무 언덕 집의 뒤뜰 숲속의 오솔길을 나아갔다. 지금까지 이런 숲속 깊은 곳까지 헤치고 들어온 적은 없었다. 그러나 아이들은 마음껏 날개를 펼치고 무척이나 즐거운 기분이었다. 숲속은 온화한 분위기였다. 숲이 언제나 그런 것은 아니다. 찌푸린 표정을 짓는가 하면, 자기 생각만 하고 다른 사람은 전혀 모른 체할 때도 있다. 그러나 그날은 아이들을 반가이 맞아주었다. 가는 곳마다 아름다운 그늘이 흔들렸다. 길가의 이끼가 에메랄드나 금처럼 깔려있었다. 아이들은 크림색 버섯이 가득 피어난 자그마한 골짜기에 이르러, 가장자리에 양치류가 무성한 아름다운 초록색의 물웅덩이를 발견했다. 그곳은 지금까지 누구의 눈길도 닿지 않은 것 같았다. 레이철은 모두가 조용히 기다리고 있으면, 숲의 신 팬이 나무들 사이로 모습을 드러내고, 물에 비친 자신의 모습을 들여다보리라고 생각했다. 그러나 천천히 여유를 가질 시간은 없다. 루시 할머니는 시간에 까다로운 사람이었으므로.

제인도 함께였다. 루시 할머니는 제인을 마음에 들어했으므로 반드시 제인을 초대하곤 했다. 제인의 개도 따라갔다. 이름도 없는 개다. 왜냐하면 아무도 불만이 없을 만한 그런 이름을 제인이 생각해내지 못했기 때문이다. 쾌활하고 붙임성 있는 작은 잡종견인데 숲속을 뛰어다니며 아이들보다 먼저 앞으로 달려가서는 빨간 혀를 내밀고는 자신만만하게 웃으면서 모두가 가까이 다가오기를 앉아서 기다리고 있었다.

숲을 나서자 산딸기 잎이 빨간 보석처럼 흩어져 있는 목장의 오솔길이 나왔다. 데이지 꽃이 아이들을 유혹한다. 이윽고 눈앞에 펼쳐진 것은 또 다른 숲이다. 그늘이 훨씬 짙었다. 오솔길은 수수께끼처럼 전나무들에 빛이 가려진 약간 어두운 작은 개울가를 지난다. 아이들은 어느 결에 정체를 알 수 없는 기분에 휩싸였고 그것은 불안으로 이어졌다. 서둘러 가까이 다가붙어 한데로 모였다. 장난기가 섞인 지껄임은 우뚝 멈췄다. 제인조차도 완전히 입을 다물었다. 나중에 모두가 떠올렸을 때 안 사실인데, 레이철은 그날 무척이나 조용했다. 레이철은 일행으로부터 조금 떨어져서 귀를 기울이며 걷고 있었다. 레이철은 나중에도 아무런 이야기를 하려 하지 않았으므로, 그때 무엇을 들으려 했던 것인지, 아니면 무엇을 기대하고 있었는지를 아무도 몰랐다. 일행 가운데 언제나처럼 기운찼던 것은 제인의 개뿐이었다.

"정말 이 길이 맞아?" 문득 제인이 불안에 휩싸여 속삭였다. 어째서 속삭이고 있는 것인지 스스로도 알 수가 없었다.

"이 길밖엔 없어." 레이철이 말했다.

조금 더 갔을 때 세실이 불쑥 입을 열었다. "길을 잘못 든 건 아니더라도 뭔가 이상해."

아이들은 서로 얼굴을 마주보고는 모두가 창백해졌다. 세실은 모두의 속마음을 말로 해버린 것이다.

레이철이 말했다. "뭔가 이상해. 조금 아까부터 그렇게 생각했어. 그게 뭔지 밝혀내고 말겠어."

그들은 계속 걸었다. 앞으로 나아가도 뒤로 돌아가는 것과 마찬가지였다. 주위에는 이미 한기와 공포가 뚜렷하게 감돌고 있었다. 가만히 서 있을 수가 없다. 속삭이는 것조차도 불가능했다. 제인의 개는 변변치 못한 토끼 쫓기를 포기했는지 꼬리를 등허리에 동그랗게 말고 위세 좋게 걸어가고 있었다.

문득 숲을 빠져나왔다는 생각이 들자 활짝 열린 곳으로 나왔다. 언덕과 목장과 농가가 있는 아름다운 풍경이 발 아래에 펼쳐졌다. 썩은 울타리를 밟고 넘어가자 오래된 수레바퀴 자국이 깊이 새겨진, 풀이 무성하게 자란 오솔길이 있었다. 이 오솔길은 내려가다가 호수까지 이어지는 외길과 합쳐지게 되어 있었다. 아이들 옆으로는 삼각형에 가까운, 햇살이 눈부신 뜰이 있었는데, 꽃이며 벌들의 졸음을 유혹하는 나무그늘도 가득했다. 그리고 삼각형 정원 끝에는 한 채의 집이 서 있었다.

지금까지 이곳에 온 기억이 있는 아이들은 단 한 사람도 없었다. 커다랗고 고풍스런 집으로 담쟁이덩굴이 울창하게 뒤덮여 있고 문은 활짝 열려 있었다. 햇빛으로 따뜻해진 돌계단 위에서 고양이가 한 마리 햇빛을 쬐고 있었다. 옅은 초록색 눈을 가진 커다란 검정고양이였다.

바람은 완전히 멈췄으며 기묘한 적막이 가득 물들고 있었다. 세실은 에거턴 이모부가 읊던 옛 시를 떠올렸다. '바람 한 점 불지 않는' 땅을 읊은 시였다. 우리는 그 땅에 와버린 것일까? 이 잊혀진 정원은 대체 무엇일까? 이렇게나 이상하다고밖엔 할 수 없는 수수께끼가 넘치는 곳. 이 낯선 느낌은 무엇일까?

세실은 호소하는 듯이 레이철을 보았다.

"여긴 어딜까? 루시 할머니네 집은 도대체 찾을 수가 없구나."

"저 집에 가서 물어보고 올게." 레이철은 단호하게 말했다.

세실은 거기에 가는 것이 왜 이렇게 무서운지 스스로도 알 수 없었지만 여자 앞에서 겁내는 것을 드러내기는 부끄러워서 함께 따라갔다. 결국 튤립과 수선화, 금낭화가 흐드러지게 피어있는 곳, 정원 한가운데의 오솔길을 다 함께 걸었다. 그때 세실은 이 정원에서 무엇이 이상한지를 생각해냈다. 튤립도, 수선화도 금낭화도 사실이라면 이곳에 있을 리가 없다. 그 꽃들이 피는 계절은 훨씬 전에 지났기 때문이다. 그는 크리스의 작고 차가운 손이 슬며시 자신의 손 안으로 미끄러져 들어오는 것을 느꼈다. 계단께까지 왔을 때, 갑자기 제인의 개가 낮은 소리로 짖어대더니 획 하고 오른쪽으로 돌아서 달아났다.

"저 고양이가 싫은가봐." 제인이 말했다. 마치 우리가 개의 행동에 대한 해명을 요구하기라도 한 것처럼.

"쉬잇." 세실이 어째서 그랬는지 모르겠다.

레이철이 열려 있는 문을 두드렸다. 그러나 아무도 나오지 않았다. 고양이는 눈도 깜박이지 않고 아이들을 쳐다보고 있다. 대기에 감도는 라일락 향기. 지금은 늦은 여름이고, 라일락은 봄꽃인데. 앞으로 두 번 다시, 살아있는 한은 절대로 라일락 냄새를 견딜 수 없을 것 같다고 세실은 생각했다. 문 저쪽으로 커다란 사각의 널따란 방이 보이고, 한쪽 편에 닫힌 문이 있었다.

레이철은 안으로 발을 들여놓고 널따란 방을 가로질러 문께로 갔다. 다른 아이들도 모두 뒤를 따랐다. 혼자 남아 있느니보다는 따라가는 편이 조금은 무서움이 덜하기 때문이었다. 이미 엄청나게 추워져서 모두가 다 차갑게 얼어붙어 있었다. 레이철의 마른 어깨가 떨고 있다. 그러나 레이철이 취한 행동은 특이했다. 문도 두드리지 않은 채, 단지 이를 악물고는 손잡이를 돌려 안으로 들어갔던 것이다.

이번만큼은 충분히 재빠르게, 소리도 내지 않고 해냈다.

그들이 발을 들여놓은 곳은 아름답고 고풍스런 방이었다. 그곳에 두 사람이 있었다. 여자가 티 테이블 옆에 앉아 있고, 탁자 위에는 키가 큰 은촛대에 세워진 상아색 양초와 바이올렛 화분이 있다. 굉장히 아름다운 여자였다. 검은 머리칼을 하나로 묶어 금색 헤어밴드로 고정시켰다. 결이 고운 피부는 창백한 하얀색으로 마치 크림 같았다. 길고 완만하게 흐르는 검은 레이스의 소매가 달린 검은 벨벳 드레스를 입고 있었다. 어깨에는 진한 금색 벨벳으로 된 커다란 장미가 한 송이 달려 있으며, 아이들을 바라보는 물기 어린 팬지색 눈은, 기다란 가장자리 술 같은 눈썹 밑에서 매혹과 은은한 정열로 가득 차 있었다.

젊은 남자가 창가에 서서 커튼의 술 장식을 가지고 놀고 있었다. 그 또한 가지런한 얼굴 생김새에 약간 검은 피부의, 더할 나위 없는 모습이었는데 술을 잡아당기는 손은 새하얗고 무서우리만큼 기다랗고 가느다란 손가락을 지니고 있었다. 세실은 자신이 뭔가 굉장히 불길한 것과 마주하고 있음을 깨달았다.

젊은 사람은 창에서 떨어져서 테이블에서 컵을 집더니 아이들이 있는 곳으로 다가왔다. 세실은 어둡고 냉랭한 밤이 자기가 있는 곳으로 다가오는 듯한 느낌이 들었다. 그러나 젊은 남자가 컵을 내민 것은 레이철에게였다. 아이들은 모두 그의 손에 반지가 끼워져 있는 것을 보았다. 하나가 아니라 세 개로 이루어진 반지인데, 가느다란 금사슬로 서로 이어져 있어서 셋 다 빼거나, 모두 다 끼고 있어야만 하는 것이었다. 첫 번째의 반지에 다이아몬드, 다른 하나에는 루비가, 세 번째에는 에메랄드가 각기 박혀 있었다.

레이철은 고개를 돌려 컵을 외면했다. 그러자 부인이 빙긋 웃었다.

"네가 그걸 마시지 않은 건 정말 잘한 일이야. 마셨어도 몸에 지장은 없지만 두 번 다시 원래의 너로 돌아갈 수는 없단다. 지금도 이미 그전과는 많이 달라졌어. 그건 너 스스로가 바라던 것이긴 하지만 말이야. 그리고 마셨더라면 밖으로 나가자마자 곧장 우리를 잊어버렸을 거란다." 부인은 말했다.

부인은 일어나더니 아이들 쪽으로 다가왔다. 세실은 부인이 자기를 만지러 올까봐 두려웠고 그런 일을 당한다면 아무래도 참을 수 없을 것 같다고 생각했다. 그러나 부인이 멈춰선 것은 레이철 앞이었다. 희미하게 떨리는 루비색 빛이 순간, 방 한쪽에 있는 스테인드글라스 창을 지나 그녀의 흰 목덜미로 떨어졌다. 젊은 남자는 창을 등지고 떨어져서 서 있다. 그 얼굴에는 냉소가 어려 있었다. 어딘지 모르게 아름다운 타락한 천사처럼 보였다. 어둡고, 무력한, 그리고 반항적인 천사.

부인은 고개를 숙여 매우 은밀한 목소리로 레이철에게 뭔가 말했다. 그러나 아이들은 한 명도 남김없이 모두가 그것을 들었다.

"에거턴에게 전해주렴. 난 에거턴만을 사랑했다고⋯⋯. 아서 네스비트는 나에게 아무것도 아니었단다. 그 바보스럽기만 한 말다툼도……. 여기선, 사람들은 그런 것들을 잊어버리지……. 단지 사랑만을 추억한단다. 하지만 말이야, 내가 진주를 가져갔어……. 랠프를 위해서. 랠프는 나를 설득했어. 마이클 삼촌은 진주를 자기한테 남길 생각이었다고……. 그걸 에니드에게 주겠다고 유서를 썼을 때는 삼촌은 어린애처럼 이미 정상이 아니었으니까 말이야. 하지만 난 랠프에게 주지 않았어. 다락방 자물쇠가 걸린 상자 속에, 내 웨딩드레스 주름 사이에 진주가 있다고 에거턴에게 말해주지 않겠니? 네가 와서 문을 열어주어서 기쁘구나. 열 용기가 있는 사람이 그동안 없었거든. 이제야 마음이 놓이는구나. 자, 이제 가거라. 어서 가거라."

아이들은 곧장 떠났다. 그 무시무시한 집에서 밖으로 나오자마자 마구 내달려서 정원을 빠져나와 오솔길을 달려갔다. 숲속의 작은 길로 접어드는 곳에서 아이들은 발을 멈추고 뒤돌아보았다.

그곳에 집은 없었다. 다만 무성한 어린 나무들로 둘러싸인 담 한가운데 불에 타 쓰러진 벽의 흔적이 있을 뿐이었다.

"어서 집으로 돌아가자. 루시 할머니가 어떻게 생각하시든 상관없어. 난, 나는, 기분이 좋질 않아." 제인이 말했다.

아이들은 달리고 비틀거리면서, 서로 매달리면서 그렇게 집으로 돌아왔다. 도착해서도 아무도, 단 한 마디도 하려 하지 않았다. 말을 할 수가 없었다. 레이철 말고는. 그녀는 에거턴 아저씨에게 꼭 말해야만 할 것이 있었으므로 둘이서 서재로 들어가 그 이야기를 했다. 그런 다음 레이철은 밖으로 나와서 해시계 옆의 잔디밭에 몸을 던지고는 두려움에 벌벌 떨면서 훌쩍였다.

"이모부가 뭐라고 그래?" 세실이 속삭였다.

"처음엔 믿으려고 하시지 않았어. 내가 무심코 그, 그 남자가 끼고 있던 반지 얘기를 할 때까지는 말이야. 그랬더니 아저씨는 이렇게 말했어. '라쟈(^{인도의}_{임금})의 반지다……. 랠프가 늘 끼고 있었지'
라고. 그리곤 다락방으로 가셨어."

"있었어?…… 그곳에 있었느냐고?"

"있었어. 아저씨는 마치…… 마치 지옥에서 나온 사람 같았단
다."

아무도 충격을 받지는 않았다. 아이들은 그날 오후, 랠프 킬본의
눈을 들여다보았을 때, 지옥에 관해 많은 것을 배웠던 것이다. 지금
까지 알고 있던 것보다 훨씬 많은 것들을. 너무나도 어렸던 그들에
게는, 너무나도 많은…… 아마도 그 이상으로, 말을 잃어버릴 정도
의 사실을. 그런 일은 누구나가 알아도 되는 것은 아니다.

"이제 다시는 닫혀진 문을 열거나 하지 않겠어."

레이철은 말하면서 떨었다.

The Girl at the Gate
장미 소녀

로렌스 할아버지가 돌아가시던 날 밤에 너무나도 이상한 일이 있었다. 나는 지금까지 내내 그것을 설명할 수가 없었고, 어떤 한 사람 말고는 아무한테도 얘기한 적이 없다.

그 사람은 내가 꿈을 꾼 것이라고 했다. 아니, 꿈이 아니다……. 깨어 있던 때의 일이었으니까.

우리는 로렌스 씨가 설마 그때 돌아가시리라고는 생각지도 않았다. 그 정도로 중태인 것 같지 않았고, 그 전에 있었던 발작만큼 심하지도 않았기 때문이다. 아프다는 소식을 듣고 나는 숲속의 장원 저택까지 문병을 갔었다. 평소 로렌스 씨에게 크나큰 사랑을 받았기 때문이다. 커다란 저택의 안은 조용했고, 일하는 사람들은 언제나처럼 각자의 일을 계속하고 있었으며, 이렇다하게 서두르는 모습은 없었다. 때마침 의사가 와있었는데 지금 당장은 로렌스 씨를 만날 수 없다고 했다. 가정부 예이츠 부인이 발작은 그리 대단치 않으니 응접실에서 기다려달라고 했지만, 나는 커다란 아치형 현관문 앞의 계단에 앉아 있는 편이 좋겠다고 생각했다. 때는 6월의 저녁 무렵이었다. 숲속의 장원 영지는 아름다웠고, 오른쪽으로는 정원이, 앞쪽엔 저녁 햇빛을 가득 받은 자그마한 골짜기가 있었다. 커다랗게 나무 그늘이 진 이곳저곳은 그 시각에도 이미 캄캄했다.

그날의 저녁 무렵은 뭔가 평소 같지 않게 조용한 느낌, 그렇다, 예를 들면 폭풍 전의 적막과도 같은 것으로 가득 차 있었다. 그 적막함에 나는 지난번 로렌스 씨가 쓰러졌을 때의 일을 떠올렸다. 그것은 거의 일 년쯤 전의 8월이었다. 로렌스 씨가 회복기에 접어든 어느날 밤, 나는 간호사를 쉬게 하고 환자의 곁에 있었다. 로렌스 씨는 잠이 오지 않는지 말을 많이 하면서 자기 인생의 이런저런 애기들을 해주었다. 그리고 마지막으로 로렌스 씨는 마거릿에 관해 이야기해 주었던 것이다.

나는 마거릿에 관해 아주 조금 알고 있었다. 로렌스 씨의 연인이었던 사람으로 굉장히 젊었을 때 죽었다고 한다. 로렌스 씨는 그 이후로 줄곧 그 소녀의 추억을 소중히 여겨왔는데, 그런 그가 그녀에 관한 애기를 한 것은 처음이었다.

로렌스 씨는 꿈을 꾸는 것처럼 말했다. "무척 아름다운 사람이었지. 죽었을 때가 겨우 열여덟이었으니까, 지넷. 근사한 밝은 금발에 다갈색 눈을 지녔었지. 작은 상아에 그 사람의 초상화가 있어. 내가 죽으면 그것을 네게 주마, 지넷. 난 말이야, 지금까지 계속해서 그 사람을 기다렸단다. 와주겠노라고 약속을 했기 때문이야."

나는 그 의미를 알 수가 없었다. 그래서 로렌스 씨의 머리가 조금은 어떻게 된 건지도 모르겠다는 생각이 들어서 잠자코 있었다.

로렌스 씨는 말을 이었다. "마거릿은 오겠다고 했어. 반드시 약속을 지킬 거야. 마거릿이 숨을 거둘 때, 난 함께 있었지. 내가 그 사람을 팔에 안고 있었어. 마거릿은 이렇게 말했지. '허버트, 난 영원히 당신에게 성심을 다하겠다고 약속하겠어요. 언제까지나, 당신이 오실 때까지 몇 년이라도, 난 적막한 천국에서 홀로 외톨이가 되어야 하겠지만, 그런 동안에도, 내내. 그리고 당신의 마지막이 다가오면 죽음의 잠자리를 편안하게 해드리러 가겠어요, 당신이 해주셨던 것처럼. 꼭 가겠어요, 허버트'라고 말이야. 마거릿은 단단히 약속했어, 지넷. 우린 그렇게 마지막 순간의 만남을 기약했지. 마거릿은 반드시 올 거야."

로렌스 씨는 그 뒤로 깊이 잠이 들었고, 기운을 차린 뒤로는 두 번다시 그 얘기를 꺼내지 않았다. 나도 잊어버리고 있었는데, 그런 6월의 저녁 무렵, 제라늄으로 둘러싸인 계단에 앉아 있을 때, 문득 마거릿 얘기를 떠올렸던 것이다. 나는 마음이 가는 대로 마거릿에 대한 생각으로 빠져들었다. 오래전에 죽었고, 연인의 마음을 함께 무덤 속까지 가져가 버린 아름다운 소녀를. 마거릿은 나의 할아버지의 누이동생이다. 내가 조금은 그녀를 닮았다고 사람들은 말한다. 아마도 그것 때문에 로렌스 할아버지는 늘 나를 그렇게 귀여워해 주셨던 것이리라.

이윽고 의사가 나와서 가볍게 고개를 끄덕여 보였다. 나는 로렌스 씨의 상태는 어떠냐고 물었다.

의사는 단호하게 말했다. "괜찮습니다. 좋아지고 있어요. 내일이면 완전히 힘이 나실 겁니다. 발작은 매우 가벼운 것이었어요. 네, 물론 들어가셔도 상관없습니다. 하지만 30분 이상 오래 계시지 않도록 하십시오."

내가 들어가자 병실에는 로렌스 씨의 누이동생 스튜어트 부인이 있었다. 그녀는 내가 온 것을 다행으로 여기고 한동안 소파에 누웠다. 어젯밤 밤을 새웠던 것이다. 로렌스 씨는 깨끗하게 나이 든 은발의 머리를 베개 위에 눕힌 채, 내 쪽을 향해 인사로 빙긋 웃어 보였다. 그는 무척이나 잘생긴 노인이었다. 나이도, 병환도 섬세하게 조각된 얼굴을 못쓰게 만들거나 날카로운 강철 빛의 눈초리를 망가트리지는 못했다.

로렌스 씨는 무척이나 건강해 보였으며, 변함 없이 여유 있는 모습으로 이런저런 세상 돌아가는 얘기를 했다. 마침내 의사가 허락해준 30분이 지나서 나는 그만 나가려고 했다. 스튜어트 부인은 깊이 잠들어 있었으나, 로렌스 씨는 깨우려 하지 않았다. 아무것도 필요한 것은 없으며, 자신도 자고 싶기 때문이라고 하면서. 나는 내일 아침에 다시 오겠노라고 약속을 하고 방을 나왔다.

현관에는 램프가 하나도 켜있지 않아서 어두웠지만, 밖의 잔디는 달빛에 대낮처럼 환했다. 그렇게나 하얗고 밝은 밤은 처음이었다. 나는 정원을 가로질러 서쪽의 목장을 넘어가는 지름길을 통해 집으로 가려고 옆으로 빠져나와 정원으로 들어섰다. 정원을 가로질러 맞은편의 작은 문까지 내내 장미 덤불의 기다란 오솔길이 있다. 로렌스 씨가 그 옛날에, 마거릿에게 구애하기 위해 들판을 건너던 길이었다. 나는 밤의 분위기를 즐기면서 그 길을 더듬어갔다. 덤불은 장미꽃으로 새하얗게 변했고, 발 밑의 땅은 흩어진 꽃잎이 깔려 있어서 주위가 온통 눈으로 뒤덮인 것 같다. 대기는 적막으로 가득 찼고, 산들바람도 없다. 또다시 그 폭풍을 기다리는 듯한 느낌, 뭔가가 일어날 듯한 예감이 들었다. 내가 작은 문 가까이로 다가갔을 때, 젊디젊은 여인이 문 저쪽에 서 있는 것이 보였다. 보름의 달빛 아래, 나는 분명히 그 모습을 본 것이다.

그녀는 키가 크고 날씬했으며, 머리에는 아무것도 쓰고 있지 않았다. 머리칼은 밝은 금색이며, 마치 달빛을 붙들고 있기라도 한 것처럼 머리 주위가 무척이나 이상하게 빛나고 있었다. 얼굴은 예쁘고, 눈은 커다랗고 색이 짙다. 하얗고 부드러운, 희미하게 빛나는 옷을 입고 있으며, 손에는 한 다발의 백장미를, 무척이나 커다랗고 흠잡을 데가 없는 꽃을 들고 있다. 그런 와중에도 나는, 그녀는 대체 어디서 저것을 꺾었을까 하는 생각을 했다. 숲속 영지에는 그런 장미가 없었기 때문이다. 숲속 영지에 피는 장미는 훨씬 꽃망울이 작고 꽃잎이 적다.

낯선 소녀였는데도 나는 그녀와, 아니면 그녀를 매우 닮은 사람과 만난 적이 있는 듯한 느낌을 받았다. 아마도 로렌스 씨의 수많은 조카들 가운데 하나로, 병환 소식을 듣고 숲속 저택까지 온 것이리라고 생각했다.

내가 문을 연 순간, 갑자기 너무나도 생생한 공포가 차 올라서 오싹한 한기가 느껴졌던 것이다. 그러자 마치 내 가슴속을 꿰뚫어보기라도 한 것처럼 그 소녀는 미소를 지어 보였다.

"두려워하지 말아요. 당신이 두려워할 이유는 아무것도 없어요. 나는 그 사람과 만나기로 한 약속을 지키고자 왔을 뿐이에요." 그녀는 말했다.

그 말에 나는 뭔가를 생각해내려고 했지만, 도무지 확실하게는 떠오르지가 않았다. 나를 엄습했던 기묘한 공포는 차츰 커졌다. 말도 나오지 않는다.

그녀는 문으로 들어와서 아주 짧은 순간, 내 곁에 멈춰 섰다.

"이상하군요, 내 기억 속에 당신이 있다니. 그건 결국, 글쎄요. 진정한 사랑이 얼마나 강하고 아름다운가를 보세요. 죽음을 뛰어넘을 만큼의 사랑이죠. 우리처럼 거짓 없이 서로 사랑하는 사람은 언제 언제까지라도 서로 사랑하는 거예요. 그 강인함이 우리들의 천국을 창조한답니다."

그녀는 이렇게 말을 마치더니 계속 걸어서 기다란 장미 오솔길을 나아갔다. 나는 그녀가 저택에 이르러 계단을 올라갈 때까지 지켜보았다. 사실 나는 그 소녀를 머리가 좀 이상한 사람인가 보다고 생각했다. 집으로 돌아와서도 나는 이 일을 아무에게도 말하지 않았다. 그 소녀가 누구인지 들어본 적도 없었다. 그 이상한 만남은 왠지 모르게 나를 침묵하게 만들었던 것이다.

다음날, 로렌스 할아버지가 돌아가셨다는 소식이 당도했다. 서둘러 숲속의 저택으로 가보니 집 안 전체가 온통 뒤집어진 것처럼 혼란상태였다. 그러나 예이츠 부인은 나를 응접실로 데려가더니 얼마 되진 않지만 할 수 있는 만큼의 이야기를 해주었다.

"당신이 돌아가고 나서 곧 돌아가신 게 틀림없어요, 지넷 아가씨. 스튜어트 부인이 10시에 일어났을 때는 이미 돌아가신 상태였어요. 마치 너무나도 행복한 듯한, 뭐라고도 할 수 없는 그런 얼굴로 미소를 짓고 누워 계셨어요. 돌아가신 분의 얼굴에 그런 표정이 떠오르다니 난 결코 그런 걸 본 적이 없어요." 그녀는 우는 소리로 말했다.

"스튜어트 부인 말고 누가 이곳에 왔었나요?"

"아무도 안 계셨어요. 친구분들께는 모두 알렸습니다만, 아직 이른 시간이라 이곳엔 오시지 않았습니다." 예이츠 부인은 말했다.

"어젯밤에 정원에서 젊은 아가씨를 만났어요. 그분은 이 집으로 들어갔어요. 나는 모르는 사람이었지만, 분명 로렌스 씨의 친척이라고 생각했지요." 나는 천천히 말했다.

예이츠 부인은 고개를 저었다.

"아뇨, 틀림없이 누군가 마을에서 온 사람이겠지요. 아가씨가 돌아가신 뒤에 누군가 왔었는지는 전혀 모르겠는데."

나는 그 이상 아무 말도 하지 않았다. 장례식이 끝난 뒤에 스튜어트 부인이 마거릿의 초상화를 건네주었다. 나는 그때까지 단 한 번도 그 그림을 본 적이 없었고, 마거릿의 사진도 본 적이 없었다. 그곳엔 매우 아름다운 소녀가 그려져 있었고, 그리고 왠지 이상하게도 나하고 닮아 있었다. 나는 그리 아름답지는 않은데. 그래, 이 사람은 바로 내가 문 게에서 만났던 그 젊디젊은 여인의 얼굴이야!

Davenport's Story
대븐포트 이야기

비오는 날의 오후였다. 우리는 유령 애기로 시간을 보내고 있었다. 그것은 비가 오는 오후에 딱 들어맞는 이야기이고, 시간대로 보더라도 밤이 된 다음보다도 훨씬 어울린다. 땅거미가 질 무렵에 괴담 따위를 이야기 하면, 자신이 하든 남이 하든 간에 겁에 잔뜩 질려서 살금살금 집으로 도망쳐 죽음의 공포와 맞서 싸우게 된다. 그러다가 날쌔게 몸을 비켜 이층의 침실로 뛰어 올라가 뒤에 뭔가 있다고 상상하지 않아도 되도록 벽에 등을 바짝 붙이고 옷을 벗거나 하게 된다.

우리는 한 사람씩 이야기를 했다. 이상한 소리, 죽음의 예고, 수의를 입은 망령 등, 공포 이야기의 모든 카탈로그에서 골라낸 이야기였다. 제아무리 이론으로 단단히 무장된 유령 감상자라도 만족시킬 수 있을 정도로. 그러나 잭은 언제나 그렇지만 불만을 터뜨렸다. 우리 이야기는 모두가 다 남의 이야기를 그대로 옮긴 것뿐이라는 것이었다. 물론 우리 가운데 유령을 보거나, 소리를 들은 적이 있는 사람은 없다. 우리가 말하는 이른바 진짜로 있었던 이야기란 유령을 본 누군가로부터 이야기를 들은 누군가에게서 우리가 건네들은 것이기 때문이다.

"그런 거라면 믿을 수가 없어. 직접 진짜 유령을 보게 될 정도로 깊이 들어갈 생각은 결코 없지만, 본 적이 있는 사람에게서 직접 이야기를 들어보고 싶어." 잭은 말했다.

소원을 이루는 방법을 터득한 몇몇 사람은 있기 마련이다. 잭이 그중 하나였다. 마침 그가 이 말을 했을 때 대븐포트 할아버지가 홀연히 들어와서 우리가 모여서 괴담 이야기를 하는 것을 보더니 유령담을 들려주겠노라고 자진해서 말했다. 그것은 그의 할머니 또는 증조할머니에게 일어난 일이었다. 정확히 어느 쪽인지는 기억이 나지 않는다. 어디에나 널려있는 괴담에 비하면 훨씬 재미있는 이야기여서 대븐포트 할아버지는 잘도 이야기를 해나갔다. 잭도 그것을 인정했다. 그러나 그는 이렇게 말했다.

"역시 그것도 다른 데서 듣고 전하는 것에 지나지 않아요. 할아버지, 할아버지가 직접 유령을 본 적은 없나요?"

대븐포트 할아버지는 두 손의 손가락을 꽉 물리게 깍지를 꼈다.

"있다고 한다면 믿겠니?" 할아버지는 물었다.

"믿지 않아요." 잭이 당돌하게 말했다.

"그렇다면 얘기해도 소용이 없겠는걸."

"하지만 물론, 정말로 그런 경험이 있다는 얘긴 아니죠?"

"몰라. 하지만 이상한 일이 한 번 있었지. 뭐라고 정확히 설명할 만한 증거는 없어. 그러니까 이상한 이야기라는 것이지. 듣고 싶냐?"

우리가 듣고 싶어하는 것은 두말할 필요도 없다. 가슴이 두근두근했다. 의심하는 사람 따위 있을 리가 없다. 대븐포트 할아버지는 유령과 만났던 것이다.

"이것도 진부하다면 진부한 얘기겠지만." 그는 서두를 꺼냈다.

"유령이라고 하기엔 별로 독창성은 없는데. 그렇지만 말이야, 잭, 내가 내세울 게 있다면 이 얘기야말로 따끈따끈한 직매품이라는 거야. 여러분은 모두 우리 형인 찰스의 이름을 처음 들을 거야. 나보다 두 살 위인데 조용하고 점잖은 성격이라 결코 감정을 겉으로는 드러내는 법이 없지만, 무척이나 정이 깊고 두터운 사람이었어.

형은 대학을 졸업하자 도로시 체스터와 약혼을 했지. 도로시는 대단히 아름다웠고, 형은 그녀를 우상처럼 숭배했어. 그런데 결혼식을 올리기로 한 날 바로 얼마 전에 도로시가 죽어버린 거야. 찰스는 그 길로 드러누워서 아무리 애를 써도 일어나지를 못했지.

나는 도로시의 동생 버지니아하고 결혼을 했어. 버지니아는 조금도 언니와는 닮지 않았는데, 나중에 태어난 맏딸은 놀라우리만큼 죽은 이모를 쏙 빼닮은 거였어. 우리는 딸에게 도로시라는 이름을 지어주었지. 찰스는 도로시를 눈에 넣어도 아프지 않을 정도로 귀여워했지. 우리는 딸을 도리라고 불렀는데, 도리는 언제나 '찰스 삼촌의 딸'이었어.

도리가 열두 살 나던 해에 찰스는 일 때문에 뉴올리언스에 갔는데, 그곳에 있는 동안에 황열병에 걸려 돌아가시고 말았지. 형은 그대로 그곳에 묻혔는데 도리에겐 삼촌의 죽음이 어린 가슴에 커다란 충격이었던 모양이야.

그로부터 다섯 해가 흘러 도리가 열일곱 살이 되던 어느 날, 나는 서재에서 편지를 쓰고 있었지. 그날 아침 아내와 도리는 유럽으로 가는 길에 뉴욕에 들른 참이었어. 도리가 1년 동안 파리로 유학을 떠나기로 되어있었거든. 나는 뉴욕까지만이라도 가고 싶었지만 일이 있어서 아내의 오빠인 길버트 체스터가 같이 가주겠다고 했지. 세 사람은 다음날 아침 출항하는 아라곤호에 타기로 되어있었어.

나는 1시간 조금 못 되게 편지를 계속 썼지. 문득 피곤해서 펜을 내던지고 의자 등에 기대어 시가에 불을 붙이려고 했는데, 바로 그

때였어. 뭐라고도 설명하기 힘든 충동에 휩싸여 뒤를 돌아본 나는 놀라서 손가락 사이로 시가를 툭 떨어트리고 나도 모르게 벌떡 일어났지. 방문은 내가 마주보고 있던 곳에 단 하나가 있을 뿐이었어. 맹세해도 좋아. 그곳으론 아무도 들어오지 않았지. 그런데 그곳에, 나하고 서가 사이에 남자가 한 명 서 있었어. 그건 바로 형 찰스였던 거야!

잘못 보았을 리가 없어. 난 분명히 형을 본 거야. 지금 이렇게 너희들을 보는 것과 마찬가지로 말이야. 형은 키가 크고, 어떤가 하면 풍채가 좋은 사람이었지. 곱슬곱슬한 머리칼과 말끔하게 정돈한 턱수염을 갖고 있었어. 뉴올리언스로 떠나던 날 아침 우리에게 인사할 때 입고 있던 옷 그대로 옅은 쥐색의 양복차림이었어. 뒷짐을 진, 그 무렵 형이 즐겨하던 뒷짐을 진 자세로 말이야.

알아주었으면 하는데, 난 말이야, 실제로 그 순간에 무척 놀라긴 했지만 조금도 무섭거나 하진 않았어. 눈앞에 있는 것이 유령이나 요괴 종류라고는 손톱만큼도 생각하지 않았으니까. 당황한 내 머릿속을 스친 생각은 단지 어딘가에서 뭔가 엄청나게 잘못된 착오가 있어서 형이 죽었다고 알려졌으나 사실은 그게 아니며, 이렇게 팔팔하게 살아 있다는 것이었지. 난 황급히 형 쪽으로 다가갔어.

나는 큰 소리로 말했지. '세상에, 세상에 정말이지 보고 싶었어! 대체 어디에 숨어 있었던 거야! 모두들 형이 죽었다고만 여기고 있었는걸.'

내가 형 바로 가까이까지 다가갔을 때, 난 우뚝 멈춰 섰어. 어째서인지 더 이상 한 발짝도 다리를 움직일 수가 없었지. 형은 미동도 하지 않았지만 그 눈은 똑바로 내 눈을 주시하고 있었어.

"도리를 내일 아라곤호에 태우지 마." 형은 내가 잘못 들을까봐 분명한 어조로 천천히 말했어.

그러곤 사라져버렸지. 그렇고말고 잭, 나도 알고 있단다. 이 얘긴 유령담의 결말치고는 터무니 없을 정도로 뻔한 것이지. 하지만 난 정말로 일어났다고, 아니 적어도 실제로 일어났다고 믿고 있음을 말하고 싶구나. 아주 잠깐 동안, 그곳에 있었던 형이 눈 깜짝할 사이에 사라진 거야. 내 옆으로는 지나가지 않았고, 문으로 나간 것도 아닌데 말이야.

잠시동안 나는 멍해지고 말았지. 그렇지만 판단하건대, 난 분명히 깨어 있었고, 완전한 제정신이었어. 그런데도 모든 것을 믿을 수가 없었지. 무서웠느냐고? 천만에. 전혀 무섭지는 않았어. 단지 곤혹스러웠을 따름이었지.

혼란스러운 머릿속에 단 한 가지, 분명하게 떠오르는 생각이 있었지. 도리가 어떤 위험에 처해있다, 그러므로 만약 이것이 진정 초자연적인 힘으로부터의 경고라면 결코 무시해서는 안 된다고 말이야. 나는 역으로 달려가서 우선 아라곤호에는 타지 말도록 아내에게 전보를 치고 나서 뉴욕으로 가는 5시 15분 기차에 탈 수 있는지를 확인했지. 기차에 뛰어올라 겨우 안도했으나, 그런 얘기를 했다간 친구들은 분명 내가 미쳤다고 생각했을 거야.

다음날 아침 8시에 뉴욕에 도착하자 그 길로 아내와 딸과 처남이 묵고 있는 호텔까지 차를 달렸지. 모두들 전보를 받고는 무척이나 불안해하고 있더군. 나의 설명은 상당히 이치에 맞지가 않는 것이었겠지. 나 스스로도 완전히 바보 같다고 생각했으니까. 길버트는 내가 꿈을 꾼 거라며 웃었어. 버지니아는 어찌할 바를 몰라했고. 그러나 도리는 그 경고를 전혀 망설임 없이 받아들였단다. '물론, 그건 찰리 삼촌이에요.' 그래, 그 아인 확신을 가지고 잘라 말했어. '그렇다면 아라곤호로 가는 건 그만두겠어요'라고 말이야.

길버트는 마지못해하면서도 결정에 따를 수밖에 없었지. 그래서 아라곤호는 그날, 예정보다 세 사람이 적은 승객을 태우고 출항하게 되었어.

그렇고말고, 너희들도 알다시피 아라곤호는 안개 속에서 에스탈터호와 역사적인 충돌사고를 일으켰고, 사망자가 엄청난 대참사가 일어났지. 그 뉴스를 들었을 때 길버트는 결코 웃지 않았지. 버지니아와 도리는 한 달 뒤에 마르세유 호로 바다를 건너 무사히 목적지에 닿았단다.

이게 끝이야. 여러분, 이것이 유령 이야기로서는 오직 하나뿐인, 나의 체험담이야."

물어보고 싶은 것이 많이 있었고, 이론적으로 제시하고 싶은 의견도 몇 가지 있었다. 잭은 대븐포트 할아버지는 꿈을 꾼 것이며, 아라곤호와 에스탈터호가 충돌한 것은 우연의 일치에 지나지 않는다고 말한다. 그러나 대븐포트 할아버지는 우리의 그 어떤 의견에도 그저 웃기만 할 뿐이었다. 3시 무렵이 되자 하늘이 개기 시작했고, 그럼으로써 유령 이야기는 끝이 났다.

The Man on the Train
기차에서 만난 사람

윌리엄 조지에게서 전보가 왔을 때 셸던 할머니는 오직 혼자서 사이러스와 루이스의 상대하고 있었다. 사이러스와 루이스는 12살과 11살로, 할머니가 생각하건대 솔직히 말하면 그다지 훌륭한 아이들은 아니었다. "에그, 그저 완전히 갈팡질팡하는 아이들이야"라는 할머니의 말버릇 그대로였다.

전보는 윌리엄 조지의 아내 딜리어가 그린빌리지에서 중한 병에 걸렸으니 새뮤얼에게 곧장 할머니를 모시고 와달라는 것이었다. 딜리어는 평소부터 간병에 관해서는 할머니를 따를 사람이 없다고 여기고 있었다.

그러나 새뮤얼도, 그의 아내도 집에 없었다. 어제부터 집에 없었으며 돌아오는 것은 닷새 후가 될 터였다. 두 사람은 1주일 예정으로 아내의 친정을 방문하기 위해 20마일 떨어진 싱클레어까지 마차로 여행 중이었다.

"아이구머니, 이 일을 어쩌면 좋으냐." 할머니가 말했다.

"저녁 기차로 그린빌리지로 서둘러 가야해요." 사이러스가 시원

시원하게 말했다.

"어이구, 저런. 너희들 둘만 남겨놓고 말이냐!" 할머니는 외쳤다.

"루이스와 나는 내일까지 잘 해낼 거예요. 우린 오늘 싱클레어로 편지를 보내겠어요. 그러면 아버지와 어머닌 내일 밤이면 돌아오실 테니까요." 믿음직스럽게 사이러스가 말했다.

할머니는 불안스레 말을 꺼냈다. "그렇지만 말이다, 난 한 번도 기차를 타본 적이 없단다. 난 말이야, 난 혼자서 가는 게 너무나도 두렵단다. 기차 안에서 어떤 무서운 사람을 만나게 될지도 모르지 않니?"

"괜찮아요, 할머니. 제가 역까지 마차로 모시고 가서 표를 산 다음, 기차에 태워드릴 테니까. 그 다음엔 그린빌리지에 닿을 때까지 더 이상 아무것도 하지 않으셔도 돼요. 제가 윌리엄 조지 삼촌께 할머닐 마중 나오라고 전보를 쳐두겠어요."

"기차에서 내릴 때 넘어져서 목뼈가 부러져버릴지도 모르잖니?" 할머니는 비극적으로 말하면서도 검정 여행가방을 갖고 가는 게 좋을까, 아니면 노란 것으로 할까 마음속으로 결정을 못 짓고, '윌리엄 조지의 집에 아마(亞麻) 씨는 많이 있을까?' 하고 생각하고 있었다.

역까지는 10킬로미터였다. 사이러스가 그린빌리지에 9시에 도착하는 기차시간에 맞춰 할머니를 마차로 모시고 갔다.

할머니는 말했다. "아이구, 저런. 윌리엄 조지네 사람이 마중을 나와주지 않으면 어쩐다지? 틀림없이 오겠다고 한 건 알지만서도, 애, 사이러스, 그럴지도 모르지 않니? 모든 게 다 괜찮다면서 벌벌 떨 필요 없다고 말해준 건 고맙다만. 만약 네가 일흔다섯 살에다가 지금까지 한 발짝도 기차에 발을 들여놓은 적이 없다면 너도 별 수 없이 이렇게 부들부들 떨 게다. 꼭 모든 것이 다 잘된다고 할 수는 없을 게야. 기차 안에서 어떤 사람하고 얼굴을 마주칠지도 모르는 일 아니냐. 다른 기차를 타버릴지도 모르고, 또 차표를 잃어버릴지도 모르고 말이야. 그린빌리지를 지나쳐버리면 또 어떻게 하지? 지갑을 소매치기 당할지도 모르는데. 아 참, 그래, 그런 일이 없게 하면 되지. 애초부터 1센트도 갖고 있지 않으면 될 테니까. 차표를 사고 남은 돈은 모조리 집으로 갖고 가거라. 그러면 난 안심할 수 있어. 어이구, 저런, 딜리어가 그렇게나 위중한 병에 걸리지 않았더라면 여기서 한 발짝도 움직이지 않는 건데."

"아유, 괜찮다니까요, 할머니." 사이러스가 다짐을 했다.

손자가 사온 차표를 할머니는 손수건에 단단히 싸서 묶었다. 그때 기차가 들어와 할머니는 사이러스의 손을 꼭 붙잡고는 올라탔다. 사이러스는 할머니를 위해 쾌적해 보이는 좌석을 찾아드리고는 힘차게 악수를 했다.

"다녀오세요, 할머니. 두려워하지 않으셔도 돼요. 이것 보세요. 앨거스 주간신문이에요. 매점에서 사왔어요. 심심하실 것 같아서."

그리곤 사이러스는 가버렸고, 눈 깜짝할 사이에 역사와 플랫폼이 미끄러지듯이 뒤로 멀어지기 시작했다.

'아이구, 저런, 이게 대체 어찌 된 일이지?' 할머니는 깜짝 놀랐다. 다음 순간, 다른 사람들에게 들릴 만한 목소리로 말했다.

"세상에, 움직이는 건 우리 쪽이고, 역이 움직이는 게 아니로구면."

승객 가운데에는 할머니를 보고 유쾌하게 웃는 사람도 있었다. 실로 쉘든 할머니는 사람들이 흐뭇한 생각으로 바라보고 싶어할 만한 노부인이었다. 동그란 분홍빛 볼에, 부드러운 갈색 눈, 아름다운 순백의 곱슬거리는 머리칼을 지닌 할머니는 어디서든지 마주치면 기분이 좋아지는 법이다.

한참이 지나자 할머니는 놀랍게도 기차에 흔들리는 여행길을 자신이 무척이나 마음에 들어하고 있음을 깨달았다. 그것은 결코 생각했던 대로의 꺼림칙한 경험이 아니었던 것이다. 아니, 마치 집에서 자신의 흔들의자에 앉아 있을 때와 같은 쾌적한 기분이었다. 게다가 많은 사람들을 볼 수 있었는데, 많은 부인들이 아름다운 드레스와 모자를 입고 있었다. 기차 안에서 만나는 사람도 기차 밖에서 만나는 사람하고 큰 차이가 없구나. 깜짝 놀랄 정도로 많이 닮지 않았는가. 할머니는 그린빌리지에서 어떻게 내려야 할지를 몰라 걱정하는 일만 없었다면 여행은 즐거움으로 가득 찼을 것이었다.

네댓 개의 역을 지나 기차는 잡목 숲과 블루베리 황무지로 둘러싸인, 역사와 창고뿐인 한적한 곳에 정차했다. 그곳에서 탄 남자 한 명이 혼잡한 차 안에서 단 하나뿐인 빈자리를 발견하고 셸던 할머니 옆에 앉았다.

셸던 할머니는 숨을 죽이고 그를 보았다. 소매치기는 아닐까? 남자는 그런 사람 같지는 않았으나 기차에서 만나는 사람이므로 모르는 일이었다. 할머니는 자신이 단 한 푼도 돈을 갖고 있지 않다는 사실을 떠올리고서야 겨우 마음을 놓았다.

게다가 또한 그는 실제로 상당한 신분인 듯했으며, 나쁜 사람으로는 보이지 않았다. 조심스러운 차림새의, 감색 모직 슈트와 검정색 오버코트. 모자를 깊이 눌러쓰고 말끔하게 수염을 깎은 모습이다. 머리칼은 새카맸으나 눈은 파랗다. 아름다운 눈이라고 할머니는 생각했다. 할머니는 평소부터 크고 빛나는 파란 눈을 가진 남자에게는 강한 신뢰감을 품고 있었다. 셸던 할아버지는 아주 오래전에, 결혼한 지 4년 만에 돌아가셨는데, 그의 눈은 파랗고 빛났다.

'그래, 그 사람은 금발이었지'라고 할머니는 남편을 떠올렸다. '이런 검은 머리칼의 사람이 연한 푸른색의 눈을 가졌다니 전혀 어울리지 않는군. 하지만 정말로 미남이야. 이 사람한테 조금이라도 악의

가 있으리라고는, 절대로는 아니지만 생각할 수 없어.'

두레박이 떨어지듯이 초가을의 짧은 해가 지면서 할머니는 경치를 즐길 수가 없게 되었다. 그래서 사이러스가 사준 신문을 떠올리곤 바구니에서 그것을 꺼냈다. 2주일 전의 오래된 주간지였다. 첫 페이지에는 커다란 헤드라인으로 살인사건에 관한 긴 기사가 실려 있었다. 할머니는 서둘러 열심히 읽기 시작했다. 벌레도 죽이지 않고, 쥐를 잡는 덫조차도 보고 싶어하지 않는 마음 약한 셸턴 할머니인데도 살인 기사라고 하면 만사를 제치고 푹 빠져든다. 사건이 자극적이면 자극적일수록, 그리고 잔인하면 잔인할수록 할머닌 점점 더 깊이 빠져들어 읽는 것이었다.

이 살인사건은 할머니의 입장에서 보면 특히나 재미있는 것이었다. '스릴'로 가득 차 있었다. 남자 하나가 아무리 보아도 냉혹하게 사살되었다. 그리고 용의자는 아직 붙잡히지 않았으며 필사적으로 뒤쫓는 모든 수사망을 빠져나가 달아났다. 그의 이름은 마크 하트웰. 키가 크고 피부가 희며, 덥수룩한 턱수염을 길렀고, 옅은 색의 곱슬머리 남자로 묘사되어 있었다.

"세상에 무서운 일이야!" 할머니는 소리를 높였다.

옆의 남자가 사람 좋은 듯한, 재미있다는 듯한 미소를 띠면서 이쪽을 보았다.

"무슨 일이신데요?"

"네에, 샤롯빌의 이 살인사건 말이우." 할머니는 흥분한 나머지, 기차에서 만난 사람에게 말을 건다는 위험도 잊은 채 대답을 했다. "이 기사를 읽었더니 피까지 얼어붙는 것 같아요. 게다가 이런 짓을 한 사람이 아직도 이 땅 어딘가에 있다고 생각하면 말예요. 틀림없이 또다시 다음 사람을 죽일 계획을 세우고 있을 거예요. 경찰은 대체 왜 있는 건지 원."

"그 사람들은 멍텅구리들이지요." 흑발의 사내는 맞장구를 쳤다.

"하지만 이 사람은 양심에 찔릴 거예요." 할머니는 엄숙하게 말했는데, 그것은 다음 살인 계획을 세우고 있을 거라는 아까의 말과는 얼마간 모순되는 것 같았다. "같은 사람의 피로 자기의 손을 더럽히면 어떤 기분이 들까요? 틀림없이 그 사람에게 이미 벌은 시작되었을 거예요. 잡히든 잡히지 않든 간에."

"정말 그렇고말고요."

"이렇게나 잘 생긴 사람이 말예요." 할머니는 어조를 바꾸어 살인범의 사진을 보면서 말했다. "살인을 할 수 있는 사람 같진 않아요. 기사에는 의심할 여지가 없다고 쓰여 있긴 하지만."

"그놈이 범인입니다, 틀림없이. 하지만 그 살인 동기는 무엇일까요? 그 사건은 기사에 실린 것처럼 잔혹하지 않았는지도 모릅니다. 신문기자란 사람들은 모두들 사건을 조심스럽게 쓰는 법이 없으니까요." 흑발의 남자가 말했다.

할머니는 천천히 말했다. "저는 진심으로 하는 말입니다만, 살인범을 봤으면 좋겠어요, 단 한 번이라도 좋으니 말이에요. 제가 그런 말을 하면 늘 아델라이드는, 아델라이드란 새뮤얼의 아내입니다만, 어떻게 된 게 아니냐는 눈초리로 나를 본답니다. 정말 어떻게 된 건지도 모르지요. 그렇지만, 그래도 역시 그런 생각이 들어요. 내가 어린 시절에 우리 동네에 자기 아내를 독살했다는 의심을 받은 사람이 있었지요. 그의 아내가 너무나도 갑작스럽게 죽었기 때문에. 나는 그런 호기심의 눈길로 그 사람을 보았어요. 하지만 그런 것으론 만족할 수가 없었습니다. 그 사람이 진정으로 죄를 범했는지 어떤지 확실하지가 않았으니까요. 나는 그 사람이 죄를 범했다고는 믿어지지가 않았습니다. 어떤 면에선 무척이나 좋은 사람이었고 아이들한텐 굉장히 부드럽고 친절했으니까요. 아내를 독살할 정도로 나쁜 사람이, 뭐랄까 선량함도 함께 지닐 수 있다는 게 믿어지지가 않았거든요."

"분명 그런 일은 있을 수 없겠지요." 흑발의 사내도 동감의 뜻을 나타냈다. 그러곤 어딘가 건성인 듯한 모습으로 할머니의 오래된 앨거스 주간신문을 접더니 호주머니 안에 넣어버렸다. 할머니는 또 다른 살인사건 기사가 있는지 보고 싶었지만 그 잡지가 어디로 사라져버렸는지 그에게 물을 마음은 내키지 않았다. 게다가 때마침 그때, 차장이 차표 검사를 하러 왔다.

할머니는 바구니 속을 들여다보면서 손수건을 찾았다. 그곳에는 없었다. 바닥과 좌석, 좌석 밑을 찾아보았지만 어디에도 없었다. 일어나서 몸을 흔들어보았다. 역시 손수건은 없었다.

할머니는 세차게 외쳤다. "이를 어쩌나, 세상에. 차표를 잃어버렸어. 내 전부터 꼭 이런 일이 생길 것 같았다니까. 그렇게 사이러스에게도 말했는데. 아이구, 대체 어디로 가버린 걸까?"

차장은 무정하게도 싫은 내색을 했다. 흑발의 사내는 일어나서 찾는 것을 도왔다. 그러나 표는 찾을 수가 없었다.

"그렇다면 차표 값과 얼마간의 추가요금을 지불하셔야만 합니다." 차장은 퉁명스럽게 말했다.

할머니는 울먹였다. "무리예요. 난 단 1센트도 돈을 갖고 있지 않아요. 지갑을 소매치기 당하면 안 될 것 같아서 돈은 모조리 사이러스에게 건네주었습니다. 이 일을 어쩌면 좋아요?"

"걱정하지 마십시오. 제가 대신 내드리겠습니다." 흑발의 사내가 그렇게 말하면서 지갑을 꺼내 차장에게 지폐를 내밀었다. 투덜거리면서 차장은 거스름돈을 내주더니 앞좌석으로 갔다. 한편, 할머니는 흥분과 안도감으로 인해 창백해져서는 좌석 깊숙이 털썩 주저앉고 말았다.

"정말 고마워서 뭐라고 감사의 말씀을 드려야할지 모르겠습니다. 난 어쩌야 좋을지 몰라 눈앞이 캄캄했어요. 차장은 저 밖에 눈이 내리는데도 지금 곧장 저를 밖으로 내쫓을 작정이었을까요?" 할머니는 부들부들 떨면서 말했다.

"설마, 그렇게까지는 하지 않았겠지요." 그렇게 말하고는 흑발의
사내는 미소를 지으면서 한숨을 쉬었다. "하지만 성격이 비뚤어지
고 동정심이라곤 없는 녀석이군요. 전 옛날부터 저 녀석을 압니다
만. 그렇게 고마워하실 것 없습니다. 도움이 되어드려 기쁘니까요.
제게도 할머니가 계셨거든요."

"성함과 주소를 가르쳐주세요. 그러면 제 아들, 그러니까 미드번
의 새뮤얼 셸던이 틀림없이 돈을 돌려드릴 거예요. 정말이지 좋은
경험을 했답니다! 요 다음부턴 절대로 기차 안에서 정신을 빼놓
거나 하지 않고말고요. 다만 이제, 제 소원은 어쨌거나 아무 일
없이 이 기차에서 내리고 싶다는 것뿐입니다. 이런 소동은 신경에
충격을 주었을 테니까요."

"염려하지 마십시오, 할머니. 그린빌리지에 닿으면 무사히 내리시
도록 제가 보살펴드릴 테니."

할머니는 감격해서 말했다. "그렇게 해주시겠어요? 정말입니
까? 그래 주신다면 정말 마음이 놓이겠군요." 할머니는 빙긋 웃음
으로 화답했고, 이어서 이렇게 덧붙였다. "당신에 대한 것은 무엇이
든 신용할 수 있을 듯한 느낌이 들어요. 근본적으로 의심이 깊은 성
격인 내가 말이에요."

두 사람은 그 뒤로도 오랫동안 이야기를 나누었다. 아니, 그렇다
기보다는 할머니가 얘기하고 흑발의 사내는 그것을 듣고 미소를 지
었다. 할머니는 윌리엄 조지와 딜리어와 아기 얘기, 그리고 새뮤얼
과 아델라이드와 사이러스, 루이스와 세 마리의 고양이, 그리고 앵
무새 얘기를 했다. 그도 그것을 재미있게 듣는 것처럼 보였다.

기차가 그린빌리지 역에 닿자 그는 할머니의 짐을 정돈하고 친절
하게 기차에서 내리도록 도왔다.

"셸던 부인의 마중을 나오신 분 계십니까?" 그는 역장에게 물었

다.

역장은 고개를 가로저었다. "오지 않은 것 같습니다. 오늘밤은 한 사람도 마중 나온 사람을 보지 못했으니까요."

"아이고, 저런. 생각했던 대로야. 사이러스의 전보가 아직 도착하지 않은 게야. 아아, 이렇게 될 줄 알았어. 이 일을 어쩌면 좋겠어요?" 가련한 할머니는 말했다.

"아드님 집까지는 얼마나 되나요?" 흑발의 사내가 물었다.

"겨우 반 마일이랍니다. 저 언덕을 넘으면 바로예요. 하지만 이렇게 어두운 밤에 혼자선 갈 수 없어요."

"물론 무리겠지요. 하지만 제가 함께 가겠습니다. 길은 괜찮은 것 같고, 좋은 기분으로 갈 수 있습니다."

"하지만 저 기차는 기다려주지 않을 텐데요." 할머니는 거의 항의하다시피 말했다.

"상관없습니다. 30분 뒤면 스타몬트 화물열차가 이곳을 지나가니까 저는 그걸 타겠습니다. 자, 가시지요, 할머니."

"어이구, 정말로 친절하시군요. 당신을 아들로 둔 어머닌 틀림없이 자랑스럽게 여기시겠지요."

남자는 대답하지 않았다. 그는 그때까지 할머니가 화제 속에서 다뤘던 개인적인 질문에는 전혀 대답하지 않았었다.

오래지 않아 두 사람은 윌리엄 조지 셸던의 집에 도착했다. 마을 길의 상태는 좋았고, 또 할머니의 다리는 튼튼했으므로. 할머니는 놀라움과 진심 어린 환영을 받았다.

윌리엄 조지는 큰 소리로 말했다. "아무도 어머닐 마중 나가지 않았다니! 하지만 기차로 오시리라곤 꿈에도 생각지 못했어요. 기차를 얼마나 싫어하시는지 아니까요. 전보요? 아뇨, 전보 따윈 오지 않았어요. 사이러스가 치는 걸 깜빡 한 모양입니다. 저어, 그런데 정말로 감사합니다. 어머닐 이렇게나 친절하게 보살펴주셔서."

"천만의 말씀입니다." 흑발의 사내는 정중하게 말하면서 모자를 벗었다. 그러자 이마 위쪽에, 머리칼이 난 경계에 커다랗고 붉은 나비 모양을 한, 기묘한 흉터가 있는 것이 보였다. "조금이나마 어머님의 도움이 되어드려 기쁩니다."

저녁 식사를 하고 가라고 만류했으나 사내는 그럴 수가 없었다. 다음 기차가 곧 올 것이며, 그걸 타지 못하면 안 된다고 했다.

"저를 찾는 사람들이 있어서요. 저를 찾지 못하면 그 사람들이 크게 실망할 테니까요." 그는 기묘한 미소를 띠며 말했다.

그는 가버렸다. 그리고 그 사람이 이름도, 주소도 알려주지 않았음을 할머니가 떠올리기도 전에 스타몬트 화물열차의 기적 소리가 울리고 있었다.

"아이고, 저런, 어떻게 그 사람한테 돈을 보낸단 말이냐? 정말로 친절한, 선량한 마음씨를 가진 사람인데!" 그녀는 외쳤다.

할머니는 1주일 동안, 딜리어의 간병을 하는 내내 그 일을 마음 아파했다. 어느 날, 윌리엄 조지가 두꺼운 일간지를 들고 왔다. 그는 뭐라고도 할 수 없는 눈빛으로 어머니를 쳐다보더니, 일면에 실린 남자의 사진을 보였다. 말끔하게 수염을 깎고 이마 위쪽에 이상한 모양의 흉터가 있는 사내였다.

"어머니, 이 사람을 보신 기억이 있으세요?" 그는 물었다.

"있고말고. 저런, 기차에서 만났던 사람 아니냐? 이 사람이 누군데? 이름은 뭐라고 하더냐? 이제야 겨우 돈을 보낼 곳을 알게……." 할머니는 흥분해서 말했다.

"그놈은 마크 하트웰이라고 하는데, 샤롯빌에서 3주일 전에 에이모스 그레이를 사살한 사람이에요." 윌리엄 조지는 나지막하게 말했다.

할머니는 순간, 멍하니 그를 보았다. 그리고 외쳤다.

"그럴 리가 없어. 그 사람이 사람을 죽이다니! 난 절대로 믿을 수가 없어!"

"정말이에요, 어머니. 사건의 전말이 여기에 써있어요. 턱수염을 밀어버리고, 머리 염색을 했어요. 얼마 안 있어 나라 밖으로 도망치려던 참이었대요. 그놈이 어머니하고 함께 기차를 타고 오던 그날, 경찰은 다 잡았다가 놓쳤대요. 여기에 어머닐 모시고 오기 위해 녀석이 기차에서 내려버렸기 때문이죠. 변장이 완벽했기 때문에 그 흉터를 감추고 있는 한, 발각될 우려도 거의 없었단 말입니다. 하지만 몬트리올에서 발각되어 붙잡혔어요. 모든 걸 자백했다고 하네요."

"그런 건 아무래도 좋아. 나는 그가 전적으로 나쁜 인간이라고는 생각지 않아. 나 같은 가련한 늙은이에게 한 것을 보면 알 수 있어. 그것도 목숨만 겨우 살아서는 한참 도망치는 중에 그렇게 해 주었던 사람이야. 아니야. 비록 그가 사람을 죽였다해도 분명 그에게는 선한 면이 있어. 분명, 무척이나 후회하고 있을 게 틀림없어." 할머니는 활달한 목소리로 말했다.

할머니는 당신의 생각을 꿋꿋하게 바꾸지 않았다. 마크 하트웰의 험담은 결코 하지 않았으며, 듣지도 않았고, 다른 사람들이 모두 그를 비난해도 단지 가여워했다. 하트웰이 종신형을 받아 감옥으로 보내지기 전에 할머니는 떨리는 손으로 새뮤얼이 보내준 돈을 동봉해 편지를 보냈다. 그의 친절에 거듭 감사를 표하고, 자신이 한 행동을 후회하고 있겠지요, 나는 알고 있답니다, 라는 내용이었는데 살아있는 한, 매일 밤마다 그를 위해 기도할 생각이라고도 덧붙였다. 마크 하트웰은 꽤나 속을 태우고 반항적이었으나, 간수들의 말에 따르면 셸던 할머니의 짧은 편지를 읽고는 어린애처럼 울었다고 했다.

"근본부터 나쁜 사람은 없단다."

할머니는 이야기를 꺼내더니 이렇게 덧붙인다.

"옛날엔, 사람을 죽이는 건 나쁜 사람이라고만 여겼었는데, 지금은 나도 깨달은 바가 있단다. 그 불쌍한 사람의 일이 가끔 머리에 떠올라서 말이야. 내게 무척이나 친절하게 대해 주었고, 다정했지. 그 사람도 옛날엔 좋은 아이였을 게 틀림없어. 해마다 크리스마스엔 편지를 쓰고, 종교 팸플릿이나 뭐 그런 것들을 보내고 있단다. 사소한 것이지만 나 나름의 정성이지. 하지만 난 그때 이후론 기차를 타지 않았고, 두 번 다시 탈 마음도 없단다. 기차 안에선 아무리 정신을 똑바로 차리고 있으려 해도 무슨 일이 일어날지 모르는 데다가 어떤 사람을 만나게 될지 모르기 때문이지."

Detected by the Camera
사진기의 증언

어느 여름 날, 초보 사진가인 나는 사진에 푹 빠져있었다. 그 이후로도 사진에 대한 내 열정은 계속되었고 카메라와 잠시도 떨어진 적이 없다. 나는 카메라로 이런저런 색다른 모험을 하게 되었는데, 그 가운데서 가장 특이한 일은 바로 이것이다. 즉, 네드 브룩의 범행을 증명하는 데 중요한 역할을 해낸 것이다.

나의 이름은 에이미 클라크, 이 지역 초보 사진가의 일인자임을 자처한다. 내 소개를 위해 필요한 것은 이것뿐이다.

전부터 나는 꽃이 필 무렵에 사과 농장 집에서 사진 촬영해 달라는 캐럴 씨의 부탁을 받은 터였다. 그가 사는 집은 그림처럼 아름답고 고풍스런 농가주택이다. 집 앞으로 펼쳐진 잔디밭에는 아름답게 나이 든 나무들이 즐비하며, 양 옆은 과수원으로 둘러싸여 있다. 나는 어느 6월 오후에 장비를 완벽하게 챙겨 가장 괜찮다고 여겨지는 양식으로 캐럴 씨의 집을 '촬영하기' 위해 집을 나섰던 것이다.

캐럴 씨는 집에 없었으나 이제 곧 돌아올 거라고 했다. 바깥 현관의 문 옆에 있는 커다란 단풍나무 아래서 가족 모두의 사진을 찍어

달라고 했기 때문에 나는 캐럴 씨를 기다렸다. 나는 잔디밭의 낮은 쪽 가장자리로 가 관목 사이를 돌아다니면서 다양한 각도에서 몇 번이나 꼼꼼하게 살핀 끝에, 마침내 집이 최고로 멋지게 보일 만한 곳을 찾아냈다. 그러고도 남는 시간에 캐럴 씨네의 거티와 릴리언과 나는 해먹에 누워 단풍나무를 지나서 오는 산들바람을 즐기고 있었다.

네드 브룩이 언제나처럼 그 주변을 어슬렁대면서 우리들을 몰래 들여다보고 있었다. 네드는 길을 사이에 두고 캐럴 씨 집의 맞은편에 다 쓰러져 가는 오두막에 살았는데, 그 집안에서는 장래가 촉망되는 한 사람이었다. 무척이나 가난한 사람들로, 오로지 브룩 할아버지와 네드 두 사람이 캐럴 씨네서 일하고 있었다. 뭔가 일이 있어서라기보다는 동정을 베푼 것이리라고 생각한다.

브룩가 사람들의 평판은 그다지 좋지 않다. 무책임한 성격으로 유명했으며, 자기 물건과 이웃 사람들의 물건을 구별하는 선이 그리 분명하게 그어져있지 않다는 의혹을 받고 있었다. 그런 그들을 오히려 키워줄 뿐이라며 캐럴 씨를 비난하는 사람도 많았지만, 캐럴 씨는 굉장히 친절한 마음씨를 갖고 있었으므로 사실상 생활이 곤란한 그들을 그대로 내팽개칠 수는 없었다. 그 결과, 브룩가의 한 사람, 혹은 다른 한 명이 늘 캐럴 씨의 저택 주위를 여기저기 어슬렁대는 것이었다.

네드는 열네 살가량의 마른, 아마색 머리칼의 소년이다. 결코 남의 얼굴을 정면으로 보지 못하는, 교활하게 빛나는 눈은 다른 사람에게 호감을 줄 만한 것이 아니었다. 나는 네드를 볼 때마다, 누군가 좋지 않은 일을 시킬 만한 사람을 찾는다면, 네드 브룩이야말로 딱 들어맞는 사람이라고 생각하곤 했다.

이윽고 캐럴 씨가 돌아왔으므로 우리는 모두가 문께까지 맞으러 나갔다. 네드 브룩도 말을 끌어들이기 위해 함께 천천히 걸어갔다.

캐럴 씨는 고삐를 그에게 던져주었고, 동시에 지갑을 아내에게 건넸다.

"돈을 조심해서 숨겨둬야 할 거야." 그는 웃으며 말했다. "베리나무 밑에는 아기가 있다고 하던데, 여기엔 어느 베리 숲에 아무렇게나 그냥 숨겨둘 수 없을 만큼의 어마어마한 돈이 들어있지. 오늘 아침 길먼 해리스가 작년 가을에 내가 판 목재 대금을 지불해주었거든. 500달러야. 새 피아노를 사주겠다고 당신과 아이들에게 약속을 했잖아. 그러니 이건 몽땅 당신과 아이들 것이야."

캐럴 부인이 기쁘게 말했다. "고마워요. 하지만 집에 들어갈 때까지 당신 주머니에 도로 넣어두어야 겠어요. 에이미가 기다리고 있어요."

캐럴 씨는 지갑을 도로 받아들더니 입고 있던 얇은 오버코트 안주머니에 집어넣었다.

마침 그때, 문득 네드 브룩에게 눈길을 주었던 나는 네드의 얼굴에 갑자기 나타난 섬광과도 같은 교활하고 세찬 표정을 눈치채고야 말았다. 네드는 캐럴 씨의 지갑을 슬며시 겨냥했던 것이다. 그는 말을 끌고 급히 서둘러 물러갔다.

딸들은 환호성을 지르며 아버지에게 감사를 표했다. 때문에 그 누구도 네드 브룩의 행동을 눈여겨본 사람은 없었다. 마침내 내 머릿속에서도 이내 그 일은 멀리 사라져버리고 말았다.

캐럴 씨가 말했다. "자, 자리를 잡아봐, 에이미. 어이구, 준비가 완전히 되어있군 그래. 그럼 시작하지. 우린 어디에 설까? 자네가 가장 좋다고 여기는 곳에 잘 배치해주게나."

그래서 나는 단풍나무 그늘에 적당히 사람들을 정렬시키는 작업에 들어갔다. 캐럴 부인은 의자에 앉게 했고, 캐럴 씨는 그 뒤에 세웠다. 거티는 손에 꽃바구니를 들고 계단으로 올라갔고, 릴리언은 다른 한쪽에 섰다. 어린 남자아이들 둘, 테디와 잭은 단풍나무 위에, 그리고 보조개가 있는 여섯 살 난 막내 도라는 포동포동 살찐 팔뚝에 커다란 회색 고양이를 끌어안고 맨 앞줄에 심각한 표정으로 섰다.

훌륭하게 세팅 된 멋진 그룹이었다. 나는 뒤로 내려가서 마지막으로 노련한 척 전체를 조망하자 전문가로서의 자신감으로 가슴이 설레었다. 그런 다음 카메라가 있는 곳으로 가서 감광판을 넣고 '찍습니다'라는 말을 한 뒤, 캡을 떼어 냈다.

확실하게 하기 위해 두 장을 찍고, 그것으로 일은 끝났다. 그런데 한 장 더 감광판이 남았으므로 집만 찍는 것도 괜찮겠다는 생각이 들었다. 그래서 카메라를 새로운 곳으로 옮기고 캡만 떼어내면 되도록 준비를 막 끝내는데 캐럴 씨가 다가와서 말했다.

"아주 귀여운 것이 있다고 아이들이 모두 내게 뒤뜰로 가자는군. 카메라는 돌아올 때까지 그대로 두어도 괜찮을 거야. 자, 에이미."

모두는 조금 떨어진 뒷마당으로 갔다. 그곳에서 캐럴 씨는 내가 난생 처음 보는 귀여운 저지종의 송아지를 두 마리 자랑스럽게 내보였다.

그리고 우리는 오솔길을 따라 집으로 돌아왔다. 큰길이 보이는 곳까지 나오자, 나의 오빠 세실이 마침 마차를 몰고 지나가고 있었다. 오빠는 내가 준비가 되면 집에 함께 가자고 했다. 그렇게 하면 더위 속에, 먼지가 가득한 길을 걷지 않아도 될 것이었다.

캐럴가 사람들이 울타리께까지 내려와서 세실과 이야기를 나누고 있을 때 나는 전속력으로 과수원을 벗어나 울타리를 뛰어넘어 잔디밭으로 들어가서는 카메라를 두었던, 약간 떨어진 구석까지 달려갔다. 무척이나 서둘렀다. 세실의 말이 기다리기를 싫어한다는 것을 알기 때문이었다. 그래서 나는 집 쪽은 전혀 보지도 않은 채, 캡을 휙 하니 떼어내고는 둘을 세고 나서 캡을 닫았다.

그런 다음 감광판을 떼어 내 홀더에 넣은 다음 장비를 챙겼다. 이 일을 모두 끝내는 데는 5분도 채 걸리지 않았던 것 같다. 그러는 내 내 나는 집에 등을 돌리고 있었다. 그리고 짐을 모두 챙겨 그곳 은 신처에서 몸을 일으켰을 때는 집 근처에 사람 그림자 따위는 보이지 도 않았다.

황급히 서둘러 잔디밭을 가로지르면서 나는 빠른 걸음으로 오솔 길을 걸어가는 네드 브룩을 보았다. 하지만 그 당시에는 별달리 아 무런 생각도 않았고, 훨씬 나중이 될 때까지 떠올리지도 않았다.

세실이 기다려주었으므로 나는 마차에 올라타고는 출발을 했다. 집에 도착하자 암실에 틀어박혀 캐럴 저택에서 찍은 최초의 두 장의 네거 필름 현상에 돌입했다. 두 장 다 훌륭한 솜씨였다. 굳이 따진 다면 처음에 찍은 사진이 조금 더 괜찮았으므로 그것으로 완성을 하 기로 결정했다. 세 번째의 것도 현상할 작정이었으나, 첫 번째 것이 완성되었을 때 사촌들이 여섯이나 갑작스레 찾아왔다. 나는 장치 모 두를 정리하고, 어두운 방에서 나와 그들을 대접하기 위해 달려나가 야만 했다.

다음날, 세실이 밖에서 돌아와서 말했다.

"너 들었니, 에이미? 캐럴 씨가 500달러가 든 지갑을 잃어버렸 대."

"뭐라고! 어떻게? 언제? 어디서?" 나는 소리쳤다.

"야야, 그렇게 한꺼번에 물으면 어떡해? 한가지씩 대답해 줄게. 어젯밤 일이래. '어떻게 그랬는가' 하면 캐럴 씨네도 모른대. '어 디서'인가에 대해서는, 아이고, 그걸 안다면 찾을 희망이 있겠지 만 말이야. 그 집 딸들이 무척이나 실망한 모양이야. 그 돈은 그 아이들이 무척이나 갖고 싶어했던 피아노를 사려던 것인 모양이 야. 그게 없어져버렸으니."

"하지만 세실, 어떻게 그런 일이?"

"그게 말이야, 캐럴 씨는 어제 문께에서 부인으로부터 지갑을 돌려 받아서는 오버코트 안주머니에 넣었다는 거야."

"그건 나도 봤어." 나는 목소리에 힘을 주었다.

"그랬어? 그러고는 사진을 찍으러 가기 전에 캐럴 씨는 코트를 현관 홀에 걸어놓았대. 코트는 저녁때까지 그곳에 걸린 채로 있었고, 아무도 돈 생각은 하지 않았던 모양이야. 모두들 누군가가 잘 보관을 했으리라고 여긴 거지. 차를 마신 뒤에 캐럴 씨는 그 코트를 입고 네더비에 누군가를 만나러 갔대. 그렇지만 지갑 생각은 전혀 하지도 않았대. 코트 주머니에 넣은 것조차 까맣게 잊었다더군. 캐럴 씨는 11시쯤, 들판을 가로질러 돌아와서는 소가 토끼풀 건초를 밟고 들어가는 걸 발견했대. 그러자 커다란 소동이 일어났고, 간신히 쫓아낸 다음에 집으로 들어서면서, 마침 문께에서 돈 생각이 퍼뜩 떠올랐다는 거야. 호주머니 속을 손으로 더듬어 보았지만 지갑은 없었지. 꺼냈느냐고 부인한테 물어보았지만, 아니라고 했어. 다른 사람도 꺼낸 사람이 없었고. 호주머니에 구멍이 뚫려 있긴 했지만 캐럴 씨 말로는 너무 작아서 지갑이 빠져나갈 리가 없대. 그렇지만 구멍으로 빠져나갔는지도 몰라. 네더비에서 누군가가 호주머니에서 훔쳐간 것이 아니라면 말이야. 하지만 그건 있을 수가 없어. 캐럴 씨는 단 한 번도 코트를 벗지 않았으며 지갑은 안주머니에 있었으니까. 캐럴 씨네 가족들은 두 번 다시 지갑을 찾지 못할 것 같아. 그야 물론 누군가가 주워줄지도 모르지만, 가능성은 희박하지. 캐럴 씨가 들판을 가로지르던 때의 경로도 확실하게는 몰라. 또 소를 쫓는 동안에 잃어버렸다면, 훨씬 돈을 찾기는 힘들어질 거고. 캐럴 씨 가족들은 물론 하루 온종일 찾아다녔지. 딸들이 무척이나 실망했대."

문득 어제 문께에서 보았던 네드 브룩의 얼굴이 떠올랐다. 그리고 이어서 내가 잔디밭을 뛰어나올 때 평소의 느릿느릿한 발걸음과는 달리 빠른 걸음으로 오솔길을 지나가는 그를 본 사실이 떠올랐다.

"떨어트린 건지 어떻게 알 수 있지? 아마도 지갑은 캐럴 씨가 네더비에 가기 전에 도난을 당한 것 같아." 나는 말했다.

"그 사람들은 그렇게 생각하지 않아. 누가 훔쳤다는 거야?"

"네드 브룩이야. 그 아이가 어슬렁거리는 걸 보았어. 그 지갑 속에 500달러가 들어 있다고 캐럴 씨가 말할 때의 그 아이의 표정을 기억하고 있어."

"사실은 말이야, 나도 네드가 뭔가 알지도 모른다고 말해보았어. 그곳에서 기다릴 때, 그 아이가 오솔길을 내려가는 걸 본 기억이 나서 말이야. 하지만 캐럴 씨네 사람들은 전혀 귀를 기울이려고도 않았어. 브룩 씨네는 캐럴 씨네가 보살피는 거나 마찬가지이기 때문에, 그 사람들의 잘못을 요만큼도 믿으려하지 않던걸. 그렇지만 네드가 훔쳤다 하더라도 그 아이에게 불리한 증거란 흔적조차도 없어."

나는 골똘히 생각하면서 말했다. "그래, 없겠지. 하지만 생각하면 생각할수록 분명 그 아이가 훔쳤다는 생각이 드는걸. 우리가 다 함께 저지종의 소를 보러 뒷마당으로 갔었잖아. 그 동안 내내 코트는 현관 홀에 걸려 있었고, 집 안엔 아무도 없었거든. 그리고 나는 네드가 그렇게 종종걸음으로 길을 서둘러서 가는 걸 봤는데 우리가 돌아온 바로 뒤의 일이었어."

이삼일 뒤에 나는 그 의혹을 캐럴가 사람들에게 말했다. 내가 완성된 사진을 들고 갔을 때, 없어진 지갑이 여전히 어디로 갔는지 전혀 짐작이 가지 않는다는 말을 들었던 것이다. 그러나 네드 브룩이 누구보다도 지갑의 행방을 잘 알지도 모른다고 넌지시 비추자, 캐럴 씨네 사람들은 정색을 하고 화를 냈다. 네드를 의심하는 건 자기 가족들을 의심하는 것과 다를 바가 없다는 것이었다. 내 말에 무척이나 기분이 상한 것 같아서 나는 입을 다물고 더 이상 내 짐작만으로 그들을 화나게 하는 건 그만두기로 했다. 그 뒤로는 사촌들의 방문으로 시끌벅적했으므로 그 사건은 완전히 머릿속에서 지워지고 말았다. 사촌들은 2주일 동안 머물렀고, 그 동안 내내 나는 무척이나 바빠 세 번째 필름을 현상할 시간이 없었다. 솔직히 말하면 까먹고 있었다.

사촌들이 돌아간 지 얼마 안 된 어느 날 아침, 그 필름이 생각나서 현상하기로 했다. 세실이 함께 하기로 해 우리는 작업실에 틀어박혀 루비 색의 등을 밝히고 작업을 시작했다.

나는 그 필름에는 그다지 기대를 걸지 않았었다. 밖에다 내놓기도 하고 함부로 다뤘으므로 노출 부족이거나, 빛이 들어갔을지도 몰랐다. 그래서 현상은 세실에게 맡기고 나는 정착액을 준비하고 있었다. 세실은 휘파람을 불면서 작업을 하고 있었는데, 갑자기 '세상에!' 하는 크고 날카로운 소리를 지르면서 놀라 벌떡 일어났다.

"에이미, 에이미, 이것 좀 봐!" 그는 외쳤다.

나는 달려가서 그가 장미색 등에 비추고 있는 필름 원판을 보았다. 멋지게 아주 잘 찍혀 있었으며, 캐럴 저택이 선명하게 떠올랐고, 바깥 현관문과 계단이 모조리 바라다보였다.

그곳에 분명히 집에서 밖으로 발을 내딛고 있는 머리에 낡은 밀짚모자를 쓴 소년의 모습이 있었다. 그리고 그의 손에는 지갑이 들려 있었다!

그는 귀를 기울이는 것처럼 고개를 집의 한쪽 구석을 향해 세우고 있었다. 한 손은 낡은 코트의 앞을 열고, 다른 한 손은 공중에 뜬 채 지갑을 들고 있다. 지금 당장이라도 그것을 안주머니에 넣으려는 것 같다. 그런 정경 전체가 너무나도 선명해서 눈이 있는 사람이라면 누구라도 그를 네드 브룩으로 인정했으리라.

"세상에, 이건!" 나는 숨차하면서 말했다. "여기에 넣는 거야, 빨리!"

우리는 그것을 정착액에 담그고는 숨을 돌리고 앉아서 서로 얼굴을 마주보았다.

세실이 말했다. "그런데, 에이미. 캐럴 씨네는 감쪽같이 한 방 먹었군! 네드 브룩은 절대로 그럴 리가 없다고 했는데. 그건 당치도 않다고 말이야. 여럿이서 합세해 공격을 하다니 그 아이가 얼마나 상처를 입겠느냐고 했지. 이걸 가져가기만 하면 그 사람들을 납득시킬 수 있어."

"캐럴 씨네는 돈을 모두 돌려 받을 수 있을 거라고 생각하지 않아? 아직 그 아인 돈에 조금도 손대지는 않았을 거라고 생각하는데." 나는 물었다.

"글쎄. 어쨌든 해보자. 정황 증거로서 캐럴 씨네 집으로 가져갈 수 있을 정도로 원판이 마르려면 얼마나 시간이 걸리는데?"

"3시간쯤. 하지만 어쩌면 그보다 더 빨리 될 수도 있어. 그게 완성되면 두 장을 인화할 생각이야. 캐럴 씨네는 뭐라고 할까?"

"대충 찍고 아무렇게나 다루었는데, 이렇게 잘 나오다니 이건 운이 너무 좋았던 거야. 그렇지, 에이미. 이건 무척이나 드문 일이야."

이윽고 원판이 말라서 두 장을 인화했다. 그것을 소중하게 종이에 싸서 우리는 캐럴 씨네 집을 향해 나아갔다.

국가의 평화와 행복을 어지럽히는 무시무시한 음모의 증거를 밝히는 정치가처럼, 세실이 원판과 사진을 꺼내 그들 앞에 내밀었을 때의 캐럴 씨네 가족들처럼 놀라자빠진 사람들도 없으리라.

캐럴 씨와 세실은 사진을 들고 브룩의 오두막으로 갔다. 집에 있는 것은 네드와 어머니뿐이었다. 처음에 네드는 죄를 완강히 부인했으나, 캐럴 씨가 사진을 내놓자 발작적 공포에 풀썩 쓰러지더니 모든 것을 낱낱이 자백했다. 어머니는 돈이 든 지갑을 꺼내왔다. 그들은 그 동안 단 1센트도 쓸 마음이 나지 않았던 것이다. 캐럴 씨는 의기양양하게 집으로 돌아왔다.

　어쩌면 네드 브룩을 그렇게 간단히 놓아주는 것이 아니었는지도 모른다. 그러나 그의 어머니가 울며불며 애원하자 원래부터 친절한 캐럴 씨는 뿌리칠 수가 없었던 것이다. 그래서 그들을 전혀 벌하지 않고 가족 모두를 비롯해 연고가 있는 사람을 모조리 해고시켰을 뿐이었다. 브룩네는 소문이 퍼져 더 이상 배길 수가 없었던 모양이다. 한 달도 채 지나지 않아서 모두가 다른 곳으로 이사를 했다. 메이플 턴 마을로서는 무척이나 고마운 일이었다.

From Out the Silence
침묵 저편에서

　앤 해밀턴은 에디스의 꿈을 꾸다가 일어났다. 죽은 사람의 꿈을 꾸는 것은 이상한 일이었다. 꿈에서는 죽은 사람도 살아 있지만, 실제로는 그 사람이 이미 죽었다는 사실을 알고 있기 때문이다. 에디스가 죽은 뒤에 앤이 그녀의 꿈을 꾼 것은 처음 있는 일이었다. 그렇지만 꿈속에서 앤과 함께 걷던 에디스는 고개를 외면하고 있었다. 내내 외면한 채였다. 꿈은 앤을 조금도 위로해주지 못했다. 기억 속에 있는 에디스의 얼굴에는 이미 안개가 껴서 몽롱해져 있었다.

　앤에게는 기묘한 결함이, 아니 어떤 능력의 결여가 있다. 한동안 만나지 않은 사람의 얼굴을 떠올리지 못하는 것이다. 다른 사람들처럼 과거의 사람들 모습을 눈앞에 떠올리는 것이 불가능하다. 에디스가 이 세상을 떠난 지 6개월이 지나자 앤은 옛 친구가 어떻게 생겼는지를 잊었다.

　에디스를 떠올리는 데 도움이 될 사진 한 장 없다. 에디스는 절대로 사진을 찍지 못하게 했다. 그것은 에디스 성격의 독특한 일면이었다. 자기 사진을 한 장도 남기지 않겠다고 단단히 결심하고 있었던 것이다. 앤은 이것만큼은 에디스의 생각을 조금도 바꿀 수가 없었다.

에디스가 죽은 지는 반년이 지났지만, 두 사람이 다투고 헤어진 지는 일 년이 된다. 불량배인 짐 하비를 둘러싼 바보 같은, 의미도 없는 싸움! 그것은 마치 마른하늘의 날벼락과도 같은 것이었다. 짐 하비는 그때까지 늘 화제에 오르곤 했었다. 하기야 둘의 의견은 언제나 어긋나 있긴 했지만. 앤은 짐 하비 같은 사람은 지금까지도, 앞으로도, 절대로, 딱 질색이었다. 그러나 에디스는 언제나 그를 호의적으로 보았으며, 변호해주었다. 그 사람으로 인해 둘이 옥신각신 다툼이 일어나리라고는 생각지도 못했었다. 그런데 싸움이 일어나고 말았다. 어느 날, 에디스는 무슨 일인지 심정적으로 괴로워하고 있었다. 아마도 앤이 약간 둔감한 탓에 뭔가 아픈 데를 찌르고 말았던 것이리라. 30년 동안의 두터운 우정도 어디로 갔는지 둘은 지독한 싸움을 했던 것이다. 그렇더라도 에디스가 만약 살아 있다면 화해를 할 수도 있었을 텐데. 앤은 그렇게 단단히 믿고 있었다. 그러나 앤은 이내 외국으로 여행을 떠났고, 이탈리아에 있는 동안에 다툰 사실을 전혀 모르는 어떤 친척이 전보로 에디스의 갑작스러운 죽음을 알렸던 것이다. 앤은 베개에 얼굴을 파묻고 울었다. 그녀는 언제나 그 순간의 고통을 떠올렸을 때마다 그렇게 울곤 했다.

앤이 고향으로 돌아와 보니 에디스의 무덤에 가을비가 내리고 있었다. 그 뒤로는 겨울에 폭풍이 부는 날 밤이면 앤은 홀로 앉아서 죽은 친구 생각만 하는 것이었다. 독서로 고통을 달래는 것조차도 불가능했다. 무엇을 하든지 에디스가 생각날 뿐이었다. 둘이서 많은 책을 읽고, 의견을 서로 주고받곤 했다. 책을 펼칠 때마다 에디스가 표시를 해둔 시나 글귀가 나오곤 했다. 만일 싸우지만 않았더라면 얼마나 많은 위로가 되었을까? 그러나 지금은 그것이 날카로운 비수처럼 앤의 가슴을 찔렀다.

올빼미 숲 집의 문은 닫혀진 채 사는 사람도 없었다. 앤이 언덕 위를 올려다보아도, 다시는 그곳에서 에디스가 켜 놓은 등불을 볼 수가 없다. 하물며 에디스는 앤을 미워한 채로 죽은 것이었다. 부드러운 말 한 마디도, 안녕이라는 말도 없이. 가슴이 아파서 견딜 수가 없었다. 만약 에디스가 죽기 전에 따뜻한 마음으로 나를 생각해 주었더라면, 화해를 하고 싶어했음을 알 수만 있다면, 모든 것을 다 바쳐도 좋다고까지 앤은 생각했다. 그러나 에디스는 아무런 말도 남기지 않았다. 그것은 그런 생각을 하지도 않았다는 것이리라. 해밀턴가 사람들은 단 한 번의 싸움을 했다손 치더라도 결코 용서하는 법이 없다. 그대로 에디스는, 영원히, 그 어떤 화해의 말도 하지 않은 채, 침묵 속으로 들어가 버린 것이다.

냇가 집으로 돌아온 뒤로 겨우내 앤은 무척 쓸쓸했다. 그녀는 무뚝뚝하고 마음을 잘 열지 않는 성격이어서, 새침하다는 평판을 들었으며, 달리 친한 친구도 없었다. 에디스와 앤 두 사람은 나이가 비슷하고 소녀 시절부터 친구였다. 에디스의 남편은 결혼한 지 얼마 안 되어 젊어서 죽었으므로 앤에게는 에디스가 정말 결혼했다는 생각이 조금도 들지 않을 정도였지만, 에디스의 남편 앨라스테어 그레이엄은 아내에게 많은 재산을 남겼다. 그리고 올빼미 숲 집은 아름다웠다. 그러나 에디스는 자기 집에서 보내는 시간만큼 많은 시간을 크로이든 교외에 있는 앤의 검소하고 작은 집에서 지냈던 것이다.

앤은 살면서 수없이 맛보아온 슬픔 덕택에, 제아무리 괴로운 기억도 시간이 지나면 언젠가는 옅어지며, 온화한 부드러움과 그리움으로 바뀐다는 것을 터득하고 있었다. 다만 거기에 '독'만 없다면. 만약 그 싸움이 없었더라면, 그리고 만일 에디스가 자기에게 죽음이 가까웠음을 알고도 여전히 아무런 화해의 몸짓도 보이지 않은 그 일만 없었다면, 앤에게 남겨진 에디스의 추억은 친구도, 위안도 될 수 있었을 것이었다. 앤은 잘 알고 있었다. 만약 그랬었다면 에디스가 지금도 그곳에 있다고 멋대로 생각해도 되고, 둘 다 좋아했던 밝은 달빛 아래서, 둘이서 심은 꽃들에게 둘러싸여 많은 이야기를 나눴던 정원에 에디스가 있다고 생각해도 좋을 것이었다. 둘이서 배꼽이 빠져라 웃었던 농담이 지금도 분명 여전히 즐겁게 울려 퍼지리라, 그 그리운 침묵조차도. 에디스와 함께 있을 때의 침묵은 다른 사람과 이야기를 나눌 때보다도 훨씬 많은 것을 말했었다. 떠올리는 것만으로도 아름답게만 여겨졌다.

하지만, 지금은…….

"나의 하루하루는 덧없기만 할 뿐이야." 앤은 쓸쓸하게 말했다.

세월은 분명 덧없는 것에 지나지 않았다. 더구나 그녀는 노인이 아니라, 아직 마흔여덟 살인 것이다. 앞으로 기나긴 세월이 기다리고 있음에 분명하다. 괴롭고 텅 빈 세월이. 추억은 모조리 독을 품고 욱신욱신 곪아가고 있었다.

"애오라지 한 마디만 했더라면. 단 한 마디라도 좋으니까. 에디스가 내 이름을 불러주기만이라도 했다면!"

에디스가 고개를 돌리고 있던 꿈의 참혹함이 하루종일 그녀를 따라다녔다. 그 탓에 앤은 모든 것이 괴롭게만 여겨졌다. 정원의 아름다움도, 에디스가 두 해 전의 크리스마스에 주었던 버드나무 문양 접시도, 선 포치에서의 황혼의 고요함도, 냇가 집 서쪽의 그림자에 가라앉은 언덕의 멋진 분위기도, 부드러운 초승달의 하늘도, 군대에 가서 전사한 사촌을 애도하며 함께 심었던 나무도. 짐 하비는 뭔가 속임수를 써서 징병을 면했었다. 싸움의 계기는 앤이 그 일로 무슨 말을 했기 때문이었다. 짐 하비, 노골적이고 아첨을 잘 하며, 매력적이지 않은 그에 관해서 앤은 아주 심한 말을 에디스에게 자주 했었다. 에디스는 그래도 벌컥 화를 내거나 하지는 않았다.

"그는 점점 변변치 못한 사람이 되어가고 있어." 에디스는 슬픈 듯 고개를 끄덕일 뿐이었다.

"하지만 말이야, 난, 그 사람을 좋아하지 않을 수가 없어. 그 사람은 미워할 수 없어. 하긴 네가 하는 말은 모두가 사실이야. 징병 회피나 공금을 횡령하는 친척을 부끄러워해야 한다는 것도 알아. 난 그 사람이 한심하다고 생각해. 그러면서도 좋아. 어쩔 수가 없어. 그 사람은 너무나도 귀여운 아기 같아. 너도 그건 부정하지 못하겠지? 난 만나자마자 그 사람을 좋아하게 되었어. 난 일단 누군가를 좋아하게 되면 싫어지지가 않아. 하고 싶은 만큼 그 사람 험담을 해도 괜찮아, 앤. 난 머릿속으로는 네가 하는 말 하나하나가 다 옳다고 생각해. 그렇지만 마음속으로는 아무래도 받아들여지지가 않아. 그 사람이 지금 어디에 있는지 안다면 어떻게든 도와주고 싶어." 에디스는 이렇게 분위기를 바꾸어 말하는 것이 보통이었다.

에디스는 언제나 너그럽게 앤의 생각을 이해해주었다. 그랬는데 그렇게 심하게 화를 냄으로써 인생의 동반자를 완전히 둘로 갈라놓으리라고는 꿈에도 생각지 않았다. 앤은 도저히 이해할 수가 없었다.

그날, 노을이 질 무렵에 사촌 리다가 언제나처럼 친척들의 소문을 잔뜩 들고 찾아왔다. 앤은 이제는 리다의 수다를 참을 수가 없었다. 앤과 에디스에게 리다는 매우 재미있는 사람이었다. 꽤나 웃기는 아주머니였다. 앤은 에디스가 곧잘 '리다의 흉내'를 내던 것을 떠올렸다.

"그 모린 년이 퇴원을 했다는구나." 리다가 말했다.

앤은 흠칫 했다. '그 모린 년'이란 짐의 아내로, 사랑스럽고 평범한, 작은 체구의 미용사였다. 친척 가운데, 에디스 말고는 그녀에게 마음을 쓰는 사람은 없었다. 횡령죄로 체포를 당할 지경에 처한 짐이 외국으로 도망쳐 행방불명이 된 뒤로 모린은 다시 가게를 열어 자신과 아이들, 게다가 어린애나 마찬가지인 늙은 아주머니를 모시며 힘겹게 살아가고 있었다. 그랬는데 이번에 그녀는 입원해서 대수

술을 받아야만 했던 것이다.

리다는 계속 지껄였다. "몰골이 말이 아니야. 결국 무일푼이 되었지. 모린은 가겟세도 내지 않고, 가게를 팽개쳤대. 천벌이지, 완전히."

앤은 에디스였다면 어떻게 생각했을까를 생각하면서 고통스레 쓴 웃음을 짓고 있는 자신을 문득 깨달았다. 모린은 해밀턴가의 어떤 사람이든 간에 결혼상대로서 타당하다고 여겨지는 부류의 여자는 아니었다. 그렇지만 모린이 정말로 '천벌'을 받을 만한 뭔가를 저지른 것인지 앤은 알 수가 없었다. 건달인 남편에게도 정성을 다했고, 아이들을 보살피기 위해 있는 힘을 다하지 않았는가.

"그 사람은 어떻게 되는 걸까?" 앤이 말했다.

"신이 아시겠지." 그녀의 말투로 보건대, 신에 관해 얼마나 알고 있는 건지 자못 의심스러운 일이었다. "에디스가 없어서 유감이군. 에디스라면 도와주었을 텐데. 틀림없이 말이야. 에디스는 모린에게 얼마쯤 재산을 남겨줄 작정이었지. 그런데 너무나도 갑작스레 세상을 떠나는 바람에, 불쌍하게도 유서를 쓸 시간이 없었던 게야. 우리도 조심해야해. 존 앨릭은 어떻게든 해야만 하겠지. 배다른 동생이라면서 에디스의 돈을 모조리 가져갔으니까. 하지만 존은 애초부터 짐을 싫어했기 때문에, 과부나 마찬가지인 불쌍한 모린을 위해 손가락 하나 움직이지도 않을걸."

"내가 돌보겠어요."

앤은 자기 입을 통해 나온 말에 사촌인 리다보다도 더 깜짝 놀라고 말았다. 자신이 그런 말을 했음을 깨닫는 순간까지 그런 생각은 전혀 한 적이 없었던 것이다. 하지만 에디스라면 분명 그렇게 말했으리라.

"네가! 하지만 대체…… 어떻게 네가 그런 일을 할 수가 있다는 거냐? 간신히 너 살아가기에도 빠듯할 텐데." 리다는 항의했다. 조금 분개한 말투였다. 앤이 그런 일을 한다면, 모린을 돕지 않을 구실을 리다를 비롯한 모두에게서 빼앗아버리는 게 아닐까.

"그 사람들이 살 방은 있어요. 어떻게든 먹고 살 수 있을 거예요." 앤은 말했다.

여름이 되어 내내 앤은 몇 번이나 자신이 어떻게 이런 바보 같은 일을 저질렀을까 스스로에게 물었다. 결코 자기만족 따위는 느끼지 않았다. 사실상 그만두지 못할 것도 없었다. 모린은 아이들과 아주머니를 어딘가 시설에 넣고, 어떻게든 혼자 살아갈 방도가 있었을 테니까. 그 대신에 그녀, 바로 앤이 모두를 부양하고, 동거라는 더욱 무거운 짐을 떠맡아버린 것이었다. 얼마 되지 않는 수입을 쪼개고 쪼개서 여섯 사람의 입, 나아가 두 마리의 말과 고양이 한 마리까지도 먹이기 위해 해야할 허리띠 졸라매기와 절약은 앤에게는 그리 크게 신경이 쓰이지 않았다. 그러나 집이 엉망이 되고, 생활이 뒤바뀌는 것은 아무래도 참을 수가 없었다. 막상 같이 생활해 보고서야 그것을 알게 된 것이다.

누구든지 이 사람들을 마음속으로부터 싫어하는 것은 무리였다. 앤이 만약 그들을 미워할 수 있었다면 마음은 차라리 더 편했을 것이다. 모린은 타고난 붙임성을 가졌고, 소박하고 귀여운 여자였다. 앤에게는 신성한 모든 것을 장난으로 바꿔놓고 웃고 떠든다. 참고 듣기가 어려운 말씨로 아침부터 저녁까지 떠들어댄다. 모린은 집을 찾아오는 사람들에게 수술 받던 상황을 하나에서 열까지 깡그리 자세하게 들려준다. 문을 쾅 하고 닫으며, 앤이 잠든 뒤에도 커다란 목소리로 친구들과 떠든다. 드문드문한 눈썹, 그 아래에 아무런 생각도 없는 천박한 푸른 눈. 거리낌이라는 것을 모린은 조금도 갖고 있지 않았다. 그리고 모린은 언제나 재미있는 듯이, 냇가 집을 고쳐 이것저것 바꾸자고 제안을 했다. 앤은 그런 것은 생각만 해도 오싹한 일이었다. 비록 어떠한 변화가 생긴다 하더라도, 앤은 이 집에 열렬한 충성심을 안고 있었다. 집의 모든 장점에, 또 집이 지닌 모든 결점에도. 그러자 모린은 앤의 어깨를 탁탁 두드리면서 당신은 구식이니까요, 그렇게 하고 싶지 않다면 아무것도 바꾸지 않는 편이 좋겠어요, 라고 말하는 것이었다. 앤은 아이들을 좋아하려고 노력했다. 귀여운 데가 없는 것은 아니었다. 그러나 그들이 저지르는 일이라니! 아이들이 뭔가를 망가트리지 않는 날이 별로 없었다. 모린은 결코 아이들에게 엄하게 버릇을 가르치려고 하지 않았다.

"내가 어린아이였을 때는 숨이 막히게 억눌리는 바람에 꼭 죽을 것만 같았어요. 우리 아이들은 그렇게 억눌러 기를 죽여선 안 돼요. 어린 시절을 즐겨야만 해요." 모린은 말했다.

틀림없이 아이들은 즐거웠겠지만, 다른 사람은 모두가 하나도 즐겁지가 않았다. 게다가 지미는 내내 병을 앓았다.

"저 아인 자기한테 찾아오는 것을 모조리 받아들인다니까요." 모린은 달관한 것처럼 말하곤 간병을 앤과 비니 아주머니에게 맡기는 것이었다.

비니 아주머니는 앤에게 특히 어려운 상대였다. 비니 아주머니에 대해서는 자책감이 들었다. 가련한 노인, 비니 아주머니! 악의도 없고 잘못도 없는데, 다만 두려울 뿐이다.

비니 아주머니를 보면 왠지 모르게 기분이 나빴다. 대부분의 기억을 깡그리 잃어버려서 망령든 모습으로 중얼중얼 혼잣말을 하는 모습은 한층 혐오감이 들게 했다. 멍하니 웃는 발작보다도 훨씬 심하다. 그러면서도 아주 잠깐 동안 제정신이 돌아오기도 했는데, 그럴 때의 비니 아주머니는 이치에 맞는 말을 하거나, 언제 그랬느냐는 듯 능숙하게 이야기를 하거나 해서 모두를 놀라게 하는 것이었다.

세상 사람들은 앤 해밀턴이 잘도 그런 무법자들을 참아낸다면서 고개를 갸웃거렸다. 그것은 앤 스스로가 생각해도 이상한 일이었다.

인생은 악몽과도 같다. 그녀에게 평안은 없었다. 적막감도 없으며, 에디스도 없다. 이제는 완전히 에디스의 얼굴을 잊어버려서 둘이서 함께 지내던 시절의 모든 추억에는 고통 이외에 아무것도 생각나지가 않는 것이었다. 치유되지 못한 싸움의 상처는 영원히 계속 곪아 있을 게 틀림없다. 어떤 의미에서는 모린과 그의 가족은 구세주였다. 덕분에 앤은 다른 생각을 하지 않아도 되었다. 그럴 짬이 없는 것이다. 언제나 모린의 친구들이 드나들었고, 또 아이들은 늘 크고 작은 일들을 저지르며, 항상 개들은 뼈다귀를 방 안으로 물고 들어오거나 정원을 파헤치고 다녔으며, 언제나 비니 아주머니는 어슬렁어슬렁 돌아다니다가 길을 잃거나, 화장실 안에서 문을 잠그고는 여는 방법을 잊거나 했다.

"어째서 당신이 우리들을 모조리 내쫓지 않는 건지 사람들은 이상하게 생각해요." 모린은 웃으면서 말했다. 제니가 현관에다 새로 바른 벽지에 처덕처덕 손자국을 내서 못쓰게 만들어버린 날의 일이었다.

앤 자신도 만약 그 이유를 알고 있지 않았더라면 그렇게 생각했을지도 모른다. 에디스는 분명 모린을 보살펴주었으리라. 그래서 에디스 때문에 그렇게 하는 것이었다. 앤에게 미움을 가진 채 죽어간 에디스를 위해서였다.

모린과 아이들과 비니 아주머니가 시내로 친구들을 만나러 간 어느 날, 앤은 휴 한숨을 쉬면서 주위를 둘러보았다. 하루종일 혼자서 있을 수 있다니! 그녀는 사랑스러운 눈으로 그리운 책과 피아노, 그림과 정원을 바라보았다. 그런 모든 것들을 그녀는 어떻게 잘 회복시킬 것인가! 개는 연장을 넣어두는 헛간에 넣고 문을 잠갔으며, 제니의 새끼고양이는 창고에 가두었다. 어제 이 새끼고양이는 집 안을 온통 혼란에 빠트렸던 것이다. 이 새끼고양이는 갑자기 경련을 일으켜 스토브 뒤의 부엌 벽 구멍에 기어 들어갔었다. 고양이를 꺼내기 위해 앤은 사람을 시켜서 부엌 벽의 반 이상을 부숴야만 했다. 너무나도 화가 나는 일이어서 그 새끼고양이를 내다버릴 작정이었으나 제니와 지미가 얼굴이 새빨개져서는 쇳소리를 지르는 데다가, 모린도 애원하고, 비니 아주머니는 이유도 모른 채 엉엉 울어대는 바람에 결국은 앤도 수그러든 것이었다.

하지만 오늘은 모든 것을 뜻대로 할 수 있었다. 가을도 깊었고, 정원 뒤에는 시든 황금색 포플러가 보였다. 앤은 밖으로 나가서 포플러 가까이에 앉았다. 축복받은 한때를 아무것도 하지 않으며 보내리라. 아름다움과 침묵에 푹 빠져서, 그저 앉아 있는 것 말고는 아무것도 하지 않은 채.

그런데 그때, 비니 아주머니가 모퉁이를 돌아 이리로 오는 것이 눈에 들어왔다.

무슨 일일까? 앤은 곧장 떠오르는 것이 있었다. 비니 아주머니는 역에서 모린에게 버림을 받은 것이다. 모린은 어깨를 한 번 으쓱하며 웃고는 기차로 가버린 것이다. '비니 아주머니는 무사히 돌아가리라, 언제나 그랬으니까'라면서.

어떤 날이든지, 어느 날이든지 끝은 있는 법이지만 오늘은 유난히 결코 끝나지가 않을 것 같았다. 비니 아주머니를 연장 오두막이나 창고 안에 가둘 수는 없다. 지껄이는 것을 그만두게 할 방법도 없다. 비니 아주머니의 혀는 잠시도 가만 있지 않았다. 똑같은 질문을 몇 번이나 거듭하며, 앤이 그것에 대답을 하지 않으면 울어댄다. 결국 비니 아주머니는 오늘의 클라이맥스처럼 뒤뜰 포치 계단에서 풀썩 넘어지고 말았다.

조금도 다치지는 않았다. 앤이 온실로 데려가서 긴 의자에 눕혔다. 비니 아주머니는 이상하게도 고분고분 따랐고, 갑자기 조용해졌다. 그렇게 한동안 눈을 감고, 입도 다물고는 누워 있었다. 앤은 온몸의 힘이 빠진 것처럼 흔들의자에 앉아 있었다. 육체적으로, 또 정신적으로도 완전히 지쳐 있었다. 만약 비니 아주머니가 다시 지껄이기 시작한다면 자신이 소리를 질러버릴 것만 같았다. 실제로 비니 아주머니는 다시 말하기 시작했는데, 맨 처음 꺼낸 말이 앤을 펄쩍 뛰어오르게 할 만큼 놀라게 했다.

"네게 자기 초상화를 보내주다니, 에디스는 정말로 상냥한 아이야, 정말이지."

말투는 완전히 정상이지만, 별 뜻은 없다고 여기고 앤은 눈을 감았다. 지껄임은 다시 시작되었다. '비니 아주머니에게서 에디스의 이야기를 듣게 되다니, 대체 난 견딜 수가 있을 것인가?'

"정말로 잘 그린 것이더구나." 비니 아주머니는 가슴속에 밀려드는 생각에 골몰하는 듯 말을 되뇌었다. "에디스는 언제나 사진을 찍는 것은 생각하는 것만도 질색이라고 했었지. 하지만 널 위해 화가한테 자신을 그려달라고 했어. 에디스하고 똑같더라. 정말 빼다 박았어. 얼굴색부터 모조리 말이야. 에디스는 아름다운 피부색을 가졌었지. 그리고 빨간 머리에는 한 올도 흰머리가 없고 말이야. 눈은, 그렇고말고, 그건 그림에 그려진 눈이 아니라, 에디스 그 자체였어. 너 그 그림은 어떻게 했니? 어디에도 없는 것 같던데."

"무슨 말씀을 하시는 거예요? 에디스 초상화 같은 건 어디에도 없어요." 앤은 미덥지 않다는 말투로 말했다.

"아니, 그건, 있어." 비니 아주머니는 상당히 영리한 표정을 지었다. "내가 이 두 눈으로 똑똑히 보았어. 에디스는 내게, 이 늙은이 비니 아주머니한테 보여주었어. 정확히 에디스가 죽기 전날 내가 올빼미 숲 집에 갔더니, 에디스가 그림을 보여주면서 네게 주라고 했어. 네게 편지도 써 놓았던걸. 두 가지 다 에디스가 네게서 빌려간 책 사이에 끼워놓고, 이탈리아에 있는 너의 생일날에 보내달라고 했지. 내가 이 눈으로 보았어. 이 비니 아주머니를 바보 취급하면 안 돼. 나이는 들었지만 난 무척이나 영리하니까 말이야."

비니 아주머니는 웃기 시작하더니 그칠 줄을 모르고 웃고, 또 웃고 계속 웃어댔다. 이성을 되찾은 잠깐의 시간은 벌써 끝난 것이었다.

앤은 떨면서 일어나 서재로 향했다, 꿈속을 걷는 듯한 발걸음으로. 책, 그것은 에디스의 시누이가 올빼미 숲 집의 짐을 운반할 때 앤에게 보낸 것이었다. 앤은 포장을 풀지도 않았었다. 어떤 서랍 뒤, 눈에 띄지 않는 곳에 숨겨 놓았던 것이다. 그녀와 에디스가 함께 읽고, 밑줄을 그으며 울기도, 또 웃기도 했던 그 책이다.

그녀는 책을 잡아 꺼내 포장지를 벗겨내고 페이지를 열었다. 그곳에 편지와 그림이 있었다. 에디스를 그린 수채화가. 믿을 수 없을 정도로 똑같았다. 멋진 적갈색의 머리칼, 그리고 눈. 그 눈이야말로 비니 아주머니가 말한 것처럼 바로 그 에디스였다.

"무척이나 좋아하는, 어느 누구보다 가장 좋아하는 앤에게."
에디스는 예쁘고 독특한 필체로 그렇게 시작하고 있었다.

"나는 지금 너를 위해 초상화를 그리게 하고 있어. 샐리의 아들이 와주었거든. 그는 평판이 훌륭한 화가로, 나를 위해 솜씨를 발휘해주었단다. 실물보다 조금 더 예쁘게 그려주었어. 내가 실제보다 훨씬 예뻤던 것처럼 추억해주길 바라는 마음에서 말이야.

우리가 싸웠다고 혹 마음에 걸려하는 건 아닌지? 네가 나 때문에 화가 나서 이탈리아에 갔다고 굳게 믿는 건 아닌지 모르겠다. 모든 것은 꿈이야. 우리들 사이에 말다툼 같은 건 전혀 없었어. 있을 리가 없잖아. 이렇게나 난 네가 좋고, 너도 나를 좋아하는데 말이야. 이제 두 번 다시 그런 생각은 하지 마. 이 편지와 그림을 너의 생일에 보낼게. 제 날짜에 닿으면 좋으련만. 그리고 네가 곧 돌아와 주었으면 좋겠구나.

그리운 앤. 왜냐하면…… 오늘 평소 진찰을 하시던 의사 선생님께 진찰을 받았어. 선생님은 잘만 하면 1년은 걱정 없다고 하셨어.

　기쁘게 받아들이고말고. 아직은 나를 분명히 기억하고, 사람들이 안타까워할 때 죽음을 맞고 싶어. 난 애초부터 분별력이 없어질 정도로 오래 사는 게, 모린네의 비니 아주머니처럼 되는 것이 두려웠거든.

　난 내 인생에 대체로 만족하고 있어. 몇 번이나 휘황한 순간들이 있었고, 몇 번이나 신선한 감정의 고조가 있었으며, 환상을 꿈꾸던 멋진 몇몇 해가 있었어. 그래, 인생은 가치가 있는 것이었지. 그리고 내 곁엔 언제나 네가 있어주었고.

　그러니까 어서 내게로 돌아와 주기 바란다. 죽기 전에 다시 한번 뱃가죽에 주름이 질 정도로 웃으며 뒹굴고 싶어. 그렇게 할 수 있는 사람은 너밖에 없거든. 우리의 그리운 언덕에 오르기도 하고, 서리에 뒤덮인 양치류가 무성하게 난 숲과, 우리들이 사랑했던 모든 익숙한 곳에 가보자. 그리고 그 시절의, 대답 없는 모든 질문들을 다시 하기로 해. 우리 둘이 다 무지한 이상 언제까지라도 대답은 나오지 않겠지만, 그런 건 조금도 마음 쓰거나 하지 말고.”

편지는 도중에서 끊겨 있었다. 에디스에게는 1년이라는 시간은 남겨져있지 않았던 것이다, 하루조차도. 그러나 그 편지는 앤이 그렇게도 알고자 했던 모든 것들을 빠짐없이 말해주고 있었다.

뒹굴며 장난치던 아이들을 따라서 모린이 느닷없이 들어왔을 때, 앤은 여전히 황혼의 어스름에 앉아 있었다.

“캄캄한데 그 안에서 뭘 해요? 어두운 곳에 앉아 있는 걸 좋아하는 사람이 있다니 놀라운데요. 나라면 안절부절못할 텐데. 자, 뉴스예요. 일 얘긴데 이건 전혀 생각지도 못했던 일이에요! 전 오늘 옛 친구인 엘리너 혼웨이를 만났어요. 걔 남편이 일류 미용실을 갖고 있는데 조수가 필요하다나요? 그래서 이 모린이 상당한

월급을 받고 그 일을 하기로 했죠. 멋지지 않나요? 시간이 없어요. 내일부터니까. 셋집을 얻어 아이들과 비니 아주머닐 데리고 가겠어요. 아아, 다시 시내에서 살 수 있다니 얼마나 기쁜지. 크로이든은 더 이상 참을 수 없어, 정말이지. 하지만 당신이 친절한 사람인 건 잘 알았어요. 절대로 잊지 못할 거예요."

모린은 등을 켰다.

"아니, 당신 울고 있잖아요. 무슨 일이에요? 비니 아주머니가 죽을 만큼 괴롭힌 건 아닌가요?"

"아니, 그렇지 않아." 앤은 다정하게 말했다. 앞으로는 언제나 다정하게 대할 수 있을 것 같았다. 한시도 그친 적이 없는, 몸을 갉아대는 듯한 절망은 말끔히 사라졌으며, 고통도 깨끗하게 없어졌다. 에디스가 다시 그녀의 것이 된 것이다. 모든 추억이 조금도 손상되지 않고, 아름다운 채, 그대로.

"나는 굉장히, 엄청나게 행복해. 침묵의 저편에서 지금 전갈을 받은 참이야. 비니 아주머니가 주었지."

모린은 눈을 크게 뜨더니 어깨를 한번 으쓱했다.

"난 가끔 생각하는데, 당신은 비니 아주머니하고 맞먹을 정도로 이상한 사람이에요. 하지만 당신이 행복하다면, 그런 거야 아무래도 상관없지 않겠어요?" 숨김없이 터놓고 하는 말이었다.

"그래, 맞아, 아무래도 좋아." 앤이 말했다.

The House Party at Smoky Island
스모키 섬의 하우스 파티

매들린 스텐위크에게서 스모키 섬의 하우스 파티에 초대를 받았을 때, 나는 처음엔 별로 내키지가 않았다. 아직은 계절상 너무 이른 것 같다는 것이 한 가지 이유였고, 그리고 또 하나의 이유는 모기였다. 나는 단 한 마리라도 모기가 있으면, 양심에 찔려서 잠들지 못할 때 이상으로 잠을 못 자는데, 무스코카에는 늘 모기가 우글댔다.

"그렇지 않아요, 모기가 있는 시기가 아닌걸." 매들린은 틀림없다며 확신했다. 매들린은 자기 생각을 전하기 위해서라면 무슨 말이든지 한다.

"무스코카에 모기가 없는 철은 없어." 나는 매들린에게 누구도 그렇게 말하지 못할 정도로 무뚝뚝하게 말했다. "모기는 그곳에선 번식해. 아무튼 만약 어떤 마법으로 모기가 모조리 없어졌다고 하더라도 진디등에에게 물어 뜯기고 싶지 않아."

매들린도 진디등에가 없다고까지는 말할 수 없었다. 그러자 그녀는 영리하게도 매들린 방식을 끌어들였다.

"꼭 와 줘요, 소원이니까. 오빠가 와주지 않으면, 나한텐 진정한 파티가 되지 않을 거예요. 짐, 내 사랑." 이렇게 애원조로 바뀌었던 것이다.

　매들린은 나를 특히 좋아하는 사촌으로, 내가 그녀보다 스무 살 위지만 매들린은 뭔가 조를 때면 누구든지 '내 사랑'이라고 부른다. 그렇게 말하면서도, 매들린은……, 아니 이 얘기는 매들린에 관한 얘기가 아니다. 스모키 섬에서 일어난 일 얘기다. 우리들 가운데 판사 이외에는 그 누구도 그때의 일을 이해하는 일 따위는 흉내도 못 낸다. 판사는 무슨 일에 대해서든 다 알겠다는 표정을 짓지만, 실제로는 그도 우리들 이외의 다른 어떤 사람에 비해 조금도 잘 알지는 못한다. 최근에 판사가 말한 이야기에 따르면, 우리는 모두가 최면술에 걸렸었다는 것이다. 그래서 그 상태가 아니면 보일 리가 전혀 없는 일이 보이고, 기억에 남아 있을 턱이 없는 일이 기억에 남는 것이라고. 그러나 그도, 누가, 또는 무엇이, 우리에게 최면술을 건 것인지를 설명하지는 못한다.

　나는 결국 그녀에게 꺾여 파티에 가기로 했으나, 그리 내키는 것은 아니었다.

　"너희 스모키 섬의 가정부는 지금도 그 끔찍한 하얀 앵무새를 키우는지 모르겠네?" 나는 빈정거리며 물었다.

　"네, 하지만 전보다 훨씬 예의가 발라졌어요." 매들린은 꼭 자기가 다짐하듯 말했다. "그렇지만, 그 사람의 고양이는 좋아했잖아요."

　"누구누구가 그 파티에 오는 거냐? 난 함께 지낼 사람들에 관해 꽤 까다로운 편이거든."

　매들린은 이를 보이며 웃었다.

　"전 재미있는 사람들만 제 파티에 초대한다는 걸 잘 알잖아요."
──나는 말 속에 들어 있는 아첨에 질려 고개를 숙였다.──"그

리고 우리를 돋보이게 하는 역할을 맡을 따분한 사람 한두 명도 말예요." ——이 말에는 고개를 떨어트리지 않았다. ——"콘스웰로 앤더슨, 엘머 아줌마, 테넌트 교수와 그의 부인, 딕 레인, 토드 뉴먼, 맬컴 상원의원과 부인, 노지 할머니, 민 잉그럼, 워든 판사, 메리 홀랜드, 그리고 '나를' 재미있게 해줄 '쾌활한 젊은이들' 두세 명이에요."

나는 속으로 그들 명단을 죽 짚어보았는데, 뭐 그다지 마음에 안 들 것도 없었다. 콘스웰로는 대학을 졸업한 매우 뚱뚱한 처녀지만, 나는 그녀가 좋았다. 왜냐하면 나는 내가 아는 어떤 여자보다도 그녀와 오랜 시간 동안 진득하게 앉아 있을 수 있기 때문이다. 테넌트는 그가 신(新)병리학이라 부르는 것을 전공하는 무슨 교수인데, 그는 터무니없이 엄청난 지식의 소유자지만, 하잘 것 없는 소인배이다. 딕 레인은 오게 될 손님들 가운데서도 결코 나타날 것 같지 않은 사람이지만, 더할 나위 없이 솔직하고 가까이 다가가기가 쉬운 매력적인 사람이다. 메리 홀랜드는 아무런 구속을 받지 않는 자유로운 독신여성이고, 토드는 재미있는 멋쟁이다. 엘머 아줌마는 휘슬러(1834~1903. 화가. 인상파 운동에 공감, 라파엘 전기파에 가깝다. 검정과 회색이 기조인〈어머니의 초상〉은 1871년 작품이다)가 그린 어머니 같은, 부드러운 은발의 소유자다. 노지 할머니의 본명은 미스 앨릭산더인데, 그녀는 늘 사람들에게 자신이 루시타니아호(1915년 5월 7일 북대서양에서 독일에 의해 격침된 영국의 호화여객선. 미국의 제1차 세계대전 참가의 계기가 되었다)에 탈 뻔 했던 것을 상기시켜주곤 했다. 그리고 맬컴은 비록 그의 아내를 '아기고양이'라고 부르고는 있었지만, 그들 상원의원 부처는 내게 전혀 부담스러운 존재가 아니었다. 그리고 워든 판사는 나의 오래된 친구다. 레피어(갈는다 같은 칼) 같은 혀를 지닌 민 잉그럼은 별로지만, '쾌활한 젊은이들'은 모두 무시해도 상관없을 것 같았다.

"그뿐이겠지?" 나는 주의 깊게 물었다.

"그렇죠, 그리고…… 암스트롱 선생님하고 브렌다도 물론 올 거예요." 매들린은 별일 아니라는 눈초리로 나를 쳐다보면서 말했다.

"그건…… 현명한 일일까?" 천천히 내가 말했다.

매들린은 잠깐 시간을 두었다가 참담한 모습으로 말했다.

"그거야 그렇다고는 할 수 없죠. 그렇게 하면 모든 것이 소용없게 되어버리겠지요. 하지만 존이 그렇게 하자고 강하게 주장해서……. 그래요, 존하고 앤서니 암스트롱은 옛날부터 친구잖아요. 그리고 브렌다와 나는 굉장히 사이가 좋았는걸요. 둘을 부르지 않으면 무척이나 이상하게 보이지 않겠어요? 브렌다가 대체 어떤 생각에 빠지게 될지 짐작도 할 수 없어요. 앤서니가 수제트를 독살하지 않았다는 건 우리 모두가 알고 있는데."

"브렌다는 그걸 알지 못하는 것 같은데."

"그렇다면, 꼭 알아야해요!" 매들린은 딱 잘라 말했다. "마치 앤서니가 사람을 독살할 수 있는 사람인 것 같잖아요! 하지만 이게 바로 특히 오빠가 파티에 와주었으면 하는 이유예요."

"아하, 그렇다면 협력하겠어. 하지만 도대체 어떻게 해달란 말이야?"

"오빠, 다른 누구보다도 브렌다에게 강한 영향력이 있기 때문이에요……. 오, 그래, 그랬었지. 만약 오빠가 브렌다의 마음을 열 수 있다면, 대화로 말이에요, 틀림없이 도와줄 수 있을 거예요. 하지만…… 어떻게든 빨리 손을 쓰지 않으면, 브렌다는 이제 구원할 방법이 없게 되고 만다구요. 그건 오빠도 알잖아요."

그건 이미 지긋지긋할 정도로 잘 알고 있었다. 앤서니 암스트롱가의 사건은 우리 모두를 고민스럽게 했던 것이다. 우리는 눈앞에서 하나의 연극이 공연되는 것을 보았다. 그런데도 무엇 하나 힘이 되어주지 못했던 것이다. 브렌다는 입밖에 내지 않았고, 앤서니도 결코 말을 하지 않았으므로.

이야기는 5년 전으로 거슬러 올라간다. 그것은 물론 우리들 사이에는 모조리 알려진 사실이다. 앤서니의 첫 번째 아내, 수제트 와일

더. 죽은 사람에 관해선 좋은 말만 하는 법이므로 나도 수제트에 관해서는 아름답고 유복했다는 말만 해두겠다. 매우 아름답고, 또 엄청나게 유복했던 것이다. 운 좋게도 그녀의 부는 앤서니와 결혼한 뒤, 숙모와 사촌의 사망으로 인해 생각지도 않게 굴러 들어왔다. 때문에 앤서니에게 재산을 바라고 결혼했다는 둥 비난하는 것은 있을 수 없었다. 그는 처음에는 수제트를 뜨겁게 사랑했으나 결혼하고 2, 3년이 지나자 차츰 그녀에 대한 애착은 식었던 것 같다. 우리들 말고는 그런 사실을 사람들은 전혀 몰랐다.

앤서니는 어느해 겨울, 수제트의 신경쇠약을 치료하기 위해 캘리포니아로 그녀를 데리고갔다. 그랬는데 그곳에서 수제트가 사망했다는 소식이 왔다. 사인이 클로랄 과다복용이라는 말을 들었지만 누군가 조금이라도 유감스러워하거나, 의심을 품거나 했다고 생각하지 않는다. 분명 그것은 뭐랄까 불가사의한 일이기는 했다. 수제트는 멍청한 사람이 아니며, 자살할 만한 사람도 아니었으므로. 추악한 소문이 그럴싸하게 떠돌았다. 앤서니가 그녀의 유서에 따라 전 재산을 물려받게 되었다는 것이 알려졌을 때는 특히 더했다. 그러나 아무도 드러내놓고 말할 수는 없었다. 우리들, 그러니까 앤서니를 알고 사랑하던 사람들은 그런 암시 따위에는 전혀 귀를 기울이지 않았다. 그리고 2년 뒤에 앤서니가 브렌다 영과 결혼하자 우리들은 한 사람도 빠짐없이 모두가 기뻐했고, 모두가 앤서니가 이번에야말로 진정으로 행복해지리라고 말했던 것이다.

그 말대로 한동안 그는 행복했다. 그와 브렌다가 행복의 절정에 있음을 누구 한 사람 의심치 않았다. 브렌다는 성실하고 정신적인 사람으로 수제트와는 전혀 다른 유형의 미인이다. 수제트는 금발에 형석(螢石)처럼 차가운 초록 눈이었다. 브렌다는 늘씬한 몸매에 가무잡잡한 피부, 진한 갈색의 머리, 파랗다고도 회색이라고도 할 수 없는 음영으로 가득 찬 눈을 가졌다. 그녀는 앤서니를 무서울 정도로 열렬히 사랑했으므로 가끔 나는 그것이 질투심 강한 여신의 분노를 사는 건 아닐까 걱정될 때도 있었다.

그때부터…… 천천히, 희미하게, 인정사정 없이…… 변화가 찾아온 것이었다. 우리는 암스트롱 부부 사이에 뭔가 당치도 않은 오류가 있음을 느끼기 시작했다. 그들은 이미 그다지 행복하지가 않았던 것이다. 전혀 행복하지가 않으며 오히려 불행해져버린 것이었다. 브렌다의 예전의 그 기쁨에 찬 웃음소리는 더 이상 결코 들을 수 없게 되었다. 앤서니는 일에 몰두했으나 완전히 건성이었으므로 그런 태도를 환자가 좋아할 리가 없었다. 개업의사로서의 그의 업적은 수제트의 사망 전에 한동안 떨어져 있긴 했지만, 그 이후에 전성기를 맞아 멋지게 성장했는데, 이제 또다시 하강 곡선을 밟기 시작했다. 더구나 한층 더 나쁜 것은 앤서니가 그것을 전혀 마음에 두지 않는다는 것이다. 물론 재정적으로 보면 굳이 그럴 필요는 없지만, 언제든지 그는 자신의 일을 날카롭게 자각하고 있었는데 말이다.

그것은 단순한 억측인지, 브렌다가 흘린 것인지 그 여부는 알 수가 없다. 그렇지만 우리는 모두 그녀가 무서운 의혹에 휘말려 있음을 알고 있었다. 혹은 그렇게 느끼고 있었다. 심한 빈정댐으로 가득 찬 익명의 편지가 배달되었고, 그것이 다툼의 발단이 되었다. 나는 진상은 아무것도 모른다. 그렇지만 브렌다가 뭔가에 홀린 여자가 되었다는 것은 안다.

'앤소니가 수제트에게 대량의 클로랄을 먹였단 말인가? 그것도 고의로?'

만약 브렌다가 겉으로 분명하게 표현하는 부류의 여자였다면 우리들 가운데 누군가가 그녀를 도왔을지도 모른다. 그러나 그녀는 그런 사람이 아니었다. 나는 확신한다. 그녀는 자신의 목숨을 해치는 냉랭하고 무시무시한 의혹을, 단 한 마디도 앤서니에게 비치지 않았으리라는 것을. 그러나 앤서니는 브렌다가 자신을 의심한다는 것을 느꼈음에 틀림없다. 그들 사이에는 말로는 할 수 없는 어떤 얼어붙은 그림자가 드리워져 있었던 것이다.

매들린이 하우스 파티를 열었을 때 암스트롱 부부의 사태는 브렌다가 버틸 수 있는 아슬아슬한 한계에까지 이르러있었다. 앤서니의 신경도 또한 긴장의 극에 달했으며, 그의 눈은 그녀의 눈과 거의 비슷할 정도로 비극적이었다. 우리 모두는 브렌다가 그와 헤어지든가, 그보다도 훨씬 심한 일을 했다는 등의 소식을 들을 각오가 되어있었다. 그런데도 구원의 손길을 뻗어줄 수 있는 사람은 없었다. 매들린의 바보 같은 희망에도 불구하고 나도 어떻게 할 도리가 없었다. 내가 브렌다의 집으로 찾아가서 '봐라, 생각해 보렴. 너도 알겠지만 앤서니는 절대로 수제트를 독살하려는 따위의 생각을 할 사람이 아니야'라고 말하는 건 도저히 불가능한 얘기인 것이다. 분쟁 원인은 우리의 억측과는 달리 뭔가 전혀 다른 것인지도 모르지 않는가? 게다가 만약 정말 그녀가 그를 의심한다 하더라도 그런 생각으로부터 망상을 뿌리뽑아 줄 만한 증거를 내가 제공할 수 있겠는가?

암스트롱 부부가 스모키 섬에 오리라고는 생각하지 않았는데, 그러나 그들은 왔다. 앤서니가 선착장에 올라가 돌아서서 브렌다가 모터보트에서 내리는 걸 도와주려고 손을 내밀었으나, 그녀는 무시하고 혼자서 재빨리 내려서더니 바위로 울퉁불퉁한 마당과 키 큰 전나무가 늘어선 곳을 빠져나갔다. 나는 앤서니가 창백해지는 것을 보았다. 나는 기분이 약간 나빠졌다. 앤서니에게 살짝 닿기만 해도 브렌다가 몸을 움츠릴 정도로 사태가 절박하다면, 참사는 코앞에 닥친 것이 아닌가.

스모키 섬은 작고 푸른 무스코카 호수 안에 있는데, 그 집은 위그웜 저택으로 불렸다. 아마도 지구상에서 이처럼 위그웜(아메리카 인디언의 오두막. 일반적으로 짐승의 가죽, 나무껍질, 멍석 등을 덮은 원형 혹은 달걀모양의 집)과 닮지 않은 것도 없기 때문이리라. 스텐위크가의 재산은 이렇게 멋진 저택을 만들어냈다. 그러나 스텐위크가의 재산으로 좋은 날씨까지 사지는 못했다. 매들린의 파티는 실패였다. 1주일 내내 매일같이 많든 적든, 계속해서 비가 내렸다. 우리들 모두가 최선을 다하려고 무척이나 애를 썼지만, 나는 이때만큼 불유쾌한 시간을 보낸 적이 없는 것 같다. 앵무새의 예의는 매들린의 장담에도 불구하고 조금도 개선되어 있지 않았다. 민 잉그럼은 사람을 따르지 않는 존귀한 개를 데리고 왔는데, 그 녀석이 우리를 경멸했기 때문에 우리도 모두가 그 녀석을 싫어했다. 민 스스로도 누군가가 그 개의 안전지대를 침범할 우려가 있다고 보이면 즉각 바늘 같은 경멸의 시선을 던지는 것이었다. 생각건대 아무래도 '쾌활하고 젊은 사람들'은 날씨를 내 탓이라고 간주하는 것 같았다. 엘머 아주머니 말고는 모든 사람들의 신경의 끝이 차츰 가늘게 갈라지기 시작했다. 그 어떤 것도 엘머 아주머니의 마음을 흐트러트릴 수는 없었던 것이다. 그녀 스스로도 어느 정도 그것을 자랑스럽게 여기고 있었다.

토요일이 되자 마침내 본격적으로 비가 억수같이 쏟아졌고, 바람은 진한 초록의 소나무에서 불어와 위그웜 저택으로 몰아닥쳤다가 미쳐 날뛰는 짐승처럼 다시 돌아가곤 했다. 하늘은 비와 함께 이리저리 흩어져 날아다니는 나뭇잎으로 가득했으며, 호수에는 높은 파도가 밀려와 대단했다. 이처럼 지독히도 재미있는 하루는 물에 흠뻑 젖어 그 어디에고 비가 흘러 떨어지는 밤이 되었다.

그러나 그렇더라도 다른 날보다 조금은 나았다. 앤서니가 없는 것이다. 아침 식사 뒤 곧장 뭔가 이상한 전보를 받아들고는 작은 모터보트를 타고 뭍으로 건너갔다. 고마운 일이었다. 나는 이제 더 이상은 앤서니처럼 인간의 영혼이 괴로워하는 것을 보고 있을 자신이 없었기 때문이다. 브렌다는 두통이라는 써먹기 간편한 구실로 하루 온종일 침실에 틀어박혀 있었다. 그렇지만 우리는 안도했다고는 할 수 없다. 우리는 모두 브렌다와 앤서니 사이의 긴박했던 공기를, 마치 형체가 있는 물체인 것처럼 생생하게 느끼고 있었던 것이다.

"뭔가가…… 뭔가가…… 일어날 것 같아."

매들린은 나를 향해 그렇게 줄곧 말했다.

"넌 앵무새보다도 상태가 더 나쁘구나." 나는 이렇게 말해주었다.

저녁 식사가 끝나고 모두는 넓은 방의 난롯가에 모였다. 난로에는 자작나무 장작의 불꽃이 한창 빨갛게 타오르고 있었다. 6월이라고는 해도 저녁때가 되면 추웠다. 나는 휴우 한숨을 쉬고는 의자 등에 기대앉았다. 결국 어떤 일도 영원히 계속되는 것은 없다. 이런 당치도 않은 하우스 파티도 월요일이면 끝난다. 덜컥거리는 창문과 신음하는 바람, 유리창을 때리는 빗소리가 소란스럽긴 해도 이곳은 정말로 안락하고 즐거운 곳이다. 매들린이 전등을 껐다. 그러자 난로의 불빛이 친절하게 그 자리의 여성들을 비추기 시작했다. 모두가 무척이나 매력적으로 보인다. '쾌활하고 젊은 사람들' 몇몇은 남녀의 구별도 없이 서로 어깨를 나란히하고 바닥에 앉아 있었다. 그 가운데 단 한 사람, 오렌지색 벨벳 옷을 입고 기다란 호박 귀걸이를 한, 울적하고 세련된 여성은 예외지만. 그녀는 낮은 의자에 앉아서 멋진 등줄기를 모두에게 보이고 있었다. 그녀의 무릎 위는 윤기 나는 가정부의 고양이가 차지하고 있다. 민의 개는 오만한 태도로 카펫 위에 버티고 있었다. 새장의 앵무새는 평소보다는 얌전했는데, 다만 가끔 자기 자신이나 다른 사람 얘기를 매우 똑똑하게 말하는 정도였다. 가정부 호위 부인이 앵무새를 넓은 방에서 키우는 것을 매들린은 묵인할 수밖에 없었다. 무스코카에서는, 비록 위그웜 저택이라 할지라도 일하러 와주는 가정부를 구하기가 쉽지 않았기 때문이다.

판사는 모두가 어쩔 줄을 몰라하는 퍼즐을 멋지게 조합해 보이고는 킥킥대며 웃고 있는 모양이다. 교수와 상원의원은 하루종일 격렬하게 논쟁을 벌였는데, 지금은 둘 다 대적할 만한 적수로 인정하고는 희열에 빠져 있었다. 콘스웰로는 언제나처럼 꼼짝도 않고 앉아 있었다. 테넌트 부인과 엘머 아주머니는 뜨개질을 하고 있었다. '아기고양이 씨'는 통통한 손을 새틴 옷으로 덮인 배 위에 가지런히 모으고는 남편인 상원의원을 사랑스러운 눈으로 물끄러미 바라보고 있었다. 그리고 미스 노지는 무슨 일이든지 꿰뚫어 볼 듯한 눈초리를 하고 있었다. 우리는 우선은 만족했고, 서로 마음도 통했던 것이다. 그랬는데 어째서 매들린이 갑자기 모두가 한 가지씩 유령 이야기를 하자는 따위의 얘기를 꺼냈는지 모르겠다. 그러나 그녀는 그렇게 말했던 것이다. 매들린은 유령 이야기에 기막히게 어울리는 밤이 아니냐고 주장했다. 그런 얘기는 요즘 들어 꽤나 한참동안 한 적이 없지만, 누구라도 지금까지 살면서 적어도 한 가지쯤은 초자연적인 일을 겪지 않았겠느냐면서.

"난 없습니다." 판사가 경멸하는 듯이 딱딱한 목소리로 말했다.

"그렇다면 말입니다. 당신은 유령을 믿는 사람이 바보라는 말씀인가요?" 테넌트 교수가 조금 시비조로 나왔다.

판사는 대답하기 전에 주의 깊게, 천천히 두 손의 손가락 끝을 맞대었다.

"아아, 아니아니, 난 그리 모욕하고 있는 게 아닙니다."

"물론, 만약 당신이 유령을 '믿지' 않는다면 유령도 나올 리는 없겠지요." 콘스웰로가 말했다.

"유령을 볼 수 있는 사람도 있는가 하면, 그렇지 않은 사람도 있는 것 아닙니까? 그건 완전히 타고난 재능이지요." 딕 레인이 말했다.

"난 배우지 못한 재능이로군요." 아기고양이 씨가 기쁜 듯이 말했다.

메리 홀랜드는 진저리를 쳤다. "만약 죽은 사람이 정말로 다시 나타나거나 한다면 얼마나 무섭겠어요!"

"유령이나 시체를 먹는 귀신이나, 발이 긴 짐승으로부터

또한 밤중에 나타나는 모든 것으로부터

　주여, 우리를 굽어살피소서. ”

토드가 경박한 어조로 시를 인용했다.

그러나 매들린은 굽히지 않았다. 틀어올린 적갈색의 머리칼 아래로 작은 요정 같은 얼굴은 자기 생각을 관철시키겠다며 생생하게 빛나고 있었다.

“하지만 우린 모두 조금은 귀가 솔깃할 거예요. ” 그녀는 결심을 한 듯 단호하게 말했다. “오늘밤은 유령이 나오기엔 정말이지 딱 어울리는 밤이에요. 다만 물론, 유감스럽게도 위그웜 저택은 귀신이 씌이지 않아서 이곳엔 나오지 않겠지만. 유령의 집에 산다는 건 고마운 일 아닌가요? 자, 자아 모두, 유령 이야기를 하는 거예요. 테넌트 교수님, 교수님부터 시작해 주세요. 재미있고 무시무시한 걸로요, 어서요. ”

놀랍게도 교수는 첫 테이프를 끊고 이야기를 시작했다. 테넌트 부인의 표정은 분명히 유령 얘기를 하는 것을 찬성하지 않음을 나타내고 있었지만 말이다. 교수가 한 얘기는 판사의 콧대를 꺾을 정도로 멋진 것이었는데, 그것은 그가 아는 어떤 집의 얘기였다. 죽은 아들의 목소리가 들린다는 것이었다. 자식이란 참으로 강한 집념으로 모든 화제에 끼어 든다. 그 아이는 말할 필요도 없이 학대를 당해 죽음을 당했으며, 그리고 시신이 마침내 서재의 난로 바닥의 돌 밑에서 발견되었다는 것이었다.

그 다음에는 딕이 주인의 앙갚음을 해낸 죽은 개 얘기를 했다. 그리고 콘스웰로는 유령이 자기 연인과 연적의 결혼식에 찾아왔다는 오싹한 이야기를 해 나를 놀라게 했다. 콘스웰로는 그 사람들을 안다는 것이었다. 토드는 그런 소리가 날 리가 없는 곳에서 목소리와 발소리가 들리는 집을 안다고 했다. 엘머 아주머니마저도 사람에게 함께 춤을 춰달라고 애원하는 ‘차가운 손의 귀부인’ 얘기를 했다. 만약 상대방을 보지도 않고 유혹을 받아들이면 그 사람의 손에는 그녀의 냉랭한 손의 감촉이 각인되어, 다시는 결코 사라지지 않게 되고 만다는 것이다. 그 차가운 망령은 언제나 1870년대 의상을 입고 있다고 했다.

"크리놀(스커트 자락이 을 입은 유령이로군요." 쾌활하고 젊은 사람 가운데 하나가 킬킬거리며 말했다.

우리들 중에서도 유령을 본 적이 있는 민 잉그럼은 심령현상을 매우 진지하게 받아들이고 있었다.

"그럼 유령을 내게 보여주십시오. 그러면 믿겠습니다." 판사는 한층 기세가 등등해졌다.

"그는 너무 영리하군?" 앵무새가 쉰 목소리를 냈다.

바로 그 순간, 브렌다가 홀연히 아래층으로 내려와 우리 뒤에 앉았다. 그녀의 비통한 눈길은 하얀 얼굴에서 튀어나올 것처럼 반짝반짝 불타고 있었다. 기분 좋게 유유자적 즐기는 평범한 사람들로 가득한 그곳의 평온하고 걱정이 없는 정경의 한가운데서 나는 인간의 심장 하나가 화형을 당해 고통스럽게 타서 일그러지고 있는 것을 보고 있는 것 같았다.

브렌다가 들어옴과 동시에 뭔가가 우리를 덮쳐왔다. 민 잉그럼의 개는 갑자기 슬픈 소리를 내더니 카펫 위에 길게 엎드려버렸다. 그때서야 비로소 그 개가 진짜 개다운 면모를 보인 것 같았다. 나는 멍하니, 개를 두렵게 한 것은 무엇일까 생각했다. 가정부의 고양이는 등의 털을 바짝 곤두세우고 일어났으며, 오렌지색 벨벳 무릎에서 미끄러져 내려오더니 소리도 내지 않고 걸어서 방에서 나갔다. 나는 두피에 얼마 안 남은 모근에 기묘한 느낌을 받고는 재빨리 오른쪽의 기다란 떡갈나무 의자에 앉아 있는 가냘프고 가무잡잡한 피부의 아가씨 쪽을 보았다.

"당신은 아직 유령 얘기를 하지 않았군요, 크리스틴. 이번엔 당신

차례예요. "

크리스틴은 미소를 지었다. 나는 판사가 분명 시폰 양말인가 하는 것으로 감싸진 그녀의 발뒤꿈치를 감동어린 눈길로 바라보는 것을 보았다. 판사는 늘 사랑스러운 발뒤꿈치에 관심이 있었다. 그런데 어째서 나는 크리스틴의 성이 떠오르지 않는 걸까, 그리고 어째서 그녀에게 했던 그 진부한 말을, 마치 뭔지 모를 어떤 것에 조종을 당해서 입 밖으로 낸 것처럼 느끼는 것일까 이상하게 생각했다.

"엘리자베스 이모가 유령의 존재에 대해 확신했던 것을 기억해요? 저는 늘 엘리자베스 이모를 비웃곤 했는데, 더 이상은 그렇지 않아요. 저도 현명해진 거지요. " 크리스틴은 말했다.

"아아, 기억하고 있지. " 상원의원이 꿈꾸는 것처럼 응답했다.

"암스트롱 씨의 첫 번째 부인이 물려받은 재산은 당신의 엘리자베스 숙모의 것이었지요, 아마? " '족집게'라는 별명을 가진, 쾌활하고 젊은 사람 가운데 하나가 말했다.

브렌다 본인 앞에서 그런 말을 하다니, 그것은 언어도단이었다. 그러나 그 누구도 가슴 철렁했던 것 같지는 않다. 나는 다시금 뭔지 모를 묘한 기분에 휩싸여 있었다. 그래, 그것은 말할 만한 것이었으므로 말한 것이고, '족집게' 말고는 그것을 말할 사람도 없지 않은가. 더욱 이상한 것은 브렌다가 방으로 들어오자, 모든 하잘 것 없는 것들이 중요해지고 모든 목소리에 깊은 의미가 담겼으며, 모든 말에 숨겨진 의미가 감춰져 있는 느낌이 드는 것이다. 내 신경이 날카로워진 것일까?

"네. " 크리스틴이 매우 침착하게 대답했다.

"당신은 어떻게 생각하세요? 정말로 수제트 암스트롱은 일부러, 스스로 클로랄을 많이 먹었던 것일까요? " 믿어지지 않는 일에 '족집게'는 아직도 많은 말을 하고 있었다.

유감스럽게도 '족집게'에게 달려들 정도로 가까이 있지 않았던 나는 브렌다를 쳐다봤다. 그러나 브렌다에게는 그런 말을 듣고 있는 느낌조차 없어 보였다. 그녀는 물끄러미 크리스틴을 쳐다보고만 있을 뿐이었다.

"아니에요." 크리스틴이 말했다.

어떻게 그녀가 그것을 안단 말인가? 나는 이상히 여겼지만 크리스틴을 의심할 기분은 전혀 나지 않았다. 크리스틴은 마치 권위 있는 인물인 양 말했다.

"수제트는 죽을 생각 같은 건 전혀 없었어요. 하지만 본인은 의심도 하지 않았지만 그럴 운명이었지요. 수제트는 불치병으로 앞으로 2, 3개월밖엔 살지 못하리라고 말했어요. 그걸 안 것은 앤서니와 저뿐이었지요. 그리고 수제트는 앤서니를 무척이나 미워하게 되었습니다. 수제트는 실제로 그 다음 날, 유서를 고쳐 쓸 작정이었어요. 앤서니에겐 아무것도 남기지 않겠다고. 수제트가 제게 그렇게 말했어요. 전 분개했어요. 일생을 병든 사람들을 위해 바쳐 온 앤서니의 개업의로서의 일이 수제트로 인해 엉망진창이 되고 말았는데, 가난한 채로 팽개쳐져서 또다시 발버둥을 쳐야만 하다니. 저는 처음 그를 만났을 때부터 줄곧 앤서니를 사랑했습니다. 앤서니는 그걸 몰랐지만…… 하지만 수제트는 알고 있었어요. 그녀라면 그 정도는 알아채지요. 수제트는 그 일로 궁지에 몰려있었어요. 아니, 그런 건 문제가 아니에요……. 앤서니는 저 따위는 전혀 생각지도 않는다는 걸 저 스스로 잘 알고 있었는걸요. 하지만 그런 제가 앤서니를 도와줄 기회가 왔어요. 그걸 놓치지 않고 이용했지요. 제가 수제트에게 클로랄을 많이 먹였습니다. 그런 짓을 저지를 정도로 저는 앤서니를 사랑했어요……. 이런 말을 할 정도로."

누군가가 쉿소리를 질렀다. 그것이 브렌다였는지 아닌지 난 모르겠다. 결코 어떤 일에도 놀라지 않는 엘머 아주머니는 히스테리를 일으켜 의자 위로 다리를 당겨 올려 몸을 동그랗게 움츠렸다. 아기 고양이 씨는 살진 몸을 떨면서 남편인 상원의원에게 바짝 매달렸다. 그의 맹하고 붙임성 있는 얼굴도 완전히 회색빛이 되었다. 민 잉그럼은 무릎을 꿇고 있었고, 판사는 두 손을 꽉 움켜쥐며 떨리는 것을 억제하려 하고 있었다. 그 입술의 움직임으로 보아 그가 '하느님'이라는 말을 한다는 걸 알 수 있었다. '족집게'와 그의 무리들은 이미 '쾌활하고 젊은 사람들'이 아니라, 그저 떨리고 겁먹은 아이들이었다.

나는 기분이 나빠졌다. 그것도 굉장히 나빠졌다. 왜냐하면, 그 떡갈나무 긴 의자에는 아무도 앉아 있지 않았으며, 내가 크리스틴이라 불렀던 아가씨 따위를 우리는 아무도 본 적도 들은 적도 없었던 것이다.

그때, 방문이 열리더니 앤서니가 물방울을 떨어트리면서 들어왔다. 브렌다는 그가 흠뻑 젖은 것도 상관하지 않고 굶주린 것처럼 그에게 뛰어들었다.

"앤서니, 앤서니, 용서해줘요." 브렌다는 흐느꼈다.

어떤 기분 좋은 것이, 까칠한 앤서니 얼굴에 나타났다.

"그렇게 겁에 질리다니 무슨 일이야? 당신. 미안해, 너무 늦었지. 아무 일도 아니야, 정말이야. 걱정할 것 없어. 줄곧 로스앤젤레스에 쳤던 전보의 답장을 기다렸지. 그거 있잖아. 오늘 아침 내게 왔던 전보 말이야. 그건 크리스틴 래섬이 어젯밤에 자동차 사고로 죽었다는 소식이었어. 크리스틴은 수제트의 육촌이지. 간호사고, 훌륭한 처녀로 의리 있는 아가씨였어. 난 그녀를 무척이나 귀여워했지. 사랑하는 당신, 미안했어. 그렇게나 불안한 밤을 보내게 하다니." 그는 부드럽게 말했다.

The Martyrodom of Estella
에스텔라의 수난

에스텔라는 문 옆의 포플러 아래서 스펜서 모건을 기다리고 있었다. 둘은 약혼한 사이로, 그는 언제나 토요일과 수요일 저녁이면 그녀를 만나러 오곤 했다. 해는 이미 졌지만, 공기는 달콤하고 따뜻한 색채를 띠고 있었다. 보도를 따라 나 있는 버드나무와 멀리 높게 솟아 있는 자작나무 우듬지가 옅은 레몬색 하늘을 배경으로 검게 물들어 우뚝 떠올라 있었다. 정원에서 밀려오는 박하 향내. 밤이슬이 촉촉하게 내려오고 있었다.

에스텔라는 문에 기대어 차바퀴 소리를 기다리다 지쳐 내내 귀를 곤두세우고, 꿈을 꾸는 것처럼 멍하니 비비안 레마의 방 창문에 빛나는 등을 바라보고 있었다. 블라인드는 올라가 있고, 미스 레마가 책상에서 뭔가를 쓰는 게 보였다. 램프 불빛을 받아 그녀의 얼굴 옆선이 두드러지게 빛나고 있었다.

에스텔라는 미스 레마가 무척이나 예쁘다고 생각했다. 부러움 따위는 손톱만큼도 없다. 지금까지 진정한 미인을 본 적이 없었던 것이다. 가끔 읽는 소설이나, 그림 속의 주인공처럼 그녀는 사랑스러운 미인이었다.

에스텔라 바우즈는 예쁘지는 않다. 그러나 감수성이 풍부한 처녀로 맑은 눈과 장밋빛 볼을 갖고 있으며 언제나 자기 인생에 대한 만족과 행복으로 터질 듯한 모습이었다. 어릴 때 부모를 잃은 그녀는 삼촌, 숙모와 함께 산다. 가끔 그들은 여름에 한 달에서 두 달가량 하숙을 칠 때가 있는데, 올해 방을 빌린 사람이 미스 레마였다. 이 집으로 온 지 거의 1주일이 되어간다. 시내에서 온 여배우로, 이상하고 알 수 없는 신비한 삶의 모든 매력을 자기 주위에 흩뿌리고 있었다. 아무도 그녀가 어떤 사람인지 모른다. 바우즈가 사람들은 당장의 하숙인으로서 그녀를 무척 마음에 들어했다. 그녀를 숭배하고 경외하고 있는 에스텔라는 이 아름다운 사람을 스펜서는 어떻게 생각할까 궁금해지기도 했다. 그는 아직 그녀를 만난 적이 없었다.

스펜서가 온 것은 완전히 어두워진 다음이었다. 에스텔라가 문을 열어주자 그는 마차에서 훌쩍 내려와 그녀의 어깨에 팔을 두르고 오솔길을 나란히 걸었다. 미스 레마가 등을 거실로 옮겨놓고 오르간을 치면서 노래하고 있었다. 에스텔라는 난처해지고 말았다. 수요일과 토요일 밤은 에스텔라가 거실을 마음대로 쓰도록 되어있는데 그걸 미스 레마는 몰랐던 것이다.

"누가 노래하는 거지? 목소리가 고운데!" 스펜서가 물었다.

"이번에 우리 집에 하숙 들어온 레마 양이에요. 배우인데 노래든 뭐든 다 잘해요. 굉장히 예쁘게 생겼어요, 스펜서." 에스텔라는 말했다.

"그래?" 청년은 건성으로 말했다.

바우즈가의 새로운 하숙생 따위에 스펜서는 요만큼도 흥미가 없었다. 사실은 그녀의 출현을 성가시다고 여기고는 한층 억세게 에스텔라를 끌어안고 정원의 작은 문께에서 키스를 했다. 나중에 에스텔라는 늘 그때의 일을 떠올리곤 했다. 가장 행복했던 그 순간을.

스펜서는 말을 묶으러 갔고, 현관 계단에서 그를 기다리면서 에스텔라는 이 세상에 자기처럼 행복하고 자기처럼 누군가를 사랑하는 사람이 또 있을까를 생각했다. 있을 리가 없어. 이 세상에 스펜서는 단 한 사람밖엔 없으니까.

　　돌아온 스펜서를 에스텔라는 거실로 데려갔다. 반쯤은 수줍은 듯이, 그리고 반쯤은 자랑스럽게. 스펜서는 훌륭한 체격에 잘생긴 남자였다. 두 사람이 들어가자 미스 레마는 노래를 멈추고 오르간 의자에 앉은 채로 우리를 향해 고개를 돌렸다. 테이블 위 분홍빛 전구의 달콤하고 희미한 불빛이 작은 방에 넘쳤고, 부드럽고 어슴푸레한 불빛에 떠오른 미스 레마는 꿈처럼 아름다웠다. 미스 레마는 가슴이 크게 파인 크레이프 드레스를 입고 있었다. 에스텔라는 그런 옷을 입은 사람을 처음 보았다. 그녀의 눈에 그것은 점잖지 못한 것으로 비쳤다.

　　에스텔라는 스펜서를 소개했다. 스펜서는 어색하게 인사를 하면서 눈을 미스 레마의 얼굴에 붙박은 채로 긴장하여 몸이 굳어져서는 창가에 앉았다. 에스텔라는 난로 위의 고풍스런 거울로 자신의 얼굴을 힐끗 보고는 갑자기 뭔가 기분 나쁜, 오싹한 한기를 느꼈다. 지금처럼 낯설게, 더구나 이렇게 살쪄 보인 적은 없었다. 지금처럼 밤색 머리칼이 풍성하지 못하고 아무렇게나 잡아맨 것처럼 보인 적도, 지금처럼 피부가 칙칙하게 보인 적도, 얼굴 생김새가 평범하게 보인 적이 없었다. 에스텔라는 미스 레마가 방에서 나가주면 얼마나 좋을까, 간절히 바랐다.

　　비비안 레마는 앞에 있는 두 얼굴을 찬찬히 살폈다. 무정하고, 비웃음과 악의가 한데 뒤섞인 빛이 언뜻 눈빛에 비쳤고 미소가 입가에 떠올랐다. 그러고는 똑바로 스펜서 모건의 성실하고 푸른 눈을 들여다보면서 그곳에서 청년의 눈부신 아름다움을 읽어냈다. 에스텔라 쪽을 향한 시선에는 모멸로 가득 차 있었다.

"우리가 들어올 때 노래를 부르고 계시더군요. 부디 계속해주시지 않겠습니까? 전 음악을 무척이나 좋아한답니다." 스펜서가 말했다.

미스 레마는 다시 오르간 쪽으로 몸을 돌렸다. 그녀의 목과 어깨의 풍요로운 곡선이 얇은 레이스 밖으로 죽 뻗어나 있다. 풍성하게 부푼 금발의 곱슬머리에 둘러싸인 장미 꽃잎 같은 색조의 얼굴이 잘 보이는 곳에 자리를 잡고 스펜서는 미스 레마를 줄곧 응시했다. 다른 모든 것을 잊은 채. 에스텔라는 그런 그의 표정을 보고 있었다. 미스 레마는 오르간을 향한 검은 눈의 마녀가 갑자기 증오스러웠다. 증오와 동시에 두려움이 덮쳐왔다. 어째서 스펜서는 저렇게 그녀를 보고 있는 걸까? 애초부터 스펜서를 이곳에 데려오는 것이 아니었다. 미스 레마는 재미가 없어서 화가 났고, 울고 싶은 지경이 되고 말았다.

비비안 레마는 아름다운 사랑 노래를 계속 뒤이어서 불러제꼈다. 그녀는 스펜서 모건을 올려다보았다. 그는 재빨리 일어서더니 곁으로 가서 불이라도 담은 듯한 이상한 눈으로 미스 레마를 내려다보았다.

에스텔라는 벌떡 자리를 박차고 일어나 방을 나왔다. 피가 머리 위로 왈칵 솟았고 질투심에 불타긴 했지만, 스펜서가 당연히 뒤따라 나와 줄 거라고 생각했다. 그가 뒤따라 나오지 않는 것을 안 뒤에도 에스텔라는 이 사실이 도대체가 믿어지지 않았다. 화가 난 건지 비참한 건지 스스로도 알 수 없는 기분으로 현관에서 그를 기다렸다. 방으로 돌아갈 생각은 없었다. 비비안 레마는 이미 노래하고 있지 않았다. 낮게 숨죽인 소리가 들려왔다. 에스텔라는 그렇게 1시간을 기다렸다가 집으로 들어가 이층의 자기 방으로 일부러 커다란 발소리를 내면서 올라갔다. 너무나도 분해서 울지도 못하고, 무슨 일이 일어난 것인지 깨닫지도 못한 채, 그저 창가에 앉아서 물끄러미 모든 있을 수 없는 일들을 연신 바라기만 할 뿐이었다.

스펜서가 돌아가고 비비안 레마가 거실을 가로질러 자기 방으로 들어간 것은 10시경이다. 에스텔라는 억누를 수 없는 분노로 미친 듯이 두 주먹을 그러쥐고 있었다. 속이 부글부글 끓어올랐으나 그 안쪽 깊숙한 곳에는 매우 심한 아픔이 있었다. 그렇게나 행복했던 시간으로부터 겨우 3시간밖에 지나지 않았다니 거짓말이야. 훨씬 더 많은 시간이 지난 게 틀림없어! 대체 무슨 일이 일어났다는 건 가? 바보 같은 짓을 저지르고 만 것인가? 그런 처신을 하는 게 아니었을까? 분명 스펜서는 내가 나가버린 뒤에 찾으러 왔으리라. 그런데 보이지 않자 화가 나서 나보란 듯이 미스 레마에게로 돌아간 거야. 이런 헛된 희망에 조금이나마 위안을 받으면서 그녀는 그런 태도를 보이지 말걸 그랬다고 후회하기도 했다. 틀림없이 심술궂고 질투심이 강하게 보였으리라. 스펜서는 심술궂고 질투심이 강한 사람이 싫었던 것이다. 그가 다음에 오면 내가 미안해 했다는 걸 보여줘야지. 그러면 모든 것은 잘 정돈 되겠지.

에스텔라는 그날 밤을 거의 뜬눈으로 지새면서 스펜서가 보였던 태도에서 그럴듯한 이유나 구실을 끌어내거나, 모든 것을 바보처럼 과장되게 생각했다고 스스로에게 자문하며 보냈다. 새벽녘이 되어 겨우 잠들었는데 눈을 떴을 때는 어젯밤의 사건을 거지반 잊고 있었다. 그러나 천천히 억눌렸던 것처럼 기억이 되살아났다.

에스텔라는 일어나서 조금 기운을 차리고는 옷을 갈아입었다. 누운 채로 아무 것도 하지 않는 것은 가장 고통스러운 일이었다. 그래, 하루가 눈앞에 있고, 어떤 즐거운 일이 있을지 몰라. 스펜서는 저녁때가 되면 다시 와주겠지. 사과하는 의미에서 평소보다 배는 친절하게 대해줘야지.

아침 식사 자리에서 바우즈 부인은 조카의 생기 없는 눈과 까칠한 얼굴색을 의아하게 쳐다봤다. 부인에게는 부인 나름의 생각이 있었다. 부인은 얼마쯤 위엄 있는 얼굴을 지녔으며 큰 체구의 당당한 여성이었다.

"어젯밤엔 스펜서 모건을 레마 양과 함께 남겨놓고 넌 이층으로 올라가 버린 게냐?" 그녀는 무덤덤하게 물었다.

"네." 에스텔라는 중얼대듯 대답했다.

"스펜서와 싸우기라도 한 거냐?"

"아니에요."

"어째서 그런 이상한 행동을 한 거지?"

"어쩔 수가 없었어요." 그녀는 입을 다물었다.

먹던 음식이 목을 메이게 할 것만 같았다. 그녀는 할 수만 있다면 그녀를 아는 모든 사람들로부터 100킬로미터쯤 멀리 떨어져 있고 싶었다.

바우즈 부인은 투덜투덜 불평을 늘어놓았다.

"그건 꽤나 이상한 일이라고 생각한다. 네가 불만이 없다면 다른 사람이 이러쿵저러쿵 말할 건 없지만 말이다. 스펜서는 10시까지 그 여자하고 함께 있더구나. 돌아갈 때는 그 여자가 스펜서에게 키스를 하더니, 그러더니 스펜서한테 다시 와달라고 말하는 걸 내가 들었어."

"숙모!" 그녀는 말을 막았다.

에스텔라는 예민하게 떨고 있는 신체의 어느 부분을 숙모에게 연달아 찔린 듯한 심정이었다. 사태의 일부를 안 것만으로도 충분히 고통스럽다. 그런데 더구나 그것을, 이토록 차고 잔혹한 말로 듣는 것은 아무래도 견딜 수가 없었다. 모든 것이 두려우리만치 분명해지고 마는 것 같아서였다.

"이 집 안에서 그런 일이 있었다면 내게 물을 권리가 있는 것 아니니? 넌 바보야, 에스텔라 바우즈. 그 레마라는 아가씬 세상의 상식으로 보면 조금도 훌륭한 아가씨라고는 할 수 없어. 그 여잘 하숙시킨 건 실수였어. 만약 너도 같은 심정이라면 빨래 내보내자꾸나. 너희 둘 사이에 끼어 들어 나쁜 짓을 하려 하다니, 애저녁에 못하게 하자는 거야."

에스텔라는 울화통이 터졌다.

"그런 말씀하지 않아도 돼요! 스펜서에 관해서라면, 그런 건 전혀 의미가 없어요. 제가 나빴어요. 어쨌거나 그렇게 쉽게 한눈을 팔고 말 사람이라면 내 쪽에서 사양하겠어요! 부탁이니까 숙모, 저를 이대로 내버려두세요!" 그녀는 외쳤다.

"아아, 그래 알았으니 이제 그만 해라! 내가 말하는 건 널 위해서야. 너 자신이 가장 잘 알겠지만. 네가 상관하지 않는다면 누가 그걸 상관하겠니." 바우즈 부인은 기분이 나쁜 듯 되받았다.

에스텔라는 일에 열중하기 시작했다. 비비안 레마에 대해 엄청난 증오심이 가슴속에서 솟아올랐다. 마음씨 고운 시골 처녀가 거의 살의와도 비슷한 심정에 치받치고 있었다. 그날 하루가 악몽처럼 여겨졌다.

해질녘이 되자 열기를 띤 불안함으로 드레스를 입었다. 스펜서가 틀림없이 다시 오리라는 희망을 버리지 않고. 그러나 스펜서는 오지 않았다. 에스텔라는 침실로 올라가면서 오늘밤을 살아서는 견디지 못할 것 같은 그런 기분이 들었다. 그래서 새벽녘까지 눈을 크게 뜨고는 어둠을 응시하면서 누워 있었다. 울 수 있으면 좋겠다는 생각이 들었지만 구원이 될 눈물 한 방울 떨어지지 않았다.

다음날은 엄청난 힘으로 일에 몰입했다. 그녀 몫의 평소 일이 끝나자 달리 몰두할 수 있는 일은 없을까 하면서 집 안을 돌아다녔다. 잠깐이라도 손을 놓고 있으면 머리가 이상해질 것 같았다. 바우즈 부인은 그런 그녀를 동정의 눈길로 지켜보고 있었다.

밤에는 2킬로미터 정도 떨어진 학교 건물에서 행해지는 기도회에 걸어서 갔다. 그녀가 기도회에 가는 건 늘 있는 일이었고 스펜서도 대개는 그녀를 집까지 데려다주기 위해 출석을 한다. 그러나 오늘밤은 모습을 보이지 않았다. 에스텔라는 오지 말걸 그랬다고 생각했다. 꼼짝없이 앉은 채로 생각만 해야하는 건 무척이나 무서운 일이다. 목사님 말씀 같은 건 한마디도 귀에 들어오지 않았다.

돌아오는 길에는 여러 명의 아가씨들에 섞여 걸었고, 아무도 이상하게 여기지 않도록, 또 모두의 즐거운 듯한 인사에 응답하기 위해 쾌활하게 있어야만 했다. 사람들이 자신이 느끼고 있는 수치와 굴욕을 알고 애처롭게 대하면 어쩌나, 에스텔라는 그것이 두려웠고 고통스러웠다. 히스테릭하게 보일 정도로 쾌활하게 행동했으나 속으로는 끊임없이 스펜서가 오지 않은 것을 납득할 만한 이유를 찾기 위해 무진 애를 썼다. 그는 오지 않는 적이 자주 있었고, 물론 아직은 조금 화가 나 있는 것도 당연했다. 만약 그가 지금 눈앞에 나타난다면 그의 발 사이의 때라도 붙잡고 용서를 청할 수도 있을 것 같았다.

에스텔라는 집에 돌아오자 마당으로 나가 앉았다. 밤의 정적에 마음이 온화해졌다. 희미하게 행복을 느꼈고, 희망이 보이기 시작했다. 스펜서와 있었던 지금까지의 일들과, 그가 맹세한 사랑의 약속을 곰곰이 되씹었다. 추억은 그녀를 위로해주었다. 마침내 집 안으로 들어갈 무렵에는 거의 기력을 되찾은 상태였다.

다음날은 일요일이다. 에스텔라는 아침 일찍 일어나야겠다고 생각했다. 발걸음도 전보다 가볍고, 얼굴은 생기 있게 빛나고 있었다. 바우즈 부인은 기분이 좋지 않은지 한참 있다가 무뚝뚝하게 말했다.

"스펜서 모건이 어젯밤에 왔었어, 알고 있는 거냐?"

에스텔라는 차가운 것이 심장 주위를 옥죄는 느낌을 받았다. 그러나 저 밑바닥에서는 세차게, 감미로운 희망이 솟아올라왔다.

"스펜서가 여기에! 틀림없이 기도회가 있는 밤인 걸 잊은 걸 거예요. 뭐라고 하던가요? 어째서 제가 간 곳을 그 사람에게 가르쳐주지 않았나요?"

"기도회를 잊었는지 어쨌는지." 바우즈 부인은 부드럽게 강조하는 것처럼 대답했다. "그렇게 빨리, 기억력이 나빠지는 일은 없을 것 같은데. 어디에 갔느냐고는 묻지 않았어. 네가 돌아오기 전에 돌아가려고 매우 신경을 쓰더구나. 레마 양이 대접을 했지. 그런 일을 시키면 그 아가씬 천하일품이야."

에스텔라는 묵묵히 접시 위로 고개를 숙였다. 그녀는 이내 창백해졌다.

"그 여잘 내쫓자꾸나." 바우즈 부인은 애처롭다는 듯 말했다. "그 여자가 가버리면 스펜서는 그 길로 네게 돌아올 거야."

"안 돼요. 그렇게 하지 마세요!" 에스텔라는 세차게 도리질을 했다. "그렇게 되면 그녀는 바스투즈 씨네 집으로 가게 될 거예요. 그렇게 되면 오히려 나빠지기만 해요. 전 겁나지 않아요. 내가 태연하다는 걸 두 사람에게 보여주겠어요. 스펜서가 제게로 돌아오는 데 그 사람이 나갈 필요가 있다고 생각하세요? 스펜서 따위 어딜 가든 상관없어요."

"스펜서는 말이야, 그냥 그 예쁜 생김새에 홀린 것뿐이야."

바우즈 부인은 말을 이으며 위로해 준답시고 서툰 노력을 계속했다. "그 여잔 아주 잠깐 그가 자기를 쳐다보게 한 것 뿐이야, 그 닳아 빠진 여자가 말이야. 게다가 스펜서는 본심이 아니었어. 제정신으로 돌아오면 틀림없이 자신을 창피하게 생각할 거야. 네가 그 여자들을 열 명 다발로 지어논 것보다 가치가 있다는 걸 그는 마음속으론 잘 알고 있을 테니까 말이야."

에스텔라는 고개를 들었다.

그녀는 기운이 나서 말했다. "숙모, 숙모께서 선의로 말씀해주시는 건 잘 알아요. 하지만 그 때문에 전 죽어버릴 것만 같아요. 견딜 수가 없어요. 제발 부탁이니 무슨 일이든 이 일로 제게 더 이상 한마디도 하지 말아주세요. 그리고 마치 수난을 당하는 사람을 보는 듯한 눈길을 거둬주세요. 그 여잔 우릴 보고 있어요. 제가 고통스러워하리라고 여기곤 기뻐한다구요. 전 전혀 신경에 거슬리거나 하지 않아요. 마음을 쓰거나 하지 않는다는 걸 그 여자한테 보여줄 작정이에요. 저는 스펜서처럼 바람기가 있는 사람 따위, 쫓아버리길 잘했다고 생각해요. 제게는 그만한 분별력이 있는걸요."

그리고 그녀는 이층으로 갔으나 계단을 오르면서 터키석 약혼반지를 잡아뜯듯이 빼냈다. 과격한 생각이 이것저것 머릿속을 종횡무진 스쳐갔다. '아래층으로 내려가 비비안 레마와 결판을 짓자. 달려가서 스펜서를 만나서는 거기가 어디든 간에 반지를 집어던져 주리라. 다시는 남의 눈에 띄지 않을 만한 곳으로 가버리자. 어째서 죽지 못하는 걸까? 사람은 이렇게나 고통스러운데도 계속해서 살아갈 수 있는 걸까?'

"난 아무렇지도 않아. 아무렇지도 않다니까!" 에스텔라는 신음을 했고, 그 거짓말을 소리내어 스스로에게 듣게 했다. 마치 그렇게 하면 믿을 수 있다고 생각하기라도 하는 것처럼.

노을이 질 무렵, 그녀는 바깥 계단으로 나와서 아픈 머리를 인동덩굴 담에 기댔다. 해가 막 저물고 있었다. 온 세상이 희미하게 어두운 금빛 속에 떠올라 있었다. 그런 멋진 아름다움에 그녀는 몸을 떨었다. 자신이 그 위에 아주 작게 찍힌 하나의 오점인 것만 같아서.

그리고 일어나려 할 때, 마차가 좁은 길을 오는 소리가 나더니 차츰 모습을 드러냈다. 스펜서 모건이었다.

에스텔라는 그를 보았다. 순식간에 세상을 바꿔줄 것만 같은 희망이 미친 듯이 요동을 쳤다. 그러나 자존심이 무장을 하고 일어섰다. 스펜서가 어젯밤에 왔다면 사랑스럽고 침착한 에스텔라를 만났으리라. 지금이라도 만약 그가 만나러 온 것이 자기라고 확신할 수만 있다면 온화한 표정을 지을 수 있었으리라. 그러나 만나러 온 상대는 다른 사람이 아닌가? 심하게 밀려드는 의혹이, 에스텔라의 온몸을 찌르고 지나갔다.

에스텔라는 기다렸다. 내 쪽에서 먼저는 말을 걸지 않겠다고, 단단히 마음을 다잡았다. 말을 꺼내는 건 자신의 역할이 아니라면서. 스펜서 모건은 말을 채찍으로 철썩 내리쳤다. 에스텔라를 보려고도 하지 않았지만, 에스텔라의 뻣뻣한 태도를 감지하고는 심한 수치감을 느껴 그것을 에스텔라 탓으로 돌리고 화를 냈던 것이다.

"드라이브라도 할까?" 스펜서는 어색하게 말을 걸었으나 곁눈으로는 거실의 창을 힐끗 쳐다봤다.

에스텔라는 그의 눈길을 보자 질투로 날카로워진 신경으로 이내 그의 본심을 알아챘다. 심장이 멈췄다. 스스로도 무슨 말을 하는지도 몰랐다.

"아아, 당신은 내가 아니라 레마 양에게 볼일이 있는 거겠지요. 그녀라면 바닷가에 있어요. 가면 만날 수 있을 거예요, 틀림없이 말예요." 그녀는 고개를 바짝 쳐들고 외쳤다.

그런데도, 그러는 순간에도 에스텔라는 아직도 고집스레 희망을 버리지 않고 있었다. 만약 그가 아주 조금이라도 미안해 했다거나, 지금도 널 사랑한다고 말해줬다면, 그런 기색을 보여주기만 했더라면 모든 것을 용서할 수 있었을 것이다. 그가 그 길로 단 한 마디도 하지 않고 마차를 달려갔음에도 여전히 에스텔라는 그것이 믿어지지가 않았다.

'스펜서는 분명히 가지 않을 거야. 틀림없이 내가 마음에도 없는 말을 해버렸다는 것을 이해해주겠지. 문에 이르기도 전에 되돌아서 올 거야.'

그러나 그렇지 않았다. 에스텔라는 그의 모습이 모퉁이를 돌아 사라지는 것을 보고 있었다. 바다로 이어지는 작은 길을 줄곧 따라갔는지는 보이지 않았지만, 어차피 그럴 거라고 생각했다. 그런 말을 해버린 자신에게 화가 났다. 또 이번에도 자업자득이다, 모든 것이. 아아, 다시 한 번 기회가 주어진다면!

다시 다가오는 마차 소리를 에스텔라는 자기 방에서 듣고 있었다. 그것이 스펜서이며, 비비안 레마를 데려다주러 온 것임을 알고 있었다. 갑자기 격정에 휘말려 에스텔라는 계단 층계참까지 걸어나와 올라오는 연적과 정면으로 마주쳤다.

미스 레마는 창백한 얼굴과 고통으로 가득한 눈을 보고 멈춰 섰다. 예쁜 얼굴에는 어렴풋하게 후회하는 듯한 미소가 어려 있었다.

에스텔라의 목소리는 떨렸다. "레마 양. 대관절 무슨 일이에요? 제가 스펜서 모건과 약혼한 사실은 알고 계시겠지요!"

미스 레마는 낮게 속삭였다.

"어머, 정말이에요? 만약 당신이 그 사람하고 약혼한 상태라면, 바우즈 양, 그를 좀더 세심하게 간수하라고 충고하겠어요. 저 사람은 아주 쉽게 여자한테 손을 내미는 것 같군요. 말해두겠는데."

미스 레마는 악의로 가득찬 미소를 남기고 자기 방으로 사라져갔다. 에스텔라는 굴욕과 좌절감에 휩싸여 벽에 기대고 있었다. 그러나 자기가 혼자되었음을 깨닫자 살며시 방으로 돌아와 침대에 몸을 던져 엎드려서는 죽어버리고 싶다고 기도했다.

그러나 그 뒤로 계속된 무시무시한 한달 동안을 그녀는 살아나가야만 했다. 너무나도 괴로워서, 숨을 한 번 쉴 때마다 아픔이 파고들었다. 스펜서는 두 번 다시 만나러 와주지 않았다. 그렇지만 이곳저곳으로 미스 레마와 동행하여 외출을 했다. 그가 그렇게도 흥분하여 열중하는 모습은 마을 전체의 화제가 되었다. 에스텔라는 자신이 모두의 얘깃거리가 되고 있음을 알고는 자존심이 몹시 상했다. 그렇지만 겉으로는 아무렇지도 않은 태도를 여전히 고수하고 있었다. 어느 누구도 그녀가 속을 끓이고 있다고 말할 수 없었다.

에스텔라는 믿고 있었다. 여자배우는 그저 심심풀이로 스펜서를 유혹한 것뿐이며, 결혼 따위를 할 생각은 추호도 없으리라고. 그러나 어느 날, 어쩌면 결혼도 생각하고 있을지 모른다는 생각이 문득 가슴을 스쳤다. 에스텔라는 비록 그가 다시 원래대로 돌아가자고 한다해도, 절대로 다시는 받아들이지 않겠노라고 내내 스스로에게 다짐하고 있었다. 그러나 지금 이렇게 반쯤 병든 것처럼 공포에 휩싸여있는 걸 보면, 본심은 얼마나 강하게 희망을 갖고 있는지를 알 수 있었으며, 때문에 전보다도 한층 더 자신을 경멸하게 되었던 것이다.

어느 날 저녁 무렵, 에스텔라는 거실에서 혼자 전등을 켜놓고 별로 내키지 않는 모습으로 작은 방을 정리하고 있었다. 그녀는 완전히 나이 들고 초라해 보였다. 혈색 나쁜 얼굴, 눈은 힘없고 흐렸다. 그렇게 일을 하고 있는데 문이 열리고 비비안 레마가 걸어서, 정확히는 까치발로 비틀거리면서 들어왔다.

에스텔라는 손에 들고 있던 책을 떨어트리고 꿈속에서 사람을 보는 듯한 느낌으로 미스 레마를 보았다. 여배우의 얼굴은 새빨갰고 머리칼은 잔뜩 흐트러져 있었다. 두 눈은 이 세상 사람의 눈빛이 아닌 빛으로 반짝반짝 빛났다. 그녀는 조리에 닿지 않는 말을 지껄였다. 주위 공기는 브랜디의 독한 냄새로 가득했다.

에스텔라는 히스테릭하게 외쳤다. 비비안 레마는 엉망진창으로 취해있었다. 스펜서 모건이 사랑하는, 그 때문에 자신이 버려지게 만들었던 이 여자가 방 안을 비틀거리면서 바보처럼 웃고, 거칠고 굵은 음성으로 미친 듯이 지껄여대고 있다. 스펜서에게 지금 이걸 보여줄 수가 있다면!

에스텔라는 번쩍하고 스친 거친 상념의 열기에 창백해졌다. 스펜서 모건은 이 여자의 본성을 보아야만 한다.

에스텔라는 곧장 행동에 옮겼다. 재빨리 방을 나서자 술에 취해 주정하며 우는, 실없는 소리를 지껄이는 인간을 안에 넣고 자물쇠로 잠그고는 머리에 숄을 둘러쓰고 집을 뛰어나왔다. 스펜서의 집까지는 그리 멀지 않았다. 그녀는 자신이 무엇을 하고 있는지도 모른 채, 그저 달렸다. 노크 소리에 모건 부인이 현관으로 나와 에스텔라의 귀신에 홀린 듯한 얼굴을 어리둥절하게 쳐다봤다.

"스펜서를 만나고 싶습니다." 그녀는 핏기 없는 입술로 말했다.

나이든 부인은 놀라서 할 말을 잃고 뒷걸음질 쳤다. 부인은 아들의 행동을 듣고 유감스럽게 생각하고 있던 터였다. 에스텔라가 아들에게 무슨 볼일이 있다는 걸까?

그때 청년이 얼굴을 내밀었다. 에스텔라는 그의 팔을 붙잡고 밖으로 끌어냈다.

"레마 양이 지금 곧 당신께 와달라고 했어요. 지금 당장요. 곧장 오라구요!" 그녀는 쉰 목소리로 말했다.

"그 사람한테 무슨 일이 있나? 아픈가? 아니면, 대체 어떻게 되었다는 거야?" 놀라 당황해서 스펜서는 외쳤다.

"아뇨, 아픈 건 아니에요. 하지만 당신을 만나고 싶어해요. 빨리 가요."

스펜서는 모자도 쓰지 않고 뛰어갔다. 에스텔라는 숨을 헐떡이면서 뒤를 따라갔다. 분명 이것은 여자의 처신으로서는 너무나도 유별난 행동이라고 쓴웃음을 지으며 그녀는 속으로 생각했다. 에스텔라는 현관에서 열쇠를 그의 손에 꼭 쥐어주면서 날카로운 목소리로 말했다.

"그 사람은 거실에 있어요. 들어가세요. 가서 봐주세요, 스펜서."

스펜서는 열쇠를 빼앗아 문의 열쇠구멍에 집어넣었다. 그는 두려워서 견딜 수가 없었다. 에스텔라는 머리가 어떻게 된 게 아닐까? 설마 비비안을 어떻게 한 건 아니겠지? 설마······.

방으로 들어가자 여배우가 다리가 꼬이도록 비틀거리면서 일어나 그를 맞았다. 그는 머리가 텅 빈 것처럼 우뚝 선 채로 그녀를 쳐다보고 있었다. 이게 비비안일 리가 없다. 브랜디를 뒤집어쓴, 이런 저급한 말을 토해내는 사람이. 미스 레마와 꼭 닮은 모습의 이 마귀는 대체 무엇인가?

가슴도, 머리도 메스껍고 현기증이 나서 울렁거렸다. 미스 레마가 그의 몸에 팔을 두르고 있다. 밀어제치자 한층 달라붙어 매달린다. 의미없는 웃음소리가 방 안에 울려퍼졌다. 그는 힘을 다해 그녀를 떼밀고는 방을 가로질러 미친 사람처럼 길 저편으로 사라져갔다. 에스텔라는 그것을 목격하고 복수를 해낸 기분이 들었다. 기뻤다. 슬픔보다도 훨씬 참혹한 기쁨이었다.

비비안 레마는 다음 날 집을 나갔다. 바우즈 부인은 무슨 일이 생겼음을 알아차리고는 에스텔라에게 집요하게 질문을 해댔지만 그녀는 그 어떤 것도 말할 수는 없었다. 에스텔라는 완고할 정도로 사실을 가슴속 깊숙이 간직하고 결코 입밖에 내지 않았다. 마을 전체의 관심과 호기심이 스펜서 모건에 집중되었고 그 이야기로 마을이 시끌벅적했다. 여배우가 그를 찼다는 뜬소문이 나돌았으며, 그래서 그는 가슴이 찢어질 듯 아파하고 있다고 했다. 그리고 그가 서부로 갈 예정이라는 소문이 퍼졌다.

에스텔라는 태연히 그런 애기들을 듣고 있었다. 그녀에게 인생은 끝난 것이나 마찬가지였다. 앞길에 즐거움 따위는 아무것도 없었다. 뒤를 돌아보는 것조차도 불가능했다. 과거는 모두가 쓰라렸다. 스펜서와는 그날 밤 이후로 한 번도 만나지 않았다. 때로는 그런 행동을 한 자신을 그는 어떻게 생각할까 고민한 적도 있었다.

'여자답지 않다, 원한이 깊은 여자라고 생각할까? 그렇더라도 상관없다. 다른 데로 떠난다는 말을 듣고 오히려 안도할 정도였다. 그렇게 되면 이제는 그와 얼굴을 마주칠 염려도 없어질 것이므로. 그는 결코 내게로 돌아오지 않으리라. 만약 돌아온다 해도 절대로 용서하지 않겠다.'

수확기가 막 시작된 어느 날 밤, 노을이 질 무렵에 그녀는 오솔길의 문 주위를 천천히 산책하고 있었다. 하루종일 노예처럼 일을 해서 무척이나 피곤하긴 했지만 집에 들어가고 싶지는 않았다. 집 안에 있으면 잠을 자건 깨어있건 간에 괴로움이 한층 무겁게 덮쳐오기 때문이었다. 그러나 오솔길에 있으면 희미한 어둠, 향기로운 밤이 언제나처럼 위로해주는 느낌이 들었다.

에스텔라는 문 옆의 포플러에 머리를 기대고 있었다. 언제부터 스펜서 모건이 옆에 서 있었는지 그녀는 몰랐지만 고개를 들자 그곳에 그가 있었다. 어슴푸레한 가운데서도 그가 얼마나 까칠해졌으며, 눈도 우묵해졌는지 쉽게 알 수 있었다. 그녀가 달라진 것과 마찬가지로 그도 달라져 있었던 것이다.

에스텔라는 그에게 차갑게 등을 돌리고 가버리고 싶다는 충동이 밀려오는 걸 느꼈다. 그러나 어째서인지 격렬하게 가슴이 요동을 쳤고, 그대로 꼼짝도 할 수가 없었다. 그는 무슨 말을 하러 온 것일까?

한동안 운명적인 침묵이 흘렀다. 그리고 스펜서가 우물거리면서 말을 꺼냈다.

"널 보지 않고 도저히 여행을 떠날 수가 없었어. 에스텔라, 네게 안녕이란 말도 않고 가다니 말이야. 분명 넌 나하고는 말도 하고 싶지 않겠지. 나를 미워할 게 틀림없어. 난 그럴 만한 행동을 했으니까, 그건 당연해."

말이 거기서 끊어졌지만 그녀는 한 마디도 하지 않았다. 아니, 할 수가 없었다.

잠깐 사이를 두었다가 그는 다시 말을 이어갔다.

"알고 있어. 날 절대로 용서하지 않겠지. 이런 일을 용서할 사람은 없겠지. 나는 완전히 바보 같은 일을 저질렀어. 핑계 따위 있을 수가 없어. 나 스스로도 제정신이었다고는 생각하지 않아, 에스텔라. 지금 생각해보면 모든 것이 악몽 같았어. 그날 밤에 그 여자를 보고서야 정신이 들었어. 그리고 그 일로 난 이 세상에서 가장 처참한 사람이 되어버렸지. 그녀를 아쉬워하는 게 아니라, 당신을 잃었기 때문이야. 난 이제 여기선 살 수 없어. 그래서 다른 곳으로 가려는 거야. 잘 가란 말을 해줘, 에스텔라. ”

여전히 에스텔라는 잠자코 있었다. 하고 싶은 말은 무척이나 많았지만 아무런 말도 할 수가 없었다. 그가 하는 말은 아직도 그녀를 사랑하고 있다는 뜻일까? 그것만이라도 확실히 알 수 있다면 모든 것을 용서할 텐데. 의혹이 에스텔라의 혀를 굳어지게 했다.

청년은 그녀의 완고한 태도에 절망해 고개를 돌렸다.

‘그렇다면 그럴 수밖에 어쩔 도리가 없다. 내 스스로 초래한 결과니까.’

그가 두세 걸음 나아갔을 때, 갑자기 에스텔라는 우물거리긴 했지만 간신히 입을 열 수가 있었다.

“스펜서!” 한달음에 그는 돌아왔다. “오오, 스펜서, 당신, 당신은 아직도 날 사랑하나요? ”

그는 그녀의 두 손을 꼭 감싸쥐었다.

“당신을 사랑하느냐고? 아아, 에스텔라, 그래, 그런 거야! 줄곧 사랑하고 있었어. 지난 번 그 일은 사랑이 아니라, 그건 미친 짓밖에 아무것도 아니었어. 그게 지나갔을 때는 난 이미 당신을 잃은 상태였지. 인생을 증오했어. 당신이 용서할 수 없다는 건 알아. 하지만, 아아……. ”

그는 털썩 주저앉았다. 에스텔라는 팔을 그의 목에 두르고 얼굴을 그의 얼굴에 마주 대었다. 커다란, 아주 커다란 행복감에 심장이 터질 듯한 느낌을 받으면서. 그는 그런 말없는 용서를 이해했다. 키스를 하는 동안에 과거는 멀리 사라져갔다. 에스텔라의 수난의 나날은 비로소 끝났던 것이다.

Some Fools and a Saint
달빛 속의 광상곡

"꺽다리 앨릭 집에서 하숙을 한다고?" 셸던 씨는 놀라 외쳤다.

글렌 도널드 교구의 전임 목사와 새로 부임한 목사 둘이서 교회의 소예배실에 있었다. 전임자는 신임 목사를 부드럽고 친절하게, 그리고 귀엽다는 듯 대하고 있다. 이 젊은이는 50년 전의 자기 모습과 똑같았다. 젊고 정열적이며 희망과 정력과 높은 이상으로 가득 차 있는 것이다. 게다가 미남이기도 하다. 셸던 씨는 내심 빙긋 웃으면서 커티스 번스에게 이미 결혼을 약속한 여자가 있을까 생각했다. 아마 있으리라. 젊은 목사는 대개 그렇기 때문이다. 만약 없다고 한다면 틀림없이 글렌 도널드 여자들의 마음을 어지럽게 뒤흔들리라. 그건 무리도 아니다.

신임 예배가 오후에 있었고, 이어서 지하 예배실에서 만찬이 열렸다. 커티스 번스는 교구 주민 모두와 얼굴을 마주하고 악수를 나누었다. 조금은 혼란스럽고 당황한 기색을 한 그로서는 이렇게 전임 성직자인 셸던 노인과 함께 느릅나무 그늘 아래의 조용한 소예배실에서 있을 수 있게 된 것이 오히려 기뻤다. 셸던 씨는 이 교구에서

30년 이상이나 오랜 세월에 걸쳐 목회를 해왔으므로 늦가을의 퇴임은 그를 사랑하는 교구민들로서는 커다란 이변이었다.

"이곳엔 훌륭한 교회가 있고 성실한 사람들이 살고 있답니다, 번스 씨. 그 사람들에 둘러싸여서 당신의 목사로서의 근무는 행복과 은총으로 가득 차게 될 것입니다." 셸던 씨는 말했다.

커티스 번스는 미소지었다. 그러자 볼에 보조개가 패이면서 어린애 같고 믿음직스럽지 못한 모습을 보였다. 셸던 씨는 순간 괜찮을까 걱정을 했다. 실제로 아는 목사 가운데 보조개가 있는 사람은 단한 사람도 떠오르지가 않았다. 과연 보조개는 성직자에게 어울리는 것일까? 그러나 커티스 번스는 적당한 정도의 걱정에 허무함을 뒤섞어 이렇게 말했다.

"그리 되지 않는다면 그건 틀림없이 제 자신 잘못이겠지요. 저의 부족한 점은 잘 알고 있습니다. 충고와 도움을 주시기 위해 가끔 찾아와 주시지 않겠습니까?"

"제가 할 수 있는 일이라면 기꺼이 어떤 도움이라도 드리지요." 셸던 씨가 말했다. 걱정은 이내 사라졌다. "충고라면…… 받아들이고 들이지 않고는 당신의 자유입니다만, 지금 이 자리에서 한 가지 말씀드리겠습니다. 목사관으로 들어오십시오. 하숙 같은 것은 하지 말고."

커티스는 유감스럽다는 듯 다갈색의 머리를 흔들었다.

"그것은 안 됩니다, 셸던 씨……, 지금으로선. 전 단 1센트도 갖고 있지 않습니다. 성직 서임을 받기 위해 슈트를 살 때 마지막 1페니까지도 다 털어야 했습니다. 목사관에 가구를 넣을 수 있을 정도의 돈을 급료에서 떼어 저축할 때까지 기다려야만 합니다."

"아아, 그거야 물론, 무리라면 어쩔 수가 없겠지요. 하지만 되도록 빠른 시일 내에 그렇게 하십시오. 목사에겐 자기 가정보다 나은 곳은 없으니까요. 글렌 도널드 목사관은 매우 훌륭한 곳입니다. 저는 지난 30년 동안 더없이 행복하게 살았습니다. 아내가 죽은 5년 전까지는 말입니다. 그 뒤로는 무척이나 쓸쓸했습니다만. 그렇지만 뭐 리처드 부인 집이라면 좋은 환경에서 하숙할 수가 있겠지요. 그 부인께서 더할 나위 없이 편안하게 해주실 것입니다."

"공교롭게도 리처드 부인 댁에는 있을 수가 없게 되었습니다. 부인께서 입원을 했고 상당히 큰 수술을 받아야만 해서요. 전 필드 씨 댁에서 하숙을 하기로 했습니다. 아마 꺽다리 앨릭이라 불리는 모양이던데요. 글렌 도널드에는 독특한 별명을 짓는 사람이 있나 봅니다. 지금까지도 몇 가지 들었습니다만."

바로 그때, 셸던 씨가 "꺽다리 앨릭의 집이라고!"하고 외쳤던 것이다.

"예, 오늘 꺽다리 앨릭과 그의 누이동생과 이야기하고 온 참입니다. 양식 있게 행동하겠으니 2, 3주일 동안 있게 해달라고요. 저는 운이 좋았습니다. 리처드 씨 집 말고 교회에서 가까운 곳은 그곳뿐이니까요. 두 분께 승낙을 받기까지는 매우 힘들었습니다만."

"그렇지만…… 꺽다리 앨릭의 집이라니!" 셸던 씨는 다시 말했다.

커티스는 셸던 씨가 놀라는 바람에 더욱 놀라고 말았다. 어째서 꺽다리 앨릭의 집에 하숙을 하면 안 된다는 것일까?

꺽다리 앨릭은 품위가 있다. 꽤 매력적인 아직 젊은 남자로 조각된 독수리 같은 얼굴 생김새에 벗겨진 흰 이마와 부드럽고 꿈꾸는 듯한 눈빛을 갖고 있었다. 누이 쪽은 어떤가 하면, 왠지 모르게 어딘가 우울한 표정에 플루트 소리 같은 목소리를 지녔으며 사랑스러운 작은 몸집의 갈색 처녀였다. 나무열매처럼 얼굴도 갈색이고 머리칼도 눈도 갈색이며, 입술은 진한 빨강이다. 그날, 지하 예배실의 이곳저곳에서 꽃처럼 무리를 지어 잘생긴 젊은 목사에게 그윽한 눈길을 던지던 소녀들에 대해선 전혀 기억하지 못하는 그였는데 루시아 필드는 기억하고 있었다.

"어째서 껑다리 앨릭의 집은 안 된다는 겁니까?" 신임 목사는 물었다. 그는 하숙집을 바꿨다는 소릴 듣고 경악하던 또다른 한 사람이 생각났다. 셸던 씨는 곤혹스러운 것 같았다.

"아니, 뭐 괜찮아요. 다만, 그 사람들이 하숙할 사람을 두다니 전혀 생각지도 못했던 일이어서. 루시아는 지금도 벅찹니다. 그곳엔 아픈 사촌이 있어서요."

"그랬군요. 2월에 여기서 설교할 때 만났었습니다. 슬픈 일이로군요. 그렇게 상냥하고 아름다운 분이!"

셸던 씨는 잘라 말했다. "대단히 아름답지요. 게다가 멋진 여성이기도 합니다. 그분이야말로 이곳 지역사회에 있어서 선한 힘의 가장 위대한 분이라고 할 수 있겠지요. 모두들 글렌 도널드 천사라 부르지요. 번스 씨, 신체의 자유도 없이 누워만 있는 침대에서 앨리스 하퍼가 휘두르는 영향력이란 놀랄 만한 것입니다. 지난 10년 동안 그녀가 제게 어떠한 사람이었는지는 아무래도 말로는 할 수 없습니다. 그녀의 훌륭한 생명은 그야말로 하나의 신의 계시인 것입니다. 교구의 젊은 여성들은 그녀를 숭배하고 있지요. 지난 8년 동안 앨리스가 십대 소녀 한 반을 가르쳤음을 알고 계십니까? 소녀들은 여기서 주일학교의 첫 수업이 끝나면 그녀의 방으로 갔습니다. 앨리스는 소녀들의 생활로 파고 들어갔습니다. 소녀들은 자기들의 이런저런 문제나 고민을 앨리스에게로 가져갔습니다. 그리고 언젠가는 루시아 필드가 한 패션 쇼에서 성스러운 바이올린 독주를 공연했다고 노스 장로가 길길이 뛴 적이 있었지요. 그때, 교회가 비참한 분열의 위기에 빠지지 않았던 것은 다름 아닌 앨리스의 덕택이었습니다. 앨리스는 장로를 불러다놓고 대화로서 그의 마음을 돌려놨던 것입니다. 나중에 그녀만의 독특한 사랑스러움과 익살을 섞어 살짝 그 회담 내막을 밝혔답니다. 재미있었어요. 매우 활기찬 분이지요. 때로는 말로는 다하지 못할 고통을 당할 때도 있을 텐데 그 사람이 불평하는 것은 아무도 들은 적이 없지요."

"줄곧 그랬단 말씀입니까?"

"아닙니다. 10년 전 헛간 2층에서 떨어졌습니다. 달걀인가 뭔가를 찾으러 갔다가요. 24시간 동안 의식이 없었습니다. 그 이후로 허리 아래가 마비되었지요."

"용한 의사에게 진료는 받아봤나요?"

"최고의 의사에게 받았지요. 윈스롭 필드, 그러니까 꺽다리 앨릭의 아버지 윈스롭은 세상 어디서든 전문가들을 불렀습니다. 그러나 그 의사들은 다들 손을 들었습니다. 앨리스는 윈스롭의 누이동생의 딸이었지요. 양친은 갓난아기 때 돌아가셨습니다. 부친은 교활한 불량배였고, 그의 아버지 역시 술로 인생을 망쳤지요. 그래서 앨리스는 필드가에서 양육되었던 것입니다. 사고가 날 때까지는 저는 정말이지 전혀 몰랐습니다. 섬세하고 사랑스럽고 내성적인 처녀로 한적한 곳에서 조용히 있기를 좋아했고, 다른 젊은 사람들과 돌아다니는 일도 거의 없어서요. 외삼촌의 도움으로 지내는 생활이 무척이나 편안하고 즐거운 모양이라고 저는 생각했습니다만, 그녀는 자신의 의지할 데 없는 처지가 뼈에 사무쳤던 것입니다. 침대 위에서 돌아눕는 일조차도 불가능했지요. 자신이 앨릭과 루시아의 무거운 짐이 된다고 생각했습니다. 두 사람은 그녀에게 무척이나 잘 대해주었습니다만, 젊고 건강한 사람이 세심하게 마음을 쓰는 일은 불가능하지요. 윈스롭 필드는 7년 전에 돌아가셨고, 부인도 이듬해에 돌아가셨습니다. 그래서 루시아가 고등학교 교사 일을 그만두고 앨릭을 위한 집안일과 앨리스를 돌보러 돌아온 것입니다. 불쌍한 앨리스, 낯선 사람에게 몸을 맡기는 것은 참기 힘든 일이었으니까요. 루시아는 훌륭한 처녀라고 생각해요. 게다가 여러 가지 면에서 앨릭의 좋은 친구입니다. 조금 완고

한 면이 있을지도 모르겠습니다만. 앨릭이 에드나 폴록과 약혼했다는 얘기를 언뜻 들었습니다만, 그건 아무래도 안 될 것 같아요. 그래요, 그곳은 훌륭한 옛 저택입니다. 필드 농장은 글렌 도널드에서 가장 훌륭한 농장이고요. 루시아는 살림을 잘 꾸려나갈 테고, 분명 기분 좋게 살아갈 수 있겠지요. 그렇지만……."

셸던 씨는 갑자기 말을 멈추더니 일어섰다.

"셸던 씨, '그렇지만'이라니, 무슨 뜻인가요? 다른 사람들도 '그렇지만'이라고 말하려던 사람이 있었습니다. 입 밖으론 말하지 않았습니다만. 알고 싶습니다. 저는 까닭을 알지 못하는 것은 싫습니다." 커티스는 단호하게 말했다.

"그렇다면 껑다리 앨릭의 집에는 가지 않는 편이 좋겠지요." 셸던 씨는 웃지도 않고 말했다.

"어째서입니까?"

"말씀드리는 편이 낫겠군요. 아니 말씀드려야겠습니다. 하지만 이 말을 하면 늘 제가 바보 같다는 느낌이 들어서요. 번스 씨, 그곳 오래된 필드 저택에는 매우 이상한 일이 있습니다. 글렌 도널드 사람들 모두가 하는 말입니다만…… 나옵니다."

"나오다니요!" 커티스는 위태롭게 말을 내뿜었다. 볼의 보조개가 매우 깊어졌다. "셸던 씨, 뭐가 나온다는 거지요?"

"저도 전에는 당신처럼 똑같이 그런 어조로 '나오다니요'라고 말했지요." 셸던 씨는 위엄을 갖추었다. 성직자이긴 했지만 대학을 갓 나온 그에게 이야기하고 싶지는 않았다. "그 집에서 하룻밤을 지낸 다음에는 그런 말은 하지 않게 되었습니다."

"그러나 정말 믿고 계시는 건 아니겠지요, 셸던 씨."

"물론 믿지는 않습니다. 그러니까 그곳에서 지난 대여섯 해 동안에 일어났던 이상한 일들이 초자연적이라거나, 초자연적인 것이 한 일이라는 것은 믿지 않습니다. 그렇지만 지금도 일어나고 있습니다. 의심할 바 없이 뭔가가 있는 것입니다."

"어떤 일이 일어났습니까?"

셸던 씨는 헛기침을 했다.

"저는…… 전…… 아니, 그중엔 말로 하면 우습게 들리는 것도 있지만 말입니다. 그러나 티끌도 쌓이다보면 우스운 부분의 혼란은 없어지지요. 적어도 그 집에 살지 않으면 안 될, 더구나 그것을 어떻게 설명해야 좋을지를 모르는 사람들에겐 말입니다. 설명할 수가 없습니다, 번스 씨. 방 안이 온통 뒤집어지기도 하고, 요람 따위는 있지도 않을 다락방에서 요람이 흔들거리거나, 바이올린을 켜는 소리가 들리거나 하는데 집에 있는 바이올린은 루시아의 것 하나뿐인 데다가 그것은 늘 루시아의 방에 보관되어 있는데 말입니다. 침대에서 자고 있는 사람의 몸에 차가운 물이 쏟아 부어지기도 하고, 옷이 벗겨지거나, 다락방에서 흐느낌 소리가 울리기도 하고, 사람이 없는 방에서 죽은 사람이 하는 말이 들려오기도 하고, 마룻바닥에서 피로 물든 발자국이 발견되기도 하고, 또 헛간 지붕 위를 걸어다니는 하얀 그림자가 보이기도 하는 것입니다. 아아, 웃으십시오, 번스 씨. 저도 웃었습니다. 작년 봄, 암탉이 품던 달걀이 모조리 삶은 달걀이 되어있었다는 말을 들었을 때는 크게 웃었습니다. 그러나 지난 가을에 꺽다리 앨릭의 콤바인이 든 헛간이 새 기계가 들어있는 채로 불에 타버렸을 때는 웃지 않았습니다. 불은 저절로 났던 것입니다. 아무도 몇 주일 동안이나 그 근처에는 얼씬도 하지 않았습니다."

"하지만 셸던 씨, 만약 당신 말고 다른 사람이 이런 얘기를 제게 했다면…… ."

"그 말을 믿지 않았을 거라고 말씀하시고 싶은 거겠지요? 물론 제가 하는 말도 전혀 믿기지 않으실 겁니다. 당신을 탓하진 않겠습니다. 저도 그런 당치도 않은 얘기 따윌 믿지 않았으니까요, 그곳에서 하룻밤을 묵기 전까지는."

"그래서 무슨 일이 일어났습니까? 무엇이 있던가요?"

"예, 요람 소리를 들었습니다. 머리 위의 다락방에서 밤새도록 흔들리는 소리를 말입니다. 또 한밤중에 식사를 알리는 벨이 울렸습니다. 악마 같은 웃음소리도 들렸지요. 그게 내가 있는 방에서였는지, 밖에서였는지는 모르겠습니다. 뭔가, 속이 언짢아지는 공포로 가슴속이 가득 들어차는 것 같은 느낌과 함께……. 저는 인정합니다만, 번스 씨, 그 웃음소리는 인간의 소리 같지 않았습니다. 그리고 날이 새기 조금 전에 장식장 하나에 들어 있는 접시가 모조리 바닥으로 내팽개쳐져서 모조리 깨져 버렸습니다. 게다가……." 셸던 씨의 온화하고 나이든 입이 일그러졌다. "아침 식사로 나온 죽은 글자 그대로 반이 소금이었던 것입니다."

"누군가가 장난을 친 거겠지요."

"물론 나도 당신과 똑같이 그럴 거라고 굳게 믿었습니다. 하지만 대체 누구인지? 그 누군가가 밝혀지지 않는 것은 왜일까요? 루시아와 꺽다리 앨릭은 분명 그 자를 잡는 데 온힘을 기울였을 겁니다."

"그런 일은 매일 밤 계속됩니까?"

"아니, 몇 주일 동안 아무 일 없이 지나는 때도 있습니다. 그러다가 다시 그 터무니도 없는 소동이 일어나는 것입니다. 꼭 그런 건 아니지만 대개 달밤에는 조용합니다."

"그 집에는 필드 씨와 동생, 그리고 하퍼 양 외에 누가 살고 있습니까?"

"둘이 있지요. 하나는 조크 매크리입니다. 정신박약자로 30년 동안 필드가에서 살았습니다만, 나이가 이제 50살가량 되었습니다. 그리고 줄리아 마시라는 가정부가 있습니다. 눈치가 빠르지 못하고 무뚝뚝한 처녀로 글렌 도널드 거리의 마시 집안 사람입니다.

그들 가족에 대해선 대강 들으신 바가 있으시겠지요."

"정신박약자와 타락한 집안의 처녀! 당신이 말씀하시는 유령을 밝혀내는 건 그리 어렵지 않을 것 같은데요, 셸던 씨."

"그렇게 간단하지가 않습니다. 물론 두 사람은 곧장 의심을 받았습니다. 그러나 조크가 자물쇠로 잠긴 방 안에 있을 때에도 사건은 일어났습니다. 줄리아는 절대 자기 방문에 자물쇠를 걸지 못하게 했습니다. 그렇지만 사람이 문밖에 서서 불침번을 섰습니다. 게다가 줄리아가 집에 없는 밤에도 소동은 있었습니다."

"조크와 줄리아의 웃음소리를 들은 적이 있습니까?"

"예, 조크는 바보처럼 헤헤거리며 웃고, 줄리아는 큰소리로 웃지요. 둘 다 제가 들었던 그런 목소리는 아니었습니다. 처음에 글렌 도널드가 사람들은 조크의 짓이라고 여겼습니다. 하지만 지금은 모두가 유령이라고 믿고 있지요. 정말로 그렇게 믿고 있습니다. 그렇게 인정하고 싶어하지 않는 사람도 말입니다."

"대체 어째서 모두 그곳이 유령에 홀린 집이라고 생각하는 거지요?"

"그건 무척이나 슬픈 사연이 있습니다. 줄리아 마시의 언니인 안나가 줄리아가 오기 전에 그곳에서 일을 했습니다. 글렌 도널드에선 가정부를 찾기가 힘들었습니다, 번스 씨. 하지만 루시아에게는 도와줄 사람이 필요했어요. 혼자서 집안일을 하고 앨리스를 간호하고 보살피는 것은 무리였으니까요. 안나 마시에게는 사생아가 있었습니다. 3살가량 되었는데 그 어린애를 함께 데리고 왔지요. 귀염성 있는 아이여서 그곳 사람들은 모두 귀여워했습니다. 그런데 어느 날, 그만 그 아이가 헛간 물탱크에 빠져 죽고 말았습니다. 안나는 담담하게 받아들인 것처럼 보였습니다. 크게 법석을 피우지도 않았을 뿐더러 울지조차도 않았지요. 사람들은 말했습니다. '저 여자는 성가신 아이가 없어졌다면서 기뻐한다. 나쁜 사람들이다, 마시가 사람들은.' 이렇게요. 그러나 아이를 장사지낸 지 2주일 뒤에 안나는 다락방에서 목을 맸던 것입니다."

커티스는 공포의 비명 소리를 질렀다.

"이로써 유령 이야기의 훌륭한 토대가 완성되었지요. 그런 이유로 에드나 폴록은 껑다리 앨릭과 결혼하려 하지 않았습니다. 폴록가는 부유한 집안이며, 에드나는 영리해서 뭐든지 잘하는 처녀입니다만, 필드가보다는 사회적, 정신적으로 조금 뒤떨어집니다. 에드나는 앨릭이 집을 팔고 다른 곳으로 이사하기를 바랐습니다. 그 집은 저주를 받았다고 주장하면서요. 어느 날 아침에 편지가 발견되었습니다. 피로 쓰여진, 철자가 심하게 틀린 편지였는데, 안나 마시는 전혀 글을 배운 적이 없었습니다. '만약 이 집에 아이가 태어나는 일이 있으면 그 아이들의 탄생은 저주를 받으리라'는 내용이었지요. 그래도 앨릭은 팔지 않았습니다. 그 저택은 1770년부터 그들 집안의 것이었고, 망령 따위에게 쫓겨나지는 않겠다고 앨릭은 말했습니다. 안나가 죽은 지 2, 3주일이 지난 무렵부터 그 이상한 일들이 벌어지기 시작했습니다. 다락방에서 요람이 흔들리는 소리가 들렸지요. 그 당시엔 그곳에 요람이 있었습니다. 그래서 다른 데 줘버렸는데도 흔들리는 소리는 여전히 계속되었지요. 그 수수께끼를 풀려고 갖가지 방법이 동원되었습니다. 이웃 사람들이 매일 밤마다 불침번을 섰습니다. 아무 일도 일어나지 않는 때도 있었지만, 한바탕 소동이 일어나는 때도 있었습니다만 원인을 밝혀내지는 못했습니다. 3년 전에 줄리아는 우울증 발작을 일으켜 일을 그만두었습니다. 모두들 자기 얘기를 한다면서요. 또한 줄리아는 거실 꽃병을 먼지떨이로 털었더니 꽃병이 자기에게 얼굴을 찌푸려 보였다고도 말했습니다. 루시아는 멀리 홀스턴에서 민 디콘을 오게 했습니다. 민은 3주일간 있었는데, 어느날 얼음 같은 손이 얼굴에 닿는 것을 느끼고 잠에서 깼다고 합니다. 방문은 안쪽에서 잠겨져 있었는데 말입니다. 그래서 떠나버렸습니다. 그 뒤로 매기 엘긴을 고용했습니다. 아름다운 머리칼을 지닌 대담하고 젊은 아가씨였습니다. 매기는 5주일 만에 대답했습니다. 얼음 같은 손에도, 기분 나쁜 웃음소리에도, 유령의 요람에도 그녀는 아무렇지도 않다고요. 그러나 어느 날 아침 눈을 떴을 때 예쁘게 땋아내린 검은 머리칼이 밤 사이에 잘려나간 일을 발견하고는, 예, 그렇지요, 매기에겐 너무나도 가혹한 일이었습니다. 짧은 머리모양은 당시의 글렌 도널드에선 유행이 아니었습니다. 게다가 매기는 평소 자신의 머리칼을 매우 자랑스러워했었습니다. 안나 마시는, 모두들 그렇게 말했습니다만, 머리칼이 매우 적었어요. 그래서 훌륭한 머리칼을 지닌 처녀를 늘 부러워했습니다. 루시아는 그 뒤, 마음에 걸리는 꽃병을 없애겠으니 돌아와 달라고 줄리아를 설득했습니다. 그 뒤로부터 줄리아가 그곳에 있게 된 것입니다. 제 개인적인 의견을 말씀드리면 줄리아는 아마도 아무런 관계가 없는 것 같은 생각이 듭니다."

"그렇다면…… 누가?"

"아아, 번스 씨. 그 수수께끼에 우리는 대답하지 못합니다. 그리고 악령이 무엇을 할 수 있고 무엇을 할 수 없는지 누가 알겠습니까? 에프워스 목사관에서도 퍽이나 이상한 일이 있었다고 합니다. 그 수수께끼도 해결되지 않은 듯합니다. 그러나 그것도, 제 생각에는 악마나 혹은 악령이 라즈베리 식초병을 한 다스나 비우고는 대신에 빨간 잉크와 소금물을 넣어놓았다고는 전혀 생각되지 않습니다만 말입니다."

셸던 씨는 마음에도 없이 웃었으나 커티스는 웃지 않았다. 그는 얼굴을 잔뜩 찌푸리고 있었다.

"그런 일이 5년이나 계속되었는데도 범인을 잡지 못하다니 참을 수 없는 일이군요. 필드 씨로선 무서운 생활임에 틀림없습니다."

"루시아는 차분히 받아들이고 있어요. 지나치게 평온하다고 생각하는 사람도 조금 있을 정도입니다. 물론 다른 어떤 곳이나 마찬가지로 글렌 도널드에도 심술쟁이가 있는 모양인지 루시아가 하는 짓이라고 무분별하게 말하는 사람도 있습니다. 물론 저는 믿지 않습니다만."

"저도 그렇게는 생각하지 않습니다. 루시아에게 어떤 현실적인 동기라도 있다는 말씀입니까?"

"껑다리 앨릭이 에드나 폴록과 결혼하는 것을 방해하기 위해서지요. 루시아는 유독 에드나를 싫어했습니다. 엎친 데 덮친 격으로 필드 가문의 영광을 위해 폴록가와 혼인을 맺는 것을 순수하게 받아들이기가 어려운 것입니다. 더구나 루시아는 바이올린을 켤 줄 알지요."

"전 절대로 믿을 수가 없습니다. 필드 씨 일로 그런 이야기는."

"그렇습니까? 저도 역시 믿을 마음은 들지 않습니다만. 그 사람에 관해서는 실은 그다지 알지 못합니다. 교회 일에 참여해 준 적이 없어서……, 아니 할 수가 없었겠지요. 그러나 사람들의 의심을 불식시키는 일도 엄청나게 큰일입니다. 저는 많은 거짓말과 싸우고, 그것을 쫓아내 왔습니다. 번스 씨, 그러나 개중에는 제 힘으로는 도저히 어떻게 할 수가 없는 것도 있었지요. 루시아는 조심성 있고 사랑스러운 여자입니다. 아마도 제가 나이가 너무 많아서 그녀와 터놓고 애기할 수가 없는 거겠지요.

이제, 제가 이 마을의 수수께끼에 관해 알고 있는 것은 모조리 말했습니다. 만약 당신이 껑다리 앨릭 집의 망령에 2, 3주일 동안 견뎌낼 수 있다면 그리 기거하기에 나쁠 이유도 없겠지요. 당신이 가면 앨리스는 기뻐할 겁니다. 그 사람은 그 이상한 일들이 사람들을 멀어지게 했다면서 괴로워하고 있거든요. 그렇지요, 물론 어느 정도 그렇기도 하지요……. 그런데 불쌍하게도 앨리스는 남과 함께 있는 것을 좋아한답니다. 게다가 앨리스는 일어나는 현상에 매우 신경이 날카로워져 있습니다. 제가 이런 얘기를 했다고 당신이 지나치게 마음을 쓰지 않았으면 합니다만."

"아닙니다. 재미있게 들었습니다. 뭔가 매우 간단한 해결책이 있을 것 같은데요."

"게다가 모든 것이 과장에 지나지 않는다는 생각도 들겠지요. 아니, 내가 그렇다는 게 아니고, 또 당신이 그런 식으로 생각한다는 것도 아닙니다. 가십을 좋아하는 사람들이 그렇다는 거지요. 말 그대로 꽤나 허풍으로 부풀려지기도 했겠지요. 5년이나 지나면서 이야기는 차츰 커져갔고, 우리 같은 시골 사람들은 극적인 자극에 사족을 못쓰는 법이지요. 2곱하기 2는 4, 그러면 재미가 없고, 2곱하기 2는 5, 이러면 자극적이이지 않습니까? 그런데 완고한 장로 맬컴 딘우디는 어느 날 밤, 그 집에서 윈스롭 필드가 이야기하는 소릴 들었답니다. 윈스롭이 땅에 묻힌 지 몇 년이나 지난 뒤입니다. 윈스롭 필드의 독특한 목소리는 단 한 번이라도 들은 적이 있다면 누구든지 잘못 들을 리가 없습니다. 혹은 그의 버릇대로 이야기를 마무리지을 때의 약간 신경질적인 웃음소리를 들은 기억이 있는 사람이라면 누구라도."

"그렇다면 나온다는 것은 안나 마시의 유령이 아닙니까?"

"예, 안나의 목소리도 들립니다, 번스 씨. 하지만 더 이상 이 이야긴 하지 않겠습니다. 저를 이제 변변치 못한 바보라고 여기실 테니까요. 아마 그 집에 잠깐 동안이라도 살아보면 생각도 바뀌시겠지만 말입니다. 그리고 대개 망령은 목사를 존경하는 법이니까 당신이 계시는 동안은 예의바르게 행동하겠지요. 당신은 진상을 밝혀내실지도 모릅니다."

'셸던 씨는 성직자다, 내가 미래에 될 것 같은 모습보다도 훨씬 착한 사람이며, 선한 목사님이다'라고 커티스는 생각하면서 도로를 가로질러 하숙집으로 향했다. 그러나 그 노인은 라즈베리 식초 사건은 믿지 않으면서 꺽다리 앨릭의 집에 유령이 나온다는 건 굳게 믿고 있다. 좋다, 유령과 한판 승부를 벌이는 거다. 2곱하기 2는 4다.

그는 고개를 뒤로 돌려 교회를 보았다. 금세 질 듯 하면서도 지지 않는 늦은 봄의 햇빛에 물든 은색 하늘 아래, 한 단계 낮게 자리잡은 묘지와 이끼 긴 묘석에 둘러싸여 조용히 멈춰선 오래된 회색 건물을. 바로 옆에 목사관이 있다. 크림색 벽돌로 만든 아름답고 나지막한 낡은 집이다. 그러나 어딘가 쓸쓸해 보이고, 블라인드가 없는 창문은 사는 사람이 없음을 대변해주는 것 같았다. 길을 사이에 두고 반대편이 '필드가의 고택'이다. 광대하고 약간 키가 낮은 집으로 포치가 몇 개나 있는데, 가슴과 날개 밑으로 작은 병아리를 품고 있는 어미 닭과 왠지 비슷하다. 지붕에는 독특하고 색다른 다락방 창이 나있다. 본채 중 한 방의 창문이 L자형 건물동의 창문 하나와 직각으로 마주보고 있고, 매우 거리가 가까워서 사람과 사람이 창으로 악수도 할 수 있을 정도였다. 지붕을 개성적이게 만드는 이 건축양식은 커티스를 기쁘게 했다. 몇 그루인가의 커다란 소나무가 주위에 심어져있고, 자비로운 듯이 가지를 넓게 펼치고 있다. 저택 전체가 어떤 분위기와 매력과 암시를 지니고 있다. 커티스 번스의 할머니라면 이렇게 말했으리라. '가문 전체를 등에 지고 있기 때문이지.'

담쟁이덩굴이 포치 위를 뒤덮고 있다. 옹이투성이인 사과나무가 가지 사이로 사랑스러운 작은 새의 노랫소리를 희미하게 울려 퍼지게 했고, 오래된 꽃이 피어 있는 정원에는 향기로운 냄새가 나는 새 하얗고 예쁜 토끼풀이 무성하고, 민트, 향쑥, 팬지, 인동덩굴, 그리고 빨간 장미 꽃밭이 있다. 이끼가 긴 오래된 오솔길은 가장자리에 조개껍질이 두르고 있으며 바깥문과 통한다. 맞은편에는 헛간과 목장이 서늘한 석양 가운데 가로놓여 있고, 여기저기에 점점이 민들레 홀씨인 듯한 솜털이 보였다. 건전하고 친숙하며 정겨운 느낌이 드는 곳이다. 유령 같은 것 따위는 없다. 셸던 씨는 성직자이긴 하지만 너무나도 나이가 들었다. 나이든 사람은 지나치게 만사를 간단히 믿어버린다.

커티스 번스가 필드 옛 저택에 하숙을 한 지 5주가 지났지만 아무 일도 일어나지 않았다. 그가 루시아 필드에게 깊이 사랑을 느낀 것을 제외하고는. 그 스스로는 아직 그것을 깨닫지 못하고 있었다. 아마도 앨리스 하퍼 말고는 아는 사람은 없을 것이다. 그녀는 아무에게도 보이지 않는 것을 꿰뚫어볼 수 있는 맑고 아름다운 푸른 눈을 갖고 있었다.

앨리스와 커티스는 친한 친구가 되었다. 그는 다른 모두와 마찬가지로 그녀의 정신과 용기에 대해 말로는 다하지 못할 존경심과, 신체의 부자유와 고통에 대한 엄청날 정도의 동정심이 교차되는 걸 느끼며 괴로워했다. 앨리스 하퍼는 창백했고, 거의 이 세상 사람 같지가 않은 아름다움이 있었다. 마르고 주름이 있는 얼굴임에도 불구하고 이상하게도 젊은 표정을 짓는다. 그것은 헝클어지기 때문이라면서 짧게 자른 금발 때문이기도 하고, 다른 하나는 결코 웃고 뒹구는 일은 없지만 늘 웃음을 머금은 커다란 눈이 지닌 아름다움 때문이리라. 그녀는 늘 장난기를 떠올리게 하는 아름다운 미소를 지었다. 특히 커티스가 농담을 할 때면 더욱 그랬다. 커티스는 우스운 이야기를 아주 잘 했는데, 새로운 것을 생각해낼 때마다 그녀에게로 달려갔다. 앨리스는 때로 거의 참기 힘들 정도의 고통으로 끊임없이 신음했고, 앨릭과 루시아 외에는 아무와도 만나지 못하는 날들이 있었으나 결코 불평하지는 않았다. 심장도 많이 약해져서 약이 그녀에게 위험해졌기 때문에 고통을 완화시키기 위한 수단은 거의 없었다. 그러나 그런 발작이 계속 될 때에도 그녀는 외톨이로 있는 것은 참지 못했다.

그런 때에 커티스는 모든 것을 줄리아 마시의 뜻대로 하도록 했다. 식사 준비에 틀림이 없기는 했지만 그는 이 아가씨를 아무래도 참고 견딜 수가 없었다. 줄리아는 재주가 많은 아가씨이다. 붉은빛이 도는 하얀 얼굴이 반점으로 얼룩져 기분 나쁘게 비치기는 했지만 말이다. 반점은 한쪽 볼을 가로지르고 있어 진한 빨간색의 끈 같았다. 눈은 작고 호박색을 띠며, 적갈색의 머리칼은 멋지고 풍성하다. 그리고 몸동작이나 손놀림은 땅거미가 질 무렵의 고양이처럼 우아하고 은근했다. 줄리아는 불쾌감에 빠져들어 침묵의 악마에게 휘둘리는 날이 아니면 매우 말이 많았다. 그러나 그런 날에는 단 한 마디도 입 밖으로 말을 하지 않았다. 다만 천둥소리를 내며 비가 내리는 것처럼, 쓴 벌레를 씹은 것처럼 얼굴을 찌푸리는 것이었다.

루시아는 이런 변덕에도 그리 신경을 쓰지 않는 것 같았다. 루시아는 어느 때나 상냥했으며 흐트러짐 없는 평정심으로 닥쳐오는 모든 것을 받아들였다. 그러나 커티스는 온 집안에 줄리아의 나쁜 기분이 들어차 넘치는 것만 같았다. 그럴 때, 줄리아는 무엇이든지 할 수 있는, 까닭 모를 비인간적인 존재로 보였다. 그녀야말로 그 망령 소동의 원흉이라는 확신이 들 때도 있었다. 또한 때로는 비슷한 정도의 세기로 그것은 조크 매크리에 틀림이 없다고 단정짓는 때도 있었다. 줄리아보다도 조크 쪽이 훨씬 기분이 나빴다. 루시아와 꺽다리 앨릭은 어째서 이 기분 나쁜 사내에게 애착을 갖는 걸까? 그것이 커티스로서는 이해가 가지 않았다.

조크는 쉰 살이지만, 어떻게 보면 백 살인 것처럼 보이기도 한다. 흘끔 곁눈질을 하는 얇은 막이 씌워진 회색 눈, 뼈와 가죽만 있는 혈색 나쁜 얼굴, 뻣뻣한 검은 머리털에다가 이상하게 튀어나온 아랫입술이 기묘한 옆얼굴을 만들어내는 그런 사람이었다. 조크는 늘 너저분하게 옷을 껴입고 있었는데, 그것은 그의 고집 탓으로 그렇게 입을 필요가 있을까 싶었다. 조크는 대부분의 시간을 꺽다리 앨릭의 돼지들에게 먹이를 나르거나 보살피거나 하면서 보냈다. 조크는 꺽다리 앨릭을 위해 돼지로 돈을 벌어주긴 했으나 다른 일은 무엇 하나 맡은 게 없었다. 혼자 있을 때는 놀라울 정도로 아름답고 제대로 된 목소리로, 그러나 독특한 분위기를 담아서 옛 스코틀랜드의 노래를 불렀다. 즉, 조크에게는 음악적 소양이 있다고 커티스는 생각했다, 바이올린 사건을 떠올리면서. 조크의 목소리는 새되고 어린애 같았다. 때때로 그의 무표정한 얼굴은 바크(셰익스피어가 지은〈한여름밤의 꿈〉에 등장하는 장난을 좋아하는 요정) 같은 장난스러운 빛으로 가득 차기도 했다. 드문 일이긴 했지만 조크가 미소를 지으면 믿어지지가 않을 정도로 교활하게 보였다. 조크는 애초부터 검은 옷을 입은 목사에게는 두려움을 품고 있는 것 같았다. 커티스는 그를 찾아내 되도록 이 집의 수수께끼를 풀어주겠다고 결심하고 있었지만 그래서인지 되도록 눈에 띄지 않는 곳에 있었다.

커티스는 어느새 그 수수께끼를 우습게 여기기 시작했다. 이 집에 온 이래로 줄곧 모든 것이 정상이고 지극히 평범했던 것이다. 단지 어느 날 밤에 지붕창이 달린 방에서 늦게까지 공부하고 있을 때 적의를 품은 눈길이 쏘아보는 듯한, 말하자면 말로는 표현하기 힘든 집요한 감각에 습격을 당한 때를 제외하고는. 커티스는 그것을 기력이 쇠약해진 탓으로 받아넘겼고 다시 반복되지도 않았다. 또 한 번은 밤중에 일어나 세찬 바람을 막으려고 창문을 내릴 때 도로 맞은편, 달빛을 받은 목사관을 바라보자 순간, 누군가가 서재 창으로 쳐다보는 것을 본 듯한 느낌이 들었다. 다음날 아침, 목사관을 조사해보았으나 침입자가 들었던 흔적은 전혀 없었다. 문은 자물쇠가 걸려 있고, 창은 꼭 닫혀 있었다. 그 자신과 셸던 씨 말고는 열쇠를 갖고 있는 사람은 없다. 셸던 씨는 아직도 대부분의 책과 기타 물건을 목사관에 둔 채로 1마일 떨어진 글렌 도널드 역의 카터 부인 집에 세를 들어 살았다. 커티스는 달빛과 나무 그림자가 빚어낸 기이한 장난에 홀린 모양이라고 판단했다.

분명히 장난을 친 범인은 언제 숨어서 숨을 죽이고 있는 것이 현명한지를 알고 있었다. 오랫동안 머무를 하숙인, 더구나 젊고 민첩한 사람은 일시적인 손님이나 노인, 미신을 신봉하는 잠이 덜 깬 이웃 사람들과는 다른 상대였다. 커티스는 젊은이다운 자기만족으로 결론을 내렸다. 망령과 만나는 경험을 해보고 싶었는데 아무 일도 일어나지 않는 것이 유감스러웠다.

　　루시아도, 꺽다리 앨릭도 결코 자기들의 '유령' 얘기는 하지 않았으며, 그 역시도 꺼내지 않았으나 앨리스와는 그 일에 관해 마음껏 이야기를 나누었다. 도착하던 날 저녁 무렵, 커티스가 인사하러 갔을 때, 그녀 쪽에서 먼저 그 이야기를 꺼낸 것이었다.

　　"그런데 당신은 우리 집의 괴물이 두렵지 않은가요? 우리 집 다락방에는 그런 것이 잔뜩 들어차 있어요." 그녀는 매우 기다랗고, 무척이나 화사하며, 굉장히 아름다운 손을 연신 내밀면서 호들갑스러운 어조로 말했다.

　　커티스는 루시아가 갑자기 얼굴이 새빨개진 것을 눈치챘다. 루시아는 매일 밤마다 빠트리지 않고 반시간가량 앨리스의 등과 어깨를 마사지했는데, 지금 막 그일을 끝낸 참이었다.

　　"저는 이 댁의 괴물을 그다지 진지하게 생각하지 않는 모양입니다, 하퍼 양." 커티스는 말했다.

　　"또 달리 원하는 것이 있나요, 앨리스?" 루시아가 낮은 목소리로 물었다.

　　"아뇨, 기분이 매우 좋아졌어요. 가서 쉬세요. 피곤하실 거예요. 저는 목사님과 좀 더 있겠어요."

　　루시아는 볼에 여전히 홍조를 띤 채로 나갔다. 커티스는 그녀를 보면서 갑자기 심장이 뒤집어지는 듯한 싸르르한 느낌을 받았다. 그녀를 위로해 주고 싶고 도와주고 싶다. 그녀의 아름다운 갈색의 작은 얼굴에서 끈질긴 피로의 자취를 털어내 주고 싶다. 그녀를 미소

짓게 하고, 웃게도 하고…….

"번스 씨, 당신은 무척이나 멋지고 젊으시군요. 지금까지 나이 드신 목사님만 뵈었거든요. 전 젊은 분이 좋아요. 당신이 우리 집의 유령을 믿지 않으시는 것도요." 앨리스가 말했다.

"뭐든지 들었다고 해서 믿을 수는 없지요."

"하지만 모든 건 사실이에요. 그것 외에도 아무도 모르는 것이 여럿 있어요. 번스 씨, 솔직하게 말씀드려도 괜찮을지 모르겠군요? 지금까지 이 일로는 아무하고도 솔직하게 이야기할 수가 없었습니다. 루시아와 앨릭이 싫어할 뿐더러 셸던 씨는 겁에 질려버렸고요. ……게다가 이런 일을 남에게 이야기하는 것은, 적어도 저에겐 불가능합니다. 2, 3주일 동안 이곳에 계신다는 소식을 듣고 얼마나 기뻤는지 모른답니다, 번스 씨. 부디 수수께끼를 풀어주시기 바랍니다. 특히 루시아와 앨릭을 위해서요. 그 일로 그 사람들은 완전히 몸이 망가지고 말 거예요. 제가 이렇게 성가신 존재가 된 것만으로도 충분히 힘들 텐데, 유령이나 악마까지 그러는 건 너무나도 힘든 일이에요. 게다가 두 사람은 이 일을 부끄러워해서 체면이며, 여러 가지로 매우 괴로워한답니다. 집에 유령이 있다니 그것은 불명예스러운 일이기도 하구요."

"당신 생각은 어떻습니까, 하퍼 양."

"아아, 저는 조크의 짓이라고 생각해요. 어떻게 그러는지는 아무도 모르지만 말예요. 사실 조크는 결코 겉으로 보이는 것 같은 바보가 아니랍니다. 게다가 아주 오래전에는 밤늦게 집 주위를 어슬렁거렸어요. 윈스롭 외삼촌이 자주 붙잡았지요. 그 당시엔 어슬렁거리기만 했을 뿐 아무것도 하지 않았습니다만."

"대체 그 사람은 어째서 이곳에 온 것입니까?"

"몇 년 전, 그의 부친인 데이브 매크리가 여기서 일했어요. 그 데이브가 헨리 킬데어의 목숨을 구해주었답니다. 검은 말이 헨리를 덮쳤을 때 말예요."

"헨리 킬데어라니?"

"역시 여기서 일하던 18살 난 청년이었습니다. 골드러시가 시작되었을 때 클론다이크 지방(캐나다 서북부의 금산지로 1897~99년의 금광 열기로 유명함)으로 가버린 뒤론 여기에 없지요. 윈스롭 외삼촌은 조크의 아버지가 불행을 막아주었다면서 무척이나 고마워했는데, 그 이듬해에 데이브가 죽었을 때 조크를 계속 여기서 살게 하마고 약속했던 거예요. 루시아와 앨릭도 자기들 차례가 되자 대신 그렇게 하겠노라고 약속했답니다. 필드가는 단결력이 강한 가문이거든요. 언제나 서로 도우며, 자기들의 전통을 굳게 지켜 내려오고 있지요. 조크는 이렇게 우리와 오랜 옛날부터 함께 해온 셈이지요."

"줄리아 마시가 범인일 수는 없을까요?"

"저는 줄리아가 범인이라고는 생각하지 않아요. 그 사람이 없을 때에도 갖가지 일들이 일어났는걸요. 저도 단 한 번 줄리아를 의심한 적이 있어요. 교회 만찬회의 돈이 없어졌을 때죠. 앨릭이 돈을 갖고 왔던 그날 밤이었습니다. 앨릭은 이곳 교구의 회계담당이었지요. 100달러가 책상 속에서 몽땅 사라져버렸습니다. 조크가 훔쳤을 리는 없어요. 랭카스터 안의 누구 한 사람도 돈이 어디로 갔는지 몰랐답니다. 물론 앨릭은 그 돈을 변상했지요. 그해 일 년 내내 마시가에는 새 드레스가 넘쳐났다고 들었습니다. 줄리아도 보라색 실크 드레스를 입었는데 눈부실 정도로 휘황했어요. 그런 일은 전무후무하게 그때뿐이었어요. 그런데 번스 씨, 누군가 당신께 루시아가 소동을 일으킨다고 암시를 하던가요?"

"셸던 씨가 그런 말을 하는 사람도 있다고 가르쳐주었습니다."

"셸던 씨가요? 어째서 그분은 그런 일을 당신께 말씀하셔야만 했을까요? 가혹하고 악의에 찬 엄청난 거짓말이에요." 앨리스는 강한 어조로 외쳤다. 지나치게 강한 어조라고 커티스는 생각했다.

"루시아는 결코 그런 짓을 할 사람이 아니에요, 절대로. 절대로 하지 못해요. 저만큼 그녀를 잘 아는 사람은 없어요, 번스 씨. 그녀의 상냥함, 그녀의 강한 참을성, 그녀의…… 그녀의…… 필드 가문 사람다움. 자기 삶도, 하던 일도 포기하고 글렌 도널드에 파묻혀 버린 것이 그녀에게 어떤 일인지를 생각해보세요. 더구나 그것이 저 때문이라고 생각하면 저는 미칠 것만 같아요. 결단코, 단 한 순간이라도 번스 씨, 여기서 일어나는 일련의 소동을 루시아가 야기한다는 생각 따윈 부디 하지 말아주세요."

"믿지 않고말고요. 하지만 만약 조크도 루시아도 아니라면 대체 누구일까요?"

"그게 문제예요. 전에 한 가지 생각한 것이 있긴 있어요. 하지만 너무나도 터무니없고, 너무나 믿어지지가 않는 일이어서…… 입 밖으로 내는 일조차 망설여지는군요."

"최근에 무슨 일이 있었습니까?"

"지난 1주일 동안, 새벽 3시에 밤마다 전화벨이 울렸어요. 앨릭은 또다시 새로운 저주글을 발견했지요. 피로 쓰여진 건데 거꾸로 써놓아서 거울에 비춰야만 읽을 수가 있었어요. 침실 문 밑으로 집어넣었더군요. 우리 집의 유령은 가혹한 저주글을 중요시해요, 번스 씨. 이번 것은 유독 기분 나쁜 것이었습니다. 작은 테이블 서랍에 들어있지요. 당신께 보여드리고 싶어서 루시아에게서 받아두었어요. 그래요, 그거예요. 그것을 거울에 비춰보세요."

"'천국과 지옥이 너의 행복을 저주하리라. 너는 네가 사랑하는 사람들 앞에서 새(세)차게 맞으리라. 너의 목숨은 개(괴)로울 것이며, 네 집은 너에게 고통이 되리라.' 으음, 유령은 아무래도 글솜씨가 좋지 않은 모양이군요." 커티스는 글이 휘갈겨 쓰여진 파란색의 선이 그어진 조잡한 종이를 보고 결론지었다. "조크는 글을 쓸 줄 압니까?"

"네, 조금. 눈치 채셨을 거예요, 철자가 얼마나 서툰지. 그렇지만 그렇더라도 전체적인 문장 구성은 조크의 실력으론 미치지 못할 것 같아요. 그저께 밤에 치킨 수프에 석유를 들이부은 사람이 아무래도 그 사람인 것 같아요. 그리고 주전자에 가득 있던 당밀이 이상하게 거실 카펫 한쪽에 쏟아져 있던 것도 그가 했을 법한 일이에요. 그걸 치우느라 불쌍하게도 루시아는 하루 온종일 중노동을 해야했답니다."

"하지만 틀림없이 그런 장난을 친 범인이라면 간단히 붙잡을 수 있을 텐데."

"언제 그러는지를 알 수만 있다면 붙잡을 수도 있겠지요. 아아, 그렇고말고요. 그렇지만 우리는 매일 밤마다 망을 보고 있을 수도 없는걸요. 그리고 대개는 누군가가 지킬 때는 아무 일도 일어나지 않아요."

"그렇다면 집 안 사람 가운데 누군가가 범인이군요. 외부 사람이라면 언제 지키는 사람이 있는지 알 수가 없을 테니까요."

"저도 그렇게 생각해요. 하지만 번스 씨, 2주일 전에 다락방에서 밤새도록 요람이 흔들리고, 바이올린을 켜는 소리가 기분 나쁘게 들려왔을 때, 줄리아는 밖에 나가 있었고, 조크는 앨릭과 함께 가축 우리에서 병든 소를 보살피고 있었어요."

"돌아가신 분들의 목소리가 들린다는 건 사실입니까?"

앨리스는 떨리는 목소리로 말했다. "그렇습니다. 자주는 아니지만 그런 일이 있었어요. 그다지 말하고 싶지는 않습니다만, 저는 어느 날 밤에 이 방의 문밖에서 윈스롭 외삼촌이 이렇게 말하는 것을 들었습니다. '앨리스야, 뭐 필요한 건 없느냐? 저 아이들은 네가 원하는 것을 뭐든지 해주느냐?' 외삼촌은 살아계셨을 때 자주 제가 잠이 들면 깨지 않도록 매우 부드럽게 그렇게 말씀하셨어요." 그녀는 장난기를 거두고 덧붙였다. "우리 집의 유령은 무척이나 재주가 많아요. 늘 한쪽 방면으로만 해주면 좋겠는데……. 하지만 기분 나쁘고, 더구나 나쁜 짓일 경우에는 상당히 성가셔요. 이 '저주글' 때문에 앨릭이 괴로워한다고 루시아가 제게 말했어요. 앨릭은 요즘 신경이 예민해져서 이런 일에는 꽤 '반응'을 보이고 있답니다. 저주글은 많이 있었어요. 대부분 성경 구절이에요. 우리 집 망령들은 성경을 알아요, 번스 씨. 그것이 조크설과 줄리아설을 부정하는 또 하나의 원인이에요."

"하지만 이것은 참을 수가 없군요, 이런 고문 같은 일은……."

"아아, 우리는 모두 정도 차이는 있지만 익숙해졌어요. 적어도 루시아와 앨릭은 말이에요. 저도 작년 가을에 콤바인이 든 헛간이 불탈 때까지는 그리 크게 마음을 쓰지 않았어요. 하지만 그 일이 있은 뒤로는 다음엔 내가 이곳에 갇힌 채로 집이 불에 타버리면 어쩌나 하는 공포에 휩싸이고 말았어요."

"갇히다니!"

"예, 그래요. 루시아에게 밤마다 문을 잠그게 하거든요. 저는 잠들 수가 없어서, 늘 새벽이 될 때까지 잠을 못 자는, 심한 불면증이에요. 그런 데다 문이 잠겨 있지도 않고, 뭔가가 집 주위를 어슬렁거릴지도 모른다고 생각하면 더 이상 잠을 잘 수가 없어요."

"하지만 뭔지 모르는 그것은 문이 잠겨 있어도 막을 수가 없겠지요. 가령 민 디콘이나 매기 엘긴의 이야기를 믿으신다면 말입니다."

"오오, 민이나 매기는 그 당시 문을 잠그지 않았던 거라고 생각해요. 물론 잠글 작정이었겠지만 착각한 게 틀림없어요. 어쨌든 저는 확실하게 제 방의 문에 자물쇠를 채우고 있어요. 이제 그 이야기는 그만두기로 하지요. 하지만 당신이 세심하게 지켜주셨으면 해요. 그리고 함께 할 수 있는 일을 생각해 보겠어요. 교회 일도 제 힘이 닿는 한 도와드리겠어요. 셸던 씨도 그렇게 하셨어요."

"당신의 도움과 충고를 받게 되어 무척 기쁩니다, 하퍼 양."

"저는 이곳에 있는 동안에 할 수 있는 일을 하고 싶어요. 곧 저는 죽겠지요. 촛불이 어른거리다가 결국은 꺼지는 것처럼 말예요. 이 심장은 움직이지 않게 되겠지요. 아뇨, 이제 더 이상 적절하고 듣기 좋은 말로 제 가슴속을 부풀리지 말아주세요, 번스 씨. 저는 너무나 오랫동안 죽음을 마주해왔기 때문에 죽는 것이 전혀 두렵지 않답니다. 다만 가끔 오랫동안 잠들지 못하는 지루한 밤에는 죽음이 조금 겁이 날 때도 있어요. 비록 살아 있는 것이 저에게 아무런 도움도 되지 않더라도 말예요."

"하퍼 양, 당신을 치료할 방법이 전혀 없다는 것이 확실합니까?"

"의심할 여지도 없답니다. 윈스롭 외삼촌은 10명도 넘는 전문가를 이곳에 불렀습니다. 마지막으로 클리퍼드 박사가 오셨지요. 아시겠지만 그분도 어쩔 도리가 없어서 전 그냥 외삼촌께 말했어요. 이제 의사선생님은 필요 없다고요. 저 때문에 돈을 쓰시게 하고 싶지 않았어요. 차라리 돈을 불에 태워버리는 편이 나을 뻔했어요. 오오, 그러나 저보다 훨씬 비참한 생활을 하는 사람이 몇백 명이나 있어요. 모두가 제게 무척이나 잘 해주시는걸요. 게다가 저는 전혀 도움이 되지 않는 것만도 아니에요. 극심한 고통은 1주일에 겨우 한 번 정도고요. 그러니까 이 일에 대해 더 이상 이야기하는 건 그만두기로 해요, 번스 씨. 저는 교회 일과 당신에 대해 좀 더 알고 싶어요. 일이 잘 되시길 바라겠어요."

"저도 그러길 바랍니다." 커티스는 웃으면서 말했다.

"너무 점잖으신 건 좋지 않아요." 앨리스는 진지하게, 그러나 눈에 장난기를 띠면서 말했다. "셸던 씨는 무슨 일에든지 결코 꾸짖거나 하지 않으셨어요. 그분은 사람의 장점을 매우 잘 찾아내셨지요. 성직자는 대개가 그렇죠. 안됐지만 그분은 그만두고 싶어하지 않으셨는데 까마귀 날자 배가 떨어졌지요. 사모님이 돌아가신 뒤로 사람이 바뀌었어요. 굉장히 괴로우셨던가봐요. 사실 부인이 돌아가신 지도 1년이 되었으니 우리는 그분이 어느 정도 마음의 정리가 되신 줄 알았어요. 그런데 나중에는 하나도 기억을 못하시면서 늘 이상한 행동을 하고, 이상한 말씀을 하시지 뭐예요. 게다가 앨릭을 성실한 신자라고 여기지 않으시곤 그를 많이 생각하지 않았어요. 하지만 그것도 다 지난 일이에요. 미안하지만 그 블라인드를 올리고 방의 등을 꺼주시지 않겠어요? 고맙습니다. 오늘밤은 저 늙은 소나무에 뭔가 장엄한 바람이 불어올 거예요! 게다가 달빛도 없으니. 저는 달빛을 좋아하지는 않아요. 늘 잊고 싶은 것들을 떠올리게 하거든요. 안녕히 주무세요. 꿈도 꾸지 말고 푹. '괴물'을 보거나 소리를 듣거나 하시지 않도록 말이에요."

커티스는 꿈도 꾸지 않았고, '괴물'의 모습도 보지 않았다. 이것저것 생각하느라 오랫동안 일어나 있기는 했지만. 이상한 것을 목격할 수가 없어서 그는 조금은 실망했다. 몇 주일쯤 지나자 자기가 유령집이라 불리는 곳에 살고 있다는 사실조차 거의 잊고 말았다.

교회 일에 앨리스 하퍼의 도움이 매우 가치가 있는 것임을 커티스는 깨닫게 되었다. 그녀가 없었다면 성가대를 재편성하는 것은 불가능했으리라. 앨리스는 송곳처럼 날카로운 사람의 마음을 부드럽게 했고, 대화로써 시기심을 없애 주었다. 커크 장로가 보이스카우트 운영을 혼자서 좌지우지하려 했을 때 원만하게 해결해 준 사람도 그녀였다. 만약 그렇게 되었을 경우 그 고민으로부터 커티스를 구해줄 수 있는 이도 그녀였을 것이다.

"커크 씨 일로 마음 쓰지 마세요. 아휴, 그분은 태어날 때부터 바보라니까요. 하지만 좋은 점도 있어요. 착한 사람이지요. 정말이지 늘 조금은 슬픈 듯하거나, 비뚤어져 있거나 하는 것이 그리스도 교도의 의무라고 생각하지만 않는다면 무척 훌륭한 분이긴 한데."

"당신처럼 관대해질 수 있다면 좋겠군요, 하퍼 양."

"전 역경이라는 굉장히 엄격한 학교에서 관용 정신을 배웠습니다. 네, 저도 전엔 그다지 관대하지 않았어요. 하지만 커크 씨는 재미있는 분이에요. 이 말을 당신도 명심해야 할 겁니다."

그녀가 보여준 장로의 흉내에 커티스는 웃음을 터트리고 말았다. 앨리스는 자신의 성공이 기쁜지 미소를 지었다.

커티스는 어느새 자신이 안고 있는 모든 문제를 앨리스에게 상담하는 것이 습관이 되었다. 앨리스를 우상시하고 성당의 마돈나처럼 숭배했다. 그렇지만 앨리스에게도 몇몇 사소한 결점은 있었다. 집안이나 교구에서 있었던 일을 깡그리 들어야만 했다. 무슨 일에든지 소외된다 싶으면 상처를 받았다. 앨리스가 자신의 자잘한 비밀까지도 이상하게 알고 싶어한다는 것을 눈치채고 커티스는 행동을 일일이 보고했다. 그가 차를 마시러 나가거나 하면 무엇을 먹었는지마저도 알고 싶어서 물러서지 않는 것이었다. 그가 담당한 6월의 어느 결혼식에 대해서도 자세한 사항까지 듣고 싶어했다.

"결혼식은 어떤 것이든 매우 흥미롭답니다. 모르는 사람의 결혼식이라도 말예요."

앨리스는 그가 준비하고 있는 설교에 관해 이야기 나누는 걸 좋아했다. 그리고 가끔은 그녀가 고른 성경글귀로 그가 설교하면 어린애처럼 기뻐했다.

커티스는 매우 행복했다. 그리고 자기 일을 사랑했다. 하숙집은 생활하는 데 무척 편했다. 꺽다리 앨릭은 지적이고 박식했으므로 커티스는 그와의 흥미 깊은 대화를 즐겼다. 리처드 부인이 병원에서 돌아가셨으므로 커티스는 당연히 원하는 만큼 언제까지나 필드가에 눌러살 것처럼 보였다. 글렌 도널드 사람들은 그 일에 관해서는 체념하고 있었다. 하지만 루시아를 향한 그의 사랑은 인정하지 않았다.

교인 누구나 커티스가 루시아를 사랑한다는 사실을 본인보다도 훨씬 빠르게 눈치채고 있었다. 커티스는 다만 루시아의 과묵함은, 꺽다리 앨릭의 웅변이나 앨리스의 재치 있고 유머가 풍부한 말솜씨와 마찬가지로 매혹적이라고 느끼고 있을 뿐이었다. 다른 아가씨들의 얼굴은 루시아의 갈색 아름다움과 비교하면 경박스러우며 얼빠진 것 같았다. 그리고 커티스는 루시아가 산뜻하고 위엄 있는 옛 저택의 방들을 걸어다니거나 검은빛이 도는 계단을 내려가거나, 정원에서 화초를 꺾거나, 부엌에서 샐러드나 과자를 만들거나 하는 것을 보면 마치 완전한 화음으로 둘러싸인 기분이 들었다. 그리고 그런 여운이 그가 교인들 사이를 왔다갔다할 때에도 거듭 매혹의 메아리가 되어 그의 영혼을 깨워 일으켰다. 언젠가 커티스는 자기 마음의 비밀을 스스로 발견하고는 몸서리를 쳤다. 루시아가 어느 날, 아침 일찍 피어난 장미를 앨리스를 위해 방으로 가져왔을 때의 일이었다. 셸던 씨도 그곳에 같이 있었다. 셸던 씨는 멀리 친구 집을 찾아갔다가 지금 막 글렌 도널드로 돌아온 참이었다. 커티스의 취임식 다음 날부터 줄곧 그곳에 가 있었던 것이다.

루시아는 분명히 지금까지 울고 있었던 것 같았다. 별 것 아닌 일로 울거나 할 사람이 아니다. 커티스는 문득 그녀의 머리를 어깨에 기대게 하고 위로해주고 싶은 욕망에 휩싸였다. 거의 맹목적으로 그녀를 뒤따라 방에서 나가려하는 바로 그때, 고통의 경련으로 앨리스의 얼굴이 일그러졌다.

"루시아, 돌아와……. 부탁이야, 빨리. 발작이…… 일어날…… 것만 같아."

그 뒤로 24시간 동안 커티스는 루시아를 단 한 번도 만날 수가 없었다. 계속 옆에 붙어서 루시아는 앨리스의 어두컴컴한 방안에서 환자의 간호에 덧없는 노력을 기울이고 있었던 것이다. 그 때문에 그는 그 뒤로도 한동안 자신의 사랑을 알아채지 못했다.

셸던 씨를 배웅한 뒤, 마당에서 돌아온 그는 아름다운 어린 자작나무가 잘려져 넘어진 것을 보았다. 자작나무는 마당 한쪽 소나무 사이에 우아한 자태를 뽐내고 있었고, 루시아는 그 나무를 아주 좋아했다. 어제 저녁나절만 해도 그 자작나무에게 사랑스런 말을 건네고 있었다. 그랬던 자작나무가 지금은 땅바닥에 쓰러져 시든 잎이 불쌍하게도 떨고 있었다. 그는 몹시 화가 나서 그 일을 껑다리 앨릭에게 말했다.

"그 나무는 어젯밤엔 멀쩡했는데요." 껑다리 앨릭이 말했다.

커티스는 눈을 동그랗게 떴다.

"당신이 자른 게 아닙니까? 그렇지 않으면 그렇게 말씀하실 리가?"

"아니, 오늘 아침에 일어나니 이렇게 되어있더군요."

"그렇다면…… 누가 잘랐을까요?"

"친숙한 그 유령님의 짓인 듯하군요." 껑다리 앨릭은 괴로운 듯이 고개를 옆으로 돌렸다. 앨릭은 유령 얘기를 하고 싶지 않은 것이다. 커티스는 줄리아의 괴상하고 작은 호박색 눈이 뒤쪽 베란다에서 이쪽으로 시선을 향하고 있는 것을 보았다. 또한 어제 그녀가 장작을 패기 위해 도끼를 갈도록 조크에게 부탁하는 말을 들은 것을 떠올렸다.

그로부터 3주일 동안 커티스의 머릿속을 어지럽게 하는 일이 잔뜩 있었다. 어느 날 밤의 일이었다. 울려대는 전화벨에 잠이 깨어서 그는 침대 위에 일어나 앉았다. 머리 위의 다락방에서 요람이 흔들리는 소리가 분명히 들려왔다. 커티스는 일어섰다. 가운을 걸치고 손전등을 움켜쥐고는 거실로 내려가 막다른 곳에 있는 후미진 작은 방으로 통하는 문을 열고 다락으로 향하는 계단을 올라갔다. 요람소리는 멈췄다. 그곳, 길고 좁다란 방은 조용했고 천장엔 약초 다발과 깃털 자루, 헌옷가지 따위가 매달려 있었다. 다락방에는 거의 아무엇도 없었다. 커다란 상자가 둘, 물레, 나머지는 양모를 넣어둔 자루가 몇몇 있을 뿐이었다. 쥐라면 쉽게 숨어버릴 수 있으리라. 커티스가 계단을 내려와 1층에 닿는 순간, 등뒤에서 기분 나쁜 바이올린 선율이 흘러왔다. 그는 신경이 토막토막 끊어지는 것을 느끼면서 다시 위로 올라가서 손전등으로 비춰보았다. 그곳에는 아무것도, 또한 아무도 없었다. 다락방은 여전히 고요하고 아무 이상이 없었다. 그러나 그가 내려오면 음악이 다시 살아나는 것이었다.

이번에는 전화가 울렸다. 식당이다. 커티스는 뛰어내려 가서 수화기를 들었다. 아무런 응답도 없었다. 교환을 불렀지만 소용없었다. 전화는 시골의 공동회선이었고 가입자는 스물이나 되었다.

커티스는 식당을 나와 조심조심 꺽다리 앨릭의 침실 문에 귀를 기울였다. 앨릭의 잠든 숨소리가 들려왔다. 부엌 계단을 발끝으로 올라가 조크의 방 앞에 섰다. 조크는 코를 골고 있었다. 그는 저택 안을 한바퀴 돌아서 바깥 계단을 통해 돌아왔다. 또다시 전화벨이 울렸다. 집은 정적에 둘러싸여 있다. 계단 맞은편은 앨리스의 방문이다. 언제나처럼 불이 켜져 있었다. 그녀는 혼자서 부드럽고 투명한 목소리로 시편 23장을 반복하고 있다. 거실 끝으로 두세 걸음 간 곳에 있는 것이 줄리아의 방, 곧 그의 방의 정면이다. 커티스는 문에 귀를 기울였으나 아무 소리도 들리지 않았다. 루시아의 방은 계단 난간의 반대편에 있는데 그는 그곳에는 귀를 대보지 않았다. 그러나 줄리아와…… 루시아 외에 다른 사람들은 모두 자기 방에 있음을 설명할 수가 있다. 그렇게 생각하지 않을 수가 없었다. 그는 자기 방으로 돌아오자 문을 닫고 한동안 괴로운 표정으로 깊은 생각에 잠겼다가 침대로 들어갔다. 그러는 사이에 꺼림칙하게 비웃는 듯한 웃음소리가 정확히 그의 방문 밖에서 분명하게 들려왔다. 태어나서 처음으로 커티스는 속이 언짢아질 정도의 공포로 식은땀으로 축축하게 젖는 독특한 체험을 했던 것이다. 셀던 씨의 말이 뇌리를 스쳤다.

"그 웃음소리는 사람의 소리라고는 여겨지지 않는 것이었지요."

한동안 그는 공포 앞에 쓰러져 엎드려 있었으나 마침내 이를 악다물고 침대에서 뛰어내려 문을 벌컥 열어제쳤다. 인기척이 없는 커다란 거실에는 아무것도 없었다. 맞은편의 꼭 닫혀진 줄리아의 방문이 의기양양해 하는 것처럼 보였다.

루시아는 아침 식사 자리에서 걱정스러운 듯한 모습을 보였다.

"저어…… 어젯밤엔 잠을 못 주무시는 것 같던데." 그녀는 머뭇거리면서 물었다.

"글쎄요. 그렇다고 할까요? 꽤 오랫동안 집 안을 돌아다녔고, 무례함을 무릅쓰고 방문에 귀를 대보기도 했습니다. 좀 더 영리한 방법을 쓰는 게 좋았을걸 그랬어요." 커티스는 말했다.

루시아는 쓸쓸한 듯이 희미한 미소를 보였다.

"집 안을 돌아다녀 보거나 귀를 기울이거나 해서 수수께끼가 풀린다면 벌써 오래전에 해결되었겠지요. 앨릭과 저는…… 그…… 그 현상을 그리 신경 쓰지 않기로 했답니다. 지금은 이제 대개는 특별히 놀랄 만한 일이 아닌 이상은 짬짬이 잠이 들고 말거든요. 저는…… 바랐어요……. 더 이상의 일이 일어나지 않도록 해달라고 ……. 적어도 당신이 이곳에 계신 동안은 말예요. 이렇게 오랫동안 아무 일도 없었던 것은 처음이에요."

"저한테 전면적인 조사를 맡겨주시지 않겠습니까?" 커티스는 말했다.

루시아는 꽤 머뭇거린 끝에, 마침내 "네, 좋아요"라고 말했다. "다만…… 부디, 제게는 그 얘기를 하시지 말아주세요. 견딜 수가 없어요. 제가 겁쟁이에다가 바보라서 그렇겠지만, 하지만 무척이나 가슴 아픈 이야기가 되는걸요. 게다가 지금까지도 많은 사람들이 '조사'를 해왔어요."

"알고 있습니다. 하지만 저는 이 댁의 유령을 반드시 붙잡아 보이겠습니다, 필드 양. 이 일은 분명하게 결말을 지어 두어야만 합니다. 이런 일이 이 고장에서 있어서 좋을 리가 없습니다. 이대로 계시다간 당신과 오빠는 결국엔 살해당하고 말 겁니다."

"그래도 우리는 여기에 머물러야만 해요. 이 오래된 집에 무척이나 애착을 갖고 있지요. 떠나는 일 따위는 도저히 불가능합니다." 루시아는 슬픈 듯이 미소지었다.

커티스는 머뭇거리면서도 물었다. "그런데 그것이 사실입니까? 결국 그 때문에 폴록 양이 앨릭과 결혼하려하지 않았던 것 말입니다. 이런 걸 묻다니 무례하다고 여기신다면 대답하지 않으셔도 좋습니다."

루시아는 약간 안색을 바꾸었다. 빨간 입술이 조금은 바랜 듯이 보였다. 나이든 윈스롭을 아는 사람이라면 그녀가 아버지와 꼭 닮았다고 했으리라.

"그렇다고 해서, 그러니까 앨릭이 안됐다는 그런 것은 아니겠지요. 에드나 폴록은 모든 점에서 오빠보다 뒤떨어졌습니다. 폴록가 따위는 매우 모자란 가문인걸요."

가문을 자랑하는 것은 루시아의 결점이기도 했지만 그것이 견딜 수 없게 매력적이라고 커티스는 생각했다. 그녀는 이렇게나 인간적인 것이다. 갈색의 화사하고도 사랑스럽기만 한 그녀는 말이다.

이어지는 몇 주일 동안 커티스 번스는 가끔 자신이 머리가 돈 것은 아닐까 여기기도 했다. 또한 사람들이 모두 미쳤다고 생각될 때도 있었다. 그는 집 안을 돌아다니고, 살펴보고, 한숨도 안 자고 망을 보고, 며칠이나 밤을 새워가며 다락방에서 지냈다. 아무 데도 나가지 않았다. 장난을 좋아하는 악마가 저지르는 커다란 소동 속에 뒤범벅이 되어 모여든 아둔하고도 흉흉한 사건은 거의 계속해서 일어났다. 시장에 내놓기 위해 포장해 놓았던 12다스의 달걀이 부엌 바닥 가득히 깨져 있었다. 루시아의 새 조세트 드레스가 그녀의 침실 벽장에 피로 물들어 엉망진창이 되어있었다. 바이올린이 연주되었고 요람이 흔들렸다. 그리고 집 안은 악마 같은 웃음소리에 홀린 것 같았다. 거실과 식당의 물건이 몇 번이나 모조리 모아져 방의 한가운데에 쌓아올려졌고, 원래대로 되돌리느라 루시아는 하루 온종일 일을 해야만 했다. 밤에는 분명 잠겨 있었던 현관이 아침이 되면 활짝 열려 있었다. 착유기의 뚜껑이 빠져 있고, 1주일 분량의 크림이 바닥에 쏟아져 있었다. 손님용 침실의 침대가 마치 누군가가 하룻밤을 잔 것처럼 흐트러지고 움푹 들어가 있었다. 돼지와 송아지가 밖으로 내몰려 정원을 망가트렸다. 새로 붙인 거실의 벽지 한 면에 잉크가 튀어있었다. 수많은 저주글이 쏟아졌다. 화가 날 정도로 평범하기만 한 다락방에서 소리가 들렸다. 나중에는 루시아가 귀여워하던 새끼 고양이가 뒷베란다에서 목이 졸린 채 발견되었는데 불쌍하게도 축 늘어진 자그마한 몸이 난간에 늘어트려져 있었다. 그것은 커티스가 시내에서 데려다가 루시아에게 선물한, 작고 귀여운 페르시아 고양이였다.

"당신이 이것을 주실 때부터 알고 있었어요, 언젠가 이런 일이 생기리란 것을. 4년 전에 개가 목 졸려 죽은 뒤로는 애완동물은 키우지 않기로 했지요. 제가 사랑하는 것은 무엇이든 죽거나 망가지거나 하는걸요. 나의 흰 소, 나의 개, 나의 자작나무, 이번엔 나의 새끼 고양이." 루시아는 말했다.

커티스는 대개 혼자서 조사를 수행했다. 꺽다리 앨릭은 망령 이야기는 이제 지긋지긋하다고 퉁명스럽게 말했다. 그는 지난 5년 동안의 경험으로 이젠 체념해버렸던 것이다. 앨릭은 유령이 머리 위에 지붕을 남겨주기만 한다면 이대로 내버려두겠노라고 결심하고 있었다. 커티스는 한두 번 셸던 씨와 함께 망을 보기도 했다. 그런 밤에는 전혀 아무 일도 일어나지 않았다. 또한 헨리 킬데어를 오게 하기도 했다. 헨리는 처음엔 상당한 자신감을 보였었다.

"난 그 망령의 가죽을 아침까지 헛간 문에다가 못박아 매달아 보이겠어요, 목사님." 그는 이렇게 잔뜩 뻐기면서 말했다.

그러나 헨리는 다락방에서 이야기하는 윈스롭 필드의 목소리를 듣는 순간 끔찍한 공포에 빠져 항복하고 말았다.

"이제 유령을 잡으러 가는 건 그만두겠습니다, 목사님. 이제 나에게는 그런 말을 하지 말아주세요. 난 윈스롭 씨의 목소릴 잘 압니다. 여기서 3년을 일했으니까요. 그건 틀림없는 그 사람이었어요. 목사님, 목사님도 이곳을 나가는 게 좋겠어요. 정말 여긴 건강에 좋지 않아요."

헨리 킬데어가 또다시 글렌 도널드에 모습을 나타낸 것은 뜻밖의 커다란 센세이션을 불러 일으켰다. 그는 클론다이크 지방에서 엄청난 재산을 모은 뒤, 남은 생애를 백만장자 대열에서 보내겠노라고 장담했었다. 지금은 사촌의 집에서 더부살이를 하고 있으나 대부분의 시간을 과거 신세를 졌던 필드 저택에서 보내고 있었다. 저택 사람들은 모두가 헨리를 좋아했다. 몸집이 크고, 잘난 체하지 않는 친절한 사내로, 지나치게 세련되지도 않으며, 잘생기고 수더분하며 자랑하기 좋아하는 사람이었다. 앨리스는 클론다이크 지방과 골드러시 이야기를 조금도 싫증내지 않고 들었다. 몇 년 동안이나 사방을 둘러친 벽에 갇혀 지내는 그녀에게 그것은 모험과 위험으로 가득 찬, 멋진 자유를 들여다보는 듯한 느낌이었던 것이다. 그러나 헨리는 북쪽 지방의 적막과 혹한, 그리고 공포와도 맞서왔지만 필드가의 망령에게는 항복을 하고 말았다. 그러고는 하룻밤 더 머물기를 단호하게 거부했다.

"목사님, 이 집엔 틀림없이 악마가 우글대고 있어요. 안나 마시는 무덤 속에 그대로 들어있지 않아요. 그 여잔 예의바르게 행동하기는커녕, 윈스롭 할아버지까지 함께 끌어낸 겁니다. 누군가 인수할 사람이 있다면 앨릭은 이 집을 팔아버리는 편이 좋을 텐데 말입니다. 내가 앨리스와 루시아를 도와줄 수 있으면 좋으련만. 그 사람들은 언젠가 아침에 일어나 보면 그 새끼고양이처럼 목이 졸려 죽은 채로 발견될 겁니다."

커티스는 화가 나서 견딜 수가 없었다. 이론을 갖다 붙이거나 하는 것은 훨씬 오래전에 포기했다. 범인이 집 안의 누구든, 외부의 누구든지 간에 모든 소동을 혼자서 일으키는 것은 불가능하다. 때로는 너무나도 갈피를 잡을 수가 없어서 유령의 짓이라고 믿고 싶을 지경이었다. 그렇지 않다면 어지간히 바보 취급을 당하고 있는 것이리라. 어떤 결론도 참을 수가 없다. 일어난 일들을 외부 사람에게 말하지 않는 것은 가족들 간의 암묵적 규율이 되어있었다. 커티스는 오직 셸던 씨에게만 털어놓고 의논을 했다. 셸던 씨는 대개 목사관에서 책을 읽으며 지냈는데, 때로는 내쳐 새벽녘까지 책을 읽거나 하기도 했던 것이다. 그러나 그러한 모든 의논이나 추측, 조사에도 불구하고 커티스는 단 한 발짝도 내딛지 못했다. 셸던 씨는 그것을 알아채고 다른 하숙집을 찾으라고 충고했다. 그러나 커티스에게 그 일은 무리임을 알고 있었다. 루시아를 떠나는 일은 불가능했다. 이 즈음에는 이미 자신이 루시아를 사랑한다는 것을 알고 있었기 때문이다.

그것을 깨달은 것은 어느 날 밤의 일이다. 쾅 하는 소리를 내면서 바깥 현관의 커다란 문이 닫혔다. 커티스는 공부를 하다가 불현듯 현실로 돌아와 책을 한쪽으로 치우고는 아래층으로 갔다. 문은 닫혀 있었으나 가족들이 잠들 때처럼 잠겨 있지는 않았다. 그가 손잡이를 돌려보고 있으려니 루시아가 식당에서 작은 양초를 들고 나왔다. 그녀는 울고 있었다. 커티스는 그때까지 울었나보다고 생각한 적은 한두 번 있었지만 루시아가 우는 것을 본 적은 없었다. 굵게 땋아내린 머리칼이 어깨에 걸쳐 있어 그것이 그녀를 어린애처럼 보이게 했다. 지치고 가슴이 찢어지게 아픈 어린애처럼. 그 순간 커티스는 그녀가 자신에게 어떤 존재인가를 깨달은 것이었다.

"무슨 일이에요, 루시아?" 커티스는 부드럽게 물었다. 처음으로 자신이 그녀의 세례명을 불렀다는 사실은 알아채지 못했다.

"보세요." 흐느껴 울면서 루시아가 식당 입구에서 양초를 높이 쳐들었다.

처음에 커티스는 분명하게 알지 못했다. 방은 뭔가…… 매우 잘 만들어진 미로 같았다. 무엇일까? 물을 들인 실이다! 실이 교차되고, 또다시 엇갈려 있었다. 가구에서 나왔다가 들어갔다가, 의자 다리 사이를 가로지르기도 하고, 테이블 다리 주위를 돌거나 하면서 빙빙 돌고 있었다. 방 안은 마치 거대한 거미줄 같았다.

루시아가 말했다. "제 에프건(털실을 기하학적인 무늬 등으로 짠 솔), 제 새 에프건이! 어제 막 완성한 참이었어요. 완전히 풀려버렸어요. 연초부터 줄곧 짜던 것인데. 오오, 이런 일로 마음을 쓰다니 바보로군요. 훨씬 나쁜 일도 많이 있었는데. 하지만 제겐 뜨개질을 할 시간이 아주 조금밖엔 없답니다. 정말 심술궂군요! 대체 무엇이 이렇게까지 저를 미워하는 걸까요?"

루시아는 커티스가 내민 손을 뿌리치고 여전히 흐느껴 울면서 2층으로 달려 올라갔다. 커티스는 현기증이 난 것처럼 거실에 서서 그녀의 뒷모습이 사라질 때까지 배웅하고 있었다. 지금 알았다. 처음 만나던 때부터 사랑하고 있었음을. 이렇게 오랫동안 그것을 깨닫지 못한 자신을 비웃고 싶을 정도였다.

'그대는 그녀를 사랑한다. 뭐라구? ……물론 사랑하고말고. 다부지고 아름다운 눈에서 눈물을 본 순간, 그제야 깨달았던 것이다. 눈물을 비친 루시아. 내겐 닦아줄 권리도 힘도 없는 눈물을.'

그렇게 생각하자 참을 수 없을 것 같은 기분이 들었다.

앨리스의 방 앞을 지날 때 안에서 부르는 소리를 듣고 그는 자물쇠를 열고 방 안으로 들어갔다. 새벽녘의 상쾌하고 감미로운 바람이 창으로 불어왔고, 교회 맞은편으로부터 희미한 서광이 비쳐들고 있었다.

"가혹한 밤이었어요. 하지만 그 문 말고는 조용했지요." 앨리스가 말했다.

"너무 조용해서 재미가 없을 정도로요. 이곳 유령은 재미있고 우스꽝스럽게 조용하게 일을 하곤 기뻐하는 모양입니다. 루시아의 에프건을 풀어놓거나 하고 말입니다. 하퍼 양, 전 이제 어찌할 바를 모르겠습니다." 커티스는 무뚝뚝하게 말했다.

"그런 일을 한 건 줄리아가 틀림없어요. 그 아인 어제 하루종일 통통 부어있었는걸요. 루시아가 무슨 일로 그 아이를 꾸중했겠죠. 이게 바로 그 앙갚음이에요."

"저는 줄리아라고는 생각하지 않습니다. 하지만 마지막으로 한 번 더 노력해보겠어요. 당신은 언젠가 말씀하셨지요. 어떤 생각이 떠올랐다고요. 기억하고 있습니다. 그건 어떤 것입니까?"

앨리스는 아름다운 두 손으로 불안한 몸짓을 보였다.

"전 아마 이렇게도 말씀드린 것 같은데요. 너무나도 현실을 떠나 있어서 말로 하는 것은 무리라고. 같은 얘기를 다시 한 번 말씀드리지요. 당신 스스로 생각해내지 못한다면 그것을 제 입으로 말씀드릴 마음은 없습니다."

그녀는 완강하게 물러서려 하지 않았다. 그래서 그는 머리가 빙빙 도는 듯한 느낌으로 자기 방으로 돌아갔다.

그는 떠오르는 태양을 바라보면서 말했다. "확실한 것이 단 두 가지 있다. 2곱하기 2는 4인 것이다. 그리고 난 루시아와 결혼하겠어."

그러나 루시아의 생각은 달랐다. 아내가 되어달라는 커티스에게 그것은 안 된다고 대답했던 것이다.

"어째서? 당신은…… 당신은 절 좋아하시지 않으십니까?"

루시아는 얼굴이 새빨개져서 그를 보았다.

"좋아해요. 네, 좋아해요. 부정해봤자 소용없어요. 진실을 부정할 수는 없는 법이죠. 하지만 이런 상태에선 전 결혼할 수 없어요. 앨리스와 앨릭을 남겨놓고 갈 수는 없어요."

"앨리스는 함께 가면 되지 않겠어요. 집안에 저런 여성이 있는 건 즐거운 일이에요. 그 사람은 제게 늘 영감을 주는 존재니까요."

"아뇨, 그런 결정은 당신께 미안해요."

간청을 해도, 의논을 해도 소용이 없었다. 커티스는 그 두 가지를 다 시도했지만 별 수 없었다. 누가 뭐래도 루시아는 필드 가문의 사람이었다. 커티스가 슬픈 심정을 알렸을 때 앨리스는 이렇게 말했다.

"그런 생각을 하다니…… 나만 없으면!" 그녀는 괴로운 모양이었다.

"당신 때문만이 아닙니다. 저는 당신과 우리들이 같이 살면 얼마나 기쁘겠느냐고 말했어요. 앨릭도 있어요. 그리고 저 재수 없는 괴물 녀석도 있고요!"

앨리스는 장난꾸러기처럼 말했다. "쉬잇…… 커크 장로가 들으면 안 돼요. 안됐습니다만 번스 씨…… 당신과 루시아에겐 안된 얘기지만, 루시아는 마음을 바꾸지 않을 거예요. 저희 필드 가문 사람들은 한 번 결심하면 그것을 뒤집는 일은 없답니다. 그리고 당신의 오직 한 가지 소은 유령을 잡는 것 아니었나요?"

그런 일은 그 누구라도 가능할 것 같지 않다. 커티스는 유감스럽지만 패배를 인정했다. 밝은 달이 온화하게 비추는 밤이 2주일 동안 계속됐다. 그리고 또다시 어두운 밤이 찾아와서 새로이 소동이 시작되었다. 이번에는 커티스가 '유령'의 증오의 대상이 된 모양이었다.

밤에 이불 속으로 들어가려 할 때, 몇 번이나 시트가 온통 축축하게 젖어 있거나 모래투성이가 되어있거나 했다. 일요일 아침에 목사 옷을 입으려 할 때에는 두 번이나 단추가 모조리 떨어져 있었다. 그리고 공을 들여 차분하게 준비한 특별 기념예배 원고가 토요일 밤 사이에 책상에서 사라지고 없었다. 그 결과 그는 다음 날, 교회를 가득 메운 사람들 앞에서 모든 것을 엉망진창으로 만들고 말았다. 그리고 그는 그것을 심하게 괴로워할 만큼 젊고 인간적이었다.

"번스 씨, 당신은 다른 데로 가시는 게 좋겠어요. 이건 제가 드리는 가장 각별하고 이기적이지 않은 충고예요. 저는 말로는 표현하지 못할 정도로 당신이 계시지 못하게 되는 것이 쓸쓸하답니다. 하지만 그렇게 하셔야만 합니다. 당신은 루시아의 냉정함과 앨릭의 완고함을 지니지 않았어요. 저처럼 자물쇠가 걸린 문을 신뢰할 마음가짐조차도요. 그것들이 시작되면 이젠 당신을 그냥 놓아주지 않을 거예요. 루시아가 몇 년 동안이나 얼마나 박해를 당해왔는지 생각해 보세요." 앨리스는 말했다.
"이런 어려운 지경에 루시아를 팽개치고 다른 데로 가다니, 절대로 그럴 수 없습니다."
"당신이 무엇을 할 수 있겠어요? 그간 매우 열심히 애를 써주셨습니다만…… 실패하셨어요. 다른 데로 가시면 오히려 루시아와도 좀더 좋은 기회가 찾아올 거라고 생각해요, 틀림없이 말예요. 그렇게 하면 루시아에게도 당신의 진실된 마음이 통하겠지요. 만약 진심이라면 말입니다."
"제게 그런 기회가 없는 게 아닐까 하고 가끔 생각합니다." 커티스는 뜨거운 심정을 털어놓았다.
"아아, 아뇨, 있고말고요. 그렇지만 번스 씨, 당신이 루시아를 사랑하는 것처럼 루시아가 당신을 사랑할 거라고 기대하셔서는 안 됩니다. 필드가 사람은 사람을 사랑하지 않습니다. 말하자면 냉정하지요. 앨릭을 보세요. 에드나를 좋아하지요. 결혼도 하고 싶어 하고요. 그런데도 앨릭은 그 때문에 잠을 못 이루거나 밥을 먹지 못하거나 하지는 않아요. 루시아도 마찬가지고요. 루시아는 사랑스럽고 훌륭한 아내가 될 거예요. 정숙하고 헌신적인 아내 말입니다. 하지만 비록 당신과 결혼하지 못한다 하더라도 그것 때문에 가슴아파하거나 하지는 않겠지요. 이런 이야기는 싫으실 거예요. 당신은 좀더 낭만적으로, 또 정열적으로 사랑을 받고 싶으실 테니까요. 하지만 이건 거짓 없는 진실이랍니다."

앨리스가 루시아의 성격을 평할 때는 대체로 맞다고 여겨질 때가 자주 있었다. 그의 열렬한 성격에 비하면 루시아는 너무나도 차분하며, 늘 깨어있는 것처럼 여겨지는 것이었다. 그러나 그녀를 단념한다는 건 생각만 해도 고문이었다.

루시아는 마치 높은 곳에 피어 있는 작고 빨간 장미 같았다. 다다를 때까지 손을 뻗어야만 한다고 그는 생각했다.

다른 데로 옮기라는 충고는 견딜 수가 없었다. 그렇게 되면 루시아와는 거의 만나지 못하게 되리라. 찾아오는 그를 그녀는 교묘하게 피하겠지. 그것은 불을 보듯 뻔한 일이었다. 두 사람을 둘러싼 항간의 소문이 이미 한창 나돌고 있었다. 셸던 씨는 넌지시 찬성하지 않는다는 의사를 표시하고 있었다. 커티스는 그런 암시를 무시하고 노인에게 조금 무뚝뚝하게 대했다. 꺽다리 앨릭의 집에 하숙하는 것에 대해 셸던 씨가 전부터 줄곧 반대했음을 알기 때문이었다.

커티스에게 닥친 난국은 한층 급격한 전개를 보였다. 어느 날 밤, 멀리서 모임이 있어서 귀가가 늦어진 그는 잠자리에 들기 전에 지붕창 옆에 오랫동안 서 있었다. 돌아가신 어머니가 어린 시절 생일날에 주셨던 책상 위의 애장서적들이 반쯤은 페이지가 잘게 찢어져있고, 나머지 반에는 잉크가 쏟아져있음을 발견했던 것이다. 그는 보이지 않는 적에게 처참하게 당한 사람이 느끼는 억누르지 못할 분노로 반미치광이가 되었다. 상황은 날이 갈수록 도저히 참지 못할 지경으로 치닫고 있었다. 패배를 인정하기는 싫지만 아마도 여기를 떠나는 편이 나을 것 같았다. 루시아는 전혀 뒤를 돌아보지 않았으며 커티스를 피하기까지 했다. 식탁 이외에선 벌써 며칠이나 그녀와 단 한 마디 말도 나누지 못했다. 루시아는 그가 다른 하숙을 찾기를 원한다는 것을 꺽다리 앨릭을 통해 알았다.

"루시아로서는 그리 되는 편이 조금이라도 편하겠지요. 사태를 무척이나 가슴 아파하고 있으니까요." 꺽다리 앨릭이 말했다.

좋다, 그녀가 나를 내쫓기를 원한다면! 커티스는 그때만은 안색이 달라졌다. 그는 모든 점에서 낙오자였다. 설교는 애초부터 맥이 빠졌었고, 자기 일에 흥미를 잃은 상태였다. 랭카스터 같은 곳에 오지 않는 게 좋았을걸 그랬다고 생각했다.

커티스는 창밖으로 몸을 내밀고 향기로운 여름 공기를 깊이 들이마셨다. 그날 밤은 아무래도 유령이 나올 듯한 밤이었다. 잔디를 둘러싼 나무들은 구름에 가려진 달의 몽롱하고 어슴푸레한 빛 아래서 기분 나쁜 모습을 띠고 있다. 차갑고 은은한 밤의 향내가 정원에서 감돌아와서 그의 가슴은 잠잠해졌고 찌르르하게 정신이 맑아져왔다. 결국 어떻게든 길은 반드시 열리는 법이다. 나는 젊다. 세상은 아름답다. 그리고 그곳에 루시아가 있다. 아직은 단념할 수 없다.

갑자기 달이 구름 사이로 밝게 빛나기 시작했다. 커티스는 자기도 모르게 맞은편 지붕창으로 예비침실을 들여다보고 있었다. 그곳의 블라인드가 이따금 올라가는 것이었다. 갑자기 빛을 받아 방 안의 모습이 손바닥을 들여다보듯 훤했다. 그리고 그곳 벽에 걸린 거울에서 그는 이쪽을 보고 있는 하나의 얼굴을 보았다. 테를 두른 문의 어둠에 떠올라 있는 또렷한 윤곽을. 그것이 보였던 것은 구름이 또다시 달을 삼키기까지의 매우 짧은 한순간뿐이었다. 그러나 분명하게 알아볼 수 있었다. 그것은 루시아의 얼굴이었다. 그러나 그때는 별달리 아무런 생각도 들지 않았다. 분명 그녀는 뭔가 소리를 듣고 살펴보러 간 것이리라. 그러나 다음 날 아침 식탁에서 무슨 일이 있었느냐고 루시아에게 물었더니 그녀는 멍하니 그를 쳐다봤다.

"어젯밤, 빈방의 문 어귀에 계셨을 때 말입니다." 그는 설명했다.

"전 어젯밤엔 빈방 같은 곳에 가지 않았어요. 무척 일찍 잠자리에 들었어요. 피곤했거든요. 그리고 밤새 푹 잤어요."

루시아는 말을 하면서 일어나더니 식당을 나간 뒤로 돌아오지 않았고 그 일에 관해서는 더 이상 아무 말도 하지 않았다. 어째서 그녀는…… 거짓말을 한 것일까? 거짓말이라는 말은 그가 싫어하는 단어지만 커티스에게는 그것을 부드럽게 표현할 방도가 없었다. 그녀를 보았다. 정말로, 달빛이 비친 거울 속에서. 아주 짧은 한순간이었지만 잘못 보았을 리는 없다. 그것은 분명한 루시아의 얼굴이었다……. 그리고 그녀는 나에게 거짓말을 했다!

커티스는 꺽다리 앨릭의 집을 나가기로 결심했다. 역에서 하숙을 하리라. 불편하겠지만, 그래도 갈 수밖에 다른 도리가 없었다. 그는 가슴이 아팠다. 이젠 필드가 유령의 정체가 누구인지, 아니면 무엇인지를 밝혀내고 싶은 생각도 없었다. 밝혀내는 것이 두려웠다.

루시아는 그가 다른 데로 가겠다는 말을 하자 조금 창백해졌다. 그러나 아무런 말도 하지 않았다. 꺽다리 앨릭은 평소처럼 낙천적인 말투로 그게 가장 좋겠다고 동의했다. 앨리스는 눈에 눈물을 머금으며 찬성했다.

"물론 당신은 나가셔야만 해요. 이곳 상황은 당신에게는 아무런 상관이 없으니까요. 하지만 아아, 전 어떻게 하면 좋을까요?"

"자주 찾아뵙겠습니다."

"그래도 마찬가지예요. 당신은 자신이 제게 있어서 어떤 분인지를 모르실 거예요, 커티스. 커티스라 불러도 괜찮을까요? 당신이 사촌동생이나 조카처럼 여겨지는걸요. 사랑스러워서 견딜 수가 없어요. 하지만 저는 당신이 나가시게 된 것을 기뻐해야만 할 테지요. 이 저주받은 집은 당신에게 어울리는 곳이 아닙니다. 그럼 언제 떠나시나요?"

"나흘 뒤에 장로회에서 돌아와서입니다."

커티스는 장로회의 모임이 끝난 뒤에 기차를 놓쳤다. 서점에서 앨리스가 보고싶던 책을 찾느라 늦었던 것이다. 그래서 밤 기차를 타고 새벽 1시에 글렌 도널드에서 내렸다. 원래는 정차하지 않는 역이었지만 그는 차장과 아는 사이였고, 더구나 그 차장은 친절한 사람이라서 그 역에 세워주었다.

헨리 킬데어도 내렸다. 그는 차장과 연고가 없어서 렉스브리지까지 타고 갈 각오를 하고 있었다.

"겨우 3마일입니다. 그 정도야 얼마든지 걷지요." 차장은 그들이 플랫폼을 나왔을 때 그렇게 말했다.

"꺽다리 앨릭의 집에 들어가서 날이 샐 때까지 쉬었다가 가는 게 좋겠어요." 커티스가 헨리에게 권했다.

"전 싫습니다. 재산의 반을 빼앗긴대도 그 집에선 이제 단 하룻밤도 묵고 싶지 않아요. 목사님도 그곳을 나오시기로 했다던데 잘하셨습니다!" 헨리는 힘을 잔뜩 주며 말했다.

커티스는 대답하지 않았다. 그는 걸어가면서 누구하고도 함께 있고싶지 않았다. 더구나 헨리 킬데어 따위와는. 커티스는 와글와글 지껄여대는 헨리의 이야기를 한 귀로 흘려들으며 무뚝뚝하게 큰 걸음으로 걸어갔다. 바람이 세차고, 구름이 무겁게 드리운 밤이었고, 구름 사이로 달빛이 돌발적으로 빛나고 있었다. 커티스는 비참하고, 희망을 잃어 낙담하고 있었다. 그는 그렇게나 확신을 가지고 나섰던 수수께끼를 푸는 데 실패했던 것이다. 그는 사랑을 얻는 데, 또는 그녀를 구해내는 데 실패했던 것이다. 그는……

"자, 저는 여기서 헤어져서 바닷가까지 걸어서 가겠습니다." 헨리가 말했다.

"글렌 도널드 주위를 어슬렁거려봤자 이제 아무 의미도 없습니다. 사랑하는 여자를 손에 넣을 수가 없으니까요."

헨리에게도 사랑의 고뇌가 있었던 것이다.

"안됐군요." 커티스는 사교적인 말투로 말했다.

"안됐다구요! 정말이지 안된 일이지요. 목사님, 당신에겐 말씀드려도 괜찮겠지요. 당신은 인간적이고, 또 앨리스의 좋은 친구니까요."

"앨리스! 지금 말씀하신 건…… 하퍼 양 말인가요?" 커티스는 깜짝 놀랐다.

"그래요. 다른 사람이 아닙니다. 목사님, 저는 내내 그 사람이 걸어다니는 땅까지도 숭배를 할 정도였습니다. 몇 년이나 전에 윈스롭 할아버지 댁에서 일하던 무렵, 저는 그 사람에게 푹 빠졌었지요. 그녀는 그것을 전혀 몰랐습니다만. 물론, 결혼을 할 수 있을 거라는 그런 따위 생각은 하지도 않았습니다. 그쪽은 고귀한 필드 가문이고, 저는 보잘 것 없는 고용인에 불과하니까요. 하지만 전 그 사람을 잊을 수가 없습니다. 다른 여자에겐 흥미가 없었구요. 유콘(캐나다 서북부)에서 행운을 파냈을 때, 저는 스스로에게 이렇게 말했습니다. '자, 글렌 도널드로 곧장 돌아가서 만약 아직도 앨리스 하퍼가 결혼하지 않았으면 결혼해주겠느냐고 물어보자'고요. 몇 년 동안이나 그 집으로부터 소식을 듣지 못해서 앨리스의 사고소식도 몰랐지요. 목사님, 날 듯이 돌아와 지금의 그녀를 보았을 때는 엄청난 충격을 받았습니다. 게다가 더욱 나쁜 것은 저는 여전히 그녀를 사랑했던 것입니다. 그녀가 너무 좋아서, 그래서 다른 누구와도 친해지고 싶지 않았어요. 앨리스와 결혼할 수 없다면 대신에 다른 누구도 필요 없었습니다. 저는 바닷가의 멋진 집을 제 여자에게 사줄 정도의 많은 돈이 있고, 결혼하여 살림을 차리고 싶은데 말입니다. 운이 나빴던 거지요."

정말 그렇다는 듯 커티스는 고개를 끄덕였다. 그러나 속으로는 상대가 헨리 킬데어라면 앨리스가 결혼할 수 있고 없고는 그리 큰 문제가 아니라는 생각이 들었다. 그녀가 이렇게 거칠고 떠벌리는 사내를 좋아할 리가 없다는 건 확실했다. 그러나 킬데어의 목소리에는 진정이 넘쳤고, 그 당시의 커티스는 누구보다도 허무하게 살아가는 사람에 대해 진한 공감을 느끼고 있었다.

"저게 뭐지? 어어 저긴 필드가의 과수원께인데." 헨리가 놀라 외쳤다.

커티스도 동시에 그것을 보았다.

달이 떠서 빛나는, 대낮처럼 환한 과수원에 늘씬하고 가벼운 형체가 나무들 사이에 서 있었다.

"나왔다, 사, 살려줘." 헨리가 말했다.

말하는 사이에 그 그림자가 내달리기 시작했다. 커티스는 아무 말 없이 담을 뛰어넘어 뒤를 쫓았다. 헨리가 잠깐 머뭇거렸다가 뒤를 따랐다.

"목사란 녀석들은 죄다 따라가지도 못할 만한 곳에만 간다니까." 그는 투덜댔다.

헨리는 커티스가 집의 모퉁이를 돌아 뒤쫓는 상대가 현관에서 안으로 화살처럼 날아 들어가버린 바로 그때, 커티스를 따라잡았다. 커티스는 손안에 들어온 수수께끼의 해결이 또다시 멀어졌다는 생각이 들자 한 순간에 맥이 풀리고 말았다. 그때 한 자락의 뜨거운 바람이 거실 쪽에서 불어오더니 무거운 문이 쾅당 하고 닫혔고, 닫힌 문 사이로 달아나는 상대의 펄럭거리는 옷자락이 끼이고 말았다.

커티스는 계단을 뛰어올라가 그 드레스를 단단히 움켜쥔 다음, 문을 벌컥 열고는 그 안의 여자의 얼굴과 마주했다.

"당신은! 당신은! 당신은!" 그는 공포로 떨리는 목소리로 외쳤다.

앨리스 하퍼는 그를 뚫어져라 노려보았다. 하얀 얼굴이 분노와 증오로 일그러져 있었다.

"이 개 같은 자식." 쉰 목소리는 독과 악의로 가득 차있었다.

"당신……, 당신이었나요? 당신은…… 악마야!" 커티스는 외쳤다.

헨리 킬데어가 조용히 문을 닫았다. "아이고 목사님, 진정하세요. 상대가 숙녀라는 걸 잊지 마세요. 지나치게 법석을 떨지 말자고요. 다른 사람들을 깨워선 안 됩니다. 이곳 거실로 들어가 조용히 이야기를 합시다."

커티스는 그의 말대로 따랐다. 이렇게 눈앞이 아찔할 정도의 순간이라면 커티스는 아마도 들은 대로 무엇이든 했으리라. 헨리는 뒤를 따라 들어와서 거실 문을 닫았다. 앨리스는 도전적인 태도로 그들을 대했다. 당혹감에 휩싸인 커티스의 혼란스러운 머리 속으로 한 가지 분명하게 떠오르는 것이 있었다. 이 여자는 어째서 루시아와 이렇게나 닮은 것일까! 낮에는 혈색 차이 때문에 깨닫지 못했으나, 달빛에 빛나는 방에서 보니 꼭 닮았다.

커티스는 지독한 환멸과 비애라고 할 만한, 영혼의 상처에 떨면서도 뭔가 말을 하려고 애를 썼다. 그러나 헨리 킬데어가 막았다.

"목사님, 제게 맡기십시오. 당신은 좀 충격을 받으신 듯하니 그곳에 앉으세요."

커티스는 앉았다. 킬데어는 갑자기 엄숙하고 힘이 가득 넘치는 남자로 변한 것 같았다. 그가 말하는 대로 따르면 될 것처럼 보였다.

"자, 앨리스, 당신도 앉아." 그는 안락의자를 벽 쪽에서 가져와 그곳에 그녀를 부드럽게 앉혔다.

앨리스는 두 사람을 노려보면서 앉았다. 달빛 속에서 그녀는 아름답게, 맑은 푸른색의 얇은 실크를 화사한 몸에 우아하게 걸치고 있었다. 커티스는 어서 꿈에서 깨어났으면 좋겠다고 생각했다. 이것은 지금까지 꾸었던 가장 지독한, 최악의 악몽이었다.

헨리는 소파에서 몸을 일으켰다.

"자, 앨리스, 우리에게 모든 걸 애기해 줘. 말해야만 해. 그러면 우린 어떻게 해야 좋을지를 알게 될 거야. 이제 게임은 끝났어."

"알고 있어. 하지만 나는 지난 5년 동안 멋진 나날들을 보냈어. 그래, 난 그들을 지배하고 있었지. 침대 위에서 말이야. 내가 실을 잡아당기기만 하면 그들은 춤을 추었지. 내가 조종하는 인형처럼 말이야. 음침한 루시아도, 은혜라도 베푸는 듯한 태도의 앨릭도, 게다가 저기 상사병에 걸린 젊은 녀석도." 앨리스는 히스테릭하게 웃었다.

"그래, 그건 재미있었겠지." 헨리가 맞장구를 쳤다. "하지만 앨리스, 대체 어째서 그런 일을?"

앨리스는 괴로운 듯이 말했다. "나는 남에게 신세를 지거나, 내게 콧방귀를 뀌거나 은혜를 베푸는 것에 넌덜머리가 났어. 그게 나의 청춘이었어. 난 그저 불쌍한 친척이었으니까. 그래, 그들이 다 함께 식사를 할 때에도 난 뒤에 처졌다가 나중에 먹어야만 했지. 그들이 모여 있는 곳에서 말을 할 만큼 훌륭한 신분이 아니었던 거야. 그래, 난 그저 그들의 식탁을 정리하고, 그들이 먹을 것을 요리하는 정도의 사람밖엔 아무것도 아니었어. 난 증오했지, 그들을. 그중에서도 루시아가 가장 미웠어. 루시아는 누구에게나 사랑을 받았지. 개 아버진 어땠는지 알아? 하늘에서 부는 바람조차도 딸에게 너무 심하게 닿지 않게 할 만큼 사랑이 깊었지. 난 어둡고 숨이 막힐 듯한 다락방에서 자고 일어나는데, 루시아는 햇볕이 화창하게 드는 최고로 훌륭한 곳에 있었지. 루시아는 나보다 네 살 아래지만, 모든 면에서 자신을 나보다도 위라고 여겼어. 그들은 루시아를 학교에 보냈지. 하지만 아무도 내게 교육을 받게 하려는 생각 따윈 하지도 않았던 거야. 난 루시아보다 훨씬 머리가 좋았는데도 말이야."

"머리가 좋았다, 그래 맞아." 헨리가 기묘하게 말에 힘을 주며 동조했다.

루시아에 대해 이렇게 앨리스 하퍼가 아무렇게나 내뱉도록 놔둬서는 안 된다고 커티스는 생각했다. 그러나 몸은 마치 마비가 된 것만 같았다. 이건 꿈이다……, 나쁜 꿈이야……. 이럴 리가 없어……. 앨리스는 이야기를 계속했다.

"윈스롭 외삼촌은 내게 듣기 싫은 말만 했어. 난 그걸 하나하나 모조리 기억하고 있어. 생각나? 헨리."

"응, 할아버지에겐 그런 버릇이 있었지. 하지만 그리 큰 뜻은 없었어. 할아버지가 네게 좀더 친절하게 대해주었더라면 좋았을 것을. 그렇지만 할머니는 잘 대해주셨잖아."

"외숙모는 모두가 다 보는 앞에서 내 따귀를 때린 적이 있어. 그 뒤론 외숙모가 더 미웠지. 난 10주일 동안 외숙모에게 말을 하지 않았지만, 그쪽은 그걸 전혀 눈치채지 못하더군. 어느 날, 내가 19살 때였지. 외숙모는 이렇게 말했어. '내가 네 나이 무렵엔 이미 결혼을 했었단다'라고 말이야. 내가 결혼하지 않았던 건 누구 때문이었을까? 난 또래의 젊은 아이들과 함께 돌아다니는 게 싫었어. 젊은 녀석들은 나를 얕본다는 걸 알고 있었으니까."

"바보였군. 그건 네가 그렇게 생각한 것뿐이야." 헨리가 말했다.

"로라 그레고어가 언젠가 내게 남의 동정에 기대어 살아간다고 했던 말이 나를 막다른 길에 이르게 했어." 앨리스는 떨리는 목소리로 되받았다. "만약 내가 루시아처럼 좋은 옷을 입었다면 로이 메이저도 나를 쳐다봐 주었을 텐데. 하지만 난 볼품이 없고…… 너저분했어. 난…… 난 로이가 좋았어……. 그 사람의 사랑을 받을 수만 있다면, 무슨 일이든지 할 작정이었지."

"기억하고 있어. 난 얼마나 그 자식을 질투했는지 몰라." 헨리가 옛 일을 떠올리며 말했다. 앨리스는 마치 그의 말이 들리지 않는 것처럼 말을 이어갔다.

"메리언 리스터가 로이하고 결혼하기로 했다면서 내게 들러리를 서달라고 부탁하러 왔을 때 난 메리언을 죽여버리고 싶었지. 하지만 승낙했어. 메리언은 나를 전혀 의심하지도 않았어. 승리에 도취한 얼굴로 말이야. 결혼식 날, 나는 가슴이 찢어질 것만 같았지. 그래서 하느님께 기도를 했어. 이 괴로움을 누군가에게 복수해 줄 힘을 내게 달라고 말이야."

"쯧쯧, 가련하게도." 헨리는 말했다.

"20년 동안 내 삶은 그런 것이었어. 그 뒤에 나는 대들보에서 떨어졌어. 처음엔 정말로 마비되었지. 몇 달이나 움직이지 못했으니까. 그러다가 내가 움직일 수 있게 됐음을 알았지만 난 그대로 있었어. 생각난 것이 있었거든. 그들에게 벌을 줄 방법을 찾아낸 것이지. 그들을 지배할 방법을 말이야. 아아, 난 그때 기뻐서 웃었어."

그러더니 앨리스는 다시 웃었다. 커티스는 그러고 보니 지금까지 그녀의 웃음소리를 단 한 번도 들은 적이 없었음이 생각났다. 뭐라고 표현도 못할 정도로 불쾌함으로 가득 찬 울림에서 그는 유령이 나오던 날 밤의 기억이 머리를 스쳐 지나갔다.

"내 계획은 뜻대로 되어갔지. 의사를 속이는 건 무리가 아닐까 걱정하기도 했지만, 하지만 그것도 간단했어. 무척이나 간단했지. 스스로를 지적이라고 여기는 녀석들을 속여넘기는 게 얼마나 손쉬운 일인지는 꿈에도 생각지 못했거든. 의사 놈들이 잔뜩 찌푸린 얼굴로 진찰을 하는 동안 나는 마음속으로 얼마나 웃었는지 몰라. 난 결코 불평하지 않았지. 참을성 있게, 성자처럼, 영웅 같아야만 했어. 윈스롭 외삼촌은 몇 명이나 되는 전문가를 불러왔지. 마침내 외삼촌은 병신이 되어버린 조카딸 때문에 결국 돈을 써야할 처지에 빠진 거야. 의사들의 눈을 속이는 것 따위는 갓난아기 손목 비틀기보다 쉬웠지. 다만 닥터 클리퍼드는 예외더군. 그 선생만은 어렴풋이 눈치를 챈 것 같았어. 그래서 난 더 이상 의사에게 진찰을 받는 일을 그만두기로 했지. 집안의 모든 작자들이 내게 그럭저럭 굽실거렸어. 아아, 그들 모두에게 그렇게 힘을 휘두르는 것이 얼마나 기뻤는지 몰라. 모두가 경멸하던 내가 말이야. 그들에겐 나 따윈 그때까지 손톱만큼도 소중하지 않았는데, 이젠 내가 집안에서 가장 중요한 인물이 된 거였어. 내게 봉사하기 위해 루시아는 집으로 돌아왔지. 그 아인 그걸 자신의 '의무'라고 여겼던 거야. 루시아는 늘 진지하게만 생각하거든."

앨리스는 악의로 가득 찬 눈으로 커티스를 쏘는 것처럼 노려보았다.

"나의 강한 참을성에 대해 사람들은 천사라는 둥 떠들더군. 특히 셸던 씨는 날 성녀라고 했고, 모두가 날 글렌 도널드의 천사라 부르게 되었어. 한 번은 나흘 동안 단 한 마디도 안 했더니, 글쎄 집안 녀석들이 당황하여 어쩔 줄을 모르는 거야. 나는 루시아에게 등과 어깨를 매일 밤 반시간 동안 주무르게 했어. 개한텐 무척이나 힘든 운동이 되었고, 나한텐 엄청난 즐거움이었지. 가끔은 심하게 고통스러운 척도 했어. 방을 어둡게 해놓고, 경우엔 따라서는 몇 시간이나 신음소릴 내거나 하면서 말이야. 난 루시아에게 약간의 훈련이 필요하다고 판단될 때마다 발작을 일으켜주었어. 그러다가 앨릭이 에드나 폴록과 결혼하길 원한다는 걸 알았는데 그건 나한텐 마음에 들지 않는 얘기였지. 그렇게 되면 루시아는 저 좋은 대로 어디론가 가버리지 않겠어? 에드나는 나를 지금처럼 충분하게 보살펴주려 하지 않을 테고 말이야. 또 폴록 따위는 필드 가문의 일원이 될 정도의 가치가 없었어. 그때 유령을 연기하면 어떨까 하는 생각이 스친 거야.”

“자, 이제 재미난 부분에 다다랐군. 방에 자물쇠를 걸게 해놓고 그런 아슬아슬한 재주를 부리다니 대체 어떤 방법을 쓴 거지?” 헨리가 물었다.

“내 방에 있는 옷장 뒤의 벽은 트여 있지. 옷장과, 다락방으로 가는 계단이 있는 작은 방과의 사이는 그냥 판자로 구분이 되어있을 뿐이거든. 난 어렸을 때 그 칸막이 판자 가운데 두 장은 간단히 소리도 내지 않고 슬그머니 미끄러트려 열 수 있다는 걸 알아냈지. 난 영리한 필드 가문 놈들이 아무도 모르는 일을 안다는 것이 기뻐서 그걸 비밀로 해두었어. 그렇게 해서 트인 곳으로 살며시 드나드는 것 따윈 식은 죽 먹기더군. 자물쇠가 걸린 문 덕택에 절대로, 아무도 날 의심하진 않았지.”

“하지만 어떻게 다락방에서 나올 수가 있었지? 오르내리는 통로는 하나밖에 없는데.”

“남을 속이는 건 간단했다고 하지 않았던가? 그곳엔 이불, 그러니까 내 이불이 가득 들어 있다고 모두가 단단히 믿고 있는 커다란 상자가 있지. 필드가의 할머니가 내게 그 이불을 남겨 주셨거든. 사실은 말이야, 그 커다란 상자는 빼곡이 들어 차 있지가 않아. 이불과 널빤지에는 상당한 틈새가 있어서 난 그곳에 숨어 들어가 있었던 거야. 누군가가 다락방 계단을 올라오면 내겐 반드시 들리지. 그 계단 가운데 삐걱거리는 게 두 개 있거든. 난 결코 그 계단 두 개는 밟지 않지만. 누군가가 오는 소릴 들으면 난 상자 뚜껑을 닫고 두껍게 개켜진 이불을 한 장 머리 위에 덮어쓰지. 몇십 명이나 되는 사람이 그 뚜껑을 열고는 언뜻 양모 이불로 가득하다는 걸 확인하면 다시 뚜껑을 내리더군. 번스 씨도 두 번인가 그렇게 했었지. 난 그 안에서 그 양반을 비웃고 있었어. 이놈 저

놈 할 것 없이 그 정도로 다 멍청한 녀석들이었지. 하지만 난 영리했어. 당신들은 내가 훌륭한 여배우란 사실은 부정하지 못할걸. 난 어린 시절에 무대에 서보고 싶었거든. 그걸 윈스롭 외삼촌은 바보 취급을 하고 고압적인 태도로 '네가 연기를 할 수 있을 거라고 생각하는 게냐?'라고 비웃었어. 그런데 지금이라면 외삼촌은 뭐라고 하셨을까? 외삼촌의 웃음소리로 사람들을 공포에 몰아넣는 건 재미있었지. 난 말이야, 외삼촌의 목소리를 똑같이 그대로 흉내낼 수 있어. 외삼촌 외에 안나 마시도 말이야."

"당신은 옛날부터 흉내내기에 능숙했지. 하지만 이미 없애버린 요람이 흔들렸던 건 어째서지?" 헨리는 동의했다.

"난 요람 따윈 만진 적도 없어. 느슨해진 판자를 삐걱삐걱 움직이면 요람이 흔들리는 소리가 났던 것 뿐이야. 커다란 상자에 들어가 앉은 채로 솜씨 있게 그렇게 하는 거야 누워서 떡 먹기였지. 물론 난 빈틈없이 기회를 엿본 다음에 했어. 몇십 번이나 붙잡힐 뻔했지만 정말로 붙잡힌 적은 절대로 없었지. 난 달이 밝은 밤에는 그리 속임수를 쓰지 않았어. 한 번은 재미 삼아 의자에 올라가 헛간의 편평한 대들보 위를 걸은 적이 있었는데, 하지만 그건 너무 위험했어. 지나가는 사람한테 들키고 말았거든. 사람이 망을 보거나 하면 때로는 아무것도 하지 않을 때도 있었지. 그런가 하면 느닷없이 나타나는 게 재미있기도 했어. 대개 난 난간을 미끄러져 내려갔지. 그러는 편이 조용하고 빠르거든. 그날 밤의 분량이 끝나버릴 때까지 계단 밑에선 절대 소리를 내지 않았어. 미리 도망칠 길을 계획하지 않고는 아무것도 하지 않았지. 만일 옷장 있는 곳으로 돌아오지 못하더라도 숨을 곳은 잔뜩 있으니까. 내가 연주한 것은 너의 낡은 바이올린이야, 헨리. 네가 가버렸을 때 그걸 옷장 판자 맞은편에 감춰놓았거든. 모두가 루시아를 의심하기 시작했을 때, 내가 너무 흥분해서 꽥꽥 소릴 질렀더니 필시 모두들 지나치게 감싸는 게 이상하다고 생각한 모양이더군."

"그 피 묻은 발자국과 저주글은?" 헨리가 물었다.

"아아, 필드가에선 닭을 잔뜩 기르고 있지. 숫자 따윈 센 적도 없을걸. 저주글은 문장을 만들어내느라 한참 골머리가 아팠지. 효과가 있을 듯한 성경 글귀 가운데서 찾아냈어. '그대의 집에 노인은 없으리라'. 그걸 보더니 앨릭은 자기가 요절을 하는가보다고 생각했지, 아마?"

"매기 엘긴의 머리칼을 자른 것도 당신이었나?"

"물론. 단 한 번, 그 처녀는 방문을 잠그는 걸 잊은 적이 있지. 줄리아가 돌아와 주는 편이 내겐 훨씬 사정이 괜찮았거든. 어느 날 밤인가는 이제 끝장이구나 생각했지. 당신에게 빈방의 창문에 비친 내 얼굴을 들킨 줄 알았거든."

그렇게 말하면서 커티스 쪽을 몸짓으로 가리켰으나 그는 눈을 들지 않았다. 악의가 앨리스의 얼굴에 떠올랐다.

"가장 커다란 즐거움은 루시아를 괴롭히는 것이었지. 언젠가 난 아침에 열이 있는 척을 했어. 그랬더니 루시아는 체온계를 나의 혀 밑에 넣더군. 루시아가 나가자 나는 그것을 쟁반 위의 따뜻한 찻잔 속에 꽂아 넣었지. 루시아가 돌아오는 낌새를 느꼈을 때 원래처럼 입 안에 넣었어. 나의 체온은 섭씨 41도였어. 루시아는 깜짝 놀라서 크게 당황하여 의사에게 전화를 걸었지. 의사가 와서 단호하게 내 체온은 정상이라고 말했어. 루시아는 자신이 바보 같은 실수를 저질렀다고 여기곤 얼굴이 새빨개지더군. 아아, 그거야말로 필드의 자부심이 땅에 떨어지는 순간이었지. 루시아가 애착을 갖고 있던 자작나무를 잘라 넘어뜨렸을 때는 도끼질을 할 때마다 나는 희열을 느꼈어."

여전히 커티스는 몸을 꼼짝도 하지 않았다. 앨리스는 그를 향해 이야기를 계속했다.

"당신이 이곳에 하숙을 하러 와서 매우 기뻤지. 난 젊은 목사가 좋거든. 나이 든 셸던은 이제 지긋지긋하고 넌덜머리가 나던 참이었으니까. 그래도 그의 아내가 살아 있을 때는 그 사람을 내 앞에 부르는 것도 얼마쯤은 재미가 있었지. 나이 든 부부이긴 하지만, 안주인은 내게 질투를 느꼈으니까 말이야. 셸던 씨가 나의 성녀다움을 얼마나 숭배하는지를 신경 쓰는 사람이 없어져 버리니까 더 이상 셸던 씨는 필요가 없더군. 게다가 난 당신 따윈 두렵지도 않았고. 당신도 다른 녀석들과 마찬가지로 간단히 속아 넘길 수 있다고 생각했으니까. 하지만 곧장은 내보낼 수가 없어서 한동안 얌전히 지내기로 했지. 당신과 유령 애기를 매우 진지하게 하는 게 얼마나 재미있었는지 몰라. 이윽고 당신은 나의 사촌을 사랑했어. 때문에 난 당신을 내보내야겠다고 작정한 거야. 루시아도 속으론 당신한테 푹 빠져 있는 걸 난 알았거든. 필드가의 다른 사람과 마찬가지로 꽤나 능숙하게 속마음을 숨기고 있었지만 말이야. 그런데도 당신이 나가겠다고 말했을 때, 내가 비쳤던 석별의 눈물은 티끌이 요만큼도 없는 진실된 눈물이었지. 정말이지 내가 얼마나 당신을 좋아했는지 당신은 모를 거야."

앨리스는 다시 웃었다. 그 눈이 달빛에 번쩍 하고 빛났다.

"전화는 어떻게 한 거지? 난 전화벨이 울릴 때 거실에 있었어. 가까이에는 아무도 없었지." 헨리가 물었다.

"아아, 그거하곤 난 전혀 관계가 없어. 누군가 동네 남자아이들이 재미 삼아 장난을 친 모양이야. 자주 있는 일이지. 유령 소문이 없는 보통 집에서였다면 아무런 문제도 되지 않았겠지만 여기선 그게 이야기를 부풀리는 데 커다란 역할을 한 거야. 그리고 앨릭의 돈 사건은 내가 아니야. 마시가 조무래기의 짓이겠지, 의심할 여지도 없어. 아마도 줄리아가 아닐까 싶지만 누구든 그 집안 작자야. 콤바인이 든 헛간에 불을 지른 것도 내가 아니야. 아마 이 근처를 어슬렁거리던 불량배의 짓이겠지. 어쨌든 그 건에 대해선 난 아무것도 몰라.”

“좋아, 좋아, 난 그 소릴 들으니 기뻐. 어쨌든 간에 그런 일은 아무래도 마음에 들지 않으니까 말이야. 이제야 내 길이 보여. 넌 정말로 다른 사람들과 마찬가지로 걸을 수 있는 거냐고?” 헨리는 안도한 기색으로 말했다.

“물론 걸을 수 있고말고. 튼튼하게 하기 위해 걷는 훈련도 해왔고, 밤에는 충분한 운동도 했으니까. 자, 이제 어떻게 할 셈이지? 신사 양반들, 재판관 나으리? 얼간이인 앨릭과, 아직 어리고 음침한 루시아에게 일러서 나를 쫓아내려 하겠지? 그들이 그냥 놔두라고 한다 해도 난 이제 이곳에 살 생각은 손톱만큼도 없어. 이 길로 굶어죽겠어.”

“아니, 굶어죽거나 할 필요 없어. 없고말고. 목사님은 앨릭과 루시아에게 말을 할지도 모르지만, 난 그런 것 따위 알 바 아니야. 내게 관심이 있는 건 오직 너뿐이야. 결혼해서 다른 곳으로 데려가고 싶어. 난 바로 그 때문에 돌아온 거니까. 네가 침대에 누워만 있다는 걸 알고 무리라고 포기했었지. 하지만 그렇지 않다면 문제는 없지 않겠어?” 헨리가 위로하듯 말했다.

“넌…… 내가…… 이래도 아직도 좋아해 주는 거야?” 앨리스는 천천히 말했다.

“아홉의 신께 맹세하지. 난 네가 한 행동을 전혀 신경 쓰지 않아. 넌 내가 일생을 통해 바라던 여자였으니까. 결혼해 줘. 바닷가 지방 어딘가로 데려가겠어. 이제 이곳 사람들과는 두 번 다시 만나지 않아도 돼.” 헨리의 말에 강한 힘이 들어 있었다.

“오늘 밤 안으로 여기서 날 데리고 나가 줘……, 지금.” 앨리스는 강하게 요구했다.

“좋고말고. 지금 당장 역으로 가자. 마침 출발시간에 닿을 것 같

아. 그리고 렉스브리지로 가서 결혼하자. 그래도 괜찮겠수, 목사
님?"

"좋지…… 않겠습니까?" 커티스는 슬프게 말했다.

헨리는 몸을 굽혀 앨리스의 팔을 부드럽게 다독였다.

"모든 것이 해결되었어. 자, 가자. 네게 여왕 같은 집과 옷치장을
해주겠어. 하지만 들어둬, 잘 들으라고. 이제 계략은 이걸로 끝이
야. 더 이상 무슨 계략을 꾸며선 안 돼……. 헨리 킬데어에겐 더
이상의 꾀는 부리지 않는 거야. 알겠지?"

"알……겠어." 앨리스는 말했다.

"이층으로 가서 준비해 가지고 와. 그 옷 말고 달리 입을 게 있겠
지?"

"오래된 진한 청색의 슈트와 모자는 있어." 들릴 듯 말 듯 앨리스
가 말했다.

"그런데 목사님, 뭔가 하실 말씀이 있으십니까?" 헨리는 그녀가
자리를 떠나자 그렇게 물었다.

"없습니다."

헨리는 고개를 끄덕이며 말을 이었다.

"가장 좋은 방법인 것 같습니다. 이런 일을 어떻게 말해야 좋을지
모르겠습니다만, 하지만 사실은 사실이니까요."

헨리 킬데어와 앨리스 하퍼의 일은 이렇게 깨끗하게 막을 내리게
되었다. 거실에서 옆을 지나가는 그녀가 순간 발길을 멈췄을 때에도
커티스는 아무런 말도 하지 않았던 것이다.

"저를 미워하세요……. 저를 증오하시라고요." 앨리스는 격렬한
어조로 말했다.

"당신의 증오는 전혀 마음에 거슬리지 않지만, 관대함에는 견딜
수가 없어요."

글렌 도널드를 불길처럼 휩쓴 이 믿기 힘든 소문을 듣고 다음 날

밤, 셸던 씨가 찾아왔다. 그는 커티스의 말을 듣더니 고개를 흔들었다.

"어이구, 시간이 흐르면 머릿속에 들어와 이해가 잘 되겠지만, 지금은 아무래도 믿어지지가 않는군. 그 한 마디가 다일세. 우린 꼭 꿈이라도 꾼 것 같구면."

"모두들 그런 심정이겠지요. 앨릭과 루시아는 하루 종일 어찌 할 바를 모른 채 눈앞이 캄캄한 모양입니다." 커티스가 말했다.

"내가 가장 화가 나는 건 말이야. 그 여자의…… 그 여자의 위선이야. 우리가 하는 일에 감 놔라 대추 놔라 꽤나 관심이 있는 척했지 않은가 말이야." 셸던 씨는 떨리는 목소리로 말했다.

"그건 거짓이 아니었는지도 모릅니다, 셸던 씨. 그녀 성격의 진정한 일면이었는지도."

"그런 건 믿을 수가 없네."

"이상 성격의 경우엔 믿을 수 있는 것 따윈 아무것도 없습니다. 정상적인 사람과 똑같은 기준으로 그녀를 판단할 수는 없으니까요. 앨리스는 결코 정상적인 상태가 아니었습니다. 그녀의 말로 알 수 있었지요. 유전의 영향이 있었던 것 같아요. 아버지와 할아버지가 알코올 중독자였으니까요. 선대 사람들의 행동을 지금에 와서 고치려는 건 무리입니다. 사랑하는 남자의 결혼식으로 인해 억압되었던 감정의 쇼크가 그녀의 정신에 커다란 혼란을 일으킨 것이지요."

"헨리 킬데어도 힘들겠군."

커티스는 어린애처럼 이를 보이며 웃었다.

"그렇지도 않을걸요. 아주 오래전부터 바라던 여자를 얻었으니까요. 게다가 틀림없이 셸던 씨, 그는 앨리스를 능숙하게 조종해 나갈 겁니다. 게다가 결혼과 가정과 부귀, 이건 모두 앨리스가 그토록 바라던 것들 아닙니까? 그런 것들 모두가 그녀에게 좋은 영향을 미칠지도 모릅니다. 하지만 절대로 다이아몬드를 자랑하러 글렌 도널드에 돌아오는 일은 없을 겁니다."

노을 빛 속을 지나 문으로 돌아온 커티스는 포치에서 루시아와 얼굴을 마주쳤다. 그녀는 슬그머니 자리를 피하려 했으나 그는 기쁨으로 용기를 내어 그녀를 붙잡았다.

"사랑스러운 사람, 이젠 내 얘기를 들어주겠지요. 틀림없이 당신은…… 당신은……."

조크가 잔디를 가로질러 다가왔다.

루시아는 몸을 비틀어 커티스의 포옹에서 벗어났다. 그러나 그녀가 달려가 버리기 바로 전에 커티스는 이 세상에서 가장 매혹적인 소리를 들었다. 사랑하는 사람에게 붙들린 여자의 사랑스러운 복종의 웃음소리를.

Miss Calista's Peppermint Bottle
미스 컬리스터의 페퍼민트 병

미스 컬리스터는 어찌 할 바를 모르고 있었다. 오랜 세월에 걸쳐 그녀의 오른 팔이었고, 그녀의 행동방식에도 잘 따라주었던 케일렙 크램프가 뒤를 이어 일할 사람도 구하지 못했는데 금광지로 유명한 클론다이크 지방으로 가버린 것이다. 그러나 그를 이를 만한 인물은 좀처럼 나타나지 않았다. 그러는 동안 미스 컬리스터는 주위를 차분하게 둘러보았다. 한동안은 기다릴 여유가 있다. 추수는 완전히 끝났고, 가을에 파종할 밭은 다 갈아놓은 상태라서, 그렇지 않은 경우에 비하면 케일렙의 후임 문제는 그리 급하지 않을 것이었다. 성에 차지 않는 사람들뿐이었지만 일을 하겠다는 사람은 많았다. 미스 컬리스터는 친절하고 관대한 성격의 여주인으로 알려져 있었다. 다만 그녀에게는 그녀만의 독특한 '격식'이 있으며, 온유하게 또한 확고하게 그 격식에 대해 진심에서 우러나는 복종을 강요하는 것이었다. 그녀에게는 얼마 되지 않지만 매우 기름진 농토와 쾌적한 집이 있으며, 고용인들은 안락하게 지내고 있다. 케일렙 크램프는 그 나름대로 완벽을 추구한 사람이었다. 그래서 미스 컬리스터도 케일렙에 버금가는 인재가 있으리라고는 기대하지 않았다. 그러면서도 어느 정도의 필요조건은 설정해놓고 있었다. 그래서 미스 컬리스터는 당분간 이웃 소년의 약간의 도움으로 그럭저럭 견딜 수밖에 없었다. 케일렙이 떠난 지 3주일이 지났는데도, 사람들이 몹시도 탐을 내던 자리인 그의 뒤를 이을 사람을 아직 구하지 못한 상태였다.

분명히 미스 컬리스터는 얼마간 기분이 우울했다. 그러나 한층 추워질 11월의 황혼 무렵에 창가에 앉아서 생각에 잠긴 것은 자신 때문이 아니었다. 고용인들의 타락에 관한 이런저런 생각과, 이제 슬슬 밀을 탈곡할 때가 되었고, 집에 바람막이도 둘러쳐야 하고, 그 외에도 잡다한 일을 해야만 한다는 생각을 하고 있었던 것이다.

그날 오후, 체스 메이빈이 케일렙의 빈자리에 취직하고 싶다며 찾아왔을 때, 미스 컬리스터는 지금까지 지불해 본 적이 없는 싼 임금을 제시하며 그래도 일을 하겠느냐고 물었다. 그러나 체스 메이빈은 퉁명스럽게 거절했다. 미스 컬리스터는 마치 모리스베일 거리의 술에 취한 제이크 스틴슨에게 거절을 당한 것처럼 어쩔 줄을 몰라했다.

미스 컬리스터가 체스 메이빈에게 특별히 편견이 있다거나 뭔가 그를 신용하지 않을 만한 구체적인 예를 알고 있었던 것은 아니다. 다만 무의식중에 밑바닥의 사람을 억눌러놓고 모든 출세의 기회를 막아 보려는 세상의 전례에 따른 것뿐이다. 하나가 이루어지면 만사가 형통한다는 말은 거꾸로도 진리가 된다. 한 가지가 어긋나면 만사가 어긋나는 것이다. 쿠퍼스타운 주민들은 누구나 속으로 미스 컬리스터가 체스를 거절한 것을 당연하다고 여겼으리라.

체스 메이빈은 네댓 살은 더 먹어 보였으나 아직 겨우 열여덟 살이었다. 그가 뭔가 분명한 나쁜 짓을 저질렀다는 증거를 보고 증명된 적은 없지만 그런 의혹을 받지 않는다고는 할 수 없었다. 비천한 집안에서 태어난 사람이라며 사람들은 다 안다는 표정으로 말했고,

뼈 속에서 자란 것은 반드시 인간성으로 나타나는 법이라고 덧붙이는 것이었다. 그의 아버지인 샘 메이빈은 모두가 아는 것처럼 무능하고 교활한 사람으로 극빈자 수용소에서 생을 마감했다. 어머니는 그가 갓난 아기였을 때 세상을 떠났고, 그에겐 그런 불행한 유전의 어두운 그림자가 드리워져 있긴 했지만 그럭저럭 자라났다. 그는 늘 사람들로부터 의심의 눈길을 받았으며, 마을 안에서 뭔가 나쁜 일이 생기면 대개는 적당하고 손쉬운 속죄양으로 그를 지목했다. 그는 비뚤어지고 게으른 사람으로 여겨졌다. 그리고 마을의 예언자들은 늦든 이르든 녀석에겐 좋지 못한 최후가 기다리고 있다고 주장하는 데 동조하기를 머뭇거리지 않았고, 뿐만 아니라 그것이 실현되는 방향으로 그가 원만히 나아가도록, 모든 면에서 그를 그런 쪽으로 열심히 몰아가고 있었다. 미스 컬리스터는 체스 메이빈을 11월의 해질 무렵의 차갑고 어슴푸레한 어둠 속으로 내쫓음과 동시에 머릿속에서도 쫓아냈다. 마침 그때, 그녀에게는 샘 메이빈의 장래가 유망한 아들보다도 훨씬 중대한 일이 있었던 것이다.

집에는 미스 컬리스터 외엔 아무도 없었다. 이 일 자체는 그리 염려할 것도 이상할 것도 없지만, 실로 500달러나 되는 현금이 식기장식장의 위칸 오른쪽 서랍에 들어 있는 것은 예삿일은 아니었다. 미스 컬리스터는 그게 염려스러웠다. 돈은 전날까지는 안전하게 밀레지빌 은행 금고 안에 있었다. 그러나 그 은행에 관해 좋지 않은 소문이 떠돌았으므로 위험한 다리는 건너지 않는 미스 컬리스터로서는 오늘 아침 일찍, 은행에 가서 예금을 찾아 가지고 온 것이었다. 내일 날이 밝는 대로 케리타운으로 가서 그곳의 저축은행에 예금할 참이었다. 하루라도 집에 놔두는 것은 당치도 않았다. 실제로 오늘밤 하루라도 이것을 놔두어야만 한다고 생각하면 한 시도 걱정을 누를 길이 없었다. 그런 사연을 그녀는 그날 오후에 뒤뜰에서 서서 늘 하던 대로 이런저런 이야기를 나누다가 그만 갤러웨이 부인에게 말했던 것이다.

"절대로 안전하다고 하지 못할 것도 없어. 집에 그게 있다는 건 당신밖엔 모르니까. 하지만 말이야, 혼자서 그런 거금을 지니는 데 익숙하지도 않을 뿐더러 늘 부랑자들이 어슬렁거리잖아. 아무래도 걱정이 돼서 견딜 수가 없어. 케일렙이 이곳에 있었다면 그런 일 따윈 손톱만큼도 걱정할 필요가 없었을 텐데. 혼자서 있으려니 무섭기만 해."

미스 컬리스터는 그날 밤, 잠자리에 들 시간이 되어서도 여전히 얼마간 두려워하고 있었다. 그러나 그녀는 분별력이 있는 여자였으므로 얼토당토않은 두려움에 지지 않으리라고 마음을 단단히 먹고, 평소 습관대로 출입문과 창을 주의 깊게 잠그고는 빗장이 틀림없이 안전한지를 확인했다. 오직 한 군데, 뒷마당을 향한 식당 창문만이 닫혀 있지 않았다. 사실은 완전히 망가진 것이다. 그러나 미스 컬리스터가 스스로에게 말한 대로 그곳은 여섯 해나 전부터 그렇게 망가져 있었고, 지금까지 그곳으로 들어오려 했던 사람이 없었는데, 그게 누구든 간에 공교롭게도 오늘밤에 그런 일이 일어나리란 생각도 들지 않았다.

미스 컬리스터는 잠자리에 들었고 걱정에도 불구하고 곧바로 깊은 잠에 곯아떨어졌다. 그러나 한밤중이 꽤 지났을 무렵, 문득 잠에서 깨어 침대 위로 똑바르게 몸을 일으켰다. 깊은 밤중에 잠에서 깨는 일은 매우 드문 일이었다. 그래서 무슨 소리 때문이 아닐까 싶어서 숨을 죽이고 귀를 기울였다. 그녀의 방은 식당의 바로 위이며, 스토브 굴뚝 구멍이 천장을 뚫고 지나 그녀의 베개맡을 지나고 있었다.

'틀림없어. 뭔가, 혹은 누군가가 아래층 방에서 살금살금 돌아다니고 있어. 고양이는 아니야. 고양이는 자기 전에 장작 헛간에 가두어 놓았기 때문에 나왔을 리가 없어. 틀림없이 거지나 부랑자나

뭐 그런 것이 분명해.'

미스 컬리스터는 아직 보지도 않은 도둑으로 인해 이런저런 상상과 겁에 질리긴 했어도, 그녀는 당장 눈앞에 위험이 닥치면 냉정하고 다부져졌다. 제아무리 잘난 강도에도 지지 않을 정도로 소리도 내지 않고 재빠르게 침대를 나와 옷을 입었다. 그런 다음 까치발로 거실로 나왔다. 새벽녘의 달빛이 거실 창으로 새어 들어와 그녀가 집 안을 살피기엔 충분하게 밝았다. 아래층으로 내려가 이상한 소리에도 움츠리지도 않고 식당의 열어제쳐진 문으로 순조롭게 돌진했다.

식기 장식장 앞에, 열린 서랍 속에 꼼꼼히 정리해 놓은 것을 재빠르게 낚아챈 남자가 서 있는 것이 맑은 달빛에 어슴푸레하게 보였다. 한밤중의 침략자는 문계에 완고하게 움직이지 않는 미스 컬리스터의 모습에 깜짝 놀라 뒤를 돌아보았고, 채 말이 되어 나오지 않는 비명소리를 지르며 날아올랐다. 그러나 표적은 그 용기 있는 부인이 아니라, 자신의 등 뒤에 있는 열린 창이었다.

미스 컬리스터는 상대가 달아나려고 하는 것을 알아채자 능숙하게 한방 갈겨주겠다는 여자다운 충동에 휩싸였다. 그래서 맨 처음 손에 잡히는 것을 움켜쥐고 무례한 손님을 향해 내던졌다. 그것은 식기 장식장 위에 있었던 페퍼민트 에센스 병이었다.

이 미사일은 달아나는 도둑이 창에서 뛰어내리려는 순간, 어깨에 정확히 명중했다. 병의 유리가 조각조각 깨어져 바닥에 흩어졌다. 다음 순간, 미스 컬리스터는 자신이 홀로 반쯤은 방심한 상태로 식기 장식장 옆에 서 있음을 깨달았다. 모든 일이 번개처럼 빠르게 지나갔고, 마치 희미해져 가는 악몽의 끝인 것처럼 보였다. 그러나 열어제쳐진 서랍과 유리 파편이 달빛에 빛나는 창문은 결코 꿈이 아니었다. 미스 컬리스터는 이내 정신을 가다듬고 창문을 닫고 램프를 켠 다음, 깨진 병을 주워 모으고 도둑질을 하려했던 사내가 달아나는 바람에 넘어진 의자를 다시 일으켜 세웠다. 식기 장식장을 살펴보니 애지중지하던 500달러는 흐트러지지 않은 서랍 속에 그대로 있었다.

미스 컬리스터는 날이 샐 때까지 그곳에서 엄중히 경계를 섰고 사태를 철저하게 분석했다. 마지막으로 그녀는 이 사건은 아무에게도 말하지 않겠다고 결심했다. 도둑의 거처도 신원도, 사소한 단서조차도 없었다. 소동을 피워봤자 소용이 없을 테고, 그 결과는 전혀 상관도 없는 사람을 의심하게만 할 것이었다.

아침이 되자 미스 컬리스터는 곧장 출발하여 케리타운으로 향했다. 돈은 무사히 곧바로 예금할 수가 있었다. 그녀는 은행을 나서면서 안도의 한숨을 쉬었다.

이제야 겨우 다시 한 번 삶을 즐길 수 있게 된 것 같다고 그녀는 혼잣말을 했다. "아휴, 만약 그 돈을 단 1주일이라도 혼자서 지켜야만 했다면 나중엔 완전히 머리가 돌아버렸을 거야."

미스 컬리스터는 시내에서 꼭 사야 할 것과 찾아가야 할 친구가 있었으므로 다시 쿠퍼스타운으로 돌아왔다. 성냥을 한 다발 사러 모퉁이 상점에 들렀을 때는 울적한 가을 해가 거의 저물어가고 있었다.

가게 안은 사람으로 가득했고, 모두들 난로를 에워싸고 담배를 피우거나 이야기를 나누고 있었다. 담배 연기를 무척이나 싫어하는 미스 컬리스터는 되도록 빨리 나오고 싶었으나 에비럼 펠이 먼저 온 손님을 상대하고 있었으므로 차례를 기다리면서 카운터 옆에 근엄한 표정으로 앉아 있었다.

문이 열렸다. 11월의 해질녘에 마른 나뭇잎과 함께 들어온 것은 체스 메이빈이었다. 그는 퉁명스럽게 펠 씨에게 고개를 끄덕이더니 맞은편 끝에 있는 사내에게 말을 전하기 위해 가게 안을 지나갔다.

미스 컬리스터는 그가 앞을 지나갈 때 고개를 들고 군마(軍馬)가

전쟁 냄새를 맡는 것처럼 코를 킁킁댔다. 담배 냄새는 강렬했고, 카운터에 놓인 뚜껑 열린 상자에서 나는 말린 청어 냄새도 강했다. 그러나 미스 컬리스터는 분명히 시골 식료품점의 너저분하게 섞인 냄새 가운데서 한순간 페퍼민트 냄새를 포착했다. 매우 강렬한 냄새였다. 그 냄새에 대해선 전혀 의심의 여지가 없었다. 체스 메이빈이 들어올 때까지 전혀 그런 냄새가 나지 않았던 것이다.

그는 오래 머무르지 않았다. 밖으로 나가더니 석양이 지는 길을 다시 큰 걸음으로 걸어가기 시작했다. 바로 그때, 미스 컬리스터는 가게를 나와 재빨리 그의 뒤를 쫓아 마차를 달렸다. 미스 컬리스터가 결심하는 데는 그리 오래 걸리지 않았다. 그녀는 펠 씨가 성냥을 내주는 동안에 체스 메이빈 사건을 생각하고 판결을 내린 것이었다.

땅딸막한 회색의 작은 말을 갑자기 옆에 세운 미스 컬리스터를 젊은이는 훔쳐보는 것처럼 쳐다봤다.

"안녕, 체스. 같은 방향이면 태워주겠어. 타요, 어서. 대플은 성격이 좀 급하거든."

미스 컬리스터는 시원시원하고 싹싹하게 말했다.

햇볕에 그을린 피부 아래로 새빨간 빛이 그의 얼굴에 물결쳐 밀려들고 있음을 어슴푸레함 속에서도 분명히 확인할 수 있었다. 그는 퉁명스럽게 거절의 말을 하는 것처럼 보였다. 그러나 미스 컬리스터의 얼굴에는 분명히 다른 뜻이 없으며, 말투가 허물없이 느껴졌으므로 그는 생각을 바꾸어 그녀의 옆에 탔다. 그러자 대플은 갑자기 빠르게 내달리기 시작했고, 낙엽이 떨어져 바람에 흔들리고 있는 단풍나무가 이어진 기다란 언덕길을 내려갔다.

2, 3분의 침묵이 흐른 뒤에 미스 컬리스터는 뚱하게 앉아 있는 그에게로 돌아섰다. 그리고 아무렇지도 않게, 세상 어디에나 있는 질문을 하는 것처럼 말을 꺼냈다.

"체스, 어째서 당신은 어젯밤에 우리 집에 들어와 돈을 훔치려 했지 ? "

체스 메이빈은 경련을 일으키는 것처럼 펄쩍 뛰어오르더니 그 길로 마차에서 뛰어내리려고 했다. 그러나 미스 컬리스터의 손이, 부드러우면서도 단단하게 그의 팔뚝을 붙들었다. 그녀의 회색 눈에는 조금도 방심치 못하게 하는 빛이 담겨 있었다.

"나한테서 도망쳐봤자 좋은 일이 없을 거야, 체스. 너였다는 걸 알고 있으니까 말이야. 그런데 내 질문에 대답을 들었으면 하는데. 잘 들어, 진정한 대답이 필요해. 난 네 편이야. 그러니까 네가 진실을 말해준다면 나쁘게는 하지 않겠어. "

미스 컬리스터의 맑고 흔들림 없는 눈빛이 소년의 머뭇머뭇하는 눈과 마주치자 사실 유무는 말하지 않아도 알 수 있었다. 그의 긴장된 얼굴표정이 부드러워졌다.

체스는 마침내 중얼거리는 것처럼 말했다. "저어, 전 정말 어쩔 도리가 없었어요. 그래서 그런 짓을 하고 말았습니다. 저는 태어나서 지금까지 아무것도, 정말로 나쁜 짓은 하지 않았어요. 하지만 모두가 언제나 우리를 괴롭혀요. 무슨 일이든 우리 탓으로 돌리고, 아무도 우리를 상대해주지 않고요. 우린 기쁘게 일하고 싶지만 일이 없었어요. 옷은 너덜너덜하고 단 1센트도 가진 게 없는데 이제 곧 겨울이 닥쳐와요. 전 어제 당신이 갤러웨이 부인께 그 돈 얘기하는 것을 듣고 말았어요. 저는 전나무 산울타리 뒤에 있어서 당신에겐 보이지 않았습니다. 그곳을 떠나서 모든 계획을 세웠지요. 어떻게든 숨어들어 가자고 생각했어요. 그 다음엔 되도록 여기서 먼 서쪽으로 가서 살아가는 데 그 돈을 쓸 작정이었어요. 그곳이라면 아무도 우리를 모르잖아요. 그리고 좋은 기회가 올지도 모르고요. 여기선 기회 따윈 전혀 없어요. 감옥에 처넣고 싶다면 그렇게 해도 괜찮아요. 거기라면 어쨌든 먹여주고 입을 것도 주겠지요. 그러면 마침내 저도 다른 녀석들과 똑같이 될 수가 있겠지요. "

소년은 토라진 것처럼 숨을 몰아쉬면서 모든 것을 토해냈다. 언제나 그의 다리를 잡아당기던 운명을 향한 모반과 반항이 그의 목소리에 가득 담겨 있었다.

미스 컬리스터는 문 앞에 대플을 세웠다.

"널 감옥에 보내진 않겠어, 체스터. 진실을 말했다고 믿으니까. 넌 어제 케일렙의 후임자로 들어오게 해달라고 했는데 난 거절을 했었지. 하지만 지금 그 일을 네게 주겠어. 만약 할 마음이 있다면 널 고용해서 케일렙에게 지불했던 것과 똑같은 급료를 주지."

체스터 메이빈은 자기 귀를 의심하는 표정이었다.

"미스 컬리스터, 설마 그런."

"이건 진심이야, 두 말은 하지 않고말고. 네게는 기회가 없었다고 했지? 그러니까 내가 네게 기회를 주는 거야. 떳떳한 길을 나아가서 훌륭한 사람이 될 기회를 말이야. 어젯밤 일에 관해서는 아무에게도 말하지 않을 생각이야. 네가 내 기대에 부응한다면 나도 그 일을 잊어주지, 그럼 어때?"

체스는 고개를 들어 그녀의 얼굴을 정면으로 바라보았다.

"꼭 일을 하고 싶습니다. 어떻게 감사드려야 할지 모르겠습니다, 미스 컬리스터. 제가 진심으로 고맙게 여기고 있음을 평생에 걸쳐 보여드리도록 하겠습니다." 갈라진 목소리였다.

그는 말 그대로 보여주었다. 쿠퍼스타운의 선량한 사람들은 미스 컬리스터가 체스 메이빈을 고용했다는 말을 듣고 어쩐지 미심쩍은 생각이 든다는 듯 어깨를 으쓱하면서 그 여자가 감쪽같이 아첨에 넘어간 모양인데, 나중에 틀림없이 자신의 경솔함을 후회할 거라고 수군댔다. 그러나 사람들이 예상했던 그 어떤 일도 일어나지 않았다. 밝은 미소를 띠면서 미스 컬리스터는 자신의 판단대로 일관했고, 그리고 체스 메이빈이 발휘하는 보기 드문 유능함과 착실한 일 처리로 계약은 차츰 연장되어갔다. 얼마 안 가서 사람들은 과거의 우려를 잊고 그를 무척 머리가 좋으며 신뢰할 수 있는 젊은이로 보게 되었다.

"미스 컬리스터는 체스 메이빈을 훌륭한 사내로 키워냈어. 저 녀석은 그녀에게 크게 감사해야만 해." 마을의 현명하고 지위가 있는 사람들이 말했다.

그렇다, 그는 대단히 고마워했다. 그러나 그가 얼마나 고마워하는지를 아는 것은 본인과 미스 컬리스터와 페퍼민트 병뿐이었다. 셋다 그것을 말하는 일은 결코 없었다.

The Tryst of the White Lady
흰옷 입은 여인과의 밀회

"네가 아내를 맞아 결혼을 해주면 좋을 텐데, 로저. 난 너무 나이가 많아서 일을 할 수가 없어. 작년 4월로 이제 일흔이나 된걸. 내가 없어지면 누가 널 보살펴주겠니. 결혼을 해주렴, 애야. 신부를 맞아 달라고." 캐서린 에임즈가 말했다.

로저 템플은 움찔했다. 귀가 어두운 아줌마가 내는 불쾌한 목소리는 언제나 그의 감수성 예민한 신경을 거슬리게 했다. 아줌마를 좋아하긴 했지만, 그 목소리만은 매우 참기 어려운 것이었다.

그래서 그는 희미하게 쓴웃음을 지으면서 물었다.

"누가 제게 와주겠어요, 캐서린 아줌마?"

캐서린 에임즈는 저녁 식사 테이블 맞은편에서 물끄러미 그를 바라보았다. 그녀는 그녀 나름의 방식으로 진심으로 그를 사랑하고 있었다. 그녀가 결코 그의 결점을 모르는 것은 아니었다. 그녀는 자신의 일이든, 남의 일이든 간에 질리지도 않고 사실을 말한다. 로저는 창백하고 수수한 생김새의 사내로 자그마한 몸집에 풍채가 그리 좋은 편이 아니었다. 더구나 그것만으론 아직 나쁜 점이 부족하다는 듯 약간 다리를 끌면서 걸었고, 마른 한쪽 어깨는 다른 한쪽보다 약간 높았다. 학교에선 '곱사등이 템플'이라고 불렸고, 그 별명은 지금껏 붙어다녔다. 분명 그는 무척이나 아름다운 회색 눈을 지니고 있었으나, 꿈꾸는 듯한 광채가 그의 평범한 얼굴에 여자들이 좋아하지 않는 기괴한 표정을 자아내게 했으므로 오히려 불필요한 역효과만 내는 것이었다. 물론 남자의 경우, 용모는 그리 중요한 문제는 아니다. 스티브 밀러는 꽤나 못생긴 사내다. 게다가 얼굴 한쪽은 곰보였다. 그런데도 그는 사우스베이에서 제일가는 사랑스럽고 머리가 좋은 처녀를 아내로 맞이했다. 그러나 스티브는 부자였다. 로저는 가난하며, 앞으로도 줄곧 가난할 것이었다. 그는 자갈투성이인 좁은 땅에 농사를 지으며 살아간다. 그 밭에서 아버지와 할아버지는 어떻게든 살아가는 데 필요한 것들을 얻어온 것이었다. 그러나 그는 태어날 때부터 농부로서 크게 성공하도록 타고나질 못했다. 그렇게 될 만한 힘을 지니지 않았으며, 농사지을 마음도 없었다. 그는 오히려 책을 읽으면서 천천히 이리저리 배회하기를 좋아했다. 캐서린은 내심 로저의 결혼이 아무래도 어려울 것 같다고 여기고 있었다. 그렇지만 젊은 사람을 실망시킬 수는 없는 노릇이었다. 그에게 필요한 것은 엉덩이를 두들겨주는 것이었다.

그녀는 큰 소리로 밝게 말했다. "너무 높게 바라지 않는다면 누군가 있을 거다. 이 근처엔 늘 처녀들이 한둘은 있고, 가정을 이루기 위해 시집을 가고 싶어하는 여자도 있으니까. 네가 젊고 예쁜 아가씨에게 마음이 있다고 해도 어쩔 도리가 없지 뭐냐. 그런 처녀는 언지도 못하거니와 얻었다고 해도 차츰 살림살이가 나빠지기만 할 게야. 너의 할아버진 예쁜 여자하고 결혼했지만 말이다. 그 새색시는 겉보기만 좋았지 별 도움이 되지 않았단다. 몇 년 안 가서 반은 누워 있어야만 했지. 일을 잘 하고 튼튼한 아가씨를 얻어야 해. 그래야 네가 시 따윌 읽고 있더라도 모든 일을 빈틈없이 해 줄 게야. 가려운 곳을 긁어주는 것처럼 세심하게 말이야. 서두르는 편이 나아. 난 이제 다 틀렸다. 작년 겨울의 류머티스에 난 정말이지 두 손을 들었단다. 우리에겐 가정부를 둘 여유는 없고 말이다."

로저는 생생하게 떨리는 자신의 영혼에 달궈진 인두를 들이대는 것만 같은 느낌이었다. 그는 뭐라고 표현하기 힘든 눈길로 아줌마를 보았다. 코끝에 검정 사마귀가 있는 넓적하고 편평한 둥근 얼굴, 턱에 나 있는 억센 털, 주름진 누런 목, 멍하니 흐릿하게 튀어나온 눈, 실없이 움직이는 거친 입. 그녀는 어지간히 못생겼다. 그리고 그는 일생을 통해 테이블 맞은편의 그녀를 보아왔던 것이다. 지난 25년 동안 그렇게 해왔다. 이제 남은 삶은 줄곧 못생긴 아내를 계속 보아야만 한단 말인가. 만물 가운데서 오직 아름다움만을 숭배하는 그가?

"우리 엄만 아줌마하고 비슷했나요, 캐서린 아줌마?" 갑자기 그가 물었다.

아줌마는 눈을 크게 뜨더니 큰 소리로 웃었다. 그녀의 웃음소리는 동정심을 담은 유쾌한 기분을 나타내려 했지만 그것은 비웃음과 모멸의 울림이 되고 말았다.

그녀는 쾌활하게 말했다. "네 엄만 나처럼 못생기지 않았단다. 뭐 그렇다고 결코 미인도 아니었지만 말이다. 템플가엔 쓸데없이 겉보기에 좋은 것 따윌 갖춘 사람은 단 한 사람도 없었지. 우린 일꾼이었으니까 말이야. 네 아버지도 보기에 그리 못생긴 남잔 아니었지. 넌 아버지보다도, 또 엄마보다도 이상야릇하게 생겼지만. 어떤가 하면, 넌 할머닐 닮았지. 그분은 말이야, 한땐 미인 소릴 들은 적도 있었단다. 할머닌 너하고 똑같은 창백한 얼굴에 호리호리한 몸매였지. 게다가 넌 할머니하고 똑같은 눈을 가졌어. 뭣 땜에 이제 와서 갑자기 엄마의 생김새 따위가 생각난 게냐?"

로저는 차분하게 말을 꺼냈다. "어땠을까 싶은 생각이 들어서요.

아버진 테이블 너머로 엄마를 바라보면서 좀 더 미인이었더라면 하고 생각하지 않았을까요."

캐서린은 킬킬대며 웃었다. 그녀의 킬킬대는 웃음소리는 그녀의 모든 다른 점과 마찬가지로 추하고 불쾌했다. 마음 저 밑바닥에 묻혀 있는, 한층 색다른, 사랑스럽고 성실하기 이를 데 없는 나이든 영혼을 빼고 다른 모든 것과 마찬가지로. 바로 그 영혼 때문에 로저는 킬킬대는 웃음도, 또 다른 모든 것도 참을 수 있었다.

"대개는 그렇게 생각했겠지. 그런 생각을 했을 거야. 남자란 것들은 어떤 세상에서나 겉보기에 좋은 여자한테 빠지는 법이니까. 그런데 웃옷은 옷감에 맞춰서 재단하면 안 된다고 말했겠지. 너의 불쌍한 엄만 말이다, 나처럼 추해질 때까지 오래 살고 싶어하지 않았단다. 내가 네 아버질 위해 집안일을 하러 왔을 땐 모두가 곧장 네 아버지가 나하고 결혼을 할 거라고 했었지. 난 태연히, 아무렇지도 않았지만 말이야. 그런데 어딜, 아버진 그런 생각은 눈곱만큼도 드러내질 않았지. 이렇게 못생긴 호박은 이제 지긋지긋하다고 생각한 거야."

캐서린은 재미있다는 듯 또다시 큰 소리로 웃었다. 로저는 일어났다. 이젠 한계에 다다랐다. 도망쳐야만 했다.

아줌마가 뒤에서 불러 세웠다. "자, 내가 한 말을 잘 생각해보렴. 빨리 색시를 얻어야만 해. 어떻게 해서든지 말이야. 사리를 분별할 줄 안다면 그리 어려운 일도 아니란다. 어젯밤처럼 늦게까지 밖을 서성대며 걸어다니는 건 곤란해. 밤새도록 콜록콜록 기침이 나오지 않더냐. 대체 어디에 갔었던 게야. 바닷가 쪽이었느냐?"

"아녜요. 이사벨의 묘에 갔었어요." 로저는 말했다. 대답하고 싶지 않은 때에도 그녀의 물음에는 언제나 대답이 나오는 것이었다.

"밤 11시까지 말이냐! 바보로구나! 그런 기분 나쁜 곳에, 뭐가 좋아서 간 건지 통 모르겠구나. 난 20년 동안이나 그 언저리엔 가지 않았어. 넌 무섭지도 않은 게냐? 만약 이사벨의 유령을 만나면 어쩔 셈이었느냐구?"

캐서린은 이상하다는 듯 로저를 보았다. 무척이나 미신에 신경 쓰는 그녀는 유령이 있다는 사실을 굳게 믿었으며, 그렇게 묻는 것을 조금도 불합리하다고 여기지 않았다.

"만날 수만 있다면 좋겠어요." 로저는 커다란 눈을 반짝반짝 빛내면서 말했다. 그도 유령의 존재를 믿었다. 적어도 이사벨 템플이라는 유령의 존재를. 그의 삼촌은 그것을 보았다. 그의 할아버지도 그것을 보았다. 자신도 보리라. 그는 그렇게 믿었다. 사랑스러운 이사벨 템플의 아름답고 사람의 마음을 빼앗는, 비웃는 듯한 매혹적인 유령을.

"그런 일은 바라지도 말거라. 그걸 보면 그게 마지막이야. 누구든지 그전하고는 완전히 달라져버리니까 말이야." 캐서린이 말했다.

"삼촌도 변하던가요?"

로저는 다시 부엌으로 돌아와서 의아하다는 듯 아줌마를 보았다.

"달라졌느냐고? 완전히 딴사람이 되어버렸지. 겉보기와 느낌이 전하고 똑같지 않았어. 그 눈이라니! 언제나 사람을 꿰뚫어보는 듯한, 뭔가 뒤쪽에 있는 것을 보았지. 그 눈은 누구나 오싹하게 하는 것이었지. 그 사람은 그뿐, 이후론 살아 있는 여자에겐 눈길도 주지 않게 되었지. 이사벨을 본 뒤론 남잔 누구든지 그렇게 된다고 했어. 삼촌의 일평생은 완전히 엉망이 되어버렸지. 그나마 요절한 게 다행이었어. 난 그 사람과 한 방에 있는 게 싫었어. 기분이 나빠서 말이야. 그렇게밖엔 말할 수가 없구나. 그러니까 말이야, 너, 그 무덤에 가까이 가지 말거라. 너도 이상해지고 싶지는 않겠지? 게다가 색시를 맞거든 밤중에 무덤 언저리를 어슬렁대는 것도 그만둬야만 해. 나도 마찬가지였지만 말이다, 무릇 아내란 그런 일엔 참지 못하는 법이지."

"전 아줌마 같은 훌륭한 아내는 절대로 얻지 못할 거예요, 캐서린 아줌마." 재미있어하는 어린 요정 같은 표정에 변덕스런 미소를 띠면서 로저가 말했다.

"글쎄, 무리겠지. 하지만 너도 누군가를 색시로 맞아야만 해. 리사 애덤스에게 구혼을 해 보렴. 어쩌면 너하고 결혼해 줄지도 모르잖니? 그 아가씨도 이제 나이가 찼으니까."

"리사 애덤스!"

"그래, 그렇게 말했다. 그렇다고 내가 '하마'라도 말한 것 처럼 그 이름을 반복해서 말할 필요는 없잖니? 내 인내심도 이제 바닥나려고 해. 넌 아마 그림 같은 색시를 얻으려는 거겠지?"

"맞아요, 캐서린 아줌마. 제가 바라는 색시는 꼭 그런 사람이에요. 우아하고, 아름답고, 매력적인. 그런 것이 부족하면 전 만족할 수 없어요."

로저는 또다시 쓴웃음을 지으면서 밖으로 나왔다. 해가 질 무렵이었다. 그 날 밤은 우유를 짜는 것 외에는 일이 없었고, 더구나 그것은 일을 돕는 어린 남자아이가 할 수 있는 일이었다. 그는 기쁘게 자유를 느꼈다. 호주머니에 한 손을 집어넣어 특별히 좋아하는 워즈워스의 시집이 있는지를 확인했다. 그는 들판을 지나 보랏빛과 호박빛 하늘 아래를 부자유스런 다리도 아랑곳 않고 가볍게 걸어갔다. 캐서린 아줌마도, 아줌마가 꺼낸 화가 치미는 말도 잊고 자신만의 익숙한 세계로, 현실에선 찾아낸 적도 없거니와 찾아낼 수 있을 것으로 바라지도 않는, 그런 아름다움을 발견하는 꿈의 세계로 달아나 어딘가 고독한 곳으로 숨어들고 싶었다.

로저의 어머니는 그가 3살 나던 해에 돌아가셨으며, 아버지는 8살 때에 돌아가셨다. 몸집이 작고 나이가 들어 누워만 있던 할머니는 그가 12살이 될 때까지 살아 있었다. 그는 할머닐 무척이나 사랑했다. 할머니는 그의 기억으론 아름답지는 않았다. 작고 쭈글쭈글하며 주름투성이였다. 그러나 할머니는 결코 나이가 들지 않는 아름다운 회색 눈과 부드럽고 조용한 목소리를 지녔었다. 그가 기쁨으로 들었던 유일한 여자 목소리였다. 그는 여자의 목소리에 관해서는 매우 비판적이었다. 그리고 무척이나 예민했다. 아름답지 않은 목소리만큼 그에게 상처를 입히는 것은 없었다. 못생긴 얼굴조차도 그 정도는 아니었다. 할머니의 죽음은 그를 쓸쓸하게 했다. 그를 이해해주었던 오직 한 사람이었던 것이다. 할머니가 없다면 괴롭기 짝이 없는 학교생활을 아무래도 계속할 수가 없을 것 같았다. 할머니가 돌아가신 뒤에 그는 학교를 가려하지 않았다. 그는 어떤 의미에서든 교육을 받지 않았다. 아버지와 할아버지는 교육받지 못했다. 때문에 그도 할아버지의 변변치 못한 뇌세포를 이어받은 것이었다.

그러나 그는 시를 사랑했고, 손에 들어오는 시에 관한 것은 모조리 읽고 공부했다. 그것은 원래의 거친 성격을 기묘한 공상의 무지개 색으로 칠했고, 환경이 결코 만족시켜줄 수 없는 이상과 동경을 부여해주었다. 그는 모든 것이 내포하는 아름다움을 사랑했다. 떠오른 달은 아름다움으로 그의 마음을 상하게 했다. 한 송이의 흰 수선화만 바라보면서도 몇 시간이나 쭈그리고 있을 수 있었다. 아줌마를 화나게 할 정도로, 오랫동안.

그는 타고난 고독한 사람이었다. 사람이 많이 있는 건물 안에서는 두렵게도 고독을 느꼈으나, 숲속이나 바닷가의 들판에서는 결코 그런 일이 없었다. 아줌마가 그를 교회에 데려가지 않는 것은 바로 그 때문이었다. 그것은 그녀처럼 정통파 영혼을 지닌 사람에게는 무서운 일이었지만, 그는 아무도 없다면 교회에 가고싶은 생각이 굴뚝같지만, 그곳에는 잘난 척하고, 못생긴 사람들이 가득하기 때문에 도저히 견딜 수가 없다는 것이었다. 그는 대부분의 사람이 못생겼다고 여겼다. 자신만큼은 못생기지 않았더라도 그 추함에 대한 혐오감으로 인해 화가 벌컥 치밀어 올랐다. 때로는 눈을 즐겁게 해주는 사랑스러운 아가씨를 볼 때도 있다. 그러나 진정으로 마음에 드는 아가씨는 끝끝내 눈에 들어온 적이 없었다. 그 자신이 못생겼으며, 몸이 부자유스럽고, 궁기가 흐르는 로저 템플, 모두가 바보로 여겨온 로저 템플에게는 언제나 뭔가 말로는 나타내기 힘든 꿈이 있으며, 그 어떤 아가씨도 그것이 결여되어 있기 때문에 결코 사랑에 빠지지 않는 것이었다. 아마도 그렇기 때문에 그리 심각하게 고민하지 않아도 된다는 것은 알고 있었다. 그러나 그는 분했다. 사랑을 하고 싶었다. 그것이 비록 이루지 못할 사랑이라 하더라도. 시인이 그렇게나 많이 노래하는 그 정열을 경험해보고 싶었다. 그렇지 않으면 이상한 나라로 가는 열쇠를 가질 수 없을 것 같은 느낌이었다.

사랑에 빠지고자 노력한 적도 있었다. 몇 번인가 주일 예배에 교회에 가서 예쁘게 생긴 엘자 케어리가 보이는 곳에 앉았다. 그녀는 아름다웠고, 그녀를 바라보는 것은 그에게 기쁨이었다. 황금빛 머리칼이 휘황하게 빛나고 싱그러웠다. 분홍빛 볼은 무척이나 청순했으며, 목덜미의 곡선은 정말이지 더할 나위 없었고, 눈썹은 진한 실크 같았다. 그러나 그는 그녀를 그림 속의 인물처럼 보았다. 그녀를 생각하고 꿈꾸려 해도 따분해지곤 했다. 게다가 그는 그녀가 꽤나 콧소리를 낸다고 여겼다. 그는 자신이 얼마나 필사적으로 엘자를 향한 사랑에 애를 태우려 노력하는데도 매번 실패하는지를 엘자 본인이 안다면, 하트의 여왕이며 자신이 군림하는 것처럼 남들에게 보인다고 단단히 믿고 있는 미인 엘자는 어떤 기분이 들까 생각하면서 혼자 피식 웃는 것이 보통이었다. 결국 그는 단념했지만, 역시 아직도 사랑이라는 것은 동경하고 있었다.

자신은 결코 결혼하지 않으리라고 생각했다. 못생긴 처녀와는 결혼할 수 없거니와 미인은 그와는 사귀고 싶어하지 않으리라. 그러나 그는 어쨌든 놓치고 싶지 않았다. 더구나 영원히 그렇지 못한 상태로 쓸쓸하게 지내야만 할 것 같아서 몹시도 괴롭고 반항적인 기분이 될 때도 있었다.

그는 농장의, 멀리 바닷가 들판에 있는 이사벨 템플의 무덤을 향해 곧장 나아갔다. 이사벨 템플은 80년 전에 생을 마감했다. 그녀는 무척이나 아름답고, 무척이나 제멋대로이며, 사내의 마음을 희롱하기를 매우 좋아했다. 그녀는 로저의 증조부의 동생인 윌리엄 템플과 결혼했다. 결혼식이 끝날 즈음에 흰 드레스를 입고 신랑 곁에 서 있을 때, 그녀에게 푹 빠진 연인 하나가 절망 끝에 정신이 나가서 집안으로 들어와 그녀를 살해했던 것이다.

이사벨 템플은 바닷가의 들판에 묻혔다. 그곳은 당시에 교회에서 멀리 떨어져있었으므로 바다에 가까운 들판 한가운데를 매장지로 정하고 제방으로 네모지게 둘러쳤던 것이다. 시간이 지나면서 전나무와 자작나무, 산벚나무 등이 무성해져서 그곳은 마치 울창한 숲 같았다. 숲을 지나 길고 무성한 엷은 초록의 풀에 뒤덮인 꾸불꾸불한 오솔길이 이사벨 템플의 무덤까지 계속된다. 로저는 서둘러 오솔길을 지나 무덤가의 커다란 회색의 둥근 돌에 앉아서 기쁘게 숨을 크게 쉰 다음 주위를 둘러보았다. 이곳은 너무나도 아름답고, 매혹적이며, 세상에는 없는 것 같은 곳이다. 커다란 둥근 돌의 우묵한 곳과 금이 간 곳에 흙덩이가 쌓여 있고, 작은 양치식물이 나 있었다. 둥글게 지의류에 덮인 이사벨 템플의 묘석 위에는 어린 산벚나무가 아름다운 꽃을 피운 가지를 늘어트리고 있다. 그 위에 쭉쭉 뻗은 나무들의 우듬지가 남긴, 얼마 되지 않는 하늘의 틈새로 초승달이 보였다. 그러니까 이곳은 워즈워스를 읽기에는 너무 어두웠다. 그러나 그런 건 아무래도 상관없다.

여기는 축축한 대기와 전나무 수지가 풍기는 강한 냄새로 인해 마치 꿈을 꾸는 것 같고, 환상을 볼 수 있는 향기로 채운 방과도 같았다. 머리 위의 나무 가지들에서는 잔잔한 바람이 속삭인다. 멀리 모래언덕으로 밀려드는 바다의 물결이 가만히 다가드는 것처럼 들려온다. 로저는 그곳의 마력에 자신과 자신의 몸을 완전히 내맡겼다. 숲으로 들어왔을 때 그는 낮 동안의 빛과 익숙한 사물의 영역을 뒤로 하고 그림자와 수수께끼와 매혹의 영역으로 들어온 것이었다. 어떤 일이든지 일어날 수 있다. 무슨 일이든지 사실이 될 가능성이 있었다.

80년의 긴 세월이 지났으나 이사벨 템플은 커다란 행복이 약속되던 순간에 그렇게나 가혹하게 삶을 마감했기 때문에 무덤 속에서 지금도 아직 편안하게 잠들지 못한 것이다. 적어도 그렇다는 이야기였다. 그리고 로저는 그것을 믿었다. 그의 피가 그렇게 믿게 했다. 템플 가문 사람들은 미신을 깊이 믿는 사람들이었고, 교육을 받지 않은 로저에겐 그런 경향을 바로잡아 줄 만한 것이 아무것도 없었다. 그의 정신은 회의적이지도, 과학적이지도 않았다. 그는 무지했고 시적이며, 쉽게 믿는 사람이었다. 이사벨 템플이 그녀의 시신에 붉은 흙을 쌓아올린 뒤로 기나긴 세월이 지난 뒤에 이 땅 위에 모습을 나타냈다는 이야기를 그는 언제나 의심도 하지 않고 받아들여왔다.

이사벨의 신랑은 불행으로 끝난 두 번째 결혼을 하기 전날 밤에 이 무덤을 찾아왔을 때 그녀를 보았다. 로저의 할아버지도 그녀를 보았다. 그것은 할머니가 그에게 이사벨 이야기를 할 때 가르쳐주었던 것이다. 할머니도 그것을 믿었다. 그리고 할머니는 그때까지 로저가 들은 적이 없는 괴로운 목소리로 그 이후로 남편은 자신에게는 마치 딴 사람이 되어버렸다고 덧붙였다. 그의 삼촌도 또한, 그녀의 모습을 보고는 유령에 홀린 사람이 된 채로 생을 마감했다. 그 아름답고 방황케 하는 유령은 남자 앞에만 나타나는 것이었다. 그녀의 출현은 그녀를 본 사람에게는 결코 좋은 조짐은 아니었다. 로저는 그것을 알면서도 그녀를 보고 싶다는 이상한 희망을 품고 있는 것이었다. 다른 사람들처럼 그 무덤을 피하는 일은 결코 하지 않았다.

그는 그 장소가 마음에 들었고, 그곳에서 언젠가는 자신도 이사벨 템플의 모습을 보리라고 믿고 있었다. 그녀는 집안의 각 세대별로 오직 한 사람에게 모습을 보인다고 하므로.

그는 아래쪽에 있는 이사벨의 무덤을 내려다보았다. 숲의 풀들을 조용히 건너온 미풍이 그곳에 무성한 기다란 머리칼 같은 풀을 일으켜 세우며 흔들리게 했고, 무덤 아래에 틀어박혀 있었던 것이 지금, 기다란 숨을 내쉬면서 솟아오르려는 것을 기묘하게 암시하고 있었다.

그가 눈을 뜬 바로 그때, 그녀가 보였다!

그녀는 묘석 뒤의 벚나무 아래에 서 있었다. 기다랗고 흰 가지가 머리에 드리워져있었다. 그곳에 서서 약간 고개를 숙이고 물끄러미 이쪽을 쳐다보고 있는 것이었다. 어슴푸레하고 희미한 어둠 속이었으나 그에게는 분명하게 그녀가 보였다. 흰옷을 몸에 두르고 뭔가 얇은 스카프를 머리에 두르고 있다. 젖은 까마귀의 날개 색깔 같은 굵게 땋아 내린 머리가 어깨에 드리워져있다. 작은 얼굴이 상아처럼 희고, 눈은 무척이나 크고 색이 진하다. 로저는 넋을 잃고 바라보았다. 그 눈은 그에게 어떤 작용을 미쳤다. 그에게서 뭔가를, 이제 다시는 그의 것이 되지 않을 뭔가를 빼내버린 것이었다. 그의 마음을? 영혼을? 알 수 없다. 그에게는 단지 아름다운 이사벨 템플이 지금 그에게로 왔다는 사실, 그리고 그는 영원히 그녀의 것이라는 사실만을 알 뿐이었다.

몇 년이나 되는 것처럼 여겨지던 몇 초 동안에 그는 그녀를 뚫어져라 쳐다보고 있었다. 그녀의 눈이 보내는 유혹이 몽유병 환자처럼 그를 일으켜 세울 때까지 물끄러미. 그가 천천히 일어났을 때, 낮게 드리워진 전나무 가지가 모자를 눌렀고, 그의 얼굴을 덮어 아무것도 보이지 않게 되고 말았다. 모자를 치우고 보니, 이미 그녀는 그곳에 없었다.

로저 템플은 그날 밤, 봄의 서광이 하늘에 움틀 때까지 집에 돌아오지 않았다. 걱정이 되어 잠을 이루지 못한 캐서린은 그가 계단을 올라오는 소리를 듣고, 자기 방의 문을 열고는 밖을 내다보았다. 로저는 돌아다보지도 않고 살며시 복도를 지나갔다. 그의 반짝반짝 빛나는 눈은 똑바로 정면을 바라보았으며, 그 얼굴에 서린 무언가를 본 캐서린은 공포에 떨며 조용히 잠자리로 되돌아갔다. 그는 그의 삼촌과 똑같았던 것이다. 그녀는 아침 식사 자리에서 그와 얼굴을 마주하고도 어디서 어떻게 밤을 보냈는지 캐묻지 않았다. 그는 그녀가 어젯밤 일을 캐물을까 두려워했으므로 안도하며 가슴을 쓸어내렸다. 그러나 그와는 별개로 그는 아줌마 따위는 거의 안중에도 없는 것 같았으며, 기계적으로 아무 말도 않은 채 먹거나 마셨다. 그가 나가자 캐서린은 나쁜 예감이라도 드는 것처럼 절레절레 백발의 고개를 흔들면서 중얼거렸다.

"저 아인 귀신에 씌이고 말았어. 저렇게 되는 것이 어떤 건지 난 알아. 그 여자를 본 게야. 화가 치밀어 견딜 수가 없군, 고년! 이제 그런 짓은 그만둘 때도 되었건만. 아아, 어쩌면 좋을까? 내가 할 수 있는 건 아무 것도 없어. 저 아인 이제 결코 아내를 맞이하지 않겠지. 이건 어떤 운명에도 결코 뒤지지 않는 확실한 거야. 저 아인 유령에 홀리고 만 게야."

아직 로저에게는 사랑에 빠졌다거나 하는 생각 따위는 들지 않았다. 그러나 그는 이사벨 템플 이외엔 아무것도 생각하지 않았다. 지금까지 보았던 그 어떤 그림보다도, 또한 꿈에서 보았던 어떤 이상보다도 감미로운 그녀의 곱고 고운 얼굴, 길고 진한 색의 머리칼, 가녀린 몸매, 그리고 무엇보다도 사람을 꼼짝 못하게 잡아당기는 눈. 그 어디를 보아도 그에겐 그것이 보였다. 그를 잡아당기는, 유혹하는 그 눈, 그는 다른 어떤 것에도 개의치 않고 세상 끝까지라도 따라갔으리라.

　그는 밤이 되기만 바랐다. 유령이 나오는 숲속의 무덤으로 또다시 살며시 갈 수 있는 밤을. 그녀는 틀림없이 다시 오리라. 오지 않다니 그걸 누가 알겠는가? 그는 두려움 따위는 없었다. 다시 한 번 그녀를 만나고 싶다는 엄청난 갈망 외에는 아무것도 느끼지 않았다. 그러나 그날 밤, 그녀는 오지 않았다. 다음 날 밤에도 오지 않았다. 또 그 다음 날 밤에도. 2주일이 지났으나 그녀의 모습은 볼 수가 없었다.

　아마도 이제 다시는 볼 수 없으리라. 그는 그런 생각이 들자 견딜 수 없는 고통에 휩싸이고 말았다. 이미 자신이 그녀를 사랑하고 있음을 깨달았다. 무려 80년 전에 세상을 떠난 이사벨 템플을. 이게 사랑인 것이다. 이 타버릴 듯한 고통과 참기 힘든 감미로움. 육체와 영혼과 정신에 덮쳐온 이것이. 시인은 사랑에 관해 약하디약하게 노래해왔을 뿐이다. 만약 이에 합당한 단어를 찾아낸다면 그들에게 좀 더 훌륭한 말을 가르쳐줄 수 있을 것을. 다른 사람들은 대체 조금이라도 사랑을 한 적이 있는 걸까? 누가 이 세상의, 그 붉은 얼굴의 평범한 처녀들을 사랑할 수 있을 것인가? 그런 건 도저히 있을 수가 없다. 불합리하지 않은가? 사랑의 대상이 될 수 있는 오직 하나, 그것은 그 흰 유령이다. 삼촌이 죽은 것도 이상할 것 없다. 로저 템플도 이제 곧 죽으리라. 그래도 좋았다. 죽은 자만이 이사벨에게 구애를 할 수 있으니까. 그런 생각을 하면서 그는 고통과 행복감에 젖어 들어갔다. 그 두 가지는 격렬하게 뒤섞여 있어서 자신이 천국에 있는지, 아니면 지옥에 있는지를 전혀 알 수 없었다. 그것은 아름다우면서도 무시무시하고, 멋지면서도 기묘한, 아아 너무나도 절묘했다. 현실에서의 인간끼리의 사랑은 이렇게 절묘할 수 없다. 그는 이렇게 되기 전에는 살아 있었던 것이 아니다. 지금에서야 비로소 그는 머리 꼭대기에서 발끝까지 자신이 살아있음을 느끼고 있었다.

그는 캐서린이 근심에 차서 질문하지 않는 게 고마웠다. 그것을 두려워했던 것이다. 그러나 그녀는 지금은 결코 아무것도 묻지 않고, 그의 삼촌을 두려워했던 것처럼 로저를 두려워하고 있었다. 꼬치꼬치 캐물을 용기가 없었다. 이 일은 함부로 덤벼선 안 될 일이었다. 캐묻는다고 해서 어떤 소리를 듣게 될지 모르지 않는가? 그녀는 무척이나 고심하고 있었다. 뭔가 무서운 일이 소중하고 불쌍한 아이에게 일어난 것이다. 저 아인 그 음탕한 여자에게 홀리고 만 것이다. 삼촌처럼 저 아이도 죽고 말리라.

그녀는 중얼거렸다. "그게 가장 나을지도 모르지. 저 아이가 템플가의 마지막 한 사람이니까. 아마도 그리 되면 모두를 죽였으니 그 여자도 무덤 속에 차분히 들어앉겠지. 그 여자가 어째서 이 집에 그런 원한을 품게 된 건지 분명히 알 수가 없어. 모턴가의 피가 흐르는 사람을 홀렸다면 조금은 의미가 있겠지만 말이야. 왜냐면 모턴 가문의 사내에게 살해를 당했으니까. 아아, 난 이제 나이가 너무 들었고, 지쳐서 쓸모가 없어져 버렸어. 난 저 아일 위해 뭐든지 해주려고 악착같이 일을 했고, 이리저리 뛰어다니며 키워왔는데, 그것도 아무 소용이 없어졌어. 이렇게 유령에게 홀리고 말았으니. 어릴 적에 병으로 죽는 편이 훨씬 나았을 걸 그랬어."

만약 이 애길 로저에게 했다면, 지금의 이런 기분을 맛볼 수 있도록 오래 살아 있게 해준 것에 대해 가치 있는 일이라고 했으리라. 다른 사내 20명 분의 인생과 바꾼대도 이것을 잃고 싶지 않았다. 그는 뭔가 이 세상의 것이 아닌 어떤 감미로운 술에 흠뻑 취했으며, 마치 신이 된 것 같았다. 비록 그녀가 다시는 나타나지 않는다 하더라도 한 번은 본 것이다. 그녀는 그때의, 단 한 번 잊지 못할 눈길을 주고받음으로써 그에게 인생의 위대한 비밀을 가르쳐주었던 것이다. 그녀는 그의, 못생기고 등이 굽은 그의 것이었다. 아무도 그녀를 빼앗을 수 없었다, 절대로.

그러나 그녀는 또다시 나타났다. 어느 날 저녁 무렵, 해가 뉘엿뉘엿 저무는 숲이, 들판을 비추며 떠오른 노란 달빛으로 마력에 가득 차기 시작한 무렵, 로저는 무덤가의 커다란 둥근 돌에 앉아 있었다. 너무나도 고즈넉한 저녁 무렵이었다. 바닷가에서 올라오는 듯한 시끌벅적한 웃음소리가 울리는 것을 제외하면 아무 소리도 들리지 않았다. 필경 술에 취한 어부들이리라. 로저는 이런 곳에 그런 소리가 섞여오는 것에 분개했다. 이건 모독이었다. 자신이 그녀를 꿈꾸기 위해 이곳에 왔을 때는 오직 조용한 가운데 가장 아름다운 소리만이 들려왔는데. 나무들의 미미한 속삭임, 들린다고도 느껴진다고도 할 수 없이 밀려드는 파도가 내는 소리, 은은하게 들리는 바람의 한숨소리 등. 지금은 워즈워스도, 다른 어떤 책도 읽지 않는다. 단지 그곳에 앉아서 그녀만을 생각했다.

그녀의 커다란 눈은 빛났고, 창백한 얼굴은 사랑의 묘약으로 인해 홍조를 띠고 있었다.

그녀는 마치 달빛처럼, 어두운 가지 사이를 살그머니 빠져나와 돌 옆에서 멈췄다. 그는 또다시 생생하게 그녀를 보았다. 그냥 본 것이 아니라 눈으로 그녀를 들이마셨다. 놀라지는 않았다. 그의 가슴속의 뭔가가 그녀가 다시 올 것을 알고 있었던 것이다. 그는 이번에야말로 요전처럼 놓치지는 않겠다며 근육 하나조차 움직이려하지 않았다. 둘은 서로 마주 바라보았다.

얼마나 시간이 흘렀을까? 그는 가늠조차 하지 못했다. 그러자 그 때, 터무니없는 일이 일어났다. 그런 불가사의한 하늘의 계시와 신비의 장소에, 딸꾹질을 해대고 껄껄 웃으면서 한 명의 사내가, 항구에 정박중인 배에서 온 술 취한 선원이, 심술궂은 표정으로 신성함을 더럽히는 숨을 내뱉고 비틀거리면서 나타난 것이다.

"아아, 이런 데 있었나, 사랑스러운 아가씨? 내가 안아주려고 했는데.”

그렇게 말하면서 사내가 그녀를 껴안았다. 그녀는 비명을 질렀다. 로저는 냅다 뛰어가 사내의 얼굴을 갈겼다. 갑작스런 분노의 발작으로 열 배는 되는 힘이 비쩍 마른 그의 몸에 활기를 불어넣더니 주먹으로 온 힘이 옮아간 것 같았다. 선원은 비틀비틀 뒷걸음질을 치면서 두 팔을 올렸다. 겁쟁이었다. 그러나 아무리 용기가 있는 자라도 그처럼 무시무시하고 창백한 얼굴과 타는 듯한 눈에는 기가 죽었을 것이었다. 사내는 오솔길 쪽으로 물러나면서, 굽실대며 말했다. “아, 미안, 미안혀. 네 여잔지 몰랐어. 방해해서 미안하구만. 훌륭한 사내란 촌스러운 방해를 하지 않는 법이지. 미안, 신사 양반, 미안혀.”

그는 우스꽝스런 ‘미안혀’란 말을 숲에서 나갈 때까지 거듭했다. 그러곤 방향을 바꾸더니 비틀거리면서 들판을 뛰어갔다. 로저는 쫓아가지 않았다. 그는 이사벨 템플의 무덤으로 돌아왔다. 소녀는 그곳에 쓰러져있었다. 그녀가 기절했다고 생각한 그는 몸을 숙여 그녀를 안아 일으켰다. 그녀는 가볍고 체구가 작았다. 그러나 따뜻한 피가 흐르는 육체였다. 그녀는 순간 아무것도 모른 채 꼭 매달렸다. 그는 얼굴에 닿는 그녀의 숨결을 느꼈다. 그는 아무 말도 하지 않았다. 너무나도 기분이 나빠져서 아무런 말도 할 수가 없었던 것이다. 그녀도 역시 말이 없었다. 그는 나중까지도 내내 그것을 이상하게 여기지 않았다. 그때는 생각할 능력을 상실하고 있었던 것이다. 눈이 아득하고 비참한 기분이 들면서 어찌할 바를 몰랐다. 이윽고 그는 그녀가 머뭇거리면서 그의 팔을 잡아당기고 있음을 알아챘다. 함께 가달라고 하는 것이었다. 틀림없이 그 짐승 같은 사내가 무서운 모양이었다. 그는 안전한 곳까지 그녀를 보내주어야만 했다. 그런 다음…….

소녀가 오솔길을 내려갔으므로 그는 뒤를 따라갔다. 달빛에 빛나는 들판으로 나와서 그는 그녀를 분명히 보았다. 고개를 숙이고, 칠흑 같은 머리칼을 나부끼면서, 커다란 다갈색의 눈을 지닌 그녀는 숲속 작은 개울의 요정, 그림자 유령, 황무지에서 태어난 생명체 같았다. 그러나 틀림없는 인간 여자였다. 그는 얼마나 바보였던가! 이윽고 정신이 아득해지는 듯한 괴로움이 그의 뇌리에서 사라지고 보니, 자신을 비웃어주고 싶을 정도였다. 그는 그녀를 따라 기나긴 들판을 내려가 바닷가로 나왔다. 때때로 그녀는 멈춰 서서 그가 따라오는지 어떤지를 보기 위해 뒤돌아보았다. 그러나 그녀는 단 한 마디도 말을 하지 않았다. 바닷가 길에 다다르자, 곧장 꺾여져 그 길을 따라 걸어서 마침내 조용하고 어두운 항구에 잇닿은 낡고 음침한 집에 이르렀다. 문께에서 그녀는 멈춰 섰다. 로저는 이제 그녀가 누구인지를 알았다. 캐서린이 한 달쯤 전에 이 소녀 얘기를 했던 것이다.

그녀는 릴리스 바, 18살 난 처녀로 삼촌과 숙모 밑에서 살기 위해 여기에 와있었다. 아버지가 몇 달 전에 돌아가신 것이다. 그녀는 어린 시절의 어떤 사고로 인해 귀가 전혀 들리지 않았다. 그리고 그의 눈으로 직접 본 것처럼 피부가 희고 속세를 떠난 듯한 모습이며, 그림도 따르지 못할 만큼 아름다웠다. 그러나 그녀는 이사벨 템플은 아니었다. 자신은 속임수에 걸려든 것이었다. 자신은 바보들의 낙원에 살았던 것이다. 아아, 거기서 빠져나와 스스로를 비웃어주어야만 한다. 그는 그녀의 집 문 앞에서 머뭇머뭇 내민 작은 손도 무시한 채 그녀를 떠났다. 그러나 그는 자신을 비웃지 않았다. 이사벨 템플의 무덤으로 돌아와 그 위에 몸을 던지고 어린아이처럼 울었다. 그대로 거기서 폭풍처럼 괴로운 영혼으로 울며 지새웠다. 일어나서 그곳을 떠났을 때는 이제 이것으로 영원히 안녕이라고 믿었다. 결코, 결코, 다시는 이곳에 오지 않으리라고 다짐하면서.

캐서린은 다음날 아침, 이상하다는 듯 그를 보았다. 처참한 모습의 그는 까칠하고 눈이 움푹 꺼져있었다. 그가 어젯밤에 늦게까지 돌아오지 않았음을 아줌마는 알고 있었다. 그러나 그녀의 마음에 들지 않는, 멍하니 넋을 빼앗긴 기분 나쁜 표정은 사라지고 없었다. 갑자기 그녀는 이제 그가 두렵지 않았다. 그와 동시에 그녀는 또다시 질문을 하기 시작했다.

"어젯밤엔 또, 그렇게 늦게까지 무슨 볼일이 있었던 게냐, 너?"

그녀는 비난하는 듯 물었다.

로저는 자고 일어나서 특히 밉살스럽게 된 아줌마의 얼굴로 눈길을 보냈다. 지난 몇 주일 동안, 그녀를 정면에서 바라보지 않았던 것이다. 그렇게나 오랫동안 아름다움에 마비되어 있었던 괴로운 감각을, 지금 그녀는 정말로 한 방 맞은 것처럼 꼼짝 못하게 했다. 그는 갑자기 큰 소리로 웃기 시작해서 아줌마를 오싹하게 했다.

"오, 세상에, 너, 너 미친 게로구나? 그게 아니면." 그녀는 덧붙였다. "이사벨 템플의 유령을 본 게냐?"

"아니. 그 화가 치미는 유령 얘기 따원 이제 하지 말아줘요. 아무도 그런 걸 본 사람은 없어요. 그런 이야기는 모두 실없는 잠꼬대라구요." 꺼져버릴 듯한 기세로 로저가 화가 나 소리쳤다.

그는 일어나더니 아연해진 캐서린을 놔둔 채로 거칠게 방을 나갔다. 로저가 화를 내다니 있을 수 있는 일인가? 대체 무엇이 저 아일 휩쓸고 지나간 것일까? 그러나 무슨 일이 있었건, 아니면 앞으로 무슨 일이 일어나건 간에 그는 미친 사람처럼 보이지는 않는다. 그것만큼은 감사한 일이다. 가끔 화를 내는 것쯤은 그에 비하면 훨씬 나은 일이었다. 캐서린은 어색하게 일어나 설거지를 하면서 언젠가 리사 애덤스를 저녁 식사에 초대해야겠다고 생각했다.

1주일가량을 로저는 고뇌 속에서 보냈다. 수치스러움과 굴욕감,

그리고 자조의 깊은 수렁 속에서. 그로부터 격렬한 절망의 칼날이 무디어지기 시작할 무렵, 그는 다시 한 번 무서운 사실을 발견했다. 그는 아직도 그녀를 사랑하고 있으며, 전과 변함 없이 열렬하게 사랑을 불태우고 있는 것이었다. 미칠 만큼 그녀가 보고 싶었다. 유령이건 여자이건, 살아 있는 육체를 잃은 영혼뿐이건 간에 그런 건 문제가 아니었다. 그는 그녀 없이는 살아갈 수 없었다. 마침내 그녀를 미칠 듯이 원하는 욕구가 차 올라 그는 바닷가의 낡고 음침한 집으로 끌려들 듯이 갔다. 자신이 바보 같은 짓을 하고 있음을 알았다. 그 처녀는 뒤를 돌아봐 주지도 않으리라. 그는 단지 자신을 다 태워버릴 만큼의 확실한 불꽃에 장작을 지필 따름이었다. 그러나 가야만 했다. 그래서 그는 갔다. 잃어버린 낙원을 찾아서.

그가 들어갔을 때, 그녀는 없었다. 그러나 바 부인이 친절하게 맞아주었고, 부인은 그녀에 관한 얘기를, 상대의 신경을 일부러 거스르는 듯한 어조로 즐겁고도 장황하게 이야기했다. 그러나 그는 탐하듯 듣고 있었다. 그녀의 숙모가 그에게 이야기한 바로는, 릴리스는 8살 때 총이 폭발하는 바람에 귀가 들리지 않게 되었다고 했다. 소리를 들을 수는 없지만 말은 할 수 있었다.

"아주 조금이에요, 그러니까 너무 많이는 할 수 없지요. 하지만 뭐 그럭저럭 살아가는 데 불편은 없었어요. 그래도 네, 아무래도 이야기하는 걸 좋아하진 않아요. 어째서인지는 모르지만. 수줍음을 많이 타고, 그건 그래요, 아마 자기 목소리가 들리지 않으니까 그래서 그다지 말하고 싶어하지 않는 걸 거예요. 꼭 필요할 때를 제외하곤 전혀 말하지 않아요. 그래도 독순술(讀脣術)인가 하는 편리한 것을 배웠기 때문에 말하는 입을 볼 수만 있으면 말하는 건 무엇이든 알아들어요. 하지만 말예요, 불쌍하게도 그 아이에게 그건 가혹한 장애였어요. 지금까지 진정한 젊은 처녀다운 삶을 전혀 모르고 살았으니까요. 그 아인 신경이 지나치게 예민한 데다가 매우 소극적이에요. 우리가 그 아일 밖으로 내보내려 해도 좀처럼 나가려하지 않아요. 혼자서 쓸쓸하게 바닷가를 따라 걷는 것 이외에는 말예요. 얼마전 밤에 있었던 일은 우린 정말 감사하게 생각하고 있답니다. 그렇게 혼자서 돌아다니는 건 위험하지요. 하지만 뱃일을 하는 사람이 그런 곳에까지 올라가다니, 그런 일은 좀처럼 없는 일이에요. 그래서 그 아인 매우 놀라서 어쩔 줄을 모르곤 아직도 그 공포에서 벗어나질 못하고 있답니다."

상아처럼 하얀 얼굴의 릴리스가 들어와 로저를 보는 순간, 그녀의 뺨은 새빨갛게 물들었다. 그녀는 어두운 한쪽 구석에 앉았다. 바 부인은 자리에서 일어났다. 로저는 아무 말이 없었다. 아무런 할 말을 찾을 수가 없었다. 이사벨 템플 유령과의, 이 세상의 것일 수 없는 무덤가에서의 밀회에 대해서라면 아주 술술 이야기를 할 수 있었으리라. 그러나 살아 있는 육신을 지닌, 가냘픈 사람과 마주하고 보니 할 말이 떠오르질 않았다. 그는 무척이나 자신이 바보 같고 어색해지는 걸 느꼈으며, 굽은 어깨도 무척이나 신경에 거슬렸다. 여기에 와버리다니 뭔가에 홀린 게 분명했다.

바로 그때, 릴리스가 그를 올려다보면서 미소를 지었다. 조금은 부끄러운 듯한, 호의가 담긴 미소 같았다. 로저는 갑자기 그녀를 노을 빛에 빛나던 숲속의, 사람을 초조하게 하던 환영의 수수께끼 같은 존재가 아니라 초승달처럼 아름다운, 그림도 나타내지 못할 만큼 사랑스러운, 친구를 원하는 작은 사람으로 보았던 것이다. 그는 자신의 추함도 잊고 벌떡 일어서더니 방을 가로질러 그녀에게로 갔다.

"산책을 나가시겠습니까?" 그는 마음을 담아서 그렇게 말하고는 어린애처럼 손을 내밀었다. 그녀 또한 어린애 같은 몸짓으로 일어나서 그 손을 잡았다. 그들은 두 어린애처럼 날 저무는 바닷가로 내려갔다. 로저는 또다시 믿어지지 않을 정도로 행복했다. 사라져버린 지난 2주일 동안에 맛보았던 행복과 똑같지는 않았다. 이것은 땅에 발을 디딘, 훨씬 소박한 행복이었다. 놀라운 것은 그녀도 역시 행복하다고 느낀 것이었다. '곱사등이 템플'과 함께 걷는 것을 그녀가 행복하게 여긴다고 느낀 것이다. 다른 처녀들 누구 한 사람한테서도 느낄 수 없었는데. 말라버린 것 같았던 상상 속의 남모르는 샘물이 다시 한 번 그의 몸 속에서 용솟음치기 시작했다.

여름의 몇 주일 동안이나 그런 독특한 교제가 계속됐다. 로저는 과거에는 아무에게도 한 적이 없는 말솜씨로 그녀에게 말을 했다. 그녀에게 이야기하는 것은 조금도 어렵지가 않음을 깨달았다. 이야기하는 동안에는 그녀가 물끄러미 그의 얼굴을 바라보아야만 했고, 그것이 때로는 그를 당혹하게 하긴 했지만. 그녀의 날카로운 눈길이 그의 입술과 마찬가지로 그의 영혼을 읽고 있다고 느껴졌다. 그녀는 별로 말을 하지 않는다. 말한다 하더라도 아주 낮은 목소리로, 거의 속삭임에 가까웠다. 그러나 그녀는 얼굴과 마찬가지로 아름다운 목소리를 지녔다. 감미롭고 리듬감이 있으며, 이 세상의 것으로는 여겨지지 않을 정도였다. 로저는 그녀에게 푹 빠져 들어갔고, 자신은 그녀에게 결혼해 달라고 신청할 만한 용기 따위가 절대로 생겨나지 않는 것은 아닐까, 그것이 무척이나 걱정되었다. 만약 말을 한다하더라도 결코 받아들여주지 않을 것 같았다. 수줍음 많은 그녀의 진심 어린 환영에도 불구하고, 그녀가 자신을 좋아해 주리라고는 전혀 믿어지지가 않았던 것이다. 호의는 가지고 있다. 안됐다고 여겨주기는 한다. 그러나 흰 피부에 더없이 고운 그녀, 릴리스가 그와 결혼을 하고, 그의 집 식탁과 난롯가에 앉을 것 같지는 않았다. 그런 일을 꿈꾸다니 자신은 무척이나 바보라는 생각이 들었다.

그가 살고 있는 낭만과 아름다움으로 가득 찬 삶 속에는 시골의 어떤 소문도 흘러 들어오지 않았다. 그러나 소문이 떠들썩해지면서 마침내 로저의 귀에 들어갔고, 그것은 그의 동화 나라를 또다시 망가트리고 말았다. 어느 날 밤, 노을이 질 무렵에 그는 릴리스의 집으로 가려고 계단을 내려왔다. 아줌마와 오랜 친구가 부엌에서 이야기를 나누고 있었다. 그녀의 친구는 나이 든 사람이었고, 캐서린은 로저가 이미 집에 없다고 판단, 점점 이야기에 푹 빠져서 평소의 우렁찬 목소리를 내고 있었다.

"그래서 말이야, 당신 말대로 결혼하게 될 거 같아. 그럼, 그 아인 잘 해내고말고. 그 아인 어디서든지 눈에 띄는 그런 아이는 아니야. 그 점은 나도 인정해야만 하겠지. 만약 그 처녀의 귀가 들렸더라면 처녀는 그 아이에게 눈길도 주지 않았을 거야, 틀림없어. 하지만 그 처녀는 굉장한 부자라서 말이야. 하고 싶지 않다면 일 따윈 전혀 하지 않아도 돼. 게다가 살림도 잘 꾸려나간다는구면. 처녀의 숙모가 내게 그렇게 말했어. 그 처녀는 우리 아이의 마음에 들 정도로 예뻐. 우리 아인 누구 못지않게 무척이나 생김새에 까다롭거든. 게다가 둘 다 태어날 때부터 등이 굽었거나, 듣지 못했던 건 아니니까 태어날 아이들은 걱정 없어. 이런 인연을 생각하면 얼마나 기쁜지 모르겠어."

로저는 창백해지고, 화가 치밀어 올라서 집에서 뛰쳐나왔다. 그러고는 바닷가가 아니라 이사벨 템플의 무덤으로 갔다. 릴리스를 구해준 그 날 이후로 발길을 향한 적이 없었다. 그러나 이제 새로운 고민에 싸여 그곳을 향한 것이다. 아줌마의 밉살스러울 정도로 현실적인 생각에 혐오감이 가득 밀려왔다. 그것이 그의 사랑을 땅으로 끌어내렸고, 한심스러운 먼지투성이로 뒤바뀌어버리고 말았다. 그래, 릴리스는 부자였던 것이다. 전혀 몰랐다. 생각한 적도 없었다. 이제 와선 절대로 그녀에게 결혼해달라는 말은 하지 못한다. 두 번 다시 그녀를 만나선 안 된다, 결코. 그는 또다시 그녀를 잃었다. 두 번째의 상실은 참기 힘든 것이었다.

그는 무덤가의 커다랗고 둥근 돌에 앉아서 가련하게도 창백한 얼굴을 두 손에 묻고 고통으로 신음하고 있었다. 이젠 아무것도 남아 있지 않다, 꿈조차도. 그는 지금 당장이라도 죽을 수 있으면 좋겠다고 생각했다.

얼마나 오랫동안 그곳에 앉아 있었을까. 그는 알지 못했다. 그녀가 언제 왔는지도 몰랐다. 그러나 그가 참담한 눈길을 들어 올려다보니, 그곳에 그녀가 있었다. 그에게서 아주 조금 떨어진 곳에, 커다란 돌에 앉아서 그의 심장을 두근거리게 했던 표정을 하고선 이쪽을 보고 있었다. 그는 캐서린 아줌마가 했던, 자기더러 주제도 모르고 날뛴다고 했던 모독적인 말을 잊었다. 그는 몸을 굽혀 처음으로 그녀의 입술에 키스를 했다. 멋진 키스가 그의 묶여 있던 혀를 풀어내 주었다.

"릴리스, 사랑해." 그는 말했다.

그녀는 한 손을 그의 손안으로 밀어 넣으며 그에게로 바짝 몸을 붙이고는 이렇게 말했다.

"아주 오래전부터 그렇게 말해주기를 바라고 있었어요."

The Old Chest at Wyther Grange
생의 한가운데

　어린 시절 나는 늘 와이저 저택에 가는 것이 무척이나 즐거웠다. 와이저 저택이란 로렌스 할머니와 드릴 부인, 즉 나의 위니프레드 고모가 사는 커다랗고 고즈넉하며 고풍스런 집이다. 두 사람은 나를 굉장히 귀여워해 주셨는데, 그런데도 나는 두 사람 다 어딘가 무섭다는, 그런 느낌을 떨쳐버릴 수가 없었다. 할머니는 키가 크고 당당한 노부인으로, 날카로운 검은 눈은 진짜로 사람을 꿰뚫어보는 것만 같다. 언제나 젊은 시절에 유행했던 스타일인 사각사각 옷 스치는 소리가 나는 호화로운 실크 가운을 입고 계셨다. 경우에 따라서는 옷을 갈아입으셨을 게 틀림없지만, 나의 기억에 남아 있는 인상은 언제나 똑같이, 벨트에 커다란 열쇠 꾸러미——멋지고 낡고 커다란 수많은 궤짝과 작은 상자나 서랍을 여는 열쇠——를 늘어트리고는 집 안을 이리저리 옷자락을 끌며 돌아다니는 모습이다. 나는 할머니를 따라다니면서 옛날 로렌스 가문 사람들의 오래된 보물과 전해 내려오는 물건들을 할머니가 꺼내 살펴보는 것을 지켜보았다. 그것은 나에게 가장 커다란 즐거움의 하나였던 것이다.

위니프레드 고모에게는 할머니한테만큼의 두려움은 느끼지 않았다. 그것은 아마 고모가 현대적인 옷을 입고 있었고, 그 때문에 어린아이였던 내 눈에도 할머니보다는 인간답고 자연스럽게 비쳤던 모양이다. 위니프레드 로렌스 고모는 집안 전체에서 손꼽히는 미인이었는데 빛나는 검은 눈과 카메오 같은 생김새로, 그때까지도 자태에 흐트러짐이 없었다. 늘 어딘가 슬퍼 보였고, 낮고 아름다운 목소리로 이야기를 하는 그녀는 상류계급에서 자라나 우아함을 구현하고 있었으므로 나의 어린애다운 이상형 그 자체였다.

와이저 저택에는 내가 좋아하는 장소가 여럿 있었는데, 그중에서도 나는 다락방이 가장 마음에 들었다. 그곳은 넓디넓은 오래된 방으로, 한 가족이 여유 있게 지낼 수 있을 정도로 크며, 쓰다 버려진 가구와 아름다운 옛날 옷들이 들어 있는 낡은 트렁크와 상자 등으로 가득했었다. 그곳에서 놀기에 싫증이 난다거나 하는 일은 요만큼도 없었다. 고풍스런 가운과 모자로 한껏 꾸미고는 한쪽 구석에 걸려 있는 금이 간 거울 앞에서 옛 춤의 스텝을 연습하곤 했다. 오래된 것들로 가득 찬 다락방은 내게는 진정한 동화의 나라였다.

그곳엔 내가 손을 대어서는 안 될 낡고 커다란 궤짝이 하나 있었다. 하지만 안 된다고 하면 더더욱 하고 싶어지는 것이 세상 이치여서 그 궤짝은 나에게 크나큰 매력이 있는 것으로 비쳤다. 푸른 칠이 된, 튼튼하고 높은 나무 상자였다. 어슴푸레하고 거미줄이 쳐진 구석에 처박혀있었다. 할머니가 언뜻 지나가며 이야기했던 몇 미터 말에서 나는 틀림없이 뭔가 복잡하고 미묘한 까닭이 있을 것으로 짐작했다. 할머니가 때가 되면 어김없이 묵은 궤짝들을 풀어 햇볕에 말리고 바람을 쐬일 때에도 결코 손을 대어보지 못한 단 하나의 궤짝이었던 것이다. 놀다가 싫증이 나거나 하면 나는 그 궤짝 위로 기어 올라가 앉아서는 그것에 관해 내 멋대로 공상을 펼치기를 좋아했다. 그런 상상 가운데서도 내가 유독 좋아했던 것은, 언젠가 내 자신이 그 수수께끼를 풀고 궤짝을 열었는데 속에는 황금과 보석으로 가득 차있어서 그것으로 로렌스가의 재산과 낡은 저택의 옛날의 화려함을 되돌리는 것이었다.

어느 날, 내가 그런 상상을 하며 앉아 있는데 위니프레드 고모와 로렌스 할머니가 좁고 어두운 계단을 올라왔다. 할머니는 방 안을 지나 내 쪽으로 다가오더니 열쇠를 철렁철렁 흔들면서 어두운 구석을 들여다보았다. 두 사람이 낡고 커다란 궤짝이 있는 곳으로 다가왔다. 할머니는 열쇠꾸러미로 세차게 위쪽을 두드리면서 말했다.

"이 낡은 궤짝에는 대체 뭐가 들어 있는 걸까? 열어보아야만 할 텐데. 뚜껑의 벌어진 틈새로 벌레가 들어갔을지도 모르지."

"열어보시는 게 어떻겠어요, 어머니? 틀림없이 로버트의 그 열쇠가 맞을 것 같아요." 위니프레드 고모가 말했다.

"아니." 그렇게 말하는 할머니의 말투는 그 누구라도, 비록 위니프레드 고모라도 말대꾸를 할 상상조차 하지 못하게 하는 것이었다. "난 엘리제의 허락 없이는 결코 열지 않을 거야. 엘리제가 떠날 때 내게 맡기고 갔거든. 난 그 아이가 가지러 올 때까지는 절대로 아무도 열지 못하게 하겠다고 약속했는걸."

"가엾은 엘리제! 그녀는 지금은 어떤 모습일까요? 우리들처럼 완전히 달라졌겠지요. 이곳에 와있던 때가 벌써 30년 가까이나 지났군요. 그녀는 정말이지 너무나 예뻤는데!" 위니프레드 고모가 말했다.

"난 그 아이가 아무래도 탐탁지가 않았지. 꽤나 감상적이고 공상을 좋아하는 아이였지. 번듯한 결혼도 할 수 있었는데 자기가 좋아서 평생을 헛되이 보내고 말았어. 로렌스 가문 사람들의 구두끈을 풀 가치도 없는 사내와의 추억을 말이야." 할머니는 무척이나 냉담하게 말했다.

위니프레드 고모는 가볍게 한숨을 쉬더니 아무런 대답도 하지 않았다. 사람들 말에 따르면 고모도 젊은 날의 로맨스가 있었다는데, 엄마가 심하게 말렸다고 한다. 드릴 씨와의 결혼은 고모 쪽에선 사랑이 없는 결혼이어서 무척이나 불행한 결혼이었다고 들었다. 그러나 오래전에 남편은 사망했으며, 위니프레드 고모는 결코 남편에 관해 말하는 법이 없었다.

단호하게 할머니가 말했다. "어떻게 할 건지 결정했다. 엘리제에게 편지를 보내서 벌레가 슬지 않았는지 보기 위해 궤짝을 열어도 되겠냐고 물어보기로 하자꾸나. 만약 열지 말라고 한다면 어쩔 수가 없지. 분명 안 된다고 하겠지만 말이야. 그 아인 살아 있는 한은 옛날의 그 감상적인 생각에 매달릴 테니까."

나는 그날 이후로 그 낡고 커다란 궤짝을 피하게 되었다. 내 눈에는 그게 갑자기 새로운 의미를 지니고 있는 것처럼 보였고, 과거에 생명을 잃어 매장된 로맨스의 무덤인 것처럼 보였던 것이다.

한참 지나서 할머니에게 한 통의 편지가 배달되었다. 할머니는 그것을 테이블 너머 위니프레드 고모에게 건네면서 이렇게 말했다.

"엘리제에게서 온 거란다. 그 필적은 어딜 보아도 금세 알 수 있지. 너희들이 요즘 쓰는 것처럼 볼품없이 퍼지고 깔끔치 못한 글씨체가 아니야. 마치 동판인쇄를 한 것처럼 꼼꼼하고 섬세한 아주 여자다운 글씨야. 읽어보렴, 위니프레드. 난 안경도 여기에 없거니와 평소 엘리제의 과장된 얘기에는 질려버렸으니까 말이야. 소리내서 읽지 않아도 괜찮아. 대강은 알고 있으니까. 다만 궤짝에 관해 뭐라고 했는지만 가르쳐주려무나."

위니프레드 고모는 편지를 펼쳐읽고는 짧게 한숨을 쉬면서 내려놓았다.

"엘리제가 궤짝에 관해서 한 말은 이것뿐이에요. '만약 그 안에 별것 아닌 게 들어있다면 그걸 열고 내용물을 모조리 태워버리라고 부탁을 하겠지요. 하지만 저는, 저 이외의 어느 누구라도 그것을 보거나 만지거나 하는 건 견딜 수가 없습니다. 그러니까 부디 그것은 그대로 내버려 둬주세요, 숙모. 비록 벌레가 슬었다손 치더라도 그건 그리 중요하지 않습니다'라고 했어요."

위니프레드 고모는 말을 이었다. "전, 솔직히 실망했다고 말할 수밖에 없어요. 오래전부터 그 상자에 어린애 같은 호기심을 갖고 있었거든요. 하지만 그건 만족될 수 없는 운명인가 봐요. 그 '어떤 것'이란 건 틀림없이 엘리제의 웨딩드레스일 거예요. 그녀가 그걸 궤짝에 넣고 잠가놓았다고 전 줄곧 그렇게 생각해왔거든요."

"엘리제의 대답은 내가 예상했던 대로야. 그토록 오랜 세월도 그 아이에게 분별력을 심어주진 못한 모양이구나. 그렇게 하고말고. 난 이제 그 아이의 물건에서 손을 떼겠어. 벌레가 슬건 말건 나도 몰라." 할머니는 성가시다는 듯 말했다.

낡고 커다란 그 궤짝에 관해 나중에 내가 들은 것은 그로부터 10년이나 흐른 뒤였다. 로렌스 할머니는 돌아가셨으나 위니프레드 고모는 여전히 와이저 저택에서 살고 있었다. 고모는 무척이나 쓸쓸했는지 할머니가 돌아가시던 바로 그해 겨울에 내게 한동안 머물러 달라고 초대를 하셨다.

또다시 다락방으로 올라가 변함 없이 어슴푸레한 구석에 자리잡고 있는 커다랗고 푸른 궤짝을 보자 내 가슴속에는 어린 시절의 호기심이 되살아나는 것이었다. 나는 그 궤짝에 얽힌 이야기를 들려달라고 위니프레드 고모를 졸라댔다.

위니프레드 고모는 말했다. "다시 생각나게 해주어서 기쁘구나. 어머니가 돌아가신 뒤로 줄곧 열어볼 참이었단다. 하지만 다음에, 다음에 하자고 미루고 있었지. 에이미, 엘리제 로렌스는 5년 전에 돌아가셨단다. 하지만 그 당시조차도 어머니는 궤짝을 열지 못하게 하셨지. 이젠 그걸 뒤져보아선 안 될 이유는 하나도 없단다. 괜찮다면 지금 올라가서 열어보자꾸나. 그 다음에 얘기를 들려주지."

우리는 가슴을 두근대면서 다락방으로 가는 계단을 올라갔다. 고모는 낡은 궤짝 앞에 서더니 벨트에 달린 열쇠 꾸러미에서 열쇠 하나를 골랐다.

"이 열쇠가 맞지 않는다고 해도, 그래 에이미, 너무 화내지 말아주렴. 뭐 네가 나만큼 실망할 거라고는 생각지 않지만."

고모는 열쇠를 돌리고 무거운 뚜껑을 들어올렸다. 나는 몸을 한껏 앞으로 내밀었다. 몇 겹이나 되는 휴지가 보였고, 그 주름 사이에는 체로 친 듯한 미세한 먼지의 얇은 막이 쳐있었다.

"그걸 치워보거라. 이 궤짝 안에는 유령 따윈 없단다. 적어도, 너에 관한 한 말이다." 고모가 조용히 말했다.

그 종이를 치워보니 궤짝 내부는 둘로 나뉘어져있었다. 한쪽의 맨 위에는 상감세공이 된 자그마한 사각 상자가 있었다. 드릴 부인은 그것을 집어들더니 창가로 가져갔다. 그러고는 뚜껑을 열어서 상자를 내 무릎 위에 놓았다.

"자, 에이미. 그걸 잘 보렴. 옛날의 어떤 보물이 지난 40년 동안이나 그 속에 감춰져 있었는지를 보려무나."

내가 맨 처음 꺼내든 것은 진한 보라색 벨벳으로 씌워진 사각의 작은 상자였다. 보잘것없는 자물쇠는 녹이 슬어서 거의 제 역할을 못한 채 간단히 열렸다. 내 입에서 경탄의 소리가 작게 새어나왔다. 위니프레드 고모가 내 어깨너머로 몸을 내밀고 있었다.

"그건 엘리제의 20살 무렵의 사진이란다. 그리고 이쪽은 윌리스 스타. 엘리제가 예쁘지 않니, 에이미?"

색이 바랜 금박의 테두리 안에서 나를 보고있는 얼굴은 정말로 아름다웠다. 흠잡을 데 없이 갸름한 얼굴과, 섬세한 생김새에 진한 푸른색의 커다란 눈을 가진, 젊은 처녀의 꽃다운 모습이었다. 높이 묶은, 기다랗게 세로로 말려 목덜미로 흘러떨어지는 고풍스럽고 따뜻한 느낌의 적갈색 머리칼. 목과 어깨의 곡선이 절묘했다.

"다른 한 장은 엘리제가 약혼했던 사람이야. 그런데 에이미, 이 사람이 미남으로 보이니?"

나는 그 사진을 찬찬히 훑어보았다. 25살가량의 젊은 남자였다. 분명히 잘생기긴 했지만, 어딘가 내 마음에 들지 않는 구석이 있어서, 나는 고모에게 그렇게 말했다.

위니프레드 고모는 그 말에는 대답을 않고 상자 안에서 다른 것을 꺼내고 있었다. 뼈 부분이 정교하게 조각된 상아로 만들어진 하얀 실크 부채, 오래된 편지 한 다발, 바슬바슬 마르고 쪼그라든 어떤 꽃을 싼 종이. 고모는 잠자코 상자를 옆에 놓고, 커다란 궤짝의 물건을 꺼냈다. 먼저, 치맛자락이 끌리는 스커트와 '가는 허리'의 몸통 부분, 그리고 한 시대 전의 부풀린 소매가 달린 연한 노란색 무늬를 넣어 짠 춤출 때 입는 옷이 나왔다. 그 밑에 상자가 하나 있고, 상자 안에는 작지만 알이 고른 진주 목걸이와 스타킹 한 켤레가 들어 있었다. 나머지 한쪽에는 아름답고 비싼 것이지만 오랜 세월로 인해 누렇게 바랜 가정용 리넨, 다마스크 테이블덮개와 재단하지 않은 천이 빼곡이 들어차 있었다.

두 번째 칸에는 한 벌의 드레스가 있었다. 위니프레드 고모는 그것을 매우 공손하게 꺼내들었다. 호화로운 실크 가운이었다. 전에는 흰색이었지만 지금은 리넨과 마찬가지로 세월이 지나 누렇게 변색되어있었다. 간소한 것이지만 거미줄처럼 촘촘한 구식 레이스가 가장자리에 달려 있었다. 그 주위에 둥글게 기다랗고 흰 신부 면사포가 말려있으며, 오랜 세월이 지났어도 내내 향기로움을 잃지 않은, 조금은 낯선 옛날 향수의 좋은 향기가 났다.

"자, 에이미. 이게 다구나. 이번엔 이야기를 할 차례구나. 어디서부터 시작을 할까?" 위니프레드 고모가 떨리는 목소리로 말했다.

"제일 처음부터요, 고모. 난 그분의 이름 말고는 아무것도 모르는 걸요. 그분이 누구신지, 어째서 웨딩 드레스를 놔두고 가신 건지 가르쳐주세요."

고모는 꿈꾸듯이 말했다. "불쌍한 엘리제! 슬픈 이야기란다, 에이미. 그리고 이젠 무척이나 옛날 일처럼 여겨지는구나. 나도 나이가 든 모양이야. 40년이나 전의 일인걸. 난 그 당시 겨우 20살이었단다. 엘리제 로렌스는 나의 사촌으로, 헨리 로렌스 삼촌의 외동딸이었어. 나의 아버지, 그러니까 너의 할아버지구나, 에이미. 넌 기억하지 못하겠지만 아버지에겐 형제가 둘 있었고 각각 하나씩 딸이 있었단다. 그 딸들은 둘 다, 너의 증조할머니의 이름을 따서 엘리제라 불렸지. 난 조지 삼촌네의 엘리제는 단 한 번밖엔 본 적이 없단다. 조지 삼촌은 부자여서 그녀에게 여기저기서 혼처가 나섰지만 좋게 말해도 그녀는 미인은 아니었고, 게다가 꽤나 거만하고 콧대가 높았지. 그들 집은 멀리 시내에 있어서 와이저 저택에는 온 적이 없었단다.

또 한 사람의 엘리제 로렌스는 가난한 집의 딸이었어. 나하고는 동갑으로 서로 닮은 데도 있었지. 나는 그녀의 반만큼도 예쁘지는 않았지만 말이야. 그 사람이 얼마나 고왔는지는 사진을 봐서 알겠구나. 하지만 말이야, 그건 그녀를 다 보여주고 있지 않아. 그녀의 매력의 반은 장난기가 가득한 표정과 쾌활한 모습에 있었으니까. 물론 그녀한테도 작은 결점은 있었지. 너무나도 로맨스나 감상에 쉽게 빠지는 거였어. 그 당시는 난 그게 그렇게 심각한 결함이라고는 생각지 않았단다, 에이미. 나도 어렸고 로맨틱했는걸 뭐. 어머닌 결코 엘리제를 마음에 들어하지 않으셨던가 봐. 하지만 다른 사람들 모두가 그녀를 좋아했지. 그러던 어느 겨울 날, 엘리제는 와이저 저택으로 오랫동안 머물러 왔던 거야. 여기도 그때만은 무척이나 활기를 띠었었지, 에이미. 엘리제 덕분에 오래된 집이 즐거움으로 울려 퍼졌단다. 우린 곧잘 밖에 나갔지. 그는 우리가 얼굴을 내미는, 제아무리 시끌벅적한 곳에서도 늘 여왕님이었어. 엘리제도 그런 명예를 시원스럽게 받아넘기고는, 아첨을 듣거나 숭배를 받아도 전혀 개의 치 않았어.

그해 겨울, 우리는 처음으로 윌리스 스타하고 알고 지내게 된 거야. 윌리스는 새로 이 지역에 온 사람이어서 아무도 그에 관해 자세히 알지 못했단다. 하지만 하나둘 상류가정이 그를 받아들였고, 게다가 그 자신도 매력이 있어서 차츰 인기를 더해갔어. 말하자면 당시를 주름잡는 인물 정도가 되었던 거야. 그는 무척이나 잘생겼고, 행동이 상당히 세련되고 여유가 있었지. 게다가 부자인 모양이라고 사람들은 말했단다.

난 말이야, 에이미, 난 윌리스 스타를 믿었던 것 같지는 않아. 하지만 나 역시 다른 사람들처럼 그 사람의 매력에 빠져 아무것도 보이지 않았나봐. 윌리스를 좋아하지 않았던 건 아마도 오직 한 사람, 우리 어머니뿐이었어. 어머니는 늘 그가 돈 한푼 없는 사기꾼임을 넌지시 비쳤기 때문에 엘리제는 꽤나 뾰로통했었단다.

처음부터 윌리스는 엘리제에게서 눈을 떼지 못했고, 엘리제에게 매료된 것처럼 보였단다. 윌리스가 남에게 그런 기분이 들게 하는 건 아주 쉬운 일이었지. 엘리제는 처녀다운 충동적인 마음을 온통 기울여 그를 사랑했고, 그것을 감추려고도 하지 않았단다.

난 두 사람이 약혼을 하던 날 밤을 잊지 못한단다. 엘리제의 생일이었거든. 우리는 그날 밤, 어떤 무도회에 초대를 받았어. 그 노란 가운은 그때 것이란다. 그래서 그걸 이곳에 놔두고 간 모양이야. 인생에서 가장 행복했던 밤에 입었던 가운이거든. 엘리제가 그렇게까지 아름다운 모습은 본 적이 없었단다. 목과 팔뚝을 드러내고, 이 진주 목걸이를 하고는 가장 좋아하는 흰장미 꽃다발을 손에 들고 있었지.

무도회가 끝나고 집으로 돌아왔을 때, 엘리제는 우리에게 털어놓을 기쁜 비밀을 안고 있었단다. 윌리스 스타하고 약혼을 한 거야.

두 사람은 초봄에 결혼을 하기로 되어있었어.

월리스 스타는 분명 이상적인 연인인 것 같았어. 엘리제는 너무나도 행복해서 날이 갈수록 아름답게 빛나는 것처럼 보였단다.

그래서 에이미, 결혼식 날짜가 잡혔고 엘리제는 와이저 저택에서 결혼식을 하기로 했지. 엘리제의 어머니는 돌아가셔서 이미 계시지 않았으니까. 그리고 내가 들러리를 맡기로 되어있었단다. 우리는 신부 옷을 함께 만들었어. 그 무렵의 여자들은 자기 가운은 직접 만드는 게 보통이었거든. 사거나 하는 일은 없었어. 그래서 엘리제의 가운은 애정으로 가득 찬 손가락으로 만들어졌고, 사랑으로 가득 찬 꿈에 의해 축복 받은 바늘땀 외에는 단 한 땀도 들어가지 않았던 거야. 해님의 빛처럼 빛나는 곱슬머리 위로 면사포를 씌워준 건 바로 나였단다. 지금은 얼마나 누래지고 주름이 졌는지 너도 보았지? 하지만 그땐 눈처럼 하얬단다.

결혼식이 있기 1주일 전에 월리스 스타는 와이저 저택에서 하룻저녁을 보냈어. 우린 곧 다가올 결혼식 얘기를 즐겁게 하고 있었지. 그런데 초대손님 얘기를 하다가 엘리제가 그녀와 이름이 똑같은, 부자 삼촌의 상속녀 엘리제 로렌스 얘기를 꺼냈어. 말을 할 때 장난스럽게 어깨너머로 월리스 쪽을 보면서 말이야. 그건 이름은 같지만 거의 닮은 데가 없는 사촌에 관한, 그냥 유쾌한 농담이었어.

우리는 와 하고 웃었지. 하지만 그때 월리스 스타의 얼굴에 떠오른 표정을 나는 절대로 잊지 못해. 잠깐 스쳐 지나갔지만 그게 내게 주었던 냉랭한 두려움은 결코 사라지지 않았단다. 2, 3분 뒤에 난 뭔가 별 건 아니지만 볼일이 있어서 방을 나왔어. 내가 어두컴컴한 넓은 방을 지나서 돌아오니 월리스 스타가 기다리고 있더구나. 그 사람은 내 팔을 붙들고는 사악한 얼굴을 들이댔어. 에이미, 그때 그의 얼굴은 사악했단다.

'가르쳐 줘.' 한층 낮은, 그러나 거친 목소리로 월리스가 말하더구

나. '상속녀라는 다른 엘리제 로렌스가 있는 거야?'

'분명 있어요.' 나는 확실하게 말했지. '그 사람은 우리의 사촌인 데 조지 삼촌의 딸이에요. 우리 엘리제는 상속녀가 아니에요. 설마 당신은 우리 엘리제가 상속녀라고 여기고 계셨던 건 아니겠지요!'

윌리스는 비웃는 듯한 엷은 미소를 띠면서 옆으로 바짝 다가왔어. '그럴 줄 알았어. 무리도 아니겠지? 귀하신 상속인인 엘리제 로 렌스와 가난한 미인 엘리제 로렌스에 관해 이런저런 이야기를 들 었지. 난 다만 그걸 동일 인물이라고 여겼어. 너흰 모두가 내가 이 사실을 깨닫지 못하도록 주의하고 있었던 거야.'

'내게 그렇게 말씀하시다니, 당신은 분수를 잊으셨군요, 스타 씨. 당신이 멋대로 오해하셨던 것 아닌가요? 우리가 누군가에게 엘리 제가 상속녀라고 여기게 하다니 그런 건 꿈에도 생각지 않았어요. 그녀 스스로도 충분히 사람들의 사랑을 받을 만큼 아름답고 사랑스 럽답니다.' 나는 차갑게 되받았어.

나는 불안으로 가슴이 답답해진 상태로 거실로 돌아왔어. 윌리스 스타는 그날 밤 줄곧 어두운 얼굴로 말없이 보냈단다. 하지만 그런 그의 모습을 나 말고는 아무도 눈치채지 못한 것 같았어.

다음 날은 우리들 모두 정신 없이 바빴기 때문에 난 어젯밤의 사 건을 거의 잊고 있었단다. 우리 여자들은 재봉실로 올라가서 신부의 상의 마지막 마무리를 하고 있었지. 엘리제는 드레스와 면사포를 미 리 입어보고 온몸에 빛나는 실크를 두르고 서 있었어. 그런데 그곳 에 한 통의 편지가 배달된 거야. 엘리제의 볼이 물들었으므로 난 그 게 누구에게서 온 건지 알 수 있었단다. 난 웃으면서 엘리제가 편지 를 천천히 읽을 수 있도록 아래층으로 내려갔단다.

돌아와 보니 엘리제는 내가 나가던 때와 똑같이 방 한가운데에 우 뚝 서서는 한 손에 편지를 쥐고 있었어. 얼굴이 면사포처럼 새하얬 단다. 크게 부릅뜬 눈은 치명타를 맞은 것처럼 멍하니, 고민의 빛을 띠고 있었지. 모든 온화한 행복과 우아한 아름다움이 모조리 그녀의 눈에서 사라지고 없었어. 그건 나이 든 여자의 눈이었단다, 에이미.

'엘리제, 무슨 일이야? 윌리스에게 무슨 일이 있어?' 내가 물었어.

엘리제는 대답하지 않고 난로로 다가가더니 활활 타오르는 푸른 불꽃 속으로 편지를 던지고는 그것이 타서 재가 되는 걸 지켜보았어. 그러더니 나를 향해 이렇게 말하더구나.

'가운 벗는 걸 도와줘, 위니. 두 번 다시 이걸 입는 일은 없어. 결혼식은 취소야. 윌리스는 떠나버렸어.' 엘리제는 마음이 내키지 않는 듯한 말투였어.

'떠나버렸다고?' 난 바보처럼 되뇌었어.

'그래. 난 상속녀가 아닌걸, 위니. 그 사람이 사랑했던 건 여자가 아니라 재산이었어. 자기는 너무나 가난하기 때문에 내가 재산이 없으면 결혼할 수 없대. 그런 건 꿈에도 생각지 않았다는 거야. 아아, 너무나도 잔인하고 무정한 편지야! 어째서 그 사람은 나를 죽여주지 않은 걸까? 그렇게 하는 편이 훨씬 나았을 텐데! 그 정도로 난 그 사람을 사랑했어. 그렇게까지 믿었지! 아아, 위니, 위니, 어쩌면 좋아!'

엘리제의 정열적인 말과, 조용한 얼굴, 그리고 생기 없는 목소리와의 격차에는 뭐라고 표현 못할 두려운 것이 있었단다. 난 어머니를 부르고 싶었지만 엘리제가 그렇게 하도록 놔두질 않았어. 드레스와 면사포를 입은 채 옷자락을 끌며 어두운 홀을 지나 자기 방으로 가더니 문을 잠그고 틀어박혀 버렸단다.

그래, 난 다른 사람들에게 모든 것을 말했어. 모두의 분노와 경악은 상상할 수 있을 거야. 네 아버진 말이야, 에이미, 그 무렵엔 열혈남아처럼 기질이 드센 젊은이여서 곧장 윌리스 스타를 찾으러 나섰단다. 하지만 윌리스는 아무에게도 행방을 알리지 않고 어디론가

자취를 감춰버렸어. 사람들이 모이는 자리마다 가십과 스캔들로 시끌벅적했지. 엘리제는 이런 것은 아무것도 몰랐어. 며칠 동안이나 아파서 의식불명이었거든. 소설이나 지어낸 이야기라면 엘리제는 그대로 죽어버렸을 거야. 그래서 이 이야기도 그것으로 끝나게 될 거고 말이야. 하지만 이건 현실이니까, 엘리제는 죽지 않았단다. 죽지나 않을까 우리들은 몇 번이나 그렇게 생각했지만 말이야.

자리를 털고 일어났을 때, 그녀는 무섭게도 달라져 있었단다! 그녀를 보면 가슴이 찢어지는 듯한 생각이 들었지. 성격 자체도 완전히 달라져버렸더구나. 원래의 밝고 쾌활한 성격은 흔적도 없이 사라져버렸지. 그때부터 그녀는 색이 바래고 영혼이 빠져나간 사람이 되고 말았어. 완전한 타인과 마찬가지로, 우리가 알았던 엘리제와는 도저히 비슷하려야 비슷할 수가 없는 사람이 되어버린 거야.

한참 지나서 다른 소식이 전해졌지. 윌리스 스타가 진정한 상속녀인 다른 한 명의 엘리제 로렌스와 결혼을 했다는 거야. 두 번째는 틀림이 없었던 거지. 우리는 엘리제에게 알려지지 않도록 조심했지만, 결국은 그녀도 알아채고 말았어. 그게, 그녀가 이곳에 혼자서 올라와서 이 낡고 커다란 궤짝에 짐을 채워 넣은 날이란다. 안에 무엇을 넣었는지는 아무도 몰랐어. 하지만 에이미, 지금 이렇게 너하고 내가 본 것처럼 그녀의 무도복, 시집가는 날의 의상, 러브레터, 그리고 무엇보다도 그녀의 청춘과 행복, 이 궤짝은 그 모든 것의 무덤인 셈이지. 엘리제 로렌스는 진정으로 이곳에 묻힌 거야.

엘리제는 그 뒤 곧장 집으로 돌아갔단다. 떠나기 전에 낡은 궤짝은 자기가 가지러 올 때까지 열지 말고 집에 놔달라고 억지로 어머니한테 약속을 하게 했어. 하지만 한 번도 그녀는 돌아오지 않았지. 돌아올 생각이 없었던 게 아닐까 싶구나. 그리고 난 그 뒤로 다시는 엘리제를 만나지 못했어.

이게 바로 이 낡은 궤짝에 담긴 이야기야. 모든 것은 훨씬 오래전의 일이긴 하다만, 가슴이 찢기는 듯한 슬픔과 비통함이 지금 다시 찾아온 것처럼 여겨지는구나. 불쌍한 엘리제!"

나는 낡고 누렇게 바랜 신부 면사포를 무릎 위에 놓고 엘리제 로렌스의 사진을 손에 들고 저물어 가는 햇빛 속에서 꿈꾸는 것처럼 앉아 있었다. 나를 그대로 놔두고 살며시 위니프레드 고모는 아래층으로 내려갔고, 나의 눈에도 눈물이 흘러내렸다. 내 주위를 그녀의 슬픈 이야기, 옛날부터 자주 있는 불성실한 사랑과 여자의 슬픈 이야기를 전해주는 유품들, 그녀가 몸에 둘렀던 가운, 약혼 무도회에서 마음 가볍게 춤추는 그녀가 신었던 스타킹, 부채, 진주, 장갑 등이 둘러싸고 있었다. 왠지 모르게 나 자신이 그 시절에 살아 있었던 듯한, 사랑과 행복, 배신과 고통이 내 인생의 일부였던 듯한 그런 느낌이 들었다. 이윽고 위니프레드 고모가 황혼의 어둠 속으로 돌아왔다.

"이것들 모두를 그 무덤으로 보내자꾸나, 에이미. 모두가 이제 아무에게도 쓸모가 없겠지. 리넨은 빨아서 쓸 수 있을지도 모르지만, 그렇게 하면 신성한 것을 더럽히고 말 것 같구나. 이 리넨은 말이야, 어머니가 주신 엘리제의 결혼선물이었단다. 하지만 진주는 괜찮다면 네가 갖지 않겠니, 에이미?"

나는 약간 소름이 끼치는 걸 느끼면서 말했다. "아아, 아니에요, 아니에요. 전혀 갖고 싶지 않아요, 위니프레드 고모. 그걸 하면 유령이 되어버릴 것 같아요. 모든 것을 처음에 있던 대로 되돌려주세요. 다만, 그분의 사진만은, 그것만은 제가 갖고 싶어요."

우리는 정중하게 가운과 편지, 그리고 장식품을 낡고 푸른 궤짝 속에 도로 넣어두었다. 위니프레드 고모는 뚜껑을 닫은 다음, 조용히 자물쇠로 잠갔다. 고모는 잠깐 동안 그 위에 고개를 숙였고, 그런 다음 우리는 함께 말없이 와이저 저택의 어슴푸레한 다락방 계단을 내려갔다.

The Redemption of John Churchill
존 처칠의 속죄

존 처칠은 천천히 걷고 있었다. 피로에 지친 사람처럼은 보이지 않는다. 걷는 것을 즐기고, 마음이 가는 대로 산책하는 사람처럼 보이지도 않는다. 그는 마치 목적지에 닿는 것이 두려워서 갈 길을 서두르지 않는 사람인 듯한 분위기였다. 때는 한창 봄이 무르익었고, 오후도 거의 저물어 가는 즈음이다. 온 세상은 갖가지 꽃들이 만발했고, 그의 앞으로 또 뒤로 토끼풀이 무성하게 푸른 초원을 누비고, 빨간 리본처럼 달리는 길이 지그재그로 구불거리며 이어져있다. 길가에 여기저기 흩어져 있는 과수원은 온통 하얗고 향기로우며, 쾌활한 남서풍이 그 향기를 실어날랐다. 산울타리 가까이의 한쪽 구석은 떼지어 피어 있는 제비꽃의 보랏빛과, 소용돌이치는 양치식물 새싹이 금색을 띤 초록으로 빛난다. 길 양쪽에는 노란 민들레꽃과 흰 딸기 꽃이 마치 별을 쏟아놓은 것 같았다. 그날은 마치 온 세상 사람들 누구나 세상을 정면으로 바라보면서 서로서로 넓게 열린 마음으로 봄의 기운을 들이마시면서 가볍고 힘차게 걸을 수 있는 그런 날이었다.

그러나 존 처칠은 고개를 떨구고 느릿느릿 걷고 있다. 지나가는 다른 사람들과 마주치거나 추월을 당하거나 할 때에도 고개를 들지 않고 훔쳐보는 것처럼 눈썹 그늘 아래로 힐끔 올려다볼 뿐이다. 그 눈은, 그가 누군지도 모르고 사람들이 지나쳐버리면 창피함이 섞인 안도의 표정으로 바뀌는 것이었다. 그 가운데 몇몇 사람은 그와 과거에 교제가 있었던 사이로 얼굴을 아는 사람이었다. 10년이라는 세월에도 모두들 존 처칠만큼은 변하지 않았다. 사람들의 10년은 신의 은혜로운 대기와 햇볕으로 가득 찬 푸른 하늘 아래서 자유와 좋은 평판 속에 지냈던 것이다. 그러나 존 처칠은 지난 10년의 세월을 감옥 안에서 보냈다.

그의 짧게 깎은 머리에는 흰머리가 섞여 있었다. 싸구려 옷감으로 만든 몸에 맞지 않는 옷을 입은 모습은 등이 굽었고 작게 쪼그라져 있었다. 얼굴에는 깊은 주름이 패여 있었다. 그러나 그렇더라도 나이로 따지면 노인은 아니다. 그는 아직 40살이었다. 투자목적으로 은행 자금을 횡령해 유죄 선고를 받아, 충격을 받은 아내와 아버지, 그리고 마음보다도 자존심에 상처를 입은 여동생을 남겨두고 형무소로 보내졌을 때, 그는 30살이었다.

그 이후로 단 한 번도 가족과 만나지 않았으나 자신이 없는 동안에 일어난 일은 알고 있었다. 아내는 갓 낳은 아들을 남겨두고 두 달 뒤에 죽었으며, 아버지도 그해에 돌아가셨다. 아내도, 아버지도, 자신이 죽인 것이었다. 두 사람을 사랑했던 존 처칠이 분명히 자기 손으로 냉혹하게 때려눕힌 것과 마찬가지로 죽인 것이다. 누이동생이 아들을 데려갔다. 아직 보지 않은, 그러나 태어나면서부터 그가 떳떳치 못함을 선물해버린 어린 아들. 누이동생은 누가 뭐라 해도 오빠를 용서하지 않았고, 결코 편지를 쓰지 않았다. 그녀가 아이를 키우면서도 아이 아버지의 범죄 사실을 완전히 무시했던 것도, 또 얼마나 그 사실을 혐오하고 기피했을지도 그는 잘 알고 있었다. 형기를 마치고 다시 세상 속으로 돌아왔을 때, 열심히 다시 살아가라고 그의 손을 잡고 도와주는 친한 사람은 한 사람도 없었다. 친구들이 그를 위해서 할 수 있는 최선의 것은 그를 잊어주는 것이었다.

그의 심정은 고뇌와 절망과, 온통 휘황함으로 가득 찬 세상에 대해 파멸을 불러일으킬 듯한 증오로 가득했다. 여기에 그가 있을 곳은 없다. 그는 이 세상에 있어서 추악한 오점인 것이었다. 친구도 없고 아내도 없으며 가족도 없는 사내. 그는 아는 사람들의 얼굴을 정면으로 보는 것조차도 불가능하며, 앞으로 사회에서 제외된 자들과 함께 살아가야만 하는 인간인 것이다. 그는 신과 인간에게 풀 길 없는 분노를 불태웠고, 신과 인간을 증오했다.

아직 그의 가슴속에 부드러운 감정이 남아있다면 오직 하나, 그것은 어린 아들을 향한 그리움이었다.

형무소를 나왔을 때, 그는 앞으로 어떻게 할지 결정했다. 아버지가 남겨준 얼마 되지 않는 돈이 있다. 그 정도면 서부로 충분히 갈수 있다. 이름을 바꾸고 서부로 가자. 그곳이라면 과거의 기억을 씻어줄 새로운 경험과 모험이 있으리라. 자신은 어찌 되든 상관없었다. 마음에 걸리는 누군가가 달리 있을 것도 없었다. 어찌 되든 마음속으로는 아래로, 아래로만 굴러 떨어질 것임을 알고 있었다. 그러나 그런 건 그리 중요한 일이 아니다. 만약 누군가 보살펴주어야만 할 사람이 있다면 그도 노력해서 멋진 생활로 돌아가고, 자신의 수치를 딛고 일어서서 그 발로 오직 앞으로 펼쳐질 미래에 명예와 정직의 길을 밟아가는 것을 가치 있는 일이라고 여겼으리라. 그러나 그런 사람은 누구 한 사람도 없다. 그래서 그는 마음 내키는 곳으로 가려했다.

그러나 우선 어린 조이를 만나야만 한다. 벌써 10살이 다 되었을 것이므로 꽤 자란 사내아이가 되었을 게 틀림없다. 집으로 돌아가서 단 한 번만이라도 그 아이를 만나자. 아이의 눈 속에 떠오를 혐오와 마주치는 것은 두려운 일이었지만. 그 아이에게 안녕이란 말함과 동시에, 쓸쓸하고 초라한 그의 존재 속에 남아 있는 밝은 세상으로 나아가고자 하는 모든 것에게 미련을 버리고 영원히 이 인생으로부터 퇴장하기로 하자.

그는 우울하게 말했다. "그리곤 사라져 가는 거야. 그곳이 내가 있을 곳이다. 떳떳치 못한 과오를 지닌 자 이외에는 모두가 백안시하는 전과자인 내가 있을 곳이지. 과거의 나와 지금의 나를 생각해 보라! 완전히 머리가 돌아버릴 것만 같다! 잘못을 뉘우쳤다고? 바보 같으니! 내가 진심으로 후회하고 있다고 누가 믿어줄 것인가? 누가 그걸 믿고 나에게 다시 한 번 기회를 주겠는가? 누구 한 사람도 있을 리 없다. 뉘우쳤다 해도 과거가 물에 씻겨 내려갈 리도 없다. 마음을 바꿨다해도, 내가 이 세상에서 가장 사랑했던 아내는, 내가 그 마음을 산산이 조각 내 버린 나의 아내는 돌아오지 않는다. 더럽혀지지 않은 완전한 새 이름도, 훌륭한 사람들 사이에 자리를 차지할 권리도, 회개를 했다 해도 돌아오지 않는다. 나 같은 밑바닥까지 떨어진 인간에게는 기회는 없는 것이다. 에밀리가 살아 있어 주었더라면 그녀를 위해 열심히 살아볼 수도 있으리라. 하지만 그럴 동기도 없을 뿐더러 백에 하나라도 성공할 가능성도 없는 싸움에 도전할 바보가 어디 있겠는가? 나는 이제 끝이다. 나는 끝없이, 끝없이 추락할 뿐이다. 이제 다시는 기어오르지 못하리라."

그는 곤드레만드레 취해버림으로써 자유의 몸이 된 첫 날을 축하했다. 과거엔 결코 술에 만취한 적이 없던 그였다. 그리고 술이 깨자마자 앨리스턴으로 가는 기차에 탔다. 집으로 돌아가 어린 조이와 단 한 번이라도 만나볼 참이었다.

그가 내려선 역에서는 아무도 그를 알아보지 않았고, 아무런 주목도 받지 않았다. 그가 이 세상으로 다시 살아서 돌아온 것까지는 좋았지만, 자신이 사람들의 기억 속에서 사라졌으며 이미 이 지역에

낯선 사람이 되어있었다. 마치 죽은 사람처럼. 역에서 여동생의 집까지는 5킬로미터, 그는 그 길을 걸어서 가기로 했다. 극적인 순간이 가까이 다가오는 것을 조금이라도 미루고 싶어서였다.

동생의 집까지 오자 길에서 발길을 멈추고 아담하고 품위 있는 철책 너머 집을 바라보았다. 깨끗한 잔디 위를 걸어가서 닫혀진 바깥 현관문을 두드려야 할 것을 생각하니 용기가 사라졌다. 살그머니 뒤뜰 쪽으로 돌아가리라. 그렇게 하면 아마도 동생의 냉랭하고 화난 눈에 가혹하게 공격받지 않고 조이에게 다가갈 수 있을지도 모른다. 자신이 누구인지를 밝히지 않은 채 단지 아이만 찾아보고 잠깐이라도 이야기를 나눌 수 있다면, 경멸이나 공포를 걱정할 필요도 없이 아들의 맑은 눈동자를 볼 수만 있다면 좋겠다는 생각에 그의 가슴은 높게 고동쳤다.

높다란 가문비나무 산울타리 사이를 빠져나와 그는 뒤뜰로 가는 길을 살며시 걸어갔다. 정원 문이 있는 곳에서 문득 그는 멈춰 섰다. 빈틈없이 자란 무성한 산울타리 바로 너머에서 어떤 목소리가 들렸던 것이다. 아이들 소리였다. 그는 되도록 그곳 가까이로 숨어들었다. 목에 숨이 막혀오는 느낌이 들었고, 눈에는 통증을 느끼면서 울타리 사이로 내다보았다. 저 아이가 조이인가, 정말로 저 아이가 나의 어린 아들일까? 그렇다, 그런 것이다. 에밀리를 쏙 빼닮은 것을 보니 어디서 보아도 알아볼 것 같다. 그 아이는 에밀리의 밤색 곱슬머리와 그녀의 섬세한 입가, 그중에서도 그녀의 꿰뚫어보는 듯한 성실함이 넘치는 회색 눈, 단 한 번이라도 거짓말이나 미혹의 그늘을 품은 적이 없는 눈을 그대로 물려받았다.

조이 처칠은 고모네 집 부엌의 마당 끝에 놓인 돌 벤치에 앉아서 검은 양말을 신은 한쪽 무릎을 갈색의 작은 두 손으로 받치고 있었다. 지미 모리스가 분홍 꽃이 피어 있는 키 큰 사과나무에 기대어 두 손을 호주머니에 찔러 넣고 주근깨가 난 얼굴을 찌푸리고 반대쪽에 서 있다. 지미는 조이의 이웃에 사는데 보통 때는 조이와 사이가 매우 좋았다. 그러나 그날 오후는 돼지우리 뒤쪽의 전나무 숲에 인디언 함정을 만들다가 그 방법을 놓고 조이와 싸웠던 터였다. 말다툼은 길어져 열기를 띠었고, 마침내 인신공격이 되고 말았다. 존 처칠이 조이의 얼굴을 좀 더 자세히 보려고 울타리 뒤로 한쪽 무릎을 바닥에 댄 바로 그 순간, 지미 모리스가 연발총을 쏘는 것처럼 말했다.

"네가 하는 말에 내가 코방귀라도 뀔 줄 알았어? 아무도 너 따위 믿지 않을걸. 너네 아빠 형무소에 들어가 있잖아."

그 비웃음은 언제나처럼 급소를 찔렀다. 조이가 친구들에게 아빠 얘기를 듣는 건 이번이 처음이 아니다. 그러나 지미에게 그런 소릴 들은 적은 단 한 번도 없었다! 아빠 얘기를 이러쿵저러쿵 들을 때마다 그는 상처를 받았으나, 지금까지 그것에 대해 단 한 마디도 대꾸를 하지 않았었다. 얼굴이 갑자기 새빨갛게 물들고 입술은 떨리며, 그의 인생에 드리워진 그림자로 인해 커다란 눈이 참담하게 어두워져 잠자코 꼬리를 내리는 것이 평소의 조이였다. 그러나 가장 친한 친구인 지미가 그런 얘기를 하다니, 아아, 이건 너무 가혹한 아픔이었다.

아마도 어린 남자아이만큼 잔인한 것은 없으리라. 지미는 자기 말에 꼼짝 못하는 조이를 보자 심술궂게 추가 사격을 해댔다.

"너네 아빠 돈을 훔쳤대. 너네 아빠, 그런 짓을 했어! 그렇지, 맞아. 우리 아빠는 도둑이 아니라서 정말로 좋아. 너네 아빠는 도둑이야. 형무소에서 나오면 다시 도둑질을 할 거야. 우리 아빠가 그렇게 말했어. 아무도 너네 아빠 같은 사람하고는 말도 하지 않을 거랬어. 거봐, 자기 동생도 모른 체하잖아. 자, 어떠냐, 조이 처칠!"

"아빠하고 서로 알고 지내려는 사람은 있어!" 조이는 벌컥 화를 내며 외쳤다. 그러고는 벤치에서 미끄러져 내려와 자신만만하게 지미와 맞섰다. 산울타리 너머로, 모습을 숨기고 있는 관찰자는 조이의 얼굴이 하얗게 굳어지고 입술이 꽉 다물어진 것을 보았다. 그 얼굴은 마치 다 큰 남자의 얼굴처럼 보였다. 회색 눈은 흔들리지 않는, 두려움을 모르는 빛으로 빛나고 있었다.

"내가 그렇게 할 거야. 함께 살아갈 거라고. 우리 아빠인걸. 난 아빠가 무척 좋아, 아빠가 전에 어떤 일을 했건 상관하지 않아. 이 세상에서 가장 위대한 사람하고 똑같이 난 좋아. 우리 아빠가 너네 아빠처럼 훌륭한 사람인 것보다 오히려 난 지금의 아빠가 더 좋아. 왜냐하면 그러는 쪽이 나를 필요로 하기 때문이야. 우리 아빠 애길 알고 나서 훨씬 더 좋아하게 됐어. 계속 말이야. 만약 비어트리스 고모가 주소만 가르쳐준다면 편지를 써서 아빠한테 그렇게 말할 거야. 고모는 절대로 아빠 얘기를 하지 않고 하지도 못하게 해. 하지만 난 늘 아빠 생각을 해. 우리 아빠는 훌륭한 사람이 되려는 거야. 그럼, 그렇고말고, 언젠가 틀림없이 너네 아빠한테 조금도 뒤지지 않을 정도로 훌륭한 사람이 될걸, 지미 모리스. 난 우리 아빠를 훌륭한 사람으로 만들 거야. 벌써 몇 년이나 전부터 난 어떻게 할 건지 결정했어. 그리고 말이야, 난 결정한 대로 하겠어. 자 어떠냐, 지미."

"네가 뭘 할 수 있겠냐?" 지미는 이미 자기가 조이의 아빠를 비난했던 것이 부끄러워서 중얼거리듯 말했다.

"내가 할 수 있는 일을 말해볼까?" 조이는 고개를 잔뜩 뒤로 젖히고 기가 살아서 새빨개진 얼굴로 이제는 온 세상을 향해 말하듯 외쳤다. "난 아빠를 사랑해. 그리고 아빠 편이 되어줄 수 있고, 또 그렇게 할 거야. 아빠는 그러니까, 형무소에서 나오면 나를 만나러 와줄 거야. 틀림없어. 그럼 난 아빠를 꼭 껴안고 키스를 하면서 이렇게 말하겠어. '부디 마음쓰지 마세요, 아빠. 아빠가 후회를 하고 있고, 이제 다시는 나쁜 일을 하지 않으리란 걸 알고 있으니까요. 아빤 훌륭한 사람이 될 거죠? 그러니까 난 아빠 편이 되겠어요'라고 말이야. 그렇고말고, 난 그렇게 아빠한테 말하겠어. 난 우리 아빠의 단 하나뿐인 자식이고, 나 말고는 아무도 우리 아빠를 사랑할 사람은 없어. 비어트리스 고모가 아빠를 사랑하지 않는 건 알아. 아빠가 어디로 가든 난 함께 따라갈 거야."

"그렇게는 하지 못해. 비어트리스 아줌마는 네가 그렇게 하게 내버려두지 않을걸." 지미는 간담이 서늘해진 듯한 목소리를 냈다.

"아니, 그렇게 할 거야. 그렇게 해야만 해. 난 아빠 것이니까. 아빤 이제 얼마 안 있으면 돌아와. 틀림없이 얼마 안 있어 형기가 끝나게 될 테니까. 와주시면 좋겠는데 말이야. 아빠를 정말 보고 싶어. 왜냐하면 아빠한테 내가 없으면 안 된다는 걸 난 알고 있거든. 이제 곧 나도 아빨 자랑스럽게 여기게 될 거야. 지미 모리스, 그래, 너네 아빨 네가 자랑스러워하는 거랑 똑같이 말이야. 내가 어른이 되면 아무도 아빠 욕 같은 거 하지 않게 될걸, 틀림없이. 욕하는 녀석이 있다면 그놈들과 싸우겠어. 그렇고말고, 지미, 난 싸워줄 테야. 아빠하고 난 서로 언제까지나 같은 편이야. 비어트리스 고모한테는 자기 자식이 많이 있으니까 내가 다른 데로 가도 조금도 슬프지 않을 거야. 고모는 아빠를 나쁜 일을 했다면서 창피해하지. 하지만 난 그렇지 않아. 부끄러움 같은 건 없어, 지미. 난 아빠가 무척 좋아. 그게 아빠한테는 다른 모든 것들을 메워줄 거야. 그러니까 이제 돌아가, 지미 모리스, 알겠어?"

지미 모리스는 집으로 돌아갔다. 그가 가버리자 조이는 풀과 흩어져 떨어진 사과 꽃 속에 얼굴을 묻고 미동도 않고 엎드려 있었다.

가문비나무 울타리 저쪽에서는 존 처칠이 무릎을 꿇은 채 고개를 떨구고 있었다. 눈물이 볼을 타고 흘러내렸지만 눈에는 새로운 부드러운 빛이 어렸다. 고민과 절망은 커다란 평안과 불타는 희망으로 바뀌어 그의 마음속에서 사라지고 없었다.

'저 성실하고 어린 영혼에게 축복 있으라! 결국 살아갈 의지가 될 것이 있었다. 힘을 내어 살아가는 것을 가치 있는 것으로 받아들여줄 만한 것이 있었던 것이다. 나를 저토록 믿어주는 아들의 마음이 올바른 것임을 증명해 주어야만 한다. 흡사 목말라 죽어가는 사람의 말라버린 입술에 부어지는 신의 약수처럼, 내게 주어진 이 아름답고 순수하며 자신을 돌아보지 않는 사랑. 이에 부응하기 위해 노력해야만 한다. 그렇다, 그리고 신께서 도와주신다면 이렇게 하리라. 과거를 속죄하는 것이다. 서부로 가자, 그냥 본명을 지닌 채로. 어린 아들도 함께 데려가자. 열심히 일을 하리라. 횡령한 돈을 되도록 빨리 갚자, 비록 죽을 때까지 시간이 걸리더라도. 아들을 위해 내가 뿌린 씨앗을 거두고, 이 오명을 씻어내야만 한다. 아아, 고맙게도 의지할 상대가 있다. 사랑해주는 사람이 있는 것이다. 겸허하게 '나는 회개했다'고 말하면 그것을 믿어주는 사람이 있다.'

숨을 죽이고 하늘을 우러러 그는 말했다.

"신이시여, 이 죄인에게 은혜를 베푸소서."

그는 벌떡 일어나서 문을 지나 잔디 위를 걸어서 얼굴을 팔에 묻고 움직이지 않는 어린 아이를 향해 갔다.

"조이야. 조이 도련님." 쉰 목소리였다.

조이는 가득한 눈물을 아직도 반짝반짝 빛내면서 튀어오르듯이 벌떡 일어났다. 조이의 앞에 허리를 굽힌 백발이 섞인 남자가 사랑스럽다는 듯, 그리고 보고싶었다는 듯 자신을 보고 있는 것이 눈에 들어왔다. 조이는 그게 누군지 알았다. 지금껏 만난 적이 없던 아빠였다. 소년은 "잘 오셨어요!"라고 기쁨의 소리를 내지르며 남자가 내민 팔로 뛰어들었다. 아들의 애정으로 이미 신에게 돌아온 그 남자의 두 팔 안으로.

Miriam's Lover
미리엄의 연인

나는 세프턴 부인에게 괴담을 읽어드리고 있었는데, 마지막에 이르자 경멸하는 것처럼 약간 어깨를 으쓱하고는 책을 아래로 내려놓고 말했다.

"정말이지 바보 같다고 하시면 안 돼요!"

세프턴 부인은 수놓던 것을 손에 든 채로 시선을 떨어트리고는 건성으로 말했다.

"그래. 정말이지 너무나도 진부한 얘기로구나. 죽은 사람들의 혼이 일부러 착한 사람들을 무섭게 하고, 아니면 살아 생전에 좋아했던 장소를 배회하러 밤에 이 세상으로 돌아오다니 말이야. 난 믿어지지가 않아. 설령 그런 혼이 나타난다 하더라도 좀더 분명한 이유가 있을 게 틀림없다고."

"그런 게 나오다니, 설마 사실은 아니겠지요?" 나는 괴이쩍다는 투로 말했다.

"나타나지 않는다는 증거는 없단다."

나는 외쳤다. "설마, 메리. 인간이 영혼을, 그러니까 말하자면 유령을 본다거나 보인다고 믿는다는, 그런 말을 하실 생각은 아니시겠지요?"

"난 믿는다고는 말하지 않았어. 그런 건 단 한 번도 본 적이 없는걸. 믿는다고도 또 믿지 않는다고도 말하기가 힘들어. 하지만 말이야, 때로는 묘한 일이 일어나거든. 어떻게도 설명할 수가 없는 일이 말이야. 그건 적어도 확실히 거짓말쟁이는 아닌 사람들의 입에서 나온 얘기야. 물론 그 사람들이 잘못 본 건지도 모르지. 그리고 난 만약 유령이 보인다 하더라도 모든 사람들이 볼 수 있다고는 생각하지 않아. 뭔가 태어날 때부터 지닌, 말하자면 영혼의 눈이라는 것이 필요하지. 우리들 누구나 그것을 갖고있는 건 아니야. 실제로 그런 사람은 매우 드물단다. 아마도 넌 내가 바보 소리 한다고 생각하는 모양이구나."

"네, 그래요. 그렇게 생각하고말고요. 당신에게 정말로 놀랐어요, 메리. 늘 저는 세상에서 당신만은 그런 생각을 하지 않을 것으로 여겨왔는데. 당신 같은 현실적인 분이 그런 얘기를 하시다니 뭔가가 있는 게 틀림없어요. 대체 그게 뭐예요? 자 어서 말씀해주세요."

"무엇 때문이지? 어차피 네가 깊이 의심하는 것에는 아무런 변화가 없을 텐데."

"꼭 그렇지만도 않아요. 한 번 시험해 보세요. 납득할지도 모르니까요."

세프턴 부인은 온화하게 되받았다. "아니. 아무도 들어서는 납득하지 못해. 한 번이라도 유령을 보거나, 아니면 보았다고 여기면 그 다음부턴 믿게 되는 법이지. 그리고 유령을 보았다는 장본인과 친하게 지내고, 모든 사정을 알고 있는 사람이라면 뭐, 있을 법한 일이라고 인정하겠지만 말이야. 그 사정을 알고 있다는 사람이 바로 나야. 하지만 말이야, 그건 이 이야기를 듣게 될 제삼자, 아무 상관도 없는 제삼자에게 전해질 무렵에는 힘을 잃고 말지. 더구나 지금부터 애기할 사건은 그리 재미있는 건 아니야. 하지만 실제로 있었던 일이지."

"호기심이 잔뜩 생기네요. 부디 그 얘길 들려주세요."

"그럼, 우선 이 일을 어떻게 생각하는지 말해 줘. 두 사람이 있었는데 둘 다 감수성이 예민한 신경의 소유자였어. 서로가 목숨보다도 강하게 사랑했지. 만약 그 사람들이 멀리 떨어지면 둘의 영혼이 뭔가 설명할 수 없는 방법으로 서로 통하는 일이 있을 수 있다고 생각해? 만약 한쪽의 몸에 무슨 일이 일어나면 그 사람은 다른 한 사람의 영혼에 그걸 알릴 수가 있고, 알리려고 한다는 것을 짐작할 수 있을 것 같아?"

고개를 절레절레 흔들면서 나는 말했다. "당신은 너무 깊이 책을 읽으신 것 같아요, 메리. 저는 텔레파시라던가 뭐 그런 건 잘 모르지만, 그런 얘기는 믿지 않아요. 실제로 그런 것들은 모두가 시시하다고 생각해요. 당신도 틀림없이 머리가 맑아지면 그렇게 생각하시게 될 거예요."

천천히 세프턴 부인이 말했다. "그래, 아마도 대체로 시시한 애기이긴 하지. 하지만 말이야, 미리엄 고든과 한 지붕 밑에서 꼬박 1년을 지내보렴. 그러면 너도 이런 생각에 물들게 될 거야. 별달리 그녀가 어떤 '애기'를 가지고 있는 건 아니야. 그렇다 하더라도 적어도 그걸 이리저리 떠들고 다니거나 하지는 않았지. 다만 본인 자신에게 뭔가 이렇게 남에게 이상한 인상을 주는 게 있다는 거지. 처음 만났을 때, 그녀는 정말이지 영적이라고 할까, 영혼 그 자체라고 할까, 뭐라고 해야 할까! 어쨌든 살아 있는 신체가 아닌 듯한 신비한 느낌이 들었지. 그런 느낌은 한참 지나자 없어졌지만 나로서는 그녀가 아무래도 다른 사람하고 똑같이는 보이지가 않았어.

미리엄은 내 남편의 조카야. 어렸을 때 아버지가 돌아가셨지. 그녀가 20살 때에 엄마가 재혼해서 남편과 둘이서 유럽으로 갔단다. 그래서 그 동안 미리엄은 우리 집에서 지내게 된 거야. 그녀는 두 사람이 돌아오면 곧 자신도 결혼하기로 되어있었어.

나는 그때까지 미리엄을 만난 적이 없었어. 그녀가 갑자기 들이닥 쳤을 때에도 난 집에 없었어. 저녁때가 되어 돌아왔는데 처음 보는 그 아가씨는 응접실의 샹들리에 밑에 서 있었어. 그거야말로 영혼 그 자체라는 느낌으로 5초 동안, 나는 정말로 영혼을 보고 있다고 여겼단다.

미리엄은 미인이었어. 그렇게 알고는 있었지만 그렇게나 멋지고 사랑스러운 처녀를 만나게 되리라고는 생각지도 않았던 일이었어. 키가 훤칠하게 크고 무척이나 우아하며, 어두운 분위기를 띠었지. 적어도 머리칼은 새카맸어. 하지만 피부는 빼어나게 하얬어. 머리칼 은 얼굴에 닿지 않도록 하나로 묶었는데, 높이 드러난 푸르고 흰 이 마와 곧고 섬세한 칠흑 같은 눈썹을 갖고 있었어. 달걀 모양의 얼굴 에 무척이나 커다랗고 새카만 눈을 지녔었지.

나는 바로 미리엄이 어딘가 이상하고, 다른 사람과는 다르다는 걸 알아챘어. 그녀를 만난 사람은 모두가 똑같이 느끼지 않았을까 싶 어. 더구나 그것은 말로는 표현하기 힘든 느낌이어서 말이야. 나로 서는 그저 미리엄이 마치 딴 세상 사람인 것 같고, 그녀는, 그러니 까 그녀의 영혼은 말이지, 때가 되면 그곳으로 돌아갈 것 같은 그런 느낌이 들었던 거야.

미리엄과 함께 지내게 된 걸 기분 나쁘게 생각했던 건 아니야. 그 렇기는커녕 그와는 정반대였으니까. 모두가 그녀를 좋아했어. 내가 아는 사람 가운데서도 가장 마음씨 곱고 애교 있는 여자의 하나였으 니까. 나는 곧 그녀를 진심으로 사랑스럽게 여기게 되었지. 딕이 말 한 것처럼 '어딘가 유별난' 점에 대해서도. 그건 시간이 흐르면서 익 숙해졌단다.

미리엄은 아까도 말한 것처럼 하버드 대학 출신의 시드니 클랙스턴이라는 청년과 약혼한 상태였어. 미리엄이 그를 무척이나 깊이 사랑했다는 건 알고 있었어. 사진을 보여주었을 때 나는 그 사람의 남자다움을 좋게 보았고, 그녀한테도 그렇게 말했어. 그래서 말이야, 나는 연애편지를 들먹거리며 조금 놀려주었지. 정말 농담할 생각으로 말이야. 미리엄은 이상하게 조금 미소를 지으며 나를 쳐다보더니 빠른 어조로 말했어.

'시드니와 나는 편지를 전혀 주고받지 않아요.'

나는 놀라서 외쳤지. '뭐라고, 미리엄? 그에게서 단 한 번도 편지를 받은 적이 없다는 거야?'

'아뇨, 그렇게는 말하지 않았어요. 저는 날마다, 매 시간마다, 편지를 받아보는걸요. 편지를 쓸 필요가 없어요. 우리 두 영혼 사이는 매우 가까워서 좀더 나은 통신 방법이 있거든요.'

'미리엄, 너도 이상한 사람이구나. 대체 그게 무슨 뜻이지?' 나는 물었어.

하지만 미리엄은 또다시 불가사의한 미소를 띠기만 할 뿐 아무런 대답도 하지 않았지. 어떤 신념이나 주장을 갖고 있더라도 결코 그것을 말하려고 하지 않았어.

그녀에게는 시간과 장소에 구애되지 않고 방심한 듯한 환상에 빠지는 버릇이 있었어. 어디든지, 무엇이든지 그것은 덮쳐왔어. 활기찬 사람들의 한가운데에 앉아 있더라도 주위에서 일어나는 일은 무엇 한 가지 눈에도 귀에도 들어오지 않는 듯 똑바로 허공을 주시했으니까.

내가 특히 기억하는 것은 어느 날의 일이지. 내 방에서 둘이서 바느질을 하고 있었어. 눈을 들어보니 미리엄이 꿰매고 있던 것이 무릎에 떨어져있었지. 그녀는 상체를 앞으로 기울이고 아주 조금 입술을 벌리고는 이 세상의 것처럼 여겨지지 않는 표정을 띤 눈을 높이 향하고 있었던 거야.

'그런 행동은 하지 말아줘, 미리엄! 넌 꼭 1000마일이나 멀리 떨어진 곳을 보는 것 같아!' 나는 속으로 떨면서 말했지.

미리엄은 방심상태라고 할까, 그런 환상에서 정신을 차리고는 희미하게 웃으면서 말했어.

'제가 그렇다는 걸 어떻게 아세요?'

그렇게 말하고는 1, 2분가량 고개를 숙이고 있었지. 마침내 다시 고개를 들더니 갑자기 쪽 곧은 눈썹을 모으고는 초조한 듯 나를 보았어.

'중요한 때에 말을 시키지 않으셨더라면 좋았을 텐데. 숙모 때문에 메시지를 받는 도중에 차단이 되었어요. 이젠 전혀 도착하지 않는군요'

나는 애원했어. '미리엄, 부탁이니까 제발, 그런 말을 쓰지 말아줘. 어딘가 이상한 게 아니냐고 사람들이 생각하잖아. 메시지라고 했는데 어디의 누가 그런 걸 보내오는 거지?'

'바보, 바보 같아! 숙모는 모르기 때문에 그렇게 생각하시는 거예요.' 이게 그녀의 나직한 대답이었단다.

그것 말고도 떠오르는 것은 누군가가 찾아와서 대화가 활기를 띠면서 유령이나 뭐 그런 것에 관해 이야기가 시작되었는데, 그때 분명히 재미있게 이런저런 얘기들을 하고 있었지. 미리엄은 그 자리에선 아무 말도 하지 않았어. 하지만 우리끼리만 있게 되었을 때 나는 유령에 관해 어떻게 생각하는지 물어보았지.

'숙모님은 그저 심심풀이로 이야기를 하셨던 것이겠죠.' 미리엄은 애매하게 얼버무리려는 것처럼 대답했어.

'하지만 미리엄, 정말로 유령이……'

'난 그 말이 싫어요!'

'어머나, 그럼 영혼이라고 해야하니? 그게 죽은 뒤에 돌아온다거

나, 육체에서 떨어져 사람들 앞에 나타난다든가 하는 일이 있을 수 있다고 생각해?'

'내가 아는 건 이것뿐이에요. 만약 무슨 일이 시드니에게 일어난다면, 죽거나 살해를 당한다거나 하면 그는 직접 내게로 와서 알려줄 거예요.'

어느 날의 일이야. 미리엄은 새파래져서는 고민에 싸인 모습으로 점심 식사를 하러 내려왔어. 딕이 자리를 떠난 다음에 내가 무슨 나쁜 일이라도 있었느냐고 물었더니 이렇게 대답하더구나.

'시드니에게 뭔가 일어났어요. 무언가 고통스러운 사고예요. 무슨 일인지는 모르겠지만.'

'그런 걸 어떻게 알지?' 나는 외쳤어. 그랬더니 그녀가 나를 멍하니 쳐다봤기 때문에 서둘러서 덧붙였지. '이제 까닭을 모르는 메시지 같은 건 더이상 받지 않겠지? 설마 미리엄, 너는 그런 걸 정말로 믿을 정도로 바보는 아니겠지!'

'알아요.' 재빠른 대답이었어. '믿고 안 믿는 문제가 아니에요. 그래요, 메시지를 받았어요. 시드니가 어떤 사고가 있었던 것은 알아요. 아파하고, 뭔가 곤란한 일이 있어요. 하지만 특별히 위험한 건 아니에요. 무슨 일인지는 몰라요. 자세한 건 시드니가 편지로 써주겠지요. 아무래도 꼭 필요할 때는 그렇게 해주거든요.'

'그래도 공기통신은 아직 완전하진 않을 텐데.' 나는 심술궂게 말했어. 그런데도 그녀가 심하게 조바심을 내고 있는 것 같아서 얼른 덧붙였지. '안절부절할 것 없어, 미리엄. 틀린 건지도 모르잖아'라고.

그래, 그로부터 이틀 뒤에 그녀는 연인에게서 짧은 편지를 받아들었지. 내가 아는 한, 그녀가 받은 최초의 편지였어. 거기에는 말에서 떨어져 왼팔을 삐었다고 쓰여 있었어. 그 사고는 미리엄이 메시지를 받았던 정확히 그날 아침에 일어난 거였지.

미리엄이 우리 집에 온 지 8개월가량 지났을 무렵, 그녀가 빠른 걸음으로 내 방으로 들어왔어. 얼굴이 새파랬었지.

'시드니가 아파요. 중태예요. 어떻게 하면 좋을까요?'

난 알고 있었어. 그녀는 그 꺼림칙한 메시지를 또다시 받았거나, 받았다고 여긴 게 틀림없었어. 정말로 팔이 골절되었던 일을 떠올리고 나는 지난번처럼 의심할 마음은 내키지 않았어. 그녀가 기운을 내도록 노력했지만 잘 되지 않았지. 2시간 뒤에 연인의 대학 친구에게서 전보가 왔는데 클랙스턴이 장티푸스에 걸려 중태라는 거야.

나는 그로부터 며칠 동안 너무나도 미리엄이 걱정되었지. 그녀는 온종일 슬퍼하고 괴로워했어. 그녀의 고민 중 하나는 그것 이후로 메시지가 하나도 오지 않는 거였지. 시드니가 너무나 병이 위중해서 메시지를 보낼 수가 없기 때문이라고 그녀는 말하더구나. 어쨌든 그녀도 보통 인간이 사용하는 통신 수단으로 만족할 수밖에 없었던 거야.

시드니의 어머니가 아들 곁으로 간호를 하러 가서 날마다 편지를 보내주었는데, 마침내 기쁜 소식이 도착했지. 고비는 넘겼고, 치료를 하는 의사는 시드니가 쾌차하리라고 한다는 것이었어. 미리엄은 그걸 보자마자 사람이 달라진 것 같았고 갑자기 힘을 되찾았지.

1주일 동안은 좋은 소식이 계속되었어. 어느 날 밤, 우리는 유명한 프리마 돈나의 노래를 들으러 오페라에 갔었지. 집으로 돌아와 미리엄과 나는 그녀의 방에 앉아서 그날의 공연에 관해 이것저것 이야기를 하고 있었지.

갑자기 그녀가 경련이 일어난 것처럼 반듯하게 고쳐 앉았어. 웃고 싶으면 웃어도 돼. 그와 동시에 나는 터무니없는 공포에 휩싸였던 거야. 아무것도 보이지 않았지만, 다만, 우리 이외에 뭔가 혹은 누군가가 방에 있는 것을 느낀 거야.

미리엄은 앞을 똑바로 물끄러미 응시하고 있었지. 그러고는 일어나서 두 손을 앞으로 내밀었어.

'시드니!'

그러더니 정신을 잃고 바닥에 쓰러졌지.

나는 외마디소리를 지르며 딕을 불렀고 벨을 울리고서 그녀에게로 달려갔어.

2, 3분이 지나자 온 집 안 사람들이 일어나서 왔고, 딕은 급히 서둘러 의사를 부르러 갔지. 우리 힘으로는 미리엄을 깊은 실신상태에서 깨울 수가 없었으니까. 마치 죽은 사람 같았단다. 우리는 정신을 차리게 하려고 몇 시간이나 애를 썼어. 그녀는 문득 의식을 회복하더니 아무것도 모르는 듯한 눈으로 우리를 물끄러미 쳐다보더니 다시 몸을 떨면서 정신을 잃는 것이었어.

뭔가 심한 충격이 있었던 모양이라고 의사 선생님은 말씀하셨어. 하지만 나는 내 의견을 가슴속에 감추고 입 밖으로 내지 않았지. 새벽녘이 되어서 미리엄은 간신히 살아났어. 나하고 단 둘이서만 있게 되었을 때, 그녀는 내 쪽을 바라보며,

'시드니는 죽었어요. 저는 그를 보았어요. 숨을 거두기 직전에. 내가 올려다보니까 그 사람이 나하고 숙모 사이에 서 있었어요. 이별하러 온 거예요.' 그녀는 이렇게 조용히 말했지.

내가 무슨 말을 할 수 있겠어? 우리가 그렇게 이야기를 하는 중에 전보가 왔어. 시드니가 죽었다고. 미리엄이 모습을 보았다는 정확히 그 시각에, 그는 숨을 거둔 거였지."

세프턴 부인은 이야기를 멈췄다. 그때, 점심 식사를 알리는 벨이 울렸다.

"이걸 어떻게 생각해?" 일어나면서 부인이 물었다.

"솔직히 말해서 어떻게 생각할지 모르겠어요." 나는 솔직하게 대답했다.

오, 오 신이여

붉고 윤기나는 공 같은 아침 태양이 어둠침침한 회색 하늘에 걸려 있었다. 밤 사이 눈이 살짝 내려서 주위의 풍경은 거미 다리처럼 담 장의 흔적이 가로질러있는 것 외에는 마치 흰 천을 덮은 것처럼 하 얗고 생기가 없었다.

한 젊은이가 릭맨으로 가는 길을 더듬어 말썰매를 달리고 있었다. 외투 위로 보이는 젊은 얼굴은 사려 깊고 품위 있으며, 눈은 진한 푸른색으로 특히 아름다우며, 입은 단단히 다물고 있었으나 섬세한 느낌이었다. 잘생기지는 않았으나 어딘가 신비한, 뭔지 모를 매력이 있었다.

숨이 얼어붙을 듯한 대기의 차가움이 아직도 눈이 더 내릴 조짐인 듯했다. 앨런 텔포드 목사는 광활한 들판과 차갑고 흰 구릉을 건너 다보며 몸을 떨었다. 마치 주위의 얼음 같은 생기 없음이 서서히, 그러나 용서 없이 그의 가슴과 생명으로 숨어드는 것 같았다.

그는 완전히 의기소침해 있었다. 사람을 가두는 불모의 구릉지대 와 마찬가지로 예의범절이나 살아가는 방식이 저열하고 추악하며,

이런 불편하고 좁고 괴로운 세상의 사람들에게 이렇게 기도하는 일이 과연 무슨 도움이 되겠는가 하고 그는 스스로에게 격렬하게 묻는 것이었다.

그는 두 해에 걸쳐 사람들 속에 있어왔던 것이다. 그리고 스스로 지난 2년 동안을 실패라고 간주하고 있었다. 그는 모두를 위해 너무나도 솔직하게 많은 말을 해왔던 것이다. 사람들은 자기들의 사소한 죄에 대한 그의 가식 없는 통렬한 공격을 불쾌하게 여겼다. 자기들의 전통적인 예배 방식을 향한 그의 작은 개혁을 반감과 불신의 눈길로 보았으며, 날이 갈수록 그 눈길은 점점 차가워지고, 그를 자기들의 생활로부터 따돌렸다. 그는 모두가 좋아하리라고 여기고 노력했고 열심히 일해왔던 것이다. 그랬는데 지금은 실패를 뼈아프게 느끼고 있었다.

그는 예전의 한 급우에게서 어제 받은 편지를 다시 떠올리고 있었다. 어떤 괜찮은 마을의 교회 목사직에 자리가 났으며 그가 받아들이지 않겠다는 의사를 보이지 않는 한은 틀림없이 채용되리라고 넌지시 비치는 것이었다.

2년 전, 앨런 텔포드가 대학을 막 나와서 거센 정열과 높은 이상에 넘치던 시절이라면 이렇게 말했으리라.

"아니, 그 자리는 나를 위한 자리가 아닐세. 내가 할 일은 우리 주님의 사업이 그랬던 것처럼, 이 땅의 가난하고 신분이 낮은 사람들 속에 있어야만 하는 거야. 세속적인 눈으로 볼 때, 그 길이 쓸데없고 매력 없어 보인다고 해서 무엇을 망설일 것이 있겠는가?"

그런데 지금은 지난 2년 동안의 목사직의 나날을 뒤돌아보며 그는 우울하게 이렇게 말하는 것이었다.

"난 이제 여기에 머물 수가 없어. 더 이상 있다가는 내 자신이 위선적이고, 소문을 좋아하는 그들과 마찬가지로 한심한 사람으로

추락해버릴 것 같아서 두렵네. 나는 그 사람들을 위해서는 아무것
도 해줄 수가 없었어. 사랑도 신뢰도 받지 못했으니까. 이 초청을
받아들여 나는 나의 본래의 세계로 돌아가려 한다네."

분명 그의 실패의 원인은 그가 한 마지막 말인 '나의 본래의 세계'
에 나타나 있을 것이었다. 그는 이곳 비좁고 대범치 못한 지역을 그
가 본래 있어야할 세계라고 느낀 적은 단 한 번도 없었거니와, 그렇
게 느끼려고 노력한 적도 없었다. 그가 복음과 성의를 가지고 해왔
던 것은 훨씬 정도가 낮은 사람들을 위한 것일 터였다. 그러나 무의
식중에 그 자신을 한 단계 높게 자리매기고 있었음을 마을 사람들은
알았고, 또 그것을 싫어했던 것이다. 모두가 그를 '건방지다'고 함으
로서 그것을 나타냈다.

긴 구릉의 끝을 넘어서 말을 몰아갈수록 릭맨이 보이기 시작했다.
그는 그곳이 싫었다. 싫다고 말할 정도로 어떤 곳인지를 잘 알기 때
문이다. 그렇다, 소문과 악의가 곪아터지던 온상, 마을 사회 전체에
물들어있는 중상적인 소문과 빈정거림의 자생지였다. 최신 스캔들과
가장 낮고 악취미적인 농담, 가장 최근에 일어난 싸움에 관한 최첨
단 정보라고 할 만한 것이 언제나 릭맨의 가게에서 나온 것이었다.

목사가 언덕을 내려가자 산기슭의 작은 집에서 한 남자가 나와서
길에서 기다리고 있었다. 할 수만 있다면 텔포드는 못 본 체하고 가
고 싶었다. 그러나 그건 무리였다. 아이작 갤러틀리는 일부러 들으
라는 듯 목사에게 쾌활하게 인사를 했던 것이다.

"좋은 아침입니다, 텔포드 씨. 그런데 저쪽 이웃마을까지 태워주
시지 않으시겠습니까? 부탁입니다."

텔포드가 마지못해 말을 세우자, 갤러틀리는 말썰매 안으로 들어
왔다. 그는 가장 비열한 남자 가십꾼이다. 그는 대부분의 시간을 온
마을의 이 집 저 집을 돌아다니면서 이웃사람들의 부엌에서 파이프
를 피우며 이 지역에서 타오르는 모든 반목의 불씨가 빨갛게 타오르

도록 부채질을 하는 남자다. 한 해 겨울을 이웃마을에서 머물렀던 풍자를 좋아하는 학교 교사에게서 그는 '모닝 크로니클'^{(1769년에 창간된}^{영국의 유명한 신문)} 이라는 별명을 얻었다고 한다. 그 이름은 이 남자에게 잘 어울렸고, 실로 딱 들어맞는 것이었다. 그런 애기를 텔포드는 들은 기억이 있었다.

지금부터 순회에 나서는 모양이로군, 하고 그는 생각했다.

갤러틀리는 주저 없이 대화의 꼬투리를 찾아내서는 곧바로 지껄이기 시작했다.

"어젯밤 눈은 너무했어요. 정말이지 좀 더 내릴 것 같은데요. 지난 일요일의 설교는 멋있었습니다, 텔포드 씨. 나중에 들은 바에 따르면 큰 감동을 받았다는 사람도 있다고 하더군요. 그건 필요한 일이고, 또 사실입니다. '모든 사람들과 함께 평화롭게 살아간다.' 이거야말로 내가 바라는 일이지요. 이 지역에선 내가 돌아다니지 않는 집 따위 한 채도 없습니다. 릭맨 마을의 누구나 이런 말을 할 수 있는 건 아니지요, 네."

갤러틀리는 목사가 이 암시를 알아들었는지 어떤지를 살피려고 곁눈질을 했다. 텔포드의 반응이 없는 얼굴은 예상했던 바였지만, 갤러틀리는 그런다고 좌절할 사내가 아니었다.

"아마 어젯밤의 파머 씨 집의 법석에 관해 아직 듣지 못하셨겠지요?"

"아, 네."

쌀쌀맞고 짧게 대답했다. 텔포드는 갤러틀리의 소문 애기를 사전에 막아보려 했으나 허사였다. 파머라는 이름도 그의 귀에 아무런 특별한 의미를 가져오지 않았다. 파머가의 집이 어디에 있는가 하는 것과 풀러 부인이라는, 가끔 교회에 나오는 슬픈 표정의 금발 여성이 그곳에 산다는 것은 알고 있었다. 그가 아는 건 거기까지였다. 세 번가량 찾아간 적이 있으나 늘 집에 없었다. 적어도 지금으로선 그는 뭔가 심각한 싸움의 전모를 갤러틀리에게서 좋든 싫든 억지로 들어야만 할 운명에 처한 것이었다.

"들어보지 않으시겠어요? 모두들 그 애기로 한창 떠들썩하답니다. 요점만 간추리면 말입니다, 민 파머가 로즈 풀러하고 평소 하던 대로 싸움을 시작하면서 로즈 풀러와 로즈의 어린 딸을 내쫓았다는 거예요. 여자 둘이서 얼마나 황당했겠어요. 민은 화가 나면 닳고닳은 여자가 되어버리거든요. 그것도 늘 그렇다니까요. 로즈가 어떻게, 언제까지나 그 여자를 참고 견딜 수 있을 것인지 아무도 몰랐지요. 하지만 마침내 로즈는 쫓겨나게 된 겁니다. 불쌍하게도, 대체 앞으로 어떻게 할건지. 로즈는 말입니다. 돈은 단 1센트도 없고, 의지할 데도 없지요. 고아였는데 파머가에서 길렀지요. 우선은 롤링스 씨네 집에 있답니다. 어쩌면 민의 기분이 가라앉으면 로즈를 다시 돌아오게 할지도 모르지만, 그것도 어떨지 몰라요. 민은 로즈를 독충처럼 싫어하니까요."

텔포드로서는 명확히 알아들을 수가 없는 애기였다. 그러나 풀러 부인이 뭔가 어려운 처지에 있으며, 가능하다면 도와주는 것이 그의 의무라는 것은 이해했다. 그에게는 기묘한, 설명하기 힘든, 여성에 대한 혐오감이 있긴 하지만. 그것은 종종 그를 자책하게 하는 것이었다.

그는 냉랭한 어조로 물었다. "민 파머라는 부인은 어떤 분입니까? 가족관계는 어떤가요? 제가 뭔가 도움이 되려면 알아두어야만 할 것 같아서요. 하지만 하잘 것 없는 소문이라면 사양하겠습니다."

갤러틀리는 마지막 말을 완전히 무시했다.

"민 파머는 릭맨 마을 전체에서 가장 성질이 사나운 여자예요. 아니, 다른 데를 둘러보아도 가장 그럴 겁니다. 옛날부터 유별난 여자였어요. 난 그 여자가 어렸을 때부터 알아보았지요. 건방지고 검은 눈에 몸가짐이 헤픈 여자예요, 그 여자는! 그 여잘 미인이라고 하는 사람도 있습니다만. 저는 그렇게 생각하지 않아요. 그 집 가족들도 유별난 사람들인데, 민은 정상적으로 양육되지 않았습니다. 그래서 평생을 거칠게 살아가게 된 겁니다.

그래요, 로드 파머가 민에게 찰싹 달라붙어서 비위를 맞췄어요. 로드는 변변치 못한 건달이었지요. 파머 씨는 부유하게 살았고, 로드는 외동아들이었어요.

파머의 어머니가 돌아가신 뒤로, 그 로즈라는 사람이 파커 씨네 집에 입주하여 집안 일을 했습니다. 로즈는 점잖고 예의바르고, 몸집이 작은 아가씨였어요. 모두들 파머 씨가 로즈를 로드의 아내로 삼으려한다고 했지요. 정말로 그랬는지는 모르지만 말입니다.

결국 어떻게 된 일인지 로드는 민과 결혼을 했어요. 민의 오빠가 말채찍을 휘두르며 민과 로드를 결혼시키려고 우격다짐으로 로드를 쫓아다니기도 했지요. 파머 씨가 화를 냈지만 뜻을 꺾을 수밖에 없었지요. 로드는 민을 집으로 데리고 온 겁니다. 처음에 민은 이런 불미스런 일을 겪고 불편한 마음으로 조용하고 착실하게 살았습니다만, 민과 로드는 개와 고양이처럼 싸우기만 했어요.

로즈는 오슈 풀러라는, 도저히 어쩔 도리가 없는 불량배 병사와 결혼을 했습니다. 그 녀석이 1년인가 되어 죽어버리는 바람에 로즈와 갓난아기는 비바람을 막을 지붕조차 없는 상태로 내쫓겼어요. 그러자 파머 씨가 가서 로즈를 집으로 데려가 주었습니다. 파커 씨는 로즈에겐 잘 해주었지만 민에게는 그렇지가 않았어요. 민은 파머 씨가 살아 있는 동안에는 로즈에게 친절하게 대해야만 했습니다.

결국 로드가 갑자기 죽어버렸고, 그 뒤에 곧바로 파머 씨도 저 세상으로 갔습니다. 그런데 이상한 일이 있었어요. 모두가 파머 씨는 로드에게 유산을 듬뿍 남길 거라고 생각했습니다. 민은 그 다음일 거라고요. 하지만 끝내 유서가 발견되지 않았어요. 그게 어딘가 냄새가 난다는 건 내가 한 말은 아닙니다만. 물론 제게는 저 나름의, 남에게 말하지 못할 의견도 있기는 하지만요. 파머 씨는, 말하자면 유서 만드는 것을 취미로 삼는 분이었어요. 해마다 시내에서 변호사를 불러다가 새로운 유서를 만들게 하고, 옛것을 태워버리게 했으니까요. 변호사인 벨 씨가 파머 씨가 돌아가시기 8개월쯤 전에 와서 유서를 만들었습니다. 파머 씨는 이미 그것을 없애버렸고 다음 것을 만들 여유도 없이 돌아가시고 만 거예요. 하긴 갑작스러운 죽음이었으니까요. 결국, 모든 것은 완전히 민의 아이에게로 가버렸는데, 그러니까 민에게로 간 거라고 할 수 있겠지요. 그러고부터는 민의 세상이었어요. 로즈는 여전히 그대로 남아있었습니다. 민이 로즈를 머물게 해주었지요. 아무도, 민이 그렇게 하리라고는 예상하지도 않았고말고요.

그런데 결국은 쫓아낸 거예요. 민은 또다시 기분이 나빠져있으니까 잘못 건드리면 안 돼요."

"프라 부인은 어떻게 하실까요?" 텔포드는 걱정스럽게 물었다.

"그게 문제입니다. 몸이 약해서 그다지 일을 할 수가 없거든요. 게다가 어린 아이가 있어서요. 민은 언제나 그 아이를 부러워했습니다. 그 아인 사랑스럽고 영리한 아이예요. 파머 씨는 무척이나 귀여워했지요. 민의 아이는 처참한 모습이었지요. 태어나면서부터 몸이 정상적이지 않았으니까요. 틀림없이 그 여자에게 내려진 천벌일 겁니다. 반면 로즈에게는 아마 틀림없이 미망인과 아빠 없는 아이에게 신이 은혜를 내린 겁니다."

금방이라도 울음을 터뜨릴 듯한 코맹맹이 소리로 갤러틀리가 이야기를 마무리짓는 걸 보고, 텔포드는 마지못해 듣고 있었으면서도 저도 모르게 미소를 지었다.

"제가 찾아가서 그 파머 부인을 만나는 게 좋을 것 같습니다만."

그는 천천히 말했다.

"그렇게 한댔자 전혀 어떻게 되지도 않을 겁니다, 텔포드 씨. 민은 더 나쁜 짓은 하지 않더라도 당신의 면전에서 문을 쾅 닫아버릴 테니까요. 그 여자는 목사님이라거나, 누구든 선량한 사람을 싫어하지요. 몇 년이나 교회라는 곳에 발을 들여놓은 적이 없어요. 원래부터 민에게는 단 한 조각도 신앙심이란 것이 없으니까요. 민에게 안 좋은 말들이 돌 때, 그 당시 이곳 목사였던 딘우디 노목사님은 하느님 같은 분이었어요. 그분은 나쁜 짓을 하는 사람들에게는 완강하게 물러서지 않는 분이었습니다. 그래서 곧장 민에게로 가서 회개하게 하고 죄를 물었어요. 민은 목사님에게 대들었습니다. 그 당시에 교회에는 두 번 다시 가지 않겠다고 맹세를 했고, 그 이후로 가지 않은 거죠. 이곳 사람들이 민에게 본때를 보여주겠다고 했지만 그건 소 귀에 경 읽기였어요. 아니, 난 그 여자가 하느님 따윈 없다고 하는 말을 들은 적이 있습니다. 정말이에요, 텔포드 씨. 저는 들었습니다. 이곳 목사님들 가운데는 민을 찾아가려 했던 분도 몇 분 있긴 했습니다만, 그분들도 다시는 찾아가려 하지 않았습니다. 마지막 사람은, 그분은 마침 당신과 비슷한 체격이었습니다만, 완전히 겁에 질렸지요. 민은 목사님의 어깨를 움켜쥐고는 쥐처럼 마구 흔들어댄 겁니다! 제가 이 눈으로 본 것은 아닙니다만 롤링스의 어머니가 보았다고 합니다. 그 당시의 얘기를 당신도 들으시면 좋을 테지만 말입니다."

갤러틀리는 무슨 생각이 났는지 웃었다. 그의 악한 같은 작은 눈은 기쁨으로 반짝반짝 빛나고 있었다. 가게에 도착하자 텔포드는 이때다 싶었다. 이제 더 이상 이 남자와 함께 있는 것은 견딜 수가 없었기 때문이다.

그러나 그런데도 그는 묘하게 그 이야기에 흥미가 끌리는 것을 느꼈다. 민 파머는 적어도 마을의 다른 사람들과는 다른 게 틀림없다.

단지 악덕이라는, 보다 커다란 점에 있어서 잘못되어있긴 하지만, 그녀의 죄는 어떤 의미에서는 중상만 하는 다른 사람들의 구차한 악덕보다도 그에게는 오히려 가벼운 것처럼 느껴질 정도였다.

갤러틀리는 지저분하게 젖은 발코니에 모여 있는 사람들에게로 들어갔다. 텔포드는 가게 안을 뚜벅뚜벅 지나갔다. 칠칠치 못한 모습의 두 여자가 릭맨 안주인에게 '파머가의 소동'에 관해 이야기하고 있었다. 텔포드는 서둘러서 간단한 쇼핑을 했다. 카운터에서 방향을 바꿨을 때 그는, 문에 멈춰 선 채로 신경질적이고 사람을 바보로 여기는 태도로 가게 안을 살피고 있는 여자와 얼굴이 마주쳤다. 텔포드는 그의 직감으로 그 여자가 민 파머임이라는 것을 알아챘다.

이 젊은이의 최초의 감정은 눈앞의 여자에 대한 감탄이었다. 그녀는 기괴한 옷차림과 반항적이고 덜렁대는 태도에도 불구하고 놀랄 만큼 아름다웠다. 키가 크며, 몸에 걸친 누추한 남자용 외투조차도 그녀의 자태에서 흘러넘치는 우아한 아름다움을 감추지는 못했다. 그녀는 탐스러운 검은 머리칼을 꼬아서 목덜미에 늘어트린 것처럼 묶었다. 낡은 모피 모자 그늘에서 빛나는 두 개의 크고 검은 눈은 기다란 속눈썹에 빼곡하게 둘러싸여 타는 불꽃처럼 강렬했다. 얼굴은 고전적이라고도 할 수 있는 윤곽에, 단정한 이목구비, 그리고 흠 잡을 데 없는 갸름한 얼굴이었다.

텔포드는 그 순간, 기묘한 느낌을 맛보았다. 그는 타락한 아름다움의 가면 아래에서, 이 여자가 좀더 축복 받은 출생과 환경 속에 있었더라면 훨씬 아름다운 용모를 지녔으리라는 느낌이 들었다. 그런 환경이었더라면 좋든 나쁘든 간에 그녀의 풍부하고 정열적인 성격은 예의바르게 인도되어, 창조주가 그녀를 위해 계획했음에 틀림없는 휘황한 여성미를 지니도록 멋지게 성장했을 텐데. 그는 마치 신의 계시에 의한 것인 것처럼, 이 여성은 릭맨 마을의 편협하고 독선적인 사람들과는 다른 사람이라는 것을 깨달았다. 그녀의 성격은 틀어지고 정도를 벗어났는지 모르지만, 그렇더라도 그녀를 재판하려는 사람들보다는 훨씬 고귀한 인간인 것이었다.

민은 뭔가 약간의 물건을 산 다음 조용히 그 가게를 나갔으나, 나갈 때 무심코 목사를 스치고 지나갔다. 그는 그녀가 조악한 나무썰매를 타고 개울가의 길을 미끄러져 가는 것을 보았다. 발코니에 모여 있던 사람들은 민이 있는 동안에는 잠자코 있었으나 이제는 다시 새롭게 이야기가 끓어올랐다. 텔포드는 기분이 나빠져서 재빨리 그 장소를 떠났다. 그는 민 파머에 대해 스스로도 이해나 분석을 하지 못할 정도로 연민을 느꼈다. 지금 본 그녀와, 어쩌면 그랬을지도 모르는 그녀의 모습과의 격차의 크기를 가늠하고자 하면서, 그는 나이프로 찔린 것처럼 날카롭게 상처를 입은 것이었다.

그는 오전 중에 개울을 따라 여러 가정을 방문했다. 점심 식사를 마치자 갑자기 파머 집으로 말을 향했다. 아이작 갤러틀리는 이웃집 난롯가의 의자에 기분 좋게 앉아서 텔포드가 말을 몰고 지나는 것을 보았다.

"하하, 결국 이렇게 목사님은 파머의 집에 가셨군! 문득 생각난 건데, 융통성이 없는 사람이군. 그렇고말고, 난 어떻게 될지 경고해 주었어. 민이 그 사람의 눈알을 빼놓는대도 그건 내 잘못이 아니야." 그는 쿡쿡 웃었다.

텔포드는 파머가의 마당으로 말을 몰면서도 불안하지 않은 것은 아니었다. 말을 담에 잡아매 놓고 조심스러운 눈길로 주위를 둘러보았다. 사람의 발자취가 없이 쌓인 눈덩이가 바깥 현관둘레에 몇 개나 산을 이루고 있다. 그래서 그는 뒷문으로 돌아가려고 담을 따라 늘어선 잎이 떨어진 라일락 옆을 지나 천천히 걸어갔다. 집 주위에는 인기척이 없다. 다시 눈이 내리기 시작했다. 너풀너풀, 소복소복. 들판도 시내도 하얀 베일로 가려졌다.

그는 문을 두드리려고 팔을 들었다. 그러나 그렇게 하기도 전에

문이 벌컥 열렸고 그 안에는 다름 아닌 민, 그녀가 있었다.

그녀는 지금은 가게에서 보았을 때의 남자 외투는 입지 않았다. 예쁘고 꼭 맞는 평상복이 그녀의 부드럽고 멋진 곡선을 숨김없이 드러내고 있었다. 빛나는 머리칼은 머리 둘레에 커다란 원추형으로 꼬아 올렸고, 검은 눈동자는 부당하게 억압된 분노로 이글이글 타오르고 있었다. 또다시 텔포드는 그녀의 훌륭한 아름다움에 압도당하고 말았다. 변덕과 오해로 붙들려있던 오랜 세월도 자존심 강하고 가무잡잡한 얼굴의 아름다움을 더럽히고 사라지게 하지는 못했던 것이다.

그녀는 큼지막하면서도 생김새가 훌륭한 갈색 손을 한쪽으로 올리면서 문을 가리켜 큰 소리로 말했다.

"나가!"

"파머 부인." 텔포드가 말을 꺼냈다.

그러나 그녀가 오만한 몸짓으로 막았다.

"당신 같은 사람은 절대 사절이야. 목사들이란 모두 싫어. 내게 설교하러 왔나? 마을의 성인인 체하는 녀석들이 당신을 부추긴 거겠지. 절대로 우리 집엔 발을 들여놓지 못해."

텔포드는 그녀의 반항적인 눈빛에 굴복하지 않고 되받았다. 강함과 아름다움으로 사람을 매혹시키는 그의 진한 푸른빛 눈이 근엄하게 신문하는 것처럼 민의 난폭한 눈 속을 들여다보았다. 천천히, 그리고 조금씩 불길과 분노가 그녀의 얼굴에서 엷어져갔고, 이윽고 고개가 숙여졌다.

"어쨌든 난 당신이 말을 걸 만한 사람은 아니에요. 당신은 선의로 말할지는 모르지만, 저를 위해서는 아무것도 하지 못해요. 너무 늦었어요. 마을의 성인들은 내가 악마에게 홀렸다고 하더군요. 아마도 그런가봐요. 악마가 있다면 말예요." 그녀는 이상하게 토라진 것처럼 겸손했다.

텔포드는 천천히 입을 열었다. "물론 선의로 말하는 겁니다. 당신을 비난할 마음은 없습니다. 할 수 있다면 힘이 되어드리고자 왔습니다. 만약 도움이 필요하시다면, 파머 부인."

"그런 호칭은 그만둬 주세요." 그녀가 격렬한 기세로 막았다. 뭔가 꺼림칙한, 눈에 보이지 않는 것을 억누르는 듯한 몸짓으로 두 손을 앞으로 내밀면서. "그 이름은 질색이에요. 그 이름을 가진 녀석들은 모두가 너무나도 싫어요. 그 녀석들 모두가 내게 가혹한 처사와 개처럼 취급한 것 말고는 아무것도 주지 않았어요. 민이라고 불러주세요. 지금은 그것만이 제 이름이에요. 나가라고 했는데 어째서 나가지 않았죠? 거기 우뚝 서서 날 그렇게 쳐다보지 말아요. 내가 마음을 바꾸거나 하는 일은 있을 수 없으니까. 나한테는 어떤 기도도 동정도 필요 없어요. 그런 것들은 이제 말만 들어도 메스꺼우니까. 나가주세요!"

텔포드는 고개를 획 뒤로 돌려서 다시 한 번 그녀를 보았다. 두 사람은 오랫동안 그렇게 마주보고 있었다. 그는 잠자코 모자를 집어 들고는 안녕히 계시라는 인사도 않고 문 쪽으로 발길을 돌렸다. 썰매를 모는 그의 가슴속에는 패배와 실망과 괴로움이 흘러 넘치고 있었다.

민은 문가에 서서 썰매가 개울길을 미끄러져 보이지 않을 때까지 지켜보았다. 그 뒤, 거의 신음소리가 들릴 정도로 기다랗게 떨리는 한숨을 쉬었다.

그녀는 마치 뭔가 지금까지 바닥을 알 수 없었던 의식의 심연을 막연하게 손으로 더듬는 것처럼 천천히 말했다. "저 사람을 좀더 일찍 만났더라면, 나는 지금처럼은 되지 않았을 텐데. 저 사람을 보고 그렇게 느꼈어. 그런 느낌이, 심하게 구역질이 날 정도로 왈칵 덮쳐왔어. 때마침 우리 둘뿐이고, 이야길 나누는 데 아무런 말도 필요 없는, 어딘가 이 세상 밖에 서 있는 것처럼. 그 사람은 나를 경멸하지 않아. 나는 나쁜 여자인데 그 사람은 다른 놈들처럼 나를 멸시하지 않는 것 같았어. 아직 시간이 있을 때 만났더라면 저 사람은 나를 도와주었을 텐데. 하지만 이제 너무 늦었어.”

그녀는 눈을 가리듯이 두 손으로 덮고 죽음의 고통으로 숨차하는 사람처럼 몸을 앞뒤로 흔들면서 신음했다. 마침내 다시 잔혹하고 건조한 눈으로 밖을 내다보았다.

“난 너무 바보였어! 마을의 성인들이 나를 볼 때 얼마나 뚫어져라 쳐다봤던가! 지금도 누군가 보는 것만 같아.” 고통스럽게 그렇게 말하면서 이웃집의 창문을 힐끔 쳐다봤다. “아아, 롤링스 부인이 물끄러미 보고 있어. 그리고 그 어깨 너머로 로즈가 보고 있고.”

그녀의 표정이 굳어졌다. 사악한 정열이, 또다시 앞으로 떡하니 나타났다.

“절대로 로즈는 돌아와 주지 않을 거야, 절대로. 아아, 그녀는 고양이의 가르랑대는 소리로 말을 하지. 하지만 발톱을 가지고 있어. 나는 다툼이 있을 때마다 언제나 나쁜 사람이 되어왔어. 하지만 만약 기회가 있다면 저 목사에게 로즈가 저렇게 친절한 듯한 몸짓으로 얼마나 나를 힐난하고 비웃어왔는지 말하겠어. 얼마나 그녀가 할 수 있는 한 나에게 불리한 일을 계획하고 기도했는지를. 목사가 그걸 어떻게 생각할지를 마음 쓰다니 난 너무 바보야! 죽어버리고 싶어. 아이가 없다면, 저기 저 검은 호수에 가서 몸을 던질 텐데. 나 같은 사람은 누구의 방해도 되지 않을 곳에 가버리는 게 나아.”

* * *

앨런 텔포드가 또다시 개울가의 길을 지나 파머 집으로 걸어 간 것은 1주일 뒤 어슴푸레하게 흐린 날 오후였다. 바람은 강했고, 세찬 바람을 피하기 위해 그는 고개를 돌려 걷고 있었다. 얼굴은 창백하고 말랐으며, 몇 살이나 나이를 더 먹은 것처럼 보였다.

그는 초라한 문 앞에서 멈춰 서서 집과 그 주위를 열심히 살폈다. 그러는 동안에 부엌문이 열렸다. 민이 전에 보았던 그 외투를 입고서 마당을 넘어 빠른 걸음으로 걸어갔다.

텔포드의 눈은 동정심에 끌리듯이 그녀의 모습을 쫓았다. 그녀는 우리에서 말을 끌고 나오더니 곡물 자루를 몇 개나 실은 나무썰매에 매었다. 잠깐 움직임을 멈추고 말의 목에 두 팔을 감고는 포옹을 하는 듯한 몸짓으로 얼굴을 말의 목에 갖다대었다.

창백해진 목사가 신음했다. 그는 그녀에게 어울리지 않는 저런 중노동으로부터 그녀를 영원히 해방시키고, 비웃음과 모멸이 닿지 않는 자신의 사랑의 피난처에 안전하게 보듬어주고 싶다는 생각이 들었다. 그런 것은 제정신으로 할 일이 아니라는 것은 알았다. 민의 가무잡잡하고 반역적인 얼굴이 가슴속에 떠오를 때마다 스스로에게 그렇게 말해왔다. 그러나 그런데도, 차츰 그런 생각이 들고 마는 것이었다.

민은 마당을 가로질러 말을 끌고 가서 부엌문 앞에 세워놓고 그곳을 떠났다. 그녀는 문 옆에 서 있는 사람의 자취는 알아채지 못했다. 다시 모습을 나타냈을 때, 그녀의 검은 눈과 장미처럼 빨간 볼이 머리를 감싼 낡은 진홍빛 숄 아래서 빛나는 것을 그는 보았다.

그녀가 고삐를 쥐는 순간, 부엌문이 끼익 하고 돌면서 갑자기 날카롭게 콰당 소리를 내면서 닫혔다. 말은 크고 힘이 세긴 하지만 신경질적이었으므로 깜짝 놀라고 겁을 먹었는지 뒷걸음을 쳤다. 발 밑의 얼음은 얇고 위험했다. 민이 중심을 잃고 넘어지자 말굽이 정확히 위에서 무겁게 떨어졌다. 고삐에서 자유로워진 말은 앞으로 내달렸고 넘어진 여자의 몸 위로 산더미 만한 짐을 실은 썰매가 지나갔다.

한 순간에 벌어진 일이었다. 움직이지 못하게 된 몸은 넘어진 곳에 그대로 누워 있고, 늘어진 한쪽 손에는 아직 채찍을 쥐고 있었다. 텔포드는 문을 뛰어넘어 미친 듯이 비탈길을 달려 그녀에게로 갔다.

"민! 민!" 그는 세차게 불렀다.

대답이 없었다. 그는 그녀를 안아올려, 무게 때문에 비틀거리면서 집으로 들어갔다. 그녀를 부엌 구석의 낡은 긴 의자에 조용히 눕히자 그의 심장은 두려운 나머지 고동이 멈춘 것만 같았다.

방은 커다랗고 모든 것들이 산뜻하고 깨끗했다. 불이 빨갛게 타오르고 남쪽을 향한 창가에는 몇몇 화분에 꽃이 피어 있었다. 그 옆에 7살가량의 아이가 앉아 있었는데 텔포드의 갑작스러운 침입에 깜짝 놀란 얼굴을 하고 있었다.

남자아이는 민하고 똑같은 검은 눈과 완벽하게 깎아놓은 듯한 생김새였는데, 그것은 고통으로 인해 카메오처럼 섬세할 정도로 다듬어져있었다. 비단실 같은 머리칼이 작은 얼굴 주위로 부드럽게 물결치고 있었다. 아이 곁에는 새틴 귀와 앞다리를 엉킨 비단실로 가장자리를 장식한 듯한 작은 강아지가 있었다.

텔포드는 어떤 것에도 주의를 기울이지 않았다. 두려워 떨고 있는 아이에게조차도. 그는 완전히 공포에 착란을 일으킨 사람 같았다.

"민." 그는 울듯한 목소리로 다시 한 번 그렇게 말하고는 떨면서 그녀의 맥을 짚어보려 애쓰고 있었다. 차가운 땀방울이 이마에 솟아나고 있었다.

민의 얼굴은 볼의 가혹한 타박상 흔적과 검은 머리칼이 나 있는 경계 부분에 심각하게 찢어진 상처를 제외하면 대리석처럼 하얬다. 상처에서 피가 베개 위로 방울져 떨어지고 있었다.

그녀는 그가 부르는 소리에 이상하다는 듯 눈을 뜨더니 멍하니 고통과 공포를 호소하는 표정으로 올려다보았다. 낮은 신음소리가 창백한 입술에서 새어나왔다. 텔포드는 폭풍처럼 떨면서 기쁨에 뛰어올랐다.

"민, 가련한 사람. 다쳤어요. 심하지는 않아요. 괜찮아요. 도움을 요청하러 잠깐 달려갔다 오겠어요. 곧 돌아오겠습니다." 부드럽게 말했다.

"가지 말아요." 민의 어조는 낮았지만 분명했다.

그는 주저하면서 발을 멈췄다.

민은 평온하게 말을 계속했다. "도움을 청해도 소용없어요. 난 죽을 거예요. 알아요. 아아, 신이시여 !"

그녀는 손을 옆구리를 누르면서 괴로움에 몸부림을 쳤다. 텔포드는 필사적으로 문 쪽으로 가려했다. 민은 팔을 들었다.

"이리로 와요." 단호하게 말했다.

그는 말도 못하고 따랐다. 그녀는 밝게 빛나는, 두려움을 모르는 눈으로 올려다보았다.

"한 발짝도 움직이면 안 돼요. 나를 여기에 팽개치고, 나 혼자서 죽게 하지 말아요. 이미 의사는 소용없어요. 당신에게 할 말이 있어요. 그걸 꼭 말해야만 해요. 게다가 이젠 그다지 시간이 없어요."

텔포드는 스스로가 너무 고통스러워서 거의 그녀의 말에 귀를 기울이지 않았다.

"민, 의사를 부르러 가게 해줘요, 부디. 죽으면 안 돼요. 절대 안 됩니다." 그는 간청했다.

민은 숨 가빠하면서 피로 물든 베개 위에 위를 보고 반듯하게 누워있었다.

그는 베개 옆에 앉아서 가련하게 짓눌린 몸에 팔을 둘렀다.

그녀가 들릴 듯 말 듯하게 말했다. "서둘러 말해야만…… 가슴 속에 안은 채로는 죽을 수 없어요. 로즈……모든 것은 그 사람 거예요……모조리. 유서가 있었어요……. 유서를 썼지요……파머 씨가. 파머 씨는 애초부터 나를 싫어했어요. 나는 파머 씨가 죽기 전에 그 유서를 찾아내……읽었어요. 파머 씨는 모두 로즈에게 남기고……나와 내 아들아이에게는 단 1센트도 남기지 않았어요……. 우린 굶어죽어야 하나……거지다. 나는 미친 사람이 되어버렸어요. 파머 씨가 죽었을 때……난, 유서를 감췄어요. 태워버릴……작정으로……. 하지만 아무래도 그럴 수 없었어요. 나는 괴로웠지요……. 밤이나 낮이나……마음이 편할 때가 없었어요. 상자 안에 있어요……내 방에. 그 사람한테 얘기해줘요……로즈에게……. 내가 얼마나 나쁜 여자였는지. 그리고 내 아이……저 아이는 어떻게 되나요? 로즈는 저 아이를 싫어하니까……내쫓거나……아니면……구박하겠지……."

텔포드는 창백하고 여윈 얼굴을 들었다.

"내가 아이를 데려가겠어요, 민. 내 아들로 맞아들일 겁니다."

말로는 하지 못할 안도의 표정이 빈사상태인 여자의 얼굴에 떠올랐다.

"정말……고맙습니다. 이제 죽을 수 있어요……마음 편히. 난 기쁘게 죽겠어요……. 모든 것을 깨끗하게 하기 위해서. 살아가는 것은 이제 완전히……지쳤어요. 분명……기회가 있을 거예요……어딘가, 다른 곳에. 여기선……아무래도 안 되더군요……절대로."

검은 눈동자가 내려가고 눈꺼풀이 닫혔다. 텔포드는 떨면서 신음했다.

다시 한 번 민은 눈을 뜨고 똑바로 그의 눈을 보았다.

"만약 내가 당신을……훨씬 전에 만났더라면……당신은 나를……사랑해주고……그리고 나는 착한 여자……일 수 있었을 텐데. 내가 지금……죽어 가는 것은……우리에게……당신에게……잘

된 거예요. 당신의 길은 깨끗하니까……당신은 앞으로도 선량하게, 잘 살아가겠지요……. 하지만 당신은 언제나……나를 생각할 거예요."

텔포드는 몸을 숙여, 민의 고통으로 일그러진 입에 입맞춤을 했다.

"우린……다시 만날 수 있을까요? 저쪽은……너무 어두워요……. 하느님은 결코……나를 용서해주시지 않아요……. 나는 너무나도……나쁜 여자였어요." 그녀는 간신히 말했다.

"민, 모든 것을 사랑하시는 아버지는 인간보다도 자애가 깊답니다. 바란다면 신은 당신을 용서해주십니다. 그리고 당신은 내가 갈 때까지 기다려줘요. 나는 여기 남아서 할 일을 다할 테니까……열심히 목숨이 다할 때까지……."

그의 목소리는 도중에 끊어졌다. 민의 커다랗고 검은 눈이 정열적인 부드러움으로 그에게 미소를 보냈다. 강인하고, 뿌리깊은 기질이 마침내 꺾였다. 너무나도 비통한 외침 소리가 그녀의 입술로 솟아올랐다.

"아아, 신이시여……용서해주세요……. 저를 용서해주십시오!"

그 외침과 함께 슬프고 고통 많고, 죄를 범하고 다시 죄의 앙갚음을 받아왔던 민 파머의 영혼은 빠져나갔다……. 어디라고 누가 말할 수 있겠는가? 죄를 참회하는 외침이 최후의 순간에도, 그녀 주위의 인간들보다도 자비 깊은 심판관인 신에게까지 도달되지 않았다고 누가 말할 수 있겠는가?

텔포드는 사랑하는 여자의 시신을 팔에 안고 맨바닥에 아직도 무릎을 꿇고 있었다. 죽음에 의해 그녀는 그의 것, 완전하게 그의 것이 되었다. 살아 있었다면 결코 그리는 될 수 없었을 것이다. 죽음이 두 사람 사이의 깊은 연못에 다리를 놓아주었던 것이다.

방 안은 무척이나 고요했다. 민의 얼굴은 소녀시절의 순진무구한 얼굴모습으로 돌아와 있었다. 강인하고 추한 주름이 모두 매끈해져 사라지고 없었다. 어리고 몸이 부자유한 아이가 실크처럼 부드러운 개의 머리를 볼에 문지르면서 머뭇머뭇 텔포드에게로 기어서 가까이 왔다. 텔포드는 비틀리며 작은 몸을 옆으로 당겨 작은 얼굴을 바라보았다. 민의 순화된 얼굴 그 자체였다. 자신은 앞으로 이 얼굴을 언제나 옆에 놔둘 것이다. 그는 몸을 굽혀 숨을 거둔 여자의 차가운 얼굴과 감긴 눈과 피로 물든 이마에 다시 공손히 입맞춤을 했다. 그러곤 일어섰다.

"애야, 함께 가자꾸나." 그는 아이에게 부드럽게 그렇게 말했다.

장례식 다음날, 앨런 텔포드는 주위가 겨울 산들로 둘러싸인 작은 목사관의 서재에 앉아 있었다. 창가에 민의 아들이 앉아 있다. 민의 아들은 눈이 반짝거리는 개를 옆에 둔 채, 작고 사랑스러운 얼굴을 유리창에 갖다대고 있었다.

텔포드는 일기장에 이렇게 쓰고 있었다.

"여기에 머물리라, 그녀의 무덤가에. 서재의 창에서 밖을 내다보면 언제나, 바로 거기에 보인다. 설교대에 서면 늘, 사람들의 사이를 왔다갔다할 때면 언제나. 나는 지금에야 나의 실패의 원인이 어디에 있었는지를 깨닫기 시작했다. 다시 한 번, 끈기 있게, 겸허한 마음으로 다시 하리라. 오늘, C교회에 초청을 거절하는 편지를 보냈다. 내 마음, 내가 할 일은 바로 이 땅에 있다."

그는 일기장을 덮고 그 위로 고개를 숙였다. 밖은 눈이 내린다, 소복소복. 전나무로 둘러싸인, 한기에도 늠름한 언덕 비탈진 곳의 새 무덤을 이 눈이 끝없이 맑고 편안한 순백의 휘장으로 덮어주고 있음을 그는 알고 있었다.

The Red Room
붉은 방

내 얘기를 들어주겠니? 나의 손녀. 너무나도 슬퍼서 잊어버리는 게 나을 그런 얘기야. 지금은 이미 기억하는 사람도 거의 없을 거야. 우리 집 같은 오래된 집에는 반드시 슬프고 어두운 얘기가 따라다니는 법이란다. 그렇지만 난 약속을 했고, 또 약속은 지켜야만 하지. 그러니까 여기 내게로 와서 그 반짝반짝 빛나는 머리로 내 무릎을 베거라. 내 얘기가 너의 아름다운 푸른빛 어린 눈동자에 가져올 그림자가 보이지 않게 말야.

그 모든 일이 일어났을 때 할머닌 아직 아주 어린애였단다. 하지만 유감스럽게도 너무나도 잘 기억하고 있지. 나는 아버지의 새어머니인 몬트레사 부인——그분은 쉰을 막 넘겼고 아직 아름다웠기 때문에 할머니라고 부르는 것을 싫어하셨지——이 크리스마스 휴가 때 리틀 비어트리스를 몬트레사 집으로 보내라는 편지를 내 어머니에게 보내셨을 때, 얼마나 기뻤는지 잘 기억하고말고. 그래서 나는 기쁘게 집을 나섰단다. 엄마는 나를 떠나보내는 걸 슬퍼하셨지만 말이야. 아버지인 고든 몬트레사는 결혼한 지 채 세 달도 지나지 않아

바다에서 돌아오지 않는 사람이 되어 엄마에게는 나 말고는 사랑할 사람이 거의 없었단다.

나의 고모들은 내가 얼마나 아버질 닮았는지를 늘 얘기해주었어. 고모들에 따르면 나는 뼛속까지 몬트레사 사람이라고 했어. 그걸 나는 칭찬하는 말로 받아들였단다. 몬트레사 가문이라면 유서 있는, 훌륭한 평판의 가문인 데다, 여자들은 모두 예쁜 것으로 유명했거든. 그건 믿을 만한 근거가 충분했지. 모든 고모나 숙모들 가운데 미인으로 간주되지 않는 사람은 단 한 사람도 없었는걸. 그래서 나의 가무잡잡한 얼굴이랑 껑충한 몸매를 생각하면서도 어른이 되면 틀림없이 가문에 어울리는 미인이라는 말을 듣게 될 거라고 여기곤 힘이 솟았단다.

집은 고풍스럽고 수수께끼로 가득했고, 내가 즐겁게 놀 수 있을 만한 그런 집이었단다. 몬트레사 부인은 언제나 내게 잘 대해주셨지. 하지만 조금 엄한 데도 있긴 했어. 그분은 자존심이 강한 분으로, 당신한테는 진짜 자식이 없었던 때문인지 아이들을 그다지 좋아하지는 않았단다.

하지만 그곳에는 아무런 방해를 받지 않고 열중할 수 있는 많은 책이 있었지. 방해가 되지 않는 한은 아무도 내가 어디 있는지를 문제삼는 사람이 없었거든. 게다가 물끄러미 바라보면 즐거워지는, 가문의 색다르고 칙칙한 초상화가 벽에 걸려 있었지. 구멍이 뚫릴 정도로 자주 보았기 때문에 나중에는 긍지가 대단한 옛날 분들의 얼굴 하나하나가 익숙해져서 말야. 머릿속으로 이 분들이 밟았던 길을 그려보기도 했단다. 나는 꿈을 잘 꾸는 아이였고, 나를 아직 어린애로 있게 해줄 천진난만한 친구가 없었던 탓에 나이든 어른 티가 났고 꽤 영리했지.

언제나 그 집에는 고모들이 몇 분 있어서 우리 아버지를 대신해 내게 키스를 하거나 애지중지 대해주셨지. 아버진 고모들의 마음에 무척 드는 형제였다는구나. 고모들은 모두 여덟 분이 계셨는데, 모두가 훌륭한 결혼을 했다고 주위 사람들은 말했단다. 그리 멀지 않은 곳에 살아서 자주 몬트레사 부인과 차를 함께 마시러 친정에 오곤 했지. 부인은 언제나 의붓딸들과 사이좋게 지냈으니까 말야. 고모들은 뭔가 집안에 행사 같은 게 있을 때는 늘 집안 일을 도우러 오셨었지. 고모들은 모두가 집안 일에 관해선 달인들이었거든.

크리스마스에는 고모들 모두가 몬트레사 저택으로 왔단다. 그리고 나는 넘칠 정도로 귀여움을 받았지. 그렇긴 했어도 고모들은 몬트레사 부인보다도 훨씬 엄격할 정도로 나를 보살펴주셨기 때문에 내가 너무 많은 동화책을 읽지 않도록, 또 내 나이에 어울리지 않게 밤늦게까지 일어나 있지 않도록 살피러 오셨단다.

하지만 그때 그 집에 가는 것이 기뻤던 것은 동화책 때문도, 설탕에 절인 자두 때문도 아니었고, 또 귀여움을 받기 위해서도 아니었단다. 아무한테도 그건 얘기하지 않았다만 나는 휴 삼촌의 부인을 만나는 게 너무나도 재미있었지. 그 사람에 관해서는 좋은 것도, 또 나쁜 것도 합쳐서 이것저것 많이 들었으니까 말야.

휴 삼촌은 가문을 대표하긴 했지만 그때까지 한 번도 결혼한 적은 없었기 때문에 마을 전체가 그 젊은 부인 얘기로 떠들썩했단다. 나는 듣고 싶은 만큼 충분하게는 듣지 못했어. 얘기를 하는 사람들은 내가 가까이 다가가면 화제를 바꿔버렸던 거야. 그런데도 나는 그 사람들이 생각하는 것 이상으로 눈치가 빨랐기 때문에 이야기를 대강 듣고도 잘 알아챘단다.

그래서 나는 높은 긍지의 몬트레사 부인도, 친절한 고모들도, 또한 조용한 우리 엄마까지도 휴 삼촌이 한 일을 그다지 좋은 눈으로 보지 않는다는 걸 알아버린 거야. 내가 들은 바로는 몬트레사 부인이 의붓아들을 위해 훌륭한 집안에서 예쁜 사람을 골라주었는데, 휴 삼촌은 그 사람한테 눈길도 주지 않았대. 몬트레사 부인으로서는 도저히 용서할 수 없는 일이었지. 그런데도 만약 휴 삼촌이 인도제도를 향한 마지막 항해에서——삼촌은 늘 자기 배로 바다에 나가있었으니까——외국인을 아내로 맞아 집으로 데리고 돌아오거나 하지 않았다면 부인도 용서했을지도 몰라. 새 신부는 미모가 해처럼 눈부셨고, 몬트레사 가문 사람들의 온기 없는 혈관에는 흐를 것 같지도 않은 이상한, 다른 나라 피의 소유자라는 것 외에는 아무도 아무것도 몰랐단다.

그녀의 거만하거나 아니꼬운 점을 이러쿵저러쿵 떠들고는, 과연 몬트레사 부인이 생판 남에게 여주인 자리를 얌전하게 넘겨주겠느냐는 등 해가면서 고개를 갸웃하는 사람도 있었지. 하지만 일단 그녀의 아름다움과 우아함에 사로잡힌 사람들은 그런 얘기는 질투와 심술에서 생겨난 것일 뿐이라면서, 알리사 몬트레사는 그 이름과 지위에 충분히 걸맞은 사람이라고 했단다.

그런 형편이어서 나는 두 가지 소문 사이에서 방황하기는 했지만 내 스스로 판단하고자 했지. 그렇지만 그 집에 갔을 때 휴 삼촌과 신부는 한동안 집에 없는 상태였지. 나는 실망의 기색을 억누르고, 어린 마음에 한껏 참을성을 발휘해서 두 사람이 돌아오기를 기다릴 수밖에 다른 도리가 없었단다.

하지만 말야, 고모들과 새할머니는 알리사 얘기를 혹독하게 했어. 모두들 알리사를 대단치 않게 여겼고 하찮은 여자일 뿐이며, 휴 삼촌은 그 사람하고 결혼해서 좋은 일이 없을 거라는 등 해가면서 말야. 게다가 모두들 그 사람 주위에 모여드는 사람들에 관해서도 몬트레사 가문 사람으로서는 이상한, 어울리지 않는 친구들을 갖고 있는 것 같다고 얘기했단다. 이런 모든 얘기를 나는 듣고 많은 것을 생각했던 거야. 사람 좋은 고모들은 나 같은 어린아이가 자기들 얘기에 귀를 기울이거나 한다고는 조금도 생각하지 않는 것 같았지만 말이다.

일손을 거드는, 그러니까 달걀 거품을 낸다거나 건포도의 씨를 빼는 일을 할 때 나는 다섯 알 가운데 한 알 이상은 먹지 않도록 줄곧 지켜보는 고모들과 함께 있었지. 그때를 빼고는 나는 항상 혼자서 복도 옆의 널따란 방에서 책에 푹 빠지거나, 아니면 오로지 붉은 방으로 가는 게 더 이상 허락되지 않음을 슬퍼하거나 했단다.

복도 옆의 넓은 방은 좁고 기다란 방인데, 그곳은 약간 어두웠고 저택의 주된 부분과 한층 오래된 동을 이어주는, 이상한 모양으로 지어져 있었단다. 작은 직사각형 유리의 채광창이 있었지. 그래서 그 넓은 방 가장자리로 계단을 몇 개쯤 올라가면 붉은 방으로 갈 수 있었어.

그보다 전에 그 집에 갔을 때는 언제나 그곳 붉은 방에서 꽤나 오랫동안 시간을 보냈단다. 그 방은 당시 몬트레사 부인의 거실이었고, 부인은 그곳에서 편지를 쓰거나 가계부를 살피거나, 때로는 말이 많은 나이든 사람들을 티타임에 부르거나 했었지. 천장이 낮아서 약간 어둡고, 붉은 다마스크 조직의 커튼이 쳐져 있었어. 독특한 모양의 사각 창이 높은 곳의 차양 밑에 있었고, 전체에 검은 판자가 둘러쳐져 있었지. 거기서 나는 붉은 소파에 조용히 앉아서 동화책을 읽거나, 작은 유리창에 부딪혀 미친 듯이 두 날개를 퍼덕거리는 제비에게 꿈꾸는 기분으로 말을 걸기를 좋아했단다.

그해 크리스마스에 저택에 들어섰을 때 나는 곧장 붉은 방을 떠올렸단다. 그 방이 무척이나 좋았거든. 하지만 계단 있는 곳까지 가기도 전에 몬트레사 부인이 급히 서둘러서 넓은 방으로 달려오더니 내 팔뚝을 붙들고는, 마치 내가 애써 들어가려는 곳이 푸른 수염 (유럽 각지에 옛날부터 전해 내려오는 이야기 주인공의 별명, 결혼한 상대를 차례로 죽이는 잔인한 남자)의 방이기라도 한 것처럼 거칠게 나를 돌려세웠던 거야.

그래서 난 정말 꽤나 놀랐지. 그런 내 얼굴을 보더니 부인은 성급한 행동을 후회하는 것처럼 내 머리를 조용하고 가볍게 두드리셨단다.

"아유, 애, 리틀 비어트리스! 놀란 모양이구나, 아가씨. 나이든 사람의 부족한 생각을 용서해주렴. 하지만 가도 된다고 하지 않은 곳에는 그리 쉽게 가서는 안 된단다. 그리고 이제 붉은 방에는 들어가서는 안 돼. 그곳은 휴 삼촌의 신부 방이고, 말해두겠는데 그 사람은 서슴없이 방에 드나드는 걸 그다지 좋아하지 않기 때문이란다."

나는 그 말을 듣고 매우 슬픈 생각이 들었지. 나는 그때까지 해왔던 대로 가끔 제비하고 이야길 나눌 뿐, 무엇 한 가지 놓인 장소를 바꾸는 것도 아니었지. 그런데 어째서 새 숙모는 내가 방에 들어가는 걸 싫어하는지 알 수가 없었던 거야. 하지만 몬트레사 부인은 명령하듯이 내게 주의를 주셨어. 그래서 나는 이제 붉은 방에는 들어가지 않고, 다른 일로 바삐 지냈단다.

왜냐하면 저택에는 놀거리가 잔뜩 있었고, 왔다갔다할 곳도 많이 있었거든. 고모들은 결코 게으른 사람들이 아니었어. 크리스마스 기간에는 이런저런 모임이 빼곡했고, 크리스마스 이브에는 무도회가 열리기로 되어있었단다. 그래서 말야, 고모들은 나한테 그날 밤만큼은 나도 늦게까지 일어나 있어도 좋다고, 내게 방해를 하지 않는 한은 재미있는 것들을 많이 보여주시겠다고 약속해 주셨단다. 내가 너무나 성가시게 조르거나 해서 고모들이 질렸던 건지도 모르지. 나는 고모들의 심부름을 하거나 매일 밤 불평을 하지 않고 일찍 자거나 했단다. 그런데 그건 내가 아무 일 없이 잠들었다고 여긴 고모들이 들어와서 내 침실의 난로 옆에서 얘기를 했지. 그럴 때면 내가 들을 수 없던 알리사 얘기가 나오는 게 보통이었기 때문에 그래서 기를 쓰고 일찍 잠자리에 들었지.

마침내 휴 삼촌과 부인이 돌아오기로 한 날이 되자 나는 빈약한 인내력으로 참을 만큼 참아서 녹초가 될 지경이었어. 모두가 커다란 홀에서 두 사람을 맞기 위해 모였지. 그곳엔 빨간 불이 깜박깜박 비추고 있었단다.

프랜시스 고모가 나한테는 제일 좋은 옷인 하얀 프록코트에 새빨간 띠를 묶어주시면서 나의 깡마른 목과 팔을 보며 한숨을 짓더니, 귀엽게 행동하라고 말씀하셨지. 나는 흥분으로 팔다리가 굳어버렸어. 왜냐하면 온몸의 피란 피가 모조리 머리로 올라가 버렸기 때문이었지. 그래서 그 길로 한쪽 구석에 잠시 누워있었단다. 심장이 심하게 두근거려서 아플 정도였거든.

그때 문이 열리면서 알리사——난 그 사람이 그렇게 불리는데 익숙해져버려서 속으로 숙모라고 생각한 적이 없었단다——가 들어왔고, 바로 뒤에서 키가 크고 가무잡잡한 삼촌이 들어왔어.

알리사는 외투를 열면서 뽐내는 듯이 난롯가로 걸어가더니 너무나도 우아하게 그곳에 섰어. 처음엔 나를 쳐다보지도 않았지만 눈이 마주쳤을 때 조금은 마음이 내키지 않는 것 같았고, 몬트레사 부인과 고모들한테는 약간 고개를 숙여 인사를 했지. 고모들은 응접실 문께에 무척이나 귀부인답게 조용히 모여 있었단다.

하지만 난 그때, 알리사 외에는 아무것도 보이지 않았고, 들리지도 않았단다. 그녀의 아름다움이라니. 새빨간 외투와 후드를 벗고 보니까 한층 멋있어서 말이야. 난 예의 따윈 잊어버리고 매료된 것처럼 알리사를 물끄러미 바라보았단다. 아니, 정말로 매료되었어. 그런 아름다움은 본 적도 없고, 거의 꿈에서도 생각한 적이 없었는 걸.

아름다운 여성은 본 적이 많이 있고말고. 고모들이나 우리 엄만 미인이라고 다들 그랬으니까. 하지만 삼촌의 부인은 그런 사람들하고는 비슷하려야 비슷할 수가 없었어. 햇빛이 푸른 달빛을 닮지 않은 것처럼, 또 새빨간 장미가 새하얀 백합꽃과 비슷하지 않은 것처럼 말이다.

그때 보았던 알리사의 모습, 불꽃의 기다란 혀가 그녀의 흰 목을 쓰다듬듯이 타올라 풍성한 금발 위로 흔들흔들 흔들리는 모습은 도저히 말로는 표현할 수가 없었단다.

그녀는 키가 컸어. 무척이나 컸기 때문에 고모들이 곁에 서면 아주 볼품 없는 사람으로 보였단다. 고모들도 가족들이 다 그랬던 것처럼 상당히 키가 컸는데도 말야. 더구나 어떤 여왕님이라도 그 정도로 도도하게 행동하지는 못했을 거야. 그리고 그 이국적인 분위기의 열정과 불꽃, 그런 모든 것이 화려한 눈동자 속에서 불타고 있었지. 그 눈은 내가 할 수 있는 말이라고는 진하다거나 엷다거나 하는 정도일지도 모르지만, 때로는 부드럽고 때로는 격렬하게 타오르는 뜨거운 불꽃 덩어리처럼 언제나 그렇게 보였단다.

피부는 결이 고운 흰 장미의 꽃잎 같았지. 그 사람이 말을 할 때는, "난 음악이란 걸 이제야 비로소 들었어"라고 나도 모르게 혼잣말을 해버렸단다. 입술 사이로 굴러 나오는 그 목소리만큼 아름답고 고운 목소리는 그 뒤로도 다시는 들은 적이 없는 것 같구나.

나는 그때까지 속으로 곧잘 알리사와의 최초의 만남을 이리저리 그려보기도 했지만 그녀가 내게 한 마디라도 말을 걸어 주리라고는 꿈에도 생각지 않았단다. 그래서 그녀가 나를 향해 아름다운 두 손을 내밀고는 너무도, 너무나도 우아하게 이렇게 말했을 때, 난 몹시도 놀랐지.

"그런데 이 아이가 리틀 비어트리스인가요? 너의 얘기는 자주 들었단다. 자, 내게 키스해 주겠니, 귀여운 숙녀?"

난 그리로 갔어. 엘리자베스 고모의, 눈살을 찌푸린 표정에도 상관없이 말야. 알리사의 아름다운 매력이 나를 완전히 매료시키고 말았지. 난 이미 휴 삼촌이 알리사를 사랑하는 걸 이상하다고 생각하지 않았어.

삼촌은 알리사를 무척이나 자랑스럽게 여기셨단다. 그걸 난 보았다기보다는 그렇게 느꼈다고 하는 게 옳겠구나. 조숙한 아이들이 곧 잘 그런 것처럼 난 민감하고 또 눈치가 빨랐거든. 삼촌이 알리사에게 쏟는 눈길에는 자랑과 사랑 외에 뭔가가 있었어. 삼촌의 태도 속에는 뭔가 달콤한 사랑과는 다른, 말하자면 속 깊숙이에 감춰둔 의심 같은 게 있었단다.

게다가 내가 보기에 알리사가 남편을 깊이 사랑하는 것 같지는 않았어. 그렇게 생각하는 게 배신하는 듯한 기분이 들긴 하지만 말야. 알리사는 삼촌에게 반은 은혜라도 베푸는 것처럼, 또 반은 삼촌을 존경하는 것처럼 보였단다. 하지만 이건 그녀가 있는 자리에서 생각한 게 아니라, 나중에서야 그렇게 생각이 났을 뿐이란다.

알리사가 나가버리자 그 자리엔 아무것도 남아 있지 않은 것처럼 생각되었지. 그래서 쓸쓸하게 복도 옆의 넓은 방으로 살며시 가서 창가에 앉아서 알리사를 생각하고 있었지. 내 머릿속은 그녀 생각으로 가득 차 있었으므로 눈을 들었을 때, 정말로 그 사람이 혼자서 반짝거리는 머리칼을, 어둡고 낡은 벽에 빛내면서 이쪽으로 오는 걸 보았어도 난 조금도 놀라지 않아.

알리사는 곁에 멈춰 서더니 내가 너무나도 진지한 표정을 짓고 있는 것을 보고는 무슨 생각을 했느냐고 밝게 물었어. 내가 "당신 생각이에요"라고 솔직하게 대답했더니 그녀는 기분이 나쁘지 않다는 듯 웃으면서 반쯤은 놀리는 말투로 이렇게 말했단다.

"그런 쓸데없는 생각은 하지 말거라, 리틀 비어트리스. 그보단 만약 괜찮다면 애야, 내 방으로 오지 않겠니? 난 너의 진지한 눈빛이 이상하게 너무 좋구나. 틀림없이 너의 어린 생명에 깃든 따뜻함이 이곳 차가운 몬트레사가에 온 뒤로 줄곧 내 심장 주위에 붙어 있던 얼음을 녹여줄 것 같구나."

무슨 말을 하는 건지 난 알 수가 없었지만, 붉은 방을 다시 볼 수 있다는 게 기뻐서 곧장 따라나섰단다. 그러자 그녀는 나를 앉히더니 애기를 하게 했지. 난 그렇게 했고말고. 나한테는 수줍음이란 결점은 없었으니까 말야. 그 사람은 이런저런 질문을 했는데, 개중에는 '그런 걸 묻는 게 아닌데'라고 생각한 듯한 것도 있었단다. 하지만 나는 그런 물음에는 대답할 수가 없었기 때문에 다행이었지.

그 뒤로는 날마다 한동안 붉은 방에서 알리사와 함께 지내게 되었지. 휴 삼촌은 자주 그곳에 있었지만, 내가 있어도 전혀 상관하지 않고 그녀한테 키스를 하거나, 아름다움을 칭찬하거나 했단다. 난 아주 어린애였기 때문이지.

하지만 말야, 나한테는 그녀가 삼촌의 애무를 기쁘게 받아들인다기보다는 참고 있는 것처럼 느껴졌어. 걸핏하면 그녀의 눈 속에서 언제나 타오르는 불꽃이 강하게 반짝반짝 빛을 내뿜어서 오싹할 정도의 두려움으로 스며들어서 말야. 그럴 때마다 난 본래는 친절하지만 말투가 곱지 않은 엘리자베스 고모가 했던 말, '그 유별난 사람은 우리들 모두에게 뭔가 액운을 가져올 것'이라고 했던 말을 떠올렸어.

그래서 그런 생각을 내몰려고 노력하면서, 이렇게 친절히 대해주는 사람을 의심한 나 자신을 책망했단다.

크리스마스가 다가오자 나의 우둔한 머릿속은 이미 밤이나 낮이나 무도회로 가득했어. 그런데 그런 내게 슬프고 실망할 일이 닥쳐왔단다. 그날, 아침에 일어나 보니 너무나도 심한 감기에 걸려서 컨디션이 좋지 않았던 거야. 나는 애써 참았지만, 고모들은 금세 알아차렸어. 그래서 가련하게도, 그렇게나 열심히 애원을 했음에도 불구하고 자리에 눕고 말았단다. 침대에서 나는 엉엉 울었고, 아무리 위로를 받아도 가라앉지가 않았지. 멋진 사람들, 특히 알리사를 볼 수가 없어서였단다.

그런데 그런 실망은 할 필요가 없었어. 나의 절실한 소망을 알고 밤이 되자 알리사가 내 방으로 와주었으니까. 그녀는 언제나처럼 나의 작은 소망을 알아내고 이루어주었거든. 그녀를 보자 아픈 다리도, 펄펄 끓는 이마도 잊었고, 볼 수가 없었던 무도회조차도 깡그리 잊어버렸단다. 이 세상 사람으로 저렇게나 아름다운 사람이 이렇게 내 침대 곁에 서 있다니 상상도 할 수 없었던 일이니까 말야.

알리사의 가운은 하얗고, 옷감은 얼어붙은 유리창으로 기울어 떨어지는 달빛 말고는 아무것도 견줄 데가 없는 그런 것이었지. 그 아래로 빛나는 듯한 부푼 가슴과 팔이 들여다보여서 난 보는 것이 부끄럽게 여겨졌단다. 그런데도 가슴도 팔도 반들반들 윤을 낸 대리석처럼 하얘서 멋지고 아름다웠지. 그래, 그렇지 않았다는 말 따위 도저히 할 수가 없어.

그리고 눈같이 하얀 목 언저리와 둥근 팔과 멋지게 올린 머리칼에 순수한 빛을 심지로 비밀스럽게 빛나는 돌이 반짝이고 있었지. 지금이라면 그게 다이아몬드라는 걸 알았겠지만, 그 무렵엔 알 도리도 없었어. 그런 건 전혀 본 적이 없었거든.

그녀는 뭐랄까, 숭배자 앞에 선 여신 같아서 나는 마음껏 그 아름다움에 취해서 바라보고 있었지. 그녀가 내 표정을 읽고 내가 생각하고 있는 것이 그녀의 마음에 들었다고 난 여겼어. 허영심이 강한 사람이었으니까. 그런 사람은 어린애에게 칭찬을 받는 것조차도 기뻐하는 법이거든.

그녀는 내 쪽으로 몸을 기울였어. 그리곤 그 멋진 눈이 나의 아찔해하는 눈을 정면으로 들여다보았지.

"가르쳐 줘, 리틀 비어트리스, 어린아이의 말은 믿을 수 있는 거라니까. 응, 말해주렴. 날 예쁘다고 생각하니?"

나는 간신히 말을 할 수 있게 되어서, 정말로 내 꿈속의 천사보다도 아름답다고 생각한다고 말했지. 실제로 그랬으니까 말야. 그걸 듣고는 그녀는 매우 만족한 듯 미소를 지었단다.

바로 그때 휴 삼촌이 들어왔어. 드러난 알리사의 가슴과 팔은 너무 아름다워서 그것을 본 삼촌은 다른 남자들이 황홀히 바라볼까봐 싫어하는 것처럼 얼굴이 어두워진 것 같았어. 그렇지만 삼촌은 연인의 달콤한 자신감에 차서 그녀에게 키스를 했지. 그녀는 삼촌을 반쯤 조롱하는 듯한 눈초리로 보고 있었지.

그러자 삼촌이 묻는 거야. "사랑스러운 사람, 내 부탁을 들어주겠어?"

그녀는 대답했지. "그렇게 하고 싶어요."

삼촌은 이렇게 말했단다. "그 남자와 오늘밤엔 춤추지 말아 줘, 알리사. 그 남자는 믿을 수가 없어."

삼촌 목소리는 연인이 부탁을 한다기보다는 남편의 명령 같은 말투였어. 그녀는 얼마쯤 경멸하는 듯이 삼촌을 쳐다보았지. 하지만 삼촌의 얼굴이 험악해져서——나는 그럴 만한 충분한 이유를 잘 알고 있었는데, 그건 몬트레사 가문 사람은 자기 권위가 조금이라도 소홀히 여겨지는 것을 용서하지 않거든——그녀는 표정을 바꿨던 것 같아. 미소가 입가에 떠오르긴 했지만 눈은 악의에 차서 빛나고 있었지.

그녀는 삼촌의 목에 팔을 두르고——그건 내가 보기엔 끌어안는다기보다는 목을 졸라 죽이려는 것처럼 보였단다——삼촌의 귓가에서 속삭였던 그 목소리는 깜짝 놀랄 만큼 부드럽게 달래는 것 같았어.

삼촌은 웃었고 그의 눈살은 밝아졌어. 여전히 엄격한 어조로 "날 괴롭히지 말아 줘, 알리사"라고 말하긴 했지만.

그러더니 두 사람은 나갔어. 알리사가 조금 앞에 서서, 당당하게 말야.

조금 있다가 고모들도 방으로 들어왔지. 무척이나 아름답게, 한껏 정성을 기울여 치장을 하긴 했지만 고모들은 알리사를 본 뒤엔 아무것도 아닌 것처럼 보였단다. 나는 알리사의 아름다움의 올가미에 걸려서 다시 한 번 보고 싶다는 열망에 차있어서 한동안은 말을 듣지 않고 반항적인 행동을 하고 말았단다.

나는 침대 속에 붙어 있으라는 엄중한 명령을 받았지. 그런데도 그러지 않고 일어나서 가운을 걸쳤어. 그 모습을 들키지 않고 우연히 알리사를 만날 수만 있다면 살그머니 아래층으로 내려가 보려고 말야.

하지만 넓은 방까지 갔을 때, 발소리가 다가오는 게 들렸어. 안 되겠다고 생각한 나는 푸른 객실로 살그머니 들어가 고모들에게 들키지 않도록 커튼 뒤에 숨었어.

그때 알리사가 들어온 거야. 내가 본 적이 없는 남자와 함께. 나는 곧장 두해 전 여름에 몬트레사 부인 정원에서 보았던 번쩍번쩍 빛나는 사악한 눈을 한 가느다란 검은 뱀을 떠올렸어. 그 녀석은 위험하게 나를 물려던 참이었어. 정원사인 존이 죽였지만 만약 그 뱀에게 영혼이 있다면 그 남자에게 숨어들었을 게 틀림없어. 난 진심으로 그렇게 생각했단다.

알리사는 앉았고 그 남자도 곁에 앉았지. 그러곤 알리사의 몸에 팔을 두르더니 얼굴과 입술에 키스를 했어. 알리사는 남자가 껴안아도 뒤로 빼기는커녕 미소마저 띠면서 낭창낭창한 몸놀림으로 상대에게 안기는 것이었어. 둘이서 뭔가 이상한 외국말로 이야기를 하더구나.

난 아주 어린애였고 순진했기 때문에 정조라든가 부정, 그런 것에 대해선 아무것도 몰랐었지. 그런데도 휴 삼촌 말고는 아무도 알리사에게 키스를 하면 안 된다는 생각이 들었어. 그때부터 나는 알리사를 믿지 않게 되었어. 나중에 안 것도 그때는 아직 모를 때였거든.

스파이 노릇을 할 생각은 전혀 없었지만 두 사람을 보고 있는데 알리사의 표정이 갑자기 냉랭해지면서 벌떡 일어나더니 애인의 팔을 눌렀던 거야.

내가 알리사의 뒤가 켕기는 듯한 눈길을 쫓아 문 있는 곳을 보니, 그곳에 휴 삼촌이 서 있었고 그의 험악한 이마에는 몬트레사 가문의 자존심과 격정이 있는 그대로 나타나있었단다. 알리사와 뱀이 떨어져서 일어나자 삼촌은 조용히 앞으로 나오더구나.

처음에 삼촌은 죄가 무거운 아내 쪽이 아니라, 그의 애인을 바라보더니 얼굴을 때렸어. 그러자 그 남자는 악당답지 않게 겁쟁이였는지 새파래져서는 욕설을 해대면서 방을 슬그머니 빠져나갔어. 삼촌도 더 이상 붙잡지는 않았단다.

삼촌은 알리사를 향해 무척이나 조용하게 무서운 목소리로 말했어.

"앞으로 넌 이제 나의 아내가 아니야!"

그 목소리는 삼촌의 용서와 사랑을 알리사는 결코 다시는 얻을 수 없으리라고 통고하는 거였어.

그렇게 알리사는 삼촌의 몸짓에 쫓겨 그 방을 나갔단다. 자존심 강한 여왕님처럼 빛나는 얼굴을 똑바로 쳐들고, 이마에 수치의 흔적조차도 보이지 않은 채.

나는 두 사람이 나가고 나자 완전히 멍해져서는 어쩔 줄 몰라서 엉금엉금 기어 나와서 내 침대로 돌아갔어. 나는 말을 듣지 않는 사람이나 몰래 숨어듣는 사람이 늘 그렇듯이 바랐던 것 이상으로 보고 들어버린 거란다.

휴 삼촌은 말씀하신 대로 하셨어. 알리사는 이제 이름뿐인 아내가 되었지. 그런데도 소문이나 추문 같은 것은 전혀 생기지 않았단다. 삼촌은 집안의 명예를 중요시했기 때문에 자기 체면이 깎이는 일을 비밀로 하셨고, 언제나 부드럽고 훌륭한 남편인 것처럼 보였으니까 말이다.

몬트레사 부인도 고모들도, 두 사람의 사이를 이상하다고 생각은 하면서도 아무 것도 몰랐지. 모두가 삼촌한테도, 알리사에게도 감히

물어볼 엄두가 나지 않았던 거야. 알리사는 언제나처럼 새침한 태도 그대로였고, 애인도 남편도 전혀 마음 쓰지 않는 것처럼 보였지. 이 일에 관해 내가 뭔가 알리라고는 아무도 꿈에도 생각지 않았기 때문에 크리스마스 무도회날 밤에 푸른 객실에서 보았던 일에 관해선 입을 다물고 단 한 마디도 흘리지 않았어.

1월이 지나서 나는 집으로 돌아왔지만 오래지 않아 몬트레사 부인이 리틀 비어트리스가 없으니 집안이 쓸쓸하다고 하셔서 다시 사람을 보내셨단다.

그래서 나는 다시 갔어. 모든 것은 원래 그대로였고 별달리 달라진 곳은 없었지. 그도 그럴 것이 집안은 매우 조용했고, 알리사는 붉은 방에서 거의 나오는 일이 없었거든.

휴 삼촌은 땅 문제로 전보다 훨씬 찌푸린 얼굴로 말없이 드나들었고 내게 시내에서 책이나 과자를 사다줄 때를 제외하면 거의 모습을 볼 수도 없었단다.

하지만 말야, 난 날마다 붉은 방에서 알리사와 함께였어. 그녀는 나한테 매우 격렬하고도 독특한 모습으로, 하지만 언제나 친절하게 말을 걸어왔지. 난 친근한 우리의 모습에 몬트레사 부인이 결코 좋은 얼굴을 하지 않으리란 생각을 했지만, 부인은 아무 말도 않으셨어. 그래서 나는 알리사에게 마음껏 드나들 수가 있었지. 하지만 그녀의 기묘한 몸짓이나 눈 속에 타오르는 불안정한 불꽃은 별로 마음에 들지 않았단다.

게다가 나는 그 입술이 뱀의 입술과 맞닿는 것을 본 뒤로는 절대로 알리사에게 키스를 하려고 하지 않았어. 그녀는 가끔 내 기분을 살펴 키스를 받고 싶어했고, 내가 하지 않으니까 토라지기도 하고 안달을 하기도 했지만 그녀는 그 이유를 알 도리가 없었지 뭐냐.

그해 3월은 허기가 져서 미친 듯 날뛰는 사자처럼 찾아왔어. 휴 삼촌은 폭풍을 일으키며 말을 타고 멀리 나갔다가 며칠인가 집을 비우게 되었지.

　그날 오후, 내가 복도 옆의 넓은 방에 멋진 백일몽을 꾸면서 앉아 있으려니 알리사가 붉은 방으로 오라고 나를 불렀어. 가보고는 나는 그녀의 화려한 아름다움에 새삼 놀랐단다. 볼은 들떠서 빨갛게 물들었고 몸에 걸친 보석조차 그 눈의 광채 앞에선 완전히 빛을 잃을 정도였지. 내 손을 잡은 그녀의 손은 뜨겁게 타올랐고, 목소리에는 이상한 울림이 있었어.

　그녀는 말했지. "자, 리틀 비어트리스. 자, 내게 부디 말해주지 않겠니? 오늘은 나 혼자뿐이야. 이제 어떻게 하면 좋을지 모르겠어. 이렇게 음산한 집에선 시간이 얼마나 느리게 가는지 참을 수가 없어. 정말이지 이 붉은 방은 나한테 나쁜 영향을 주는 것 같아. 너의 어린애다운 말소리가 이곳의 어둡고 낡아빠진 구석구석에서 꿈틀대는 유령들을 쫓아내 버릴 수 있는지 어떤지 보자꾸나. 타락과 치욕으로 뒤범벅이 된 유령들을 말야! 으흥, 빼지 말고. 내가 쓸데없는 말을 한 걸까? 결코 그럴 생각은 아니야. 왠지 머릿속이 쾅쾅 울리는 것 같아, 비어트리스. 자, 넌 아마도 이 방의 무시무시한 얘기를 뭔가 알고 있겠지. 분명 있는 게 틀림없어. 흉악한 짓을 하기에 여기보다 어울리는 곳은 없는걸! 아아, 이제! 그렇게 무서워하지 말고, 아가씨. 나의 변덕 따윈 잊어버리고. 자 얘기해, 나한테 말해 줘."

　그렇게 말하더니 알리사는 나긋나긋하게 긴 새틴 의자에 몸을 던지고는 그 아름다운 얼굴을 내 쪽으로 향하더구나. 그래서 난 어리지만 용기를 내어 내가 알리라고는 아무도 생각지도 못한 얘기를 했던 거란다. 몇 대나 전에 몬트레사가의 한 사람이 자신과 가문의 이름을 부끄럽게 했다는 것, 그리고 집의 어머니 곁으로 돌아오자 어머니는 이곳, 붉은 방에서 그와 만났지만 자기 젖으로 키운 것도 잊고 아들에게 통렬한 비웃음과 비난을 던졌다는 것, 그러자 그는 굴욕과 낙담으로 욱하는 마음에 갖고 있던 칼을 자기 심장에 찔러 죽고 말았다는 애기를 말야. 그런데 그의 어머니는 너무나도 후회한 나머지 미쳐서 죽을 때까지 붉은 방에 틀어박혀 있었다는 거였지.

횡설수설했겠지만 어쨌든 나는 그 애기를 했어. 내가 듣는지도 모르고 엘리자베스 고모가 말했던 그대로를 말이란다. 알리사는 끝까지 내 애기를 듣더니 "몬트레사가에 어울리는 애기로군"라는 말만 하더구나. 그 말에 나는 화가 왈칵 치밀었지. 나도 몬트레사가의 일원이며, 그것을 자랑스레 여겼으니까.

하지만 그녀는 위로하는 것처럼 내 손을 잡고는 이렇게 말했어. "리틀 비어트리스, 만약 내일이나 모레가 되어서 그 사람들, 그 높은 여자분들이 너에게 알리사는 너의 사랑에 어울리지 않는다고 한다면 어떨까? 넌 모두가 하는 말을 믿겠니?"

나는 푸른 객실에서 보았던 일을 떠올리고는 잠자코 있었어. 거짓말을 할 수는 없었거든. 그러자 그녀는 쓸쓸하게 웃으면서 잡았던 내 손을 놓았어. 그러더니 곁의 테이블에서 보석이 박힌 작은 칼을 번쩍 집어 올렸어.

그건 보기에도 잔혹한 장난감처럼 보였기 때문에 그렇게 말한 거란다. 그러더니 그녀는 미소를 지으면서 나를 섬뜩하게 하려는 것처럼 하얀 손가락으로 얇고 반짝반짝 빛나는 칼날을 훑고 지나갔어.

그녀는 말했지. "이걸로 그냥 찌르기만 하면, 한 번만 찌르면 심장은 더 이상 뛰지 않게 되고, 지친 머리는 쉬고, 입술과 눈은 다시는 웃지 않게 되지! 모든 어려움으로부터 벗어나는 가장 가까운 길이야, 나의 비어트리스."

나는 그녀가 하는 말을 이해할 수가 없었어. 그런데도 떨면서 그걸 옆으로 내려놓으라고 애원했어. 그녀는 아무렇지도 않게 칼을 내려놓더니 나의 아래턱에 손을 대고는 얼굴을 그녀 쪽으로 향하게 했단다.

"진지한 눈을 가진 리틀 비어트리스, 내게 진실을 말해주지 않겠니? 만약 네가 이곳 붉은 방에서 알리사와 함께 앉는 일이 다시는 없다면 정말로 슬플까?"

나는 열심히 매우 슬플 거라고 대답했고말고. 정말로 진실을 말할 수 있는 게 기뻤지. 그러자 그녀의 얼굴은 부드러워졌고 깊은 한숨을 쉬더구나.

이윽고 알리사는 독특한 코끼리 눈 모양의 상자를 열더니 안에서 진기한 세공에다 정교하게 디자인된 빛나는 금목걸이를 꺼내더니 내 목에 걸었어. 그러더니 내가 고맙다는 말도 못하게 내 입술에 부드럽게 손가락을 얹었단다.

알리사는 말했어. "자, 가거라. 하지만 내게서 떠나가기 전에, 그래 리틀 비어트리스, 꼭 한 가지 소원을 들어주지 않겠니? 너에게 이젠 달리 바랄 것은 결코 없을 테니까. 네 집안 사람들, 그 차가운 몬트레사 가문 사람들이 나를 마음에 들어하지 않는다는 건 알고 있어. 나한텐 좋지 않은 점이 많이 있어. 하지만 말야, 네겐 매우 부드러운 마음으로 대해왔단다. 그러니까 내일 아침이 되어 그들이 알리사는 죽는 편이 나은 나쁜 사람이라고 너에게 말하더라도 나를 경멸하지만 말고 조금은 애처로운 눈으로 봐주렴. 나도 처음부터 지금 같지는 않았거든. 너처럼 어린 아이가 언제나 곁에 있어서 나를 더럽지 않고 순수한 채로 있게 해주었더라면 이렇게는 되지 않았을 텐데. 그러니 꼭 한 번만 너의 그 팔을 내 목에 걸고 키스해주렴."

나는 그렇게 했어. 그녀의 행동이 무척이나 이상하다고 생각하면서. 왠지 거기엔 기묘한 부드러움과 절망적인 동경이라거나 하는 것이 있었거든. 그런 다음 그녀는 나를 살그머니 방에서 내보내주었기 때문에 나는 밤이 완전히 이슥해질 때까지 넓은 방의 창가에서 이런저런 생각을 하면서 앉아 있었단다. 그날 밤은 폭풍과 어둠이 무서운 밤이었지. 그래서 나는 휴 삼촌이 이런 폭풍 속을 뚫고 돌아오지 않아도 된다니 정말 잘 됐다고 생각했어. 그런데 말야, 그 생각이 채 식기도 전에 벌컥 문이 열리면서 삼촌이 넓은 방을 큰 걸음으로 걸어왔어. 외투는 흠뻑 젖어 바람에 뒤틀려있었고, 지금 막 말에서 뛰어내렸는지 한 손에 채찍을 들고, 다른 한 손에는 잔뜩 구겨진 편지 같은 것을 들고 있었단다.

그날 밤의 어둠도 삼촌의 얼굴처럼 어둡지는 않았을 거야. 내가 내 생각만 하고는 사다주기로 약속한 과자를 받으려고 삼촌 뒤를 쫓아가도 삼촌은 내게는 눈길도 주지 않았어. 하지만 나도 붉은 방의 문께까지 왔을 때는 이미 과자 생각 따윈 온데간데없이 사라졌단다.

알리사는 테이블 옆에 서 있었어. 여행을 나서려는 듯 후드와 외투를 입고 있었지만, 후드는 뒤로 미끄러져 떨어지고 대리석처럼 하얀 얼굴이 보였고, 오직 분노로 넘치는 눈만이 바닥에 공포와 죄와 증오를 담은 채 타오를 뿐이었어. 그리고 그녀는 삼촌을 되돌아오게 하려는 듯 한쪽 팔을 올리고 있더구나.

삼촌은 그녀 앞에 서 있었는데 내 쪽에선 얼굴이 보이지 않았지. 하지만 삼촌의 목소리는 낮고 무서우며, 그때의 내게는 이해할 수 없는 말을 토해내고 있었단다. 하기야 훨씬 나중이 되어서 그 뜻을 알긴 했지만 말이다.

삼촌은 그녀가 애인과 함께 도망치려 했다는 심한 경멸의 말을 쏟아 부었고, 무엇이 되었든지 자기 복수를 다시 방해하지는 못하리라는 것과, 그 외에도 매우 격렬하게 무서운 위협의 말을 했어.

하지만 그녀는 삼촌이 하고 싶은 말을 마칠 때까지 한 마디도 하지 않았지. 그러더니 말을 시작했는데 그 말이 어땠는지 아니? 그건 머리가 돈 여자가 입에 담을 듯한 증오와 반항과 격렬한 비난으로 가득 차있다는 것 말고는 난 아무것도 알아들을 수가 없었단다.

그 집의 문지방을 넘는 건 죽음을 의미한다고 삼촌이 말했는데도, 그런데도 그녀는 사랑의 도피를 막아볼 테면 막아보라고 대들었어.

삼촌이 그런 말을 한 건 업신여김을 당한 나머지 제정신이 아니어서, 자기 체면이 손상되는 것을 막으려는 것 외엔 아무것도 생각하지 않았기 때문이야.

그래서 그녀가 당장이라도 삼촌 옆을 빠져나가려 했고, 그러자 삼촌은 그녀의 흰 손목을 붙들었지. 그때 나는 무서운 형상으로 삼촌과 마주선 그녀가 오른손을 살며시 뒤의 테이블로 뻗는 걸 보았던 거야. 작은 칼이 놓여있는 테이블로 말이다.

"보내줘요!" 그녀의 목소리는 갈라져있었어.

삼촌이 말했지. "절대 못 보내."

순간, 그녀는 휙 하고 뒤로 물러서면서 작은 칼을 삼촌에게 휘둘렀어. 그 순간의 그녀의 얼굴, 그 표정을 나는 그전에도 나중에도 결코 본 적이 없단다.

삼촌은 털썩 쓰러졌지. 그런데도 죽어가면서도 그녀를 붙들고 놓아주지 않더구나. 그녀는 몸을 뒤틀어서야 간신히 자유의 몸이 되었어. 비가 쏟아지고 바람이 울어대는 밤에는 지금도 내 귀에 울려오는 처참한 금속성의 소리를 내면서 말이다. 그녀는 돌아보지도 않고 내 옆을 달려나가 쫓기는 짐승처럼 넓은 방을 도망쳐 나갔고, 나간 뒤로 쾅 하는 텅 빈 소리를 내면서 무거운 문이 닫히는 소리가 들려왔지.

나는 그곳에 죽은 사람을 쳐다보면서 붙박혀 서 있었어. 움직이지도 말도 못하고 단지 두려움으로 영혼이 달아난 듯한 상태로. 그리고 곧 아무것도 알 수 없어졌고, 며칠 동안이나 아무것도 떠오르지가 않았어. 열이 심하게 나 침대에 누워있던 나는 살아 있다기보다는 마치 죽은 것 같았단다.

내가 간신히 죽음의 그림자로부터 빠져나왔을 무렵에는 휴 삼촌이 차가운 무덤 속에서 잠든 지 이미 한참이 지났었고, 죄 많은 아내로 인한 엄청난 사태는 어지간히 끝이 나있더구나. 외국인 애인과 다른 나라로 도망친 뒤엔 아무도 그녀를 보지도 듣지도 못했으니까.

내가 겨우 무슨 일이 있었는지 생각이 나게 되자 사람들은 내가 붉은 방에서 보고들은 것에 관해 물었어. 난 내가 아는 모든 것을 말했고말고. 내 질문에는 모두가 차분하게 이제 그런 건 생각하지 말라고 말할 뿐 아무 것도 대답해주지 않아서 무척이나 불만스럽긴 했지만.

어머니는 내가 겪은 사건을 무척이나 걱정하셨고, 실제로 어린애로선 전혀 겪을 법한 일이 아니었으니까 나를 집으로 데려가셨지. 어머닌 알리사에게서 받은 목걸이를 가지지 못하게 하시고 버렸는데, 어떻게 그렇게 하셨는지 나는 몰랐고 거의 마음을 쓰지도 않았단다. 그걸 보면 꺼림칙한 기분이 드는 물건이었거든.

내가 다시 몬트레사 저택에 간 것은 몇 년이나 뒤인데, 이미 붉은 방을 볼 수는 없었단다. 몬트레사 부인이 그런 슬픈 추억은 다음 세대의 몬트레사에게 심하게 불길한 일을 초래하리라고 생각하셔서 낡은 건물동을 부숴버리셨던 거야.

그래서 말이다, 나의 손녀, 슬픈 얘기는 이걸로 끝이 났단다. 다음 달에 네가 몬트레사 저택에 가더라도 붉은 방은 볼 수가 없어. 하지만 집의 처마 밑에는 제비가 둥지를 틀고 있을 거란다. 내가 그랬던 것처럼 네가 제비들하고 얘기를 나눌 수 있을지 어떨지는 모르겠다만 말이다.

A Redeeming Sacrifice
달은 알고 있다

바이런 라이얼의 집에서 열린 댄스 파티가 한창 절정을 이루고 있다. 바이올린 연주자 토프 레클라크가 부엌의 테이블 위에 올라가 연주하고 있다. 그는 할아버지가 그랑프레에서 가져온 광택 있는 갈색 바이올린으로, 나이가 들어서 몸이 굳어진 페미 아주머니조차 스텝이 밟고 싶어질 정도의 음악을 마법처럼 연주해내고 있었다. 부엌 주위에는 젊은 남녀가 줄지어 앉아 있고, 활짝 열린 거실 입구에는 춤추는 사람들을 보려는 춤추지 않는 손님들의 얼굴로 가득했다.

여덟 명이 추는 릴(스코틀랜드·아일랜드의 네 박자의 활발한 춤)이 지금 막 끝나서 처녀들은 마지막으로 펼쳐지는 격렬한 회전으로 인해 어지러워서 인도를 받아 자기 자리로 돌아간 참이었다. 매티 라이얼이 물을 퍼다가 바닥에 뿌리자 미세한 먼지가 일어났다. 토프의 바이올린은 다음으로 춤출 짝들이 이루어지기를 기다리는 동안 그의 손 밑에서 만족스러운 듯 가르랑대고 있었다. 춤출 사람들의 짝은 좀처럼 맺어지지가 않았다. 초저녁 때처럼 플로어가 혼잡하지도 않다. 그건 식당에 저녁 식사가 준비되어 있으며, 대부분의 손님들은 배가 고팠기 때문이다.

바이올린 연주자가 초조한 듯 외쳤다. "빨리 나와라, 너희들. 다음에 춤출 짝을 짓는 거야. 자, 여자를 데리고 나와."

조금 지나자 폴 킹이 둘이서 앉아 있던 어둑한 구석에서 존 셀리를 이끌고 나왔다. 그들은 이미 몇 번이나 함께 짝을 이루어 춤을 추었다. 존은 오늘밤엔 다른 누구하고도 춤추지 않았다. 머리 위의 램프 그림자를 받으며 둘이서 나란히 서 있을 때, 그곳에 물끄러미 쏟아지던 수많은 호기심과 비난의 눈길이 있었다. 코너 미첼은 달빛을 등에 받으면서 열려 있는 바깥문에 서 있었으나 문득 오른쪽으로 휙 돌아서 밖으로 나갔다.

폴 킹은, 벽에 머리를 기대고 댄스 짝이 이루어지기를 기다리면서 구경하는 사람들 시선에, 미소를 띤 오만한 표정으로 답하고 있었다. 그는 미남이며 어딘지 모르게 여자들이 좋아할 만하게 거리낌이 없으며, 사람을 끌어당기는 데가 있다. 빙글빙글 머리에 소용돌이치는, 청동색 소담스런 머리칼. 짙은 눈은 가늘게 늘어졌으며 언제나 조는 것 같아서 늘 웃음 짓는 인상을 준다. 둥근 볼은 햇빛에 그을려 가무잡잡해 건강하게 보인다. 그리고 입술은 소녀처럼 빨갛고 매력적이었다. 그러나 폴 킹은 나쁜 과거와 나쁜 미래를 지닌 변변치 못한 사람이다. 변변치 못할 뿐 아니라 음주벽까지 있다. 그에 관해선 엄청난 소문이 있다. 그래서 그날 밤 라이얼가에 온 사람들 가운데 누구 한 사람도 그가 존 셀리와 춤출 특권을 가지는 것을 좋게 볼 사람은 없었다.

존은 늘씬하고 화사한 꽃 같은 소녀로, 하얀 드레스를 입은 모습은 까만 머리칼에 꽂은 엷은 색의 달콤한 향기가 나는 장미꽃과 매우 닮았다. 그녀의 얼굴은 전혀 붉은 기운이 없으며, 젊고 청순하며 부드러운 곡선을 그리고 있었다. 내리뜨는 멋지고 아름다운 진한 청색 눈동자. 유독 기다란 속눈썹. 주위에는 화려한 처녀들이 많이 모여 있었지만, 아무도 존의 반만큼도 사랑스럽지는 않았다. 그녀는 장미색 볼을 지닌 다른 많은 미녀들을 모조리 품위가 없고 야단스럽게 보이게 하는 것이었다.

그녀는 폴의 손에, 그가 플로어로 이끌 때 잡았던 손을 그대로 맡기고 있었다. 때로 그는 앞 사람들에게서 그녀의 얼굴로 눈길을 옮긴다. 그러면 그녀는 눈을 들었고, 그들은 마치 둘만의 세계에 있는 것처럼 눈길을 교환하는 것이었다. 다른 세 쌍의 남녀가 하나둘씩 플로어로 나오면서 릴이 시작되었다. 존은 바람에 나부끼는 나뭇잎으로 착각할 정도로 나긋나긋하게 빙글 돌면서 감도는 것처럼 춤추었다. 폴은 존의 얼굴에서 거의 눈을 떼지 않았고 들떠 분방하게 춤을 췄다. 마지막의 열광적인 선회가 막 끝났을 때 존의 오빠가 와서 화난 목소리로 동생에게 옆방으로 가라고, 그리고 다시는 춤추지 말라고 했다. 그녀가 같은 사람하고만 춤을 추려했기 때문이다. 존은 폴을 바라보았다. 그 눈이 '나는 당신 뜻대로 따르겠어요, 다른 누구의 말에도 따르지 않겠어요'라고 호소하고 있었다. 폴은 지금은 소란을 피우고 싶지 않았으므로 가볍게 고개를 끄덕였고, 처녀는 순순히 옆방으로 물러갔다. 막 돌아서려 할 때 폴은 살며시 손을 내밀어 머리에 꽂은 장미를 집어들었다. 그러고는 의기양양하게 방 안을 한바퀴 휙 둘러보더니 나갔다.

가을밤은 맑디맑아서 차츰 차가워졌고, 작게 신음하는 듯한 바람이 문 앞에 서면 언뜻언뜻 보였다가 숨었다가 하는 바다를 지나서 북서쪽에서 불어온다. 바닷가 저쪽에는 몇 척인가 작은 배가 물결 위에 흔들리면서 서로 고개를 끄덕이며 인사를 나누고, 바닷가 위쪽에는 등대의 커다란 빨간 별이 은빛 하늘에 떠서 빛나고 있다.

폴은 존을 생각하면서 휘파람을 불며 모래사장 길을 어슬렁어슬렁 걸어갔다.

'내가 얼마나 깊이 그녀를 사랑하고 있는지. 지금까지 그렇게나 별처럼 많은 여자들을 사귀어왔지만 결코 사랑한 적은 없었던 나,

폴 킹이! 아아, 그리고 그 아가씨도 나를 사랑하고 있다. 말로 그렇게 말한 적은 없지만 눈길과 말투가 그렇게 말해준다. 항구의 처녀들 가운데서도 뛰어나게 아름다운 꽃 존 셸리, 많은 사내들이 구혼했지만 노력의 대가로 돌아온 것은 분쟁에 휘말린 것뿐이었다는 여자. 그런 여자를 나는 손에 넣은 것이다. 앞으로 내가 원하기만 하면 그 아가씨는 나의 것, 나 혼자만의 것이다.'

그는 물가까지 큰 걸음으로 걸어갔다. 마이클 브라운의 배가 모래 사장에 끌어올려져 있었다. 그는 어둡게 그늘진 배 옆 차가운 모래 위에 몸을 던졌다. 그의 심장은 긍지와 승리감과 정열로 끓어오르고 있었다.

이윽고 백발이 섞인 중년 남자로 반은 농사를, 반은 고기잡이를 하는 바이런 라이얼과 프로스펙트 학교의 교사 맥스웰 홈스가 배 쪽으로 왔다. 폴은 가만히 누운 채로 그들의 이야기를 듣고 있었다. 훔쳐듣는 것이긴 했지만 폴은 그런 떳떳치 못한 행동에 전혀 괴로워하지 않았다. 애초부터 폴 킹은 체면 따위는 지녀본 적이 없었으므로 그걸 잃을 염려 또한 없을 터였다. 바이런과 홈스는 그와 존 애기를 하고 있었다.

"존 셸리 같은 아가씨가 그런 남자 때문에 일생이 엉망진창이 되다니 그건 너무하지 않아?" 홈스가 말했다.

바이런 라이얼은 피우던 파이프를 입에서 떼더니 뒤를 돌아서 자기 그림자에 침을 뱉으면서 동조했다.

"정말 화가 치미는 일입니다. 그 사람과 결혼하면 그 아가씨의 일생은 엉망진창이 되어버려요. 완전한 엉망진창 말입니다. 그런데도 그녀는 그자와 결혼할 거예요. 폴이 그녀를 포로로 만들어버렸어요. 난 그 일로 화가 버럭 날 지경이라니까요. 훨씬 괜찮은 수많은 사내들이 무척이나 그녀를 원했는데. 코너 미첼도 그중 하나지만 말예요. 코너는 정직하고 틀림없는 사람이고, 그녀에게 잘 어울리는 집안이기도 합니다. 만약 킹이 봐주기만 한다면 그녀는 코너에게로 시집을 갈 텐데. 원래는 그녀도 코너를 그리 밉지 않게 생각했는데. 하지만 이제 모두 끝났습니다. 그녀는 변변치 못한 건달 킹 녀석에게 이미 가버렸어요. 그 사람과 결혼해서 죽을 때까지 그걸 후회하게 될걸요. 그 녀석은 완전히 근본부터 악당인 데다가 앞으로도 줄곧 그럴 겁니다. 저어, 하지만 말입니다 선생님, 대개 남자는 여자에게 구혼을 할 때만큼은 진지한 법 아닙니까? 비록 지금까지 아무리 아무렇게나 살았더라도, 또 그 다음에 다시 그렇게 되는 한이 있더라도요. 하지만 그 폴은 그렇지 않아요, 아무것도 달라지지 않아요. 그 녀석은 엊그제 밤에도 항구에서 엉망으로 취해있었습니다. 게다가 지난 한 달 동안 무엇 한 가지 일을 한 적도 없어요. 그런데도 존 셀리는 그 녀석을 선택하다니."

"그 사람과 사귀는 것을 허락하다니 존의 집안 사람들은 대체 어떤 생각을 하고 있는 걸까?" 홈스가 물었다.

"그녀에겐 오빠밖엔 없습니다. 오빠는 물론 폴을 반대하고 있지요. 하지만 그런다고 어떻게 되겠습니까? 여자의 마음을 단단히 사로잡아서 자기 생각대로 할 테고, 그리고 몸을 망치겠지요. 몸을 망칠 겁니다, 정말로. 그녀가 그 남자 같은 건달과 결혼해버리면 죽을 때까지 비참한 여자가 되어서 모든 사람들에게 동정을 받을 겁니다."

그러더니 두 사람은 저쪽으로 갔다. 폴은 미동도 않고 누운 채로 얼굴을 모래에 묻고 존의 향긋한 냄새가 나는 찌부러진 장미에 입술을 갖다대고 있었다. 바이런 라이얼의 가차없는 비난에도 분노할 기분은 나지 않았다. 사실 그들이 말한 대로 모든 것이 사실임을 스스로도 알고 있는 것이다. 자기는 변변치 못한 쓸모 없는 인간이었고, 앞으로도 줄곧 그럴 것이었다. 모두가 잘 알고 있다. 혈통 탓이다.

그의 집안에는 제대로 된 신분이 된 사람은 단 한 명도 없으며, 그들 가운데 누구보다도 그가 가장 정도가 심했다. 애당초 그랬으므로 별달리 다른 것을 바라지도 않았고, 마음을 고치려고 노력할 의지조차도 지니지 않았었다. 그에게는 존의 손을 잡을 자격 따윈 없었다. 그런데도 그는 그녀와 결혼할 생각이었던 것이다!

그러나 그녀의 인생을 엉망진창으로 만들다니! 정말로 그런 걸까? 그렇다, 틀림없이 그리 될 것이다. 그리고 만약 내가 방해하지 않고 심술궂은 유혹을 그만두고 그녀의 인생에서 물러난다면, 그렇게 한다면 코너 미첼이 분명 그녀에게 내가 할 수 없는 모든 것을 다 해주겠지.

그는 갑자기 눈에 눈물이 넘쳐흐르는 것을 느꼈다. 지금까지 아무렇게나 살아온 인생이었다. 단 한 방울의 눈물도 흘린 적이 없었는데 지금은 뜨겁게, 욱신욱신 아플 정도로 솟아올랐다. 지금까지 전혀 몰랐던, 생각한 적도 없었던 뭔가가 그의 흥분된 가슴속으로 밀려들었고, 그런 격정은 순수한 것이었다. 그는 존을 사랑한다. 그러나 지금은 분명히 그의 것인 가련하고 아름다운 사람의 순결한 몸을 끌어당겨 다른 남자에게 홀연히 넘겨줄 정도로 사랑하는 걸까? 그와 함께 살아가야만 하는 가난하고 치욕으로 점철된 인생으로부터 그녀를 구해줄 정도로 사랑하고 있는 것일까? 그녀를 그 자신보다도 사랑하는가?

"그녀를 사랑할 가치 따윈 내게 없다. 모두가 말하는 것처럼 태어날 때부터 지금까지 무엇 한 가지 제대로 한 적이 없다. 하지만 난 어떻게 하면 그녀를 포기할 수 있을 것인가. 신이시여, 어찌하면 나는……?" 그는 신음했다.

그는 그 뒤로 오랫동안 그 자리에 드러누워 있었다. 이윽고 달빛이 배 주위로 살며시 다가들어 그림자를 쫓아내 버렸다. 간신히 일어나자 평소에 흘리지 않던 그의 눈물로 흠뻑 젖은 존의 장미를 손에 들고 물결이 이는 곳까지 내려갔다. 천천히 그리고 공손하게 꽃잎을 떼어서 물결 위로 뿌렸다. 꽃잎은 달빛에 떠다니는 요정의 작은 배처럼 살랑살랑 물결 위를 떠갔다. 마지막 한 잎이 손가락 사이로 팔랑팔랑 춤추며 떨어지자 그는 라이얼가로 돌아가 앨릭 매디슨 선장을 찾기 시작했다. 선장은 베란다의 한쪽 구석에서 파이프를 피우면서 젊은이들이 춤추는 모습을 지켜보고 있었다. 두 남자는 한동안 이야기를 나눴다.

댄스파티가 끝나면서 손님들이 삼삼오오 돌아가기 시작하자 폴은 존을 찾았다. 롭 셀리는 그녀를 집으로 데려가기 위해 찌푸린 얼굴로 여동생의 손을 잡아끌고 있었다. 폴은 평소 하던 대로 앞뒤 가리지 않는 용기를 발휘해 미소를 띠면서 큰 걸음으로 부엌 뒤로 돌아서 존과 나란히 계단을 내려갔다. 그는 오솔길로 접어드는 동안 줄곧 소란스레 휘파람을 불며 걸었다.

"근사한 댄스파티였어. 오늘로 당분간 프로스펙트와도 이별이야." 그가 말했다.

"네에, 어째서요?" 존이 놀라서 물었다.

"아, 난 매디슨 씨의 스쿠너선(船)으로 남미에 가기로 했어. 언제 돌아올지 몰라. 익숙해진 이곳은 따분하고 또 따분해서 나에겐 맞지 않아. 뭔가 훨씬 근사한 것을 찾으러 가는 거야."

존의 입술이 하얀 레이스 두건 가장자리의 술 아래서 회색으로 변했다. 그녀는 부들부들 떨면서 작은 갈색 손을 목 언저리까지 올려서 여리디여리게 말했다.

"당신은…… 당신은 돌아오지 않겠군요?"

"아마도 그렇게 될 것 같아. 난 프로스펙트에는 완전히 질려서 지긋지긋해. 게다가 여기엔 아무런 미련도 없고 말야. 남쪽엔 뭐든 훨씬 재미있을 것 같아."

존은 더 이상 아무 말도 하지 않았다. 가문비나무 가로수 길을 따라 걷는 두 사람을 달빛이 웃는 것처럼, 무성하고 부드럽게 흔들리는 가지들 사이로 새어나오고 있었다. 폴은 여전히 들뜬 분위기로 휘파람을 불었다. 그녀는 입술을 깨물고 두 주먹을 세게 그러쥐었다.

'이 사람은 날 조금도 좋아하지 않았어. 다른 여자들과 마찬가지로 나를 가지고 놀았을 뿐이야.' 짓뭉개진 자존심과 아픔을 수반한 애정이 그녀의 가슴속 깊은 곳에서 서로 다투었고, 마침내 자존심이 승리했다. '나는 이 사람에게, 아니 아무한테도 사랑을 받지 못해. 난 아무도 좋아하지 않아!'

문께에서 폴은 손을 내밀었다.

"그럼 안녕, 존. 내일 출항하니까 이제 이걸로 끝이겠군. 몇 년 동안은 만나지 못하겠는걸. 내가 다음에 프로스펙트로 돌아올 즈음에는 넌 관록 있고 성숙한 부인이 되어있겠군. 만약 돌아온다면 말이지만."

"안녕히." 단호한 어조로 존은 말했다. 차가운 손을 내밀어 주저하지 않고 차분하게 그의 얼굴을 응시했다. 온몸과 마음을 기울여 그를 사랑했지만 이제 지금은 그를 경멸하는 감정이 사랑의 느낌과 뒤섞여있었다. 이 사람은 역시 다른 모든 사람들이 말한 대로의 사람이었던 거야. 절제도 수치심도 모르는 불량배였어.

폴은 셸리가의 오솔길을 벗어나 언덕을 넘어가는 길에서 홀로 휘파람을 불고 있었다. 그러고는 가문비나무 그늘에 누워서 서리가 내린 향기로운 양치식물 덤불에 얼굴을 묻고, 어둡고 슬픈 시간을 혼자서 보냈다.

그러나 다음날이 되어 앨릭 선장의 스쿠너선이 항구를 떠났을 때, 배 위에 있던 폴 킹은 거칠고 쾌활한 선원들 사이에서 가장 거칠고 유쾌한 사내였다. 프로스펙트 사람들은 만족스러운 듯 고개를 끄덕였다.

"성가신 녀석이 잘도 없어졌군. 폴 킹은 뼛속까지도 나쁜 녀석이
야. 무엇 한 가지 좋은 일을 한 적이 없어."
모두들 이렇게 말했다.

The Deacon's Painkiller
집사님의 진통제

앤드루 씨의 완고함은 무시무시할 정도였어요. 그 사람이 일단 발을 내디뎠다 하면 언제나 뭔가가 완전히 납작하게 찌부러지고, 찌부러진 채로 다시는 회복되지 못한다니까요. 특별한 예를 든다면 그건 바로 가련한 에이미의 연애사건이겠지요.

"안 된다, 딸아." 앤드루 씨는 짐짓 점잔을 빼면서 말했던 겁니다 (집사님은 늘 점잖게 말씀하시고 뭔가 반대하려 할 때에는 언제나 에이미를 "딸아"라고 부릅니다). "나는…… 흠 닥터 보이드와의 결혼은 절대로 받아들일 수 없어. 그 사람은 네게 어울리지 않아."

"보이드가 사람은 폴트니가 사람들과 마찬가지로 언제나 착하고 좋은 사람들이라고 생각해요. 게다가 프랭크는 아무도, 단 한 마디도 나쁘게 말하거나 하지 않아요." 에이미는 우는 소리를 냈답니다.

"그 사람은 술을 마시지 않더냐, 딸아?" 집사님은 한층 위엄 있는 말투로 말했습니다.

"지금은 한 방울도 마시지 않아요." 에이미가 노여움을 드러내면서 되받습니다. 에이미에게는 적지만 배리가의 기질이 들어 있지요.

하지만 집사님은 화를 내지 않았습니다. 화를 내주었더라면 좀 더 희망이 있었을 텐데 말입니다. 벌컥 화를 내는 남자에게서는, 나중에 화낸 것을 후회할 때 무언가를 얻어낼 수 있으니까요. 하지만 앤드루 씨는 절대로 평상심을 잃는 경우가 없습니다. 안타까울 정도로 태연자약하답니다.

그는 슬픈 듯이 말했지요. "넌 모르느냐, 귀여운 내 새끼. 한 번 술에 빠졌던 사람은 언제 어느 때에 다시 그렇게 될지 모른단다. 난, 흠, 닥터 보이드가 달라졌다는 건 믿을 수 없어. 그 사람의 아버질 보려무나."

아버질 보라는 말을 듣고도 에이미는 그다지 닥터 보이드의 아버지에 관해 생각할 수가 없었지요. 그가 지나치게 술을 마셔서 목숨을 잃었으며, 15년도 더 전에 얌전히 브런즈윅 교회 묘지에 안장되어 있다는 건 알고 있었지만. 에이미가 오직 알 수 있는 것은, 집사님이 남의 아버지 얘기를 시작했다면 이 문제는 이미 아버지가 판단한 대로 결말을 맺으리란 것이었습니다. 괜히 20년 이상이나 아버지와 살아온 게 아닙니다. 아버지가 누군가의 조상을 무덤에서 억지로 끌어내어다가 그것을 머리 위에 내던졌다면, 그건 이제 슬슬 논쟁을 그만둘 때가 되었음을 뜻한다는 것을 에이미는 알고 있으니까요.

에이미는 입을 다물었습니다. 그 대신 2층의 자기 방으로 올라가 울었습니다. 나도 나름대로 앤드루 씨가 어떤 사람인지를 알고 있었으므로 그다지 에이미를 위로해주지는 않았습니다. 나는 앤드루 씨의 아내였던 언니가 돌아가신 이래로 줄곧 그를 위해 집안일을 해왔습니다. 그는 대개의 경우에 있어서는 누구보다도 훌륭한 인물이며, 무척이나 관대하고, 결코 성가시게 잔소리를 하거나 하지 않습니다. 그러나 일단 뭔가 속으로 결정하면 그것이 마지막입니다. 그의 돌처럼 단단한 머리라니, 차라리 지옥의 돌절구를 말랑말랑하게 만드는 게 훨씬 나을 정도랍니다.

우선은 지렛대로 쓸 만한 게 아무것도 없습니다. 왜냐하면 집사님은 대단히 완고한 분이니까요. 만일 뭔가 사소하더라도 나쁜 버릇이나 약점이라도 있다면 뚫고 나갈 돌파구라도 있겠지만 말입니다. 그러나 그는 거의 고통스럽다고 할 정도로 선량하답니다. 아들이 없어서 다행이라고 생각한다니까요. 만약 있었다면 그들은 가정을 극히 당연한 수준으로 유지하기 위해 틀림없이 불행해졌을 테니까요.

이야기를 하기 전에 닥터 보이드에 관해서 확실하게 해 두는 편이 좋겠습니다. 앤드루 씨의 말을 듣고 여러분은 닥터 보이드가 1년 내내 술에 절어 사는 주정뱅이라고 상상하셨을지도 모릅니다. 사실은 이렇습니다. 젊은 프랭크는 아버지의 품행과 상관없이 젊은 사람이면 저래야 한다고 생각될 정도로 성실하고 견실한 청년이었지요. 그런데 마침 대학 진학을 앞둔 어느 해 여름에 바닷가 호텔에 와있던 마을의 형편없는 건달들과 사귀게 되었습니다. 그러던 어느 날 밤에 어딘가의 정치적인 집회에 나갔고, 이때 프랭크 청년을 포함한 모두가 술에 취한 끝에 엄청난 바보짓을 저질렀던 것입니다. 집사님은 금주주의자의 대표로서 그 자리에 나갔다가 그들의 행동을 목격하게 되었지요. 그 뒤로는 집사님은 프랭크 보이드를 제쳐놓아 버렸답니다. 프랭크가 크게 잘못을 후회했고, 그 뒤로 그 무리들과 교제를 끊고 다시는 술을 입에 댄 적도 없었습니다만, 아무런 도움도 되지 않았지요. 프랭크는 우수한 성적으로 대학을 나와서 고향으로 돌아왔고, 브런즈윅에 정착해 훌륭한 개업의사로서 활동을 시작했습니다. 하지만 그런 것도 집사님에게는 전혀 무의미한 것이었지요. 앤드루 씨는 프랭크를 어디까지나, 언제 다시 결점이 드러날지 모르는 고양이를 가장한 타락자라고 간주하고는 양보하지 않았습니다. 앤드루 씨는 분명 술주정뱅이를 신랑감으로 허락할 바에는 차라리 살인자를 받아들일 것입니다.

집사님은 어떤가 하면, 선량한 데 비해 그에게는 그로 인해 많은 적이 있답니다. 바로 그런 적대하는 사람들에게서 금주광이라 불릴 정도지요. 당치도 않아요. 난 금주운동을 헐뜯으려는 것이 아닙니다. 그건 올바른 일이거니와 나 자신이 금주주의자이고, 집에서 만든 블루베리 술조차도 입에 댄 적이 없답니다. 그리고 소수의 열광적인 사람은 어떤 운동에서든지 윤활유 역할을 하는 법입니다. 그런데도 나는 앤드루는 너무나도 지나치다는 말을 하지 않을 수가 없습니다. 그는 금주주의에 상당히 열렬하게 치우친 상태이며, 그가 이 세상에서 직접 말을 걸려 하지 않는 오직 한 사람은 바로 밀러 집사랍니다. 이유는 밀러 집사가 영성체 의식에 발효되지 않은 포도주를 사용하는 것에 반대하고, 감기를 치료하는 데 위스키를 쓰기 때문인 것입니다.

이와 같은 일들을 종합하여 생각해보면, 불쌍하게도 에이미가 좋아하는 사람과 결혼할 가능성은 실제로 거의 없는 것 같았고, 에이미 본인 못지 않게 저도 슬펐습니다. 프랭크 보이드는 에이미가 평생 이 사람, 오직 한 사람이라고 정한 상대임을 나는 알고 있거든요. 에이미는 폴트니가에서 태어나긴 했지만 순수한 배리 가문 사람이었습니다. 배리 사람들은 절대로 마음이 변하거나 하지 않지요. 그렇습니다. 나는 증언할 수 있습니다. 뭐 이건 내 얘기가 아니니까요. 배리 가문 사람은 만일 자기가 마음으로 정한 상대와 결혼할 수 없으면 일생을 독신으로 보낼 겁니다. 게다가 프랭크 보이드는 드물게 보는 훌륭한 젊은이여서 누구에게나 사랑과 존경을 받는답니다. 그를 사위로 삼을 수 있다면 이 세상 그 어떤 사람이라도 무척이나 기뻐하겠지요. 앤드루 씨 말고는요.

말은 이렇게 하지만 나는 성심 성의껏 에이미를 위로했고, 아버지와 의논하러 가주겠다고까지 약속하고 말았습니다. 그에게는 말해봤다 소용없음을 알고 있으면서 말이지요. 결국, 신이 아닌 여자 몸으로서 있는 힘껏 손을 써보긴 했지만 헛수고였습니다. 나는 집사님이 좋아하는 음식으로만 가득 차려서 호화로운 식사를 준비한 것입니다. 그러고는 집사님이 더 이상 들어가지 않을 정도로 먹고 또 먹어서 평소 그의 양보다 두 배는 집어넣었을 때를 기다렸다가 몸으로 부딪힐 것을 각오하고 덤벼들었던 것입니다. 여자가 이렇게 했는데도 실패를 한다면 그때는 이제 얌전하게 꼬리를 내리고 잠자코 있는 게 제일입니다.

앤드루 씨는 내가 하는 말을 모두 언제나처럼 정중하게 듣더군요. 그는 자신의 바른 예의를 매우 자랑스러워하는 사람입니다. 그렇다고 해도 나에게는 겉으로만 그럴 뿐, 조금도 깊은 곳에 이르지 못한다는 것을 잘 압니다.

앤드루 씨는 안타깝다는 듯 말했습니다. "아니, 줄리아나. 난 흠, 본성을 감추고 점잖은 체하는 녀석에게 딸을 줄 수는 없어. 내가 흠, 딸의 행복을 염려하는 건 당연하지 않은가? 더구나 생각해 봐, 만약 내가 흠, 내 딸에게 건달녀석과의 결혼을 허락하거나 했다간 어떻게 되겠어? 철저한 금주주의자로 알려진 내가 말이지 흠. 그게 무슨 소리야? 그렇게 했다간 술을 마시는 무리들에게 약점을 잡히게 되는 거라고. 난 흠, 부탁이야, 줄리아나. 부디 이 골치 아프고 성가신 일을 다시는 생각하고 싶지 않아. 그리고 내 딸의 어리석음과 불효를 더이상 부추기지 말아 줘. 그렇게 해봤댔자 우리 평화로운 가정이 어두워지기만 할 뿐이야. 불쾌해지기만 할 뿐이지. 이번 일에 관해 그 아이 나름대로, 또 당신 나름대로 어떤 것을 바라든지 간에 그건 무슨 일이 있어도 소원이 이루어질 가능성은 없어. 난 흠, 당신처럼 신중하고 나아가 양식이 있는 여자라면 이런 일 정도는 분명한 판단할 수 있으리라고 생각해."

실로 그 부분에서 주머니의 끈이 풀려버리듯이 내 참을성도 한계에 달했지요. 앤드루 씨가 연발하는 "나는 흠"이 나를 어김없이 배리 집안 기질로 떠밀었던 것입니다. 그러나 입을 다물고 있을 만큼의 분별력은 가지고 있었습니다. 발끈하여 울부짖는 것도 괜찮을 텐데 말이지요. 나는 1주일 내내 집사님에게 소금에 절인 대구와 남은 음식을 먹게 함으로써 복수를 했습니다. 집사님은 왜 그러는지 전혀 모른 채 가만히 참고 계시더군요. 그렇긴 해도 그가 조용히 참고 있는 것도, 여자란 이상하게 기분이 나빠질 때가 있는 법이라서 적당히 맞춰주면 된다는 전형적인 남자의 태도였다고 말하지 않을 수가 없습니다.

그로부터 한 달 동안, 집사님이 말씀하신 그 "평화로운 가정"은 얼마쯤 어색한 분위기에 싸여 있었습니다. 에이미는 울거나, 우울해하거나, 안절부절못하거나 했고, 닥터 보이드는 우리 집 근처엔 얼씬도 하지 않았습니다. 만약 하느님의 중재가 없었더라면 결국에는 무슨 일이 일어났을지 그건 아무도 알 수 없었지요. 에이미는 지나치게 속을 끓인 나머지 죽어버렸거나 그녀의 어머니처럼 폐병에 걸렸을 테지요. 아니면 프랭크와 사랑의 도피를 해서 숨을 거두는 그날까지 아버지한테 허락을 받지 못했을 것입니다. 이것도 역시 그녀에게는 죽는 것과 다를 바가 없습니다. 에이미는 아버지를 사랑했으니까요. 그건 당연한 일이었습니다. 그녀에게는 언제나 훌륭한 아버지였고, 조리에 닿는 이야기라면 지금까지 무엇 하나라도 무조건 반대한 적은 없었으니까요.

그럭저럭 하는 사이에 집사님 자신이 성가신 일에 휘말리고 말았습니다. 그가 소속되어 있는 당이 차기 지방선거 후보로 그를 지명하고 싶어 했고, 집사님도 출마를 바랐던 것이지요. 그러나 술을 마시는 사람들이 정면으로 반대한 것은 말할 것도 없으며, 게다가 그에게는 금주주의자 쪽으로도 개인적인 적이 있었지요. 그런 이유로 전체적으로 보아 그가 지명될지 어떨지는 위태로웠습니다. 하지만 집사님은 정력적으로 선거운동을 하고 돌아다녔으며, 적어도 다른 누구에게도 뒤지지 않을 가능성이 있었지요. 8월의 첫 번째 일요일이 찾아오기까지는 말이죠.

집사님은 그날 아침에 일어났을 때 약간 컨디션이 좋지 않았습니다. 악성 감기에 걸린 것인지는 모르지만, 기도를 들으면 나는 그것을 알 수 있습니다. 집사님의 기도는 그의 건강상태를 한치의 오차 없이 나타내는 지표이거든요. 건강할 때의 기도는 힘이 넘치며, 영원한 단죄, 즉 주님이 사람을 버리신다는 교리를 그 자신은 의심하고 있음을 분명히 알 수 있지만, 조금이라도 컨디션이 나쁠 때는 여느 노부인처럼 기도를 하십니다. 바로 그 부인은 이렇게 말했습니다. "통일교회파의 생각은 세상 사람들 모두가 구원받는 것입니다만, 우리 장로교 회원은 훨씬 거룩한 것을 갈망합니다."

그 일요일 아침의 집사님의 기도에는 생생하게 그런 경향을 나타내고 있었습니다. 그러나 그렇다고 해서 햄에그와 마멀레이드와 치즈를 얹은 따끈따끈한 머핀으로 차려낸 아침 식사를 그가 먹어치우지 않을 리는 없지요. 집사님은 전혀 입에 맞지 않음을 알아도 여전히 치즈를 먹을 만한 사람인 것입니다. 그리고 예배 직전에 유감스러운 재난이 닥쳐왔지요.

에이미는 그날 교회에 가지 않았는데 그건 나중의 사건을 생각하면 다행이었습니다. 내가 1층으로 내려오니 검은 양복을 입은 집사님이 두 손을 윗배에 깍지를 끼고 무척 괴로운 표정으로 부엌 소파에 앉아 있었습니다.

그는 간신히 말했습니다. "난 흠, 극심한 위경련 발작이 일어났어, 줄리아나. 이렇게 갑작스레 발작이 닥치다니. 난 흠, 생강차를 한 잔 마셨으면 좋겠는데."

"집엔 지금 단 한 방울도 뜨거운 물이 없어요. 하지만 뭔가 좋은 것이 없을까 찾아보겠어요." 나는 말했지요.

집사님은 다양한 목소리로 어두운 신음소리를 줄곧 냈고, 내 뒤를 따라 식료품 저장고로 들어왔습니다. 내가 생강을 꺼내는 사이에 그는 찬장 제일 위칸에 있던 커다란 검은 병을 발견해내고는 무척 기뻐하며 외쳤습니다.

"야아, 좋은 게 있었네! 존슨 씨의 진통제야! 어째서 좀 더 일찍 이걸 생각해내지 못했을까?"

나는 그 진통제는 아무래도 이상하다고 생각했지요. 정체가 확실치 않은 약을 먹다니 탐탁지가 않았던 것입니다. 분명 존슨 씨는 그것을 즐겨 복용했고, 그의 몸에는 잘 맞았던 모양입니다만. 그는 지난 여름에 우리 집에 하숙했던 젊은 화가입니다. 정말로 느낌이 좋은, 활발하고 솔직한 젊은이였지요. 우리는 모두 그를 좋아했는데, 그중에서도 집사님과는 특별히 사이가 좋았습니다. 모든 일에, 특히 금주에 관해 의견이 일치했습니다. 그러나 몸이 약했지요, 가련하게도. 집에 도착하자마자 우리를 향해 자신은 위가 나빠서 늘 고생하고 있으며, 식사 후, 때로는 끼니와 끼니 사이에도 진통제를 먹어야만 한다고 했던 것입니다. 그는 그 병을 식품저장고에 보관했었습니다. 나는 그 사람에게 약을 복용하는 게 정말 능숙하다고 했다니까요. 진통제를 복용하는 데 결코 상을 찌푸리거나 하지 않았으니까요. 그건 강장제와 진통제를 섞어 특별 조제된 혼합약으로, 의사가 만들어준 것이고 먹기 힘들지는 않다고 그는 말했었습니다. 그는 어느 날, 어머니가 아프다는 전보를 받고는 서둘러서 돌아가면서 강장제가 든 병을 잊고 갔던 것입니다. 마개를 연 지 얼마 되지 않는 새 병을 말입니다. 그 후로 줄곧 그것이 식품저장고의 선반에 그대로 놓여져 있었던 것이지요.

집사님은 의자 위로 올라가 그것을 내려서 뚜껑을 열더니 냄새를 맡았습니다.

"좋은 냄새가 나는데." 그는 존슨 씨가 했던 것처럼 컵에 가득 따르면서 말했습니다.

"나라면 너무 많이 마시지는 않겠어요. 체질에 맞을지 어떨지 모르니까요." 나는 주의를 주듯 말했습니다.

하지만 집사님은 매우 자신이 있었던 모양입니다. 그래서 컵을 깨끗이 비우고는 마지막으로 쩝쩝 소리까지 내더군요.

"이건 어떤 것보다도 훌륭한 진통제야, 줄리아나. 난 흠, 이런 건 처음인데. 정말이지 식욕을 당기게 하는 냄새야. 난 흠, 한 컵 더 마셨으면 좋겠어. 난 흠, 존슨 씨가 두 컵을 마시는 걸 본 적이 있단 말씀이야. 틀림없이 여기에 오랫동안 있었으니까 효과가 줄어들지 않았겠어? 난 흠, 교회에서 다시 경련이 닥칠까봐 걱정하고 싶지 않거든. 미리 대비하는 게 좋겠어. 난 흠, 벌써 꽤 기분이 좋아지기 시작했는걸." 집사님을 말했습니다.

그러면서 두 컵 째의 컵이 비워졌고, 내가 보닛을 쓰고 돌아왔을 때는 덜렁이 아저씨는 글쎄 세 번째 컵을 막 마신 참이었습니다.

"경련은 완전히 나았어, 줄리아나. 그 진통제는 정말 좋은 약인걸, 틀림없어. 난 흠 기분이 좋아. 자, 교회로 가자구." 그는 기쁘게 말했습니다.

그건 마치 "소풍가자"는 말을 할 때처럼 한가하고 즐거워 죽겠다는 말투였지요. 우리는 걸어서 교회까지 갔답니다. 교회까지는 1킬로미터가량밖엔 되지 않지요. 앤드루 씨는 경쾌한 발걸음으로 가는 길에 이런저런 세상 돌아가는 얘기를 했습니다. 특히 선거에 관해 웅변으로, 그러니까 지명이 확실하다는 듯한 말투였답니다. 어지간히 흥분한 것 같아서 열이 있는 것은 아닐까 나는 정말로 불안해지기 시작했습니다.

우리는 늘 그랬던 것처럼 지각을 하고 말았습니다. 우리 집 시계는 언제나 늦거든요. 앤드루 씨가 그것은 할아버님의 시계였다면서 절대로 손대지 못하게 한답니다. 우리가 도착하자 목사님은 때마침

성경 구절을 읽고 계신 참이었습니다. 우리 가족의 자리는 정확히 교회의 가장 높은 곳에 있지요. 바로 뒤가 보이드가의 자리로 프랭크가 혼자서 우두커니 앉아 있었습니다. 내가 우리 자리로 들어가자 그가 고개를 숙이는 것이 보였습니다. 에이미가 오지 않았으니 실망한 거겠지요. 하지만 브런즈윅의 다른 모든 사람들이 그곳에 모여 있었으므로 교회는 가득 찼더군요. 앤드루 씨는 커다란 목소리로 쾌활하게 "흐음" 소리를 내면서 자기 자리에 앉았고, 온 얼굴에 미소를 띠면서 명랑하게 주위를 둘러보았습니다. 앤드루 씨가 교회 안에서 미소를 띠다니 저는 처음으로 보는 일이어서 그 점에서도 뭔가 약간 꺼림칙한 걸 느꼈지요. 평소엔 마치 장례식장에서처럼 무겁고 엄숙한 표정이었거든요. 나는 그가 주위를 뚫어져라 둘러보는 것을 마치고 목사님 쪽으로 주의를 집중했을 때는 간신히 가슴을 쓸어 내렸답니다. 목사님은 그때 오늘의 설교 제목을 말씀하시는 중이었습니다.

스탠리 씨는 참으로 훌륭한 설교를 하시는 분입니다. 3년 전부터 우리의 목사님이 되셨고 모두가 좋아한답니다. 2분쯤 지나자 나는 모든 속세의 일들을 잊고 그의 설교에 푹 빠져있었습니다. 그러나 갑자기, 정말이지 너무나도 갑자기 나의 상념은 현실로 돌아와야 했습니다.

집사님이 내는 이상한 소리가 들렸던 것이지요. 신음과 웅웅대는 말소리의 중간쯤 되는 소리 말입니다. 내가 그쪽으로 고개를 향하는 순간, 집사님이 벌떡 일어났습니다. 새빨간 얼굴에 험악한 표정을 띠고 있었지요. 나는 앤드루 씨가 화를 내는 일 따위는 여태까지 단 한 번도 본 적이 없었습니다. 그런데 지금, 무엇에 눈이 뒤집혔는지 그는 몹시도 흥분하고 있었던 것입니다.

"내 말해 두겠는데 설교사 양반, 그건 사실이 아니야. 이단이야, 완전한 이교라고. 결국 그렇다는 거야. 이 교회의 집사로서 내 가만히 듣고 앉아 있을 수가 없군. 설교사 양반, 지금 한 말은 취소하시오. 순 거짓말이고, 더구나 그건 건전한 교리가 아니야." 그는 큰 소리로 외쳤습니다.

이때 집사님은 우릉우릉 울릴 정도로 콰당 큰 소리가 나도록 앞좌석의 등받이를 내리쳤기 때문에 그곳에 앉아 있던 귀가 어두운 프로트 부인은 세찬 충격에 마치 총에 맞기라도 한 것처럼 벌떡 일어났습니다. 부인에겐 집사님의 격렬한 언사는 한 마디도 들리지 않았습니다만. 하지만 교회 안에서 그 말이 들리지 않았던 사람은 오직 부인 한 사람뿐이었으므로 충격은 도저히 말로 표현할 수 없을 정도였지요. 스탠리 씨는 마치 돌로 변해버린 것처럼 손을 앞으로 내민 채, 말을 딱 멈추었습니다. 상태가 가장 좋을 때에도 부리부리한 그의 눈이 그 순간엔 어지간히 튀어나와 있었습니다. 스탠리 씨는 머리는 좋은데, 얼굴 생김새는 그에 미치지 못합니다. 그때의 그의 표정을 나는 결코 잊지 못합니다.

나는 집사님을 진정시키든가 어떻게 해보려고 했습니다. 하지만 이건 완전히 벼락을 맞기라도 한 것처럼 전혀 움직이지도 입을 열 수도 없었습니다. 사실을 분명히 말씀드리면, 나는 틀림없이 앤드루 씨가 갑자기 미쳤다는 생각이 들어 무서워서 손가락 하나도 마음대로 움직일 수 없었던 것이지요.

그러는 동안에 집사님은 또다시 기세를 얻어서 좌석 등받이에 엄지손가락을 올리고는 말에 힘을 잔뜩 집어넣어 이야기를 계속했습니다.

"내가 집사가 된 이후로 이곳 설교대에서 이런 건전치 못한 교리는 들은 적이 없어. 아마도 이교도가 근절된 것은 아닌 것 같다는 건 무슨 생각이냐고! 이교도는 없어졌어. 만일 그렇지 않다면 우리가 외국 전도사업에 기부했던 돈은 모조리, 완전히 소용없어지는 것 아닌가. 넌 양의 탈을 쓴 늑대야. 어서 꼬리를 내놔! 우리가 빵을 달라고 하면 넌 우리한테 돌을 줄 거다.” 그러곤 쾅 하는 엄청난 소리가 났습니다.

그러자 닥터 보이드가 우리의 뒷자리에서 일어났습니다. 그러더니 앞쪽으로 몸을 굽혀 집사님의 어깨를 가볍게 두드렸습니다.

“밖으로 나가서 차분히 얘기합시다, 폴트니 씨.” 닥터 보이드는 조용히 말했습니다. 마치 모든 것이 연극에서 정해진 역할 같았지요.

나는 집사님이 그에게 덤벼들 줄 알았습니다. 그러나 그러지 않고 앤드루 씨는 프랭크의 목에 두 팔을 감더니 울기 시작한 것입니다.

“응 응, 밖으로 나가버리자구, 자네. 신이 계시지 않은 이런 곳에서 나가버리자고, 응? 자네! 난 줄곧 자네를 사랑했었다네, 아들처럼. 으응, 그래서 말야, 에이미도 그런 걸 거야.” 그는 흐느껴 울고 있었습니다.

닥터 보이드는 집사님을 부축해 회랑을 나갔습니다. 집사님은 두 팔을 프랭크의 목에 감은 채로 걸어가겠다고 떼를 썼고, 밖으로 나갈 때까지 내내 울었답니다. 문 가까이에서 집사님은 우뚝 발을 멈추더니 셀레나 코튼을 물끄러미 쳐다봤습니다. 그녀는 문 앞의 한 단계 높은 좌석에 앉아 있었습니다. 나와 마찬가지로 셀레나도 전만큼 젊지는 않지만 나하고는 달리 그녀는 결혼을 포기하지 않았지요. 그리고 브런즈윅 사람들은 모두가 집사님의 부인이 돌아가신 뒤로 줄곧 그녀가 집사님의 마음을 끌려 한다는 것을 알고 있었습니다. 집사님 본인도 잘 알고 있었지요.

닥터 보이드는 앤드루 씨를 데리고 나가려했지만 그는 하고 싶은 말을 할 때까지는 움직이려 하지 않았습니다.

“잠깐 기다려주게나, 자네. 그렇게 서두르지 말아주게. 교회에서 나가는 데 서두를 건 없어. 언제나 천천히, 그리고 당당하게 가는 거야. 저 부인을 보게나. 아, 정말 멋진 여성이야. 브런즈윅에서 가장 멋진 여자라니까. 하지만 난 말야, 프랭크, 결코 저 사람한테 덤벼들 생각은 없다네. 맹세한다고. 난 부인의 애정을 가지고 장난치는 걸 경멸하거든. 아, 알았어, 알았다구, 지금 간다구."

그렇게 말하고는 집사님은 어안이 벙벙해진 셀레나에게 키스를 보내면서 밖으로 나갔습니다.

당연히 나도 따라나갔습니다만, 그때 프랭크가 나에게 낮은 목소리로 말했던 겁니다.

"제가 집사님을 댁까지 모시고 가겠습니다. 그런데 제 마차는 너무 좁아서요. 죄송합니다만 당신은 걸어가셨으면 하는데요, 미스 배리 씨."

"물론 걸어가고말고요. 하지만 가르쳐주세요." 나는 걱정되어 견딜 수가 없어서 그렇게 속삭였습니다. "이 발작은 중증인가요?"

"전혀 그런 건 아닙니다. 금세 나아지실 겁니다. 걱정하실 것 없어요." 닥터 보이드는 말했습니다. 얼굴은 재판관처럼 엄숙했지만 나는 그의 눈이 반짝반짝 빛나는 것처럼 보여서 유감스러웠습니다. 앤드루 씨가 미쳤거나, 뭔가 무서운 병에 걸렸는데 그것을 닥터 보이드는 속으로 기뻐하고 있다니 말입니다. 나는 놀라움과 분함이 뒤섞인 기분으로 걸어서 돌아왔습니다. 집에 닿자 닥터 보이드의 마차가 문께에 매여있고, 그와 에이미는 부엌의 소파에 앉아 있는데 집사님의 모습은 어디에도 보이지가 않았습니다.

"앤드루 씨는 어디 계세요?" 나는 외쳤습니다.

"저기서 푹 주무시고 계십니다." 프랭크가 그렇게 말하면서 집사님의 침실 문쪽을 턱으로 가리켰습니다.

"대체 이게 어찌된 일일까요?" 나는 집요하게 물었습니다. 틀림없이 에이미가 지금까지 웃고 있었던 것 같아서 나는 내가 꿈을 꾸는 건지, 아니면 모두가 미쳐버린 건 아닌가 싶었지요.

"아, 그건, 이 알기 쉽게 말씀드리면, 저 분은 술에 취하신 겁니다!" 선생은 말했습니다.

나는 그 자리에 털썩 주저앉고 말았습니다. 때마침 뒤에 의자가 있었더라면 좋았겠지요. 안도감과 부아가 치미는 것 두 감정이 어느 쪽이 센지 알 수가 없는 기분이었습니다.

"그럴 리가 없어요! 설마…… 그럴 리가! 집사님은 전혀…… 그리고 술은 집엔 단 한 방울도 없는데…… 그분은, 한 입이라도 그런 걸…… 어떻게 …… 어떻게." 내가 말했지요.

나는 퍼뜩 진통제 생각이 났습니다. 나는 식품저장고로 달려가서 병을 움켜쥐고는 프랭크에게 들이댔습니다.

"진통제 약이에요. 존슨 씨의 진통제입니다. 집사님은 이걸 너무 많이 마셔서. 틀림없이 이것이었어요. 오오, 빨리 어떻게 좀 해주세요! 당장 돌아가실지도 몰라요."

프랭크는 매우 침착했지요. 병 뚜껑을 열고 냄새를 맡더니 내용물을 벌컥벌컥 마셨습니다.

그는 빙긋 미소를 지었습니다. "놀라지 마십시오, 미스 배리. 이건 포도주입니다. 무슨 포도주인지는 자세히 모릅니다만, 꽤 강한 것이군요."

"술에 취했단 말인가요?" 그렇게 말하고 나서 나는 어떻게 했을까요? 나는 웃음을 터트리고 말았습니다. 다만 그렇게 웃어버린 나 자신을 그 이후로 줄곧 부끄럽게 생각했습니다만.

"잠을 자면 술은 깹니다. 자고 일어나면 완전히 나으실 겁니다. 단지 심한 두통은 나겠지만 말입니다. 우리가 해야할 일은 협의회를 열어서 이 일을 수습하는 방법을 정하는 것입니다." 프랭크는 말했지요.

집사님은 저녁 식사가 끝날 때까지도 주무셨습니다. 이윽고 여리디여린 신음소리가 침실에서 새어나오는 것이 들렸습니다. 먼저 내가 들어갔고 뒤이어 프랭크가 매우 엄숙한 표정으로 따라 들어갔습니다. 집사님은 침대 가장자리에 슬픈 듯한, 걱정스러운 모습으로 앉아 있었습니다.

"기분은 어떠세요, 앤드루 씨?" 내가 물었습니다.

"좋지 않아. 머리가 깨질 것만 같아. 병에 걸린 걸까? 교회에 있었던 것 같은데. 집에 돌아온 기억이 없어. 난 어떻게 된 걸까, 선생?" 집사님을 말했습니다.

프랭크 청년은 침착하게 말했습니다. "사실을 분명히 말씀드리면 말입니다, 폴트니 씨. 당신은 술에 취했던 것입니다. 아니, 아직 일어나시면 안 됩니다!" 집사님이 몹시 놀라서 그 자리에서 벌떡 일어났기 때문이었습니다. "당신을 모욕할 생각은 추호도 없습니다. 당신은 진통제라고 생각한 것을 세 컵이나 마셨던 겁니다. 그건 사실은 매우 독한 포도주였습니다. 그 뒤로 교회에 가서 커다란 소동을 일으키셨습니다. 그게 다입니다."

"그것뿐이라고! 그게 무슨 소리야! 설마 그게 사실이라고 말씀하시는 건…… 그렇습니까? 줄리아나, 제발 부탁이니 내가 무슨 말을 했는지, 무슨 행동을 했는지 가르쳐 줘. 가물가물하게밖에는 생각이 나질 않아. 마치 악몽이라도 꾼 것 같아." 가련한 집사님은 신음했고, 멍하니 다시 주저앉고 말았습니다.

나는 집사님에게 사실대로 이야기했습니다. 그가 셀레나 코튼에게 키스를 던진 부분까지 얘기하자 그는 절망해서 두 손을 아래로 툭 떨어트렸습니다.

"난 타락한 인간이야. 완전히 타락해버렸어! 나의 사회적인 위치는 영원히 허물어졌고, 이제 아무리 발버둥쳐도 지명될 가능성은 없어. 이걸 구실로 내 기분이 어떻든지 셀레나 코튼은 나하고 결혼을 하겠지. 오오, 여기에 그 존슨 녀석이 있었다면 내 그냥!"

"집사님, 걱정하지 마십시오. 제가 어떻게든 하면 일이 잘 무마될 것 같습니다. 예를 들면 말입니다. 제가 사람들 모두에게 매우 진지하게 이렇게 말하면 됩니다. '집사님은 감기로 열이 나서 심한 경련 발작이 일어났다. 그것을 치료하기 위해 하숙생이 두고 간 매우 독한 진정제를 정확한 용량대로 마셨는데 증상에 맞지 않았다. 약이 곧장 머리로 올라가서 한동안 빙빙 돌았고, 말이나 행동이 전혀 까닭을 알 수 없게 되고 말았다'라고 말입니다. 모든 것은 사실입니다. 그러니까 모두들 제 말을 믿을 것입니다." 프랭크가 위로하듯 말했습니다.

"정말 자네 말대로일세. 그렇게 해 주겠나, 프랭크?" 집사님은 힘주어 말했습니다.

"글쎄요, 모르겠습니다. 그렇게 해도 괜찮겠습니다만…… 장래 장인어른을 위해서라면." 프랭크는 자못 진지하게 말했습니다.

집사님은 눈도 깜박이지 않은 채 선언했습니다.

"물론, 물론이고말고. 에이미하고 결혼해도 좋아. 내가 어른답지 못했네. 이런 곤경에서 구출해주기만 한다면 자네 소원이 무엇이든 다 들어줌세."

프랭크는 집사님을 구출해주었습니다. 처음엔 엄청나게 많은 중상이 있었고 떠들썩했습니다만 프랭크가 같은 말을 여기저기서 반복해주었으므로 마침내는 그들도 프랭크의 말을 믿었던 것이지요. 특히 집사님이 조용히 자리에 누워서 프랭크가 처방한 대로 약국에서 보내오는 약을 먹었으므로 모두들 그렇게 믿었답니다. 아무도 그를 만나는 건 허락되지 않았고, 누가 문병을 오면 의사가 절대 안정을 하랬다고 우리는 말했습니다. 사소한 자극도 다시 뇌에 혼란을 일으킬지도 모르기 때문이라면서요.

셀레나 코튼이 말했습니다. "정말 이상한 일이군요. 만약 폴트니 집사가 아니었다면, 모두들 그건 술에 취한 거라고, 정말로 그렇게 생각했을 겁니다."

나는 부드럽게 동의했습니다. "그렇습니다. 의사 선생님도 말씀하셨지만, 진통제에 술하고 똑같은 효과가 있는 성분이 들어 있다는 거예요. 하지만 뭐, 앤드루 씨에겐 좋은 교훈이 되었다고 생각해요. 이제 다시는 안에 뭐가 들어 있는지도 모르고 의심스러운 약을 마시지는 않을 테니까요. 집사님은 말이죠, 불행 중 다행으로 끝난 것을 감사히 생각하신답니다. 혹여 독이었을지도 모르는걸요."

이렇게 해서 마침내 집사님은 지명을 받아서 선거에서 승리했고, 프랭크는 에이미를 얻었습니다. 하지만 요즘은 집사님이 경련을 일으키면 나는 커다란 잔에 뜨거운 생강차를 가득 끓여드리고 있습니다. 그리고 그의 앞에서는 결코 '진통제'라는 단어는 쓰지 않는답니다.

White Magic
화이트 매직

　1840년 9월의 어느 날 오후, 스패헐로가의 에버리와 재닛은 대니얼 스패헐로 삼촌의 드넓은 과수원에서 사과를 따고 있었다. 부드러운 햇빛이 흠뻑 쏟아지는 오후, 주위를 둘러보면 과수원 맞은편에는 잘 여문 수확기의 밭이 풍요롭게 빛나면서 한가롭게 펼쳐져 있고, 밭 저편으로는 가문비나무와 자작나무 숲을 지나 세인트 로렌스 만의 사파이어빛 곡선이 보였다. 나무들 사이로 바람 소리가 소곤소곤 들려왔고, 과수원의 풀밭을 뒤덮은 연보랏빛 탱알(국화과의 다년초)들이 하늘하늘 흔들리고 있었다. 바깥 세상과 그 아름다움을 좋아하는 재닛 스패헐로는 결이 고운 새틴 같은 피부의 작은 얼굴에 이목구비가 뚜렷했다. 그녀는 적어도 이때만큼은 무척이나 행복해 보였다. 에버리 스패헐로는 그다지 행복하지 않은 듯 건성으로 일했으며, 미소보다는 찌푸린 얼굴을 더 자주 보였다.

　에버리 스패헐로는 미인이라고 일반적으로 인정을 받았으며, 번리 비치에선 누구 한 사람 따를 사람이 없었다. 풍성한 검은 머리칼, 생기가 넘치는 적당한 피부색, 미소를 띠는 반짝반짝 빛나는 눈 등,

분명 의심할 데 없는 아름다움을 갖췄으며 무척이나 사랑스러웠다.

그러나 재닛에게는 누구 한 사람도 미인이라고 하는 사람은 없으며, 그녀를 사랑스럽다고 생각하는 사람조차도 없었다. 아직 17살이니까 에버리보다 5살 아래로 비쩍 마르고 껑충한 체격에, 하나로 묶은 진한 갈색의 머리칼, 끝이 날카로운 빛나는 밤색 눈, 새카만 눈썹, 그리고 입 끝이 쳐진 현명해 보이는 작은 입을 가지고 있었다. 그러나 감정이 흥분되면 그녀에게도 아름다움이 찾아올 때가 있었다. 그러면 볼이 붉게 물들고, 얼굴색이 그녀를 완전히 바꿔놓는 것이었다. 그러나 그런 때에 우연히 거울을 보는 경우는 없기 때문에 재닛은 자신이 아름답다는 것을 눈으로 본 적이 없었다. 또한 다른 사람들도 흥분으로 아름다워진 재닛을 본 적이 거의 없었다. 그녀는 늘 사람들 앞에서는 심하게 내성적이고 딱딱했으며, 말도 생각처럼 잘 나와주지 않았으므로 이렇다 하게 감정이 흥분되는 일이 없었던 것이다. 하지만 아주 사소한 일이 그녀의 얼굴에, 용모를 바꿔놓을 정도의 광채를 가져오는 경우도 있었다. 바다에서 불어오는 바람, 푸른 산들을 문득 바라볼 때, 불꽃처럼 빨간 양귀비꽃, 아기 웃음, 사람 발소리 등 별것 아닌 것들에 그랬다.

에버리 스패헐로는 어떤가 하면, 그녀는 어떤 일에도 결코 흥분하거나 열을 내지 않는다. 자신의 웨딩 드레스를 보고도 흥분하지 않았다. 그 날, 샬럿타운에서 막 도착한 그 드레스는 번리 비치 사람들이 지금까지 보았던 그 어떤 것과도 비교가 되지 않을 정도로 훌륭한 것이었는데도. 그것은 애플 그린색의 실크 드레스로, 작은 장미 꽃봉오리가 한 면에 흩뿌린 것처럼 짜여 있었다. 마틸다 스패헐로 숙모의 동생이 영국에서 실크 가게를 한다고 해서 특별히 그쪽에서 보내온 것이었다. 에버리 스패헐로의 웨딩 드레스는 그녀의 결혼 그 자체보다도 훨씬 커다란 센세이션을 번리 비치에 일으켰다. 그도 그럴 것이 랜들 번리는 3년이나 전부터 에버리 뒤를 쫓아다닌 데다가 번리가 사람 이외에는 스패헐로가의 결혼상대가 될 수 없으며, 또한 스패헐로가 사람을 제외하면 번리 가문의 결혼상대가 없다는 건 누구나가 아는 바였다.

"단 한 벌의 실크 드레스가 다 뭐람. 난 한 다스는 갖고 싶어." 에버리는 경멸하는 듯 말했다.

"농가에 살면서 한 다스나 되는 실크 드레스를 어디에 쓰려고 그래?" 재닛이 이상하다는 듯 물었다.

"그래, 정말 어디에 쓰겠니?" 에버리도 그 말에 동조하면서 참지 못하겠다는 듯 쏟아 부었다.

"랜들은 언니가 실크 옷을 입든, 소박한 옷감의 평상복을 입든 상관하지 않고 똑같이 소중하게 여길 거야." 재닛은 위로할 요량으로 말했다.

또다시 에버리는 웃었다.

"사실은 말야. 랜들은 여자가 무슨 옷을 입었는지도 눈치채지 못하는 사람인걸 뭐. 그걸 알아줄 만한 사람이, 그리고 그걸 말로 표현해주는 사람이 난 좋은데. 뻣뻣한 무명옷보다 실크를 두른 나를 더욱 더 좋아해 주는 사람이 난 좋아. 난 장미 꽃봉오리가 들어간 실크 드레스를 결혼식 때 입을 거야. 그 다음엔 죽을 때까지 내내 간직하면서 공적인 장소마다 입고 나갈 거야. 시간이 흐름에 따라 마틸다 숙모의 멋진 푸른 새틴 옷처럼 대대로 물리는 가보로 만들겠어. 난 날마다 새 실크 드레스를 입고 싶지만."

재닛은 이런 류의 시시한 이야기에는 거의 주의를 기울이지 않았다. 에버리는 많고 적고의 차이는 있지만 언제나 불만이었다. 결혼하면 그 나름대로 만족하겠지. 랜들 번리의 아내가 된다면 누구라도 불만을 가질 리가 없을 것이라고 재닛은 믿고 있었다.

재닛은 사과 따기를 좋아했지만 에버리는 그렇지 않았다. 그러나 마틸다 숙모가 빨간 사과를 그날 오후에 따야만 한다고 선언을 했던 것이다. 마틸다 숙모의 말은 스패헐로 농장에서는 법률이나 한가지였다. 제멋대로인 에버리에게조차도 그것은 그랬다. 그래서 둘은 일을 했고, 일을 하면서 이야기를 했다. 화제는 에버리의 결혼식이다. 식은 브루스 고든이 스코틀랜드에서 도착한 다음에 치르기로 되어 있었다.

"브루스는 어떻게 변했을까? 스코틀랜드로 돌아간 지 8년이 되었어. 그때가 16살이었으니까 벌써 24살인가. 소년일 때 갔는데 어엿한 남자가 되어 돌아오는걸." 에버리가 말했다.

"난, 브루스가 별로 기억이 나질 않아. 갔을 때 난 겨우 9살이었는걸 뭐. 브루스한테 자주 놀림을 당했어. 그것만은 확실하게 기억이 나는데." 이렇게 말하는 그녀의 목소리에는 약간 원망조가 섞여 있었다. 재닛은 놀림받는 것을 결코 좋아하지 않았다. 에버리는 웃었다.

"넌 별일 아닌 것에도 정색을 하고 화를 내니까 그래, 재닛. 그런 사람들은 언제든지 놀림 당하는 법이지. 브루스는 무척 수려하고, 잘생긴 얼굴 못지않게 내면도 무척이나 멋졌지. 브루스가 여기에 있었던 그 2년 동안만큼 즐겁고 유쾌한 때는 없었어. 캐나다에 내내 있어주면 좋겠다고 나는 생각했었어. 하지만 물론, 브루스는 그렇게 하려하지 않았지. 아버지가 부자여서 말야. 브루스에겐 야심이 있었거든. 아아, 재닛, 나도 유럽에서 살 수 있으면 좋을 텐데. 그거야말로 진정한 인생이야."

재닛은 이런 얘기들을 모두 전부터 들어왔지만 그녀로서는 도저히 이해가 가지 않았다. 재닛은 스코틀랜드에도, 또 영국에도 전혀 동경심을 갖고 있지 않았다. 신세계의, 야성미 넘치는 있는 그대로의 아름다움을 사랑했던 것이다. 그녀는 미래를 동경했지 결코 과거를 그리워하지 않았다.

"번리 비치는 이제 지긋지긋해." 에버리는 이 말을 강조하기 위해 가지가 휠 정도로 열매가 열린 가지에서 사과를 거칠게 흔들어 떨어트리려 하면서 정열적으로 이야기를 계속했다. "어딜 봐도 모두가 아는 얼굴뿐이야. 어떤 사람인지, 앞으로 어떻게 될 사람인지 모두가 알잖아. 같은 책을 스무 번이나 읽는 것 같단 말야. 자신이 어디서 태어나고, 누구와 결혼을 하며, 그리고 어디에 묻힐 것인지를 다 알잖아. 너무나도 뻔하다니까. 랜들하고 결혼을 하면 앞으로 나의 하루하루는 줄창 아무런 변화도 없는 것이 되어버려. 전혀 생각지도 않았던 일이나 깜짝 놀랄 만한 일 따위 무엇 하나도 없을걸. 그렇지 않니, 재닛. 생각하기만 해도 싫어." 에버리는 다른 한 줄기 가지를 쥐고는 세차게 흔들었다.

"생각이라니…… 무슨?" 재닛은 어리둥절해지고 말았다.

"랜들 번리하고 결혼하는 것이지. 이 동네 사람하고 결혼해서 평생을 농장에 틀어박혀 버리는 그런 거야."

에버리는 사다리의 가로대에 걸터앉아서 재닛을 보며 웃었다.

"여우한테 홀린 것 같구나, 재닛. 정말로 내가 랜들하고의 결혼을 바란다고 생각했던 거니?"

재닛은 정말로 여우한테 홀린 것 같았다. 마음속으로 그렇게 생각하고 있었던 것이다. 인연만 닿는다면 꼭 랜들 번리하고 결혼하고 싶다고 생각지 않는 처녀가 어디에 있을 것인가?

"랜들을 사랑하지 않아?" 재닛은 얼빠진 질문을 했다.

에버리는 무척 단 사과를 깨물면서 간단히 말했다.

"사랑하지 않아. 으음, 물론 싫지는 않아. 그럭저럭 좋아하는 편이야. 좋아하는 점은 무척이나 좋아해. 그렇지만 우린 말야, 앞으로 살아가면서 싸움만 하게 될걸."

"그런데 어째서 랜들하고 결혼을 하는 거야?" 재닛이 물었다.

"그거야 나도 이제 그럭저럭 22살이나 되었고, 동갑내기 여자들은 모두가 벌써 결혼을 했어. 노처녀가 되고 싶지는 않고, 그러고

보니 랜들 말고는 아무도 없잖아. 말하자면 스패헐로 가문에 어울리는 사람은 그렇다는 거야. 너도 내가 네드 애덤스나 존 뷰캐넌과 결혼하길 바라는 건 아닐 거 아냐."

"으응." 재닛도 역시 스패헐로 가문의 긍지를 십분 지니고 있었다.

"그래, 그러니까 당연히 나는 랜들하고 결혼해야만 하는 거야. 그러면 모든 일이 해결되고, 싫은 표정을 지어봤자 어떻게 될 것도 아니니까 그렇게 하지 않는 것뿐이야. 하지만 말야, 내가 그 사람을 열렬히 사랑해서 그 사람하고 결혼하는 것을 매우 기쁘게 생각하는 것처럼 네가 말하는 건 이제 지겨워. 요 로맨틱한 아가씨야."

"언니가 그렇다는 걸 랜들은 알아?" 재닛은 힘없는 목소리로 물었다.

"몰라. 랜들도 다른 남자들하고 똑같이 잘난 척하고 독선적이어서 내가 자기한테 푹 빠졌다고 믿고 있어. 어쨌든 우리가 무사히 결혼할 때까지는 그렇게 생각하도록 내버려두는 게 나아. 랜들도 역시 조금은 로맨틱한 데가 있으니까 내가 그를 사랑하지 않는다는 걸 알면 나하고 결혼할지 어떨지 모르거든. 3년 동안이나 줄곧 내 생각을 해왔다는데 말야. 난 결혼식 3주일 전에 차이고 싶지는 않거든."

에버리는 다시 웃으면서 먹던 사과의 속을 내던졌다.

재닛은 창백한 얼굴을 하고 있었으나 갑자기 볼에 홍조가 돌면서 예뻐보였다. 랜들을 나쁜 사람인 것처럼 말하는 것을 참기 어려웠던 것이다. '잘난 척하고 독선적'이라니, 랜들이 그렇다면 이 세상에 그렇지 않은 남잔 단 한 사람도 없어! 재닛은 자신이 에버리를, 랜들을 사랑하지 않는 에버리를 미워하려 한다는 것을 느끼자 두려워졌다.

"랜들이 내가 아니라 널 좋아하지 않은 건 무척이나 유감스러운 일이야, 재닛. 그 사람하고 결혼하고 싶었던 거 아니야, 재닛? 지금 그렇게 생각하는 거 아냐?" 에버리가 놀리듯이 말했다.

"그렇지 않아." 재닛은 화가 나서 외쳤다. "난 랜들이 그냥 좋을 뿐이야. 어렸을 때 마틸다 숙모가 파란 컵을 깼다고 그 무시무시하게 컴컴한 창고에 하루종일 날 가두었어. 난 깰 생각은 없었는데. 그때 랜들이 구하러 와준 뒤로 줄곧 좋았어. 랜들은 숙모가 나를 가둬놓게 놔두지 않았어! 랜들은 그런 사람이야. 이해심이 많은 사람이지. 랜들이 언니를 좋아한 뒤로는 언니가 랜들하고 결혼했으면 좋겠다고 생각했지만, 하지만 그렇다면 공정하지 않아. 언니가…… 언니가, 그런……."

"세상엔 공정한 일 같은 건 없어, 요 아가씨야. 이렇게 미인인 내가, 내가 예쁘다는 건 알고 있겠지, 재닛? 그리고 인생과 자극을 무척이나 사랑하는 내가, 평생을 프린스에드워드 섬의 농가에 묻혀 있어야만 하다니, 그게 공정한 일이니? 그도 아니면 스패헐로 가문 사람은 신분이 낮은 사람하고는 결혼할 수 없으니까 노처녀로 늙어죽어야만 한다는 거야? 자, 재닛 그렇게 슬퍼서 어쩔 줄 모르겠다는 표정 짓지 마. 네가 그렇게 심각하게 생각할 줄 알았다면 말하지 말걸 그랬구나. 괜찮아, 난 랜들의 훌륭한 부인이 되겠어. 그리고 말야, 그 사람이 천사보다 약간 떨어질 정도로 훌륭하다면 그보다 훨씬 그를 훌륭하게 내가 만들겠어. 남자를 완전하다고 생각하지는 마, 재닛. 그건 말야, 남자 쪽에서도 그렇게 생각하기 때문에, 같은 생각을 지닌 누군가를 발견하면 노를 젓던 손을 쉬고 싶어하는 법이니까."

"어쨌든 언닌 누군가 달리 사랑하는 사람은 없는 거지?" 재닛은 희망을 찾아낸 것처럼 말했다.

"그래. 다른 모두를 좋아하는 것에 뒤떨어지지 않게 랜들이 좋

아. ”

“랜들은 그걸로는 만족하지 않을 거야. ” 재닛은 중얼거렸다. 그러나 에버리에게 그 말은 들리지 않았고, 에버리는 사과 따기를 마치고 그 자리를 떠났다. 재닛은 사다리 아래에 앉아서 불쾌한 생각에 빠져들었다.

아아, 세상은 반시간 전과는 얼마나 크게 변해버린 걸까! 재닛은 태어나서 지금까지 이렇게 고통스러운 적은 없었다. 재닛은 이렇게나 랜들을 좋아한다. 매우 좋아했다. 그러나 그는 마치 오빠 같은 사람이었다! 진짜 오빠라도 이보다 더 사랑할 수는 없었다. 그런데도 에버리는 그에게 상처를 주려한다. 에버리가 사랑하지 않는다는 것을 그가 알아버리면 심하게 상처를 받을 게 틀림없다. 재닛은 랜들이 상처를 입으리라는 생각만으로도 견딜 수가 없었다. 머리가 이상해지는 것 같았다. 랜들이 상처를 받아서는 안 된다. 에버리는 랜들을 사랑해야만 한다. 재닛은 어째서 언니가 랜들을 사랑하지 않는지 이해가 되지 않았다.

누가 되었건 반드시 랜들을 사랑하지 않을 리가 없다. 재닛은 아까 에버리가 물었던 것처럼 자신이 랜들과 결혼하고 싶은 걸까 자문해 볼 생각은 꿈에도 하지 않았다. 랜들이 보잘 것 없고 못생긴, 가무잡잡하며, 아직 어른이 채 되지도 않은 자신을 결코 마음에 들어 할 리가 없어. 장미색 볼을 지닌 에버리의 옆에 있으면 아무도 자신 같은 사람을 생각해 줄 사람은 없다. 재닛은 그런 사실을 특별히 의심하지도 않고 받아들였다. 한 번도 질투를 느낀 적은 없었다. 다만 오직 랜들에게는, 랜들이 바라는 모든 것을 갖게 해주고 싶었다. 완벽하게 행복했으면 좋겠다는 생각이었다. 아니, 만약 그가 에버리와 결혼하지 않는다면, 다른 아가씨와 결혼을 한다면 그건 무서운 일이었다. 그렇다면 재닛은 다시는 그를 만날 수 없게 된다. 두 사람이 함께 이렇게나 사랑하는 모든 것들, 바람, 아름다운 새벽녘, 달빛이 비치는 신비로운 숲, 별이 빛나는 밤, 아침의 마법 속으로 항구를 떠나가는 은백색의 범선과, 회색을 띤 바닷바람 등에 관해 즐거운 이야기를 하는 일은 이제 없어져버린다. 인생에 아무것도 존재하지 않게 된다. 인생은 실로 하나의 커다랗고 견디기 힘든 텅 빈 것이 되리라. 재닛은 결코 결혼하지 않을 생각이었다. 재닛이 결혼할 만한 사람은 아무도 없었고 그런 건 상관하지도 않았다. 만약 랜들이 진짜 오빠가 될 수 있다면 노처녀가 되더라도 전혀 개의치 않겠다. 그리고 랜들이 신부를 위해 새로 지은, 저 아름다운 목조 주택. 재닛은 그들의 결혼 준비를 도왔다. 에버리가 도도하게 식품저장고나 리넨을 보관하는 반침이나, 찬장 등의 세세한 일을 도맡아 하려하지 않아서 재닛과 랜들은 찬장에 관해 무척이나 즐겁게 서로 의논을 했었다. 전혀 알지도 못하는 사람이 와서 그 집의 안주인이 되는 따위의 일이 있어서는 안 되었다. 랜들은 무슨 일이 있어도, 반드시 에버리와 결혼해야만 한다. 그리고 에버리는 그를 사랑해야만 한다. 무슨 수를 써서든지 에버리가 랜들을 사랑하게 할 수는 없는 걸까?

"그래니 토머스를 만나러 가겠어." 포기한 것처럼 재닛은 말했다.

바보 같은 발상이라는 생각이 들었다. 그런데도 그 생각은 몇 번이나 그녀의 머릿속에 떠올라서 떨쳐버릴 수가 없었다. 그래니 토머스는 번리 비치에 사는, 어딘가 마녀 같다는 소문이 난 노파였다. 그러니까 스패헐로가와 번리가 이외의 사람들이 그녀에게 마녀라는 이름을 붙인 것이었다. 물론 스패헐로가와 번리가 사람들은 그런 바보 같은 것을 믿거나 하지 않았다. 재닛도 믿지는 않았다. 믿지 않지만, 연안의 뱃사람들은 노파가 배에 역풍을 일으키지 않도록 방비하기 위해 그래니 토머스의 '강한 아군'이 되었으며, 그래니는 사랑의 묘약에 관해서는 다양한 평판이 나 있었다. 페기 뷰캐넌이 만약 그래니에게서 묘약을 받지 않았다면 결코 잭 매클라우드를 손에 넣을 수 없었으리라고 다들 말하는 것을 그녀는 알고 있었다. 페기는 몇 년이나 잭을 따라다녔지만 잭 쪽은 그녀에게 눈길도 주지 않았다. 그러나 갑자기 잭이 페기에게 푹 빠져서, 페기와 결혼을 했다. 게다가 페기는 뷰캐넌 집안의 딸들 가운데서 가장 야무지지 않은 처녀였던 것이다! 뭔가가 있었던 게 틀림없다. 재닛은 앞뒤 가리지 않고 결심을 했다. 그래니에게로 가서 에버리가 랜들을 사랑하게 하기 위한 사랑의 묘약을 달라고 해야겠다. 설령 그래니가 도움이 되지 않는다 하더라도 아무런 해가 될 것은 없으리라. 재닛은 그래니가 약간 두려웠다. 단 한 번도 그 집 근처에 간 적이 없었다. 하지만 랜들을 위해서라면 하지 못할 일이 있겠는가?

재닛은 어떤 결심이든 간에 일단 했다 하면 그리 시간을 끌지 않고 실천에 옮기는 성격이다. 다음날 오후에 살그머니 집을 나와서 그래니 토머스를 찾아갔다. 그녀가 가진 옷 가운데서 가장 옷자락이 긴 드레스를 입고 처음으로 머리를 틀어 올렸다. 그래니에게 어린애라는 인상을 주어서는 안 되었다. 재닛은 좁고 기다란 호수를 직접 노를 저어 건너서 만과 호수를 구분 짓는 한 줄기의 금갈색 모래언덕으로 갔다. 멋진 가을날의 햇빛이 빛나고 있었다. 갖가지 색과 향기가 나는 초목들이 호수 주위를 빙 둘러싸고 향기로운 행렬을 이루고 있었으며, 그런 곡선 하나 하나가 어딘가 변덕스러운 아름다움을 보이고 있었다. 왼쪽 제방 위의 자작나무 숲속에 랜들의 새 집이 있어 사랑과 기쁨과 탄생에 의해 축복받을 것을 기다리고 있을 터였다. 재닛은 이렇게 아름다운 날에 혼자 있는 것이 좋았다.

잡초가 무성하고 바람이 거센 바닷가 들판을 걸어서 기슭에 있는 그래니의 작은 오두막집에 이르자 재닛은 후회가 되었다. 후회도 되었고 또 조금은 두려웠다. 그러나 그것도 잠깐의 일이었다. 재닛에게는 근성이 있었다. 그녀는 빗장을 풀고 안으로 들어오라는 그래니의 말에 대담하게 안으로 발을 들여놓았다.

그래니는 난롯가의 의자 위에 몸을 동글게 말고 앉아 있었다. 이 세상에 마녀로 보이는 인간이 있다면 그건 바로 그녀를 일컫는 것이리라. 노파가 파이프로 의자를 가리켜 권하자 재닛은 그곳에 앉아서 조금은 호기심 어린 눈으로 그래니를 보았다. 이렇게 가까이서 그녀를 보는 것은 처음이었다.

내가 나이가 들면 저렇게 되는 걸까? 재닛은 생각하면서 그래니의 놀랄 만큼 마르고 주름진 얼굴을 바라보았다. 저 사람이 죽는다면 슬퍼해 줄 사람이 누군가 있는 걸까?

"내가 젊었을 적에는 사람을 빤히 쳐다보는 건 예의바른 행동이 아니었는데."

그래니가 말했다. 그렇게 꾸지람을 듣고 재닛의 얼굴이 빨개지자 그래니는 덧붙였다.

"하얀 얼굴보다는 그렇게 언제나 붉은 얼굴을 하는 게 나아. 그렇게 되면 너한텐 홀리는 약 따윈 필요 없지."

재닛은 미미하게나마 오싹하는 한기를 느꼈다. 어떻게 그래니는 내가 온 이유를 알고 있는 것일까? 역시 그녀는 진짜 마녀란 말인가? 순간 그녀는 오지 말걸 그랬다는 생각이 들었다. 분명 마법의 힘을 아무데나 쓰는 건 올바른 행동은 아닐 것이었다. 페기 뷰캐넌이 불행했었다는 건 누구나 아는 사실이다. 만약 재닛이 지금 도망치는 방법을 알았더라면 아무것도 바라지 않고 그렇게 하고 말았으리라.

바로 그때 집 뒤쪽에 덧대어 지어진 오두막에서 무슨 소리가 들려왔다.

"쉬이, 악마 녀석이 돼지처럼 코를 꿀꿀대는 소리가 들린다." 작은 도깨비 같은 모습으로 그래니가 속삭였다.

하지만 재닛은 약간 경멸하는 듯한 미소를 지었다. 방금 들린 소리는 악마니 뭐 그런 것이 아니라 그냥 돼지임을 알기 때문이었다. 그러니 토머스는 그저 바짝 늙어 꼬부라진 사기꾼에 지나지 않는다. 두려움은 이내 사라졌고 그녀는 냉정한 스패헐로가의 사람이 되어 있었다.

재닛은 평소 하던 대로 솔직하게 말했다. "당신은 어떤 사람에게 …… 다른 어떤 사람을…… 좋아하게 할 수 있나요……? 아주 좋아하게?"

그래니는 파이프를 입에서 떼더니 낄낄대며 웃었다.

"네가 원하는 건 두꺼비기름 약이로구만."

두꺼비기름 약이라구요! 재닛은 소름이 끼쳤다. 그리 기분 좋은 약이 아니었다. 그래니가 그녀가 오싹해하는 것을 알아챘다.

늙은 암양 같은 백발의 머리를 끄덕이면서 말했다. "그렇게 기분 나빠할 것도 아니지. 그것 말고도 있긴 한데. 이게 가장 효과가 확실하거든. 조금, 아주 조금만 남자의 눈꺼풀에 발라. 그렇게 하면 그 남자는 평생 네 사람이 되는 거야. 네겐 강한 약이 필요해, 미인이 아니니까. 다만, 얼굴이 빨개졌을 때만은 예외야."

재닛은 또다시 얼굴을 붉혔다. 그렇다면 그래니는 내가 날 위해 마법의 힘을 필요로 한다고 생각하는 것이다! 아니, 그게 어쨌다는 건가? 내가 오직 생각해야만 할 사람은 랜들뿐이다.

"그건 비싼가요?" 재닛은 더듬더듬 말했다. 돈은 그다지 많이 갖고 있지 않았다. 1840년의 프린스에드워드 섬의 농가에는 돈이 풍족하게 있지 않았다.

그래니는 도리질을 했다. "오, 아니, 아니야. 그건 파는 게 아니야. 그냥 주겠어. 난 젊은 사람들이 행복해지는 걸 보는 게 아주 좋거든. 그 약은 말야, 아까도 말했다시피 많이는 필요치 않아. 아주 조금만 살짝 바르면 네가 좋아하는 사람을 네 것으로 만들 수 있지. 그건 부적 같은 거니까 이 그래니 할머니한테 웨딩 케이크 한 조각하고 담배를 약간 보내주면 돼. 그리고 첫 아이의 세례식에 초대하거라. 이 점을 잊지 말아야 해."

재닛은 또다시 분노로 몸이 차갑게 식었다. 그래니 토머스 할머니가 밉살스러웠다. 결코, 다시는 그녀를 가까이 하지 않으리라.

"그것의 가치에 해당하는 만큼의 돈으로 지불하고 싶습니다." 재닛이 쌀쌀하게 말했다.

"그렇게는 할 수 없어. 넌 이 보물에 얼마만큼의 돈을 지불하면 합당하리라고 생각하는 게냐? 그게 그러니까 스패헐로식의 자존심이라는 거겠지. 좋아, 좋아. 그렇다면 스패헐로의 자존심과 스패헐로의 돈으로, 네가 사랑하는 사람의 사랑을 살 수 있는지 어떤지 보면 되겠군."

그래니가 버럭 화를 내는 것 같았으므로 재닛은 당황해서 서둘러 그녀를 달랬다.

"오, 부디 용서해 주세요. 마음 상하시게 할 생각은 없었어요. 단지 그걸 만들려면 매우 힘들 것 같아서."

그래니는 또다시 낄낄대며 웃었다. 스패헐로 가문 사람이 자신에게 뭔가를 부탁하러 왔다는 것만으로도 그녀는 매우 마음이 흡족했던 것이다. 스패헐로가 사람이 이런 자신에게 부탁을 하러 온 것이다.

"두꺼비기름은 싸단다. 어떤 방법으로, 달이 있는 동안의 어떤 시기에 만드는지 난 그걸 죄다 알고 있지. 그러니까 이 작은 약병을 갖고 가거라. 거기에 들어 있는 것만으로도 충분하니까. 기회를 보았다가 아주 조금만 좋아하는 사람의 눈꺼풀에 발라주거라. 그러면 그 남자가 널 볼 때, 너에게 흠뻑 빠지게 될 게야. 하지만 다른 누군가를 먼저 보지 않도록 조심해야해. 그 사람이 사랑하게 되는 건 최초로 만나는 사람이니까. 이 약은 그런 효과가 있거든."

"고맙습니다." 재닛은 작은 상자를 받아들었다. 곧장 돌아갔으면 좋겠지만 그렇게 했다간 아마도 그래니가 화를 낼 것이었다. 그래니는 작은, 그러나 믿어지지 않을 정도로 나이든 눈을 반짝이면서 재닛을 보았다.

"어서 가거라. 서둘러 돌아가. 넌 자존심 강한 스패헐로 가문의 그 누구에도 뒤지지 않게 자존심이 높아. 하지만 난 널 조금치도 나쁘게 생각하지 않아. 난 자존심이 높은 사람들을 좋아하거든. 그런 사람들이 내게 도움을 청하러 와야만 할 때를 말야."

재닛은 바깥으로 나오자 간신히 마음을 놓을 수 있었다. 손에는 작은 상자를 들고 있었다. 순간, 그녀는 그 상자를 내던져버리고 싶은 유혹에 휩싸였다. 그러나 그건 안 된다. 에버리가 자신을 사랑하지 않음을 랜들이 알게 되면 얼마나 불행해질 것인가! 되든 안 되든 방법이 없으니까 이 바르는 약을 테스트 해 보자. 두꺼비라는 걸 잊고, 또 이것이 만들어진 방법 따윈 생각하지 말기로 하자. 그렇게 하면 뭔가 될지도 몰라.

재닛은 바닷가를 따라 집으로 돌아가는 길을 서둘렀다. 바닷가에는 은색 파도가 모래 위에서 작고 아름다운 은빛 곡선을 그리면서 부서져 흩어지고 있다. 그녀는 너무나도 기뻐서 볼을 새빨갛게 불태우고 있었다. 그래서 그녀가 타고 온 바닥이 편평한 배의 뱃전에 앉아 있던 랜들 번리는 호수까지 다가온 그녀를 감탄의 눈길로 바라보고 있었다. 재닛은 랜들을 보자 들고 있던 상자를 살며시 호주머니에 떨어트려 넣었다. 뒤가 켕기는 비밀 때문에 그녀는 랜들이 노를 저어 호수를 건네주겠다는 말을 했을 때에도 기쁜 건지 기쁘지 않은 건지 거의 분간할 수가 없을 지경이었다.

"1시간쯤 전에 네가 내려가는 것을 보고 내내 기다리고 있었어. 어디 갔다오는 거야?" 그는 말했다.

"아니…… 잠깐…… 산책을 하고 싶었어요. 날씨가 너무 좋아서." 재닛은 참담한 기분이었다. 자신이 거짓말을 하고 있음을 깨닫고 깊은 상처를 받았다. 특히 그것이 랜들에게였으므로. 마녀와 교섭을 했기 때문에 이런 꼴이 되고 말았다. 허위와 기만의 구렁텅이에 끌려들고 말았다. 또다시 재닛은 그래니의 약상자를 번리 호수 깊은 곳에 던져버리고 싶은 유혹에 휩싸였다. 그러나 그것은 그만두기로 했다. 랜들의 깊고 우묵한 청회색의 눈을 보았기 때문이었다. 감정에 따라 부드러워지기도, 슬퍼지기도, 또 정열적이기도 했다가 변덕스러워지기도 하는 그의 눈이 에버리한테 사랑을 받지 못한다는 걸 알면 어떤 감정이 될까, 그런 생각이 들었기 때문이었다.

그래서 재닛은 양심의 외침을 물밑으로 가라앉히고 뻔뻔스럽게도 기뻐하고 있었다. 랜들 번리가 노를 저어 호수를 건네주어서 기쁘고, 가을 들판을 따라 집에 가는 길까지 함께 걸어 줄 것이므로 기쁘며, 랜들만이 할 수 있는 해님과 바다, 금빛으로 빛나는 하늘에 대해 얘기해줄 것이므로 기뻤다. 그러나 재닛은 에버리에게 랜들을 사랑하게 할 수 있는 것을 호주머니에 갖고 있기 때문에 이렇게나 기쁜 것이라고 여겼다.

랜들은 번리가와 스패헐로가의 땅을 구분 짓는 자작나무 숲 둔덕까지 가서 거기서 다시 반시간이나 재닛을 붙들고 이야기를 했다. 그는 그저 자기가 읽은 책이랑 요즘 길들이고 있는 새로 태어난 강아지 이야기만 했지만 재닛은 귀를 기울이고 들었다. 그녀도 이야기를 했다, 자유자재로. 랜들과 함께 있을 때면 조금도 부끄러운 생각이 들거나, 생각했던 대로 말이 나오지 않는다거나, 어색해하거나 하는 일은 없었다. 언제나 자기 생각을 알아준다는 기쁨으로 인해 자신의 가장 좋은 모습을 보일 수 있는 것이었다. 그녀의 눈은 빛났고, 햇볕에 그을린 얼굴은 장밋빛으로, 키스하고 싶어질 정도로 고운 빛으로 넘쳐흐르고 있었다. 이윽고 랜들이 자기 집 쪽으로 돌아서 가자 그녀의 삶은 헛된 것이 되고 말았다. 그녀는 오랫동안 걸은 데다가, 그 혐오스런 면담으로 인해 무척이나 피곤했다. 그러나 그런 건 아무래도 상관없었다. 자신은 사랑의 묘약을 가지고 있으므로. 사랑의 묘약이란 것이 두꺼비기름 약보다 훨씬 나은 이름이었다.

그날 밤, 재닛은 두 손에 양기름을 바르고 잤다. 처음 있는 일이었다. 그런 건 아무런 소용이 없는, 쓸데없는 일이라고 여겼던 것이다. 에버리는 매일 밤 바르고 잤지만. 그러나 그 날 오후, 호수 위에서 랜들이 재닛의 손이 사랑스럽고 날씬하다는 말을 했던 것이다. 랜들은 지금까지 재닛에게 칭찬을 한 적이 없었다. 그녀의 손은 검고 거칠어서 에버리처럼 부드럽고 흰 손은 아니었다. 그래서 재닛은 양기름의 힘을 빌렸던 것이다. 만약 어떤 사람에게 단 한 가지라도 아름다운 데가 있다면, 비록 그것이 손이라 하더라도 있다면, 그것을 소중하게 해야만 했다.

그녀가 원하던 약은 손에 넣었다. 다음은 그것을 쓸 차례였다. 그러나 그것은 말처럼 쉬운 일은 아니었다. 우선은 에버리가 랜들 이외의 사람을 최초로 보게 될 우려가 있어서 함부로 써선 안 되었다. 더구나 에버리가 알지 못하게 사용해야만 했다. 이 두 가지 어려운 문제가 존재하는 한 어렵겠다는 생각이 들었다. 그녀는 쥐를 노리는 고양이처럼 기회를 살폈다. 그러나 좋은 기회는 좀처럼 오지 않았다. 2주일이 지났는데도 아직 오지 않았다. 재닛은 절망적이 되어갔다. 결혼식 날은 겨우 1주일 뒤로 다가와 있었다. 웨딩 케이크가 만들어졌고 칠면조도 알맞게 살이 올랐다. 초대장 발송도 이미 끝났다. 재닛이 입을 들러리 드레스도 준비되었다. 그런데도 여전히 재닛의 푸른 장롱 서랍 속의 작은 약상자는 열릴 줄을 몰랐다. 효과가 달아나면 큰일이었으므로 재닛은 감히 열어볼 엄두도 내지 못하고 있었다.

마침내, 드디어, 생각지도 않던 절호의 기회가 찾아왔다. 어느 날 석양 무렵에 재닛이 어슴푸레한 2층 거실을 지나는데 마틸다 숙모가 부르는 소리가 들려왔다.

"재닛, 에버리한테 아래층으로 내려오라고 말해주겠니? 젊은 신사께서 기다리신단다."

마틸다 숙모는 약간 웃고 있었다. 랜들이 왔을 때면 늘 그렇게 웃는 것이었다. 그것은 숙모의 습관이며, 랜들이 구혼하러 왔을 때부터 줄곧 그래 왔었다. 재닛은 에버리에게 전하려고 언니의 방으로 들어갔다. 그러자 오오, 에버리는 그 날의 분주함에 지쳐서 침대에서 잠들어있는 것이 아닌가. 재닛은 언뜻 그 모습을 보자마자 서랍으로 달려갔다. 그러고는 약상자를 들고 나와서 조심조심 뚜껑을 열었다. 두꺼비기름 약은 그곳에 있었고, 보기에도 검고 기분 나쁜 느낌이 들었다. 재닛은 숨을 죽이고는 까치발로 침대로 다가가 조심스레 손가락 끝을 바르는 약에 갖다대었다.

그 노파는 아주 조금이면 충분하다고 했겠다. 오오, 이런 행동을 하는 것이 부디 해가 되지 말기를.

흥분으로 몸을 떨면서 그녀는 에버리의 흰 눈꺼풀을 가볍게 문질렀다. 에버리는 몸을 움직이더니 눈을 떴다. 재닛은 나쁜 짓을 하다 들킨 아이처럼 약 상자를 살며시 뒤로 감췄다.

"랜들이 아래층에서 기다린대, 에버리."

에버리는 일어났지만 난처한 표정을 지었다. 그날은 랜들이 오리라는 생각을 하지 않았으므로 낮잠을 계속 자고 싶었던 것이다. 에버리는 꽤나 기분이 상한 모습으로 아래층으로 갔으나, 잠에서 금방 깼기 때문에 볼이 붉게 물들어 무척이나 아름답게 보였다. 재닛은 방안에 우뚝 선 채로 차가운 두 손을 가슴에 얹고 있었다. 마법의 효과는 과연 있을 것인가? 내 눈으로 보아야만, 내 눈으로 보아야만 한다. 기다리고 있을 순 없다. 아주 잠깐 동안이었지만 몇 년이나 기다린 듯한 기분으로 기다렸다가 재닛은 살금살금 계단을 내려가 초여름처럼 따뜻한 9월의 햇살 속으로 나아갔다. 그림자처럼, 응접실의 열린 창으로 살며시 다가가 하얀 모슬린 커튼 사이로 주의 깊게 안을 들여다보았다. 다음 순간, 재닛은 꽃밭에 무릎을 꿇고 넘어지고 말았다. 그냥 그 자리에서 죽어버리고 싶었다.

응접실의 젊은 남자는 랜들 번리가 아니었던 것이다. 그 사람은 피부가 검고 세련되며, 잘생긴 청년이었다. 그는 소파에서 에버리의 옆에 앉아서 에버리의 손을 잡고 기쁜 듯 들떠 장밋빛 볼에 미소를 띠고 있었다. 그는 브루스 고든이었다. 그럴 것이 틀림없다. 스코틀랜드에서 오기로 되어있는 사촌 브루스 고든이다!

"오오, 난 대체 무슨 일을 저지른 걸까? 대체 무슨 일을." 슬픈 재닛은 신음했고 두 손을 세게 마주잡았다. 그녀는 에버리의 얼굴을 분명히 보았다. 에버리의 눈이 나타내는 표정을 보았다. 에버리는 랜들 번리를 저렇게 바라본 적이 없다. 그러니 토머스의 그 꺼림칙한 바르는 약이 제대로 들어서 에버리는 다른 사람을 사랑하게 되고만 것이다.

재닛은 공포와 후회로 완전히 차가워진 몸을 이끌고 다시 창가로 다가가 귀를 기울였다. 봐두어야만 한다. 분명히 봐야만 한다. 띄엄띄엄 잘린 단어가 들려올 뿐이었지만 부족하지는 않았다.

"넌 날 기다려주겠다고, 그렇게 약속해 주었던 것으로 기억하고 있는데, 에버리." 따지는 듯한 어조로 브루스가 말했다.

"하지만 오랫동안 돌아오시지 않은걸요. 저 따윈 이미 잊으신 줄 알았어요." 에버리는 말했다.

"잠깐 잊었던 것은 분명해, 에버리. 난 그 정도로 어린애였던 거야. 하지만 지금은, 아니, 고맙게도 내가 너무 늦게 온 것은 아닌 것 같은데."

침묵이 흘렀다. 재닛은 부끄러움도 잊고 창문턱 위로 들여다보면서 목격하고 말았다. 그것으로 충분했다. 재닛은 살며시 그곳을 떠나 2층으로 올라가 방으로 돌아갔다. 눈부시게 빛나는 에버리가, 완전히 달라진 듯한 에버리가 의기양양하게 상기된 얼굴로 방으로 들어왔을 때, 재닛은 침대에 누워 있었다. 그녀는 일어나서 창백하게 눈물에 젖은 얼굴로 에버리를 보았다.

에버리가 말했다. "재닛, 난 이번 수요일 밤에 브루스 고든과 결혼하기로 했어. 랜들 번리가 아니고 말야."

재닛은 벌떡 일어나서 에버리의 손을 잡았다.

"그건, 안 돼. 모든 게 내 잘못이야. 아아, 나 같은 사람은 죽어버려야 해. 내가 그래니 토머스에게서 사랑의 묘약을 받아다가 맨 처음 본 사람을 사랑하게 되라고 언니의 눈꺼풀에 약을 발랐어. 랜들을 보길 바랐는데, 랜들이 온 줄 알았는데, 아아, 에버리!" 그녀는 격렬하게 흐느껴 울었다.

에버리는 놀라움과 분노를 함께 느끼면서 듣고 있었다. 마침내 분노 쪽이 놀라움을 이기고 말았다.

마침내 그녀는 외쳤다. "재닛 스패헐로, 너 미쳤니? 그게 아니면 어떻게 그래니 토머스네 집에 갔다고 말할 수가 있지? 스패헐로 가문의 한 사람인 네가! 더구나 내가 랜들 번리를 사랑하게 되라고 홀리는 약을 달라고 부탁하다니, 그게 무슨 말이야?"

"언니를 위해서라고는 하지 않았어. 그 할머닌 나를 위해 필요한 줄 알고 있어. 아아, 다시 되돌려야 해. 난 다시 그래니의 집에 갔다오겠어. 틀림없이 뭔가 마법을 푸는 방법을 알 테니까." 재닛은 신음하듯 말했다.

분노를 결코 오래 끌지 않는 성격의 에버리는 검은 머리칼의 고개를 뒤로 젖히고는 방울을 흔드는 듯한 웃음소리를 냈다.

"재닛 스패헐로, 넌 마치 중세 암흑시대 사람 같은 말을 하는구나! 그 무시무시한 노파가 홀리는 약을 주리라고 상상하는 그 사고방식이라니! 이것 봐, 아가씨, 난 말야, 훨씬 전부터 브루스를 사랑하고 있었어, 줄곧. 하지만 브루스는 분명 날 잊어버린 모양이라고 생각한 거야. 하지만 오늘밤에 그 사람이 와서 나를 잊지 않았다는 걸 알게 됐어. 그 한마디로 모든 건 결정이 났지. 난 브루스와 결혼해서 함께 스코틀랜드에 있는 그의 집으로 갈 거야."

"그럼 랜들은 어떻게 되는 거야?" 재닛은 죽은 것처럼 핏기 잃은 얼굴로 말했다.

"아아, 랜들 말야? 흠! 내가 랜들 따윌 알게 뭐야? 하지만 내일 네가 랜들한테 가서 내 얘길 전해줘야겠어, 재닛."

"싫어, 난 가지 않겠어."

"그럼 내가 직접 말하겠어. 그리고 네가 그래니 집에 갔었다는 얘길 해버리면 될 거 아냐. 재닛, 그런 얼굴로 그곳에 서 있지 말아줘. 정말이지 너한테는 질렸어. 난 브루스하고 함께 있으면 더없이 행복해. 랜들하고는 비참해지기만 할 뿐이었어. 오늘밤엔 난 한숨도 자지 못할 것 같아. 그 정도로 흥분했거든. 알겠니, 재닛? 난 이제 고든 장원의 고든 부인이 되는 거야. 그렇게 되면 내가 원하는 것은 무엇이든 손에 넣을 수 있고, 게다가 좋아하는 사람까지 내 것이 되는 거야. 그에 비하면 이렇게 좁아터진 방 여섯 개짜리 집밖에 없는, 비쩍 마른 꺽다리 랜들 번리가 무엇을 해줄 수 있다는 거니?" 에버리는 쌀쌀맞게 내뱉었다.

에버리가 잠을 이루지 못한 건 당연하다지만, 재닛도 또한 잠을 자지 못했다. 재닛은 새벽녘까지 잠을 못 이루었고, 태어나서 지금까지 결코 맛본 적이 없는 고뇌를 경험했다. 내일은 랜들 번리의 집에 가서 그의 가슴을 산산조각내야만 했다. 가지 않으면 에버리가 모든 것을 말하겠지. 재닛이 한 일을, 랜들에게 말해버릴 거야. 그가 그걸 알아서는 안 된다. 절대로 안 된다. 재닛은 그렇게 생각하는 것만으로도 견딜 수가 없었다.

다음 날 아침, 돌연 에버리가 신랑이 바뀌었다고 발표하자, 모두가 깜짝 놀라 어쩔 줄 몰랐다. 이 흥분상태인 집을 뒤로 하고 번리가를 향해 자작나무 숲을 빠져나간 것은 창백하고 수면부족의 눈을한 재닛이었다. 재닛은 랜들이 새 집 정원에서 일을 하고 있는 모습을 보았다. 에버리를 위해 장미꽃을 심고 있었다.

'나는 결혼 서약 제단에서 랜들을 뿌리치는 것과 마찬가지로 괴롭고도 괴로운 말을 해야한다, 에버리를 위해.' 재닛은 마음을 다잡았다. 랜들은 재닛에게 문을 열어주러 와서 늘 그랬던 것처럼 상냥한 미소를 지어 보였다. 붙임성이 있는 웃는 모습. 재닛은 그에 대한친숙함에 저도 모르게 숨을 삼켰다. 지금부터 자신은 이 얼굴에서지금의 이 미소를 쫓아내려 하는 것이었다.

재닛은 망설임 없이 솔직하게 말했다. 어차피 치명적인 타격을 입혀야만 한다면 가볍게 하려 애쓸 필요가 어디에 있겠는가?

"에버리는 당신이 아니라 브루스 고든과 결혼할 예정이라고 당신께 전해달라고 말했어요. 브루스는 어젯밤에 왔었어요. 에버리는전부터 브루스를 가장 좋아했다고 했습니다."

정말 기기묘묘한 변화가 랜들의 얼굴에 나타났다. 그러나 재닛이예상했던 그런 변화는 아니었다. 창백해지는 대신에 그는 얼굴을 붉게 물들였다. 고통과 회의로 인한 날카로운 비명 대신에 랜들은 전혀 의심할 바 없는 어조로 "고마워"라고 말했던 것이다.

재닛은 자신이 꿈을 꾸고 있는 듯한 기분이 들었다. 그러니 토머스의 사랑의 묘약이 세상을 완전히 거꾸로 돌게 뒤집어 버린 것 같았다. 랜들의 두 팔이 재닛의 몸을 끌어안았고, 야위고 햇볕에 그을린 볼을 재닛의 볼에 대면서 이런 말을 했다.

"이젠 너한테 말할 수 있어, 재닛. 내가 너를 얼마나 사랑했는지를."

"나를? 나를 말인가요!" 재닛은 말문이 막혔다.

"응, 너를 말야. 그래, 넌 내 마음의 정확히 한가운데에 있어. 사랑하지 않는다는 말은 하지 말아 줘. 사랑할 수 있어. 사랑하지 않으면 안 돼. 응, 재닛."

아주 짧은 순간, 그의 눈이 그녀의 눈을 붙들었고 못 박히게 했다. "사랑해 주는 거지?"

5분이라는, 아무에게도 어떻게도 도저히 설명할 길이 없는 시간이 흘렀다. 랜들과 재닛조차도 그 5분 동안에 무슨 일이 일어났는지를 분명히 알지 못했으니까. 재닛은 마치 뭔가가 한 번 죽었다가 그로부터 다시 되살아난 듯한 느낌이었고, 마침내 말이 나왔다.

"3년 전에 당신은 에버리에게 청혼하러 오시지 않았었나요?" 몰아세우는 듯한 말투였다.

"3년 전에는 넌 아주 어린애였어. 너에겐 생각이 미치질 못했던 거야. 난 아내가 필요했고, 그리고 에버리는 아름다웠지. 난 에버리를 사랑할 작정이었어. 하지만 순식간에 네가 어른이 되었고, 그리고 우린 이렇게 좋은 사이가 되었어. 난 에버리에겐 전혀 그런 말을 하지 못했어. 그 사람은 내 말에 아무런 흥미가 없었으니까. 넌 남자의 가슴을 포로로 만드는 눈을 갖고 있어. 난 늘 네 눈을 생각했지. 하지만 난 에버리와 명예를 걸고 약속을 했어. 네가 날 좋아해 주리라고는 꿈에도 생각지 않았는걸. 이번 수요일에 나하고 결혼하는 거야, 재닛. 더블 웨딩을 하자. 괜찮겠지, 그렇게 빨리 결혼해도?"

"네, 네에. 괜찮아요. 전." 재닛은 눈앞이 아찔해지는 것만 같았다. "다만, 아아, 랜들 당신께 말해야만 할 것이 있어요. 말할 생각은 아니었는데. 그 말을 하느니 죽는 게 낫다고 생각했거든요. 하지만 지금, 지금 그 얘길 하지 않으면, 우리들 사이에 뭐가 됐든 감추는 일이 있는 건 견딜 수 없어요. 전 그래니 토머스 할머니네 집에 갔었어요. 그리고 사랑의 묘약을 받아왔어요. 에버리가 당신을 사랑하게 하기 위해서요. 난 에버리가 당신을 사랑하지 않는다는 것을 알고 있었어요. 당신을 행복하게 해주고 싶었어요. 랜들, 안 돼요, 그러면 난 얘기할 수 없어요. 그래니의 약 때문에 에버리가 브루스를 좋아하게 되었다고 생각하시나요?"

랜들은 웃었다. 승리감에 도취한 연인의 작고 낮은 웃음소리였다. "만약 그렇다 하더라도 난 기뻐. 하지만 날 너한테 목매게 하려면 내 눈에 그런 약은 필요치 않아. 왜냐하면 재닛, 너의 그 요정 같은 작은 얼굴이 나를 홀리는 가장 훌륭한 약이니까 말야."

Mrs. March's Reveng
마치 부인의 복수

 "아! 이제 정말 완연한 가을이야. 싸늘한 바람이 뼈 속까지 스며 드는 것 같아. 이러다간 금방 겨울이 닥치겠어." 소박하고 아늑한 마치 부인의 거실로 안내된 스탭 부인은 의자에 쓰러지듯 앉으면서 한숨을 섞어 말했다.

 "정말이야. 하지만 난 상관없어. 겨울은 겨울대로 좋은걸. 그렇지 만 이렇게 이도저도 아닌 날씨는 딱 질색이야. 자, 좀더 불에 가까 이 다가와, 테오도시아. 새파랗게 얼어버렸잖아." 마치 부인은 난롯 불을 쑤석이느라 바쁘게 왔다 갔다 하면서 대답했다.

 "정말이지 이렇게 추운 건 못 견디겠어. 아, 좋다! 이제야 좀 살 것 같아. 이 집 난로는 세상에서 가장 기분 좋은 장소라니까, 안 나."

 "너 메이트랜드에서 언제 돌아왔어? 거기선 재미있었니? 에밀 리와 아이들은 어떡하고?" 마치 부인이 연달아 물었다.

 스탭 부인은 차분하게 뜨개질감을 펼치면서, 세 가지 질문에 하나 도 놓치지 않고 대답했다.

"토요일에 돌아왔어. 역시 오늘처럼 눅눅하고 추운 날이었지! 그래, 거기서는 그럭저럭 즐거웠어. 피터의 류머티즘이 무척 걱정이 되긴 했지만. 에밀리는 잘 있어. 아이들도 더 할 수 없이 건강하고. 그런 장난꾸러기들이 또 있을까! 에밀리가 도저히 감당을 할수가 있어야지. 늙은 오리가 방금 간 병아리들을 데리고 쩔쩔 매는 것과 같다니까. 하지만 너, 지금 내 얘기가 문제가 아니야! 돌아오자마자 피터한테서 네 얘기를 듣고 정말 놀라서 숨이 막히는 줄 알았어! 내가 마차에서 내리기도 전에, 뜰의 문까지 단숨에 달려와서 큰 소리로 알려줬어. 내 귀를 의심했지. 처음에는 농담인가 했어. 그때의 피터 모습을 네가 봤으면! 류머티즘에 걸린 어깨에 빨간 숄을 두르고, 두 팔을 휙휙 미친 것처럼 휘두르면서 말이야. 정말이지, 굴뚝이 불을 뿜는 것 같았다니까! 그러면서 '테오도시아, 테오도시아! 안나 마치에게 유산이 굴러들어왔대, 호주의 동생한테서! 그래서 원래 캐럴 부인의 소유였던 저택을 사서 이사할 거래!' 하고 소리치는 거야. 그게 멀리서 돌아온 나에 대한 첫인사였다니까. 네 입을 통해 직접 자초지종을 듣고 싶어서 더 일찍 올 생각이었는데, 집에 있으니 이것저것 할 일이 많아서 일단 정리를 좀 해놓지 않고는 어디고 갈 수가 있어야지. 물론 피터는 남자치고는 꼼꼼한 편이지만, 그래도 집안일을 맡기면 금방 엉망이 되잖아! 그건 그렇고 너에게 동생이 있는 줄은 몰랐어."

"나도 그래, 테오도시아. 나도 다른 사람들과 마찬가지로 가엾은 찰스는 40년 전에 바다에 빠져 죽은 줄 알았으니까. 아, 벌써 세월이 그렇게 됐네, 그 아이가 집을 뛰쳐나간 지가. 아버지하고 싸웠어. 그 아이는 고집이 굉장히 셌거든. 풍문으로는 선원이 되어 영국으로 가는 헬렌 레이호에 탔다고 했어. 하지만 배는 그 길로 소식이 끊어지고 말았잖니? 가엾게도 동생도 배와 함께 가라앉아 버렸을 거라고 우리 모두 그렇게 생각했지. 그런데 4주일 전에 호주 멜버른의 변호사 사무실에서 편지가 한 통 왔어. 내 동생 찰스 베넷이 죽었는데, 전 재산을 나에게 남겼다는 거야. 처음에는 믿을 수가 없었지만, 동생이 옛날 집을 나갔을 때의 소지품의 일부가 왔기에 보았더니, 그 안에 내 사진이 한 장 있는데, 거기에 내 이름이, 내가 쓴 글씨로 적혀 있는 거야. 그래서 틀림없다고 확신한 거지. 하지만 찰스가 정말로 헬렌 레이호를 탔는지, 만약 그렇다면 어떻게 재난을 피해 호주로 갔는지 알 수가 없고, 아마 그건 앞으로도 수수께끼로 남을 거야."

"어머, 어떻게 그런 일이! 정말 굉장하다!" 스탭 부인이 감탄했다.

"내가 그런 거액의 유산을 상속하게 된 걸 알았을 때는 기뻤어. 처음에는 동생의 죽음 덕택에 돈이 생긴 걸 좋아하는 내가 정말 비정하게 생각되었어. 하지만 찰스는 이미 40년 전에 죽은 사람으로 쳤으니까. 게다가 동생이 바로 최근에 죽었다는 건 도저히 정말 같지가 않았어. 물론 온 세상의 돈을 다 가지는 것보다 동생이 살아서 돌아오기를 더 바라는 건 말할 것도 없지만. 하지만 그건 불가능한 일이 되었고, 돈은 법적으로 내 것이 되는 거니까, 기뻐해도 죄가 되는 건 아니겠지?" 마치 부인은 분명하게 말했다.

"그래서 캐럴의 저택을 산 거구나. 하지만 도대체 왜 그런 결심을? 이곳도 충분히 살 만한데, 혼자 살기에는 이 집도 얼마든지 여유가 있잖아?" 스탭 부인은 허물없는 친구로서 솔직하게 말했다.

"아니야, 그렇지 않아. 난 태어나서 지금까지 크고 넓은 집을 동경해 왔어. 이 나이까지 줄곧 몸을 마음대로 움직일 수 없는 조그만 상자 같은 곳에서 견뎌온걸. 일단 만족하고는 있고, 또 지금의 집을 충분히 활용해 왔어. 하지만 막상 돈이 생기니까 나에게 어울리는 집을 마련하고 싶은 생각이 든 거야. 캐럴 저택은 내가 꼭 원하는 집이야. 약간 고풍스럽긴 하지만, 오래전부터 그 집을 동경해왔어. 설마 그 집을 살 수 있게 되리라고는 꿈에도 생각하지 않았는데, 사람 일은 참 알 수 없는 것 같아. 마치 달을 따려는 것이나 마찬가지였는데."

"그곳은 정말 멋진 집이야." 스탭 부인도 고개를 끄덕였다. "하지만 여기저기 손볼 데가 많을걸? 6년이나 비어 있었으니까. 이사는 언제 할 건데?"

"모든 게 예정대로 잘 진행된다 해도 앞으로 한 3주일? 지금 내부를 다시 칠하고 도배도 부탁해 놓았어. 집 외부는 봄이 올 때까지 기다릴 거야."

"정말 사람 일은 알 수 없는 것 같아. 캐럴 부인도 설마 자기 집이 남의 손에 넘어갈 운명이 될 줄은 꿈에도 몰랐을 거야. 우리가 어렸을 때 루이스 캐럴이 여간 좀 으스댔니? 너도 네가 루의 집을 차지하게 될 줄은 생각지도 못했지? 루를 기억하고 있니?" 감개무량한 듯이 스탭 부인이 말했다.

"응, 기억하고말고. 난 평생 루 캐럴을 잊을 수 없어. 세상에서 내가 증오해온 단 한 사람인걸. 이런 말을 하는 건 죄를 짓는 일이겠지만, 난 지금도 증오해. 영원토록 증오할 거야." 굳은 목소리로 마치 부인이 말했다. 그 쾌활하게 웃던 얼굴이 싹 변했다. 정말 증오심이 담긴 험악한 표정이었다. 갈색 눈은 어두워지면서 잔인한 빛이 어른거렸다.

"나도 그 여자는 아무리 좋아하려 해도 좋아지지가 않았어. 항상 자기가 우리보다 우월하다고 생각했지. 그래, 잘났고말고. 그렇지만 꼭 그렇게 과시할 것까지는 없었는데 말이야." 스탭 부인이 동조했다.

"맞아, 그녀는 나보다 격이 높았던 건 사실이야. 그러면서도 틈만 나면 나를 몰아세우고 조롱한 것을 부끄럽게 생각할 줄 모르는 비열한 여자였어. 초등학교를 함께 다니던 때부터 언제나 못살게 굴었지. 커갈수록 더 심하게. 그 여자에게 얼마나 무시당했는지 일일이 말하자면 한이 없을 거야. 하지만 그중에서 이 일만은 특히, 절대로 용서할 수 없어. 어느 파티에 갔을 땐데 그 애도 있었어. 그리고 애슐리 씨 집에 와 있던 트렌햄 매닝도 있었지. 테오도시아, 너도 기억나니? 젊고 잘생긴 남자였어. 루가 그를 좋아하고 있다고 여자아이들이 모두 수군댔지. 하지만 그날 밤 그는, 루에게는 눈길도 주지 않고 내내 나에게 달라붙어 있었어. 루는 불같이 화가 나서 결국 나에게 다가오더라. 얼굴에 잔인한 미소를 띠고 까만 눈을 깜박거리면서. 그리고 말하는 거야. '미스 베넷, 댁의 어머니에게 전해달라고 우리 어머니가 그러시더군요. 그런 하찮은 바느질을 내일 밤까지 하지 못한다면 사람을 시켜 일감을 도로 가지러 가겠다고. 이제부턴 다른 사람한테 맡길 거래요. 맡은 일을 기한 내에 다 끝내지 못하는 사람은 일할 자격이 없다고 해야겠죠?' 아, 얼마나 비참했는지! 어머니와 난 가난해서 열심히 일하지 않으면 살 수 없었어. 하지만 우리에게도 남들과 마찬가지로 감정이라는 것이 있는데, 트렌햄 매닝 앞에서 그런 식으로 모욕을 주다니! 난 그대로 울음을 터뜨리며 아무도 보지 않는 곳으로 달아났어. 어리석은 행동이었다고 생각하지만 어쩔 수 없었어. 지금도 그때를 생각하면 가슴이 아파. 루 캐럴에게 그때의 복수를 할 수 있는 기회가 있다면, 언제라도 이용할 거야. 양심에 하나도 거리끼지 않고."

"아, 하지만 그건 기독교도답지 않은 일이야!" 스탭 부인은 자신 없는 목소리로 나무랐다.

"그럴지도 모르지만, 이런 마음을 감출 수가 없어. 존스 목사님이 말했는데, 인간에게는 선과 악이 대리석의 줄무늬처럼 공존하고 있대. 누구에게나 순수한 악만 있는 부분이 한두 줄씩 있는 법이라고. 루 캐럴은 내 안의 그런 악의 일부분이야, 틀림없이. 이미 오랫동안 그 여자를 보지도 못했고, 소문조차 듣지 못했어. 그 형편없는 남자 덴시 박스터와 결혼해서 다른 도시로 가버린 뒤로는. 내가 알 바 아니지만 이미 죽었는지도 모르지. 복수할 수 있는 기회는 이제 없을 것 같아. 하지만 내가 한 말 꼭 기억해 둬, 테오도시아. 기회만 있다면 난 할 거야."

마치 부인은 세계를 상대로 도전하는 듯이 거기서 말을 마쳤다. 그녀의 전에 없는 고백에, 스탭 부인은 어색하고 불안한 기분이 되어 얼른 화제를 바꾸었다.

3주일 뒤에 마치 부인은 새 집에 들어가서 살기 시작했다. '캐럴의 옛 저택'은 완전히 새로 태어나 훌륭하고 장려한 모습을 보여주고 있었다. 집을 구경하러 온 테오도시아 스탭은 감탄한 나머지 거의 무아지경에 빠졌다.

"멋진 집을 가지게 되었구나, 안나. 캐럴 부인의 집이었을 때도 멋지다고는 생각했지만, 이렇게 보니 그때하고는 비교가 안 돼. 아, 그러니까 생각이 났는데, 얘기해 줄 게 있어. 지난번에 그 사람 이름을 꺼냈을 때처럼 흥분하지 말고 들어줬으면 좋겠어. 지난번 너하고 만난 날 둘이서 루 캐럴에 대해 얘기했잖아? 그런데 그 다음날 시내에 쇼핑을 하러 갔는데, 놀랍게도 오리엔탈의 조엘 켄트 부인이 가게에 들어오지 않겠어? 거 왜 있잖아, 조엘 아주머니 말이야. 원래 이름은 세라 채플이라고 했던가? 남편과 오리엔탈에서 작은 여관을 하고 있는데 상당히 고생하고 있는 것 같았어. 아주머니는 캐럴 부인의 사촌동생인데, 정말이지 캐럴 집안 사람들, 친척간의 유대감이 별로 없는 모양이야! 어쨌든 조엘 아주머니와 서서 잠시 얘기를 나눴어. 여러 모로 고생하고 있다고 전부 다 얘기해주더라. 하기는 그 사람, 언제나 세상의 불행을 혼자 다 떠안고 있는 사람이긴 하지. 원래 불평만 하는 사람이지만, 그런데 이번 것은 새로운 얘기야. 안나 마치, 넌 어떻게 생각하니? 루 캐럴, 아니 박스터 부인이라 해야 하나? 그 박스터 부인이 오리엔탈 조엘 켄트의 여관에 있는데, 폐병으로 다 죽어간대. 적어도 조엘 아주머니는 그렇게 말했어."

"루 캐럴이 오리엔탈에서 죽어가고 있다고!" 마치 부인은 비명을 질렀다.

"그래. 한 달쯤 전에 어디선가 나타났는데, 틀림없이 구름 사이에서 떨어졌을 거라고 조엘 아주머니가 말했어. 그렇게밖에는 생각할 수가 없대. 남편은 벌써 죽었고. 뭐 죽기 전에 마지막까지 마누라를 부려먹을 대로 실컷 부려먹었겠지. 그녀는 두 번째로 떠낸 크림처럼 흐물흐물해 가지고 이곳에 오던 중이었대. 조엘 아주머니가 말한 바로는 그래. 하지만 오리엔탈에 도착했을 때는 이미 한 발짝도 걸을 수 없을 정도로 쇠약해져 있어서, 켄트 부인 부부는 자신들의 집에 머무르게 할 수밖에 없었대. 조엘 아주머니의 얘기로는 머리도 약간 이상해졌는지 무슨 일이 있어도 이곳에 오고 싶어 한다는 거야, 바로 여기, 이 집 말이야. 아직도 이곳이 자기네 집이고, 모든 것이 옛날 그대로 있을 거라고 생각하는 눈치래. 그 몸으로는 혼자 움직이지도 못할 건 뻔한 일이고, 조엘 아주머니가 그러도록 내버려 두지도 않지. 그건 그렇고! 아주머니는 할 일이 태산인데, 여관에 병자가 있어봤자 아무 도움도 되지 않을 것 아냐? 안나, 넌 손가락 하나 까딱하지 않고 복수한 거야. 루 캐럴이 그렇게까지 전락한 모습을 생각해봐!"

이튿날은 뼈 속까지 냉기가 스며드는 듯한 추운 날이었다. 사방으로 가지를 뻗고 있는 벌거벗은 나무들이 갑작스럽게 불어온 강풍에 이리저리 흔들리며 몸부림치고 있었다. 이따금 옆으로 들이치는 비가 모든 창문을 쏴아 하며 훑었다. 마치 부인은 부르르 몸을 떨며 바깥을 내다보았다. 그러고는 고개를 설레설레 저으며 아늑한 난롯가로 돌아왔다. 곧 앞문을 똑똑 두드리는 낮은 소리가 들리는 것 같아, 일어나서 나갔다. 문을 열자, 눅눅하고 음산한 바람이 소용돌이를 그리며 들이쳤다. 웅크린 사람 하나가 현관에 서있는 그리스풍으로 세로홈이 새겨진 기둥에 몸을 기대고 있는데, 마치 미친 듯 불어오는 강풍에 간신히 몸을 버티려고 안간힘을 쓰고 있는 것처럼 보였다. 여자였다. 마치 부인을 올려다보는 얼굴이 연민을 불러일으킬 정도로 앙상하게 여위어 있었다.

"절 모르실 거예요. 당연해요. 전 박스터라고 해요. 전, 전, 오래 전에 이 집에서 살았어요. 오늘, 그리운 집을 한번 보고 싶어서 이렇게 찾아왔어요." 그 말투는 위엄을 유지하려고 힘겹게 싸우고 있는 것 같았다.

갑자기 기침이 나와 말이 중단되었다. 여자는 나뭇잎처럼 떨고 있었다.

"오, 저런!" 마치 부인은 놀라서 말을 잊지 못했다. "설마 오리엔탈에서 여기까지 내내 걸어온 건 아니겠지, 병자가? 자, 어서 안으로 들어와요, 어서! 이렇게 흠뻑 젖어가지고!"

그녀는 손님을 가만히 현관에 들여 거실로 데리고 갔다.

"앉아요. 이 커다란 안락의자를 좀더 불 가까이 끌어놓고, 됐어요. 모자와 숄을 이리 주세요. 곧 한나에게 뭐든 따뜻한 음료를 준비하게 할 테니까."

"고마워요." 기어들어가는 듯한 목소리였다. "모르는 사람한테. 하지만 부인은 내가 어린 시절에 알고 있던 부인과 꼭 닮았군요. 베넷 부인이라고 하는데, 딸이 하나 있었어요. 안나라는 딸. 그 사람 지금 어디서 살고 있는지 혹시 아세요? 전 잊어버렸어요. 정말 이젠 모든 걸 잊어버리고 말았어요."

"난 마치라고 해요." 선선하게 자기를 소개하는 마치 부인. 질문에 대답하는 것은 피했다. "처음 듣는 이름이죠?"

그녀는 자신의 따뜻한 숄을 벗어 상대의 여원 어깨에 감싸주었다.

그리고 바쁘게 부엌으로 사라지더니 이내 돌아왔다. 들고 온 쟁반에 식사와 뜨거운 우유가 담겨 있었다. 작은 테이블을 손님 바로 옆에 끌어당겨 놓고, 따뜻하고 친절하게 말을 걸었다.

"자, 한 입 들어보세요. 이 산딸기 시럽을 마시면 몸이 따뜻하게 녹을 거예요. 이런 끔찍한 날씨에 밖에 나오는 건 애당초 무리였어요. 왜 조엘 켄트에게 데려다 달라고 하지 않았어요?"

"몰래 나왔어요." 박스터 부인은 불안한 듯 목소리를 낮췄다. "전, 전, 도망 나왔어요. 세라가 알면 절대로 나가지 못하게 할 거거든요. 하지만 무슨 일이 있어도 이곳에 꼭 오고 싶었어요. 돌아와서 정말 기뻐요."

마치 부인은 손님이 먹고 마시는 것을 가만히 지켜보고 있었다. 그녀의 머리, 아니면 기억이 이상해졌다는 것은 한눈에 알 수 있었다. 이곳은 이제 자신의 집이 아니라는 것을 모르고 있는 눈치였다. 이따금 옛날의 자신으로 돌아간 것으로 착각하기도 했다. 그리고 몇 번인가는 마치 부인을 '어머니'라고 부르기도 했다.

잠시 뒤 현관문을 세게 두드리는 소리가 났다. 마치 부인은 손님에게 눈인사를 한 뒤 현관으로 나갔다. 현관에 서있는 것은 테오도시아 스탭과 또 한 사람, 얼른 봐서는 누구인지 알 수 없는 여자——키가 크고 드세어 보이는 여자가, 날카로운 검은 눈에서 뿜어 나오는 시선을 마치 부인의 어깨너머 집안을 향해 던지며, 순식간에 현관홀을 구석구석 탐색했다.

"정말이지, 휴우!" 얼어붙는 듯한 차가운 바람을 피해 안으로 들어오면서 스탭 부인이 심호흡을 토해냈다. "숨이 끊어질 것 같아. 이쪽은 마치 부인, 소개할게, 켄트 부인이야. 둘이서 박스터 부인을 찾고 있어. 달아났는데 혹시 이 집에 온 게 아닐까 해서, 어때, 왔어?"

"그 사람 지금 거실에 있어." 마치 부인이 조용히 대답했다.

"거봐요, 내 그럴 줄 알았다니까!" 켄트 부인이 스탭 부인 쪽으로 돌아섰다. 마치 부인의 신경을 건드리는 강하고 새된 목소리였다. "그 사람한테는 두 손 두 발 다 들었어! 아침에 내가 부엌에서 바쁘게 일하고 있는 사이에 빠져나간 거예요. 그 몸으로 이런 바람 속을 10킬로미터나 걸어오다니, 기운도 좋지! 자기는 큰 소리 치고 있지만, 사실은 자기 병에 대해 반도 모르고 있는 거예요. 그건 그렇고, 우린 마차를 타고 왔어요, 마치 부인. 그 사람에게 데리러 온 것을 전해주시면 고맙겠어요. 여기서 한바탕 소동이 벌어질 건 각오하고 있으니까."

"소동을 벌일 것 뭐 있겠어요? 그 가엾은 사람은 이제 방금 도착했을 뿐인 데다 자기 집에 돌아온 것으로 생각하고 있어요. 여기가 마음이 편하다면, 내내 그렇게 생각하게 두죠 뭐. 켄트 부인, 그 사람을 이곳에 두고 가셔도 괜찮아요." 마치 부인이 단호하게 말했다.

테오도시아는 놀라움을 억누르듯 숨을 삼켰고, 마치 부인은 침착하게 얘기를 계속했다.

"내가 그 가엾은 사람을 돌봐주겠어요, 필요할 때까지. 하지만 내가 보기에는 그렇게 오래는 아닐 것 같군요. '죽을상'이라는 것이 있다고 한다면, 바로 그 사람에게서 그것을 읽을 수 있겠더군요. 그 사람을 보살펴주고 평화롭게 지내게 해줄 정도의 시간은 나에게도 충분히 있어요."

조엘 켄트 부인은 고마워하며 인사를 푸짐하게 늘어놓았다. 병든 여자를 떼어놓을 수 있어서 무척 좋아하고 있는 것이 훤히 들여다보였다. 틈을 보아 마치 부인이 차라도 한잔 하겠느냐고 권했지만 켄트 부인은 거절했다.

"빨리 돌아가지 않으면 안 돼요. 손님들이 저녁식사를 기다리고 있어서요. 그 여자에게 정말 얼마나 시달렸는지! 이 댁에서 거둬주시겠다니 얼마나 고마운 일이지 모르겠군요. 그 사람은 이곳 말고는 아무데도 가고 싶어 하지 않았어요. 짐이 약간 있는데 내일 보내 드리겠어요."

켄트 부인이 돌아간 뒤, 마치 부인과 스탭 부인은 서로 얼굴을 마주보았다.

"그러니까 이것이 너의 복수라는 거니, 안나 마치? 너, 네가 그 사람에 대해 말한 것 기억하고 있어?" 진지한 목소리로 스탭 부인이 말했다.

"기억하고말고, 테오도시아. 한 마디도 거짓이 아니었어. 그런데 내 안의 악의 줄무늬가 달아나버리고 만 거야. 하필이면 그걸 기대하고 있을 때. 게다가 말이야, 지금까지 오랫동안, 난 루 캐럴을 옛날 그대로로 생각하고 있었잖아? 당당하고 건방지고 자만심 높은 여자로 말이야. 그런 점에서 보면, 저 방에 있는 가엾은 여자는 전혀 내가 알고 있던 루가 아니야. 조금도 닮지 않았어. 옛날의 루 캐럴은 벌써 죽어버린 거야, 내 원한을 길동무 삼아 데리고. 잠깐 들어가서 만나보고 갈래?"

"그래. 아니, 아니야, 아무래도 지금은 그만두는 게 좋겠어. 날 알아보지도 못할 것이고, 조엘 아주머니 말로는 모르는 사람을 보면 신경이 날카로워진다니까. 그러니까 결국 여관 같은 장소는 별로 좋지 않았던 거지. 아, 어서 집에 돌아가서 피터에게 얘기해 줘야지. 나중에 검은 구스베리 잼을 보내줄게. 그녀에게 먹여."

스탭 부인이 돌아가자 마치 부인은 다시 손님에게 돌아갔다. 루 박스터는 의자 등받이의 부드러운 비로드를 베개 삼아 깊이 잠들어 있었다. 열 때문에 홍조를 띠고 있는 그 홀쭉한 뺨과 완전히 빛을 잃은 이목구비를 바라보는 마치 부인의 갈색 눈에 어느새 눈물이 맺혀 있었다.

"가엾은 루." 잠자는 여인의 이마에 흐트러진 잿빛 머리카락을 쓸어 올리며, 부인은 조용히 중얼거렸다.

For a Dream's Sake

그녀의 환상을 위해

"어젯밤부터 내 머리의 나사가 조금 풀린 것 같아." 길로이 그레이는 말했다.

그는 수업을 마치자마자 학교에서 나는 듯 돌아왔다. 어젯밤 일이 꿈이 아니었다는 것……. 지난 몇 년 동안 이루어질 수 없는 희망을 품고 일편단심 마음을 바쳐온 끝에, 마침내 비아가 결혼을 약속해준 것을 다시 한번 확인하기 위해.

꿈은 아니었다. 그녀는 장미원에서 그를 맞이하며, 키스를 재촉하듯 그를 향해 입술을 내밀었다. 그리고 다시 조용히 포푸리를 만들 장미꽃잎을 따는 일로 돌아갔다. 아직도 해마다 여름이면 비아는 포푸리를 만들었다. 그녀에게는 그것이 연례행사처럼 되어있었다. 요즘의 젊은 세대는 포푸리 같은 건 처다보지도 않는다. 아가씨들은 탐스럽게 핀 장미를 마구 꺾어서는 마르면 가차 없이 내다버린다.

비아의 발밑에는 바구니가 있었다. 반쯤 기울어져서, 풀 위에 분홍과 하양과 진홍빛의 색깔로 향기로운 꽃잎들이 쏟아져 나와 사랑스러운 작은 연못을 이루고 있었다. 그녀는 상당히 긴 엷은 푸른색

드레스를 입고 있었다. 길로이는 다시 긴 드레스가 유행하기 시작한 것이 흐뭇했다. 그것은 비아에게 썩 잘 어울렸다. 짧은 것은 조금도 어울리지 않지만. 정원을 가꿀 때 쓰는 모자에 의해 그늘이 진, 그녀의 많지 않은 잔주름과 약간의 슬픔을 띤 분위기 있는 얼굴에 그는 새삼 감동을 느꼈다. 그녀에게는 일종의 창백한 빛을 내뿜는 듯한 아름다움이 있었다……. 저녁하늘에 깜박이는 첫 번째 별의 아름다움이라고 할까, 새벽빛을 받아 빛나는 하얀 봉우리의 아름다움이라고 할까. 이제 젊다고 할 수는 없지만, 그녀가 방에 들어오면, 그 자리에 있던 다른 여자들은 당장 개성이 없고 평범하기 짝이 없는 존재가 되고 마는 것이다. 그녀는 평소부터 차분하고 우아하며, 또 조금은 냉랭했다. 친한 친구는 많지 않았다. 하지만 정말로 친한 사람들은 언제나 변함없이 그녀에게 충실했다. 그녀는 초연한 가운데서도 사람을 사로잡고 놓아주지 않는 불가사의한 매력을 갖고 있었다.

길로이는 도대체 왜 그녀가 좋은 건지, 바꿔 말하면, 왜 자신이 그녀한테서 이토록 매료되었는지 알 수가 없었다. 하지만 처음 만났을 때부터 내내 그래왔다. 그리고 이제야 가까스로 그녀가 그의 것이 되었다, 물론 조건부이기는 하지만.

그는 그 조건을 받아들였다. 이해하고 있었다. 그녀가 다 얘기해주었다, 남아있는 사랑밖에 줄 수 없다고. 그는 그것으로 만족하는 수밖에 없었다. 전부터도 대강 알고 있었는데, 그녀가 전날 밤에 모든 것을 얘기해주었다.

비아는 열일곱 소녀 시절에 모리스 티즈데일과 사랑에 빠졌다. 그녀는 그에 대해 많은 얘기는 하지 않았지만, 길로이가 모리스에 대해 상상하는 인상은, 몸이 마르고 로맨틱한 몽상가이며, 일하는 것보다 시를 읽는 것을 좋아했을 거라는 정도였다. 물론 비아는 그런 말은 없었지만. 그런데 성격이 불 같은 곤충학자인 비아의 아버지가 모리스를 쫓아버리고 만 것이다.

"아버지는 도무지 그를 마음에 들어 하지 않으셨어요. 메이비 집안의 자존심 때문이었죠. 모리스는 가난했어요. 난 마음만 먹으면 그를 따라 갈 수 있었어요……. 메이비 집안의 자존심, 티즈데일의 가난 같은 건 나에게는 아무래도 상관없는 일이었죠. 하지만 어머니를 두고 갈 수는 없었어요. 중병에 걸려 있었거든요. 모리스는 서부로 가버렸고, 우리는 편지를 주고받았어요. 그가…… 그가 죽었다는 소식이 올 때까지 내내. 지질조사단 일행과 산에 들어가서…… 길을 잃어…… 그 길로 행방불명이 되어버린 거죠. 나에게는 남들과 같은 평범한 인생은 끝난 것이나 마찬가지였어요……. 그 뒤로는 누구에게 마음을 준 적이 한번도 없었어요……. 그런 식으로는…… 앞으로도 아마 없을 거예요. 당신은 물론 사랑하고 있어요, 길로이. 나와 결혼함으로써 당신이 행복해질 수 있다면 결혼해도 좋아요. 다만…… 난 당신한테 있는 그대로 솔직하게 말하지 않으면 안 될 것 같아요, 길로이……. 나는 영원히 모리스의 것이에요. 이 꿈을 깨뜨리는 건 나에게는 불가능한 일이에요. 정말 오랫동안 내 삶의 일부였어요. 그를 배신하면 그에게, 죄를 짓는 것 같아요. 그는 나를 사랑한 채 죽어버렸으니까요."

길로이는 모든 것을 받아들이고, 그 일에 대해 다시는 거론하지 않기로 했다. 그는 다른 여성의 마음을 송두리째 얻는 것보다 반쪽이라도 좋으니 비아의 마음을 갖고 싶었다.

"간밤의 일은 내 공상이었던 게 아닌가 하고 하루 종일 반신반의했소. 자, 이제 장미 같은 건 내버려 두고, 이쪽으로 와요……. 한 시간밖에 없소. 당신과의 시간은 1분도 아까워." 그가 말했다.

"하지만 난 그 한 시간의 반밖에 함께 있을 수 없는걸요." 비아가 웃으면서 말했다. "아버지가 새로 잡아온 귀여운 곤충들을 분류하는 걸 도와드려야 해요. 아버지가 어찌나 흥분하시는지 귀여울 정도라니까요. 난 그 친구들에게는 이제 좀 싫증이 나는 것 같아요. 사실은…… 당신과 함께 있는 게 좋아요, 진심으로."

그 반시간이 지나, 비아는 메이비 교수와 그의 곤충들을 위해 집 안으로 들어가 버렸다. 그러자 길로이도 뜰에서 나와 메이비 집안의 오래된 저택 맞은편으로 작은 공원을 가로지르는 지름길에 들어서서, 잠시 더 비아에 대한 생각에 잠기기 위해 벤치에 앉았다. 언제쯤 그녀의 마음을 완전히 차지할 수 있을지, 자신의 아내가 꿈의 포로가 아니라고 생각할 수 있는 날이 과연 찾아올 것인지. 꿈, 다른 남자를 향한 꿈……. 이미 죽은, 더구나 젊어서 죽어 언제까지나 젊고 로맨틱하고 매력적인 사람으로 남아, 젊음을 잃어가고 있는 중년의 길로이와는 대조적인 남자. 행복한 마음 한편으로 길로이는 한숨을 내쉬었다. 하지만 그는 이 세상에 완전한 것은 존재할 수 없다는 걸 알 만한 인생경험이 있었다.

"이렇게 더워서야 어디 견디겠습니까?" 당신을 이해합니다, 하고 말하는 듯, 벤치 저쪽 끝에 앉아 있던 남자가 말을 걸어왔다.

길로이는 약간 놀랐다. 그 남자가 오는 것을 전혀 보지 못했던 것이다. 탄탄한 체격에 비교적 평범해 보이는 남자로, 비교적 눈에 띄는 옷에 무척 기묘하고 세련되지 못한 넥타이를 하고 있었다. 남자가 이마의 땀을 닦기 위해 모자를 벗었다. 대머리였다. 붉은 얼굴에 눈은 벌겋게 충혈되고 부은 듯이 보였다.

"누구든 옛날에 알던 사람의 집이라도 찾아볼까 하고 아까부터 이 작은 마을을 돌아다니고 있습죠. 나는 이 마을에서 태어나고 자랐는데, 이곳을 떠난 지 벌써 16년이 되는군요. 그런데 옛날의 친구들은 한 사람도 없는 것 같아요."

"그것…… 참 안됐군요." 길로이는 얼 빠진 사람처럼 말했다. 왠지 이 남자와 얘기하고 싶지 않았다.

"지금의 내 모습을 보고 아마 다들 뒤로 나자빠졌을 텐데." 남자
는 히죽 웃었다. 그리고 잠시 뜸을 들이며 담배에 불을 붙였다. 새
끼손가락에는 터무니없이 큰 다이아몬드가 작은 태양처럼 번쩍이고
있었다……. 손톱은 깔끔하게 손질이 잘 되어 있다고는 말할 수 없
었다. "이 마을 사람들은 모두 내가 이미 죽은 것으로 알고 있습니
다."

"아, 그래요?"

"예. 난 서부에 잠시 있으면서 지질조사단과 함께 여행을 떠났다
가 길을 잃었어요. 인가를 발견할 때까지 말할 수 없는 고생을 했
지요. 모두들 나를 이미 이 세상에 없는 사람으로 간주하고 있었
으니까요. 뭐 기왕 그렇게 됐다면 계속 그렇게 생각하게 내버려두
자 했죠. 여러 가지 사정도 좀 있었어요. 여자 문제도 있었고…
…. 흐흐, 아시죠? 다른 곳에 가서 부동산 장사를 시작했지요.
이게 뜻밖에 성공해서…… 지금의 내가 이곳을 떠났을 때의 가난
뱅이 풋내기가 아닌 건 틀림없는 사실입니다. 사람들은 티즈데일
집안 사람들은 모두 호주머니에 구멍이 뚫려 있다고들 했는데, 이
제 내 주머니의 구멍은 확실하게 막아버렸죠, 과장이 아니라."

길로이는 어안이 벙벙한 채 앉아있었다. 만약 입을 열지 않으면
목숨이 왔다 갔다 한다 해도 그는 외마디 소리도 지를 수 없었으리
라. 이 자는 모리스 티즈데일이다……, 이 자가!

"마누라와 새끼들을 데리고 마누라의 친척을 만나러 동부로 가는
중인데, 아, 마누라가 옛날 친구를 만나고 싶다며 트렌트빌에서
내리겠다고 하지 뭡니까? 그래서 그렇다면 나는 이 마을이나 한
번 찾아가 봐야겠다 하고 생각했지요. 마누라하고는 6시 15분 기
차에서 만나기로 약속하고. 하지만 일부러 찾아온 보람이 없는 것
같군요. 옛날에 나를 알고 있던 사람은 하나도 만나지 못했고, 술
한 잔 마실 만한 집도 보이지 않군요."

그래도 길로이는 여전히 묵묵부답이었다. 무슨 할 말이 있으랴? 모리스 티즈데일은 다시 얼굴의 땀을 닦았다.

"아참, 그렇지! 내가 이 근처에 있었을 때, 곤충을 수집하는 한 영감이 저쪽 길에 살고 있었는데…… 메이비 교수라나 뭐라나, 무척 괴팍한 사람이었어요. 맨날 벌레만 쳐다보다가 머리가 이상해진 게지. 그래도 딸이 하나 있었는데, 그 아가씨도 어딘가 좀 이상했어요……. 너무 말라깽이라서…… 우산보다 나을 것도 없는 외모였지요. 그 무렵에 우린 서로에게 제법 빠져있었어요. 난 그리 진지하지는 않았지만, 그 아가씨의 얼굴을 쳐다봐주는 정도야 어렵지 않았고, 남자에게는 적당한 심심풀이는 필요한 거니까요. 둘이서 시를 읽기도 했어요. 아, 그래, 맞아요, 그 아가씨는 시를 직접 쓰기도 했어요, 정말이에요. 그걸 나에게 읽어주었지요. 그러다가 곤충박사 아버지가 알고 노발대발해서……. 그 집 사람들, 쥐뿔도 없이 자존심만 높아가지고, 나를 마구 홀대해서 쫓아내더군요……. 그 모습을 봤어야 하는데." 모리스는 얘기를 잠시 멈추고, 메이비 교수가 그를 쫓아내던 장면을 흉내 내어 보였다. 그 흉내가 하도 그럴듯해서, 얼어붙어 있던 길로이도 하마터면 웃음을 터뜨릴 뻔했다. 이 남자 흉내내기 대회에 나가도 되겠군.

"난 제법 괴로워하는 척했어요, 비아를 떼어놓기 위해서. 아무튼 깨끗하게 관계를 끊을 수 있어서 다행이었지. 서부에 간 뒤에도 한동안 편지를 주고받았는데, 내가 그렇게 때맞춰 죽은 사람이 되어버리는 바람에……. 그건 나에게 뜻밖의 행운이 된 셈이지요. 혹시 비아가 어떻게 되었는지 아시오? 벌써 결혼한 지 한참 되었을 텐데. 나처럼 살도 찌고 말이오."

"아니, 그 사람은 결혼하지 않았어요." 길로이가 대답했다.

"으응? 야아, 정말 놀라……, 아니 잠깐, 그럴 수 있을지도 모

르지. 그 아가씨는 남자들한테 썩 인기가 있는 편은 아니었어. 그
래, 어쨌든 이젠 그리 젊지도 않으니 틀림없이 시집을 못 가고 있
는 거겠지. 그 사람들, 아직 거기서 살고 있어요?"

"그렇소만."

"그럼, 어디 한번 그녀나 만나러 가볼까? 아직 시간도 남았는데.
또 나도 이제 어엿한 처자가 있는 몸이니, 메이비 영감도 딸이 나
하고 도망칠까봐 걱정할 일도 없을 거고."

한 순간 길로이는 주저했다. 가게 해도 되는 걸까? 비아가 이 남
자를, 바로 이런 남자를 만난다면……. 정말 그렇게 된다면, 나 길
로이는 비아와 함께 걸어갈 앞으로의 인생 동안 내내 이 자의 망령
과 함께 그녀를 나눠가지지 않으면 안 될지도 모른다. 지금은 그 족
쇄에서 자유로워질 수 있지 않은가? 그녀가 지금의 모리스 티즈데
일을 보면, 그 순간의 굴욕감 때문에 지금까지 품어온 그 꿈은 산산
조각이 나서 부서지고 말 것이다. 그리고 길로이는 연적한테서 해방
되는 것이다.

하지만…… 그녀는 어떻게 될까? 그녀에게 꿈이 사라지면, 그녀
의 매력 가운데 그 어떤 무언가도 함께 사라지는 게 아닐까? 흙탕
물을 뒤집어쓰고 상처 입은 여자로만 남아서, 그 기품 있는 초연한
태도와 몸가짐, 그 신비롭기까지 한 냉정함이 모두 더럽혀져서 구경
거리가 되고 말 것이다. 어떻게 그런 잔인한 결단을 내릴 수 있으
랴?

"아마 가도 소용없을 겁니다. 지금 메이비 씨 집에는 아무도 없습
니다……. 누군가를 방문한다고 외출하는 것 같더군요." 그는 조용
히 말했다.

모리스 티즈데일은 둥그렇게 살찐 어깨를 으쓱 치켜 올렸다.

"그렇다면 하는 수 없지요. 뭐, 차라리 그게 나아요. 비아 같은
여자는 끔찍하게 말라비틀어진 노처녀가 되어 있기 쉬우니까. 게

다가 뭔가 한 가지 생각에만 집착하는 여자였고. 자고 있는 아기는 깨우지 않는 게 상책이지요. 이제 슬슬 호텔에 돌아가서 기차나 기다려야겠군. 이렇게 더워서야 원! 돌아다니는 것도 고역이야."

길로이는 그 자가 보이지 않을 때까지 그 뒷모습을 꼼짝 않고 응시하고 있었다……. 비아 메이비의 마음속 가장 깊은 곳에서 아직도 영향력을 발휘하고 있는 그 너저분한 얼간이를. 그는 웃었다……. 약간은 씁쓸하게, 그러나 후회의 빛은 없이.

'이것으로 그녀의 환상이 깨지지 않도록 지켜줄 수 있게 됐군.' 그는 생각했다.

The Setness of Theodosia
테오도시아의 고집

테오도시아 포드와 웨슬리 브룩은 3년의 교제 끝에 결혼에 골인했다. 모든 친척들이 기뻐했다. 이 두 사람에게는 구애고 결혼이고 특별히 로맨틱한 데는 없었다. 웨슬리는 성실하고 선량한 사람, 굳이 말하자면 둔하다고도 할 수 있는 남자로, 사는 형편도 그런대로 괜찮은 편이었다. 빈말로라도 그는 미남이라고는 할 수 없는 얼굴인 데 비해 테오도시아는 대단한 미인으로, 우유처럼 뽀얗고 혈색 좋은 피부에 파란 청자 빛깔을 띤 눈을 하고 있었다. 성모 마리아를 연상시키는 부드러운 외모에 상냥한 성격으로 더 유명했다. 헤저튼 마을 사람들의 말을 빌리면, 웨슬리의 형 어빙 브룩은 말썽만 일으키는 여자와 결혼해버렸지만, 웨슬리와 테오도시아는 그런 걱정은 할 필요가 없었다. 이 두 사람이라면 틀림없이 잘 살 수 있을 것으로 보였다.

오직 한 사람, 짐 팜리 영감만은 고개를 가로저으며 말했다.

"그 두 사람은 잘 살 수 있을지도 몰라. 하지만 그렇지 않을 수도 있지."

영감은 알고 있었던 것이다, 그 두 사람의 혈통을. 그리고 그 일족에게는 전혀 예측할 수 없는 면이 있다는 것을.

웨슬리와 테오도시아는 4대를 거슬러 올라가면 같은 조상에 이르는 친척 사이였다. 즉 헨리 포드는 두 사람 모두에게 할아버지의 할아버지에 해당하는 인물이었다. 지금은 나이 구십을 헤아리는 짐 팜리가 어렸을 때, 그 먼 옛날의 조상은 정정하게 살아있었다.

"그 양반에 대해서는 잘 기억하고 있지." 테오도시아의 결혼식날 아침 짐은 그렇게 말했다. 사람들이 대장간에 모여 있었는데 짐이 그 중심인물이었다. 통통하게 살이 쪘고 눈빛도 아직 살아있어서, 구십의 고령에도 불구하고 아직 정정하고 보기좋은 안색을 유지하고 있었다.

"암!" 그가 얘기를 계속했다. "세상에 그런 옹고집은 좀처럼 볼 수도 없지만, 보고 싶지도 않아. 헨리 영감이 한번 결정했다 하면, 설사 태풍이 몰려와도 그 사람을 한 발짝도 움직이게 할 수 없었으니까. 아니지, 지진도 소용없었을걸. 자기 고집 때문에 어떤 곤경에 처하더라도 꿈쩍도 하지 않지. 그래서 자기 가슴에 못이 박혀도 끝까지 자기 고집대로 하고 마니까. 헨리 영감의 고집에 얽힌 얘기와 소문은 얘기하자면 끝이 없어. 다른 사람들은 영감만큼 지독하지는 않았지, 톰 말고는. 톰은 테오도시아의 증조부에 해당하는 사람인데, 글자 그대로 헨리의 후예였어. 그때부터 그 집에서는 이따금 헨리 영감의 기질이 불쑥불쑥 고개를 쳐들 때가 있어. 대대로 한 사람 한 사람을 보면 알 수 있는 일이지. 테오도시아에게 그런 기미가 전혀 없느냐 하면, 글쎄, 그거야 모르는 일 아니겠어? 같은 혈통이라도 웨슬리 브룩에게는 그런 기질은 없을 거야."

불길한 예언을 하는 사람은 짐 영감뿐이었다. 늦가을의 포근한 날씨, 황금의 결실 속에서 웨슬리와 테오도시아는 결혼식을 올린 뒤, 아담하고 쾌적한 작은 농장에 살림을 차렸다. 테오도시아가 아름다운 신부여서, 웨슬리가 그녀로 인해 콧대가 높아진 것은 미소가 절로 나올 정도로 명백해 보였다. 그의 입장에서는 그녀에게 아무리 아름다운 것을 선물한다 해도 아까울 게 없을 거라고 헤저튼 사람들은 입을 모았다. 일요일에 교회 통로를 의기양양하게 전진하는 그의 모습을 보면 노인들까지 젊은 시절로 되돌아가는 기분이었다. 보란 듯이 번쩍이는 신랑의 예복을 차려입고, 검은 곱슬머리를 높이 쳐들고, 동글동글한 동안(童顔)을 행복으로 빛내면서. 그는 자신의 가족석 앞에서 걸음을 멈추고, 자랑스럽게 테오도시아를 자리에 앉혀주었다.

그들은 항상 넓은 가족석에 둘만 앉아있었다. 바로 뒷자리의 앨머 스펜서가, "예배하는 동안 내내 손을 잡고 있었어, 정말 못 말리겠다니까" 하고 말했을 정도다. 이런 분위기가 봄까지 계속되다가 그 대소동과 분쟁이 터진 것이다. 예의범절을 까다롭게 따지는 헤저튼에서는, 옛날 아이작 알렌이 센터빌 축제에서 술에 취해 돌아와 아내를 발로 걷어찬 이래 지금까지 비교적 잠잠했는데.

4월 초순의 어느 날 밤, 웨슬리는 늘 친구들과 모여서 정치와 농사일에 대해 토론하는 '길모퉁이' 가게에서 집으로 돌아왔다. 그날 밤에는 전에 없이 늦어져서, 테오도시아는 저녁식사가 식을까봐 마음을 졸이면서 기다리고 있었다. 돌아온 남편을 현관에서 맞이하면서 키스를 했다. 그도 키스로 답례하고, 아내의 반짝이는 머리를 어깨에 얹고 잠시 포옹했다. 남쪽 목초지의 늪에서 개구리가 울고 있었다. 나무들이 울창하게 자란 헤저튼의 언덕 위에 떠오르는 은빛 달의 그 교교한 빛. 훗날까지 테오도시아는 늘 이때의 일을 떠올렸다.

집 안으로 들어가자 웨슬리는 몹시 흥분한 기색으로 가게에서 들은 얘기를 하기 시작했다. 오그덴 그린과 톰 케리가 지금의 농장을 팔고 매니토바 주로 이사를 간다고 하는데 그곳에는 남자에게는 훨씬 좋은 기회가 널려 있다는 얘기였다. 헤저튼에 있으면 평생 몸이 부서져라 일만 해야 하고 그래 봤자 입에 풀칠하는 것이 고작인데 그곳 서부에서는 부자가 될 수 있을지도 모른다는 얘기를 늘어놓았다.

웨슬리는 이런 식으로, 그린과 케리한테서 이것저것 들은 얘기를 되풀이하며 한참동안 얘기를 계속했다. 안 그래도 틈만 나면 헤저튼에 있으면 성공할 기회가 한정되어 있다고 불평하곤 했다. 그런데 지금 눈앞에 매력적인 미래의 전망과 함께, 위대한 서부가 펼쳐진 것이다. 오그덴과 톰이 자기에게 함께 가자고 했다고 그는 말했다. 그의 마음은 벌써 반쯤 그쪽으로 기울고 있었다. 원래 헤저튼은 진흙탕에 꽂힌 나무토막 같은 곳이므로.

"어떻게 생각해, 테오도시아?"

그는 테이블 너머로 아내를 바라보았다. 반짝이는 눈으로 대답을 기다리면서. 테오도시아는 잠자코 듣고 있었다. 남편에게 차를 따라주고, 갓 구운 바삭한 비스킷을 내놓는 테오도시아의 미간에 희미한 세로주름이 새겨졌다.

"오그덴과 톰은 바보로군요. 지금도 좋은 농장이 있는데 왜 서부 같은 곳엘 가고 싶어 하는 걸까요? 그 사람들도 당신도 쓸데없는 생각은 하지 않는 게 좋을 것 같아요, 웨슬리." 그녀는 딱 잘라 말했다.

얼굴이 붉어진 웨슬리는 애써 가벼운 말투를 가장했다.

"함께 가주지 않겠어, 테오도시아?"

"난 안 가요." 테오도시아는 침착하고 부드러운 목소리로 대답했다. 표정은 고요했지만 희미했던 미간의 주름이 더 깊어져 있었다. 짐 팜리 영감이라면 그것이 무엇을 의미하는지 알았으리라. 그는 헨리 포드의 얼굴에서 이런 표정을 몇 번이나 보았으니까.

웨슬리는 대범한 듯이 웃었다. 마치 어린 아이라도 상대하고 있는 것처럼. 그리고 갑자기 서부로 가야겠다는 결심을 굳혔다. 테오도시아를 어떻게든 설득할 자신이 있었다. 오늘은 이쯤에서 그만두기로 하자. 웨슬리는 자기가 여자의 마음을 잘 다룰 줄 안다고 생각했다.

이틀이 지나 그가 그 얘기를 다시 꺼내자, 테오도시아는 "얘기해도 소용없어요" 하고 딱 부러지게 대답했다. 혜저튼과 모든 친구를 두고 초원으로 이사를 하는 건 무슨 일이 있어도 승낙할 수 없고, 그런 발상은 정말 말도 안 되게 어리석다고, 웨슬리도 곧 깨닫게 될 것이라고 했다.

이 모든 얘기를 테오도시아는 담담하고 부드럽게, 조금이라도 화를 내거나 짜증내지 않고 해치웠다. 웨슬리는 그래도 여전히 그녀를 설득할 수 있다고 믿었다. 그래서 2주일 동안 끈기 있게 노력해 보았다. 그 마지막 무렵에는, 그녀가 괜히 헨리 포드의 증증손녀가 아니라는 것을, 그도 새삼스럽게 알게 되었다.

테오도시아는 화를 내지도 않고 그를 비웃지도 않았다. 그의 설득과 간청에 충분히 진지하게 응했다. 하지만 무슨 일이 있어도 흔들리는 일은 없었다.

"매니토바에 간다면 웨슬리, 당신 혼자 가세요. 난 절대로 가지 않을 거예요. 그러니까 더 이상 얘기해도 소용없어요."

웨슬리 역시 헨리 포드 영감의 후손이었다. 테오도시아의 뜻밖의 반대는 그가 태어나면서부터 잠재되어 있던 모든 고집을 일깨웠다. 센터빌에 더욱 뻔질나게 드나들면서, 함께 서부로 가자고 제안한 장본인들, 그를 끌어들이기 위해서라면 모든 협조를 마다 않는 그린과 케리는 웨슬리의 열정이 식지 않도록 옆에서 부지런히 부채질을 했다.

이 일에 대한 추이는 물론 온 혜저튼의 소문거리가 되었다. 웨슬리 브룩이 '서부열'에 사로잡혀, 농장을 팔고 매니토바로 이사하고 싶어 하는데, 테오도시아가 반대하고 있다는 소문이었다. 테오도시아도 결국은 고집을 꺾겠지만, 그렇다 해도 웨슬리 브룩이 이곳에서 그나마 그 정도로 풍요롭게 살 수 있는 것에 만족하다니 한심하다는 등 의견이 분분했다.

테오도시아의 가족은 당연히 그녀의 편을 들어, 어떻게든 웨슬리를 단념시키려고 설득공세를 펼쳤다. 그러나 웨슬리는 반대에 직면했을 때 남자가 흔히 빠지기 쉬운, 무슨 일이 있어도 자기가 우위에 서야 한다는 생각 때문에 이제 주의주장은 아무래도 상관없이 오로지 무턱대고 우기는 아집의 노예가 되어 있었다.

어느 날 그는 최종적으로 가기로 결정했다고 테오도시아에게 알렸다. 그녀는 우물가의 커다란 버드나무 밑에 있는, 눈처럼 청결하고 아담한 착유장에서 버터를 만들고 있었다. 웨슬리는 착유장 문 앞에 서서, 그 넓은 어깨와 탄탄한 체구로 햇빛이 비치는 장소를 점령했다. 그리고 벌레라도 씹은 것처럼 찌푸린 얼굴에 고집불통 같은 말투로 통고했다.

"테오도시아, 난 2주일 뒤에 그 사람들하고 함께 서부로 가. 당신은 함께 가도 좋고 여기 남아 있어도 좋아. 어느 쪽이든 당신 하고 싶은 대로 해. 어쨌든 난 갈 거니까."

테오도시아는 말없이 금빛 버터 덩어리를 주걱으로 떠서 무명천 위로 옮기고 있었다. 그녀는 무척 단정하고 깔끔했다. 커다란 하얀 앞치마의 소매를 팔꿈치의 움푹한 곳까지 걷어 올리고 있고, 얼굴과 새하얀 목 주위에는 윤기 흐르는 머리카락이 소용돌이처럼 말려 있었다. 그녀는 그녀가 지금 만들고 있는 버터처럼 다루기 쉬워 보였다.

아내의 침묵은 남편을 화나게 했다. 그는 신경질적으로 발로 바닥을 찼다.

"이봐, 뭔가 할 말 없어, 테오도시아?"

"별로. 가기로 결정했으면 가세요. 하지만 난 가지 않아요. 서로 애기해봤자 달라질 게 아무것도 없어요. 우리 꽤 여러 번 같은 말을 되풀이했잖아요, 웨슬리? 이미 애기는 끝났어요."

그 순간까지 웨슬리는 자신의 결의를 눈으로 봤으니, 고집 센 아내도 결국 굽혀줄 거라고 믿고 있었다. 하지만 절대로 그렇게는 되지 않을 것임을 그는 이제야 똑똑히 깨달았다. 우유처럼 하얗고 여기저기가 사랑스러운 보조개처럼 살짝 패인 부드러운 피부와, 온화한 푸른 눈의 외모 속에, 망각의 저편으로 사라진 헨리 포드의 강철 같은 의지가 고스란히 그대로 들어 있었던 것이다. 다른 젊은 여자와 부인들에 비해 누구보다 화사하고 우아한 이 테오도시아는, 그가 아무리 애걸하고 남편의 권위를 휘둘러도, 완강하게 머리카락 한 올도 흐트리지 않았다.

불 같은 분노가 갑자기 남자를 엄습했다. 그는 손을 치켜들었다. 한 순간 테오도시아는 남편에게 따귀라도 한 대 맞는 줄 알았다. 다음 순간 그 손은 내려졌고, 대신 그의 입에서 처음으로 악담이 쏟아지기 시작했다. 목소리가 잠겨 있었다.

"잘 들어, 테오도시아! 절대로 같이 가지 못하겠다고 주장한다면, 나도 절대로 돌아오지 않아, 절대로! 아내의 의무를 다할 마음이 있다면 당신 쪽에서 오는 게 좋을 거야. 하지만 나는 이곳에는 두 번 다시 돌아오지 않아."

그는 발길을 돌려 성큼성큼 가버렸다. 테오도시아는 여전히 버터를 척척 이기고 있었다. 미간에는 또다시 희미한 세로주름. 그 순간 불길할 정도로 기묘하게, 그녀의 소녀 같은 얼굴이 거실 벽에 걸려 있는 증증조부의 옛 초상화와 겹쳐졌다.

2주일이 지났다. 웨슬리는 여전히 입을 닫은 채 저기압이었고, 그녀와는 가능한 한 말을 하지 않았다. 테오도시아는 평소와 다름없이 부드럽고 차분했다. 남편을 위해 여분의 셔츠와 양말을 준비하고, 도시락을 싸서 여행가방에 정성스럽게 짐을 꾸렸다. 그러나 남편의 여행에 대해서는 한 마디도 하지 않았다.

그는 농장을 팔지 않았다. 어빙 브룩이 빌리기로 했기 때문에 테오도시아는 그곳에서 계속 살 수 있었다. 거래는 지극히 간단해서, 곧 계약이 성립되었다.

헤저튼 사람들은 입에 침을 튀겨가며 논쟁에 열을 올렸다. 결론은 모두들 테오도시아가 나쁘다는 것이었다. 이젠 친척들까지 그녀의 편이 아니었다. 그들은 마을의 추문의 대상이 되는 것은 사양하고 싶으며, 웨슬리가 이미 가기로 결정한 이상, 아무리 가고 싶지 않더라도 따라가는 것이 옳다고 테오도시아를 간곡하게 설득했다. 남편을 따라가지 않고 도대체 어떻게 살 거냐는 것이었다. 하지만 완전히 소 귀에 경 읽기였다. 테오도시아는 지렛대로도 움직일 수 없을 것 같았다. 친척들은 권유하고 설득하고 비난하기도 했다. 하지만 결론은 이미 나있었다. 그들 가운데, 자기도 때로는 '고집불통'이 되는 사람조차, 평소에 그토록 유연한 그녀가 어째서 이렇게도 고집을 부리는지 이해할 수가 없었다. 웨슬리와 마찬가지로 까닭을 알지 못한 채 두 손을 들고 말았다. 그리고 언젠가 시간이 지나면 그녀도 제정신으로 돌아올 거라고 말했다. 그러니 저런 고집불통 벽창호는 가만히 내버려두는 수밖에 없다면서.

웨슬리가 떠나는 날 아침, 테오도시아는 새벽같이 일어나서 맛있는 아침밥을 준비했다. 웨슬리를 역까지 태워줄 어빙 브룩의 장남 스탠리가 일찍부터 작업용 급행마차를 가지고 와있었다. 웨슬리의 여행가방은 굵은 끈으로 묶어서 행선지를 쓴 표찰을 붙여 현관 뒤쪽의 바닥에 내놓았다. 묵묵히 아침식사를 마치자, 웨슬리는 모자를 쓰고 외투를 걸친 뒤, 테오도시아가 심은 나팔꽃 덩굴이 뻗어있는 문으로 갔다. 해는 아직 완전히 떠오르지 않아 서리 내린 풀 위에 나무들이 긴 그림자를 드리웠다. 뜰에서 그 앞의 클로버가 무성한 들판까지 담장을 따라 죽 서있는 오래된 단풍나무에서는 새벽이슬을 머금은 이파리가 흔들리고 있었다. 하늘은 어디를 봐도 구름 한 점 없는 진줏빛 푸른색. 농장의 작은 건물 주위에서 푸른 목초지가 점점 낮게 펼쳐지며 골짜기로 이어지고 있었다. 그 일대를 푸른 안개가 촉촉하게 반짝이는 리본처럼 구불거리면서 뻗어있었다.

테오도시아는 집 밖으로 나와, 웨슬리와 어빙이 가방을 가볍게 들어올려 마차에 묶는 것을, 알 수 없는 눈빛으로 바라보고 있었다. 이윽고 웨슬리가 현관 층계를 올라와서 그녀를 지그시 응시했다.

"테오도시아, 다시는 부탁하지 않겠다고 말했지만, 마지막으로 한 번만 더 묻겠어. 다시 생각하고 나와 함께 가지 않겠어?" 그는 목소리가 조금 잠겨 있다.

"안 돼요." 테오도시아는 부드럽게 대답했다.

그가 손을 내밀었다. 키스는 하지 않았다.

"그럼, 테오도시아."

"잘 가요, 웨슬리."

그녀는 속눈썹 하나 흔들리지 않았다. 웨슬리는 씁쓸하게 미소 지은 뒤, 홱 등을 돌리고 가버렸다. 마차가 조그만 오솔길 끝 모퉁이에 접어들었을 때, 그는 고개를 돌려 마지막으로 다시 한번 아내를 바라보았다. 그때 그의 눈에 새겨진, 아직 짙어지지 않은 그늘과 아침의 황금빛 아지랑이 사이에 서있는 아내의 모습은, 그로부터 세월이 많이 흐르는 동안에도 한시도 그의 마음에서 떠난 적이 없었다. 엷은 푸른색 실내복 자락이 바람에 불려 두 다리에 뒤엉켜 있고, 부드러운 머리카락은 흐트러져서 금빛 구름처럼 녹아있었다. 이윽고 마차는 모퉁이를 돌아 보이지 않게 되었다. 테오도시아는 몸을 돌려 혼자 남게 된 쓸쓸한 방으로 돌아갔다.

한동안 이 사건을 둘러싼 소문으로, 항구는 벌집을 쑤셔놓은 듯이 떠들썩했다. 모두들 제각각 억측이 분분했다. 하지만 짐 팔리 영감이 누구보다 잘 알고 있었다. 테오도시아와 얼굴이 마주쳤을 때 그녀를 쳐다보는 날카로운 늙은 두 눈에 번쩍하고 불가사의한 빛이 어른거렸다.

"테오도시아는 남자가 마음대로 다룰 수 있는 여자처럼 보이지? 겉으로 봐서는 속기 십상이지. 저 얼굴에도 차차 나타나겠지만, 지금은 아직 젊어서 겉으로 드러나지 않고 있을 뿐이야. 고스란히 그대로 물려받았어. 어쨌든 여자의 몸으로 저만한 고집을 가지고 있는 건 아무래도 기이한 일이지, 남자라면 몰라도." 영감은 말했다.

목적지에 도착한 뒤, 웨슬리는 테오도시아에게 짤막한 편지를 보냈다. 모든 게 순조롭다, 정착하기에 좋은 장소를 물색하고 있다, 이곳은 좋은 곳이다, 지금 레드 뷰트라는 곳에 있는데 이곳에 정착할까 하고 생각 중이다, 하는 내용이 적혀 있었다. 2주일 뒤에 다시 소식이 왔다. 편지에는, 300에이커의 토지의 권리를 사기로 했으며, 그린과 케리도 그렇게 했다, 서로 가장 가까운 이웃이지만 그래도 3마일이나 떨어져 있다, 작은 판잣집을 짓고 스스로 끓여먹는 것도 배웠다, 무척 바쁘다, 이 지방은 멋진 곳이다, 장래성도 있을 것 같다는 내용이 들어있었다.

테오도시아는 답장에 헤저튼의 근황을 자세히 적어 보내주었다. 끝에 "테오도시아 브룩"이라고 썼을 뿐, 어디를 보아도 아내가 남편에게 쓴 편지다운 데라고는 하나도 없었다.

어느 해 연말, 웨슬리는 편지로 그쪽으로 오라고 했다. 모든 것이 잘 되고 있으며, 당신도 틀림없이 이곳이 마음에 들 것이며 조금 거친 곳인 건 사실이지만, 그것도 차차 좋아질 것이라고 했다.

"지난 일은 모두 강물에 흘려보내고, 긍정적으로 생각해주지 않겠소, 테오도시아? 이쪽에 와주오, 부탁이오. 제발 와줘, 사랑하는 아내여" 하고 그는 썼다.

테오도시아는 가지 않겠다고 답장을 써서 보냈다. 그것을 마지막으로 그한테서의 연락은 끊어졌고, 그녀도 두 번 다시 편지를 보내지 않았다.

마을사람들은 이 사건에 대해서는 더 이상 아무리 말해봤자 소용없으며, 테오도시아에게 언제 웨슬리에게 가는지 물어보는 것도 헛일이라고 완전히 단념하고 말았다. 예의니 도덕 같은 것에 엄격한 마을을 온통 휘저어놓은 이 소문이 장기전에 접어들자, 모두들 완전히 익숙해지고 만 것이다. 테오도시아가 남편에 대해 말을 하는 일은 절대로 없었고, 두 사람 사이에 편지조차 오가지 않는 것은 다들 알고 있었다. 그녀는 막내 여동생을 집에 불러들여 함께 살았다. 뜰도 있고, 암탉도 있고, 암소도 한 마리 있었다. 밭에서는 충분히 먹고 살 만한 수확을 거두고 있었고, 그녀는 할 일이 태산 같아서 늘 바쁘기만 했다.

15년의 세월이 흘러, 잠든 채 전혀 진보하지 않을 것 같은 헤저튼 마을에도 당연히 조금의 변화가 있었다. 늙은 사람들은 거의 다, 지금은 떠오르는 태양을 정면으로 맞이할 수 있는 언덕의 묘지에 잠들어 있다. 그 톰 팜리 영감도 4대에 이르는 추억을 안고 그곳에 잠들어 있었다. 웨슬리가 떠난 무렵에 인생의 절정기였던 남녀는 이미 노인이 되었고, 아이들은 어른이 되어 가정을 가졌다.

이제 테오도시아는 서른다섯 살이다. 그러나 15년 전의 그날 아침, 현관 층계에 서서 남편을 태운 마차가 사라지는 것을 전송했던, 그 보조개가 팬 화사한 소녀의 모습은 이제 없었다. 살이 올라 더욱 탄탄해진 몸매, 얼굴도 강인해지고 금갈색이었던 머리카락은 짙게 변하여, 옛날처럼 둥글게 말지 않고 뒤쪽에서 부드럽게 윤기 나는 웨이브를 내어 아치 모양으로 손질하고 있었다. 얼굴에는 주름살 하나 없고 혈색도 좋다. 하지만 이렇게 오랜 세월 완강하게 자신의 고집을 관철해오면서, 그것을 한 오라기도 겉으로 드러내지 않고 살아갈 수 있는 여자는 세상 어디에도 없다. 지금의 테오도시아를 보면 누구나, 그렇게 대담하고 당당한 느낌의 얼굴을 한 여자라면, 자신이 놓인 처지와 엄연히 맞서서 오로지 자신의 길을 가는 것이 당연하다고 인정하지 않을 수 없을 것이다.

그리고 웨슬리 브룩은 이제 거의 잊혀진 존재였다. 그린과 케리가 보내오는 편지에서는, 웨슬리가 열심히 일해 부자가 되었다고 했다. 사람들의 호기심을 부추겼던 지난 이야기도 이젠 흔들림 없는 마을 역사의 한 페이지가 되어 있었다.

아무튼 인생이란, 몇 년 동안 이렇다 할 풍파 없이 평온하게 흘러가면 그것이 영원히 계속될 것처럼 생각되기 마련이다. 그러다가 갑자기 격동의 폭풍이 불어 닥쳐 조용한 생활을 짓밟아버린 뒤 대홍수를 선물로 남기고 사라진다. 바로 그런 일이 테오도시아에게도 결국 찾아왔다.

8월의 어느 날, 에몰리 메릿의 아내 세실리아가 불쑥 찾아왔다. 에몰리 메릿의 동생은 오그덴 그린의 아내였다. 메릿의 집에서는 이따금 그녀와 편지를 주고받고 있었다. 그래서 세실리아 메릿은 웨슬리 브룩에 대해 알아야 할 것은 언제나 알고 있었고, 그것을 테오도시아에게도 얘기해주었다. 얘기하면 안 된다고 말한 사람은 아무도 없었으니까.

오늘의 그녀는 조금 흥분해 있었다. 자신이 가지고 온 뉴스로, 늘 담담하고 침착한 테오도시아가 조금이나마 동요할 것인지, 은근히 호기심이 동했던 것이다.

"테오도시아, 웨슬리가 중병에 걸렸다는 소식 들었어? 피브 그린이 알려왔는데 회복될 가망이 거의 없다고 한대. 아무래도 봄철 내내 몸이 좋지 않았는데, 아니나 다를까, 한 달쯤 전에 그곳의 풍토병에 걸려 무슨 열병인가로 쓰러졌다는 거야. 근처 마을에서 간호사를 불러오고, 실력 있는 의사에게 진찰도 받았지만, 피브의 말로는 나을 수 없는 병이래. 나이가 나이니만큼 열병은 상당한 타격일 테니까."

헤저튼 마을을 통틀어 말이 가장 빠른 세실리아 메릿은, 여기까지 단숨에 하고 싶은 말을 남김없이 쏟아냈다. 허덕이는 것 같기도 하고 우는 것 같기도 한, 테오도시아의 목에서 새나오는 기묘한 소리에 방해받기 전까지. 테오도시아는 마치 누군가에게 강하게 얻어맞은 것 같았다.

"어머, 왜 그래, 테오도시아? 제발 기절은 하지 마! 눈 하나 깜박하지 않을 거라고 생각했는데, 도저히 그럴 것 같지 않더니!"

"웨슬리가 병? 게다가 죽을 것 같다고?" 테오도시아가 잠긴 목소리로 간신히 말했다.

"피브가 그렇게 말했어. 그 아이가 잘못 안 것일 수도 있지 않을까? 테오도시아, 하지만 너도 많이 변했어. 난 널 도무지 모르겠어, 알고 싶지도 않지만. 아마 널 이 세상에 보내신 분이나, 너에 대해 알 수 있을까?"

테오도시아는 벌떡 일어섰다. 해는 기울어가고 있었다. 아래쪽 골짜기에는 작물이 익어가며 풍요로운 결실을 약속하고 있었다. 마치 황금의 강 같았다. 그녀는 바느질하던 것을 야무진 손길로 개켰다.

"지금 다섯 시지? 미안하지만 돌아가 줘, 세실리아. 나, 할 일이 태산이거든. 내일 아침에 날 역에 태워다 달라고 에몰리에게 부탁 좀 해줘. 나 웨슬리에게 갈 거야."

"어머나, 이게 무슨 소리야!" 무명 모자의 끈을 조르면서, 세실리아 메릿은 맥이 풀린 듯 말했다. 그리고 일어나서 어안이 벙벙한 채 집으로 돌아갔다.

테오도시아는 짐을 꾸리고 밤새도록 집안을 돌아다니며 일했다. 메마른 눈, 고뇌와 공포로 찢어지는 마음. 강철의 의지는 결국 꺾이고 만 것이다, 갈기갈기 찢긴 갈댓잎처럼. 강렬한 자책감에 사로잡혀 그녀는 신음했다. "난 지금까지 용서할 수 없는 잔인한 여자였어."

일주일 뒤 테오도시아는 먼지가 풀풀 날리는 마차에서 내려섰다. 역에서 평원을 넘어 웨슬리 브룩이 사는 작고 수수한 외관의 집까지 내내 흔들리면서 왔다. 젊은 여자가 문을 열어주었다. 그녀가 15년 전의 오그덴 그린의 아내와 너무 똑같아서, 테오도시아는 자기도 모르게 "피브!"라고 불렀다. 그녀의 등 뒤에 하얀 모자를 쓴 간호사의 모습이 보였다.

테오도시아의 목소리가 떨렸다.

"여기가 웨슬리 브룩이 집……인가요?"

여자는 고개를 끄덕였다.

"네, 하지만 지금 몹시 좋지 않으세요. 아무하고도 만날 수 없어요."

테오도시아는 한 손을 들어 모자끈을 풀었다. 마치 그때까지 목이 졸리고 있었던 것처럼. 도착하기 전에 웨슬리가 죽어 버리는 게 아닌가 하는 생각에 너무 무서워 토할 것만 같았던 것이다. 이젠 안도한 나머지 머리 속이 새하얗게 텅 비어버린 듯하다.

"무슨 일이 있어도 만나야 해요." 그 조용하고 차분한 테오도시아가 완전히 평정을 잃고 날카로운 목소리로 외쳤다. "난 그 사람의 아내예요. 그리고, 아! 내가 오기 전에 그 사람이 죽어 버렸으면 어쩔 뻔했는지!"

간호사가 나왔다.

"그러시다면 하는 수 없군요. 면회를 허락하겠어요. 단, 환자는 부인이 오시는 줄 모르고 있으니까, 놀라지 않도록 제가 먼저 가서 얘기하고 오겠어요."

간호사가 부엌에서 다음 방으로 통하는 문으로 가려고 하자, 테오도시아는 그녀의 말은 아랑곳 하지 않고, 간호사가 말릴 새도 없이 그녀를 앞질러 가서 벌써 병실로 뛰어들고 있었다. 그리고 두려움에 몸을 떨면서 그 자리에 선 채 어두컴컴한 병실을 탐색하듯 둘러보았다.

둘이서 앞을 다투어 환자에게 다가갔을 때, 테오도시아는 너무도 고통스러운 경악에 망연자실하고 말았다. 완전한 무의식중에 테오도시아는, 웨슬리가 헤어졌을 때의 모습 그대로 있어줄 것으로 기대하고 있었던 것이다. 그 앙상하게 쇠약해져버린 생물은, 더부룩한 구레나룻이 아무렇게나 자라고, 나이에 비해 하얗게 세어버린 머리에, 움푹 들어간 눈에는 뭔가를 간절히 원하는 빛이 떠올라 있었다. 이 사람이 그 싱그러운 붉은 뺨에 소년티가 남아있던, 그녀의 젊은 날의 남편이란 말인가? 그녀는 고통스러운 나머지 숨이 막히는 것처럼 신음을 질렀다. 그때 환자가 고개를 그녀 쪽으로 돌렸다. 눈과 눈이 마주쳤다.

놀라움, 믿을 수 없다는 느낌, 희망, 두려움 등의 표정이 웨슬리 브룩의 주름이 새겨진 얼굴에 섬광처럼 달렸다. 그는 힘없이 몸을 일으켜 "테오도시아" 하고 간신히 중얼거렸다.

테오도시아는 비틀거리며 침대 옆에 무릎을 꿇었다. 그리고 그의 머리를 가슴에 꼬옥 끌어안고 거기에 수없이 입을 맞췄다.

"아! 웨슬리, 웨슬리! 날 용서해주겠어요? 이 못돼먹고 고집센 여자가 우리 둘의 인생을 헛되게 하고 말았어요. 용서해 주세요."

그는 앙상한 두 팔을 떨면서 그녀를 안아, 그 얼굴을 바짝 당기고 집어삼킬 듯이 응시했다.

"언제 왔소, 테오도시아? 내가 병에 걸린 것 알고 있었소?"

"웨슬리, 용서한다고 말해주기 전에는 얘기할 수 없어요."

"아! 무슨 소리요, 테오도시아! 나도 당신에게 용서를 받아야지. 우린 둘 다 너무 고집을 부렸어. 나도 좀 더 당신을 생각해주어야 했어."

"말해요, 말해주세요, '테오도시아, 널 용서할게' 하고 말해줘요."

그녀가 매달렸다.

"테오도시아, 당신을 용서할게." 그가 따뜻하게 말했다. "아, 당신을 다시 만나다니, 정말 기뻐. 당신을 두고 온 뒤, 잠을 잘 때도 깨어 있을 때도 사랑스러운 당신 얼굴이 보고 싶어서 견딜 수가 없었어. 만약 당신이 걱정하고 있는 줄 알았더라면 난 틀림없이 돌아갔을 거야. 하지만 그럴 리가 없다고 생각했지. 난 완전히 절망에 빠져버렸어. 당신은 날 걱정해주었어, 그렇지?"

"네, 그래요, 그래요, 그렇고말고요." 눈물이 흘러내리는 것도 아랑곳하지 않고, 그녀는 더욱 세게 그를 끌어안았다.

그날 밤, 레드뷰트 마을의 젊은 의사가 찾아왔다. 환자의 상태는 놀라울 만큼 양호했다. 기쁨과 행복이라는 옛날부터의 명약이 약과 의사도 치료하지 못한 일을 해낸 것이다.

웨슬리가 말했다.

"많이 좋아졌어요, 선생님. 제 아내가 왔어요. 게다가 이곳에 내내 있어주겠대요. 내가 결혼한 것은 알고 계시죠? 언젠가 사연을 얘기해드리지요. 동부로 돌아갈까 하고 내가 말했지만, 테오도시아는 이쪽이 더 좋다는군요. 나는 레드뷰트에서 가장 행복한 남잡니다, 선생님."

그는 옛날 헤저튼의 교회에서 그랬던 것처럼 테오도시아의 손을 꼭 잡았다. 테오도시아도 그를 내려다보며 미소 지었다. 이제 보조개는 없었다. 하지만 그 웃는 얼굴은 무척 온화했다. 몇 세대에 걸쳐 지시해 왔던 헨리 포드의 보이지 않는 손가락은 힘을 잃었다. 자손들의 인생에 걸린 저주가 풀린 것이다. 웨슬리와 테오도시아는 오랫동안 잃어버렸던 자신들의 행복과 가까스로 손을 잡을 수 있었다.

In the Old Valley
귀향

　남자는 언덕 꼭대기까지 올라가 걸음을 멈추고, 음울한 표정으로 골짜기를 내려다보았다. 벌써 저녁때다. 언덕을 빙 에워싸고 있는 구릉에는 아직 햇살이 비치고 있지만, 골짜기는 이미 포근하고 온화한 그림자로 가득했다. 멀리 희미하게 보이는 푸른 바다에서 불어온 바람이, 머리 위로 높이 믿음직하게 서있는 전나무 숲을 건너며 용맹한 음악을 연주했다. 그는 무릎까지 올라오는 무성한 덤불 속에서, 오랜 세월 비바람에 퇴색된 약간 높은 울타리 한쪽에 서있었다. 20년 전, 그가 멈춰 서서 다시 한번 골짜기를 그날 이후 다시는 보지 못한 고향의 골짜기를 마지막으로 뒤돌아보았던 것도 이 전나무 숲에서였다. 그때는 한창 자라나던 어린 나무에 지나지 않았던 전나무가 지금은 옹이가 울퉁불퉁한 커다란 나무로 성장해 있었다. 나무 줄기는 이끼에 뒤덮이고 아래쪽 가지는 말라 있다. 그러나 훨씬 위의 꼭대기 근처에는 푸른 잎이 무성하고, 서쪽하늘의 샛노란 햇빛을 흠뻑 받고 있었다. 그는 떠올렸다. 소년 시절, 언덕에 늘어선 암록색 전나무 우듬지 사이에서 일몰을 바라보며, 이보다 더 아름다운 것은 없을 거라고 생각했던 것을.

횡횡, 살랑살랑, 춤추는 바람소리, 그것은 사람의 영혼을 그때의 새벽으로 데려다주는 힘을 가진, 태초의 선율이다. 귀를 기울일수록 지금까지 흘러온 세월이 사라져간다. 많은 일들이 잊혀지고, 더 많은 일들이 떠오른다. 그는 지금 가까스로 깨달았다. 마음속에 줄곧 숨어있었던 것은, 전나무 숲을 지나가는 바람의 아리아에 대한 동경이었다는 것을. 지금까지 그는 그 뜨거운 감정을 다양한 다른 이름으로 불러왔다. 하지만 이렇게 실제로 귀로 듣고, 자신이 원했던 것이 무엇이었는지 확실하게 알자 만족스러운 기분을 느꼈다.

남자는 키가 크고, 머리는 회색에, 강하고 무자비하고 확고한 정복자의 얼굴을 하고 있었다. 독수리처럼 날카로운 눈은 한번 노린 먹잇감을 재빨리 겨냥해 주저 없이 공격한다. 두려움을 모르는 각진 턱, 비밀을 누설하는 일 없이 뜻대로 사람을 움직이는 입매……표정 뒤에 숨겨진 것은 헤아릴 수 없고, 읽을 수 있는 것은 극히 조금이다. 권력과 지성을 나타내주는 용모지만 영혼은 숨겨져 있었다. 받은 것은 되돌려 준다는 철칙하에 그가 싸우고 승리해온 투기장에서는, 영혼 같은 건 보여줄 수 없기 때문이다. 그러나, 이곳에 서서 고향을 내려다보면, 주위의 언덕들에도 힘입어, 영혼이 제 세상인 양 떠올라서 자신의 존재를 주장하기 시작한다. 옛날의 멍에가 그를 사로잡는다. 거기에 펼쳐지고 있는 골짜기는 그가 태어난 고향이다. 그를 키워준 그리운 집, 친척과 가족들의 무덤, 소년시절의 꿈을 키웠던 그 넓은 들판.

내려가야 할 것인가? 그는 자문했다. 시장을 다스리는 허상의 신들에게 완전히 환멸을 느끼고 그는 돌아왔다. 사고, 팔고, 돈을 벌고, 힘과 기술의 치열한 승부와 물러설 줄 모르는 투쟁, 승리의 환희. 몇 년은 그것으로 충족감을 느꼈다. 그리고 갑자기 마법이 사라지고 만 것이다. 이제 그는 그런 은총으로는 충족되지 않았다. 그

제단에 그가 산처럼 쌓아올렸던 수많은 제물은, 이 새로운 요구와 인간으로서의 기아상태에 아무런 힘이 되어주지 않았다. 신들은 그를 조롱했고, 그는 신에 봉사하는 것에 지쳐있었다. 더 나은 일이 있지 않을까? 옛날에 알고 있었고 사랑하고 있었고, 그리고 이젠 잊어버린 것. 청춘시대의 이상과 그를 지탱해왔던 고매한 큰 뜻은 어디로 가버렸나? 새로운 새벽을 기다리는 열망과 기쁨, 성실하고 의미 있는 노동의 진지함, 선한 하루를 보낼 수 있었던 만족감, 저녁 어스름에 별이 깜박이는 긴 밤의 평온한 휴식. 모두 모두 어디로 사라져버린 것일까? 어디로 가면 그것들을 다시 찾을 수 있을까? 찾아가기만 하면 되찾을 수 있을까, 그 고향의 골짜기에 가기만 하면? 그렇게 생각하자 참을 수 없이 돌아오고 싶어진 것이다. 그때까지는 이곳저곳에서 살았지만 어느 곳도 내 집이라고 생각한 적은 없었다. 그 이름은 완전히 무의식중에 더럽혀지지 않도록 고이 간직하고 있었다. 바다를 향해 길게 뻗은 그 푸른 협곡, 그가 태어난 곳을 위해.

그리하여 지금 이렇게 돌아온 것이었다. 견딜 수 없는 간절한 그리움에 이끌려서. 그런데 이제 와서 두려워지기 시작하다니. 모든 것이 변해 버렸을 것이다. 틀림없이 그럴 거라고 느낀다. 과연 이곳을 자신의 고향이라고 말할 수 있을까? 만약 그렇게 부를 수 없다면, 더 이상 고향이 아니게 되어버렸다면, 그것은 돌이킬 수 없는 쓰라린 고통이 되지 않을까? 차라리 돌아가는 게 낫지 않을까? 다만 언덕 위에서 이렇게 바라보며, 전나무가 말해주는 이야기를 다 들은 뒤, 추억만을 마음에 선명하게 새긴 채. 그를 내버려두고 가버린 수많은 장소, 그리고 친구들——그 자신과 마찬가지로, 흘러가는 세월이 틀림없이 바꿔놓고 말았을 것이다——에게 돌아가 환멸을 느끼기보다 역시 돌아가는 게 낫지 않을까? 역시 내려가는 건 그만 두자. 애초에 이곳에 온 것 자체가 어리석은 충동이었다. 정말 어리석다. 이곳이든 그 어디든, 어차피 그가 구하는 것은 있지도 않을 테니까. 소년 시절의 추억, 젊은 날의 마음으로는 이제 돌아갈 수 없다. 인생을 감미롭게 해준 옛날의 꿈과 포부는 이미 되찾을 수 없다. 잘 알고 있었다. 이 고향의 골짜기에서 그가 가져간 것을 골짜기로 되돌려 주고 싶어도 이미 불가능한 일이다. 신념, 이상, 솟아오르는 환희, 그런 눈에 보이지 않는 진정한 보물을 모두 잃어버리고 말았다, 시장의 금화와 맞바꾸어서. 그러고 나서야 겨우 깨달은 것이다. 지금의 자신이 고향의 골짜기를 떠났을 때보다 얼마나 가난한지. 그의 이름은 부자의 대명사와도 같았다. 그렇지만 참다운 인생의 궁극적 성취도에 있어서 그는 거지나 다름없었다.

아니다, 내려가는 것은 그만 두자. 이제 그곳에는, 옛날 그대로 변함없이 그를 맞이해줄 사람은 아무도 없다. 가봤자 이방인처럼 취급받는 게 고작일 것이다, 친척들까지도. 잠시 언덕 위에서 기다리기로 할까, 밤이 될 때까지. 완전히 어두워진 뒤에 고향집으로 가보기로 하자.

아래를 내려다보니, 약간 높지막한 언덕 위 그리운 고향집, 비바람에 시달린 적막한 집이, 자작나무와 사과나무 사이로 보일락 말락 하고 있다. 북쪽에는 울창한 전나무 숲. 그는 그 오래된 집에서 태어났다. 가장 첫 번째 기억은 그곳 문턱에 서서, 저 먼 곳으로 이어지는 녹색의 언덕을 바라본 일이었다.

"저 너머에는 무엇이 있어요?" 어머니에게 물었다.

어머니는 미소 지으며 대답해주었다.

"많은 것이 가득 있단다, 아가야. 멋진 것도, 예쁜 것도, 무척 슬픈 것도."

"난 나중에 저 언덕 너머로 갈 거예요. 그래서 그것들을 전부 찾아볼 거예요, 어머니." 그는 믿음직스럽게 말했다.

어머니는 웃으며 한숨을 쉰 뒤 그를 가슴에 꼭 끌어안았다. 아버지에 대한 기억은 없었다. 그가 태어난 지 얼마 안 되어 세상을 떠난 것이다. 하지만 어머니에 대해서는 얼마나 잘 기억하고 있는지! 자그마한 몸집에 갈색 눈, 소녀 같은 얼굴의 어머니!

그는 스무 살까지 그 집에서 살았다. 널찍한 밭을 갈며 이웃들과도 사귀었다. 모든 사람들이 보내고 있는 생활이 곧 그의 생활이었다. 그렇지만 그는 일을 하고 있어도 마음은 거기에 있지 않았다. 언덕을 넘어 그곳에 틀림없이 있다고 믿고 있던 것을 찾고 싶었다. 이 골짜기는 너무 좁다. 모두들 너무 현실에 만족하고 있었다. 그는 싸우는 것, 공을 세우는 것을 동경하고 있었다. 힘, 야망, 하는 데까지 해보고 싶은 청운의 꿈이 자기 속에서 고개를 쳐들고 있는 것을 느꼈다. 그렇다, 남자가 사는 세계로, 저 언덕을 넘어가는 거다! 그것이 바로 그가 그리던 모든 꿈의 도달점이었다.

어머니가 세상을 떠나자, 그는 농장을 사촌 형 스티븐 마셜에게 양도했다. 지금도 그가 소유하고 있을까? 스티븐은 좋은 사람이었다. 약간 느리지만 부지런한 그는 어차피 이곳에서의 생활에 소처럼 유유히 만족하고 있을 것이다. 골짜기 바깥 세상이 손짓하는 것에는 전혀 귀 기울이지 않고, 반응도 하지 않고. 하지만 그는 잘 선택한 것이다. 젊은 날에 일찌감치 점찍은 아내와, 한창 자라나는 아이들에게 에워싸여, 조상대대로 물려받은 땅에 산다는 건. 이렇게 언덕에서 내려다보고 있는, 아내도 자식도 없는 남자는, 자신도 만약 이 골짜기에서 만족하고 살기로 했다면, 역시 그렇게 되었을까 하고 생각해본다. 아마도 그렇게 되었을 것이다. 조이스가 있었으니까.

조이스는 지금 어디서 무엇을 하고 있을까? 물론 틀림없이 결혼했겠지. 누구의 아내가 되었을까? 이 골짜기 어딘가에 살고 있는 것일까? 아들과 딸을 낳고 너무나 행복한 어머니답게 안주하면서? 그녀의 옛집이 보인다. 그의 집과 상당히 가까운 곳, 근처 목초지를 넘은 바로 건너편이다. 좁은 오솔길과 스타일(가축이 다니지 못하도록 돌담과 경계벽을 넘는 계단)

과 그 끝의 전나무 숲을 지나간다. 그 무렵엔 얼마나 자주 그 오솔
길을 오갔는지! 오솔길이 끝나는 전나무 그늘에서 조이스가 기다
리고 있다는 것을 알고서 말이다. 조이스! 어린 시절의 소꿉친구,
그리고 청춘의 나날에서는 사랑하는 마음의 벗이자 동료였다! 결
코 마음을 털어놓은 연인 사이는 아니었지만, 그는 그녀를 사랑했
다. 소년다운 연정이었다. 고백한 적은 없지만. 조이스만이 그의 동
경과 야심과 꿈을 알고 있었다. 그녀에게는 모든 것을 자유롭게 애
기할 수 있었다. 그는 확신하고 있었다. 그녀 말고는, 이 골짜기에
서 그를 이해하고 공감해줄 수 있는 사람은 아무도 없다는 것을. 언
제나 한결같이 그녀는 진실하고 강하고 여자답고 그리고 다정했다.

고향을 떠날 때도 언젠가는 그녀의 곁으로 돌아올 생각이었다. 약
속도 입맞춤도 없이 헤어졌지만, 그녀가 사랑해주고 있다는 것, 자
신도 그녀를 사랑하고 있다는 것을 그는 알고 있었다. 처음에는 편
지가 왔다. 그러나 이윽고 편지는 점점 줄어들기 시작했다. 그것
은 그의 잘못이었다. 그가 점점 편지 쓰는 것을 귀찮아한 것이다.
그의 인생에서 참신하고 강렬하게, 끊임없이 솟아나는 온갖 흥미와
관심이 낡은 것을 쫓아버리고 만 것이다. 야심과 경쟁이라는 그 뜨
거운 열정에 사로잡혀, 소년시절의 사랑마저 태워서 연기로 사라지
게 하고 만 것이다. 조이스한테서도 편지가 끊어졌고 풍문조차 들려
오지 않게 되었다. 그리하여, 지금 이곳에 서서 고향의 들판을 내려
다보며 추억에 잠겨 있는 것이다.

여기저기 할 것 없이 그때와 같이 전혀 변하지 않고 있었다. 그곳
에서 살고 있었던 사람들은 어떻게 되었는지 모르지만. 저건 그가
다니던 학교다. 미국소나무 사이를 누비며 달리는 길에서 안쪽으로
훨씬 들어간 곳, 작고 처마가 나지막한, 회반죽을 바른 건물. 그 건
너편의 높다란 느릅나무들에 에워싸여 담쟁이덩굴이 뒤엉켜 있는
네모난 탑은, 옛날 그대로의 교회였다. 그는 그 모습에 반가움을 느

졌다. 혐오스러울 정도로 말쑥하고 근대적인 새 교회를 보게 될 줄 알았던 것이다. 이 교회는 그가 어렸던 시절에도 이미 상당히 낡아 있었다. 따스한 일요일 오후, 수없이 저 교회에 갔었다. 때로는 어머니, 때로는 조이스와 함께.

저녁 해가 바다 위 아득한 저편으로, 먼지 하나 없는 창공의 빛을 남김없이 빨아들이며 가라앉기 시작했다. 하나둘 별이 나타나, 멀리 보랏빛으로 떠오르는 구릉의 매끄러운 능선 위 하늘에서 수정처럼 맑게 빛난다. 문득 뒤를 돌아보니 활처럼 뻗은 검은 전나무 가지 사이로 아련히, 샛노란 호수 같은 하늘에 달이 낮게 걸려 있다. 그의 한쪽 얼굴이 먼저 웃는다. 소년 시절, 오른쪽 어깨너머로 뒤돌아보는 초승달을 길조로 여겼던 것을 떠올리며.

골짜기에서는 불빛이 여기저기서 대지에 내려앉은 별처럼 깜박거리기 시작했다. 그리운 고향집 부엌 창문에서 불빛이 보일 때까지 기다리기로 하자. 그리고 떠나자. 그는 기다렸다. 골짜기 전체에 반짝반짝 빛나는 띠의 경계가 생길 때까지 기다렸다. 그러나 그의 고향집 나무 사이에서는 빛이 새나오지 않았다. 어째서 언덕에서 놀다 지쳐 돌아오면 언제나 어둠 속에서 마중 나와 주었던 그 불이 켜지지 않는 것일까? 걱정과 불안이 엄습한다. 그것을 보지 않고는 떠나지 못할 것처럼.

이제 상당히 어두워졌기 때문에, 그는 결심한 듯 언덕을 내려갔다. 왜 고향집에 불이 켜지지 않는 것인지, 그 이유를 알지 않으면 안 된다. 옛뜰에 도착해 보니, 회한과 괴롭게 밀려드는 망향의 정에, 가슴이 막히도록 슬픔이 밀려 올라왔다. 한 번 보고 그것으로 충분했다. 여름밤의 어스름 속에서도 잘 알 수 있었다. 그리운 고향집은 아무도 사는 사람이 없이 완전히 주저앉고 썩어버린 채 버려져 있었다. 경첩이 녹슬어 덜컹거리는 부엌문이 끼이익 비명을 지르며 열렸다. 창문이라는 창문은 모두 부서져 있고 인기척이 전혀 느껴지지 않는다. 뜰은 온통 잡초들이 차지하여, 썩은 발코니 틈새로 기어 올라가 출입구까지 뻗을 대로 뻗어있다.

커스버트 마셜은 문의 붉은 사암 층계에 쪼그리고 앉아 두 손에 얼굴을 묻었다. 이런 것을 보고자 돌아왔단 말인가! 이런 지난 날 의 환영과 멸망을 보기 위해! 아, 견딜 수가 없다!

그가 앉아있는 곳에서 전나무 숲 저편에 스티븐이 지은 새로운 집 이 보였다. 창문에서 싱그러운 불빛이 새나오고 있다. 오랫동안 그 렇게 앉아 있다가, 그는 그곳까지 걸어가서 문을 두드렸다. 탄탄한 체격에 백발이 희끗희끗한 농부 스티븐이, 어깨에 토실토실한 사내 아이를 태우고 나타났다. 그다지 변한 데가 없었다. 커스버트는 곧 그라는 걸 알아보았지만, 스티븐 마셜은 몇 년 동안 함께 놀고 일도 같이 한 남자를 앞에 두고 좀처럼 기억하지 못했다. 하는 수 없이, 커스버트는 스스로 누구라는 것을 밝혔다. 그러자 스티븐은 그를 반 갑게 맞이했다. 스티븐은 그가 찾아온 것을 진심으로 기뻐하는 기색 이었다. 스티븐의 예쁜 아내——깡마르고 생기 있는 뺨을 한 골짜 기의 소녀, 그에게도 낯이 익은——가 상냥하고 융숭하게 대접해주 었다. 사내아이와 계집아이들도 곧 그를 따랐다. 그렇지만 그는 스 스로, 눈 깜짝할 사이에 흘러간 세월의 손에 자신이 이토록 정겨운 장소에서 영원히 쫓겨난 타관사람, 이방인으로 생각되어 견딜 수가 없었다.

그날 밤은 스티븐과 밤늦도록 얘기에 열중했다. 아침이 되어 스티 븐의 가족들이 하루만 더 있다가 가라고 간청하는 바람에 그는 지고 말았다. 그날은 농장과 옛날에 자주 놀러 다녔던 숲과 개울가를 산 책하며 보냈다. 하지만 그의 마음은 여전히 안정되지 않았다. 이 골 짜기는 그의 과거를 가슴 깊숙이 간직하고 있으면서도 그에게 돌려 주려 하지 않았다. 그가 중요한 열쇠인 세월의 암호를 잊어버렸기 때문이다.

옛 친구와 이웃의 소식에 대해서는 스티븐한테서 거의 다 들었다. 단 한 사람을 제외하고. 조이스 캐머런은 지금 어떻게 되었는지 끝내 묻지 못했다. 그녀의 이름이 몇 번이고 목구멍까지 올라왔지만, 결국 말하지 못하고 말았다. 그는 속으로 막연히 두려워하고 있었다. 그것을 들으면, 대답이 어떤 것이든 틀림없이 자신은 상처를 받을 것이다.

저녁에 우연한 충동에 이끌려 캐머런의 집 쪽으로 가는, 아직 폐쇄되지 않고 남아있는 오래된 들길을 걸어갔다. 천천히 꿈길을 더듬듯. 아름다운 황혼에 포근하게 안겨있는 먼 언덕을 올려다보면서. 옛날에도 이렇게 걸었건만, 지금은 이미 언덕 저편에 무엇이 있는지 상상도 되지 않았고, 그 전나무 숲에서 조이스가 기다리고 있는 것도 아니었다.

그의 기억 속에 스타일이 있었던 곳은 조금 녹슨 나무문으로 변해 있었다. 그곳을 지나가면서 그는 문득 고개를 들었다. 그러자 눈앞에 그녀가 있었다! 늘씬하고 키가 큰 그녀가 우아한 자태로 잿빛 나무들 사이에 서있었다. 그 얼굴에 서쪽 햇살을 받으면서. 그래, 오래전 수많은 저녁을 그녀는 이렇게 서있었지. 그래, 꼭 이렇게 보였어. 조금도 변하지 않았어. 놀라움과 믿을 수 없다는 느낌 속에서 첫눈에 그는 그것을 알았다. 얼굴에 약간 주름살이 있고, 부드러운 갈색 머리에는 두세 가닥 흰머리가 섞여 있었을지도 모른다. 하지만 그 아름답고 차분한 푸른 눈은 옛날 그대로였다. 그리고 그녀의 영혼이 그 눈을 통해 들여다보였다. 스스로에게 충실하고 강인하며, 용감하고 따뜻한 영혼, 어엿한 여성으로 성숙한 소녀의 영혼이.

"조이스!" 멍하니, 믿을 수 없다는 듯 그는 소리쳤다.

그녀는 미소 지었다. 그리고 손을 내밀며 꾸밈없이 말했다.

"어서 와요, 커스버트. 당신이 왔다고 스티븐네의 메리가 말해주었어요. 그래서 오늘밤에 어쩌면 우리를 만나러 오지 않을까 하고 생각했어요."

그녀는 한쪽 손을 내밀었지만, 그는 그녀의 두 손을 다잡고 그대로 지그시 내려다보았다. 그 절박한 눈빛은 마치 자신을 구원해줄 거라고 믿는 것 같은 눈빛이었다. 만약 구원이라는 것이 있다고 한다면, 이것이 바로 그것이라고.

"설마, 당신이 아직도 이곳에 있을 줄은 몰랐어, 조이스. 게다가 당신은 조금도 변하지 않았군." 느릿한 목소리였다.

그녀는 뺨을 살짝 붉히며 웃으면서 손을 뺐다. "아니에요, 변했어요. 제법 나이를 먹은걸요. 불빛이 어두워서 잘 모르겠지만, 정말 늙었어요. 어쨌든 들어가요, 커스버트. 아버지와 어머니도 당신을 보면 기뻐하실 거예요."

"그건 나중으로 미루면 안 될까? 우선 잠시 여기 있지 않겠어, 조이스? 꿈이 아니라는 것을 확인하고 싶어. 난 간밤에, 저 곳의 언덕 위에서 골짜기를 내려다보고 있었어. 어차피 반가이 맞아줄 사람이 없을 줄 알고, 그대로 가버릴 생각이었지. 당신이 있다는 것을 알았더라면! 줄곧 여기서 살고 있었어?"

"그래요, 그때 이후 내내. 틀림없이 적적하게 살았을 거라고 생각하겠죠?" 대답은 조용했다.

"아니, 지금의 나는 옛날보다 훨씬 현명해졌어, 조이스. 언덕 저편에서 지혜를 터득하고 왔지. 저쪽에서는 많은 것을 배웠어. 많은 시간을 들여서. 하지만 때로는 이해가 너무 느려서 말이야. 조이스, 내가 무엇을 배워왔는지 얘기해줄까? 한 마디로, 이 골짜기에서 나갔을 때, 난 행복을 두고 가버렸다는 것. 행복, 평화, 그리고 살아가는 기쁨을. 오랫동안 그런 것 전혀 없이도 살아갈 수 있었어. 잃어버렸다는 사실조차 깨닫지 못하고. 그렇지만 이제야 겨우 알았지. 내가 뭔가 잃어 버렸다는 것을 겨우 알았어."

"하지만 당신은 큰 성공을 거두었잖아요?" 그녀가 감개무량한 듯 말했다.

"세상 사람들 말로는 그렇지." 그는 쓸쓸하게 웃었다 "난 지위와 부와 권력을 손에 넣었어. 하지만 그런 건 성공이라고 할 수 없는 거야, 조이스. 이젠 모든 게 싫증이 나고 말았어. 그것들은 모두 커다란, 아이 장난감 같은 거야. 영혼은 그런 것으로는 채워지지 않아. 난 마음의 틈새를 메워줄 뭔가를 찾기 위해 이 골짜기로 돌아왔어. 찾을 수 있는 가능성은 거의 없지만. 다만, 다만……."

그는 말을 끊었다. 그것을 찾는 데 그녀에게 도움을 요구할 권리 같은 건 오래전에 사라지고 말았음을 떠올린 것이다. 하지만 그건 확실하다. 도움을 줄 수 있는 건 그녀뿐이다. 그녀만이 길을 잃고 헤매고 있는 그를 원래의 길로 데려다줄 수 있다. 인생에서의 모든 좋은 것, 과거의 아름다움, 미래의 모든 가능성을 그녀가 쥐고 있다는 느낌. 그 암호는 바로 그녀에게 있었던 것이다. 하지만 어떻게 그것을 가르쳐달라고 부탁할 수 있단 말인가?

두 사람은 별이 뜰 때까지 전나무 숲을 산책하면서, 이것저것 많은 얘기를 나누었다. 그녀는 영혼의 신선함을 잃고 있지 않았다. 품고 있는 이상도 퇴색하지 않았다. 평온한 골짜기 속에서 물리적으로는 제한되어 있어도, 이념과 사상에 있어서는 참으로 깊고 넓은 인생을 보내온 것이다. 그녀가 태어난 고향 언덕은 그 시야를 가로막고 있었지만, 먼 곳을 바라보는 마음의 눈에는 장애물이 없었다. 조용한 토지와 푸르른 길에서, 그녀는 그가 발견하지 못한 것, 즉 행복과 만족에 대한 비결을 찾은 것이다. 그는 알고 있었다. 만약 지금까지 이 여자와 손을 잡고 살았더라면, 아무리 언덕 저편의 현란함과 번잡 속에서도 인생은 결코 의미를 잃는 일이 없었을 것이다. 아! 얼마나 어리석은 장님이었던가! 멀리서만 찾으며 피땀 흘려 분투하고 있는 동안, 신이 그에게 마련해준 가장 좋은 것은 이곳에 고스란히 있었던 것을! 이 어린 시절의 고향에.

전나무 숲에 밤의 장막이 내려질 무렵, 그는 그런 생각들을 갈피를 잡지 못하면서도 더듬더듬 간절히 얘기했다.

"이젠 너무 늦었을까, 조이스! 내 잘못을 용서해주겠어? 오랫동안 눈을 뜨지 못하고 있었던 것을. 다시 한번 나를 좋아해줄 수 없을까, 조금이라도?"

그녀는 고개를 들고, 흔들리는 전나무 가지 사이로 하늘을 올려다 보았다. 그는 그 눈에 별이 하나 비치고 있는 것을 보았다.

"당신을 좋아하지 않은 적은 한번도 없었어요. 좋아하는 마음을 멈추고 싶지 않았는걸요. 만약 그랬다면 인생이 너무 허전했을 거예요. 당신에게 내 사랑이 그만한 의미가 있다면, 주겠어요, 커스버트. 지금까지도 난 내내 당신의 것이었지만." 낮은 목소리였다.

그녀를 품에 안고 그 심장의 고동을 자신의 가슴으로 느끼며, 그는 똑똑히 알았다. 단순한 행복과 진실한 지혜를. 그래, 사랑한다는 지혜와 사랑받을 수 있는 행복으로 이어지는 길을 마침내 발견한 것이라고.

The Man Who Forgot
과거를 잃어버린 남자

나는 그들 모두를 잘 알고 있었습니다……. 그때 나는 벌써 10년이나 클레어몬트에서 목사로 일하고 있었으니까요. 실제로 고든 미첼 뒤에서 과거로 통하는 문이 꽝! 닫히고 만 그 치명적인 설교는 바로 내가 한 것이었습니다! 그때 꼭 고든 미첼을 염두에 두고 했던 것은 아니었지만.

왜 그런지 목사가 어떤 한 개인에게 적용될 수 있는 설교를 할라치면, 꼭 다른 어떤 사람이 자기에 대해 얘기하는 거라고 믿어버리곤 합니다. 하지만 목사에게는 그런 생각은 추호도 없어요. 어떤 모자가 누군가의 머리에 딱 맞는다고 해서, 그 모자가 처음부터 그 사람을 위해 만들어진 것은 아니지 않습니까?

클레어몬트 마을에서 '파파 선생'이라는 애칭으로 불리는 닥터 스털링과 그의 사랑하는 딸 거트루드는 나와는 특별히 가까운 친구였습니다. 그들과는 어떤 일도, 예를 들어 목사라는 자가 먼저 혼자 몰래 말해보고, '됐어, 이만하면!' 하고 확신할 수 있기 전에는 감히 입 밖에 내지 못할 말도, 아무렇지도 않게 할 수 있는 사이였지요. 파파 선생은 교회장로의 한 사람으로, 나하고는 교회문제로 자주 대립했지만, 그것 때문에 친구 사이에 금이 가는 일은 없었습니다. 내가 그의 집에 가도 서로 암묵적인 양해하에 교회 얘기는 전혀 하지 않았고, 토론은 회의석상에서만 하는 것이 보통이었지요.

스틸링의 집은 클레어몬트 마을 서쪽 변두리에 있는 오래된 저택이었습니다. 변호사였던 조상들도 상인이었던 조상들도 내내 그 집에서 유유자적하며 장수했습니다. 그 저택은 오래되었을 뿐만 아니라, 클레어몬트 마을은 물론이고 전 세계에서 가장 추한 집이었어요. 절대로 과장이 아닙니다. 아무튼 붉은 벽돌로 만든 커다란 상자라는 표현이 딱 어울렸으니까요. 그렇지 않아도 가로 폭에 비해 너무 높은 건물인데, 하늘 높이 우뚝 솟아있는 둥근 유리지붕 때문에 더욱 높아 보이는 겁니다.

그러나 선생에게는 개축할 생각이 아예 없었습니다. 그대로가 좋았던 게지요. 옛날부터 멋스러운 나무들이 추한 모습을 조금은 가려주었고, 실내로 말할 것 같으면, 그거야 뭐 정말 나무랄 데 없이 훌륭했으니까요.

안에 들어가면 그곳은 무척 유쾌하고 개성적인 집이었습니다. 특히 유쾌한 거실은 정평이 나 있었습니다. 그와 그의 딸 거트루드는 언제나 그곳에서 손님을 대접했습니다. 여유롭고 아름답고 기품이 있는, 무척 친근한 방이었어요. 제발 여기 앉아달라고 조르는 듯한 의자. 늘 아름다운 여성들을 비쳐왔기 때문인지 누구의 얼굴에나 무언가의 매력을 곁들여주는 거울. 겨울이면 따뜻한 난롯불과 고서적이 들어찬 그 방에선 바깥에 폭풍이 아무리 몰아쳐도 안전하며 아늑했고, 소나무 냄새도 향기로웠습니다. 여름이면 시원함과 그늘, 그리고 적백의 포도주색으로 피는 꽃들이 늘 그 방에 있는 것 같은 착각에 빠지도록 했지요.

게다가 '지글스퀵!' 여름이고 겨울이고 언제나 함께 있어주는 지글스퀵. 나는 그놈을 그 방에서 없어서는 안 되는 것으로 생각했어요. 파파 선생의 말을 빌리면, 그냥 열네 살 먹은 개일 뿐이고 집과 마찬가지로 외모는 추하지만, 역시 거기에는 아름다운 혼이 들어 있었어요.

모두가 지글스퀵을 사랑하고 있었습니다. 파파 선생과 앤서니 페어웨더의 공통점은 오직 한 가지, 지글스퀵에 대한 애정뿐이었지요. 그들은 개라고 부를 가치가 있는 개는 이 세상에서 지글스퀵뿐이라고 주장했으니까요.

파파 선생은 나름대로 한 가닥 하는 인물이었습니다. 글쎄, 클레어몬트 사람들은, 선생은 마음만 먹으면 죽은 사람도 소생시킬 수 있지만, 그런 일은 전능하신 신의 계획에 어긋나기 때문에 하지 않을 뿐이라고 믿고 있었다니까요.

선생이 한번은 정말로 그 일을 한 적이 있다고 모두들 말했어요. '파파 선생이 댄 휴렛을 소생시켰는데, 그때 댄은 분명히 죽어있었다'고 하는 말을 멀쩡한 머리를 가진 사람들이, 더구나 진지한 표정으로 말하는 것이었어요. 진위 여부는 여러분의 상상에 맡깁니다만.

그러나 뭐, 살아있는 사람이라면, 베갯머리에서 파파 선생의 지나치게 홀쭉하고 긴 얼굴, 부수수한 하얀 콧수염과 깜박거리는 갈색 눈을 보고, 또 "아무데도 나쁜 데가 없구만!" 하고 일갈하는 선생의 목소리를 들으면……, 거참, 정말로 그런 기분이 되면서 결국 병이 싹 나아버리는 겁니다.

이 무뚝뚝한 영감은 나이도 체면도 아랑곳하지 않고, 이거다 싶으면 목사의 면전에서도 사양하는 기색 없이 '제기랄……' 같은 점잖지 못한 말을 내뱉기도 하지요. 거트루드, 일, 그리고 지글스퀵을 제외하고 그의 안중에 있는 것이라고 하면 단 한 가지, '골프.' 이 클레어몬트 마을의 소문은 나름대로 항상 정곡을 찌르고 있는데, 파파 선생의 골프 실력은 마을에서 최고였어요……. 단, 앤서니 페어웨더는 제외하고 말이지요. 앤서니 페어웨더의 실력이면 선생과 겨룰 수 있다는 말을 입 밖에 벙긋만 해보십시오, 파파 선생은 다른 어떤 일보다 노발대발 분통을 터뜨릴 겁니다. 아무튼 파파 선생은 앤서니를 좋아하지 않았어요.

그런데, 거트루드는 그를 좋아하고 있었지요!

거트루드는 이때 한 스무 살쯤 되었는데, 무척 키가 큰 아가씨로, 행동거지도 훌륭했기 때문에, 학교에서는 줄곧 '공주'라는 애칭으로 불리고 있었어요. 어릴 때는 비교적 평범한 인물이었지만, 그땐 아름다움이 무르익어, 아무리 봐도 싫증이 나지 않을 만큼 아름다워졌지요. 그 까만 머리는 까마귀의 젖은 깃털색, 눈동자는 더할 나위 없이 푸르고, 장미의 여왕처럼 부드럽고 붉은 입술. 다소곳할 뿐만 아니라 소위 형언할 수 없는 매력이 있었고, 풍부한 취미에 아름다운 웃음, 그리고 마치 설화석고를 통해 비치는 램프의 불빛처럼, 아름다운 몸에서 은은히 빛을 발하는 그 개성!

물론 그녀에게도 몇 가지 결점은 있었지요. 보석에는 좀 눈이 어두워서, 몸에 지나치게 많이 치장하고 있었어요. 그건 취미가 고상한 그녀치고 유일하게 어울리지 않은 점이었지요. 그래서 너무 사치스럽다고 평가하는 경향도 있었지만, 나는 그렇게 생각하지 않아요. 확실히 그녀의 옷은 호사스러웠지만, 어떠한 때라도 옷 속의 알맹이가 그 옷보다 못한 일은 없으니까요. 아버지도 딸의 아름다운 치장을 즐겁게 감상했어요.

또 그녀는 참을성이 없었습니다. 잘못을 저지른 사람에게 관용을 베푸는 너그러움은 도저히 기대할 수 없었지요. 게다가 고집이 세어서, 내가 생각건대, 만약 다른 여자가 그녀와 함께 살게 된다면, 그 여자는 아마 단역을 맡지 않을 수 없을 겁니다. 그러나 스털링 집안에는 가정부 말고는 여자라고는 없었으니 다행이지요. 오래전에 거트루드의 어머니가 그녀를 낳은 뒤 이내 죽은 이후 내내. 그때 파파 선생은 죽은 사람을 소생시킬 수 없었나 보지요?

그는 홀아비의 몸으로 거트루드를 키운 것을 은근히 자랑스럽게 여겼답니다. 게다가 그녀 자신에 대해서도. 어쨌든 뭐, 그녀는 아버지가 자랑할 만하기는 했어요. 아름답고 품위 있고, 유머도 풍부하고, 싹싹하고, 정결하고. 만약 내가 혼자 사는 늙은 목사가 아니라 젊은 청년이었다면, 틀림없이 그녀에게 반했을 겁니다.

클레어몬트의 모든 젊은이들이 그녀에게 그렇게 열을 올렸건만, 그중에서 문제가 되는 것은 단 두 사람, 앤서니 페어웨더와 고든 미첼뿐이었어요. 하지만 거트루드에게 문제가 된 것은 단 한 사람, 앤서니 페어웨더뿐이었지요.

그러나 뭐, 파파 선생은 어차피 결혼할 거면 사윗감으로 고든이 낫다, 앤서니하고는 절대로 결혼할 수 없다고 마음을 정하고 있었지요.

"무엇보다 그 녀석에게는 이탈리아의 피가 흐르고 있으니까."

나는 늘 속으로, 그건 골프에서 자기의 맞수를 사위로 삼고 싶지 않아서겠지 하고 생각했습니다.

어쨌든 파파 선생은 옛날부터 괜히 몸서리를 칠 정도로 앤서니를 싫어하더군요. 선생을 제외하고 클레어몬트의 모든 사람들은 그에게 호감을 가졌고, 그러면서도 미심쩍게 생각했습니다. 그렇지 않은 사람은 고든 미첼과 나뿐이었어요. 고든은 그를 좋아하지 않았고, 나는 그를 미심쩍게는 생각지 않았으니까요.

페어웨더 대위는 약 22년 전에 이탈리아 아가씨와 결혼하여, 그녀를 데리고 클레어몬트에 돌아왔다고 합니다. 아직 내가 부임하기 전의 일이었지만, 듣기로는 아마 마을 사람들은 그녀를 페어웨더 부인으로서 순순히 맞이해 주었던 모양이에요. 그녀는 앤서니가 네 살 때 죽었습니다. 몹시 낙담한 대위는 3년 후, 아내를 뒤따르듯 세상을 떠나고, 남겨진 앤서니는 성격이 무척 까다로운 늙은 백모의 손에 맡겨졌습니다. 이 백모는 그를 몹시 엄하게 키우면서, 언제나 이 아이는 틈만 나면 뭔가 나쁜 짓을 저지를 궁리만 하고 있다고 말하곤 했어요.

만약 앤서니가 아버지를 닮아서 통통하고 둥그런 장미색 뺨에 눈도 파란색이었다면, 좀더 가망이 있었을 겁니다. 하지만 그는 단아한 어머니한테서 검은 눈동자와 섬세한 올리브색 피부, 윤기 나는 칠흑 같은 머리를 물려받았어요. "이 아인 외국인 같아." 아기를 목욕시키면서 그렇게 단언한 것은 마거릿 그라임 할멈. 이것은 그의 인생 최초의 일화라고 할 수 있습니다.

사실 그는 클레어몬트의 다른 아이들한테서는 볼 수 없는 기품과 불꽃같은 광채, 그리고 매력을 가지고 있었어요. 세례식 날, 식을 주재하는 목사의 코를 찰싹 때린 일부터 시작하여, 앤서니는 무슨 일에나 의례에 반하는 수많은 악업을 쌓아 각광을 받았지요. 사과를 훔치고, 아무도 홍역에 걸린 사람이 없는 집 앞에 '홍역'이라는 팻말을 세우고, 교회 만찬회에서 존 아놀드의 등에 얼음덩어리를 몇 개나 집어 넣기도 하고, 주일학교 시간에 옆에 있는 아이를 바늘로 콕콕 찌르고, 예배 볼 때 자명종시계를 가져가고, 마을의 어느 저명한 인물에 대한 진짜 같은 사망기사를 날조하여 크로이든 신문에 보내기도 하고, 나의 성직 취임식에 치즈 대신 비누를 담은 접시를 테이블에 준비해두고. 아! 문과 창문이 다 닫혀있는 교회에 스컹크를 풀어놓은 사건에서도 앤서니는 혐의를 받았지요.

다른 아이가 그랬으면 그것도 모두 사내아이의 짓궂은 장난으로 받아들여졌을 겁니다. 그러나 가엾게도 앤서니의 경우에는, 당연히 '그 이탈리아의 피'가 문제였어요.

미궁으로 빠질 것 같은 사건은 모두 앤서니가 악역을 맡았지요. 그러나 마을의 거의 반이 불타버린 그 대화재 때는 그의 짓이라고 생각하는 사람은 없었습니다. 파파 선생을 제외하고 그가 방화범이라고 실제로 믿은 사람은 아무도 없었어요. 앤서니는 그때 열다섯 살이었는데 불길 속에서 알렉스 피즐리의 마구간에 들어가 말들을 구하려다가, 하마터면 자기가 목숨을 잃어버릴 뻔했지요.

그 용감한 행위 덕택에, 그는 마침내 클레어몬트 사람들에게 인정을 받게 되었습니다. 그리고 세상의 평판이 그에게 유리한 방향으로 돌아가기 시작한 찰나, 마을의 유지들을 모조리 조롱한 악랄한 익명의 '시'가 클레어몬트 주보에 실린 겁니다. 앤서니는 필사적으로 부인했지만 사람들은 그를 범인으로 지목하고 도무지 용서해주지 않았어요. 사람을 속이는 건 절대로 용서할 수 없는 사람들이었으니까요.

나는 알고 있었습니다. 절대로 그가 쓴 것이 아니라는 것을. 그가 썼다면 그런 끔찍한 졸작이 될 리가 없지요. 철저하게 핵심을 찌른 글이 되었을 겁니다. 사람들이 좀처럼 인정하고 싶어 하지 않는 부분이었지만, 원래 앤서니에게는 재능이 있었어요. 그가 왜 그렇게 바이올린을 좋아하는지 사람들은 도저히 이해하지 못했습니다.

하지만 그들도 이것만은 부인할 수 없었습니다. 이탈리아의 피 탓으로 돌릴 수 없는 것이 한 가지 있었으니, 그는 확실히 천재라는 사실입니다. 페어웨더 대위는 수영선수로서 사람들의 스타였습니다. 앤서니가 여덟 살 때 클레어몬트 강을 헤엄쳐 건너자, 모두들 그에 대한 상서롭지 못한 평판에 대해서는 잠시 잊고 일년 내내 두고두고, 모르는 사람을 만날 때마다 앤서니의 이 쾌거를 자랑했습니다. 수영, 골프, 바이올린이 앤서니의 취미였어요. 이런 것들에 푹 빠져 있느라, 심각한 말썽에 휘말릴 틈이 전혀 없었지요. 그러나 뭐 모두, 언젠가는 그렇게 될 거라고 생각하고 있었고, 특히 파파 선생은 생각만 한 게 아니라 그렇게 되기를 바라고 있었습니다.

앤서니와 거트루드는 소꿉친구입니다. 집이 도로를 사이에 두고 마주보고 있었지요. 하루는 앤서니가 거트루드를 꼬드겨서 바닷가로 놀러 갔는데, 거트루드가 유사(流砂, 물의 포화 등으로 지반이 약해진 모래, 밟으면 무너져서 빨려들어간다)에 발이 빠져, 두 사람 다 하마터면 모래에 묻힐 뻔한 적이 있었어요. 이때를 계기로 파파 선생의 앤서니에 대한 혐오가 시작된 겁니다. 또 한 번은 거트루드가 앤서니한테서 한창 죽마를 배우다가 떨어져서, 등을 다쳐 몇 주일이나 누워 지내야 하는 지경에 이르자, 파파 선생은 앤서니의 평생의 적이 된 겁니다. 앤서니는 조금도 잘못한 게 없다고 거트루드가 아무리 애원해도 소용이 없었어요.

아버지는 딸에게 두 번 다시 앤서니하고 놀지 말라고 경고했고, 그때부터 그녀가 그와 함께 어디에 가거나 하는 일은 없어졌습니다. 9년 뒤 어느 날 밤 댄스파티에서 다시 만나, 서로 깊고 격렬하게, 치료약도 없을 정도로 사랑에 빠지고 말 때까지 말이죠. 물론 내가 그 댄스파티에 있었던 게 아니고 나중에 들은 애깁니다. 파파 선생, 그 사람이 얘기해 주었어요.

그는 격분했습니다. 앤서니에게 출입금지를 명하고, 거트루드에게는 멍청한 아이라고 질책했지요. 거트루드는 그저 미소 지으며 오로지 기다리기로 했습니다. 아버지를 존경하고 있었고, 아무리 앤서니 때문이라 해도 부모를 거역하거나 감정을 상하게 하고 싶지는 않았으니까요. 그래도 그녀는 시간이 해결해 줄 것임을 알고 있었어요. 언젠가는 아버지가 굽히고 다가와 줄 거라고.

아무튼 그녀나 앤서니나 그로부터 2, 3년 동안은 결혼할 수 없었지요. 그는 전문과정을 마치지 않으면 안 되었으니까요. 크로이든에서 대학에 다니며 주말에만 클레어몬트로 돌아왔지요. 이런 모든 상황을 거트루드는 상당히 어른스럽게 받아들였습니다. 다만, 고든 미첼에게는 몹시 시달리고 있었어요. 고든은 바로 이웃에 살고 있었는데, 오래전부터 자기는 거트루드와 결혼할 거라고 혼자 결정하고 있었다나요. 그녀가 이미 앤서니 페어웨더와 남몰래 결혼 약속을 교환했다는 걸 알고도 전혀 주눅 들지 않았습니다. 고든은 파파 선생이 자기를 지지하고 있다는 걸 알고 있었고, 자신의 매력에도 상당한 자신감을 가지고 있었거든요.

사실 나도 고든에게 한 표를 던졌어야 마땅했습니다. 그는 어른을 대상으로 한 나의 성서연구회에서 가장 진지한 회원이었으니까요. 언제나 그는 이른바 '종교적 경향'을 나타내고 있었어요. 그렇다면 목사의 눈으로도 점수를 박하게 줄 리가 없지요. 앤서니가 그를 '마음에 들지 않는 위선자'라고 부른 적이 있는데, 고든은 결코 그런 사람은 아니에요. 성실하고, 늘 병적이라 할 정도로 결백한 남자라는 인상이었습니다. 이것은 그의 어머니한테서 들은 얘긴데, 그가 아직 어렸을 때, 식품저장실에서 마멀레이드 병을 훔치고 일주일이나 양심의 가책에 시달린 끝에, 결국 견디지 못하고 어머니한테 자백을 해버렸지요. 그러고서 그가 속죄한다고 뜰 한쪽의 엉겅퀴가 무성한 밭을 네 발로 기어서 지나갔다나요. 그녀는 이 일과 비슷한 수많은 그의 행위를 뭐, 말하자면 꽤 자랑으로 여기는 눈치였어요.

고든은 겉으로 보기에 충분히 호감 가는 성격이었기 때문에, 클레어몬트 마을 사회에서의 평판도 좋았습니다. 얼굴도 그만하면 잘생겼어요. 균형 잡힌 얼굴에, 숱 많은 머리를 한가운데서 가르마를 타고 있었지요. 무척 소중히 하고 있는 자그마한 두 손은 대단한 자랑거리였어요. 소년시절에는 '시시(여자아이 같은/사내아이)'라고 불리며, 불과 일곱 살에 벌써 이불호청 바느질을 했대나 어쨌대나! 그 어머니가 어리숙하게도 그런 걸 은근히 자랑스럽게 소문내고 다녔던 거지요. 그러니 그는 내내 그 오명을 쓰고 살아온 겁니다.

또 노래도 상당히 잘 불러서 성가대원이었어요. 거트루트는 그의 목소리를 '촌스럽다'고 혹평했지요. 도대체 왜 그렇게 생각했는지 원! 고든에 대한 사람들의 평판은 나무랄 데 없이 완벽했고, 그 스스로도 그것을 사람들이 알아주길 바라며 무던히 신경을 썼지요. 조금 전에 말했듯이, 그는 병적일 정도로 양심적이었기 때문에, 남의 시선에 지나치게 민감했던 겁니다. 머리는 좋았지만 농담 같은 건 전혀 통하지 않아서, 그 파파 선생도 그 점은 인정하고 있었어요. 그러나 뭐, 다른 모든 점에서 고든을 모범생으로 생각하는 파파 선생으로서는, 그를 마음에 들어 하지 않는 거트루드 때문에 어지간히 속을 태우고 있었지요.

거트루드도 고든에게 수많은 장점이 있다는 것에는 동의하더군요.

"하지만 그것들을 전부 합쳐도 안 돼요." 그녀는 그렇게 말했어요.

"그 청년의 어디가 마음에 들지 않는 게냐?" 씁쓸하게 묻는 파파 선생.

"특별히 어디랄 것도 없어요. 그냥 재미가 없는걸요. 모든 장점을 갖춘 사람임에는 틀림없지만 어쩐지 끌리는 데가 없어요." 거트루드는 냉담하게 그렇게 대답했습니다.

콧김이 거칠어진 파파 선생이 걷어찬 의자가 방 저편으로 날아갔습니다.

"난 모르겠다, 네가 왜 그 놈을 좋아하지 않는 건지."

"어머, 좋아하기는 좋아해요. 저, 클레어몬트의 젊은 남자의 반은 좋아해요. 그렇다고 뭘요? 클레어몬트의 남자의 반과 결혼할 수는 없잖아요?" 거트루드는 거침없이 말했습니다.

"딸아이가 저 모양이니, 내가 도대체 뭘 어떻게 해야 하겠나?" 그는 애꿎은 나에게 따지고 듭니다. 그러면 내가 대답하지요.

"어떡하긴 뭘 어떡하나. 앤서니와 결혼시키는 수밖에 없지."

"그건 안 돼." 파파 선생은 오른손으로 왼손바닥을 철썩 때립니다. "내 경고해 두겠네만 크랜들 목사, 앤서니 녀석을 편들 거면, 나, 당신 교회에서 박차고 나와 감리교로 개종해버릴 테니까 그리 알아."

그때부터 나는 입조심을 했지요. 그가 감리파로 변절하는 것이 두려워서가 아니라——아마 그쪽에서 거절할 겁니다——더 이상 앤서니를 변호하는 건 오히려 그를 불리하게 만들 뿐이라는 걸 알았기 때문입니다.

고든은 백모가 경영하는 가게에서 상당한 지위에 올라 있었고, 머지않아 가게를 맡아서, 언젠가는 전 재산을 상속하게 되어 있었습니다. 친절하고 남을 기쁘게 해주는 것을 좋아하는, 그런 사람이지만, 나는 늘 이기적인 남자라고 생각했어요. 예! 사실 그의 어머니가 너무 오냐오냐 키웠던 거지요. 아버지는 죽었고 어머니는 아들을 너무 사랑했습니다. 그녀는 아들과는 사뭇 다르게, 키가 크고 꾸밈이 없고 내성적인 여성이었습니다. 그리고 나로서는 이해할 수 없는 일이지만, 파파 선생에게 굉장히 잘 보인 모양이었어요.

앤서니와 고든은 언제나 서로 으르렁대는 사이였지요, 한 아가씨에게 연정을 품게 된 훨씬 전부터. 어릴 때부터 천적이었다고 할 수 있습니다. 언젠가 고든이 앤서니에게 대놓고 이탈리아인 어머니를 비웃으며 놀린 적이 있었는데, 화가 난 앤서니가 고든의 바지를 내려, 셔츠 자락이 약간 삐져나와 펄럭이는 모습으로, 마을을 지나 집까지 돌아가게 했어요. 그러자 고든은, 앤서니의 개에게 독이 든 먹이를 주고 말았지 뭡니까?

뭐, 고든은 이런 식으로 주장하더군요. 강 건너에서 자주 코를 킁킁거리며 와서 먹을 것을 훔쳐가는, 그 잡견을 노린 것이라고. 나는 그 주장을 믿습니다. 왜냐하면 마을의 버젓한 개에게 독을 먹이거나 하여 자신의 평판을 떨어뜨리는 짓을 할 고든이 아니었으니까요. 하지만 앤서니는 그렇게 생각하지 않았습니다. 그날부터 그는 고든을 말할 수 없이 맹렬하게 증오하기 시작했습니다. 그 이탈리아의 피가 들끓었던 거지요. 그러나 뭐, 나는 두 사람 가운데 고든의 증오가 더 치명적인 것으로 생각되었습니다.

고든은 자신이 거트루드를 차지할 수 있다고 처음부터 믿고 있었습니다. 끝까지 고집을 부리며 자신에게 무관심할 수 있는 여자가 있다는 사실을 도저히 받아들일 수 없었지요. '한때는 앤서니가 그녀를 사로잡았을지 모르지만, 그것도 잠시, 녀석은 전공과를 졸업하자마자, 다시 광산학교에 진학하기 위해 갑자기 몬트리올로 떠나고 말았는데' 하고 생각한 겁니다. 앤서니는 하숙비를 위해 바이올린의 명품 스트라디바리우스를 9백 달러에 팔았습니다. 어떤 생각으로 그 애장품을 내놓았는지, 클레어몬트에서는 나 말고 어느 누구도, 아마도 거트루드조차 짐작조차 할 수 없는 일이었지요. 그 뒤 며칠 동안 그는 마치 몽유병자 같더군요. 자신의 혈육을 떠나 보낸 것 같은 기분이었다고 나에게 얘기했습니다.

앤서니가 클레어몬트를 떠난 날 밤, 스털링의 집에 가보니, 파파 선생은 제대로 말도 못할 정도로 화가 나 있었습니다. 아마, 앤서니가 전날 밤 용기를 내어 거트루드에게 작별인사를 하러 왔고, 거트루드도 무슨 일이 있어도 꼭 한번 그를 만나고 싶다, 그것도 단둘이서만 만나고 싶다며 고집을 부렸던 모양이었습니다. 그런데, 파파 선생이 분노한 것은 그 일 때문이 아니었습니다.

사실은 앤서니가 고의로, 그것도 지극히 적나라하게——아마 거트루드도 그것을 하도록 방관했던 것 같습니다——피아노 위에 세워둔 고든 미첼의 사진에 뿔과 꼬리를 장식하고 간 것 때문이었지요. 앤서니가 정말 마법이라도 사용해 고든을 악마로 바꾸었다면, 파파 선생도 이 정도로 놀라지는 않았을 것을. 그는 혀를 잠시도 쉬지 않고 앤서니에게 모든 악담과 욕설을 퍼부었을 뿐만 아니라——파파 선생의 욕설은 유달리 풍부합니다——그의 비명횡사까지 예언했습니다.

"그렇게 되기를 바라진 않네만, 교수대에 오르는 모습을 차마 어떻게 보겠나, 자네 사위가." 나는 온화하게 말했습니다.

"내 사위! 내 사위 좋아하시네, 절대로 허락 못해! 안 돼, 절대로 사양이야. 그렇게 되지 않도록 벌써 손을 다 써놨어. 거트루드는 나의 승낙 없이는 절대로 앤서니 페어웨더와 결혼하지 않겠다고 엄숙하게 약속했어. 자네도 알지, 내가 승낙을 할지 안 할지?"

그래요, 나는 그것이 어떤 것인지 물론 잘 알고 있었습니다. 파파 선생은 1, 2년 정도 머리에 푹푹 김을 내고 있을 겁니다. 그러는 동안 거트루드는 죽은 듯 얌전하게 있을 거고요. 그리고 어느 날 갑자기 아버지가 고집을 꺾고, 그렇게 원한다면 그놈과 결혼하라고 딸에게 말하게 되는 거지요. 파파 선생은 내 표정에서 뭔가 읽은 모양인지, 버럭 소리를 지르더군요.

"뭘 속으로 웃고 있는 건가? 크랜들. 저 아이가 약속을 어길 거라고 생각하나? 우리 딸은 정직하고 성실해."

물론 그것도 잘 알고 있지요. 파파 선생은 어릴 때부터 거트루드에게 약속을 지키는 것의 소중함을 철저히 가르쳐 왔으니까요. 그것은 그가 특히 강조한 교훈의 하나였습니다. 사실 파파 선생에게는 어딘지 허술한 일면이 있었어요. 사건의 진상은 듣지 못했지만, 그가 옛날에 누군가와 한 약속을 배반당해 곤경에 처한 적이 있는데, 그래서 그는 거트루드에게 한번 약속한 건 절대로 어겨서는 안 된다고 가르친 거지요.

그녀가 약속을 지킬 거라는 건 알고 있었지만, 그렇다고 특별히 노심초사하지도 않았습니다. 또 한 가지 알고 있었던 것이 있었기 때문이지요. 즉 약속을 했든 안 했든, 고든 미첼이 거트루드하고 결혼할 수 있는 가능성은, 내가 그녀하고 결혼할 수 있는 가능성하고 엇비슷하다는 것 말입니다. 앤서니가 떠나자 그는 더욱 끈질기게 그녀를 따라다니기 시작했지만. 거트루드는 밝고 아름답게 치장하여 생글생글 웃는 얼굴로 댄스파티에 가서, 잘생긴 청년들과 재미있게 놀며 아버지를 기쁘게 해주는 척하면서, 자신도 마음껏 즐거운 시간을 보내고 있었습니다.

한편 파파 선생은, 그 덕지덕지 장식된 고든의 사진을 책상 위에 그대로 둔 채, 날마다 그것을 트집 잡아 악담을 쏟아내곤 했습니다. 때로는 거트루드에게 마구 분통을 터뜨리는 날도 있었지요. 그도 그럴 것이, 그녀가 고든을 전혀 호의적으로 보지 않았으니까요.

"내가 앤서니에게 다른 누구하고도 결혼하지 않겠다고 약속한 것을 잊으셨어요, 아버지? 다른 약속들과 마찬가지로 이 약속도 지키지 않으면 안 돼요. 약속한 것은 절대로 어겨선 안 된다고 언제나 말씀하셨잖아요?" 그녀는 상냥하게 물었습니다.

파파 선생은 딸을 날카롭게 노려보았습니다.

"앤서니…… 앤서니……, 프로포즈만 하면 당장 너를 차지할 수 있다고 말한, 그 작자 말이냐!"

"그 사람은 절대 그런 말 하지 않았어요. 하지만, 만약 말했으면 …… 정말 그렇게 되었을 거예요." 거트루드는 일부러 약을 올리듯 웃는 얼굴로 말했습니다.

이 말에는 파파 선생도 입이 딱 벌어져서 말이 나오지 않았지요.

고든은 구애의 방식에 그리 세심한 편이 아니었을 뿐만 아니라, 그가 무슨 짓을 하든 말든 이제 거트루드와의 가능성은 없었습니다. 다른 여성이라면 어쩌면 그에게도 희망이 있을지 모르지만, 그것도, 이따금 그 여성한테서 어느 정도 떨어져서 거리를 둘 줄 아는 배려가 그에게 있을 때의 얘기지요. 그런데 그는 쉴 새 없이 그녀 앞에 나타나서, 때와 장소를 가리지 않고 부담스러운 친절로 괴롭혔으니까요. 그녀는 점점 그의 얼굴도 보기 싫어했습니다. 나는 파파 선생이 이런 점에 좀더 민감해주기를 기대했지만, 그렇지도 않다는 걸 알았지요. 파파 선생은 고든과 굉장히 가까워져서, 골프까지 가르쳐주겠다고 나선 겁니다. 만약 소질이 있어보였다면 아예 그런 얘기는 꺼내지도 않았겠지만, 고든이라면 안심해도 된다고 본 거지요. 어쨌든 고든은 도저히 실력이 늘 것 같지 않았습니다.

그리하여 2년이 지났습니다. 앤서니는 한번도 고향에 돌아오지 않고, 여름방학 때는 조사대와 함께 원정여행을 했습니다. 거트루드에게 편지를 보냈는지 어쨌는지, 글쎄요, 나는 모르겠군요. 그녀의 입에서는 그의 이름이 전혀 나오지 않았어요. 파파 선생은, 딸이 이젠 그 녀석을 잊은 모양이라고 생각했지요. 하지만 내 눈은 속일 수가 없었어요.

그럭저럭 시간이 지나는 동안, 크로이든에서 의사회가 열리게 되어 파파 선생도 참석했습니다. 같은 기차에 고든 미첼도 타고 있었지요. 그것은 아직 이른 봄날의 어느 날이었는데, 서리가 내리고 갑작스런 기온 변화로 인해 선로가 늘어나 기관차가 탈선하는 사고가 일어났습니다. 사망자는 오직 한 사람…… 파파 선생뿐이었습니다.

고든이 그의 임종을 지켜보았습니다. 파파 선생은 말도 하지 못하고 그저 웃으며…… 고든의 손을 꼭 잡고…… 뭔가 말하려다가…… 눈을 감았답니다. 그것이 다였어요. 거트루드는 하다못해 마지막으로 진심을 담은 작별의 인사조차 할 수 없었지요.

그녀는 슬픔에 빠졌습니다. 아버지와는 뭐든지 애기할 수 있는 사이였는데.

"아버지와 전 서로를 좋아했어요, 아주 많이 좋아했어요." 나에게 이렇게 말한 적도 있었어요.

건전한 슬픔은 아무리 크더라도 시간이 지나면 치유되는 법이지요. 그녀의 웃음소리가 다시 들리는 날이 찾아왔습니다. 그 웃음에는 뭔가를 얻고 뭔가를 잃은 듯한 울림이 있었지만.

그녀와 앤서니의 사이는 모두 순조롭게 되어가고 있는 줄로만 생각했습니다. 지금 그녀는 한 집안의 여주인——클레어몬트를 기준으로 하면 부유한 부인이 될 것 같은——이기도 하니까요. 그리고

1년이 지난 어느 가을밤, 앤서니가 완전히 의기소침하여 입술이 새파래져서 나를 찾아온 겁니다.

그는 내 서재를 미친 사람처럼 부산하게 왔다 갔다 하면서 자초지종을 얘기해 주더군요. 거트루드가 이렇게 말했다는 겁니다. "나는 당신과 절대로 결혼할 수 없어요, 아버지의 승낙이 없이는." 앤서니와 결혼하지 않겠다고 아버지한테 약속했는데, 이젠 영영 아버지의 허락을 얻을 수 없지 않느냐고. 앤서니는 거트루드가 여간해서는 마음을 바꾸지 않을 것으로 보고, 나에게 그녀를 만나 어떻게든 설득시켜 줄 수 없겠느냐고 부탁하러 온 것이었습니다.

나는 갔습니다⋯⋯. 어차피 헛걸음일 거라는 예감을 갖고. 차가운 바람이 부는 가을 저녁이었습니다. 거트루드는 거실 난롯가에 앉아있고 바로 옆에서 지글스퀵이 코를 골고 있더군요. 오래된 팔걸이의자에 앉아있는 그녀가 너무나 아름답게 보여서, 앤서니가 그렇게 광란하는 것도 무리가 아니라고 이해가 됐습니다. 상복은 입지 않았더군요. 파파 선생이 상복이라는 그 '멋없는 과거의 유물' 같은 건 무시하라고, 그녀에게 써놓은 유서의 내용 중에 언급이 되어 있었거든요. 그녀는 금갈색 비로드 가운을 입고 있었습니다. 젊디젊은 아가씨에게는 약간 유행에 뒤쳐지고 또 너무 사치스럽다고도 생각되었지만, 그래도 무척 잘 어울렸어요. 가늘고 하얀 목덜미에는 불투명한 구슬 목걸이. 검은 머리는 호사스러운 핀으로 깔끔하게 매만졌더군요. 그리고 비교적 크고 하얀 손의 가운뎃손가락에, 아버지가 늘 끼고 있던 반지를 끼고 있었습니다. 약간 특이한, 납작하고 엷은 녹색 보석반지였지요. 내 기억에 의하면, 분명히 선생의 부인이 신혼여행에서 그에게 선물한 것이 틀림없었습니다. 식어버린 파파 선생의 손에 끼워져 있던 것이었지요.

"꽤 멋진 밤이죠, 목사님?" 거트루드가 쾌활하게 말을 걸어왔어요.

"날씨 얘기를 하러 온 게 아니야." 내가 말했지요.

"알고 있어요. 무슨 얘기를 하러 오신 건지 짐작이 가요. 그러니까 어서 말씀하세요. 마음이 편해지실 거예요. 하지만 그렇다고 무엇이 달라지지는 않을 거예요."

그래서 나는 간곡하게 얘기했습니다……. 역시 아무것도 달라지지 않더군요.

"알겠니? 만약 아버지가 살아 계셨다면 지금쯤 이미 허락해 주셨을 거다." 그것은 나의 마지막 일격이었지요.

"네, 그럴 거예요." 그녀는 대답했어요.

"어이구 정말, 이…… 이…… 이……."

"이 고집불통 녀석!" 거트루드가 선수를 치며 말했습니다. "그렇게 말씀하고 싶으신 거죠? 목사님 신분으로는 그런 말 입에 올리기 힘드실 테니까, 대신 제가 말해드렸어요. 자, 말씀 계속하세요."

"'이 고집불통!'이라고 말하려 했다." 나도 지지 않고 그녀보다 더 큰 목소리로 말해 줬지요. 거트루드 같은 어린 아가씨한테 이런 일로 한 방 먹고 가만 있는 건 재미없으니까요. 내 성의(聖衣)에 대해서는 경의를 표해주지 않더라도, 하다못해 이 백발머리에는 조금이나마 경의를 표해줘야 하는 것 아닙니까? "도대체 어째서 그렇게 고집불통이냐, 너는."

"고집 문제가 아니에요. 전 약속했어요. 만약 아버지가 살아 계셨다면 지켜야 하는 것과 마찬가지로, 돌아가신 아버지에 대해서도 약속은 지켜야 해요. 논쟁을 하거나 해서 절 괴롭히진 마세요, 목사님. 절 설득할 수 있을 거라고 생각하세요? 앤서니도 무리였는데."

"아니야, 난 그 정도로 나 자신을 과대평가하지는 않는다. 하지만 넌 돈키호테 같은 어리석음으로 앤서니뿐만 아니라 네 자신의 인생까지 망치겠다는 거냐?"

"네에? 우리의 인생은 망쳐지지 않아요, 적어도 앤서니의 인생은요. 저 같은 건 금방 잊어버리고 다른 사람하고 결혼할 거예요. 저도 잊을 수 있을 거예요. 하지만 그가 아닌 다른 사람하고는 결혼할 수 없어요. 앤서니에게 그렇게 약속한걸요. 다른 사람과는 하지 않겠다고."

"아마 그는 널 약속에서 해방시켜줄 거다." 나는 진지하게 말했습니다.

"전 그런 것 부탁할 생각 없어요. 어서 차 드세요, 목사님. 제가 유쾌한 노처녀가 될 수 있도록 도와주세요. 그렇게 하는 수밖에 없는걸요."

그렇게 말하며 아름다운 손길로 차를 따라 주더군요. 차 한잔 따르는 것도 예술의 경지에까지 끌어올리고 마는 그 아가씨는, 내가 차를 마시고 있는 동안 옆에서 난롯불을 조용히 바라보고 있었습니다. 그 뒷모습에서, 붉은 빛을 띤 황금의 불꽃에 녹아드는 목에서 어깨에 걸친 아름다운 윤곽. 이 사람이 방금 노처녀가 될 것을 운운한 여성이라니!

나는 앤서니에게 전했습니다. 최선을 다했지만 잘 되지 않았다고. 또 남자답게 견뎌내지 않으면 안 된다고.

"견디라고 하는 건 무립니다." 그는 내뱉듯이 그렇게 말하고 문을 열어둔 채 방에서 뛰어 나가더군요. 그로부터 10년 동안 그는 한 번도 나타나지 않았습니다.

거트루드는 고든을 적당히 다루고 있었습니다. 그녀는 아버지가 돌아가신 뒤부터, 그가 싫어져서 견딜 수가 없다고 나에게 털어 놓더군요.

"왜 그런지 저도 잘 모르겠어요. 전에는 싫진 않았는데. 지금은 얼굴만 봐도 진저리가 쳐져요. 그래서 그에게 말했죠, 무슨 일이 있어도 당신하고는 결혼하지 않을 것이니, 제발 더 이상 나를 괴롭히지 말아달라고요."

거트루드가 말한 대로 고든은 발길을 딱 끊었습니다. 그해 겨울, 그는 갑자기 자신의 사업과 교회 일에 무서운 기세로 몰두하기 시작하더군요. 교회에서 늘 모습을 보았지만, 어딘지 사람이 달라진 것 같았어요. 뭔가를 열심히 잊어버리려는……, 뭔가를 마비시켜 버리려는 자의 행동이었지요……. 그 거트루드 스털링에게 거절당한 남자라면 그렇게 되는 것도 무리가 아니라는 생각이 들었습니다.

그는 그 전처럼 사람들과 교제하지 않았습니다. 가끔 외출은 하더라도 뭔가 몹시 고뇌하며 생각에 잠긴 모습이어서, 사람들은 때때로 그가 우울증에 걸린 것 같다고 수군거렸지요. 슬픈 일이고 가엾은 남자라고 생각했어요.

어느 해 이른 봄의 일요일, 나는 교단에 서서 설교를 하고 있었습니다. 그때 물론 아무갠가 하는 사람을 염두에 두고는 있었지요. 신자 가운데, 물론 미첼 집안이나 스털링 집안과는 전혀 관계가 없는 사람들이지만, 그 사람들이 겨울 동안 어떤 일로 인해 마찰이 일어나, 그것이 치열한 싸움으로 발전했고, 그것 때문에 내가 엄청 골머리를 앓고 있었지요. 그 원인은 누구나 다 뻔히 아는 일이었습니다. 모든 것이 늙은 여우 리지우드, 아니 리지우드 부인이 풍파를 일으켰기 때문이지요. 나는 그녀를 위해 그 설교를 했던 겁니다. 결코 모두를 위한 기성품이 아닌 단 한 사람을 위한 맞춤 설교였던 것이지요, 그녀를 위한. 그런데 사람들은, 그때 그 설교 앞에 고개를 숙일 인물로서, 아무도 생각지도 않았던 남자 고든에게 그것을 강요하고 만 거예요. 하지만 뭐, 분명히 말해두지만, 그 사람 자신이 그런 행동만 하지 않았더라면, 사람들도 그런 실수를 하지 않았을 겁니다.

내가 설교에 사용한 구절은 "오, 주여! 거짓 입술과 기만의 혀로부터 구원해주소서, 저의 영혼을!"이었습니다. 상당히 거친 말투로 설교했지요. 그도 그럴 것이, 그 소동 때문에 어지간히 속이 상해 있었거든요. 그날 고든은 성가대에 참여하지 않았습니다. 심한 감기 때문에 목소리가 제대로 나오지 않아서 어머니와 나란히 성당 한가운데쯤에 앉아 있었지요.

설교가 막바지에 접어들었을 무렵, 어쩌다가 고든 쪽으로 시선을 준 나는, 그 표정에 깜짝 놀라고 말았습니다. 사람의 얼굴에 나타난 그런 절망과 고뇌를 나는 일찍이 본 적이 없었습니다. 틀림없이 몸이라도 안 좋은 거겠지, 하고 생각했지요. 그런데 갑자기 그가 일어나서, 멍하니 주위를 두리번거리더니, 다시 자리에 앉더군요…….아니, 그의 어머니가 자리에 끌어 앉혔어요. 나는 아직도 할 말이 좀 남아있었지만 그대로 설교를 끝냈습니다. 그리고 예배의 마지막 순서로 찬송가를 불렀습니다. 고든과 그 어머니의 모습은 이미 보이지 않았어요.

그런데 그 날 밤, 미첼 부인이 나보고 집에 와달라는 것이었습니다. 가보니, 현관 앞에서 나를 맞이한 부인은 고든의 머리가 이상해졌다고 호소하더군요. 그녀는 가엾게도 거의 제정신이 아니었습니다. 하지만 고든을 만나 얘기해보니, 그는 나와 마찬가지로 멀쩡했지요. 다만 그는 모든 것을 싹 잊어버리고 있었습니다, 모든 것을! 자기 이름조차 기억하지 못했어요. 갓 태어난 아기라도 자신의 과거에 대해 이토록 아무것도 모를 수는 없을 정도로.

최근에는, 신문이나 신경쇠약에 대해 다룬 출판물 같은 것을 통해, 그런 증상이 있다는 얘기를 들었어도 그다지 이상하게 생각하지 않지만, 그 당시에는, 더구나 클레어몬트 같은 곳에서는 누구나 이런 방면에는 무지했습니다. 대부분의 사람들은 고든이 미쳤다고 주장했습니다. 사람들은 우선 고든의 조부만 해도 '좀 이상한 사람'이 아니었느냐고 수군댔습니다. 어머니가 닥치는 대로 불러온 훌륭한 정신과 의사들은, 한결같이 입을 모아 고든은 정신상태도 사고력도 완전히 정상이라고 진단했습니다. 의사들은 모두 두 손 들고, 이렇게 되면, 기억이 사라졌을 때와 마찬가지로 갑자기 돌아오는 일도 있을 테니, 그때까지 그저 기다리는 수밖에 없다고 말했습니다. 그의 친구들과 미첼 부인은 그게 다 내 설교 탓이라고 믿고 또한 주장했습니다. 그런 말을 하는 자들에게 나는 단호하게 이렇게 말했습니다.

"고든이 거짓 입술과 기만의 혀의 소유자라는 겁니까?"

대부분은 그 말이면 물러섰지만 미첼 부인은 달랐습니다. 그녀가 내게 한 말의 요지는 대충 이렇습니다.

"고든은 남달리 양심적이니까요. 아무도 거짓말로 여기지 않는 사소한 변명 가지고도 고민할 정도로……. 그런데, 목사님의 그 무서운 설교가…….."

그녀는 결코 나를 용서해주지 않았습니다.

새 의사가 왔습니다. 젊고 상당한 지식의 소유자였습니다. 하긴 마을 사람들은 파파 선생 외에는 아무도 인정하려 하지 않았지만. 나는 그와 자주 고든에 대해 얘기를 나누었습니다. 그는 어떤 견해를 가지고 있었습니다. 지금은 상당히 확립된 이론인 모양입니다만, 그때는 너무나 엉뚱한 소리 같아서 도저히 받아들일 수가 없었지요.

"미첼은 잊고 싶어서 잊어버린 겁니다."

"그런 말도 안 되는! 자신의 과거를 모조리 잊고 싶어 하는 사람이 어디에 있단 말이오?" 나는 반박했습니다.

"아닙니다. 모조리는 아니지요……. 그게 아니라, 단 하나의 감당하기 힘든 기억뿐입니다. 고민이 어느 정도 극에 달하면……. 아마, 목사님의 설교가 그 한계였을 겁니다……. 아니면 전혀 관계가 없는 일이었을지도 모르지만……. 자신을 괴롭히고 있는 것을 잊음으로써 그 고문에서 해방되려는 거지요. 다만," 이제 대학을 갓 졸업한 새내기로, 고전을 끌어대는 걸 좋아하는 닥터 밀스는 덧붙여서 이렇게 말했습니다. "레테(그리스 신화에서의 망각의 강. 저승으로 흐르며 망자가 그 물을 마시면 과거를 잊는다고 한다)의 강물을 마시는 자, 자신의 악뿐만 아니라 선마저 잊으리라고 했을 정도니까요."

"그것과 내 설교에 무슨 관계가 있다고……."

사실 어째서 그렇게 된 건지 나는 짐작도 하지 못했습니다. 생각할 수 있는 거라고 해야, 거트루드의 결심으로 인해 고든이 무척 고통스러워 했다는 것, 그리고 그 고통을 잊어버리고 싶었을 거라는 것. 그러나 뭐, 그것과 내 설교에 도대체 어떤 인과관계가 있을 수 있단 말입니까? 그는 아마 내 설교 같은 건 조금도 귀에 들어오지 않았을 겁니다. 다만 그 자리에 앉아, 건너편 자리에 앉아있는 믿을 수 없이 아름다운 거트루드만 끝없이 생각하며, 그러다가 그만 인내의 한계를 넘어버린 것이 아닐까요. 그래서 뭔가가 툭! 하고 끊어져버린 겁니다. 젊은 사람들이 흔히 사용하는 절묘한 표현처럼 '나사가 하나 빠져버린' 것이 틀림없습니다.

몇 주일 동안 고든에 대한 화제는 마을에서 식을 줄을 몰랐습니다. 얼마 뒤 메리 커티스가 남자하고 눈이 맞아 달아나자, 이제 소문의 주인공은 그녀가 차지하게 되었지요. 가을로 접어들 무렵에는 모두들 이제 딴 사람이 되어버린 고든에게 더 이상 거부감을 느끼지 않게 되었고, 고든 자신도 새로운 자신에게 적응하고 있었습니다. 즉, 그가 모든 것을 잊어버렸다는 표현은 적절하지 않았던 거지요. 읽고 쓰고 얘기하는 것, 사회생활 속의 태도와 행동, 가게를 꾸려나가는 것, 이 모든 것을 다 기억하고 있었으니까요. 물론 그때까지의 거래처와 단골손님에 대해서는 모조리 잊어버렸기 때문에, 처음부터 새로 시작하지 않으면 안 되었습니다. 하지만 뭐, 그것도 그리 오래지 않아 해냈습니다. 봄에는 이미 전처럼 맹렬하게 일하고 있었으니, 모르는 사람이 보면 도대체 그의 어디가 이상하다는 것일까

하고 이상하게 생각했을 겁니다. 그를 잘 아는 사람만이 그 변화를 눈치 채고 있었던 거지요.

이를 테면 그는 사랑했던 것, 미워했던 것, 전부를 잊어버렸습니다. 말하자면 그의 감정은 아무것도 적혀있지 않은 새하얀 이력서 그 자체였던 겁니다. 어머니도 사랑하지 않았습니다. 그렇게 효자였던 사람이 지금은 어머니에 대해 아무 감정이 없었습니다. 그것을 알게 된 어머니는 물론 가슴이 찢어질 것 같았지요. 헛되이 세월만 흘러가는데 아들은 자신에게 전혀 애정을 보이지 않는다는 것을 알수록 말이지요. 그는 옛날 친구에게도 전혀 관심을 나타내지 않았습니다. 드물게, 새로운 친구관계를 형성하는 경우도 있었지만, 그렇지 않은 자에게는 항상 생판 남 같은 태도로 일관하는 것입니다. 물론 교회 일에도 전혀 흥미가 없었습니다. 교회를 외면하는 자에게 가차 없는 마을의 평판이 돌아가지만 않았다면 아예 교회에 나오지도 않았을 겁니다.

그의 내부에서 가장 크게 변한 것, '혁명'이라고 할까 내가 그렇게 생각한 것은, 거트루드에 대한 것이었습니다. 그녀 역시 다른 모든 것과 함께 망각의 저편으로 쫓겨나고 말았습니다. 그는 그녀가 있는 곳에서는 어쩐지 불안해하는 것처럼 보이기도 했지만, 그것은 단순히 내 지나친 생각이었을지도 모릅니다. 특히 그녀에게는 약간의 관심도 보이지 않았으니까요. 클레어몬트의 다른 여성과 교제하려고도 했지만, '어쩐지 기분 나쁘다'고 하며 어떤 아가씨도 사귀고 싶어 하지 않았고, 그도 곧 스스로 포기해 버렸습니다. 그와 주변 사람 사이에는 넘을 수 없는 벽이 있었던 겁니다.

그를 보고 있으면 한 가지 마음에 걸리는 것이 있었습니다. 다른 사람들도 눈치 채고 있었는지는 모르겠지만, 이따금 불현듯 어깨너머로 뒤를 돌아보는 겁니다. 아무래도 기분 나쁜 행동이었지요. 또 사람들과 악수할 때는 한눈에 어색함이 드러났지만, 특별히 악수를 거부하는 것은 아니었습니다. 단 한 번의 예외를 제외하고.

그것은 크로이든에서 오래 머물다가 돌아온 거트루드가 어느 야외파티에서 그를 만나, 악수를 하려고 손을 내밀었을 때였습니다. 그는 멍하니 응시했습니다……, 그녀가 아니라…… 그녀의 손도 아니라…… 엷은 녹색 보석이 박힌 그 커다란 반지를. 얼굴이 창백해진 그는 손을 뒤로 빼고 말았습니다. 거트루드는 이상하게 여겼지만, 가엾은 고든의 일인지라 이상한 게 당연하다고 생각했습니다.

그 운명의 설교가 있은 지 몇 년이 흘렀습니다. 세월이 흐르면서 많은 일들이 있었습니다. 이제 고든 미첼의 기억이 돌아오기를 기대하는 사람은 아무도 없었습니다……. 단 한 사람, 그의 어머니만은 희망을 버리지 않고 열심히 기도하며, 그것을 오직 삶의 목표로 삼고 있었지요. 새로운 주민 가운데에는 그가 과거를 잃어버린 사람이라는 걸 아는 사람은 거의 없었습니다. 그는 클레어몬트에서 가장 잘 나가는 실업가로서, 재산은 자꾸자꾸 불어났습니다. 하지만 그래도, 재산 면에서는 앤서니 페어웨더와는 비교할 바가 못 되었지요.

앤서니는 광산학교를 졸업한 뒤, 하루 1달러 50센트의 임금으로 코발트 지방의 지질을 조사하다가 그 유명한 루치아 은산을 발견했습니다. 그 은산에 어머니의 이름을 붙이고, 그는 하루아침에 흔히들 말하는 백만장자가 되었지요. 큰 성공을 거두어도 그는 변하지 않았습니다. 여전히 열심히 일한 그는, 얼마 뒤 그 분야에서 그와 어깨를 나란히 할 수 있는 자가 없을 정도로, 모든 사람이 인정하는 광산기술의 대가가 되었지요. 취미는 바이올린 수집이었습니다. 그의 수집품은 한참을 수소문한 끝에 간신히 되사게 된 그 스트라디바리우스를 필두로, 미국에서도 가장 뛰어난 것이 되었습니다. 이 세상에서 얻을 수 있는 모든 행운을 그는 손에 넣은 것입니다. 진정으로 원하는 것 한 가지만 빼고 말이지요.

클레어몬트에서는 그를 '마을에서 가장 출세한 인물'이라고 자랑스럽게 칭송했고, 그가 젊은 혈기로 저지른 수많은 장난을 회고하며 옛날과는 완전히 다른 느낌으로 이야기꽃을 피웠습니다. 그 얘기를 들은 사람이, 치즈 대신 비누를 접시에 담아 온 사건과 은광맥을 찾아낸 것 사이에 뭔가 중요한 연관을 느꼈다 해도 이상한 일이 아닐 겁니다. 그렇습니다. 모두들 처음부터 이렇게 될 줄 '다 알고 있었던 것'입니다. 만약 앤서니가 귀향했더라면, 브라스밴드와 등불 행렬이 그를 역까지 마중나가 환영했을 것이 틀림없습니다.

그러나 그는 돌아오지 않았습니다. 거트루드에게 편지를 보내지도 않았어요. 그렇지만 이따금 가치 있는 골동품 중에서 진귀하고 아름다운 물건을 보내왔습니다. 그것은 언제나, 그녀에게 참으로 어울리는 것뿐이었고, 앤서니의 눈길이 머문 순간 "이건 거트루드의 것이야……, 다른 사람의 것일 수가 없어" 하고 말했을 것이 틀림없는 물건들이었습니다. 그리고 그녀의 생일이 돌아올 때면, 크로이든의 꽃집에 특별히 주문해 커다란 진홍색 장미꽃다발을 보내왔습니다. 앤서니가 그날을 잊은 적은 한번도 없었습니다.

거트루드는 겉으로 보기에 인생을 만끽하고 있는 것 같았습니다. 무척 즐겁게 보내고 있었지요. 여행도 하고…… 집에 손님을 초대하기도 하고…… 건전한 클럽과 협회의 조직과 운영에도 참여하며 …… I·O·D·E의 클레어몬트 지부 이사, 또 캐나다 전국부인회 회장도 맡았습니다. 그녀의 집은 '미의 전당'이었습니다. 그리고 이젠 원숙해진 그녀와 난롯가에서 나누는 대화는 때때로 목사로서 매일 정신없이 압박해오는 복잡한 문제에 무너지려하는 내 정신을 지탱해주었습니다.

"괜찮으시다면 언제라도 들러주세요. 난롯가에는 의자가 있고, 카펫 위에는 고양이가 자고 있어요." 거트루드는 말했습니다.

고양이! 아, 맞아요! 이 녀석들에 대한 얘기를 좀 해야겠군요. 지글스퀵이, 이 개를 알고 있던 모든 행운아들이 슬퍼하고 애도하는 가운데 좋은 개가 가는 영원한 세상으로 가버리자, 거트루드는 고양이를 귀여워하기로 했습니다. 그녀는 스스로도 말했듯, 노처녀라면 당연히 주어져야 할 권리를 전부 누려 마땅했으니까요. 그녀는 고양이를 특별히 좋아한 것은 아니지만, 그 녀석들이 자아내는 말로 표현할 수 없는 분위기가 멋지다고 생각했습니다. "고양이에게는 매혹적이고 의미심장한 분위기가 있어요" 하고 그녀는 자주 말하곤 했습니다.

그녀는 앤서니가 보내준 커다란 청회색 페르시아 고양이 한 마리와 새까만 수고양이 네 마리를 키우고 있었습니다. 페르시아종은 뭐라던가 굉장히 거창한 이름이 붙어 있었는데, 수놈 네 마리는 모두 '수트(검댕)'라고 불렸어요. 수트 1호, 2호, 3호, 4호 하는 식으로. 녀석들은 그 오만한 에메랄드빛 눈으로 모든 것을 초자연적인 힘을 실어 꿰뚫어 보겠다는 듯 주위를 노려보며 앉아 있습니다. 그래요, 3백 년 전이었다면 그 눈 색깔만으로도 거트루드는 화형에 처해지기 위해 스스로 끌려갔을 겁니다. 나도 고양이는 꽤 좋아하지만, 언제나 그 거트루드가 기르는 네 마리의 악마들을 보면 꺼림칙한 기분이 되고 맙니다.

뭐, 그보다 그녀가 문제지요. 그 모습을 보고는 아무 말도 못하고 으음! 하고 신음만 하게 할 뿐인 아름다움, 조신함, 몸도 마음도 영광에 빛나는 왕가의 딸. 하지만 나는 잘 알고 있었습니다. 그녀가 농담을 하거나 철학을 얘기할 때도, 거기에 있는 것은 쓸쓸하고 마음이 공허한, 채워지지 않은 한 사람의 여자라는 것을.

파파 선생이 죽은 지 10년이 지난 어느 날, 앤서니가 클레어몬트로 돌아왔습니다. 도착한 지 벌써 일주일이나 백모의 집에 있었는데, 아무도——거트루드는 거기에 들어가지 않지만——그런 줄 몰랐습니다. 천천히 쉬고 싶다고, 한 달 정도 머물 예정이라고 그는 모두에게 말했습니다. 대부분의 사람들은 이해하며, "거트루드 스털링과의 사이에 얼어붙은 수프를 데우려고 돌아온 거군" 하고 쑥덕거렸습니다. 나도 그 일로 돌아온 거라고 생각했습니다. 그러나 뭐, 그에게 그것이 가능하다면 그보다 더 좋은 일은 없지만, 그리 호락호락하지 않을 거라는 정도는 물론 알고 있었지요.

앤서니는 외모가 굉장히 근사한 남자였습니다. 당당하고, 힘세고, 우아하고 기품이 있었어요. 지울 수 없는 영원한 청춘의 분위기가 있었습니다. 그와 나란히 서면 고든은 살찐 중년남자로 보였지요. 고든은 다른 모든 것과 함께 앤서니에게 품고 있던 증오도 잊어버렸습니다. 그래서 진심으로 그를 환영했지요. 하지만 뭐, 앤서니 쪽은 모든 것을 하나도 빠짐없이 기억하고 있었으니까요. 자신에 대한 파파 선생의 눈을 고든이 처음부터 흐려 놓았다고 믿으며, 고든을 예전 못지않게 맹렬하게 증오하고 있었습니다.

"음험한 놈입니다! 그 놈만 없었으면, 이런…… 생각만 해도 미칠 것 같아요!" 그는 괴로운 듯 나에게 말했습니다.

"도저히 안 되는 일인가, 앤서니? 거트루드에게 얘기 좀 해보았나?" 나는 가능성이 없다는 걸 알면서도 물었습니다.

"하고말고요! 하고말고요! 얘기하고 얘기하고 또 얘기했습니다. 머리를 조아리고, 소리 지르고, 화를 내고, 위협하고, 엎드리고……, 나중에는 눈물까지 보였습니다! 난 돌아왔어요……. 돌아와야 했으니까요……. 이 지옥 같은 고통의 10년 동안 그녀의 마음도 변했을 거라고 생각했습니다. 하지만 그렇지 않았어요……. 아마 앞으로도 내내……. 파파 선생이 무덤에서 나와 그녀를 자유롭게 해주지 않는 한, 나와는 결코 결혼하지 않을 겁니다, 결코!"

앤서니는 신음하듯 말을 끊더니, 그 격정을 그다운 재치로 얼버무리며 말했습니다. "우린 정말 멋진 커플이 될 뻔했는데, 안 그렇습니까, 목사님？ "

"거트루드에게는 나도 어지간히 질려버렸네. 정말 어리석은 사람이야. "

"거트루드를 그런 식으로 말하지 말아주십시오. 무엇보다, 이 세상에 약속을 지키는 여성이 한 사람이라도 있다는 건 고마운 일입니다. 그녀가 나쁜 게 아닙니다. 모두 고든의 짓입니다. 오래전에 파파 선생에게 나에 대해 있는 것 없는 것 다 일러바쳤어요. 틀림없습니다. 그 자식！ 만약 위험에 빠져 죽게 된 그놈을 손가락 하나로 구할 수 있다 해도, 이 손가락은 까딱도 하지 않을 겁니다, 절대로！ "

하지만 뭐 운명의 장난이라고 할까, 이튿날 클레어몬트 강 한복판에서 타고 있던 카누에서 떨어진 고든 미첼을, 앤서니 페어웨더가 목숨을 구해주게 될 줄이야！

고든은 카누클럽 회원이었지만, 그때까지 용케도 물에 빠지지 않은 것이 이상할 정도였습니다. 그를 세상에 내보내신 분은, 그를 카누 선수로 만들 생각은 꿈에도 없었던 게지요. 그날, 그는 강 한복판까지 카누를 저어 나갔다가 뒤집힌 겁니다. 그걸 목격한 것은 세 사람뿐, 앤서니와 나, 그리고 어린 스탠 베어드였습니다.

첨벙！ 하고 앤서니가 물에 뛰어들었습니다. 입은 옷 그대로 순식간에, 그야말로 전광석화처럼！

생각건대 클레어몬트에서는 그를 두고 달리, 아니, 다른 마을을 다 찾아봐도 없었을 겁니다. 그렇게 먼 고든이 있는 곳까지 헤엄쳐 가서 그가 죽기 전에 건져낼 수 있는 사람은 말이죠. 그렇지만, 그도 거의 마지막 순간에 그에게 닿았습니다. 고든이 다시 물속에 가라앉아버려 이제 정말 끝인가 하고 생각되었을 때, 앤서니가 물속에 잠수해 그를 끌고 강가로 데리고 돌아온 것입니다. 아버지 페어웨더 대위가 겨우 다섯 살밖에 안 된 앤서니에게 수영을 가르쳤는데, 만약 그때 대위의 영혼이 그 근처를 날고 있었더라면, 아마 이 제자를 자랑스럽게 여겼을 게 틀림없습니다. 그것은 정말 훌륭한 솜씨였습니다. 두려움과 긴장 때문에 늙은 몸으로 감당하기 힘든 격렬한 흥분을 이기지 못하고 강가에서 이리 뛰고 저리 뛰고 있던 내 눈에도 똑똑히 보였습니다.

앤서니는 스탠 베어드에게 닥터 밀스를 불러오라고 시키는 동시에, 가장 과학적인 방법으로 응급처치를 시작했습니다. 나도 할 수 있는 한 도왔지요. 이윽고 의사가, 그 뒤에 마을 사람들이 떼를 지어 달려왔지만, 그때 고든은 다행히도 숨이 돌아와 있었습니다. 모두들 아직 제대로 말도 하지 못하는 그를 빌려온 마차에 싣고 집으로 데리고 돌아갔습니다.

"이제 일단락됐으니, 그럼, 저도 집으로 돌아가야 겠군요. 마른 옷으로 갈아 입어야 겠어요. 전 내일 몬트리올로 돌아갈 겁니다. 이렇게 돌아온 보람도 없는 것 같고. 게다가 이번 일로 온 마을에서 또 다시 지겨울 정도로 영웅 취급을 받게 될 건 뻔한 일이고. 그걸 어떻게 견딥니까? 게다가 제가 한 짓이 그 짐승 같은 놈이 물에 빠져 죽게 된 것을 구해준 거라니, 화가 납니다!" 앤서니가 말했습니다.

그 날 밤, 미첼 부인이 다시 나를 불렀습니다. 현관 앞에서 맞이해 준 부인의 얼굴은 완전히 변해 있어서, 마치 딴 사람 같았습니다.

"오, 목사님, 우리 고든이 돌아왔어요!" 부인은 비명처럼 소리쳤습니다. "모든 걸 완전히 기억해냈어요. 나도 알아 봤어요……. 내가 엄마라는 것을 알아요."

그렇게 말하며 나를 고든의 방으로 안내하면서, 기뻐서 눈물을 흘리는 것이었습니다. 그는 침대에서 베개를 등에 기대고 앉아 있었습니다. 나를 향해 정중하게 인사했지만, 그 눈은 내 뒤로 먼 곳을 보고 있었습니다.

"두 사람은 아직 ?" 그가 물었습니다.

"곧 올 거야." 미첼 부인이 달래듯 대답했습니다.

바로 그때 '두 사람'이 왔습니다. 다름 아닌 거트루드와 앤서니였어요. 두 사람 다 이해할 수 없다는 표정이었습니다. 왜 이렇게 자기들까지 불려와서 고든 미첼의 인간부활을 축하해 주지 않으면 안되는지 알 수 없다는 눈치였지요.

"앉아요. 할 얘기가 있소." 고든이 입을 열었습니다.

"목사님도 증인으로 오시라고 부탁했소. 죄송하지만 어머니는 잠시 비켜 주시겠어요 ?"

부인은 그의 시선과 목소리에 느껴지는 그리운 애정에 그저 고맙기만 해서, 이렇게 자신만 소외되는 걸 조금도 서운해 하지 않고 방에서 나갔습니다.

앤서니와 거트루드는 앉지도 않고, 두 사람 다 문 바로 옆에 서 있었습니다. 거기에 창문을 통해 엷은 라일락 꽃 빛깔의 석양이 비쳐들고 있었습니다.

거트루드는 크림빛이 도는 화려한 옷을 입고 있었습니다. 군데군데 황금빛 자수가 놓여있고, 허리의 중후한 느낌이 풍기는 금색 벨트는 마치 비단으로 짜올린 나비 같더군요. 세월은 그녀의 아름다움을 조금도 앗아가지 못했습니다. 앤서니는 여느때처럼 거무스름한 피부의 미남자였고요.

그들은 앤서니가 전에 말한 것처럼, 정말이지……, 오 ! ……대단한 미남미녀, 잘 어울리는 한 쌍이었어요.

고든이 말하기 시작했습니다.

"나는 당신 아버님이 마지막으로 남긴 말에 대해 당신한테 진실을 얘기하지 않았소, 거트루드. 내가 달려간 뒤 몇 분 동안 아버님은 살아 계셨소. 그리고 나에게 이렇게 말씀하셨소. '난 이제 틀렸어, 고든. 거트루드에게 사랑한다고 말해주게. 그리고 자신이 진정으로 사랑하는 사람과 결혼해도 좋다고 전해주게'."

인간의 마음에는 때로는 참으로 엉뚱한 생각이 떠오르는 법인가 봅니다. 거트루드를 쳐다보며, 기적 같은 그 얼굴을 보면서, 실제로 내 머리를 스쳤던 것은 '그건 파파 선생의 말투가 아니야, 고든 녀석, 조금 고상하게 수정했구만. 그 '제기랄'을 슬쩍 빼버리다니' 하는 생각이었습니다.

"당신 아버님은," 고든이 말을 이었습니다. "반드시 당신에게 그렇게 전하라고 나에게 약속시켰소. 그리고 '약속의 표시로 악수하세' 하고 말씀하셨지. 그 커다란 녹색 보석을 낀 손을 내밀면서. 난 몸을 떨었소……. 내가 절대로 당신에게 말하지 않을 거라는 걸 알면서 그런 약속을 했으니. 그 뒤 아버님은 이렇게 말씀하셨소. '그 아이는 클레어몬트 제일 가는 골퍼인 아버지가 있었는데, 이제부터는 둘째가는 남편으로 만족하지 않으면 안 되겠군. 아니, 내가 죽고 나면 앤서니가 첫째가 되는 건가? 괘씸한 놈!' 그것이 마지막 말이었소……. 그리고 숨을 거두셨소."

"난 당신한테 말하지 않았소." 고든은 말을 계속했습니다. "말하지 않았소. 내 심장을 도려내는 것과 같았으니까. 하지만 그 1년은 살아있는 지옥이었소……. 스스로 뛰어든 지옥. 말하지 않으면 안 된다는 것을 알고 있었지. 더 이상 견딜 수 없는 한계까지 왔을 때, 자주 생각했소. '아아, 파파 선생이 말한 것을 잊어버릴 수만 있다면!' 하고. 그러고 있을 때, 그 설교!" 고든이 내 쪽으로 힐끗 시선을 던졌습니다. "난 더 이상 견딜 수 없다는 걸 절감했소. 벌떡 일어났죠. 뭘 말할 생각이었는지……. 그리고 모든 것이 내 안에서 빠져나가고 말았소, 당신들이 알고 있는 대로. 하지만 오늘 물에 빠졌을 때 모든 것이 생각났소, 모든 것이! 마치 마지막 심판의 날처럼."

고든은 몸을 떨었습니다.

"오늘은 이 정도로 해두는 게 좋지 않을까, 고든?" 내가 그렇게 말했지요.

"아직 고백해야 할 것이 많습니다." 고든은 슬픈 듯 떨리는 목소리를 높였습니다. "파파 선생에게 고자질한 것은 바로 나였소. 앤서니가 프로포즈만 하면 거트루드는 자기 것이라고 말했다고 했소. 그것은 거짓말이었소. 그리고 교실에 스컹크를 풀어놓은 것도 나였고. 장난으로 그런 거지만…… 나중에 일이 크게 확대되자 도저히 자백할 수가 없었소. 이제 하고 싶은 말은 다 했소."

그는 용서를 구하지 않았습니다. 그러나 거트루드는 그의 손을 잡고 꼭 힘을 준 뒤, 앤서니와 함께 방에서 나갔습니다. 고든의 시야에서 벗어날 때까지 두 사람은 황홀한 마음을 드러내지 않는 멋진 예의를 보여 주었습니다. 고든의 눈은 끊임없이 거트루드의 뒷모습을 갈망하는 듯 따라가고 있었습니다. 그렇습니다, 모든 것이 다시 되살아난 겁니다. 그녀에 대한 사랑까지도. 앤서니의 건장한 어깨에 가려 사라져가는 그녀를 향해 그는 낮게 신음했습니다.

그들과 엇갈려 어머니가 들어오자, 그는 위로를 구하는 어린아이처럼 두 손을 내밀었습니다. 나는 일어나서 방에서 나갔습니다. 두 사람은 내가 나가는 것도 모르고 있었지요.

길을 걸으면서 나는 다시 곰곰이 지난 날을 돌이켜 생각했습니다. 그가 저지른 죄에 합당할 만큼 그를 엄하게 질책할 마음은 들지 않더군요.

연인들을 위한 달빛 세레나데

L.M. 몽고메리 하면 우리는 먼저 《빨강머리 앤》을 연상한다. 그것은 몽고메리가 밝고 명랑한 유머와 감동으로 가득한 청춘이야기로 모든이들에게 널리 알려져 있기 때문이다. 그러나 그녀의 소설을 자세히 읽어보면 강한 열정의 이면에 슬픔과 고통, 전율까지 느끼게 하는 미스터리적 장치가 숨어 있음을 발견할 수 있다. 몽고메리의 20편의 장편과 다른 단편집에 실린 몇 편의 짧은 이야기들은, 해질녘 거미줄에서 막 자아낸 실로 짜낸 우울한 빛깔의 직물을 보는 듯하다.

《엘리제 생의 한가운데(Among the Shadows)》에 실린 작품들은 그처럼 몽고메리의 이중적 성향을 잘 반영하고 있다. 이 단편집을 읽다보면 우리가 아는 작가, 몽고메리가 이토록 그늘진 작품을 많이 썼다는 사실에 새삼 놀라게 된다. 그러나 이들 내용이 대부분 일시적으로 심연의 어둠 속에 잠겨 있더라도 마지막에는 상쾌한 아침의 햇살 속으로 날아오르는 반전의 내용전개 방식을 취하고 있다는 점에서 작가의 천성적인 낙천성을 엿볼 수 있다.

이즈음 독서계는 추리나 환타지 계열의 소설 등, 관념적 요소를 지녀서 지적인 유희를 즐길 수 있는 소설이 인기를 끌고 있다. 그러나 그런 작품에는 어김없이 잔혹한 살인 장면이나 우발적인 범죄가 꼬리표처럼 따라 다녀 독자들에게 불쾌한 상상을 불러일으키고 있는 것도 사실이다. 그러한 잔혹함이 없으면서 추리소설처럼 재미있는 읽을거리가 없을까 생각하던 나는 이 작품집을 만나 그 희망이 이루어진 듯한 기분이 들었다.

이 책에 수록된 작품들은 그 내용 중에 살인은 있어도 간접적인 언급에 머물고, 범죄라고 해도 그리 대단치 않는 좀도둑질 정도에 불과하다. 게다가 추리소설과 비슷한 여러 사건이 복잡한 인간관계 속에서 인과법칙에 의해 흥미롭게 해결되고 있다. 즉, 인간적인 애증, 격렬하고 집요한 욕망, 이승과 저승의 미묘한 경계에서 일어나는 미스터리, 하늘의 뜻이라고밖에 생각할 수 없는 우연의 일치가 되풀이되면서 더없이 흥미로운 읽을거리로 이어지고 있는 것이다.

루시 모드 몽고메리는 어려서 어머니를 병으로 잃고 외가에서 보살핌을 받으며 어린 시절을 보냈다. 결혼전까지 대부분의 시간을 조부모와 함께 보낸 몽고메리는 감수성 풍부하고 조숙한 소녀였기에 그동안 복잡한 감정의 교차를 경험했을 것이다.

그런 배경이 있어서인지 여기 수록된 이야기 가운데에는 부모가 존재하는 가정의 아이는 거의 등장하지 않는다. 지금으로부터 백 년 전 이야기임을 생각해보면 사람의 평균수명도 오늘날에 비해 훨씬 짧았을 것이므로 부모 모두 혹은 어느 한쪽 부모를 잃게 될 확률도 당연히 높았을 것이다. 그러한 경우 남겨진 아이는 대개 친척집으로 보내지게 된다. 나이가 많든 적든 젊은 여성들 역시 혼자서 독립적인 생활을 한다는 것은 좀처럼 생각할 수 없었고, 친척집에 몸을 의탁하는 것이 일반적이었다. 이 책의 작품 속에서도 부모를 잃거나 이런저런 이유로 친척 아저씨, 아주머니와 함께 지내는 인물들이 자주 등장하는데 그 예를 들어보면 〈미리엄의 연인〉, 〈존 처칠의 속죄〉, 〈흰옷 입은 여인과의 밀회〉, 〈화이트 매직〉 등이 있다. 〈집사님의 진통제〉에서도 친척 아주머니가 주인공 소녀를 기르고 있다. 또한 어머니뿐인 편모가정에서 대저택을 가진 부유한 친가로 가는 날만을 손꼽아 기다리고 있는 아이들도 등장한다. 이 아이들은 할머니나 친척들에게 굉장한 기대감을 갖고 있는데 〈생의 한가운데〉나, 〈붉은 방〉에서도 역시 마찬가지다. 이처럼 대부분의 단편에서 아이들은 친인척과 깊은 관계를 갖고 그곳에서 갖가지 인간관계를 맺으며 그런 것들을 배경으로 이야기가 전개되고 있음을 볼 수 있다.

이 책에 실린 초현실적인 분위기의 몇몇 단편에서는 사랑의 힘이 죽음의 장벽을 뛰어넘을 수 있다고 말한다. 이것은 초자연적인 테마를 갖는 작품에서 더욱 두드러진다. 19세기 말에서 20세기 초에 걸쳐 '심령술'이니 '강령술' 같은 것이 일반에게 폭넓고 진지하게 받아들여졌는데 몽고메리가 살던 시대에도 사람들은 사랑하는 이와 영혼의 소통을 기원했던 모양이다. 그런 가정을 소재로 쓰여진 작품이 바로 〈미리엄의 연인〉이다. 또 실제로 유령은 나오지 않지만 유령의 존재를 믿고 있는 사람들을 그린 〈흰옷 입은 여인과의 밀회〉가 있다. 〈오, 오 신이여〉에서는 보다 직접적인 목소리로 그 이야기를 들려주고 있다.

〈오, 오 신이여〉도 멜로드라마적인 이야기이지만, 전개방식은 보다 사실적이다. 몽고메리는 '실패한 여주인공'의 이야기를 많이 쓰지 않았지만, 몇 안 되는 그런 여주인공들은 대체적으로 강하고, 독립적이고, 자기 의지가 있으며, 현대인들의 흥미를 끄는 등장인물들이다.

'민'도 그런 주인공들의 하나이다. 민에게는 타고난 지성이 있었지만 그것을 계발할 기회가 없었고, 열정적인 기질은 있었지만 자기를 통제하는 훈련은 받지 못했다. 민은 갑작스럽게 임신을 하는 바람에 원치 않는 결혼을 하게 되고 지역사회에서 소외당한다. 그녀는 절름발이인 자기 아이를 깊이 사랑하지만, 신과 자신의 운명을 몹시 원망하며 살아간다. 게다가 그녀는 자신의 인생을 변화시켰을지도 모를 남자를 너무 늦게 만난다. 그러나 그 남자, '앨런 텔포드'의 사랑은 그녀에게 편안한 안식을 주며 죽음 너머 저 세상으로 갈 힘을 준다.

여기서 몽고메리는 그녀가 구원 받았음을 의심치 않는 듯하다. 늦은 밤 그녀의 회한에 찬 울음소리가, 다른 선택받은 인간들보다 자비로운 신에게 먼저 들리지 않는다고 누가 말할 수 있으랴?

죽기 전에 민은 앨런에게 그들이 다시 만날 수 있겠느냐고 묻는다. 그러자 그는 자신이 죽으면 다시 만날 것이라고 말한다. 그러나 다시 만나기 위해 꼭 죽을 때까지 기다려야만 할까?

몽고메리의 초자연적인 이야기에서는 죽은 사람들이 무덤에서 나와 예상치 못했던 정보를 알려주거나 살아 있는 이들에게 따뜻한 위안을 준다. 19세기 말에는 많은 사람들이 죽은 사람들과의 접촉을 진지하게 받아들였다. 물론 유령 이야기는 어느 때에나 인기가 있지만, 영매——저 세상으로부터의 메시지와 죽은 사람들의 모습을 불러내는 데 능한 사람들——의 출현은 많은 사람들에게 '교령술'을 접할 수 있게 해주었다.

몽고메리는 1918년 7월 19일자 일기에서 이렇게 쓰고 있다. "나는 단 한순간도 '교령술'이라는 것을 믿어본 적이 없다. 내가 보고 읽은 그 어떤 것도 나에게 그런 수단에 의해 죽은 자와의 소통이 가능하다는 믿음을 불어넣지 못했다." 그러나 그녀도 일찍이 1890년쯤 테이블을 가운데 놓고 실험을 해본 적이 있으며, 한두 번의 이상한 경험에 대해 자신에 일기에 기록한 바 있다. 그러나 그런 것은 그녀에게 하루저녁의 흥미로운 게임 같은 것일 뿐, 진지한 관심의 대상은 아니었다.

그러나 분명 몽고메리는 사랑은 죽음을 초월한다고 믿고 싶어했으며, 실제로 친구인 프레데리카 캠벨(프레더)과 만약 둘 중 한 사람이 먼저 죽는다면 죽음의 강을 건너는 것이 가능한 한, 강을 건너 살아있는 사람에게 모습을 보여주기로 약속했다. 프레더는 1919년 1월 25일에 죽었다. 임종을 지킨 몽고메리는 몹시 괴로워했다. 2월 7일자 일기에서 몽고메리는 죽은 자는 돌아올 수 없는 것 같다고 슬퍼하고 있다. 프레더가 그녀에게 모습을 나타내지 않았기 때문이다. 그러나 5월 21일에 장남의 건강을 걱정하면서 그녀는 프레더에 대한 그리움, 프레더가 지금 그녀와 같은 방에 있을 수는 없는지 하는 의아함을 강렬하게 묘사했다. 이 묘사에 그녀의 고양이 '대피'가 등장한다. 어느 책에선가 동물들은 인간의 지각능력으로 알아차리지 못하는 초월적인 존재를 의식한다고 씌어 있던 것이 기억난다. 아마 그러한 존재들이 동물들에게 영향을 준다고 하는 것도 사실일지 모른다.

"나는 속삭였다. '프레더, 만약 네가 여기 있다면 대피로 하여금 나에게 키스하게 해줘.'"

그런데, 평소에 감정 표현이 드문 대피가 몽고메리에게 다가와 키스를 한 것이다. 몽고메리는 "프레더가 나와 함께 있고, 우리 두 사람의 동물 친구를 통해 내게 메시지를 전달했음을 확실히 느꼈다. 그러한 확신은 위안과 힘과 평안을 가져다주었다"고 썼다.

따라서 무언가가 죽은 이를 사랑하는 사람에게 돌려 보내 준다면, 그것은 사랑의 힘이다.

〈장미 소녀〉에서는 죽음의 세계로 넘어가는 애인을 돕기 위해 저 세상 사람이 방문하는 장면이 나온다. 재닛은 죽음을 앞둔 로런스 씨 옆에 앉아 있다. 그는 그녀에게 18살에 죽은 그의 약혼녀 마거릿이 한 말을 들려준다. "허버트, 난 영원히 당신에게 성심을 다하겠다고 약속하겠어요. 언제까지나, 당신이 오실 때까지 몇 년이라도, 난 적막한 천국에서 홀로 외톨이가 되어야 하겠지만, 그런 동안에도, 내내. 그리고 당신의 마지막이 다가오면 죽음의 잠자리를 편안하게 해드리러 가겠어요, 당신이 해주셨던 것처럼. 꼭 가겠어요, 허버트."

그날 밤, 그 마을 소녀가 아닌, 젊고 매력적인 아가씨가 그 집을 방문한다. 그 사람은 애인의 임종을 돕기 위해 나타난 마거릿이었을까?

무덤에서 돌아와 〈스모키 섬의 하우스 파티〉에 참석한 여자는 살인을 고백하며, 그 과정에서 의심 속에 파경을 맞게 된 브렌다와 앤서니의 결혼을 위기에서 구한다. 그들이 유령 이야기를 하고 있는데, 크리스틴이 말한다. "엘리자베스 이모가 유령의 존재에 대해 확신했던 것을 기억해요? 저는 늘 엘리자베스 이모를 비웃곤 했는데, 더 이상은 그렇지 않아요. 저도 현명해진 거지요." 크리스틴은 계속해서 그들의 사촌에게 수면제를 과다하게 준 것은 앤서니가 아니라 자신이었다고 말한다. 그녀가 말을 마치자, 갑자기 그녀의 모습은 사라진다. 그리고 그들은 자신들 중 아무도 크리스틴이라는 소녀를 아는 사람이 없다는 것을 깨닫는다.

마거릿과 크리스틴을 무덤에서 불러내 사랑하는 사람을 돕게 한 것은 바로 사랑의 힘이었다. 〈미리엄의 연인〉과 〈대븐포트 이야기〉에서도 죽은 이들이 의도적으로, 그리고 사랑스럽게 모습을 나타낸다. 〈닫혀진 문〉에서의 상황은 애정이 담긴 평온한 분위기가 다른 작품에 비해 좀 덜한 편이다. 한 무리의 어린이들이 아무도 본 적이 없는 집에서, 잃어버린 보물의 수수께끼를 푼다. 그러나 그 집

안에서 그들은 매우 사악한 어떤 존재와 마주친다. 결국 그들은 수수께끼를 푼 데 대한 값을 톡톡히 치른다. 그들은 그날 오후, 랠프 킬본의 눈을 들여다 보면서 그들이 여태껏 알던 것보다 훨씬 더 무서운 지옥을 보게 된다. 그들은 너무 어려서 아직 많이 알지 못했던 것이다.

몽고메리의 다른 초자연적인 이야기에서는 진짜 유령은 아니지만, 유령 이야기의 분위기가 난다. 앤은 유령을 통해서가 아니라 침묵 속에서 메시지를 접한다. 매우 세속적이고 낭만과는 거리가 먼 비니 아주머니가 그 중개자이다. 비니 아주머니는 에디스가 죽은 이후 개봉되지 않고 그대로 놓여있는 꾸러미가 앤의 손길을 기다리고 있음을 말해준다. 그 꾸러미가 모든 것을 바꿔놓았다. 끊임없이 앤을 괴롭히는 그리움과 비통함이 모두 사라져 버렸다. 에디스의 추억은 조금도 망쳐지지 않은 채 아름다움을 간직하고 있었다. 앤은 그제야 에디스의 죽음을 받아들이고, 계속 살아갈 힘을 얻는다.

〈흰옷 입은 여인과의 밀회〉에서는 비현실성이 점차 사라지고, 개성적이면서도 매우 현실적인 두 사람에게 사랑이 찾아온다. 로저 템플과 캐서린 아줌마는 한동안 그가 '절망에 빠진 옛 애인'에 의해 결혼식날 살해 당한 조상, 이사벨 템플에게 유혹당한 것이라고 굳게 믿었다. 그녀는 무덤 속에 조용히 누워 있을 수 없었다. 그 아름다운 유령이 나타나는 것은 남자들 앞에서 뿐이다. 그녀의 모습을 보는 것은 불길한 징조이다. 로저도 이것을 알고 있었지만, 그녀의 모습을 한번 보고 싶었다. 그리고 그녀를 본 듯 했을 때 그는 여러 번의 생애를 포기하는 한이 있어도 그 순간을 놓치고 싶지 않다고 생각했다. 그는 불멸의 와인을 마신 듯했고, 신과 같아진 듯한 느낌이 들었다. 그녀가 다시 돌아오지 않는다 해도, 영원히 잊지 못할 그녀와의 마주침은 그에게 인생의 커다란 비밀을 가르쳐주었다. 로저가 그의 사랑스런 유령이 인간이었음을 안 순간, 그는 더 비참했고 제

정신이 아니었으며, 잠시나마 그의 비현실적인 사랑을 포기하느니 차라리 죽는 게 낫다고 생각한다.

〈붉은 방〉에서는 초기 고딕 스릴러와 같은 색다른 분위기를 맛볼 수 있다. 몽고메리는 나중에 이 장르에 손댔는데 이 장르에 대해 조소적이지는 않았지만, 그리 진지하지도 않았다. 그러나 〈붉은 방〉에서만은 몹시도 진지한 모습을 보여준다. '고풍스럽고 수수께끼로 가득한 집'인 '몬트레사 저택'을 방문하는 아이, 비어트리스의 눈을 통해서 우리는 질투와 간음과 살인을 보게 된다. 문체에는 의도적으로 힘이 실려 침울한 분위기에 무게를 더해준다. 비어트리스의 삼촌은 세게 넘어졌지만, 죽어가면서도 자신을 죽음에 몰아넣은 여인을 꼭 붙들고 있다. 그녀는 가까스로 그의 팔에서 빠져나와 도망친다. 아직도 비 내리는 황야에 바람이 불어오는 밤이면 그때 그녀의 비명소리가 비어트리스 귓가를 맴도는 듯하다. 그녀는 비어트리스를 보지 못하고 유령처럼 홀로 뛰어내려갔다. 그녀가 나간 뒤에 육중한 문이 쾅 닫히면서 그녀는 비어트리스와 독자의 마음속에 공허한 여운을 남긴다.

이 글이 과연 우리의 몽고메리가 쓴 것일까? 대부분의 작품에서 그녀는 여러 소설 양식을 차용하지만, 때로 멜로드라마적인 양식을 구사하기도 했다.

1986년과 1987년에 간행된 몽고메리의 일기 1, 2부는 소수에게만 알려진 그녀 삶의 여러 단면을 우리에게 드러내 보여준다. 정서적으로 불만족스러운 어린 시절과 억압된 사춘기, 할머니를 돌보느라 희생한 처녀 시절, 그녀를 이해하지 못하고 문학에 대한 사랑을 공유할 수 없었던 남편과의 결혼 생활을 보낸 그녀의 인생에 '어두운 면'이 없었다고는 말할 수 없으리라. 여기에 모은 단편들은 그녀의 일기 편집자들이 '어둠과 깊이'라고 부른 것들을 보여준다.

이 단편집을 통해 몽고메리는 전체적으로 인생의 어두운 부분을 예리하게 포착해 민감하게 느끼고 있음을 알 수 있다. 그러나 초자연적이고 비현실적인 작품 외에 다양한 제재를 갖춘 단편들을 통해서도 몽고메리의 진수를 맛볼 수 있다. 다음과 같은 작품들이 그 대표적 예라 할 수 있을 것이다.

19세기 후반과 20세기 전반에 걸쳐 여성 금주 운동이 크게 펼쳐졌다. 많은 사람들이 술을 행복의 매개체로 삼을 수 없다고 여겼고 술로 인해 여자와 어린이가 피해를 본다고 생각했다. 놀랍게도 〈에스텔라의 수난〉에서는 주정뱅이가 남자가 아니라 조그마한 촌에서 여름을 나는 여배우이다. 그녀는 그곳에 머무르는 동안 진정한 사랑을 방해하는 훼방꾼이었지만, 나중에는 에스텔라와 스펜서 모건이 약혼할 수 있게 도와준다. 물론 몽고메리는 대부분의 사물에서 항상 더 밝은 측면을 본다. 이것은 술주정뱅이에 대해서도 마찬가지여서, 〈집사님의 진통제〉에서는 금주 문제에 대한 유머러스한 시각을 드러내고 있다. 집사님이 너무나 명백하게, 그리고 즐겁게 술에 취해 있을 때——그것도 교회에서——그가 무엇을 할 수 있겠는가?

횡령은 때로 '화이트 칼라 범죄' 부류로 일컬어져 그 어감이 다른 범죄들보다 더욱 근사하게 느껴진다. 이는 몽고메리의 시대에 있어서조차 작가가 독자의 마음에 해로운 영향을 끼친다는 비난을 받지 않고 가벼운 소설에 사용할 수 있는 소재였다. 〈존 처칠의 속죄〉에서 횡령꾼 처칠은 감옥에서 출소하면서 친척 아주머니에게 맡겨져 있는 아들 조이를 보러 가기로 마음먹는다. 그러고는 자신이 '악마에게 갈' 거라고 생각한다. 그가 개과천선하든 말든 관심을 가져줄 사람이 아무도 없기 때문이다. 그런데 그는 도착해서 조이의 친구가 범죄자 아버지를 두었다고 조이를 놀려대는 것을 보게 된다.

조그마한 지역사회에서 좀도둑질은 금세 탄로가 난다. 그러나 탄로난 이후 물건을 훔친 사람은 반성하고 새 삶을 살게 될 것인가?

아니면 계속 내리막길을 걷다가 파멸할 것인가? 몽고메리의 두 단편은 서로 다른 결말을 보여준다. 1897년에 씌어진 〈사진기의 증언〉은 이상주의적인 젊은 작가에게서 기대할 만한 결말로 끝나, 좀도둑이 엄한 벌을 받게 된다. 그 13년 뒤에 나온 〈미스 컬리스터의 페퍼민트 병〉에서 작가는 보다 관대한 태도를 보인다. 미스 컬리스터는 몽고메리 소설에 나오는 씩씩한 노처녀 주인공의 한 사람으로, 그 시대에 대해 독자적인 여러 가지 생각을 가지고 있었다. 그녀의 집에 침입했던 젊은이는 아마도 그녀에게 감사할 것이 많으리라.

그러나 몽고메리가 더 관대해지기 위해 13년이나 필요하지는 않았다. 〈기차에서 만난 사람〉을 쓴 1904년만 해도 그녀는 살인범의 선한 면을 그려내고 있기 때문이다. 처음 기차 여행을 하는 셸던 할머니가 기차표를 잃어버리고, 돈도 없어서 당황해하고 있을 때 살인범은 할머니를 도와준다. 적어도 한 노파를 대하는 데 있어서 그는 선한 마음씨를 보여주고 있는 것이다. 셸던 할머니는 이렇게 말한다. "나는 그가 전적으로 나쁜 인간이라고는 생각지 않아. 나 같은 가련한 늙은이에게 마음 씀을 보면 그걸 알 수 있어. 아니야. 비록 그가 사람을 죽였다 해도 분명 그에게는 선한 면이 있어."

이제까지 언급한 작품들은 흔히 몽고메리 소설의 배경이 되는 작은 도시와 마을 등에서 일어난 이야기이다. 그리고 그 등장인물들도 모두 동네 거리에서 어렵지 않게 만날 수 있는 보통 사람들이다.

몽고메리의 작품은 비극이든 행복한 결말이든 마치 꿈처럼 부드러운 분위기에 감싸여 있다. 그것은 그녀의 자연에 대한 섬세한 묘사로 인해 그 감흥이 더욱 실제적으로 전해져 오기 때문이다. 사진으로 보는 캐나다의 아름다운 풍경은 더없이 매력적이다. 몽고메리가 자란 프린스에드워드 섬의 캐벤디시 근처는 특히 경치며 자연현상이 인상적인 곳이었던지 그녀의 예민한 감수성과 맞물리면서 이 작품 곳곳에 기상과 풍경에 대한 묘사가 생생하게 그려져 있다. 비와 눈, 바람과 빛, 산과 바다, 숲과 들판, 식물과 동물이 상징적으로 인용돼 이야기를 더욱 풍요롭게 한다. 달콤한 꽃향기를 머금은 공기, 이끼가 가득한 나무그늘, 잿빛 하늘에 떠오른 달, 그런 것들이 읽는 이의 마음을 다정하게 어루만지고 원기를 복돋운다.

제비와 이야기하는 소녀, 전나무와 야생앵두로 둘러싸인 미녀의 무덤, 갖가지 꽃이 만발한 강 어귀 풍경, 나뭇가지 사이로 쏟아지는 연인들을 비추는 달빛, 순백의 눈 경치 등…… 다 읽고 난 뒤에도 오래도록 마음에 여운을 남기는 장면들이다.

신비적인 표상으로 서양 문학에서 자주 등장하는 것이 별이지만 특히 몽고메리는 이 책에서 달을 자주 묘사한다. 예로부터 슬픔이든 기쁨이든 달에 비유하던 동양인의 정서로는 몽고메리의 이러한 성향은 굉장히 친근하게 다가온다. 달은 흔히 여성으로 상징되며 광기의 원천으로(Lunatic(광기의)은 Luna(달의 여신)에서 온 형용사) 일컬어지는 것을 생각해 볼때 달은 이 작품집에 매우 어울리는 상징이라 할 수 있다.

이 작품집의 몇몇 단편에서 우리는 몽고메리 깊은 내면에 달의 정서가 자리잡고 있음을 알 수 있다. 찼다가 기울어지고 다시 차는 달의 속성처럼 어둠속에서 빛을 발하는 주인공들의 모습을 통해 우리는 원형적 이미지인 달이 지닌 천의 얼굴을 마주할 수 있을 것이다.

죽은 연인의 무덤 위에 교교하게 흐르는 달빛. 그 달빛 속에 한 여인이 서 있다. 이 책의 첫장을 열면 여러분은 그 여인이 부르는 죽은 이를 향한 애절한 사랑의 세레나데를 들을 수 있을 것이다.

서초 그린게이블즈에서

김유경